Fabia Waldner
Die Gutsherrin

AF178173

atb aufbau taschenbuch

Fabia Waldner steht für den deutschen Autor Michael Schulz. Im rheinischen Bonn geboren, brennt er bereits früh für Literatur, Philosophie und Musik. Zunächst entscheidet er sich für die Musik. Nach einem Studium am Mozarteum in Salzburg führt ihn sein Weg in die Welt der Oper. Doch dann entdeckt er das Schreiben für sich. Heute lebt und schreibt der Autor bei Goslar im Harz.

Bonn, 1998: Margot von Bernow fällt aus allen Wolken, als ihr Sohn stolz verkündet, er habe den alten Gutshof der Familie zurückerworben. Seit ihrer Flucht in den Westen 1945 hat sie das Herrenhaus an der Müritz nicht mehr betreten. Hartwig ahnt nicht, welche Erinnerungen er in seiner Mutter wachrüttelt. Schließlich hat Margot ihm nie erzählt, was damals wirklich geschehen war, nachdem sie seinen Vater geheiratet hatte und Gutsherrin von Groß Bernow geworden war. Nun droht ihr Geheimnis ans Licht zu kommen. Auch Schwiegertochter Anja fühlt sich von der Entscheidung übergangen. Und da ist noch Helma, die ehemalige Küchenhilfe der Bernows, die immer noch auf dem Gutsgelände wohnt und einen ungeheuerlichen Verdacht vorbringt ...

Fabia Waldner

DIE
GUTSHERRIN

Roman

aufbau taschenbuch

MIX
Papier | Fördert
gute Waldnutzung
FSC www.fsc.org **FSC® C083411**

ISBN 978-3-7466-3861-4

Aufbau Taschenbuch ist eine Marke
der Aufbau Verlage GmbH & Co. KG

1. Auflage 2022
© Aufbau Verlage GmbH & Co. KG, Berlin 2022
Umschlaggestaltung www.buerosued.de, München
unter Verwendung von Motiven von © Amy Faith /
Arcangel und © mauritius images / Zoonar GmbH / Alamy
Satz Greiner & Reichel, Köln
Druck und Binden CPI books GmbH, Leck, Germany
Printed in Germany

www.aufbau-verlage.de

Für Sonja und zur Erinnerung an Margarete
Danke

Im Land der tausend Seen

1

Bonn, April 1998

Während der Fahrt auf der Adenauerallee schwiegen sie. Doch eine Spannung lag in der Luft, die nicht nur Margot spürte. Offenbar wusste auch Anja nicht, weshalb dieser Empfang heute Abend stattfinden sollte. Immer wieder warf sie Hartwig vom Beifahrersitz aus einen fragenden Seitenblick zu, ohne jedoch nur die geringste Reaktion bei ihm hervorzurufen.

Der Anlass musste außergewöhnlich sein, hätte er sonst einen solchen Aufwand betrieben? Vielleicht war er zurück auf der Manager-Bühne oder hatte wieder einen Aufsichtsratsposten ergattert. Jedenfalls war es ihm zu gönnen nach dem unrühmlichen Abschied bei der CONTAC vor einem Jahr, dachte Margot. Für sie hatte es ganz nach einem Scheitern ausgesehen. Wahrscheinlich wollte sich Hartwig jetzt rehabilitieren und das in aller Form, wie es sich für einen von Bernow gehörte. Welchen Grund sollte er sonst haben? Vor seiner alten Mutter wäre es allerdings nicht nötig gewesen, ein Geheimnis daraus zu machen. Margot hatte nie aufgehört, an ihn zu glauben, und stand wie immer hinter ihm, auch wenn er sich in letzter Zeit kaum bei ihr hatte blicken lassen. Sie seufzte.

Der Wagen, ein Mercedes mit cremefarbenen Lederpolstern, rollte kaum hörbar die Allee entlang, vorbei an der schmutzig gelben Sandsteinfassade des Museum König. Der klassizistische Bau erinnerte sie unweigerlich an den

Alten aus Rhöndorf, den sie noch selbst erlebt hatte. Die Zeit eilte. Ihr Achtzigster lag bereits vier Jahre zurück.

Traurig, ja, ausgesprochen traurig fand sie es, dass sie die Familie nur selten sah, wo Margot ihre Enkel doch so liebte. Immer schützten sie vor, beschäftigt zu sein. Das lag zweifellos an Anja, ihrer Schwiegertochter. Wenn ihr der Zusammenhalt der Familie mehr am Herzen läge, dann würden Sabrina und Jani sie sicherlich öfter in der Rheinresidenz besuchen. Das musste sie auch Hartwig vorwerfen. Es genügte eben nicht, seine alte Mutter mit einem monatlichen Scheck zu bedienen. Sie war schließlich ein Mensch, den man nicht einfach abstellen konnte wie ein ausgedientes Möbel.

Musik. Vivaldi, »Der Sommer« aus den *Vier Jahreszeiten*. Hartwig wusste, dass er zu ihren Lieblingskomponisten gehörte. Er lächelte kurz in den Rückspiegel. Wieder dieser Glanz in seinen Augen. Keine zwei Wochen war es her, dass er bei ihr erschienen war. Sie hatte das Klopfen an der Tür gar nicht gehört. Plötzlich stand er im Zimmer, strahlend, wie sie ihn selten erlebt hatte. »Was hast du? Was ist los?«

»Keine Sorge, du wirst es rechtzeitig erfahren. Nur eins will ich jetzt schon verraten: Es wird einen Empfang im Dreesen geben, zu dem ich dich hiermit in aller Form einlade.«

Wirklich eine Überraschung. Die Wahl des Traditionshotels und dann der Aufwand. »Heraus mit der Sprache!«, hatte sie noch einmal versucht, mehr zu erfahren. Obwohl ihm die Selbstzufriedenheit aus allen Knopflöchern platzte, verriet er kein Wort. Zuerst vermutete sie, dass es sich um die Feier seiner Silberhochzeit handelte, aber dann hatte sie nachgerechnet und festgestellt, dass er mit Anja erst dreiundzwanzig Jahre verheiratet war.

»Warum so laut?«, beschwerte sich Anja, und Hartwig drehte die Musik etwas leiser. Typisch Anja, immer passte ihr irgendetwas nicht, und stets versuchte sie, ihren Willen durchzusetzen. Margot hatte die Musik keineswegs für zu laut befunden, immerhin handelte es sich um Kunst; wenn man Pop-Musik laut hören konnte, warum nicht auch klassische Musik?

Vielleicht hatte Anja auch genug vom Rätselraten. Hartwig ließ sich nach wie vor nicht aus der Reserve locken, offenbar hob die Spannung seine Laune. Ein Kindskopf war er immer schon gewesen und ein sturer dazu, dachte Margot.

In dem Augenblick bog der Wagen in Richtung Rheinufer ab. Am Himmel über dem alten Hotel Dreesen vollzog sich eine melancholische Dämmerung, und die alten, noch blattlosen Pappeln warfen lange Schatten, als sie vor dem hell erleuchteten Hoteleingang vorfuhren. Man hielt ihr den Schlag auf, ganz wie in alten Zeiten, und bereits nach wenigen Schritten im Foyer las Margot neben der geöffneten Tür zum Gobelinsaal: *Geschlossene Gesellschaft, Familie von Bernow.*

Ein glitzernder Kronleuchter, edel gemusterte Tapete, historische Stiche an den Wänden, poliertes Mahagoni-Gestühl, die Tafel mit Damast und Silber eingedeckt. Stil, den Margot zu schätzen wusste. Man hatte sie links neben ihren Sohn platziert, der – wie es sich für das Oberhaupt der Familie gehörte – am Kopf der Tafel saß. Zu ihrer Rechten saß Jan, ihr Enkel, der im letzten Augenblick auftauchte. Wenn sie Hartwig und Jan so betrachtete, erfüllte es sie mit Stolz. Sie war sich sicher, dass Jani eine ebenso erfolgreiche Karriere bevorstand wie seinem Vater. Er war zwar erst 18, aber kürzlich hatte er ein respektables Abitur hingelegt. Dafür hatte Margot ihm einen Hunderter spendiert, den Leistungswillen des Nachwuchses musste man schließlich unterstützen.

»Wenn es denn sein muss«, hatte Margot auf Hartwigs Bitte hin, unbedingt an diesem Empfang teilzunehmen, erwidert. Natürlich hatte sie sich über die Einladung gefreut, wollte nur ihre Rührung verbergen, dass er immer noch Wert darauf legte, sie an seinen Erfolgen teilhaben zu lassen. Er war so geraten, wie man sich einen Sohn wünschen konnte, auch wenn er in seiner Ehe nicht den besten Griff getan hatte. Mit Anja war sie von Anfang an nicht warm geworden. Nichts ließ sie sich sagen, wobei Margot es doch nur gut meinte. Vor allem in Sachen Erziehung. Ihre Meinung, dass man junge Menschen früh in die richtigen Bahnen lenken müsse und ihnen nicht zu viel Freiheiten lassen dürfe, traf auf viel Widerspruch bei ihrer Schwiegertochter. Sie halte das für Methoden von gestern, hatte Anja ihr ohne jedes Taktgefühl ins Gesicht gesagt.

Ein silberheller Klang, und das Raunen im Saal verebbte. Hartwig erhob sich von seinem Platz.

»Liebe Familie, liebe Freunde«, begann er in selbstbewusstem Ton. Es ging ihm also wieder gut. Nachdem er vor einigen Wochen geäußert hatte, dass das Leben auch andere Facetten habe, als um jeden Preis zweistellige Renditen zu erzielen, hatte sich Margot ernsthaft Sorgen gemacht.

»Manchmal stellt einen das Leben zur richtigen Zeit vor lohnende Aufgaben. Man könnte das als Glück bezeichnen«, fuhr Hartwig fort. »Dazu gehört allerdings der Mut zuzugreifen. Man muss Ja sagen können. In diesem Fall gab es für mich nicht den geringsten Zweifel.«

Sein Blick traf liebevoll Anja, die rechts neben ihm saß, wechselte dann zu Sabrina, seiner Tochter, Jan und jetzt zu ihr, seiner Mutter. Er sah ihr tief und lange in die Augen, als seine Stimme plötzlich bebte. »Es ist mir eine unsagbare Freude, euch heute Abend mitteilen zu können, dass es mir gelungen ist, ein Stück Geschichte zu retten. Eine Vergangenheit, aus der ich Zukunft machen will.«

Was das wohl heißen mochte?, dachte Margot.

»Hört, hört!«, warf einer der Gäste gut gelaunt ein.

»Wenn die Immobilienabwicklungen im Osten etwas Gutes gebracht haben, dann das: Ich habe unseren alten Familienbesitz wiedergefunden, und man hat ihn mir zum Kauf angeboten. Das alte heruntergekommene Gut stand plötzlich vor mir. Rette mich, mach etwas aus mir!, forderte es mich auf. Und ich wusste: Das ist die Chance deines Lebens. Die kannst du dir nicht entgehen lassen.«

Margot schluckte. Hatte sie richtig gehört? Das sollte doch nicht etwa heißen …?

»Gut Groß Bernow an der schönen Müritz ist wieder Teil unserer Familie. Ich werde es zusammen mit Anja aufbauen, und ihr seid alle willkommen, uns dort oben an den tausend Seen zu besuchen.« Mit Tränen in den Augen wandte er sich jetzt an sie. »Es erfüllt mich mit besonderem Stolz, liebe Mutti, dass ich zurückgeben kann, was man dir damals gestohlen hat. Darauf lohnt es sich anzustoßen!«

Während Margot noch immer wie erstarrt dasaß, bemerkte sie, dass auch Anja dreinblickte, als glaube sie nicht, was sie da hörte. Sabrina und Jan hingegen schienen die Neuigkeiten gleichmütig entgegenzunehmen, nur die Gäste jubelten begeistert los. Hartwig suchte immer wieder ihren Blick, doch Margot mied es, ihm in die Augen zu sehen. Er hatte ja nicht die geringste Ahnung!

Nur noch Schemen verband sie mit Groß Bernow. Als Hartwig noch ein kleiner Junge war, hatte sie entschieden, über die Geschehnisse, die sich dort vor über einem halben Jahrhundert ereignet hatten, zu schweigen. Ihr Sohn sollte unbelastet in die Zukunft schauen können. Von goldenen Zeiten hatte sie ihm erzählt und seinen Vater als einen fähigen und gerechten Gutsherrn auf einen Heldensockel gestellt. Es sollte Hartwig anspornen, er sollte Karriere machen, um den Namen der Familie wieder reinzuwaschen. Doch durch diesen unglückseligen Kauf würde nun ans Licht kommen, wie die Bernows ihre Ehre verloren hatten ...

Der Kronleuchter goss sein gleißendes Licht über Margot aus. Hastig trank sie einen Schluck Weißwein, aber der Alkohol verstärkte den Schwindel in ihrem Kopf nur. Die Zeit lief unaufhaltsam rückwärts, und an dem Tag, an dem alles begonnen hatte, setzte ihre Erinnerung ein.

2

Neustrelitz, April 1938

»Sie haben das Zeug zum Filmsternchen, liebes Fräulein Schenk«, sagte Lavinia Lindorf und hob am Ende etwas die Stimme, um zu einer ihrer gefürchteten Pointen anzusetzen. »Im Gegensatz zu mir. Die Fischgräte muss erst erfunden werden, die mich in die Form einer Greta Garbo presst.«

Wer hätte geahnt, dass sie diesmal auch vor sich selbst nicht haltmachen würde? Aber die Situation war doppelt so gefährlich, als wenn sie über jemanden anderes herzöge, denn darüber zu lachen, wäre verhängnisvoll gewesen. Margot tauschte lediglich einen vielsagenden Blick mit der Schneiderin, die neben ihr stand. Die Gnädige hatte ja den Nagel auf den Kopf getroffen, sie ähnelte eher einer Doppelgängerin der seligen Queen Victoria als der ranken Garbo.

Wenn sich Lavinia Lindorf in dieser wankelmütigen Laune befand, entschuldigte sich Margot meistens bei nächster Gelegenheit und verzog sich auf ihr Zimmer. Doch heute war sie dazu verdonnert, wie eine Statue auf einem Fußschemel im kleinen Salon auszuhalten, damit die Gnädige und die Schneiderin mit den traurigen Augen an ihr picken konnten wie zwei Hennen an einem Salatkopf.

»Sehr schön! Nur die Schultern wirken ein bisschen schmal. Das müssen wir noch ändern, Inge. Schließlich soll es etwas hermachen, oder?«

Die Schneiderin nickte ergeben und bauschte etwas die angesprochenen Stellen, bis ihre Auftraggeberin zufrieden war.

Margot hatte versucht, das ehrenhafte Angebot abzulehnen, die Lindorfs in diesem Jahr auf den Gutsherrenball zu begleiten. Sie fand sich dort fehl am Platz, sie war doch nur die Hauslehrerin. Aber Lavinia Lindorf hatte es sich in den Kopf gesetzt, und wenn sie sich etwas in den Kopf setzte, konnte niemand etwas dagegen ausrichten. Nicht einmal ihr Mann, August Lindorf, Herr über drei imposante Güter, Lohn- und Brotgeber unzähliger Arbeiter und Arbeiterinnen und Besitzer einer Horch-Limousine, würde es wagen, etwas gegen die Wünsche seiner Frau einzuwenden, solange sie dabei nicht den Himmel über Neustrelitz einriss.

»Natürlich sind solche Bälle ziemlich langweilig«, hatte sie auf Margots Zurückhaltung erwidert. »Die Männer reden nur über Geld und Politik. Aber Sie sollten sich rechtzeitig daran gewöhnen. Solange es Männer gibt, wird sich wohl kaum etwas ändern. Immerhin wird auch getanzt, und man erfährt den neuesten Klatsch. Ich habe das Gefühl, dass Sie hier allmählich versauern, meine Liebe. Sie müssen mal andere Gesichter sehen.«

Um den Eindruck zu vermeiden, sie würde das Angebot nicht zu schätzen wissen, hatte Margot schließlich zugesagt. Außerdem spürte sie bereits seit Längerem, dass Lavinia Lindorf eine Verbündete suchte, jemanden, der nicht auf den Kopf gefallen war, vor allem gut zuhören konnte und keine Konkurrenz für sie darstellte. Der Haushalt der Gutsherrin hatte immer nur aus Männern bestanden, wovon zwei übrig geblieben waren: August, ihr Gatte, der wochentags zwischen seinen Gütern hin und her pendelte, um nach dem Rechten zu sehen, und Walter, ihr Walterchen, der achtjährige Nachkömmling, den sie noch mit fast vierzig bekommen hatte, als sie, nach eigenen Worten, längst nicht mehr ans Kinderkriegen dachte. Die beiden älteren Söhne studierten mittlerweile in Berlin und ließen sich nur selten blicken. Wem sollte sie also ihr Herz ausschütten? Margot wollte dieses Vertrauen nicht leichtfertig aufs Spiel setzen.

Endlich ließen die beiden Frauen von ihr ab. Für heute schien die Gnädige zufrieden zu sein. Als Margot sich in ihrem Prinzesskleid noch einmal um die eigene Achse drehte und in den Spiegel sah, konnte sie dem anerkennenden Blick von Lavinia Lindorf nur zustimmen: Es machte ganz schön was her.

～

Samstag, der 23. April, der Tag, an dem der Gutsherrenball stattfinden sollte, war gekommen. Auf dem Weg nach Groß Bernow saß Margot aufgeregt neben Lavinia Lindorf in den roten Lederpolstern der Horch-Limousine. Schon in der Nacht zuvor hatten sie unruhige Träume befallen, in denen ein Ballsaal vorkam so groß wie das Olympiastadion von Berlin. Unter aller Augen tanzte sie in der Mitte des Parketts in den Armen eines gestrengen Gutsherrn, der noch im Deutsch-Französischen Krieg gedient hatte und dessen Bart bis zu ihren Schuhen reichte. Doch da machten ihre Beine plötzlich, was sie wollten, mal brachen sie nach links, mal nach rechts aus, wie die eines eigensinnigen Fohlens. Die Augen des alten Gutsherrn funkelten sie zornig an, und ihr Herz schlug bis zum Hals.

»Sehen Sie aus dem Fenster, meine Liebe. Manchmal

kann einem dieses Fleckchen Erde geradezu gefallen«, sagte Lavinia Lindorf. Die Landschaft sah wirklich schön aus. Die sinkende Sonne blinkte über dem Wasser der Seen, die immer wieder zwischen den Bäumen hindurchschimmerten. An die tausend sollten es sein.

»Andererseits kann es einen reichlich anöden, dieses Leben auf dem Lande, besonders wenn man als Frau einige Hirnwindungen mehr hat, als die Männerwelt einem zugestehen möchte. Ich will damit nicht sagen, dass ich … Hoppla, was ist denn jetzt los?«

Das Horch-Mobil fing plötzlich an zu schnaufen, der Motor stotterte und der Wagen verlor rapide an Geschwindigkeit, bis er schließlich liegen blieb und keinen Ton mehr von sich gab.

»Merde«, fluchte Lavinia Lindorf, was die Lage zweifellos auf den Punkt brachte.

Margot wäre nie eingefallen, auch nur die kleinste Bemerkung zu machen, denn August Lindorf persönlich fuhr den Wagen. Er gab sich gerne modern und verzichtete von Zeit zu Zeit auf den Chauffeur. Ausgerechnet heute saß er am Steuer, und weit und breit nur Felder, Wiesen und Wasser.

Etwa eine halbe Stunde lief August Lindorf händeringend auf und ab, bis glücklicherweise ein Landmann mit Pferdegespann vorbeikam, der die Stahlkarosse mitsamt Inhalt abschleppte und ins Dorf brachte. Mit starker Verspätung erreichten sie Groß Bernow in einer Kutsche, die noch aus der Kaiserzeit stammte. Passend, wie Lavinia Lindorf fand, denn in dieser Gegend herrsche immer noch finsterstes Mittelalter.

Als die Kutsche in die Dorfstraße von Groß Bernow einfuhr, war es fast dunkel. Aus den kleinen Fenstern der einstöckigen Arbeiterhäuser links und rechts des Wegs drang das friedliche Licht des Feierabends. Plötzlich schlugen die Hufe der Pferde auf Pflastersteine, und an den Seiten erhoben sich die Silhouetten alter Bäume mit weiten ineinandergreifenden Kronen. Auf die Allee folgte eine kurze Strecke mit knirschendem Schotter, bis der Kutscher einen weiten Bogen fuhr und mit einem lauten »Ho!« den Wagen unter dem Vordach zum Stehen brachte. Ein Diener öffnete das Abteil, und Lavinia Lindorf entstieg ihm als Erste mit einem tiefen Seufzer, denn sie hasste Unpünktlichkeit.

Von außen machte das Haus den Eindruck eines historischen Adelssitzes, obwohl es noch keine hundert Jahre alt war. Auch von innen wirkte es prachtvoll, insbesondere das offene Treppenhaus mit den breiten Marmorstufen und die verspielten Stuckaturen an den Decken. Dagegen fehlte es den schmucklosen Bauten der Lindorf'schen Güter eindeutig an Charakter, was Margot den Gnädigen gegenüber natürlich nie erwähnt hätte.

Ein Herr Ende fünfzig trat ihnen entgegen, am Arm führte er eine imposante Frau mit unbewegtem Blick, ganz in dunkle Spitze gehüllt. Es konnte sich nur um die Bernows handeln, denn August Lindorf war sehr um Form bemüht.

»Lieber Hermann, liebe Therese«, begann er. Darauf folgte eine ebenso lange wie umständliche Entschuldigung für die Verspätung, die von den beiden Bernows mit einem Kopfnicken angenommen wurde.

»Wir haben bereits gegessen«, erwiderte Therese von Bernow schließlich, »aber ich werde die Küche noch einmal anweisen.«

Hermann von Bernow bot ihnen an, sich frisch zu machen, ebenso natürlich eine Übernachtung, wenn nötig. Er wolle einen gewissen Leutnant von Trewall und dessen Freund, der einiges von Autos verstehe, bitten zurückzufahren, um den Horch wieder flottzukriegen und nach Groß Bernow zu bringen. Lavinia Lindorf stellte Margot als enge Freundin vor, die ihr den Gefallen tue, ihrem Walterchen mehr beizubringen als das Schreiben von Viehfutterlisten und die richtige Antwort auf die Frage, wie viele Kilos einen Zentner ergeben.

Das Essen wurde in einem kleinen Nebensalon serviert, der mit seinen gedrechselten Nussbaummöbeln den Charme der Jahrhundertwende ausstrahlte.

»Dass es diese muffigen Salons immer noch gibt«, kommentierte Lavinia Lindorf, deren Laune offenkundig gelitten hatte. »An manchen Orten bleibt die Zeit einfach stehen.«

August Lindorf aß den Fasan stumm in sich hinein. Auch Margot konzentrierte sich auf ihren Teller. Zuerst die peinliche Verspätung und jetzt das einsame Mahl. Ob es noch Hoffnung gab für diesen Abend?

Altmodische Walzerklänge, gespielt von einem Klaviertrio, drangen durch den Spalt der nur angelehnten Tür, ein junger Diener erschien. »Wenn die Herrschaften fertig sind, soll ich Sie in den großen Salon führen.«

Margot erinnerte sich an ihren Traum, wahrscheinlich wartete der Veteran mit dem langen Bart bereits auf sie. Als die Lindorfs und sie wenig später den Saal betraten, schien er sich zu bewahrheiten. Auf dem Parkett drehten artig einige Paare der älteren Generation ihre Runden, ganz, wie Margot es befürchtet hatte. Aber auch einige ansehnliche Männergestalten im Hintergrund schwenkten nun ihre Blicke zu ihr herüber.

Am unteren Ende des Raumes thronten die alten Bernows wie ein altes Königspaar auf Stühlen mit hohen geschnitzten Lehnen und verfolgten gönnerhaft das Geschehen. An ihrer Seite ein etwa dreißigjähriger, hochgewachsener Mann mit der Ausstrahlung einer Standuhr.

Er sei der Sohn der Bernows, das einzige Kind, unverheiratet und der Erbe des Gutes und der riesigen Ländereien, flüsterte ihr Lavinia Lindorf zu. Da die Lindorfs ihn noch nicht begrüßt hatten, holten sie es umgehend nach. August Lindorf klopfte dem jungen Bernow freundschaftlich auf die Schulter, während der nur ein verhaltenes »Herzlich willkommen« herausbrachte.

»Darf ich Ihnen Fräulein Schenk vorstellen, eine gute Freundin von mir«, erhob jetzt Lavinia Lindorf ihre Stimme, während Margot spürte, wie sie errötete.

»Karl-Friedrich von Bernow«, erwiderte er korrekt und reichte Margot seine große Rechte, die sich kalt anfühlte und etwas feucht. Margot sah ihm nicht in die Augen, spürte aber seinen Blick, der noch immer auf ihr ruhte, als sich Lavinia Lindorf auch bei ihm für die Verspätung entschuldigte, um mit den Worten zu enden: »Fortschritt hin, Automobil her, das Schlimme an den Erfindungen der Menschen ist, dass sie sich am Ende alle gegen sie selbst wenden, finden Sie nicht?«

Frau von Bernow, die eigentlich nicht angesprochen war, sah sich genötigt, ihrem Sohn die Antwort abzunehmen. »Zumindest«, sagte sie, wohl im Hinblick auf die Verspätung und nicht ohne Vorwurf in der Stimme, »wäre es töricht, sich blind darauf zu verlassen.«

Es gab noch freie Stühle am Rand der Tanzfläche, wohin der junge Bernow sie begleitete. Mittlerweile spielte man Tangos und Foxtrotts.

»Ich würde mich freuen, Sie gegebenenfalls zum Tanz bitten zu dürfen«, sagte Karl-Friedrich von Bernow plötzlich zu Margot, nachdem er sich noch einmal zu ihr umgedreht hatte. Er war bereits auf dem Weg zurück zu seinem Platz bei den Eltern gewesen.

»Gern«, stammelte sie etwas überrumpelt, war sich aber nicht sicher, ob sie es auch meinte. Denn zusammen mit der unterkühlten Ausstrahlung schien der junge Bernow auch den Humor seiner Mutter geerbt zu haben.

Der Erste, der sie tatsächlich zum Tanz aufforderte, war August Lindorf, aber bereits nach kurzer Zeit war ihre Bilanz verheerend. Mindestens drei Mal war sie ihrem Lohn- und Brotgeber auf die Füße getreten. Er mokierte sich nicht darüber. »Besser, Sie tun es bei mir als später bei einer der alten Mumien«, flüsterte er ihr beim vierten Mal zu, und sie mussten beide lachen.

Auf August Lindorf folgten ein halbes Dutzend reichlich anstrengender Tänzer der alten Schule. Margot schlug sich jedoch besser, als sie befürchtet hatte. Die meisten wollten ohnehin nur herausfinden, was sie mit den Lindorfs verband, und sie musste erfinderisch sein, um ihre Herkunft als Tochter eines mittellosen Gemischtwarenhändlers aus Rostock und ihre jetzige Stellung als Hauslehrerin zu verschleiern.

Ein Diener ging durch den Saal und reichte auf einem runden Tablett Schnäpse und Liköre. Als sich die meisten Herren mit ihrem Glas in den anschließenden Salon zurückzogen, um zu rauchen, konnte auch Margot eine Pause einlegen. Inzwischen war Leutnant von Trewall zurück und setzte sich zu ihnen. Allerdings hatte er keine guten Nachrichten. Es läge ein Motorschaden vor, teilte er August Lindorf mit, und der Wagen könne nicht vor Montag in der

Werkstatt sein. Sie würden also auf Groß Bernow übernachten müssen.

Endlich ein Mann, an den es lohnte, einen Blick zu verschwenden, dachte Margot, als der Leutnant sich zu ihnen gesellte. Und endlich ein Mann ihrer Generation, der Unternehmungsgeist und Energie versprühte, von seinem blendenden Aussehen ganz abgesehen. In diesem Moment war sie froh, dass sie sich von Lavinia Lindorf hatte überreden lassen, auf den Ball zu gehen. Und Trewall schien sich auch für sie zu interessieren.

»Amüsieren Sie sich?«, sprach er sie an. Die Ironie, die in der Frage lag, war unüberhörbar, und sie antwortete nicht darauf. Als Hauslehrerin stand ihr Kritik nicht zu. Aber sie schmunzelte und senkte den Blick, um ihm zu zeigen, dass sie verstanden hatte, wie er es meinte. Diese Art von Belustigung war einfach nichts für junge Leute von heute, doch was konnten sie schon gegen die Tradition ausrichten?

Allein dieser Mann ließ Margot das alles auf einen Schlag vergessen. Sie fühlte sich, als habe man ihr etwas verabreicht, das Herzklopfen verursachte und einem unvernünftige Gedanken in den Kopf setzte. Lavinia Lindorf hatte recht – wie grau ihre Tage als Hauslehrerin doch waren, und wie sehr hatte sie diese Abwechslung gebraucht!

»Darauf sollten wir trinken. Likör für die Dame?« Trewall fischte zwei Gläser vom Tablett des Dieners, der gerade vorbeikam, und stieß mit ihr an.

»Ach, bitte entschuldigen Sie, ich habe mich noch gar nicht vorgestellt: Bernhard von Trewall, und wie heißen Sie?«

Natürlich kannte Margot bereits seinen Namen, man hatte ihn ja von allen Seiten angesprochen. Alter Adel ver mutlich. Wenn sie sich jetzt mit ihrem richtigen Namen vorstellte, würde er vermutlich im Nu das Interesse verlieren. Es blieb nur ein Ausweg: »Margot von und zu Schenk.«

»Bravo, Kindchen, nur nicht unterkriegen lassen«, mischte sich Lavinia Lindorf lachend in ihr Gespräch ein. Trewall lachte auch, ein offenes, unbeschwertes Lachen. Es schien für ihn keine Rolle zu spielen, ob Adel oder nicht. Vielleicht konnte aus dem Abend noch etwas werden.

Einen hatte Margot dabei völlig vergessen, und er stand plötzlich vor ihr: Karl-Friedrich von Bernow. »Sie hatten mir einen Tanz versprochen«, sagte er, als handelte es sich um die Erfüllung eines Staatsvertrags, und hielt Margot seinen Arm hin.

Lieber hätte sie sich weiter mit Trewall unterhalten und mit ihm ein bisschen geschäkert. Warum musste jetzt dieser Trauerkloß kommen und alles verderben? Aber wenn sie der Sohn des Hauses zum Tanz aufforderte, durfte sie es schon im Namen der Lindorfs nicht ablehnen.

Während sie sich über das Parkett bewegten, sprach der junge Bernow kein Wort, schien nur auf seine Schritte zu achten. Ihr fiel auf, dass sich seine Hände kalt anfühlten, auf seiner Stirn hingegen standen kleine Schweißperlen. Erst als die Musik wieder einen Tango spielte und sich zu den Musikern ein Sänger gesellt hatte, der mit hoher Stimme »Oh, Fräulein Grete« säuselte, fand er plötzlich zur Sprache zurück und fragte: »Heißen Sie Grete?«

»Nein, ich heiße Margot«, antwortete Margot verwundert.

»Ich kenne kein Lied, das von einer Margot handelt.«

Wie er das wohl meinte? Sie hieß nun einmal Margot, und es war ihr ziemlich egal, ob er ein Lied kannte, das von einer Margot handelte, oder nicht.

»Ich kenne auch keins von einem Karl-Friedrich.«

Darauf erwiderte er nichts, und sie tanzten schweigend weiter, bis Leutnant von Trewall den jungen Bernow abklatschte und Margot erlöste. In Trewalls Armen tanzte es sich beschwingt, auch wenn sich Margot eine andere Musik gewünscht hätte, Musik, die einen abheben ließ wie ein Flugzeug. Er habe sie noch nie auf einem der Bälle gesehen, sagte Trewall schließlich und fragte, ob sie zu Gast bei den Lindorfs sei. Margot vertraute ihm an, seit zwei Jahren bei den Lindorfs als Hauslehrerin eines ziemlich verwöhnten Bengels angestellt zu sein. Manchmal treibe Walterchen sie an den Rand ihrer Nerven, müsse aber wie eine Porzellanpuppe behandelt werden, weil er der Augapfel seiner stolzen Mutter sei.

»Kinder sind etwas Schönes«, erwiderte der Leutnant. »Oder sind Sie da anderer Meinung?«

Diesmal klang es nicht ironisch. »Natürlich nicht«, antwortete sie. »Aber manchmal muss man sich einfach mal etwas von der Seele reden.«

Der Leutnant lächelte und umfasste ihre Hüften noch enger. Bei einem langsamen Walzer an seine Schulter gelehnt dachte sie zurück an ihre Kindheit, an die romantischen Mädchenträume, in die sie sich geflüchtet hatte, wenn ihr die fünf Geschwister, ihre überforderte Mutter und der immer sorgenvolle Vater zu viel wurden. In ihren Mädchenträumen kam auch ein Leutnant vor, der sie in seinen Armen hielt – oder war es ein General?

»Wir haben gleich noch etwas vor«, flüsterte Trewall. »Vielleicht haben Sie Lust mitzumachen?«

»Wenn es nichts Verruchtes ist, warum nicht?«

»Was Sie gleich denken. Lassen Sie sich überraschen.«

Sie kicherte und bekam Schluckauf.

Inzwischen war es fast elf, die älteren Herrschaften begannen sich zu verabschieden. Auch die Lindorfs zog es in den ersten Stock des Hauses, wo Lavinia Lindorf gedachte, sich von dem turbulenten Tag zu erholen, wie sie sagte. Die jüngeren Gäste blieben im Saal zurück, als hätten sie nur auf diesen Moment gewartet. Margot schloss sich ihnen an, und als sich auch die alten Bernows verabschiedet hatten, gab ein junger Mann in Uniform den Musikern ein Zeichen. Die ergriffen ihre Noten, packten Geige und Cello ein und verschwanden.

»Liebe Freunde«, rief der junge Mann enthusiastisch. »Lasst uns den Anschluss Österreichs an das Großdeutsche Reich feiern. Auch wenn das bereits im März gewesen ist, hier an den tausend Seen passiert ja alles fünfzig Jahre später.«

Gelächter und Applaus. »Amüsiert euch. Ich hoffe, dass uns der Führer verzeiht, wenn wir heute Abend nicht die ›Meistersinger‹ hören. Für Getränke ist reichlich gesorgt.«

Ein Schallplattenspieler spuckte jetzt die Musik aus, die Margot sich gewünscht hatte, Musik zum Fliegen. Sektkorken knallten, Weinbrand wurde herumgereicht.

»Ich glaube, wir kennen uns noch nicht«, wandte sich der schwarz Uniformierte, der gerade den flotten Spruch vom Stapel gelassen hatte, an Margot. Er schien ein Freund von Trewall zu sein. »Willst du mir die Dame nicht vorstellen, Bernhard?«

»Wenn sie älter als einundzwanzig ist, kann sie das selbst tun. Ich werde sie fragen.«

»Du wirst doch eine Dame nicht nach ihrem Alter fragen.«

Margot lachte und stellte sich vor.

»Untersturmführer Kratz, aber Sie können Günter zu mir sagen.«

Ein lockerer Ton, gute Musik und spritzige Getränke, dazu von zwei gut aussehenden Männern umworben zu werden, die sich nicht das Geringste daraus machten, dass sie ihnen beim Tanzen auf die Füße trat – nie hätte Margot das zu hoffen gewagt.

Der Morgen dämmerte bereits, als sich die Gesellschaft auflöste. Margot war ganz schwindelig vom Tanzen und dem vielen Alkohol. Trewall begleitete sie, und während sie sich Arm in Arm der Saaltür näherten, fiel Margot eine hochgewachsene Männergestalt auf, die allein in einem Ledersessel in der Nähe des Kamins saß. Es war Karl-Friedrich von Bernow, und Margot entging nicht die Enttäuschung, die in seinem Blick lag.

3

Am nächsten Morgen traute sich Margot kaum, die Augen zu öffnen. Sie erinnerte sich nicht mehr genau daran, wie die letzte Nacht zu Ende gegangen war. Zweifellos hatte sie über die Stränge geschlagen, und sie konnte nur hoffen, dass sich ihr Wunsch, der den Abend über immer sehnlicher geworden war, nicht erfüllt hatte. Ihre Hand tastete sich zaghaft zur anderen Betthälfte vor. Was, wenn sie einer behaarten Männerbrust begegnen würde?

Ihr fiel ein Stein vom Herzen, als sie nur das straff aufgeschüttelte Kissen zu fassen bekam. Jetzt besann sie sich auch wieder, dass Trewall sie ganz artig bis zur Tür gebracht und sich dann verabschiedet hatte. Ob es ihm leichtgefallen war, sie einfach so stehen zu lassen?

Wenn sie mit einem Mann eine Dummheit begehen wollte, dann mit ihm. Er hatte Gefühle in ihr geweckt, die sie noch nie empfunden hatte. Vielleicht ging es ihm auch so und er würde sie vom Fleck weg heiraten, vielleicht war alles viel einfacher als gedacht?

Energisches Klopfen an der Zimmertür. »Wo bleiben Sie denn, Fräulein Schenk? Frühstück ist serviert!« Die Stimme von Lavinia Lindorf.

»Sofort, Gnädige Frau.«

Margot schwang sich in Windeseile aus dem Bett und zog am Fenster die schweren Samtvorhänge auseinander. Viel zu hell war der Tag, in ihrem Kopf dröhnte es wie in einem Maschinenraum. Sie legte sich ihre Jacke um und öffnete die Fensterflügel, um frische Luft hereinzulassen. In dem Moment stürmten sie auch schon auf sie ein, die Selbstvorwürfe. Wie konnte man nur so dumm sein, seine Stellung und seinen bis dahin untadeligen Ruf riskieren? Unverzeihlich, was sie sich geleistet hatte. Nie und nimmer durfte sich eine Lehrerin, eine Frau mit Verantwortung, derartig vergessen.

»Guten Morgen«, tönte eine männliche Stimme von unten. »Ich hoffe, Sie haben eine gute Nacht gehabt.« Nein, es war nicht die von Bernhard von Trewall, sondern der junge Gutsherr, Karl-Friedrich von Bernow, schaute zu ihr hoch. Um seine Beine schwänzelte ein brauner Kurzhaar, der an der Leine zog und fiepte. »Sie sollten einen Spaziergang machen, das vertreibt die Kopfschmerzen und alle quälenden Gedanken. Ich würde Sie gern begleiten.«

Sie erinnerte sich an seine Enttäuschung, als er sie Arm in Arm mit Trewall gesehen hatte. Jetzt wirkte er, als hätte es den gestrigen Abend nicht gegeben. Ausgeruht verströmte er so etwas wie Zuversicht.

»Danke der Nachfrage, Herr von Bernow«, erwiderte Margot. »Ich habe gut geschlafen und komme später gerne auf Ihr Angebot zurück. Zuerst erwartet man mich allerdings beim Frühstück.«

Damit gab er sich zufrieden, winkte ihr zu und verschwand mit dem ungeduldig winselnden Hund um die Hausecke.

Das Frühstück wurde in einem Salon serviert, der wie Margots Schlafzimmer auf der Gartenseite lag. Als sie eintrat, leuchteten ihr rote Tulpen und sonnengelbe Forsythien entgegen. Nur die Lindorfs saßen trüb und schweigend bei ihrem Kaffee. Lavinia fiel gleich über sie her.

»Da sind Sie ja endlich«, durchschnitt ihre Stimme das Frühlingsidyll. »Die meisten sind längst abgefahren. Es ist ja beinahe zehn.«

»Entschuldigen Sie, Gnädige Frau, es ist gestern etwas später geworden.« Mit gesenktem Kopf setzte sich Margot an den letzten noch unbenutzten Platz.

»Schon in Ordnung, heute ist ein anderer Tag«, kürzte August Lindorf die drohende Standpauke ab, wofür ihm Margot sehr dankbar war. Von seiner Gattin hingegen erntete er einen ungehaltenen Blick. »Liebenswürdigerweise hat uns Hermann von Bernow seinen Benz samt Chauffeur zur Verfügung gestellt«, fuhr er fort. »Also bitte seien Sie pünktlich wieder zurück, Fräulein Schenk.«

»Zurück?«, fragte Margot.

»Von Ihrem Morgenspaziergang mit dem jungen Herrn von Bernow natürlich. Sie sind aber heute wirklich etwas neben der Spur«, nutzte Lavinia Lindorf die Gelegenheit, um wenigstens einen Vorwurf loszuwerden. »Ach, übrigens, Leutnant von Trewall lässt Sie herzlich grüßen. Er konnte leider nicht warten, um sich von Ihnen persönlich zu verabschieden.«

Woher wussten die Lindorfs von dem Morgenspaziergang? Aber das bewegte Margot weniger, vielmehr beschäftigte sie die andere Nachricht. Er war einfach so gegangen, ohne das kleinste persönliche Abschiedswort? Ob er einen falschen Eindruck von ihr gewonnen hatte? Es war nicht so, wie es gestern vielleicht ausgesehen hatte. Sie suchte kein kurzes Vergnügen. Sie suchte den einen Richtigen, und wenn sie ihn gefunden hatte, wollte sie nur für ihn da sein. Das Einzige, was von dem Abend jedoch übrig geblieben zu sein schien, war das Gefühl, versagt zu haben. Sie schämte sich.

»Essen Sie was, Kindchen!«, forderte Lavinia Lindorf sie auf. »Dann geht es Ihnen gleich besser.«

Aber Margot hatte keinen Appetit. Nach ein paar Gabeln Rührei und zwei Schlucken Kaffee entschloss sie sich, den Spaziergang vorzuziehen. »Ich werde etwas frische Luft schnappen, bevor wir fahren«, sagte sie und sprang auf.

»Ja, aber …« Doch was Lavinia Lindorf erwidern wollte, hörte Margot nicht mehr, sie zog die Tür hinter sich zu und lief über den marmornen Fußboden vorbei am Treppenhaus in Richtung Ausgang.

Da traf sie auf Karl-Friedrich von Bernow, der ihr mit dem Hund entgegenkam. »Das ging aber schnell«, bemerkte er. »Ich wollte Sie doch abholen.«

Der Tag versprach, anstrengend zu werden. Zuerst Lavinia Lindorf mit ihren Vorwürfen, jetzt ein langweiliger Spaziergang mit dem jungen Bernow. »Ich führe Sie gern ein wenig auf unserem Gut herum«, bot er ihr an. »Natürlich nur, wenn es Sie interessiert.«

Sie nickte. Was blieb ihr anderes übrig?

Er reichte ihr den Arm. »Das Anwesen ist alt, auch wenn mein Großvater das Herrenhaus erst vor sechzig Jahren erbaut hat«, begann er den Rundgang, nicht ohne sich den Stolz als künftiger Besitzer anmerken zu lassen.

»Ich hätte es für älter gehalten«, gab sich Margot Mühe. »Aber ich erkenne den Stil nicht ganz …«

»Historismus, wenn Sie so wollen, oder Phantasiestil. Mein Großvater hatte eine romantische Ader, wissen Sie?« Er lachte kurz auf. Dass er Margot ein Schmunzeln entlocken konnte, machte ihm anscheinend Mut. »Ich hoffe, Ihnen haben die Blumen gefallen.«

Zuerst wusste sie nicht, was er meinte.

»Im Morgenzimmer, in dem Sie gefrühstückt haben.«

»Oh, ja, natürlich … natürlich haben sie mir gefallen.«

»Das freut mich. Ich habe sie aus der Gärtnerei bringen lassen – für Sie!«

»Für mich?« Sie sah ihm in die Augen, befremdet, vielleicht sogar erschrocken.

Dass sein Vorstoß bei ihr eine solche Verwunderung auslösen könnte, irritierte ihn anscheinend selbst. »Ich dachte, Sie haben möglicherweise etwas für Blumen übrig«, spielte er die Angelegenheit sofort herunter.

»Danke, sie haben mir wirklich sehr gut gefallen«, erwiderte Margot etwas beschämt. Warum nur war es nicht Leutnant von Trewall, der ihr Blumen zum Abschied geschenkt hatte?, dachte sie unwillkürlich, und ihre Wangen fühlten sich ganz heiß an.

Auf der Rückseite des Herrenhauses lag ein Küchengarten mit Beeten für Kräuter und Blumen, an den sich eine Obstwiese anschloss. Im Hintergrund ragte ein Backsteinkoloss empor.

»Das ist der Pferdestall, sozusagen das Herzstück von Gut Bernow. Er ist viel älter als das Herrenhaus. Mein Vater und ich züchten Reit- und Springpferde, wissen Sie, aber auch heimische Rassen.«

Seine Aufgaben auf dem Gut erfüllten ihn offenbar sehr. Was wohl in diesem Kopf außer der Pferdezucht vorging?

»Sie sahen gestern so traurig aus …«, rutschte es Margot heraus, und sie ärgerte sich gleichzeitig darüber, ihn so in Verlegenheit gebracht zu haben.

»Ach, das war nichts«, reagierte er sichtlich unangenehm berührt. »Ich war etwas müde. Außerdem hat mir die schlechte Luft im Saal zugesetzt, ich vertrage keinen Zigarettenrauch. Heute Morgen habe ich bereits lüften lassen, aber man wird den Geruch so schwer los.«

Anscheinend war er kein Freund solcher Veranstaltungen. Aber natürlich brachte seine Position diese Verpflichtungen mit sich. Margot verspürte den Drang, sich für ihr gestriges Verhalten zu rechtfertigen. »Für mich war es das erste Mal.«

»Ich hoffe, Sie konnten es genießen, ich hatte jedenfalls den Eindruck ...«

Was sollte diese Anspielung? Schließlich war es nicht verboten, sich zu amüsieren. Auch eine Hauslehrerin durfte das. Es gab niemandem das Recht, daraus falsche Schlüsse zu ziehen. »Ja, das habe ich«, erwiderte sie, und es klang etwas trotzig. »Wir leben ja nicht mehr im 19. Jahrhundert.«

»Das ist wahr«, erwiderte er, worauf er den Blick wieder auf den Pferdestall richtete, vielleicht auch, um ein Schmunzeln zu verstecken.

Als Margot eine halbe Stunde später im Benz der Bernows saß und durch die rückwärtige Scheibe des Wagens blickte, stand Karl-Friedrich von Bernow vor dem säulengestützten Eingangsportal des Herrenhauses und schaute ihr nach, bis der Wagen um die nächste Biegung fuhr.

4

Zurück in Neustrelitz erwartete Margot der gewohnte Alltag. Walterchen und die Lindorfs standen wieder im Mittelpunkt ihres Lebens. Doch ihre Gedanken drehten sich
nur um einen: Bernhard von Trewall. Dass er sich nicht
meldete, schrieb sie den Umständen zu. Sicher hatte man
ihn zu irgendwelchen Manövern abkommandiert, schließlich war er Offizier der Wehrmacht. Außerdem stammte er
aus namhafter Familie, da spannten ihn seine Verpflichtungen vermutlich sehr ein. Dennoch wuchs Tag für Tag ihre
Angst, dass er sie vergessen haben könnte.

Lavinia Lindorf sprach bereits von den anstehenden Bäl-
len und Festen im Mai. Nachdem sie einen nicht unbedingt günstigen Eindruck hinterlassen hatte, konnte Margot froh sein, wenn die Gnädige Frau den Vorfall auf Groß
Bernow möglichst schnell vergaß. Walterchen machte seinem Ruf als Nervensäge alle Ehre. In letzter Zeit trieb er es
besonders schlimm. Am Mittagstisch krähte er aus heite-
rem Himmel: »Fräulein Schenk ist verliebt.«

Margot spürte, wie ihr Gesicht ganz heiß wurde.

»Walterchen«, ermahnte ihn Lavinia Lindorf, »lass
das!«

Aber Walterchen wusste aus Erfahrung, dass das nur die
erste Stufe war, es folgte Stufe zwei mit Androhung von
Stubenarrest und dann erst die letzte, wo er sofort auf sein
Zimmer musste. Er hatte also noch jede Menge Schüsse

frei. »Sie wird ja ganz rot, also stimmt es, sie ist verliebt«, insistierte er und warf Margot einen boshaften Blick zu.

Was nahm sich dieses kleine Ungeheuer nur immer heraus?

»Woher willst du das wissen?«, versuchte sich Margot zu wehren.

»Sie sind immer so verträumt«, erwiderte er. »Sie sind manchmal überhaupt nicht bei der Sache!«

Walterchen benutzte fast dieselben Worte wie Margot, als sie ihn vor zwei Tagen zur Ordnung gerufen hatte. Es war also pure Rache. Sie kochte vor Wut.

»Stimmt das, Fräulein Schenk?«, biss seine Mutter prompt an. »Es ist mir äußerst wichtig, dass Sie dem Unterricht Ihre vollste Aufmerksamkeit schenken. Es verlangt absolute Konzentration, Walterchens Intelligenz auszubilden!«

Margot war enttäuscht, sie hatte gedacht, dass die Gnädige ihr trotz allem vertraute. War es nicht sie selbst gewesen, die sie gedrängt hatte, auf den Gutsherrenball zu gehen? Und jetzt ließ sie zu, dass diese kleine Giftkröte Margot so schamlos bloßstellte.

»Sie müssen mir versprechen, dass das nicht wieder vorkommt!«

»Natürlich«, versicherte sie mit gesenktem Kopf. Sie war eben nur eine kleine Angestellte, die sich bereits zu viel erlaubt hatte. Dumm genug, es zu vergessen; nur weil sie einmal in den Armen eines Mannes der besseren Gesellschaft getanzt hatte, gehörte sie noch längst nicht dazu.

Walterchen rutschte vor Vergnügen auf seinem Stuhl hin und her. Für ihn bedeutete es einen denkwürdigen Sieg, Margot so eingeseift zu haben.

Ein neues Mädchen räumte die Suppenteller ab. Margot

fielen ihre traurigen Augen auf, die sie an jemanden erinnerte, nur die Frisur war irgendwie anders. Lavinia Lindorf stellte sie als Kathrin vor.

»Es ist ein Brief für das Fräulein gekommen«, sagte das neue Mädchen, zog einen Umschlag aus ihrer breiten Schürzentasche und legte ihn neben Margot auf den Tisch.

Margot bekam nur selten Post, und diesmal war es sicher nicht von Mutter. Briefpapier dieser Güte ... Den Brief konnte nur einer geschickt haben. Er hatte sie also doch nicht vergessen. Bernhard würde sie aus diesem Affenstall befreien. Sie öffnete den Umschlag, zog den Brief heraus und überflog hastig die ersten Worte. Dann hielt sie inne, während sie versuchte, dem vor Neugierde brennenden Blick der Gutsherrin zu widerstehen, faltete so langsam wie möglich den Brief zusammen und steckte ihn zurück in den Umschlag. »Bitte entschuldigen Sie mich«, sagte sie und erhob sich.

»Es ist hoffentlich eine gute Nachricht, meine Liebe?«, versuchte es Lavinia Lindorf in süßlichem Ton, aber Margot antwortete nicht. Plötzlich war sie wieder »meine Liebe«.

Bis sie die Tür des Speisezimmers hinter sich geschlossen hatte, schaffte Margot es, ihre Anspannung zu verbergen, dann rannte sie wie wild die Treppe hinauf, den schmalen Flur mit den Jagdtrophäen im ersten Stock entlang und verschwand am Ende des Gangs in ihrem Zimmer, wo sie sich aufs Bett warf und hemmungslos zu schluchzen begann. Der Brief war nicht von ihm, ihrem Leutnant, wie sie sehnlichst erhofft hatte, nein, er war von Karl-Friedrich von Bernow.

Nach einer Weile kam sie wieder zur Besinnung, erhob sich von ihrem Bett und verschloss die Tür, damit sie nicht plötzlich das Hausmädchen überraschte. Hatte Walterchen etwa doch recht und sie war heillos verliebt? So verliebt, dass sie ihren Pflichten nicht mehr ordentlich nachkam?

Sie setzte sich an den schmalen Tisch am Fenster und zog den Brief noch einmal hervor, der, zerknüllt und nass von ihren Tränen, nur aus zwei Sätzen bestand.

Sehr geehrtes Fräulein Schenk,

der Mai ist gekommen, und auf Groß Bernow feiern wir am letzten Sonnabend des Monats ein Maiblütenfest. Ich habe Sie bei Ihrem vormaligen Besuch schätzen gelernt und möchte Sie persönlich sehr herzlich einladen, an diesem Tag unser Gast zu sein.

Ergebenst, Karl-Friedrich von Bernow

Ihr wurde bewusst, wie albern sie sich benahm. Einen überschwänglichen Liebesbrief hatte sie erwartet, unterschrieben womöglich mit: *Dein dich über alles liebender Bernhard.* Hatte sie den Verstand verloren?

Ergebenst, Karl-Friedrich von Bernow … Sie hatte das ernste, humorlos wirkende Gesicht des jungen Landbarons vor Augen und die Szene während ihres gemeinsamen Spaziergangs, als sie ihm gegenüber ziemlich forsch aufgetreten war. Jetzt lud er sie in aller Form ein, wie es zu ihm passte. »Wie kann man nur so unbescheiden und selbstsüchtig sein?«, mahnte sie das Gewissen. »Du bist weder eine Prinzessin noch eine reiche Erbin, die sich die Männer aussuchen kann. Und dann willst du diesen vielversprechenden jungen Mann vor den Kopf stoßen, nur weil er nicht voll und ganz deinen Mädchenträumen entspricht?« Außerdem ging sie keinerlei Verpflichtung ein. Sie wischte sich über das tränennasse Gesicht und beschloss, die Einladung anzunehmen.

In den folgenden Tagen gab sich Margot große Mühe, Walterchen zu beweisen, dass sie ihm nichts nachtrug. Sie hielt sich mit Tadel zurück und half ihm bei den Aufgaben. Doch offenbar fühlte er, dass sich sein glorreich errungener Sieg gegen ihn wandte. Er hatte lediglich erreicht, dass die Besiegte jetzt Abstand von ihm hielt, während er doch wie jedes Kind geliebt werden wollte. Walterchen konterte mit Hartnäckigkeit. Er buhlte, wann immer sich die Gelegenheit bot, um Margots Gunst. Erst als auch Komplimente wie »Ich finde Sie sehr hübsch« und »Ich möchte Sie einmal heiraten« an ihr abperlten, stellte er seine Versuche, sie zurückzugewinnen, ein. Er musste einsehen, dass ein einzelner Sieg nicht bedeutete, bereits die Schlacht gewonnen zu haben, und Margot glaubte, ihre Autorität wiederhergestellt zu haben.

An dem Mittwoch vor dem Maiblütenfest half Margot Walterchen bei den Hausaufgaben. Er tat sich schwer bei der Bruchrechnung, und anscheinend verletzte es seinen Stolz, immer wieder Fehler eingestehen zu müssen. Unwillig schnaufend warf er den Bleistift auf das Pult.

»Ich werde bald eine Uniform tragen«, verkündete er, als würde das seine Rechenschwäche mit einem Schlag aus der Welt schaffen.

Margot versuchte, ihn zu besänftigen: »Natürlich, Walterchen, wenn du groß bist.«

»Nein, jetzt!«

»So?«

»Kathrin wird mir eine Uniform nähen, Mama hat es mir versprochen.«

»Und dann?«

Sozusagen als Zeichen des Friedens strich Margot Walterchen sanft über den Kopf. Er sollte spüren, dass sie ihm nicht mehr böse war und ab jetzt wieder Waffenruhe zwischen ihnen herrschte. Doch darauf sprach Walterchen nicht an. »Dann werden alle die Hände heben und rufen: Heil Walter!«

Margot schmunzelte. »Und wenn sie es nicht tun?«

Auch mit dieser Möglichkeit schien Walterchen gerechnet zu haben. »Dann werde ich sie verhaften lassen, die Judenschweine!«

Margot glaubte, die Fenster müssten zerspringen bei solchen Worten aus einem Kindermund. Als sie sich wieder fing, hatte Walterchen bereits den zweiten Sieg über sie errungen. Aber diesmal kostete er seinen Triumph nicht aus, er lächelte sie sogar warmherzig an. Jetzt hätte ihm niemand mehr den Ausbruch zugetraut, der vor nicht einmal einer Minute stattgefunden hatte, und er schien sich seiner Macht überaus bewusst zu sein.

Margot überlegte, ob sie seiner Mutter von dem Vorfall berichten sollte, befürchtete aber, dass er sich gegen sie wenden könnte.

Sie beschloss deshalb, bis nach dem Maiblütenfest mit der Entscheidung zu warten.

⁓

Margot erzählte Lavinia Lindorf von der Einladung Karl-Friedrich von Bernows, und natürlich nahmen auch die Lindorfs am Maiblütenfest teil. Es kündigte sich wieder eine Landpartie im Horch an, die hoffentlich diesmal ohne streikenden Motor verlaufen würde. Am Freitagmorgen jedoch klagte Lavinia Lindorf über Unpässlichkeit. Der Magen. Daraufhin sagte August Lindorf ihre Teilnahme am Fest ab, und Margot, die sich mittlerweile auf die Abwechslung gefreut hatte, blieb keine andere Wahl, als sich der Entscheidung anzuschließen.

Sie hatte sich bereits damit abgefunden, ein Wochenende wie all die anderen mit Kirchgang und Vorlesestunde zu verbringen, als Lavinia Lindorf am späten Nachmittag nach ihr rufen ließ.

»Ich habe soeben einen Anruf erhalten«, sagte sie zu ihr und forschte neugierig in ihrem Gesicht. »Offenbar haben Sie auf den jungen Herrn von Bernow Eindruck gemacht. Er hat zwar sein Bedauern ausgesprochen, dass wir absagen mussten, würde sich aber sehr freuen, wenn er das Fräulein Schenk dennoch begrüßen dürfe.«

Eine Situation, die Margot nicht einschätzen konnte. Sie wusste nur, dass sie ihre Stellung bei den Lindorfs in keinem Fall gefährden durfte. »Das ist sehr freundlich, aber unter den gegebenen Umständen ...«

Auf das gestrenge Gesicht der Gutsherrin schlich sich ein Lächeln. »Fällt es Ihnen wirklich so leicht, darauf zu verzichten?«

Margot traute sich nicht, etwas darauf zu sagen.

»Nun, ich habe mir erlaubt, die Sache für Sie zu entscheiden«, nahm ihr Lavinia Lindorf die Antwort ab. »Morgen gegen zehn wird der Chauffeur der Bernows hier vorfahren und Sie abholen, so ist es jedenfalls mit dem jungen Herrn besprochen.« In ihren Augen blitzte so etwas wie Respekt auf. »Sie überraschen mich, meine Liebe, das muss ich schon sagen.«

»Ich ...«

»Aber Sie machen es richtig. Wenn man sein Ziel erkannt hat, muss man ohne Umschweife darauf zugehen, sonst erreicht man es nie.«

»Aber ...«

»Nur eins sollte noch geklärt werden.«

Margot erschrak. Führte Walterchen wieder etwas gegen sie im Schilde?

»Sicher haben Sie wieder nichts anzuziehen.«

Margot starrte sie nur wortlos an.

»Das war vorauszusehen«, Lavinia Lindorf seufzte, als handelte es sich um echte Tragik. »Aber ich werde Ihnen eines meiner neuen Schultertücher leihen und an Ihrem Kleid schnell ein paar Änderungen machen lassen, damit man es nicht so einfach wiedererkennt.«

5

Am Freitagabend hatte es noch geregnet, doch am Samstag schien entschlossen die Sonne und der Himmel zeigte tiefblauen Grund. Der Chauffeur der Bernows war pünktlich, und Margot hatte den mit cremefarbenem Leder gepolsterten Innenraum des Mercedes ganz für sich allein. Ein erhebendes Gefühl beschlich sie, in einem so prachtvollen Wagen zu sitzen wie die Herrschaften selbst. Als Gut Lindorf außer Sicht war, stellte sich Margot vor, wie schön es wäre, wenn ein Mann, ihr Mann, sie erwarten und am Ende der Fahrt in die Arme schließen würde. Dann allerdings schüttelten mehrere tiefe Schlaglöcher ihren Traum heftig durch, und sie beschloss, sich auf die Landschaft zu konzentrieren, die links und rechts an ihr vorbeizog.

Die Bäume der Allee in Groß Bernow strahlten in frischem Grün und boten einen herrlichen Anblick. Es waren Kastanien, wie Margot an der Form der Blätter erkannte. Vor der Einfahrt zum Herrenhaus musste der Chauffeur stark abbremsen. Überall standen Leute herum, es herrschte ein lebhaftes Durcheinander. Auch Kinder waren dabei, jedes ein Stück goldgelben Sandkuchen in der Hand. An jeder Ecke befanden sich Stände mit Kleinigkeiten zu essen und zu trinken. Der üppig geschmückte Maibaum mit bunten Girlanden ragte vor dem alten Pferdestall bestimmt zehn Meter in die Höhe. Ein paar Schritte davon entfernt war ein Zelt im Stil eines großen Pavillons aufgebaut, neben dem Rauch aufstieg. Der Chauffeur führte sie zum Eingang des Herrenhauses, wo ihr ein Dienstmädchen entgegeneilte.

»Herr von Bernow erwartet das gnädige Fräulein am Marstall«, sagte sie. »Möchten Sie sich vorher noch frisch machen?«

»Danke, aber die Fahrt war ja nur kurz«, antwortete Margot.

»Dann begleite ich Sie jetzt.«

»Nicht nötig, ich finde allein dorthin.«

Das Mädchen deutete einen Knicks an und verschwand darauf im Haus. Und schon befand sich Margot mitten im bunten Treiben. Anscheinend waren es vor allem Landarbeiter mit ihren Frauen und Kindern, die sich ungezwungen vergnügten. Alle waren in bester Stimmung, tranken und lachten. Ein kleiner Hund lief zwischen ihren Beinen hindurch, beinahe wäre sie gestolpert. »Setzen Sie sich doch!«, sagte einer der Männer. »Möchten Sie Limonade? Oder lieber einen Kirschlikör?«

»Da sind Sie ja!« Karl-Friedrich von Bernow strahlte eine Frische aus, die Margot an ihm bisher nicht kannte. Das erste Mal hatte sie bei ihm das Gefühl, einen jungen Mann vor sich zu sehen. »Herzlich willkommen.« Über seinem Anzug trug er eine mit rotbraunen Flecken übersäte Schürze. Offenbar gefiel ihm der Rollentausch, einmal nicht der Herr zu sein und seine Arbeiter höchstpersönlich zu bedienen. »Kommen Sie mit mir. Dort drüben ist das Zelt für die eingeladenen Gäste. Leider kann ich Ihnen nicht die Hand geben, ich habe fettige Finger.«

»Das ist schon in Ordnung«, erwiderte Margot. »Haben Sie selbst geschlachtet?«

Er lachte. »Nein, das überlasse ich anderen, aber ich

drehe den Spieß, an dem das Spanferkel steckt, und verteile die Portionen. Folgen Sie mir, die Herrschaften im Zelt werden Sie noch vom Gutsherrenball kennen, meine Eltern sind auch dabei.«

»Ehrlich gesagt, würde ich Ihnen lieber bei der Arbeit helfen«, sagte Margot geradeheraus. In der Runde der alten Herrschaften würde sie sich ohne die Lindorfs verloren fühlen, und wie sollte sie sich verhalten, wenn man sie fragte, warum sie allein gekommen sei?

»Wenn Sie meinen. Ach, übrigens, Bernhard von Trewall lässt Sie grüßen. Er ist leider verhindert. Der Vater seiner Verlobten hat Geburtstag. Möchten Sie etwas trinken?«

Eine ähnliche Nachricht hatte sie erwartet, und doch versetzte es ihr einen Stich.

»Ja«, sagte Margot. »Gerne etwas mit Alkohol.«

Vor der Pflicht, sich bei Karl-Friedrichs Eltern für die Einladung zu bedanken, konnte sie sich jedoch nicht drücken. Schließlich richteten sie offiziell das Fest aus. Als Margot ins Zelt trat, hatte sie das Gefühl, dass sich alle Augen auf sie richteten. Die Stimmen verstummten für einen Moment, worauf hie und da getuschelt wurde. Am Kopf der Tafel, wie nicht anders zu erwarten, saßen die alten Bernows und verteilten gönnerhafte Blicke nach allen Seiten. Margot schienen sie nicht zu bemerken.

»Ich möchte mich herzlich für die Einladung bedanken«, sagte sie, als sie bei ihnen angekommen war. Doch von Therese von Bernow erntete sie nur einen Blick, als sei sie ein ungezogenes Kind, das die heilige Ruhe störte. »Sie sind Gast meines Sohnes, junges Fräulein«, stellte sie klar.

Hermann von Bernow hingegen nickte wohlwollend und reichte ihr sogar die Hand, sagte aber kein weiteres Wort. Hier war wohl jeder Versuch zwecklos, eine freundliche Unterhaltung zu beginnen, dachte Margot. »Bitte entschuldigen Sie mich, ich will draußen helfen«, brachte sie nur heraus.

Wieder traf sie der gnadenlose Blick der alten Gutsherrin. »Eine vernünftige Idee, mein Fräulein. In jedem Fall besser, als zu viel zu trinken und sich gehen zu lassen«, verabschiedete Therese von Bernow sie.

Was hatte sie sich nur gedacht, an diesem verflixten Ort noch einmal zu erscheinen? Margot zitterten vor Wut die Hände. Gegen diese Frau war Walterchen ein Ausbund an Liebenswürdigkeit. Sie verließ das Zelt und hatte nicht übel Lust, sich von irgendeinem der Bauern zurück nach Neustrelitz kutschieren zu lassen. Doch auf dem Festplatz duftete es nach Schweinebraten, die Sonne flimmerte durch die Blätter der hohen Bäume, und ein Drehorgelmann spielte Paul-Lincke-Schlager. Alle hatten gute Laune, warum sollte sie sich den Tag von dem alten Drachen verderben lassen?

Karl-Friedrich drehte mit einem Helfer den Spieß über dem glühenden Holzkohlenfeuer. Davor war eine lange Tafel aufgebaut, worauf sich weiße Porzellanteller türmten, daneben Schüsseln mit Kartoffelsalat, Bohnen und Rot- und Weißkraut. Ein Küchenmädchen schnitt von einem großen runden Brotlaib dicke Scheiben ab und gab sie den Fleischportionen bei. An den Salaten bedienten sich die Gäste selbst, aber sein Stück Braten wollte jeder vom Gutsherrn selbst in Empfang nehmen. Karl-Friedrich stand der Schweiß auf der Stirn, die Schlange brach nicht ab, und immer mehr Menschen streckten ihm einen Teller entgegen. Kurzentschlossen band sich Margot eine Schürze um und stellte sich an seine Seite.

»Sie sollen doch genießen, nicht arbeiten«, sagte er, freute sich aber offensichtlich, sie in seiner Nähe zu wissen.

»Ihre Frau Mutter hat mir soeben mitgeteilt, dass arbeiten sinnvoller ist, als zu trinken und sich gehen zu lassen, deshalb bin ich hier«, erwiderte sie.

Karl-Friedrich errötete und verlor von einem auf den anderen Augenblick seine Unbeschwertheit. Dabei hatte Margot die Bemerkung eher humorvoll gemeint. »Ich hoffe, dass ich ihr nicht allzu unangenehm aufgefallen bin«, versuchte sie die Wogen zu glätten.

»Warum sollten Sie?«, entgegnete er trocken und schnitt ein viel zu großes Stück vom Schweinerücken ab, worauf Margot ihm half, zwei Portionen daraus zu machen. Ein längeres Schweigen entstand zwischen ihnen, während sie die hungrigen Arbeiter einen nach dem anderen bedienten.

Nach dem Essen spielte ein Landarbeiter mecklenburgische Heimatlieder auf seinem Akkordeon, und einige der Bauern ließen die Gutsherren hochleben. »Trinken Sie ein Glas Sekt von der Mosel mit mir?«, fragte Karl-Friedrich und lächelte wieder.

»Ich weiß nicht, ob ich genug gearbeitet habe, um mir das erlauben zu dürfen«, antwortete sie und zwinkerte ihm zu.

Sein Grinsen verriet ihr, dass er sie diesmal richtig verstanden hatte. »Ich finde schon! Hiermit ist die Erlaubnis erteilt«, erwiderte er und lachte.

Er ging ins Zelt und kam, zwei langstielige Gläser mit perlendem Inhalt in Händen, kurze Zeit später wieder heraus. Sie stießen an. »Ich möchte noch einmal sagen, wie sehr ich mich freue, dass Sie gekommen sind.« Seine Rede klang fast offiziell. Aber der Glanz in seinen Augen verriet Margot, dass er mehr damit meinte.

Am Nachmittag stand der große Kinderspaß an. Er begann damit, dass der Gutsherr selbst – und das war Karl-Friedrich in Vertretung seiner Eltern, die dem Spektakel nur noch als Zuschauer beiwohnen konnten – einen mit johlender Kindermeute besetzten Heuwagen rund um den Bernower See kutschierte.

»Sie werden mich doch mit der Rasselbande nicht allein lassen«, rief er Margot zu. Also nahm sie neben ihm auf dem Bock Platz. Karl-Friedrich setzte die beiden stoischen Kaltblüter mit einem Peitschenknall in Bewegung, so dass diese gemütlich lostrabten, ohne sich von der übermütigen Ladung auch nur im Geringsten aus der Ruhe bringen zu lassen. Der Fahrtwind ließ bereits frühsommerliche Milde spüren, und so drehten sie eine weitere Runde.

»Mögen Sie Kinder?«, rief Karl-Friedrich ihr zu.

Margot antwortete nicht gleich. Erst kürzlich hatte jemand ihren Blick auf Kinder verändert. Walterchen stand ihr in Uniform vor Augen, den rechten Arm ausgestreckt zum Führergruß.

»Kommt darauf an …«

»Worauf?«

»Ob ich den richtigen Vater für sie finde.«

Er wandte ihr sein verschwitztes Gesicht zu. In seinen Augen meinte sie Sehnsüchte zu lesen, aber auch Unsicherheit. Ihm fehlte das Verwegene, das sie bei einem Mann wie Leutnant von Trewall so anziehend fand. Karl-Friedrich war nicht ihr Traumheld, aber sie fand ihn auch nicht gerade abstoßend. Er war nicht ihr Ideal, aber – er war da.

Nachdem die Kinder ihren Anteil am Fest ausgekostet hatten und sich mit Limonade abkühlten, spielte eine kleine Kapelle zum Tanz auf. Karl-Friedrich drehte mit Margot einen Walzer, dann setzten sie sich – jeder mit einem Glas Schlehenwein – auf die Rundbank unter der dicken Eiche.

»Ein Gutshof ist nicht nur ein Besitz, auf den man stolz sein kann«, sagte Karl-Friedrich nachdenklich und fast wieder zu ernst. »Er bedeutet auch Verantwortung.«

In diesem Moment erkannte Margot, dass sie ihn falsch eingeschätzt hatte. Er war ein Kind dieser Gegend, ein Mann weniger Worte, aber jedes davon zählte. Seine Aufgaben versah er gewissenhaft, und die Menschen, die für ihn und seine Familie arbeiteten, behandelte er ebenso. Karl-Friedrich von Bernow verdiente Respekt und, ja, auch Liebe. Aber sollte es ausgerechnet ihre Liebe sein?

Sie schwiegen eine Weile. Margot spürte, dass Karl-Friedrich ihr etwas sagen wollte, nur nicht wusste, wie. Für die richtige Formulierung blieb allerdings nicht mehr viel Zeit, denn diesmal würde sie keinesfalls den alten Fehler wiederholen, um womöglich bei den Lindorfs angeschwärzt zu werden. Diesmal würde sie sich rechtzeitig zurückziehen.

»Ich möchte Ihnen gern ...«, begann Karl-Friedrich, stockte dann aber.

»Ich heiße Margot, wenn Sie das meinen.«

»Ja, das meine ich«, erwiderte er sichtlich erleichtert. Sein Gesicht war errötet vor innerer Bewegung. »Ich heiße Karl.«

Aus einer der hinteren Türen des Herrenhauses, dort, wo die Küche lag, kam ein Mädchen in langer Schürze gelaufen. »Sollen wir anfangen aufzuräumen, Gnädiger Herr?«, fragte sie atemlos. Am Horizont zeichnete sich bereits die Dämmerung ab. In dieser ausgelassenen Stimmung waren die letzten Stunden einfach so zerronnen.

»Ja«, antwortete Karl. »Es wird Zeit.«

Er erhob sich, stellte sich vor Margot und verbeugte sich kurz. »Jetzt, wo wir Du sagen, dürfen wir auch wie Freunde Arm in Arm gehen«, sagte er und lächelte verschmitzt. Er konnte durchaus witzig und charmant sein, dachte Margot.

Allmählich leerte sich der Festplatz. Die Honoratioren, die den größten Teil des Nachmittags im Zelt verbracht hatten, traten hervor, manche verabschiedeten sich, andere folgten den alten Bernows ins Herrenhaus.

Obwohl es Karl nicht gerne sah, half Margot mit, die schmutzigen Teller und Gläser in die Gutsküche zu tragen, während der Tag noch einmal an ihr vorbeizog. Er war schön gewesen, wie eine Illusion kam er ihr bereits vor.

Karl und ein Knecht räumten den Spieß samt dem dürftigen Rest vom Festmahl ab. »Geh doch schon hinein«, forderte er Margot auf. Aber sie zögerte. Seine Mutter hatte ihr unmissverständlich zu verstehen gegeben, was sie von ihr hielt.

»Ich würde jetzt lieber zurück nach Neustrelitz fahren, Karl«, erwiderte sie.

»Hat es dir nicht gefallen?« Die Enttäuschung in seiner Stimme war unüberhörbar.

»Es war sehr schön, Karl.« Sie wollte ihn keineswegs kränken, aber er musste sie auch verstehen.

Karl wies den Knecht an, die Arbeit ohne ihn zu Ende zu bringen, und reichte ihr den Arm. Schweigend spazierten sie ein Stück den Obstgarten entlang. Der böige Wind fuhr in die Kronen der alten Bäume. Ein Pferd wieherte ungeduldig vom Stall herüber.

»Der Chauffeur hat am Nachmittag und Abend frei. Natürlich kann ich dich fahren …«

»Nein, nein, das ist nicht nötig. Aber ich bin müde und würde mich dann gern zurückziehen.«

Er nickte.

»Es war sehr schön«, wiederholte sie, ihr fielen keine besseren Worte ein. Er stand ihr gegenüber, hielt ihre Hände in seinen großen Händen, die sich kalt und feucht anfühlten. Als er sie so anblickte, spürte sie, dass er sie wollte, dass er sie mehr wollte als sie ihn. Aber sie mochte ihn und sie begann ihn zu verstehen. Sein Gesicht näherte sich dem ihren. Als seine Lippen auf die ihren trafen, schloss sie die Augen. Und nur für einen sehr kurzen Moment stellte sie sich vor, es wäre Bernhard von Trewall, der sie küsste.

6

Margot war in demselben Zimmer untergebracht, in dem sie auch nach dem Gutsherrenball übernachtet hatte. Müde setzte sie sich auf das Doppelbett mit den stramm aufgeschüttelten Kissen und der gestärkten Bettwäsche und zog sich die Schuhe aus. Das wilde Durcheinander der Kinderstimmen klang ihr noch im Ohr, und nach wie vor hatte sie den Geruch der schwitzenden Pferde in der Nase.

Seit ihrer ersten Begegnung mit Karl hatte sie das Gefühl gehabt, er blicke tief in sie hinein, wenn er sie anschaute, und offenbar hatte er gefunden, was er suchte. Margot hatte vorher nur einmal einen Mann, besser einen Jungen, auf diese Weise geküsst. Simon hieß er, der Sohn der Nachbarn. Dieser Simon hatte behauptet, sie würde keinen abbekommen, wenn sie nicht gut küsse. Deshalb könne sie sich glücklich schätzen, dass er sich ihr unverbindlich zur Verfügung stelle, um mit ihr zu üben. Das Schlitzohr. Damals war sie vierzehn gewesen.

Ihre Mutter hatte nur wenige Worte zum Thema Liebe und Frausein gefunden. Als Margot eines Tages das Blut an den Beinen hinablief, hatte sie gesagt: »Ab jetzt musst du gut auf dich aufpassen.« Und als sie sechzehn war und die Männer nach ihr schauten: »Lass keinen ran, dem du nicht vertrauen kannst.« Und Margot hatte auf die Mutter gehört, sie hatte keinen rangelassen.

Über den Tag hinweg hatte ihr Kleid ziemlich gelitten.

Margot zog es aus und bettete es sorgsam auf einen der Polsterstühle. Draußen war es fast dunkel, Stimmen schallten zu ihr herauf, Wagentüren knallten, Motoren brummten. Das Fest ging zu Ende.

Karl war kein Mann für schnelle Abenteuer. Nein, bestimmt nicht, dieser Mann war alles andere als ein Draufgänger. Über den Gedanken musste sie schmunzeln. Sein Kuss war ihr nicht unangenehm gewesen, sanft und hingebungsvoll. Nur wenn sie sich seine großen, kalten Hände auf ihren Brüsten vorstellte, bekam sie eine Gänsehaut.

Wie sollte es weitergehen? Sie war nur eine Hauslehrerin und er ein reicher Erbe, der vermutlich von seinen Eltern für eine andere vorgesehen war, natürlich ebenso reich wie er. Sie lebten im Jahr 1938, nicht im 19. Jahrhundert, aber in dieser Hinsicht hatte sich nichts geändert, änderte sich vielleicht nie etwas.

Der Gedanke ernüchterte sie. Sie trank einen Schluck von dem Kräutertee, den ihr Therese von Bernow aufgedrängt und den sie nicht abzulehnen gewagt hatte. »Ein exzellenter Nachttrunk, meine Liebe«, hatte sie sich ganz unerwartet um sie bemüht. »Ich werde ihn auf Ihr Zimmer bringen lassen.« Er schmeckte ziemlich bitter, wie heiße Medizin, vor allem nach Baldrian, den Margot nicht ausstehen konnte.

Sie erhob sich vom Bett, eines der Hausmädchen hatte heißes Wasser zum Waschen in die Schüssel auf der altmodischen Kommode gefüllt. Bei den Lindorfs gab es längst Keramikbecken mit fließend warmem und kaltem Wasser, selbst auf den Zimmern der Bediensteten. Sie wusch sich, zog das gestärkte weiße Nachthemd an und legte sich ins Bett. Therese von Bernow hatte nicht zu viel versprochen, kurz danach setzte die Wirkung ihres Schlafgebräus ein.

Am nächsten Morgen regnete es. Die Tropfen prasselten gegen die Scheiben, Wolken hetzten über den Himmel. Gestern war ein so herrlicher Tag gewesen. Für eine gute Zeit muss man immer mit einer schlechten bezahlen, dachte Margot. Hatte das ihre Mutter nicht einmal gesagt? Sie spürte eine leise Sehnsucht in sich, aber erst als sie die Tür zum Morgenzimmer öffnete, in dem das Frühstück auf sie wartete, wurde ihr klar, dass sie sich auf eine Begegnung mit Karl freute. Der Raum duftete nach seinen Blumen, der Tisch war gedeckt. Allerdings nur für eine Person.

»Guten Morgen, meine Liebe. Mein Sohn lässt herzlich grüßen und ausrichten, dass er leider nach Neubrandenburg musste, um Dringliches zu erledigen«, verkündete Therese von Bernow, die hinter ihr auftauchte. Margot schien es fast, als blitzte Spott aus ihren Augen.

»Wenn Sie Wünsche haben, benutzen Sie bitte diese Klingel hier, sie geht direkt in die Küche.« Darauf zog Therese von Bernow sich zurück.

Das war wohl als Strafe für den gelungenen gestrigen Tag zu verstehen, dachte Margot. Aber Sarkasmus half nicht. Offenbar war Karls Interesse nicht so groß, wie es ihr erschienen war, vielleicht bedauerte er bereits, ihr so nahegekommen zu sein. Und diese Frau tat das Ihrige, um die Begegnung zwischen ihnen möglichst schnell vergessen zu machen.

Später im Mercedes kapitulierte Margot vor ihren Tränen. Aber als sie in Neustrelitz aus dem Auto stieg, riss sie sich zusammen und rüstete sich innerlich für Lavinia Lindorf. Die neugierige Gutsherrin sollte nicht gleich erraten können, wie es in ihr aussah.

Sonntags herrschte eine feierliche Ruhe auf Gut Lindorf. Dies war der einzige Tag in der Woche, den August Lindorf voll und ganz in Neustrelitz verbrachte und an dem er mittags mit der Familie aß. Er führte die Unterhaltung bei Tisch, interessierte sich für die Angelegenheiten seiner Frau und sprach über die Schule und Walterchens Fortschritte. Lavinia Lindorf hatte Margot angewiesen, möglichst gut über die Leistungen ihres Jüngsten zu sprechen, um seinen Vater wohlwollend zu stimmen.

Diesmal bot Walterchen einen besonderen Anblick. Die heiß ersehnte Uniform war endlich fertig, und er trug sie mit sichtbarem Stolz, dazu die passende Kappe, die er nur bei Tisch seiner Mutter zuliebe absetzte.

»Ich höre, dass du fleißig bist und gut arbeitest, Walter«, wandte sich August Lindorf an ihn. Er sagte Walter und tat stets so, als wäre Walterchen ein erwachsener Mann. Das ließ die Brust seines Sohnes schwellen, und er saß kerzengerade hinter seinem Suppenteller. »Das gefällt dem Führer. Das ist Deutsches Wesen.«

In diesen Ton verfiel August Lindorf nur an Sonntagen, und das, was er sagte, erinnerte an die politischen Reden aus dem Volksempfänger. »Wir alle müssen unseren Beitrag leisten, damit es mit Deutschland weiter aufwärtsgeht. Ich danke auch Ihnen, Fräulein Schenk, dass Sie Walter dabei unterstützen, dem Vaterland zu dienen.«

Margot senkte bescheiden den Blick, Lavinia Lindorf lächelte zustimmend und streichelte ihrem Sprössling den Kopf.

Nach der Pilzcreme gab es Hase mit Rotkohl und Kartoffeln, gefolgt von süßem Reis mit Kirschen. Getrunken wurden Wein und Wasser. Walterchen trank Apfelsaft in einem Weinglas. Nach dem Essen reichte August Lindorf für gewöhnlich seiner Frau den Arm und führte sie nebenan in den Salon, um eine Zigarre zu rauchen. Meistens ließ er sich dazu einen Weinbrand bringen, seine Frau bevorzugte Grand Marnier, und schaltete das Operettenkonzert ein. Walterchen durfte dann auf sein Zimmer, und Margot schnappte ein wenig Luft im Hof. Aber heute war es anders. Walterchen bestand darauf, die Eltern in den Salon zu begleiten. Er hatte angekündigt, ihnen vorzuführen, dass er schon einwandfrei exerzieren könne wie ein richtiger Soldat, und August Lindorf hatte sich bereit erklärt, die Parade abzunehmen.

Lavinia Lindorf erbat sich allerdings ein paar Minuten von ihrem Mann, sie habe noch etwas mit Fräulein Schenk zu besprechen, worauf er mit Walterchen bereits nach nebenan ging. Nicht viel später erzitterte die Schiebetür unter den festen Tritten und den lautstarken Kommandos.

Nachdem sie sich vergewissert hatte, dass alle Türen zum Speisezimmer geschlossen waren, flüsterte Lavinia Lindorf: »Bleiben Sie sitzen, meine Liebe. Ich bin ganz verzweifelt, und es muss unter uns bleiben.«

»Natürlich.« Margot ahnte allerdings nicht im Geringsten, worüber ihre Herrin sprach.

»Sicher haben Sie sie gleich erkannt.«

Margot zuckte mit den Schultern.

»Das neue Dienstmädchen ist natürlich Inge.«

»Die Schneiderin mit dem traurigen Blick«, entfuhr es Margot. Ihr war gleich aufgefallen, dass sie diese Frau von irgendwoher kannte. Aber sie verstand immer noch nicht, was das zu bedeuten hatte.

»Nun«, sagte Lavinia Lindorf, »er darf es niemals erfahren. Beide dürfen es nicht erfahren, weder mein Mann noch Walterchen.«

Sie war doch sonst so couragiert und geradeheraus, die Gnädige Frau. Was war denn nur los?

»Es hat seinen Grund, dass Inge jetzt Kathrin heißt. Inge ist … lassen Sie mich es anders ausdrücken … sie ist eine …« Plötzlich stand ein Wort drohend im Raum, ein Wort wie ein Fluch, das dem, der es aussprach, nichts als Unglück brachte.

»Jüdin?«, kroch es aus Margots Mund.

»Pst!« Lavinia Lindorf zuckte zusammen. »Versprechen Sie mir, dass Sie es niemandem sagen. Niemand darf erfahren, dass Kathrin Schmidt eigentlich Inge Diamant heißt, sonst …«

Margot nickte.

»Ihrem Mann haben sie die Nieren zerschlagen. Er liegt im Hospital und wird sterben. Inge ist entkommen. Ich konnte nicht anders, ich musste ihr helfen.«

Margot würde Inge nicht verraten und natürlich auch nicht ihre Brotgeberin. Aber was wäre, wenn Walterchen davon erführe? Er kannte keine Gnade. Den Vorfall vor einigen Wochen hatte sie seiner Mutter verschwiegen, aber die durchschaute seinen Charakter offenbar besser als vermutet. Die Angst war auch in dieses Haus eingekehrt.

Am Nachmittag spazierte Margot ein Stück die Landstraße entlang. Ihre Gedanken bedrückten sie. Walterchen hatte nun Macht über sie und seine Mutter, ohne es zu wissen. Er wusste auch nicht, dass eine Jüdin seine Uniform geschneidert hatte, die er so stolz präsentierte. So jung er war, lauerte er nur darauf, sich hervorzutun. Niemals durfte er dieses Geheimnis erfahren, das schwor sie sich.

Als Nebel aufzog und es zu nieseln begann, lief Margot zurück und verzog sich in ihr Zimmer. Sie wollte lesen, doch bereits nach ein paar Sätzen verlor sie den Faden und legte das Buch beiseite. Ihr Kopf war voller beunruhigender Gedanken, nicht nur wegen der jüdischen Schneiderin. Zwei Männer hatte sie kennengelernt, und am nächsten Tag waren sie bereits aus ihrem Leben verschwunden. Lag es daran, dass sie zu viele Fehler machte, oder war sie einfach nur ein Unglücksvogel?

Sie überlegte, ihrer Mutter in Rostock zu schreiben. Dann schlug sie es in den Wind, Mutter hatte genug Sorgen. »Such dir einen passenden Mann in *deinen* Kreisen, und schlag dir die Flausen aus dem Kopf!«, klang ihre Stimme in Margots Ohr. Mutter hatte ja keine Ahnung, wie allein man auf dem Land sein konnte. In der Stadt war es leichter, ja, in der Stadt ...

Es klopfte an der Tür. Kathrin kam herein. »Das Fräulein hat einen Anruf.«

»Danke, Inge«, erwiderte Margot unbedacht und ganz ohne Absicht.

Das Hausmädchen erstarrte.

»Bitte entschuldigen Sie, natürlich Kathrin. Keine Sorge, die Gnädige Frau hat mich ins Vertrauen gezogen. Sie können sich auf mich verlassen.« Margot sah in diese verängstigten Augen, in denen jetzt Tränen standen. Doch für Trost blieb keine Zeit. Der Anruf. Hoffentlich war zu Hause nichts passiert.

Margot lief voraus die Treppe hinunter. Noch nie hatte sie jemand persönlich am Telefon verlangt. Der ständige private Gebrauch war von Seiten der Gutsherrn auch nicht erwünscht, und Margot hielt sich daran. Ihr Herz klopfte bis zum Hals, als sie das Telefonzimmer betrat. Der Hörer lag neben dem Apparat. »Schenk.«

»Bitte entschuldige«, eine aufgeregte Männerstimme am

anderen Ende. »Ich hätte ... ich wollte doch mit dir frühstücken, aber dann ...«

Karl. Margot setzte sich in den Sessel neben dem Telefontisch. Sie war ein Stück weit erleichtert, er hatte sie also nicht vergessen. »Du warst in Neubrandenburg?«, fragte sie.

»Ja, das war ich. Mutter hat mich geschickt. Ich sollte bei einer Versteigerung von Landmaschinen anwesend sein.«

»Und das hast du erst heute erfahren?«

»Leider ja, Mutter hatte sich im Datum geirrt und es erst am Morgen bemerkt.«

»Ich verstehe«, sagte Margot. Sie konnte sich Karl in dieser für ihn höchst peinlichen Situation vorstellen. Seine Hände fühlten sich bestimmt kalt und feucht an.

»Ich habe dich angerufen, weil ich dir sagen wollte ...«

»Karl«, unterbrach ihn Margot, und sie spürte plötzlich, wie schwer es ihr fiel, ihm mitzuteilen, was sie sich während des Spaziergangs zurechtgelegt hatte. »Das Maiblütenfest in Groß Bernow hat mir sehr gefallen, und der Nachmittag mit dir war wunderschön, aber ...«

»Bitte, Margot ...«

»Aber unsere Welten liegen doch zu weit auseinander, und ich glaube, dass deshalb nichts aus uns werden kann.« Es gab auch noch andere Gründe: Dass man sie nicht wollte auf Groß Bernow, dass sie zu jung war und zu arm. Nichts hatte sie den Bernows zu bieten, gar nichts. Außerdem war Karl nicht ihre große Liebe, ja, das musste sie ihm jetzt sagen, dann würde er sie nie mehr anrufen.

»Und außerdem ... liebst du mich nicht.« Es war nicht das, was sie sagen wollte. Aber es stürzte unaufhaltsam wie ein Sturzbach aus ihr heraus: »Und du würdest mich nie heiraten.«

Er schwieg. Nichts anderes hatte sie erwartet. Natürlich würde er sie nicht heiraten. Sie fing an zu weinen und warf den Hörer auf die Gabel. Und als der Apparat nach kurzer Zeit zu läuten begann, sprang sie auf und verließ den Raum.

Lavinia Lindorf kam ihr verwundert entgegen. »Das Telefon, Kindchen, warum gehen Sie nicht dran?«

»Es ist nicht für mich. Ich bin nicht zu sprechen«, erwiderte Margot und lief schluchzend auf ihr Zimmer.

7

Der Regen ließ die Pfützen auf dem Weg zu den Stallungen anschwellen, und während Margot aus dem Fenster ihres kleinen Zimmers starrte, liefen ihr die Tränen weniger vor Selbstmitleid als vor blanker Wut. Was genug war, war genug. Sie wollte weder länger Hauslehrerin für ein Ungeheuer in Kinderuniform sein noch Angst um ein jüdisches Hausmädchen haben müssen, das eigentlich eine Schneiderin war. Mit den Männern war sie auch fertig. Sie beschloss, ihre Stellung zu kündigen, und schmiedete Pläne, in die Stadt zu ziehen. Ja, sie würde sich einen Rucksack umschnallen und sich nach Hamburg oder Berlin aufmachen, dorthin, wo möglichst viele fremde Menschen waren. Sie brauchte keinen Horch oder Benz, sie hatte gesunde Beine und Füße.

Als der Regen allmählich nachließ, kamen Margot andere Gedanken. Ihr fiel ein, wie froh sie gewesen war, als sie ausziehen konnte und ihr Zimmer nicht mehr mit zwei Geschwistern teilen musste. Für sie kam auch nicht mehr infrage, den Eltern auf der Tasche zu liegen. War sie nicht stolz, ihr eigenes Geld zu verdienen und monatlich etwas sparen zu können? Ihr wurde plötzlich klar, dass sie jetzt nichts Unüberlegtes tun durfte, sonst zerstörte sie ihre Zukunft, und alles wäre sinnlos gewesen.

In den nächsten Tagen verblasste ihr Wunsch immer mehr, sich blindlings ins Abenteuer zu stürzen. Sie weinte weniger, las viel, konzentrierte sich darauf, »Walterchens Intelligenz auszubilden«, wie seine Mutter zu sagen pflegte, half ihrem Schüler mehr als früher bei den Hausaufgaben und lobte ihn recht oft. Walterchen dankte es ihr auf seine Weise. Er wirkte ausgeglichener und hielt sich mit Bosheiten zurück. Die Pflichten bestimmten wieder Margots Alltag.

Am zweiten Dienstag im Juni, kurz vor dem Mittagessen, klopfte es an ihre Zimmertür. Kathrin erschien. »Sie sollen herunterkommen, Fräulein Schenk. Es ist etwas Wichtiges.«

»Ich weiß, wir wollten noch den Stundenplan für nächste Woche besprechen«, erwiderte Margot. Sie blätterte gerade in einem Bildband über Afrikas Tierwelt, um sie demnächst im Unterricht zu präsentieren. Walterchen hatte ihr verraten, dass er später nicht nur gedachte, auf Hasen und Wildschweine zu schießen, sondern auf richtig große Tiere. Ein makabrer Grund, ihm die exotische Natur näherzubringen, aber auf diese Weise war ihr sein Interesse sicher.

»Da sind Sie ja«, empfing sie Lavinia Lindorf, die seltsam aufgeregt wirkte. »Im kleinen Salon wartet jemand auf Sie.« Noch bevor Margot fragen konnte, wer es sei, öffnete die Gutsherrin selbst die Tür. Vor Margot stand –
»Karl?«

Sie hatte ganz vergessen, wie groß gewachsen er war. Doch er kam zu spät, mit dem Thema war sie durch.

»Margot, ich …« Er streckte ihr einen großen Strauß dunkelroter Rosen entgegen. Sein Gesicht war bleich, und kleine Schweißperlen standen auf seiner Stirn. Aber er wirkte entschlossen. »Ich weiß, ich komme spät, aber es stimmt nicht, dass ich dich nicht liebe, und es stimmt auch nicht, dass ich dich nicht heiraten will.« Er räusperte sich und straffte seinen Oberkörper: »Willst du mich heiraten?«

Margot war sprachlos. Sie sah in die Augen dieses Mannes und spürte, dass seine Gefühle echt waren. Ja, er liebte sie.

Er ging vor ihr auf die Knie und wiederholte die Frage, die sie völlig verwirrte: »Willst du meine Frau werden?«

»Ich weiß nicht ...« Und es war die Wahrheit, sie wusste weder, was sie denken, noch, was sie sagen sollte.

»Ich kann mir nichts Schöneres vorstellen, als dich zu heiraten.«

Sie nahm seinen Rosenstrauß entgegen. »Ich überlege es mir«, stammelte sie.

Er schien nicht enttäuscht. »Ich verstehe, dass es dich überrascht«, erwiderte er. »Aber ich komme wieder und frage so lange, bis du Ja sagst.«

Er erhob sich, nahm ihre Hände und küsste sie, strich mit seiner kalten Hand über ihre Wangen, um die Tränen fortzuwischen, und verließ den Raum.

Margot ließ sich in einen der Sessel fallen und versuchte sich zu fassen, als Lavinia Lindorf neben sie trat. »Sind Sie von allen guten Geistern verlassen, Kindchen?« Offenbar hatte sie gelauscht. »Wer ist denn gut genug für Sie? Willy Birgel oder soll es vielleicht Douglas Fairbanks sein?«

Ihr Ton war scharf, beinahe verletzend, doch dann setzte sie sich Margot gegenüber, und ihre Stimme klang auf einmal sanft. »Ich muss mich bei Ihnen entschuldigen, meine Liebe. Zuerst hatte es für mich so ausgesehen, als versuchten Sie, ihn mit den üblichen Tricks einzufangen. Die ist auch nicht besser als die anderen, habe ich gedacht, aber ich lag falsch. – Er passt zu Ihnen, glauben Sie mir, und er braucht Sie. Etwas Besseres kann einem als Frau nicht passieren, dann hat man wenigstens eine Spur von Sicherheit im Leben.« Sie seufzte.

»Aber ich kann mir nicht einmal ein Hochzeitskleid leisten«, wandte Margot ein.

»Habe ich Sie jemals im Stich gelassen?«

Bereits am nächsten Tag stand Karl wieder im Salon der Lindorfs. Er hatte Margot einen Strauß roter und weißer Gladiolen mitgebracht. »Es sind die ersten in diesem Jahr«, sagte er. »Ich wollte dir eine Freude machen und gebe die Hoffnung nicht auf, dass …«

Sie sah in seine Augen. Nein, dieser etwas förmlich wirkende junge Mann war ihr nicht egal. Er hatte sich in ihr Herz gekämpft und wollte Mittelpunkt ihres Lebens sein. Nun lag es ganz an ihr, es ihm zu gewähren. Der Schicksalsmoment in ihrem Leben war gekommen.

»Ja«, entwich ihr halblaut, und sie glaubte zuerst nicht, dass sie es wirklich gesagt hatte. Tränen schossen in ihre Augen. Karl nahm sie in seine Arme, und eine ganze Weile hielten sie sich gegenseitig fest.

»Sie müssen stillhalten, Kindchen, sonst wird nichts daraus«, sagte Lavinia Lindorf streng, während Kathrin ihr Bestes gab. Den Schnitt für das Hochzeitskleid hatte die Gnädige ihren eigenen Worten zufolge aus einem Pariser Modejournal. Und in Paris wurden schließlich die Träume gemacht.

Seit Margot Karls Antrag angenommen hatte, besuchte er sie ein bis zwei Mal die Woche auf Gut Lindorf. Dann spazierten sie Hand in Hand auf der Landstraße und unterhielten sich oder tranken Kaffee in Gesellschaft von Lavinia Lindorf. Margot erfuhr immer mehr über Karl, über seine Arbeit und seine Kindheit, und er interessierte sich für ihr Elternhaus und was ihr am Herzen lag. Sie küssten sich, gingen aber nie darüber hinaus. Karl machte auch keinen Versuch, offenbar hatte er die Absicht, bis zur Hochzeitsnacht zu warten. Er war eben traditionell erzogen.

Abends stellte sich Margot den Tag vor, den jede junge Frau herbeisehnte, ihren Hochzeitstag und die Hochzeitsnacht. Und wenn sich Zweifel regten, es richtig gemacht zu haben, sagte sie sich, dass man sein Schicksal nicht ablehnen könne.

8

Bonn, April 1998

Hartwig war soeben gegangen. Margot war keinesfalls ungehalten darüber, dass er sie ohne seine Frau in der Rheinresidenz besucht hatte. Schließlich war es ein offenes Geheimnis, dass sie sich mit Anja nicht besonders gut verstand, und selten genug ergaben sich Gelegenheiten, mit ihm ein paar ungestörte Worte auszutauschen. Margot hatte die Stunde genossen, die ihr Sohn bei ihr geblieben war, hätte allerdings kaum länger durchgehalten, ihm gegenüber Begeisterung für den Kauf des Gutes vorzuheucheln. Vor allem, als Hartwig die Fotos aus der Jackentasche zog. Sie anzusehen bedeutete, all den Schmerz erneut zu durchleben.

Margot hatte sofort die Mauern des Herrenhauses wiedererkannt, obwohl es so heruntergekommen und verwildert aussah. Auch der Pferdestall, dieser Backsteinkoloss, hatte den wechselvollen Zeiten standgehalten. Margot waren die Tränen gekommen. Aber nicht vor Rührung, wie Hartwig angenommen hatte.

Mühsam erhob sie sich aus ihrem Sessel. Das Rheuma machte ihr heute stark zu schaffen. Mit vorsichtigen Schritten bewegte sie sich zum Fenster, schob die Gardinen beiseite und blickte über die graue Flut des Rheins bis zum anderen Ufer hinüber. Seit dem Morgen lag es in milchigem Dunst. Margot war nicht ehrlich gewesen. Sie hatte Hartwig verschwiegen, dass sie nicht gedachte, Groß Bernow je wiederzusehen. Warum auch? Sie bewohnte ein bequemes Zimmer hier im Altersstift mit ausreichend Raum für die wenigen Möbelstücke, von denen sie sich nicht trennen wollte. Ärzte standen jederzeit zur Verfügung, das Essen schmeckte und wurde gebracht. Darüber hinaus gab es einen Supermarkt im Haus und eine Cafeteria, wie man das heute nannte. Dort konnte man Mitbewohner treffen, wenn man das Bedürfnis danach hatte. Insgesamt ein beschaulicher und pfleglicher Ort für die kurze Zeit, die einem noch blieb.

Aber das Überraschungsdinner hatte sie aufgewühlt, ihr mehrere Nächte den Schlaf geraubt. Immer wieder spielten sich Szenen von damals ungefragt vor ihren Augen ab. Szenen, die längst ihre Bedeutung verloren hatten. An diese versunkenen Zeiten erinnerte sie bislang nur eine lächerliche monatliche Pension, die ihr als ehemalige Lehrerin zustand. Nach Abzug der Kosten für Unterbringung und Verpflegung blieb ihr davon nicht einmal ein Taschengeld. Lediglich Hartwigs monatlicher Scheck sorgte dafür, dass sie auf nichts verzichten musste und auch den Konzerten in der Aula beiwohnen konnte.

Sie öffnete das Fenster. Der Himmel hatte sich verdunkelt. Das Rheinland war nicht ihre Heimat, aber es hatte sie damals aufgenommen, und in den vielen Jahren war Margot mit ihm zusammengewachsen. Dieses Land hatte ein großes Herz, sie würde es nie mehr verlassen. Nur einmal war sie weggelaufen in ihrem Leben, ein einziges Mal, und das nicht freiwillig ...

Sie begann, den Tisch abzuräumen. Hartwig hatte nur ein Stück Kuchen gegessen, dabei konnte er als Junge von Käsesahnetorte nicht genug kriegen. In der Kanne war noch ein Rest Kaffee. Sie goss sich noch einmal nach und nahm am Tisch Platz. Hartwig hatte ihr die Fotos schenken wollen, aber Margot hatte ihn davon abhalten können. »Wenn das Herrenhaus renoviert ist, dann machst du gewiss neue Fotos, und das schönste werde ich einrahmen lassen und neben das Bild deines Vaters hängen. Ihm lag sehr an Groß Bernow, wie du weißt.«

Sie schaute an die Wand auf das Bild von Karl, dessen ernster Blick sich über sie hinweg auf weite Horizonte richtete. Aber Karl konnte auch lächeln. Es war in Vergessenheit geraten, dass er es konnte, weil er es später so selten tat. In den ersten Wochen nach ihrer Hochzeit jedoch hatte er es nahezu verschwendet, sein Lächeln …

9

Groß Bernow,
Sonntag, der 21. August 1938

Seit die Ländereien und Seen den Bernows gehörten, hatten sich Generationen von ihnen in der Gutskirche von Groß Bernow das Jawort gegeben, und daran sollte sich auch nichts ändern. Margot konnte froh sein, auf diese Weise von den Vorbereitungen weitgehend verschont zu bleiben. Sie würde erst am Hochzeitstag zusammen mit den Lindorfs anreisen.

Vor Aufregung jedoch hatte sie kaum geschlafen und telefonierte vor der Abfahrt schon das zweite Mal mit Karl.

»Es läuft alles wie am Schnürchen«, beruhigte er sie. »Wenn Mutter etwas in die Hand nimmt, dann kann nichts schiefgehen.«

Ihre Eltern waren bereits einen Tag zuvor in Groß Bernow eingetroffen. Zuerst hatte Margot befürchtet, dass sie gar nicht kommen würden. Besonders wegen Vater. »Überlege es dir besser noch einmal. Du hast kein Vermögen und passt nicht in diese Kreise. Schuster bleib bei deinen Leisten«, hatte er bis zum Schluss versucht, sie umzustimmen. Aber Mutter gab nicht auf und hatte das letzte Wort. Sie brachte Vater sogar so weit, dass er seine Beziehungen in Händlerkreisen spielen ließ und ihr zu einer respektablen Wäscheaussteuer verhalf. Auch zwei ihrer Geschwister, ihre Schwester Christine und der älteste Bruder Jürgen, begleiteten sie, was Margot besonders freute.

Ein Tag wie im Traum begann. Die Sonne strahlte, als Margot dem Horch entstieg. Die über und über mit Blüten geschmückte Kutsche wartete bereits vor dem Herrenhaus, gezogen von einem Vierergespann prachtvoller Schimmel. Margot war glücklich, aber wenn sie errötete, dann nicht nur aus Freude über dieses Glück, sondern auch ein Stück weit aus Zweifel, ob sie es wirklich verdiente.

Unter den Klängen des Harmoniums führte sie ihr Vater an den kleinen Altar der überfüllten Kirche, wo Karl auf sie wartete. Er war ein schöner Bräutigam, und sein stolzes Lächeln galt ihr, seiner Braut. Für jedermann hörbar sagte er »Ja!« zu ihr. Margot hatte befürchtet, in dem Moment in Ohnmacht zu fallen, sie wäre schließlich nicht die Einzige, der das passierte. Aber er hielt ihre Hand ganz fest.

Die Feier war wie ein Rausch, die Flut der Gäste unüberschaubar. Viele Gesichter kannte Margot von den Festen zuvor, Verwandte und Freunde der Bernows, nicht zuletzt erschien eine Gesandtschaft der Mitarbeiter der Bernow'schen Güter, die dem jungen Paar ihre Glückwünsche überbrachten. Auch Bernhard von Trewall war in Begleitung seiner Verlobten gekommen, und die Blicke, die Margot und er jetzt tauschten, waren rein freundschaftliche.

Nach dem großen Empfang ging es bis in den späten Abend beschwingt zu. Um halb zwölf standen die Fenster im großen Saal des Herrenhauses offen. Kühlende Nachtluft zog in die Räume und allerlei Getier umschwirrte die Lichter. Immer noch drehten sich einige Paare auf dem Parkett zur Musik, die jetzt langsamere, anschmiegsame Titel spielte. Karl hatte eine richtige Kapelle bestellt mit Schlagzeug und Klarinette.

Allmählich ging das Fest zur Neige, und auch Margots und Karls Eltern und die Lindorfs zogen sich zurück.

»Was werden Sie nur tun, meine Liebe, wenn ich nicht mehr da bin und Ihnen helfen kann?«, fragte Lavinia scherzhaft zum Abschied und umarmte sie. Margot kamen Tränen der Dankbarkeit, aber es waren andere Zeiten angebrochen. Sie stand jetzt an der Seite von Karl, ihrem angetrauten Ehemann, und ihr Name war *von Bernow*, sie war nicht mehr das Fräulein Schenk, Hauslehrerin bei den Lindorfs.

Karl lächelte sie an, der Wein hatte seine Wangen gerötet, und seine Augen schwammen in leichtem Glanz. »Frau von Bernow«, säuselte er in ihr Ohr, »darf ich Sie noch einmal zum Tanz bitten?«

Sie raffte ihr Kleid zusammen und folgte ihm auf das Parkett, wo sie begannen, sich langsam im Rhythmus der Musik zu drehen. Sie legte ihren Kopf an seine Schulter.

»Ich bin froh, dass es so gekommen ist«, sagte er, und Margot seufzte, nicht aus Sorge, sondern vor Glück.

⁓

Ihr gemeinsames Schlafzimmer war ein großer Raum mit Stuckaturen an der Decke, der im Ostflügel des Hauses lag. Therese von Bernow hatte es für sie ausgesucht und eingerichtet. Als Margot und Karl nach oben kamen, duftete es nach Sommerblüten. Die Bezüge der Kissen auf dem Doppelbett aus poliertem Wurzelholz waren in geschwungener Schrift mit ihren Initialen bestickt, *K-F. und M. von Bernow*, die kleinen Leuchten auf den Nachtkästchen verbreiteten ein romantisches Licht.

Karl half ihr beim Ablegen des Kleides. Es gab auch ein Bad mit Marmorfliesen und eingerahmtem Spiegel, in dem Margot sich wusch und anschließend einen Hauch von französischem Parfüm auflegte, das ihre Schwester Christine ihr geschenkt hatte.

Ihr Herz schlug aufgeregt. Mutter hatte ihr lediglich den Rat gegeben, nicht dazuliegen wie ein Brett, sondern zu geben, was sie hatte. Aber was meinte sie damit? Lavinia war ebenso vage geblieben, sie solle entspannt bleiben und sich ganz auf ihre Instinkte verlassen. Eines wusste Margot: Sie wollte unbedingt alles richtig machen.

Nun lag er neben ihr, ein Mann, *ihr* Mann mit seinem großen behaarten Körper, der atmete und einen eigenen Geruch verströmte. Sie wagte es nicht, sich ihm zuzuwenden. Ob er auch aufgeregt war? Nur das Licht auf seinem Nachtkästchen brannte, jetzt rückte er näher an sie heran, sie spürte seinen Atem auf ihrer Haut, und es überkam sie ein leichter Schauer.

»Ich liebe dich sehr«, flüsterte er mit bebender Stimme, während er ihre Brüste streichelte. Sie küssten sich. Er wollte sie, und sie wollte ihm geben, was sie geben konnte. Der Moment kam, er legte sich über sie. Der Schmerz, der durch ihren Körper fuhr, als er in sie eindrang, war nur kurz, und doch veränderte er sie vollkommen. Sie war kein Fräulein mehr, Karl war jetzt ihr Mann, und sie fühlte sich ihm ganz nahe. Sie umarmte ihn und begann ihr Becken im Rhythmus seiner Stöße zu bewegen. Dabei schloss sie die Augen. Mann und Frau. Sie liebte Karl, sie wusste jetzt, dass sie ihn liebte.

Anschließend lagen sie schweigend nebeneinander, er atmete noch schwer, und ihre Hand lag auf seiner Brust. Sie sahen sich an, in seinen Augen konnte sie dieselbe Frage lesen wie er in den ihren. Bist du zufrieden mit mir? Und Margot hauchte »Ja«. Worauf sie ganz nahe an ihn heranrutschte und er seinen rechten Arm um sie legte. So schliefen sie ein.

10

Als Margot die Augen aufschlug, war es heller Morgen, das Fenster des Schlafzimmers stand weit offen, und von den Weiden her drang das heisere Gebrüll einer Kuh an ihr Ohr.

Es dauerte einen Augenblick, bis sie in ihrem neuen Leben angekommen war. Margot von Bernow hieß sie jetzt und neben ihr lag ... Wo war Karl? Auf nichts hatte sie sich mehr gefreut, als in den Armen ihres Mannes aufzuwachen, ihn zu küssen, zärtlich mit ihm zu sein. Diesen einen Tag würde der Gutsbetrieb wohl auf ihn verzichten können, schließlich hatten die alten Bernows alles im Griff. Und wenn es gute Gründe gab, warum hatte er sie nicht geweckt? Ab heute machten sie doch alles gemeinsam.

Margot rutschte von der Bettkante, begab sich ins Bad und warf einen Blick in den Spiegel. Es war doch alles gut verlaufen. Er war zufrieden gewesen, oder stimmte etwas mit ihrem Körper nicht? Vielleicht mochte er es üppiger? Aber er hatte ihr versichert, wie sehr er alles an ihr liebte. Es musste einen anderen Grund geben, warum er sie an diesem ersten Morgen ihrer Ehe allein ließ.

Nach dem Waschen zog Margot sich eines ihrer neuen Kleider an, die sie sich von ihrem eigenen Geld in Neustrelitz gekauft hatte. Es war rot mit großen weißen Punkten entsprechend der neuesten Mode. Nur noch zwei Tage, dann würden sie beginnen, ihre Flitterwochen. Auch wenn von den zwei Wochen nur eine übrig geblieben war, weil Karl seinen Vater auf den Pferdemarkt begleiten und verschiedene andere Geschäfte abwickeln musste. Aber diese eine Woche in Garmisch sollte traumhaft werden. Noch nie hatte sie die Berge gesehen, nur im Kino, und dann mit düster dramatischer Musik. Sie freute sich auf einen offenen, blauen Himmel, schneebedeckte Bergkuppen, und ... und jetzt war Karl nicht da. Sie schloss geräuschvoll das Fenster und verließ wütend den Raum.

»Guten Morgen, Gnädige Frau«, grüßte sie eines der Hausmädchen, das auf dem Flur an ihr vorübereilte, und während Margot die Treppe hinunterging und die Reihe der Ölporträts näher betrachtete, wurde ihr bewusst, dass sich nicht nur ihr Name geändert hatte. Sie gehörte jetzt zu den bleichen Gesichtern, die sie von den Wänden anstarrten. Und auf keinem einzigen lag ein Lächeln.

Unten im Erdgeschoss war die Tür zum Morgenzimmer nur angelehnt. Von innen hörte sie Stimmen.

»Wo steckt sie nur?«

»Aber Therese, es ist doch der Morgen nach ihrer Hochzeit.«

»Karl ist längst aufgestanden. Das Leben geht weiter, das brauche ich dir doch nicht zu sagen, Hermann. Die Arbeit auf einem Gut ruht nie, und es ist nach neun. Jeder vernünftige Mensch ist dann ausgeschlafen und beginnt seinen Tag.«

»Nun lass es gut sein. Ein Hochzeitstag ist mindestens so anstrengend wie ...«

»Ja, tanzen, das kann sie. Das hat sie bereits beim Ball im April unter Beweis gestellt. Hoffentlich ist es nicht das Einzige. Ich verstehe immer noch nicht, wie Karl-Friedrich sich ...«

»Er hat sie sich ausgesucht, wir haben sehr ernst über seine Zukunft und diese Ehe gesprochen, und er bestand darauf. Jetzt werden wir alle damit leben.«

»Und die anderen müssen sehen, wie sie mit ihr zurechtkommen. Schön und gut, sie hat den Sohn der Lindorfs unterrichtet. Aber versteht sie etwas von der Küche, von Personalführung? Weiß sie, dass man die Augen überall haben muss, wenn man Verschwendung und Diebereien verhindern will?«

»Sie wird eben ein wenig Zeit brauchen, um alles kennenzulernen, Therese.«

»Darüber hinaus gibt es Dinge, die man im Blut haben muss, entweder man begreift sie sofort oder man lernt sie nie.«

Plötzlich lag eine Hand auf Margots Schulter. Erschrocken fuhr sie herum. »Karl? Wo warst du?«

»Lass uns hineingehen«, sagte er, ohne auf ihre Frage zu antworten, und gab der Tür einen Stoß.

Therese, die Hermann gegenübersaß, setzte augenblicklich ihr diszipliniertes Lächeln auf. »Da bist du ja, meine Liebe. Ich dachte schon, es geht dir nicht gut. Der Tag gestern war sicher anstrengend für dich.«

»Danke«, erwiderte Margot kühl. »Mir geht es gut.« Es fiel ihr schwer, das Lächeln ihrer Schwiegermutter zu erwidern. Sie hatte geglaubt, dass mit dem Du eine Annäherung zwischen ihr und der alten Herrin von Groß Bernow stattgefunden hätte. Für den Anfang hatte sie jedenfalls fest mit ihrer Unterstützung gerechnet.

»Wir werden das junge Paar jetzt allein lassen, nicht wahr, Therese?«, sagte Hermann und erhob sich von seinem Stuhl.

Margot wartete, bis ihre Schwiegereltern den Raum

verlassen hatten. Wieder waren die Vasen auf den Kommoden und auf dem Esstisch mit herrlichen Sommerblumen gefüllt. Aber Margot konnte sich nicht wirklich darüber freuen. »Wo warst du?«, wiederholte sie ihre Frage. »Ich habe mich so …« Sie berührte seine rechte Hand.

»Bitte entschuldige, Margot. Aber der Hund … Er ist es gewohnt, dass ich morgens um sieben mit ihm eine Runde drehe. Ich hatte vergessen … Ich wollte noch einmal zurück ins Schlafzimmer, aber dann hatte Mutter Wünsche …«

Ob Vater mit seinem Spruch recht behalten sollte?, dachte Margot. »Ich möchte auch mit dir über meine Rolle hier im Haus sprechen.«

Doch Karl lenkte ab: »Besprich das mit Mutter, mein Schatz, sie weiß am besten, was es am Anfang für dich zu tun gibt.«

»Ich habe den Eindruck, dass sie …«

»Lass dich von ihr nicht einschüchtern. Mutter ist manchmal etwas streng in ihren Ansichten, aber sie meint es gut, und sie hat die Erfahrung«, unterbrach Karl sie und gab ihr beschwichtigend einen Kuss auf die Wange. »Vergiss nicht, in ein paar Tagen sind wir in Garmisch.« Allein seine strahlenden Augen ließen sie vergessen, was ihre Schwiegermutter gerade eben über sie gesagt hatte.

Nach einem Ausritt mit Karl über die Koppeln und dem großen Wildessen der Jäger zu Ehren des jungen Paares am Mittag verbrachte Margot die zweite Hälfte des Tages damit, in Ruhe die Hochzeitsgeschenke zu besichtigen und einen Teil der Post zu beantworten. Im Anschluss an das gemeinsame Abendbrot mit Karls Eltern saßen sie zusammen in einem kleineren, modern eingerichteten Salon, den Margot das erste Mal zu Gesicht bekam. Dort befand sich auch der Volksempfänger, und ihr war es ganz recht, kein Gespräch mit den alten Bernows führen zu müssen. Da hörte sie lieber Wagners »Meistersinger«-Vorspiel und »Les Préludes« von Liszt.

Als sie im Bett lagen, legte Karl seinen Arm um sie und küsste sie.

»Gefalle ich dir?«, fragte sie.

»Natürlich«, antwortete er. »Du bist die Schönste.« Sie fuhr zärtlich über die Haare auf seiner Brust und rutschte ganz nahe an ihn heran. Sie schliefen miteinander, und immer und immer wieder flüsterte er in ihr Ohr, wie sehr er sie liebe.

Am nächsten Morgen standen sie beide früh auf und spazierten entlang der Wiesen bis zum Ufer des Bernower Sees, dessen Oberfläche ganz in das Messing der aufgehenden Sonne getaucht war. Karl entschuldigte sich noch einmal für den gestrigen Morgen, er könne natürlich den Hund auch von einem Knecht ausführen lassen. Aber Margot wollte das Leben auf Groß Bernow nicht verändern, sie versuchte doch nur, es zu verstehen und ein Teil davon zu werden.

»Nimm Adi und setz dich auf den Baumstamm«, rief Karl, er hatte sie für das erste Bild mit seiner neuen Kamera vorgesehen. Doch der Hund sträubte sich. Margot hatte ihre liebe Mühe, ihn zu bändigen.

»Du musst streng mit ihm sein, sonst respektiert er dich nicht!« Als sie am Ende kapitulierte und der Kurzhaar sich befreite, lachte er. »Dann wird es eben ein Foto ohne Hund mit nur Margot sein«, sagte er, während er die Leica in Position brachte, ein lang gehegter Wunsch, den ihm seine Mutter zur Hochzeit erfüllt hatte.

11

Von den sieben Tagen in Garmisch waren zwei verregnet, aber an den übrigen fünf blieb es trocken und die Sonne schien. Sie wanderten die meiste Zeit, bestiegen den Hausberg, genossen die klare Bergluft und die Sicht aus der Zugspitzbahn, Karl fotografierte jeden Stein. Am Abend fielen sie erschöpft ins Bett und schliefen Arm in Arm bis zum nächsten Morgen.

Die Zeit floh. Am Tag vor der Abreise besorgten sie Souvenirs: Karl einen Maßkrug aus Steingut mit dem Wappen von Garmisch-Partenkirchen für die Sammlung seines Vaters und Margot ein Kochbuch für original bayrische Spezialitäten, das sie Therese überreichen wollte, aber eigentlich, weil ihr selbst die Semmelknödel so gut geschmeckt hatten. Am frühen Morgen warfen sie einen letzten Blick auf die Deutschen Alpen, dann saßen sie auch schon im Zug zurück nach Neubrandenburg, wo der Chauffeur am Bahnsteig auf sie wartete.

Margot wurde schweigsam, als sie im Benz über das flache Land fuhren.

»Du brauchst keine Angst zu haben«, sagte Karl und drückte ihre Hand. »Es wird sich alles regeln. Du musst Mutter verstehen. Noch trägt sie die Verantwortung. Ihr werdet euch schon aneinander gewöhnen.«

Als der Wagen am frühen Abend in Groß Bernow einfuhr, winkten ihnen ein paar Landarbeiterkinder vom

Straßenrand zu. Margot fragte sich, ob sie wohl als Erstes einen Sohn oder eine Tochter bekommen und ob das Kind mehr Karl oder ihr ähneln würde.

Der Kies in der Einfahrt des Herrenhauses knirschte unter den Reifen des schweren Wagens. Als Ersten trafen sie Hermann von Bernow an, der in den Rosen vor dem Eingang kniete und die welken Köpfe abschnitt. Kaum dass er sie erkannte, kam der alte Gutsherr etwas müh-sam in den Stand, legte die Schere auf ein Fensterbrett und zog die Handschuhe aus. »Mit den Rosen ist es für die-ses Jahr vorbei«, begrüßte er Karl und klopfte ihm auf die Schulter. Darauf wandte er sich an Margot, betrachtete sie von oben bis unten und sagte: »Margot, du siehst einfach prächtig aus.« Worauf er sie mit einer Herzlichkeit um-armte, die Margot von den alten Bernows bislang nicht kannte.

»Siehst du«, sagte Karl später. »Ich habe dir gesagt, alles wird gut.«

Auch Therese wirkte aufgeschlossener als noch vor einer Woche. Als Margot im Schlafzimmer die Koffer auspackte, kehrte ihre Hoffnung zurück.

⁓

Am nächsten Morgen beim Hahnenschrei begann wieder das Leben auf dem Gut. Die erste Tagesverrichtung für Margot und Karl war die gemeinsame Runde mit Adi. Der Kurzhaar war verrückt vor Freude, als hätte er seinen Herrn monatelang nicht gesehen. Wie wild sprang er um sie he-rum, apportierte unermüdlich den Stock, den Karl so weit wie möglich hinaus auf die Koppeln warf, und legte ihn ihm zu Füßen.

Gut gelaunt trafen sie die alten Bernows beim Frühstück im Morgenzimmer an. Dahlien in Gelb und Rot strahlten ihnen entgegen. Auf dem Büfett war eine kalte Platte mit Schinken, Wurst und Käse angerichtet, Rührei in einem silbernen Wärmebehälter. Therese hatte anscheinend auf sie gewartet.

»Heute gibt es einiges zu erledigen«, begann sie ohne Umschweife, offenbar ein Zeichen für Hermann, der seine Serviette beiseitelegte und sich von seinem Platz erhob. »Bis später!« Er nickte allen zu und sagte zu Karl: »Du weißt ja, wo du mich findest.« Also entweder im Pferdestall oder in seinem Büro, von dem aus er mit Karl und Reuter, seinem Verwalter, den Betrieb leitete.

»Es wird Zeit, meine Liebe, dass ich dich dem Personal vorstelle«, wandte sich Therese an Margot. »Am besten beginnen wir gleich heute damit.«

Eine Stunde später wartete Margot in der Gutsküche, die den hinteren Teil des Hauses einnahm. Die Vorbereitungen für den Mittagstisch liefen bereits. Es roch nach Zwiebeln und Majoran. Der riesige alte Herd stand seit dem frühen Morgen unter Feuer. Als Therese erschien, stellten sich die fünf Frauen, die dort arbeiteten, unaufgefordert in eine Reihe und senkten ehrfürchtig den Blick. Therese stellte jede mit Namen vor; außer der alten Köchin, die Berta hieß, gab es zwei Küchenhilfen, Bärbel und Gundi, und die beiden Hausmädchen Wiebke und Mina, deren Gesichter Margot bereits vertraut waren. Therese sprach noch, da ging die Tür auf und ein hellblondes Mädchen, keine zehn Jahre alt, sprang herein. Als Thereses strafender Blick sie traf, erschrak sie und flüchtete in die Arme der Köchin.

»Bitte entschuldigen Sie, Gnädige Frau«, stammelte Berta ganz verlegen. »Meine Enkelin ...«

»Wie heißt du denn?«, fragte Margot und reichte ihr die Hand.

»Helma«, antwortete sie kleinlaut. Doch noch bevor das Mädchen ihre Hand ausstrecken konnte, fuhr Therese in schneidendem Tonfall dazwischen: »Helma darf nur hier sein, wenn sie nicht stört, nicht wahr, Berta?« Augenblicklich verschwand das zaghafte Lächeln auf Helmas Gesicht, und sie verbarg ihr Gesicht im Rock der Großmutter.

»Natürlich, Gnädige Frau«, antwortete Berta. »Bitte entschuldigen Sie vielmals.«

Das folgende Schweigen ließ die Köchin erröten.

»Ich bin sicher«, wandte sich jetzt Therese mit erhobener Stimme an alle, »dass ihr meiner lieben Schwiegertochter beweisen wollt, was in dieser Küche alles möglich ist.«

Sie lächelte Margot jetzt zu, aber es war wieder das frostige Lächeln, das sie bereits kannte und nichts Gutes verhieß. Aus einem Fach im großen Küchenschrank zog Therese ein Buch heraus. Margot erkannte es sofort, es war das Kochbuch, das sie ihr aus Bayern mitgebracht hatte. Therese hatte sich höflich dafür bedankt, nicht gerade überschwänglich, aber das passte auch nicht zu ihr. Vielleicht wollte Therese ihr jetzt eine Freude machen, zum Einstand sozusagen.

»Wir werden heute beweisen, dass wir alle deutschen Spezialitäten beherrschen, auch *ohne* ein Kochbuch aus Bayern. Nicht wahr, Berta?« Berta senkte ergeben den Blick, die anderen taten es ihr nach. Nur das Knistern der Zwiebeln in der Pfanne war zu hören.

»Ich bin sicher, dass ihr alle versuchen werdet, den Ansprüchen meiner lieben Schwiegertochter zu genügen«, setzte Therese nach, und jeder im Raum hatte begriffen, wie das zu verstehen war. Daraufhin legte sie das Buch in das dunkle Fach zurück, als wollte sie es dort begraben. »Doch nun haben wir genug Zeit verloren. Es ist ja schon fast Mittag.« Sie drehte sich um und verließ den Raum.

Den Ansprüchen meiner Schwiegertochter genügen, klang es Margot in den Ohren. Sie wollte dies vor dem Personal noch richtigstellen, aber da löste sich die Reihe der Frauen bereits auf, und jede nahm ihren Platz an den Töpfen ein. Margot wünschte allen einen schönen Tag, aber niemand kümmerte sich darum. Als wäre sie auf einmal Luft.

Sie hatte so gehofft, sie könnte die Dinge ganz anders machen, Vertrauen beim Personal erwecken, nicht die tyrannische Herrin sein. Vertrauen war besser als Angst. Jetzt aber stand sie da wie eine, der man es nicht recht machen konnte. Ihre Schwiegermutter hatte sie vorgeführt.

»Vielleicht war es ein Fehler, ihr das Kochbuch zu schenken«, sagte Karl, als Margot ihm am Abend im kleinen Salon von dem Vorfall erzählte. »Mutter ist empfindlich, wenn es um ihre Küche geht. Die vielen Rezepte, die sich im Laufe der Generationen angesammelt haben, sind ihr ganzer Stolz, und wahrscheinlich hat es sie geärgert, dass …«

»Warum hast du mich nicht gewarnt? Ich habe es doch gut gemeint. Und außerdem ist das kein Grund, mich vor dem Personal bloßzustellen.«

»Nun übertreibst du aber, Margot!«, fuhr Karl unwillig dazwischen, seine Miene verfinsterte sich. Er erhob sich aus dem Sessel und verließ wortlos den Raum.

Warum hatte sie nicht auf die Zeichen geachtet? Von Anfang an hätte ihr klar sein müssen, dass sich Karl immer seinen Eltern unterordnen würde. Jetzt ließ er sie allein.

Auch Margot hielt es nicht mehr in ihrem Stuhl, aufgebracht kehrte sie dem Salon den Rücken, lief durch die hintere Küchentür in den Garten, den Fußweg entlang. Nicht weit vom Pferdestall, dort, wo die alte Eiche stand, unter der sie mit Karl beim Maifest Mosel-Sekt getrunken hatte, setzte sie sich auf die Rundbank und brach in Tränen aus. Es war aussichtslos. Der Feind war zu mächtig und ließ nicht mit sich reden. Hinzukam, dass sie in diesem Haus niemanden fragen konnte, wie sie sich verhalten sollte, um solche Situationen zu vermeiden. »Helma darf nur hier sein, wenn sie nicht stört!« Sie selbst war für ihre Schwiegermutter auch nichts weiter als jemand, der störte. Ein kleines dummes Ding, das im Weg stand und sich anmaßte, eine Rolle zu spielen, der sie nicht gewachsen war.

Margot erinnerte sich an Lavinia Lindorfs Worte, mit denen sie sich nach dem Hochzeitsball endgültig von ihr verabschiedet hatte: »Betrachten Sie mich ab jetzt als Ihre unerschütterliche Freundin, meine Liebe. Wenn Sie Kummer haben, lassen Sie es mich wissen. Es gibt immer eine Lösung.« Margot könnte mit Lavinia telefonieren, sie in Neustrelitz besuchen. Aber was hätte sie ihr sagen sollen? »Mein Mann liebt mich nicht mehr, seine Mutter demütigt mich vor dem Personal, ich komme mir überflüssig vor?« Und das nach zwei Wochen Ehe.

»Kindchen«, würde sie sich vermutlich anhören müssen. »Hab dich nicht so und spiel nicht die Mimose. Es wird sich alles einrenken.«

Hufgetrappel auf dem Kopfsteinpflaster. Margot rieb sich die Tränen aus den Augen. Ein Pferdeknecht führte eine Schönheit von einem Rappen am Zügel und blieb vor ihr stehen. »Geht es Ihnen gut, Gnädige Frau?«, fragte er besorgt.

»Ja, danke!«, log Margot. Sie schämte sich; andere arbeiteten, und sie vergeudete ihre Zeit mit lächerlichen Gedanken. Der vermeintliche Knecht stellte sich als Hans Wagenseil vor, Stallmeister auf dem Gut, Sohn der Köchin und Vater der kleinen Helma. Er gratulierte ihr noch einmal zur Hochzeit und wünschte ihr eine glückliche Ehe. Dann zog er mit dem Rappen weiter zum Pferdestall.

Am Abend saß Margot mit den Schwiegereltern im Musiksalon und hörte Beethoven und Mozart aus dem Volksempfänger. Karl arbeitete angeblich immer noch im Büro. Aber Margot hatte das Gefühl, dass er sich absichtlich nicht blicken ließ.

»Ich verstehe dich nicht, meine Liebe«, sprach Therese sie plötzlich mitten im langsamen Satz des Klavierkonzertes von Mozart an. »Warum willst du unbedingt eine Aufgabe übernehmen? Ich an deiner Stelle würde mich glücklich schätzen, noch so ungebunden zu sein. Außerdem wirst du alle Hände voll zu tun haben, wenn das erste Kind kommt. Das ist Aufgabe genug, und nicht nur wir erwarten, dass du sie erfüllst, das erwarten auch Führer und Vaterland von dir.«

Bei den Worten ihrer Schwiegermutter lief es Margot eiskalt den Rücken hinunter. Wie recht ihr Vater doch hatte. Wer nichts in die Ehe einbrachte, galt nichts. Sie würde erst einen gewissen Rang auf diesem Gut haben, wenn sie einen Erben zur Welt gebracht hätte, natürlich einen männlichen. Das war die unmissverständliche Botschaft. Die lieblichen Melodien des Klavierkonzerts ließen die Welt in diesem Augenblick wie eine Lüge erscheinen. Warum stand ihr keiner zur Seite? Sie hatte Hermann von Bernow für einen feinsinnigen Mann gehalten, der ihr gewogen war. Kümmerte es ihn nicht, wie schlecht Therese sie behandelte? Er verstand es doch sonst, seine Frau diplomatisch in die Schranken zu weisen. Von Karl nicht zu reden. Er saß in seinem verflixten Büro und überließ sie ohne Rückendeckung dem Schlachtfeld.

Noch bevor das Abendkonzert endete, erhob sich Margot, wünschte eine gute Nacht und zog sich in ihr Schlafzimmer zurück.

Es war nicht einmal zehn Uhr am Abend, und sie wusch sich bereits zur Nacht. Später würde Karl erscheinen, dann wollte sie mit ihm sprechen, aber nicht über das, was sie eigentlich zu sagen hatte, denn seine Mutter war als Gesprächsthema offenbar tabu. Sie hatte damit gerechnet, dass ihr neues Leben kein Spaziergang werden würde, aber wenigstens eine Chance hatte Margot sich erhofft.

»Du willst schon ins Bett gehen, mein Schatz?« Karl stand plötzlich in der Tür. Vor Schreck verdeckte sie ihren Oberkörper mit dem Frottiertuch. »Aber Liebling. Bitte versteck dich nicht vor mir.« Er machte einen Schritt auf sie zu. Offenbar bemerkte er erst jetzt ihre Tränen. Er nahm sie in die Arme, küsste ihr Gesicht, dann trug er sie zum Bett und legte sie sanft auf die Tagesdecke, um sie zu betrachten. »Du bist das schönste Geschenk, das ein Mann in seinem Leben erhalten kann, und du bist meine große Liebe.«

»Ich dachte, du schläfst nur mit mir, damit ich deiner Mutter einen Erben gebäre.«

Er stutzte, dann lachte er aus ganzem Herzen, riss sich Hemd und Hose vom Leib und sie liebten sich. Als Margot anschließend erschöpft und glücklich neben ihm lag, sagte er: »Ich weiß, dass es für dich nicht leicht ist. Aber es werden andere Zeiten kommen, mein Schatz. Schau mal, was

ich besorgt habe!« Er öffnete die Schublade seines Nachtkästchens und griff hinein.

»Opernkarten?«

»Ballettkarten für ›Schwanensee‹. Eigentlich wollte ich
dich erst beim Frühstück damit überraschen. Ich hoffe, es
freut dich.«

»Oh, Karl. Ja, es freut mich sehr«, hauchte sie.

In den nächsten Tagen versuchte Margot, Therese aus
dem Weg zu gehen, sie las wieder mehr und ging viel spazieren. Oft blieb sie am Pferdestall stehen und sah zu, wie
die Knechte die edlen Tiere über den Hof führten, sie ausritten, fütterten, danach sorgsam trockneten, sie striegel-
ten und ihnen Mähne und Schweif kämmten. Wenn Stallmeister Wagenseil ihr begegnete, stellte sie Fragen, und er
erklärte ihr viel Wissenswertes über Pflege und Zucht. Sie
wollte zumindest wissen, wovon die Männer abends immer redeten.

Der Abend in der Oper ließ sie die Vorkommnisse mit
ihrer Schwiegermutter fast vergessen. Wie halb Neustrelitz
bezauberte sie das lettische Nationalballett aus Riga, und
sie genoss den Abend in vollen Zügen. Es lag ihr auch daran, Karl zu zeigen, dass sie jeden einzelnen seiner Liebes-
beweise zu schätzen wusste.

Wenige Tage nach ihrem Besuch von »Schwanensee« fuhr
Karl mit seinem Vater zur Pferdeauktion nach Rostock,
wo sie mehrere hochkarätige Stuten ersteigern und drei
Einjährige zufriedenstellend verkaufen konnten. Es folgte
die geschäftige Zeit der Ernte, in der Margot mit aufs Feld
fuhr und sich nützlich machte. Am Ende stand das große
Erntedank- und Schlachtfest im Oktober. Zahlreiche Jagd-
gesellschaften fanden statt. Von der Hirschbrunft fühlten

sich besonders die Herren von der SS angezogen und ließen sich in dieser Zeit oft auf Groß Bernow blicken. Bereits morgens um halb fünf brachen sie zu den bekannten Plätzen rund um die Seen und Waldlichtungen auf, um die Rituale der Hirsche zu beobachten. Karl musste sie immer begleiten. Margot hatte die Gesellschaft der Offiziere in den grauen Uniformen bislang nicht gestört, schließlich gehörte auch Leutnant von Trewall zu ihnen, den sie zu ihren Freunden zählte. Aber wie diese Männer redeten, missfiel ihr zunehmend.

Nach wie vor interessierte Margot vor allem die Küche, und sie war ganz begeistert, als sie in einem der Schränke die legendäre Sammlung der Kochrezepte entdeckte, handschriftliche Notizen, größtenteils verwischt und verblasst. Sie verwandte die größte Mühe darauf, sie zu entziffern, und schrieb sie sorgfältig neu auf. Auf die Anerkennung ihrer Schwiegermutter brauchte sie nicht zu hoffen, und Therese erwähnte es nicht einmal. Auch dass sie in der Küche half, brachte ihr beim Personal kaum Respekt ein. Dann passierte ihr ein Missgeschick. Beim Polieren des Rosenthal-Porzellans mit Goldrand entglitt ihr eine Zuckerdose, die auf dem Steinfußboden in tausend Scherben zersprang. Man schwieg, und Therese bestellte die Dose nach, die bereits in den nächsten Tagen geliefert wurde. Aber Margot war jetzt in der Küche nicht mehr gern gesehen. Auch beim Obst- und Gemüseeinkochen wurde sie nicht gefragt. Sie ließ sich nichts anmerken, wusste sie doch Karl an ihrer Seite, auch wenn er oft abends noch im Büro arbeitete und erst kurz vor dem Zubettgehen nach oben kam.

Die Wochen verstrichen. Der Winter kam und ließ die Feldarbeit ruhen. Zu Weihnachten wurde es festlich. Am Heiligen Abend besuchten Gutsherren und Arbeiter die

Mette in der Kirche von Groß Bernow und sangen gemeinsam im Schein der flackernden Kerzen. Danach fuhr Margot allein für zwei Tage nach Rostock zu ihren Eltern. Ihr Vater kränkelte. Er und ihre Mutter kämpften um ihre Existenz. Das Geschäft lief immer schlechter. Margot brachte es nicht übers Herz, mit ihnen über ihre eigenen Sorgen zu sprechen. Sie spielte die glückliche Frau von Bernow und ließ sich von den jüngeren Geschwistern beneiden.

Zurück auf dem Gut entschied sich Margot, zum Frühstück nicht mehr nach unten in das Morgenzimmer zu gehen. Sie ließ es sich oben servieren. Die abschätzenden Blicke von Therese waren unerträglich geworden. Jedes Mal, wenn sie sich begegneten, starrte sie ihr auf den Bauch. Wie eine der Zuchtstuten kam sich Margot vor.

Seit dem Unfall mit der Zuckerdose wagte sie nicht mehr, mit Karl darüber zu sprechen, dass sie endlich eine feste Aufgabe im Haushalt übernehmen wollte. Auch wenn sich an ihrer Liebe nichts änderte und sie jede Nacht Arm in Arm einschliefen, hatte sie das Gefühl, dass Karl andere Sorgen hatte, etwas bedrückte ihn. Aber er sprach nicht darüber. Ob es daran lag, dass sie nicht schwanger wurde?

12

An einem Freitagmorgen im schneereichen Februar 39 hatte Margot ihr Ehebett abgezogen und wollte die Wäsche hinunter in die Waschküche bringen, als sie am großen Salon vorbeikam. Die Tür war nur angelehnt, und die Stimme eines der Zimmermädchen war zu hören, die sie gleich erkannte, es war Wiebkes Stimme. »Selbst die dümmste Kuh auf dem Gut schafft es, sich schwängern zu lassen. Nur die junge Gnädige nicht. Alle im Haus fragen sich schon, wozu sie überhaupt taugt.« Darauf folgte ein Kichern, und eine zweite Stimme, die zu Mina gehörte, sagte: »Was wird nur sein, wenn die alte Gnädige nicht mehr ist?«

Margot traute ihren Ohren nicht, wie vom Blitz getroffen ließ sie die Wäsche fallen. Bei ihr flossen keine Tränen mehr, aber in diesem Augenblick stand für sie fest, dass sie an diesem Ort nicht eine Minute länger leben wollte. Daran änderte auch ihre Liebe zu Karl nichts. Bevor sie ging, gab es allerdings noch etwas klarzustellen. Sie riss die Tür auf und betrat den Salon. Den Hausmädchen sah man ihre Bestürzung an.

»Ihr werdet Zeuge, dass die junge Gnädige zu etwas fähig ist«, sagte Margot mit kalter Stimme. »Hiermit kündige ich euch. Packt eure Sachen und verschwindet auf der Stelle aus diesem Haus!«

Mina fing an zu weinen, doch Wiebke ließ sich nicht

einschüchtern. Frech erwiderte sie: »Ich werde die Gnädige Frau fragen, ob wir das wirklich müssen.«

Ohne ein weiteres Wort kehrte Margot ihnen den Rücken zu und eilte mit kurzen Schritten die Treppe in den ersten Stock hinauf. Im Schlafzimmer zerrte sie den großen Koffer vom Kleiderschrank, warf ihn aufs Bett und begann zu packen.

Niemand würde sie aufhalten, ihr Entschluss stand fest.

Doch als der Koffer fast voll war, hatte die Vernunft die Wut bereits abgekühlt. Es erschien ihr jetzt kindisch, sich vom Personal foppen zu lassen. »Beruhige dich«, hörte sie Karl sagen. »Personal ist grausam, deshalb braucht es eine harte Hand. Mutter hat schon ganz recht.«

Margot trat an das Fenster und öffnete es. Vor ihr lag nichts als der kalte undurchdringliche Winternebel.

Keine Viertelstunde verging, und ihre Schwiegermutter bat zu einer Besprechung in das Morgenzimmer. Margot wusste, ihr stand eine unerträgliche Blamage bevor. Als sie eintrat, hatten Hermann und Therese bereits am Tisch Platz genommen. Kurz nach ihr traf auch Karl ein und setzte sich neben sie. Ein Straftribunal konnte nicht schlimmer sein.

»Mir ist soeben mitgeteilt worden«, begann Therese in schneidendem Tonfall, »dass man den beiden Hausmädchen gekündigt hat. Entspricht das der Wahrheit?«

»Ja, das entspricht der Wahrheit«, sah sich Margot zu einer Antwort genötigt, als sich alle Augen auf sie richteten.

»Ich darf darauf hinweisen, dass Wiebke und Mina bisher immer gut und zuverlässig gearbeitet haben und mein Vertrauen besitzen«, fuhr Therese fort. »Ich weiß nicht, meine Liebe, ob dir klar ist, wie lästig es ist, neues Personal finden und einarbeiten zu müssen. Ich frage mich auch:

Was ist eigentlich passiert? – Getratsche, nichts als Getratsche. Damit muss man leben. Da spielt man doch nicht gleich die Beleidigte. Wo kommen wir denn da hin?«

Jeder vernünftige Mensch würde Therese beipflichten. Margot hatte sich lächerlich gemacht. Sie war einfach zu empfindlich, wie konnte sie den Treppenhaus-Klatsch nur ernst nehmen? Oder war es etwa anders? Hatte man sie in der Ehre getroffen und zutiefst beleidigt? Margot wusste nicht mehr, was richtig war.

»Ich habe den beiden aufgetragen, dass sie sich bei dir entschuldigen sollen und dann wieder an die Arbeit gehen«, sagte Therese.

Margot ahnte, was das bedeutete. Für alle Zeiten hatte sie ihr Gesicht vor dem Personal verloren. Sie warf Karl einen hilflosen Blick zu. Seine Miene war unbewegt geblieben. Jetzt hob er den Kopf. »Wofür sollen sich die beiden entschuldigen?«, richtete er die Frage mit fester Stimme an seine Mutter.

Therese errötete und schwieg. Er wandte sich an Margot. »Also bitte!«

Was blieb Margot übrig, als zu antworten? »Sie haben laut und deutlich von mir behauptet, ich sei unfähig und sogar zu dumm, um Kinder zu kriegen«, sagte sie mit bebender Stimme.

»Aber meine Liebe, das ist doch …«, ging Therese dazwischen.

»Und was haben die Mädchen zu dir gesagt, Mutter?«, wandte sich Karl an Therese mit einer Strenge, die Margot ihm seiner Mutter gegenüber nie zugetraut hätte.

»Nun ja, sie haben mir etwas Ähnliches gesagt, aber sie plappern nur dummes Zeug. Wie die jungen Dinger nun einmal sind.«

»Es tut mir leid Mutter, aber ich stimme Margot zu«, erwiderte Karl. »Wer in dieser Weise über seine Herrschaft herzieht, hat alles Vertrauen verspielt und verdient nicht mehr, unter unserem Dach zu leben.«

Margot fasste sich vor Erstaunen an den Mund. Auf Thereses Gesicht stand blankes Entsetzen, sie schien ihren eigenen Sohn nicht mehr zu verstehen. In diesem Augenblick ergriff Hermann von Bernow, der sich bisher völlig herausgehalten hatte, das Wort und stellte klar, wer der wirkliche Herr von Groß Bernow war. »Es ist ohne Zweifel eine unschöne Situation«, erklärte er. »Natürlich sind die beiden Mädchen nicht mehr zu halten. Wir werden neue suchen und sie einarbeiten.«

Er ließ seiner Frau keine Zeit, Einspruch zu erheben, und ohne weiter auf den Fall einzugehen, nahm er ihre Hand, und sein Ton wurde auf einmal versöhnlich und warm, sogar feierlich: »Aber nun zu etwas Erfreulichem. Therese und ich wollen euch etwas mitteilen.« Er blickte seine Frau zärtlich an, während diese genauso wenig wie Karl und Margot zu ahnen schien, was er meinte. »Wir haben uns nach reiflichem Überlegen dazu entschieden, in den wohlverdienten Ruhestand zu wechseln und euch die Leitung des Gutes zu übertragen. Dieser Schritt fällt uns nicht leicht, aber ich halte den richtigen Zeitpunkt nun für gekommen, nicht wahr, meine Resi?« Er warf seiner Frau einen Blick zu, den man fast verliebt hätte nennen können. »Therese und ich setzen unser ganzes Vertrauen in euch. Karl kennt das Geschäft, und du, Margot, hast jetzt lange genug Erfahrungen sammeln können und wirst ihn bei der Leitung des Unternehmens unterstützen. Lasst uns darauf anstoßen.«

Er tätschelte die Hände seiner Frau, die um Fassung

rang, küsste sie auf die Wange und erhob sich, um die Klingel zur Küche zu betätigen.

Kurz darauf erschien das Hausmädchen mit dem Sektkübel und vier Gläsern, als wäre es vorher abgesprochen worden. Sie stießen auf eine neue Ära an. Der alte Gutsherr sprach noch einige feierliche Worte und klopfte Karl auf die Schulter. Therese bemühte sich immer noch sichtlich um Contenance, folgte aber widerspruchslos der Entscheidung ihres Mannes. Offenbar sah auch sie ein, dass eine solche Entscheidung notwendig war, bevor die Familie auseinanderbrach.

An dem Abend war Karl ganz still. Für Margot überwog jedoch die Freude. In ihr brannte ein Feuer. Endlich waren sie da, die anderen, die neuen Zeiten. Sie brauchte nicht mehr um eine Aufgabe zu betteln, sie selbst war jetzt die Herrin von Groß Bernow, keiner machte ihr die Rolle mehr streitig, und sie bestimmte, wer welche Aufgaben übernahm.

Der unerwartete Rückzug der alten Bernows sprach sich in den folgenden Tagen in Windeseile auf dem Gut herum. Margot wusste bald, warum Karl bei der Übergabe so still gewesen war. Herr von Groß Bernow zu sein, bedeutete vor allem, Verantwortung zu übernehmen und noch weniger private Freiheiten zu haben.

Hermann half Karl überall da, wo sein Rat und seine Hilfe noch unverzichtbar waren, ganz anders Therese, die sich von heute auf morgen zurückzog und Margot die volle Last der Aufgaben überließ. Auch das Personal musste sich umstellen, kurz zuvor hatten sie noch Witze über die »junge Gnädige« gerissen, jetzt hingen Gedeih und Verderb allein von ihr ab. Da Margot auch weiterhin mit Therese unter einem Dach lebte, stellten Personal- und Küchenführung eine besondere Herausforderung für sie dar. Ihre erste Aufgabe hatte sie sich selbst beschert. Sie bestand darin, zwei neue Hausmädchen einzustellen. Und Therese behielt recht. Allein die Auswahl war spärlich. Die vielversprechenden jungen Leute zog es in die Stadt, wo sie sich mehr vom Leben erhofften.

Zuletzt fanden sich zwei Lernwillige aus dem Nachbardorf, und als die Besetzung des Hauspersonals wieder vollständig war, rief Margot alle in der Küche zusammen. In Reih und Glied standen sie dort, den Blick demütig auf den Boden gerichtet, wie sie es zu Zeiten der alten Herrin gewohnt waren. Margot hatte eine kleine Rede vorbereitet, sie wollte diesen Frauen klarmachen, dass neue Zeiten in Groß Bernow angebrochen waren. Aber die schenkten ihr nicht einmal einen Blick, aus Angst, sie könnte ihnen aus der Vergangenheit etwas nachtragen. Margot wusste, noch während sie sprach, eine der schwersten Aufgaben würde es sein, das Vertrauen dieses Personals zu gewinnen.

»Ich freue mich auf unsere Zusammenarbeit zum Wohl von Groß Bernow«, beendete sie ihre Ansprache. Die Mädchen deuteten einen Knicks an und wirkten sichtlich erleichtert, wieder ihrer Arbeit nachgehen zu dürfen. Nur Berta Wagenseil, die alte Köchin, wartete noch, sie trat zwei Schritte auf sie zu. Auf ihrem vom harten Leben gezeichneten Gesicht erschien ein Lächeln. Offenbar wollte sie etwas sagen, suchte aber nach den passenden Worten.

»Kann ich etwas für Sie tun, Berta?«, kam Margot ihr entgegen.

»Ich bin nicht gut im Reden, aber im Kochen bin ich unschlagbar, Gnädige Frau«, begann die Köchin. »Ich will nur sagen: Ich ...« Ihr Lächeln wurde breiter, und sie streckte ihr die Rechte entgegen. »Ich freue mich auch auf unsere Zusammenarbeit.«

Berta an ihrer Seite zu wissen, war ein wichtiger Erfolg; Margot konnte sich in allen Belangen von Küche und Haushalt auf sie verlassen. Margot erteilte auch ganz offiziell die Erlaubnis, dass Helma, ihre Enkelin, sie jederzeit bei der Arbeit besuchen durfte.

13

Die Abendgesellschaften auf Groß Bernow wurden wieder häufiger. Margot begrüßte das, aber die Gäste gefielen ihr von Mal zu Mal weniger. Die Herren von der Wehrmacht und der SS hatten Groß Bernow offenbar zu ihrem Lieblingstreffpunkt erkoren, und manchmal kam es Margot vor, als wäre aus dem Gutshaus ein Offiziers-Casino geworden. Die meisten kannte Margot nicht einmal, natürlich Trewall, inzwischen verheiratet, und Kratz, der zum Obersturmführer befördert worden war. Im großen Salon »tagten« sie ein, zwei Mal die Woche lautstark bis in die Nacht, grölten das »Horst-Wessel-Lied« und »Schwarzbraun ist die Haselnuss« und andere einschlägige Lieder. Nach Belieben bedienten sie sich aus dem Weinkeller, der doch Heiligtum und Domäne ihres Schwiegervaters war. Allmählich führten sie sich auf, als gehörte ihnen das Haus.

»Warum lädst du sie ein?«, fragte Margot, als sich wieder einmal die Letzten morgens um vier lärmend verabschiedet hatten.

»Ich lade sie nicht ein. Sie kommen, und ich kann sie nicht abweisen«, sagte Karl.

»Warum? Du bist der Hausherr. Sag ihnen, dass wir es uns nicht leisten können, sie noch länger auszuhalten.«

»Ach, Margot«, seufzte er und nahm ihre Hand. »Versteh doch, wir müssen mitspielen. Betrachte es als Ehre, dass sie sich dieses Haus für ihre Treffen ausgesucht haben, oder sonst etwas, aber bitte halte dich heraus.«

Karl hatte ihr Angst gemacht, und sie hörte auf ihn, er musste wissen, was er tat. Am Ende trug er die volle Verantwortung. Sie protestierte auch nicht, als der Volksempfänger plötzlich im großen Salon stand und ununterbrochen lief, wenn sich die Herrenrunde wieder eingefunden hatte. Ihr wurde nur immer mehr bewusst, dass eine Gefahr heraufzog, die mit diesen Leuten zusammenhing. Vor allem enttäuschte sie, dass Leutnant Trewall zu ihnen gehörte und sich sogar als Wortführer hervortat.

»Der Pole will Danzig nicht herausrücken«, sagte er am Abend eines stürmischen Tages Ende April. Auch Margot hatte sich auf ein Glas Wein nach dem Abendbrot zu der Runde begeben.

»Er wird schon sehen, was er davon hat. Lange wird sich der Führer das nicht mehr bieten lassen«, schloss sich Kratz an.

Ein Oberst Seghers, den Margot das erste Mal sah, trieb es noch weiter. »Glauben Sie mir, meine Herren. Der Führer wird alle, die sich ihm in den Weg stellen, mit Stumpf und Stiel ausrotten.« Er lallte bereits, hob aber noch einmal das Glas und prostete dem umkränzten Bild über dem Klavier zu. Trewall hatte das Porträt des Führers eines Tages mitgebracht und Karl als Geschenk überreicht. Den Platz dafür an der Wand hatte er auch gleich ausgesucht.

»Karl, mein Freund. Du siehst so unglücklich aus«, sagte Trewall und brachte Karl offenbar absichtlich in Verlegenheit. »Man könnte fast meinen, dass du uns nicht gerne hier siehst.«

»Wie kommst du nur darauf?«, gab sich Karl alle Mühe,

den Überraschten zu spielen. »Ihr seid doch meine Gäste. Oder habe ich euch jemals schlecht bewirtet?«

»Nein, das nicht, lieber Karl. Aber ich frage mich – und da bin ich nicht allein –, warum du immer noch nicht einer von uns bist.«

Trewalls Lächeln war das gleiche wie damals auf dem Gutsherrenball, als er Margot zum Tanz aufforderte. Ein verwegenes und scheinbar warmherziges Lächeln. Erst jetzt erkannte sie, dass es das Lächeln eines Tigers war. »Man könnte meinen, dass du dem Führer verweigern willst, was er von allen guten Deutschen erwartet«, fuhr er fort. »Dabei ist es nur eine läppische Unterschrift, mit der du alle Zweifel ausräumen kannst.« Er nahm einen Schluck von der Spätlese, die er bevorzugte. »Glaub mir, ich will dich und deine Frau schützen. Bald gibt es nur noch Freund oder Feind.«

Als sie später im Bett lagen, fragte Margot: »Wirst du es machen?«

Karl schwieg, dann legte er den Arm um sie. »Bisher ist es mir gelungen, die Angelegenheit hinauszuzögern. Aber so, wie es aussieht, verlieren sie allmählich die Geduld. Ich bin der einzige Hofbesitzer hier in der Gegend, der noch nicht NSDAP-Mitglied ist.«

Margot verstand nun Karls Enttäuschung am Abend des Balls, als sie mit Trewall so ausgelassen getanzt hatte. Sie waren nicht seine Freunde, diese Männer in den grauen Uniformen, er duldete sie nur, um nicht in ihre Schusslinie zu geraten.

»Es hätte den Vorteil«, sagte Karl mit müder Stimme, »dass sie uns, und damit meine ich alle Leute auf dem Gut, in Frieden lassen. Vater hat auch nachgegeben. Er hat mir den Rat gegeben, nichts gegen die Nazis zu unternehmen.«

»Warum bedrängen sie dich so?«

»Sie wollen jeden Widerstand brechen und die Reihen hinter sich schließen.«

»Sind denn Juden auf dem Hof?«

»Ich weiß es nicht.«

»Du kannst es mir ruhig sagen. Schließlich bin ich deine Frau.«

»Welchem Juden wäre geholfen, wenn meine Frau nachts nicht schlafen kann?«

Er gab ihr einen Kuss und drehte sich zur anderen Seite.

⁓

Die Bäume in der Allee trugen wieder frisches Grün. Therese, die alte Gutsherrin, litt an Atemnot, und der Arzt diagnostizierte eine Herzschwäche. Sie durfte sich keiner Aufregung mehr aussetzen, man empfahl ihr kurze Spaziergänge und bei schönem Wetter Ausfahrten in der offenen Kutsche. Karl stellte eine Gesellschaftsdame ein, die ihr zudem nachmittags und abends vorlas. In den Salons zeigte sich Therese kaum noch.

Hermann interessierte sich vor allem für *seine* Pferde, die er täglich im Stall besuchte und nach deren Gesundheitszustand er sich erkundigte. Als Margot an einem späten Vormittag im Mai nach Karl suchte und in den Stall kam, traf sie auf ihren Schwiegervater. Er hatte eine der alten Kutschen, einen Gig, der längst nicht mehr im Gebrauch war, säubern und anspannen lassen.

»Hast du ein paar Minuten, Margot?«, fragte er sie. »Ich möchte dir etwas zeigen.«

Er reichte ihr auf eine charmant altmodische Weise den Arm und geleitete sie zu der kleinen offenen Kutsche, in der gerade einmal zwei Personen Platz fanden.

»Ein wackliges Gefährt, so ein Gig, wenn man ihn mit dem Benz vergleicht«, merkte Hermann an, nachdem sie den Hof durchquert hatten und er auf einem unbefestigten Landweg offenbar die Anhöhe erreichen wollte. »Früher habe ich mich vor allem damit bewegt. In den letzten Jahren hat sich die Welt rasant verändert. Das Gut hat allerdings nicht an Bedeutung verloren und ernährt immer noch seine Familien.«

Der Blick über die weiten Felder war beeindruckend, der Himmel über Margot prangte in tiefem Blau, und ihre Haare zerzausten im Wind.

»Der Frieden wird nicht mehr lange anhalten, fürchte ich. Dieser Hitler wird keine Ruhe geben, bis er den nächsten Krieg vom Zaun gebrochen hat. Dabei liegt die letzte Katastrophe gerade einmal zwanzig Jahre hinter uns.«

Die Worte klangen fast unwirklich in den strahlenden Mai hinein. »Beim ersten Mal warst du noch ein Kind. Krieg ist immer sinnlos, nichts als Vernichtung. Aber wie sollen wir ihn noch verhindern? Ich sage es dir frei heraus, Margot, denn ich weiß, dass ich dir ein ehrliches Wort anvertrauen kann. Manchmal muss man mit den Wölfen heulen, um sich selbst und die Seinen zu schützen.«

Darauf schwieg er eine Weile und ließ die Zügel locker. Auch wenn Margot die heranrückende Bedrohung ebenso spürte, war ihr bislang doch alles eher wie ein beklemmendes Schauspiel in einem Theater vorgekommen. An dessen Ende würden die Zuschauer friedlich nach Hause zurückkehren. Aber das, was sie jetzt erlebte, war die beängstigende Wirklichkeit.

»Obwohl ich mit dem Schlimmsten rechne, hoffe ich im Stillen, dass Hitler ohne Krieg erreicht, was er für die Errichtung seines Großdeutschen Reichs braucht. Ich habe ein arbeitsreiches Leben hinter mir, verstehst du?« Es klang wie ein Seufzer. »Ich sehne mich nur nach ein paar friedlichen letzten Jahren.« Er wies auf die Felder der Umgebung. »Alles beginnt wieder von vorn. Es grünt, wächst und reift heran, im Herbst wird geerntet und eingefahren. Die Menschen auf diesem Gut arbeiten, damit sie und andere zu essen haben. Eine nützliche Arbeit, eine gute Arbeit.« Wieder unterbrach er sich selbst, und Margot wusste nichts auf seine Worte zu erwidern. Sie fragte sich nur, warum er sie nicht bereits früher auf eine solche Fahrt eingeladen hatte. Es wäre ihr so manches Missverständnis erspart geblieben.

»Wenn man jung ist, denkt man nicht immer darüber nach«, fuhr er fort. »In meinem Alter wird es einem dann klar, und ich bin dankbar für die Jahre der Arbeit auf diesem Gut, auch wenn sie an meinen Kräften gezehrt haben.«

Plötzlich wurde das Pferd unruhig. Nicht weit von ihnen schnürte ein Fuchs den Waldrand entlang. »Ho, Lene, ho!«, rief Hermann und brachte das Pferd mit ein paar geübten Handgriffen zur Raison. »Ich weiß, dass du dich mit Therese nicht besonders gut verstehst, aber sie und ich haben viele Jahre erfolgreich zusammengearbeitet und konnten die Früchte einfahren.«

Lene zog weiter brav die Anhöhe hinauf. Oben eröffnete sich ein einmaliger Blick auf das Herrenhaus und die Gutsanlagen. Unter einer alten Buche stand eine Bank aus Naturholz, von der aus sie den friedlichen Anblick genießen konnten.

»Hier haben wir uns das erste Mal geküsst«, sagte Hermann, Tränen standen in seinen Augen. »Und wir wussten, wir würden unser gemeinsames Leben bis zum letzten Atemzug auf diesem Gut verbringen. Einen großen Krieg haben wir in diesem Jahrhundert bereits überstanden. Jetzt seid ihr dran, Karl und du. Je schwerer die Zeiten, desto enger müsst ihr zusammenhalten.«

Hermann von Bernow war ein verantwortungsvoller Mann. Aus ihm sprach der besorgte Arbeitgeber, der Vater und Schwiegervater. Margot liebte ihn dafür.

14

Am 17. August 39, einem Donnerstag, brach Hermann von Bernow im Rosenbeet zusammen. Stallmeister Wagenseil und ein Pferdeknecht fanden ihn bewusstlos auf und trugen ihn ins Haus. Doch bevor der Arzt Groß Bernow erreichte, war es zu Ende. Ohne Vorankündigung und unfassbar für die Familie hatte sich der alte Herr verabschiedet, gerade als Margot ihn und seine Welt zu verstehen gelernt hatte.

Karl war kaum ansprechbar vor Schmerz und Verzweiflung. Er hatte nicht nur seinen Vater, er hatte seinen wichtigsten Verbündeten verloren. Vor allem den Freund, der auch einmal eine Schwäche durchgehen ließ und immer versuchte, Streit beizulegen und auszugleichen. Am Grab konnte er sich nur mühsam fassen. Therese, von Kopf bis Fuß schwarz verschleiert, musste gestützt werden.

»Ich habe es dir nie eingestanden, aber jetzt, wo Vater tot ist, will ich es auch ihm zu Ehren gern zugeben: Er war es, der mir damals geholfen hat«, sagte Karl zu Margot, als sie abends im Bett lagen und in die Dunkelheit starrten. »Er hat Mutter die Pistole auf die Brust gesetzt und ihr gedroht, dass sie es nicht auf die Spitze treiben solle. Wem wäre gedient, wenn ich alles hinwerfen würde, weil ich dich nicht heiraten dürfe? Sie könne unmöglich wollen, dass Groß Bernow in fremde Hände fiel.«

»Und?«, fragte Margot.

»Und was?«

»Hättest du für uns alles hingeworfen?«

»Zweifelst du daran?«

»Nein«, sagte sie, ohne zu zögern, während unter der Bettdecke ihre Hand die seine suchte.

Der Gutsbetrieb ging unerbittlich weiter, selbst die Trauer konnte ihn nicht aufhalten. Therese jedoch verstummte völlig nach Hermanns Tod. Die Spaziergänge in Begleitung ihrer Gesellschaftsdame wurden immer seltener, und wie Margot von den Mädchen erfuhr, aß sie kaum etwas. Karl besuchte seine Mutter täglich in ihren Räumen.

Dann kam der 1. September 39. Euphorie schwappte wie eine riesige Flutwelle über dieses Deutschland, das vor Kraft strotzte und versessen darauf war, über seine Grenzen hinauszuwachsen. Die Polen traf es zuerst, angeblich hatten sie den Grund geliefert, der Hitlers Eroberungsfeldzüge in Bewegung setzte. Ein Aufatmen ging durch das Reich, endlich entlud sich die Spannung der letzten Jahre. Es herrschte Gewissheit. Auch wenn sie Krieg bedeutete, so hatten wenigstens alle ein Ziel vor Augen. Und niemand brauchte ihn zu fürchten, den Krieg, denn die deutsche Überlegenheit würde ihn auf höchstens drei Monate verkürzen.

Die Herren von der Wehrmacht und der SS ließen sich jetzt seltener auf Groß Bernow blicken, sie hatten alle Hände voll zu tun, ihrem Führer zu dienen, was Margot nur recht sein konnte. Überall im Land meldeten sich Freiwillige. Auch Karl musste auf einige gute Arbeiter verzichten, die Anhänger der NSDAP und Parteimitglieder waren. Sie folgten begeistert dem Ruf Hitlers und verließen für diese Ehre Frau und Kinder. Es gab auch Sozialdemokraten unter der Belegschaft, die sich natürlich nicht zu erkennen gaben, denn sie waren nirgends vor Verfolgung geschützt, auch nicht auf dem Hof.

Eines Nachts, nachdem die SS-Offiziere wieder einmal bis drei Uhr getagt hatten, war Karl angetrunken in ihrem Schlafzimmer erschienen. Wankend zog er sich aus und kroch ins Bett. »Ich habe es getan, und ich glaube, es war nötig und richtig«, flüsterte er in ihr Ohr.

Margot wusste sofort, was er meinte. Aber sie tat, als ob sie schlief und äußerte sich auch am nächsten Morgen nicht dazu. Karl erwähnte dieses Thema nie mehr.

⁓

Karls Rechnung ging auf. Als treuer Gefolgsmann der Partei wurde er vorerst nicht eingezogen. Seine Arbeit auf dem Gut sei unverzichtbar für die zivile Versorgung und die der Wehrmacht, wie es in einem Schreiben der Parteizentrale hieß. So blieb auch die Arbeiterschaft auf dem Gut noch verschont, von den Freiwilligen abgesehen.

Margot machte sich dennoch Sorgen um Karl. Er trank zu viel, und sie befürchtete, dass er sich während der Offiziersabende mit Jubel und Judenhetze einen gefährlichen Virus zugezogen hatte.

»Ich frage mich, wie es sich anfühlen wird, wenn Berlin die Hauptstadt von Europa ist«, sagte Karl an einem Sonntagabend im Mai 40, und seine Augen glänzten vor Begeisterung.

»Unvorstellbar wird es werden«, erwiderte Margot.

»Höre ich da etwa Ironie heraus? Auch wir müssen unseren Teil dazu beitragen, für Führer und Vaterland.«

Sie sah ihn ängstlich an. »Karl, bist du betrunken? Was redest du?«

»Wir haben die Pflicht, an unser Land zu glauben. Das ist das Mindeste, was wir tun können, ansonsten wäre es Verrat an den vielen mutigen Landsleuten im Kampf an der Front.«

Ein Schreck durchfuhr sie. Er klang wie einer seiner Zechbrüder von der SS. Aber was war richtig? Versündigte sie sich mit ihrem Spott gegen die Selbstlosen und Tapferen, oder wusste ihr Mann bereits nicht mehr, was er da sagte?

Aber in diesen Zeiten mussten sie zusammenhalten, sie hatte es Hermann damals auf der Anhöhe versprochen, und um Karl nicht zu reizen, verzichtete sie auf Widerworte, obwohl sie es nur schwer ertrug, wenn er sie auf diese Weise maßregelte.

»Verschone mich bitte mit deinen trübsinnigen Ansichten. Mit Unken kann man die Welt nicht bewegen, es geht nun einmal nicht ohne Krieg. Du wirst sehen, wie schnell alles vorbei ist, Margot. Du musst nur unerschütterlich an den Führer glauben«, erwiderte er, als sie noch einmal versuchte, vernünftig mit ihm über dieses Thema zu sprechen.

Als die ersten Arbeiter von Groß Bernow eingezogen wurden und Margot die ängstlichen Gesichter der Frauen und Kinder sah, hatte sie die böse Ahnung, dass ihre Befürchtungen noch übertroffen werden könnten. Und sosehr sie sich nach einem eigenen Kind sehnte, war sie froh, dass sich dieser Wunsch nicht erfüllt hatte.

⁂

Der Krieg dauerte an, und bald war von der anfänglichen Euphorie nichts mehr zu spüren. Aber Zweifel waren nicht erlaubt, und die tägliche Arbeit auf dem Gut hörte nie auf. Das Vieh musste versorgt, die Feldarbeiten verrichtet, die

Saat ausgebracht, im Frühsommer die Kartoffeln, im Sommer das Getreide geerntet und eingefahren, im Spätsommer und Anfang Herbst das Obst von den Bäumen gepflückt oder geschüttelt werden. Karl konnte jetzt nicht mehr nach eigenen Vorstellungen wirtschaften. Groß Bernow wurde immer mehr ein Versorgungsbetrieb der Wehrmacht. Hermanns geliebte Pferdezucht schmolz zusammen. Die besten Exemplare wurden beschlagnahmt, darunter Himmelstürmer, sein Paradehengst, den sich ein SS-Führer ausgesucht hatte. Gut, dass er es nicht mehr erleben musste. Karl lieferte regelmäßig ein festes Kontingent an Rindern und Schweinen an das Heer, den Rest verkaufte er an die Städter. Mit der Viehzucht kamen sie kaum nach.

Aus dem schnellen Ende war nichts geworden. Mittlerweile lagen sie zwei Jahre mit halb Europa im Krieg. Im April 42 verwüsteten die britischen Flieger Rostock mit ihren Bomben, allein vier Kirchen brannten aus. Margots Eltern und ihr Geschäft blieben wie durch ein Wunder verschont, doch der Vater war schwer krank.

In diesem Jahr war Weihnachten ein trauriges Fest. So mancher Arbeiterfrau mit Kind im Arm stand die Angst um ihren Mann im Gesicht geschrieben. Die verfügbaren Männer auf dem Gut wurden einer nach dem anderen eingezogen und kamen nicht zurück. Im großen Salon des Herrenhauses hörte das großspurige Gerede allerdings nicht auf. »Der Feind versucht zwar, Schaden anzurichten, aber auf lange Sicht kann er den deutschen Sieg nicht gefährden«, behauptete Oberleutnant Trewall. Margot schwieg dazu, aber sie wusste es besser. Nur diejenigen, die zu nichts mehr nütze waren, kamen von der Front zurück.

Einer von ihnen saß im Fenster seines Hauses in der Kastanienallee und starrte seelenlos von morgens bis abends auf die vorüberziehenden Landfahrzeuge. Alle Kinder hatten Angst vor dem Gespenst.

Allmählich übernahmen die Frauen immer mehr die Aufgaben der Männer, auch die schwere körperliche Arbeit. In einer Ansprache an das Volk verlangte der Führer, dass nun die Frau den Mann ersetzen solle, wo sie könne, während der seine heldenhafte Pflicht an vorderster Front erfülle. Doch was nützten ihnen Helden, wenn sie Arbeiter und Familienväter brauchten? An der russischen Front gab es die meisten Verluste. Beinahe jede Familie im Dorf hatte jetzt Gefallene zu beklagen.

Neben Karl waren bislang nur wenige Männer verschont geblieben, darunter Hans Wagenseil, der Stallmeister. Seit die beiden Pferdeknechte einberufen worden waren, kümmerte er sich allein um die fünfzehn verbliebenen von den vormals über hundert Pferden. Beim Ausmisten, Füttern und der Pflege half ihm jetzt Helma, seine Tochter, die die Leidenschaft des Vaters geerbt hatte und eine Pferdenärrin war.

Nur wenige glaubten noch den Meldungen von den Erfolgen an der Front, auch unter den Offizieren der Wehrmacht rührten sich Zweifel. Im großen Salon wurde der Ton rauer, und nach einigen Flaschen Wein gerieten die Herren regelmäßig in Streit. Einmal kam es zu einer handfesten Prügelei, in der Trewall ein blaues Auge davontrug. Der andere, der wohl offen den Endsieg infrage gestellt hatte, brach sich einen Arm.

Karl wurde immer schweigsamer und neigte zum Grübeln. Manchmal nahm er Margots Hand, ohne etwas zu sagen, und sie wusste, dass er ratlos war. Sein Vater konnte ihm nicht mehr helfen, die kranke Mutter lebte nur noch in der Vergangenheit. Karl hatte sich diesen Grauröcken zugesellt und war ihnen nun ausgeliefert.

Im November 43, an einem frostigen Morgen, wurde Therese von Bernow von ihrer Gesellschafterin leblos in ihrem Bett gefunden, in den gefalteten Händen lag ein Rosenkranz mit einem kleinen Silberkreuz. Anscheinend hatte die alte Gutsherrin das Ende herannahen gefühlt. Als Karl sie so sah, brach er in Tränen aus.

Unter der Arbeiterschaft jedoch löste der Tod der »alten Gnädigen« kein bemerkenswertes Echo aus. Jeder hatte sein eigenes Leid, und zur Beerdigung, die bei dichtem Nebel auf dem kleinen Friedhof an der Gutskirche stattfand, erschienen neben Karl und Margot lediglich die Gesellschafterin und die alte Köchin Berta mit Helma, ihrer Enkelin.

Margot machte sich Vorwürfe. Solange ihre Schwiegermutter lebte, hatte sie Therese als Gegnerin betrachtet und nicht versucht, sie zu verstehen. Ihr Tod nun brachte Margot wieder näher an Karl heran.

»Mutter war ein schwieriger Mensch«, sagte er am Grab zu ihr. »Sie hatte feste Vorstellungen und duldete keinen Widerspruch. Das war ihre größte Stärke und ihr größter Fehler.«

An Weihnachten 43 war abzusehen, dass im nächsten Jahr nicht mehr ausreichend Arbeiter zur Verfügung stehen würden, um die Saat vollständig auszubringen. Zwei Drittel der Rinder waren bereits als Schlachtvieh verkauft. Es mangelte an ausreichend Futter, um Jungschweine zu mästen, zudem wanderte ein Teil der Muttersauen ins Schlachthaus. Es gab drei Traktoren, aber kaum noch Treibstoff und nur einen Mann, der sie fahren konnte.

1944 wurde es knapp für die Städter, die Lebensmittel waren längst rationiert. Gottlob musste auf Groß Bernow keiner hungern, wenn sich auch alle nach einem Ende sehnten, egal wie es ausfallen würde. Von dem Schrecken, der ihnen von der Roten Armee drohte, sprach allerdings niemand. Nur Berta, die alte Köchin, wagte Margot gegenüber ein offenes Wort: »Lass es zu Ende sein. Doch – der Himmel sei uns gnädig – dann kommt der Russe und zahlt es uns heim. Wir haben es nicht anders verdient.«

Im November kam die Nachricht, dass Margots ältester Bruder Jürgen gefallen war. Zuletzt hatte sie ihn auf ihrer Hochzeit gesehen. Er war so hoffnungsvoll gewesen, hatte ihr von seinem Traum erzählt: einem Auto mit viel PS unter der Haube, das er sich eines Tages als erfolgreicher Architekt leisten wolle. Zwei Wochen darauf starb ihr Vater. Da kein Zug mehr fuhr und niemand wusste, wo genau der Russe stand, konnte Margot nicht einmal an der Beerdigung teilnehmen.

Wenige Tage später telefonierte sie nach langer Zeit wieder mit Lavinia Lindorf. »Zwei Söhne hat mir dieser Krieg bereits genommen und der dritte, nicht einmal fünfzehn, bedrängt mich unaufhörlich, dass ich ihn ziehen lassen soll«, schluchzte sie. »Walterchen ist verrückt danach, sich freiwillig zu melden. Als hätten sich nicht schon genug Dummköpfe für die verlorene Sache in den Tod gestürzt.«

Auf Margots Frage, wie es Kathrin gehe, der Schneiderin des schönsten Hochzeitskleids, das je eine Braut in Mecklenburg getragen habe, antwortete Lavinia: »Ich weiß nicht, wo sie jetzt ist, und ich hoffe, es geht ihr gut. Walter hat in ihren Sachen geschnüffelt und ihren wirklichen Namen herausgefunden. Daraufhin hat er zu mir gesagt: ›Du hast eine Jüdin versteckt und bist zur Verräterin am deutschen Volk geworden. Wenn du nicht meine Mutter wärst, würde ich dich erschießen.«« Für einen Moment wurde es still in der Leitung. Dann fasste sich Lavinia wieder. »Nachdem ich sie gewarnt hatte, floh Kathrin Hals über Kopf, und aus Angst vor meinem eigenen Sohn habe ich den Schlüssel vom Waffenschrank in die Jauchegrube geworfen! Kannst du dir das vorstellen, Margot?«

Im April 45 rückte die Rote Armee heran. Neubrandenburg und Neustrelitz wurden geplündert und gingen in Flammen auf. Kein Stein blieb auf dem anderen, auch die Oper, in der sie »Schwanensee« gesehen hatten, brannte völlig nieder. Die letzten Männer wurden eingezogen, Karl und Hans Wagenseil erhielten den Einberufungsbefehl. Margot war in heller Aufregung. Deutschland lag am Boden. Die wenigen Männer konnten doch nichts mehr ausrichten. Wen sollten sie aufhalten? Und wer beschützte die Frauen und Kinder auf dem Gut? Nicht auszudenken, was die Russen mit ihnen machen würden …

Auch Karl wurde zunehmend gereizter, je näher die Rote Armee kam, und Margot beschlich das Gefühl, dass hinter ihrem Rücken etwas vorging, von dem sie nichts erfahren sollte. »Es ist besser, du hältst dich heraus, Margot. Bitte glaub mir, du kannst nicht helfen«, wiegelte Karl jedes Mal ab, wenn sie ihn ansprach. Es musste mit Wagenseil zu tun haben. Ausgerechnet mit dem Stallmeister, der bereits seinem Vater treu ergeben war, geriet er ständig in Streit. Er sei ein Sturkopf, behauptete Karl. Margot fragte nicht mehr warum, sie wusste nur, wenn die Roten herausfänden, dass Groß Bernow ein Nazi-Nest gewesen war und dass Karl selbst der Partei beigetreten war, dann Gnade ihnen Gott.

Karl und vier weitere Männer beschlossen, sich nicht zu melden. Sie setzten darauf, dass der Spuk, der höchstens noch zwei, drei Tage dauern konnte, vorbei wäre, bevor man sie aufstöberte. Ob Oberleutnant von Trewalls unerwartetes Erscheinen auf Groß Bernow damit zusammenhing? Jedenfalls hatte er mit Karl ein ernstes Gespräch. Als am nächsten Tag der Meldetermin endgültig überschritten war, erreichte sie am Abend ein Telefonanruf. Danach stürzte Karl völlig außer sich in den Salon. Margot konnte seinen aufgeregten Worten kaum entnehmen, worum es ging. Sie verstand nur: »Pack das Nötigste zusammen, wir müssen sofort hier weg! Ich erkläre dir alles unterwegs.«

Keine halbe Stunde später saßen sie im Benz und flohen mit drei Koffern und einem Rest Benzin im Tank durch die dunkle Nacht in Richtung Westen.

15

Montag, 21. April 1945

Ihr Herzschlag raste immer noch vor Aufregung. Margot suchte Karls Blick, aber der war starr auf die Fahrbahn gerichtet. Seine Stirn lag in Schweiß, und die großen Hände verrichteten mechanisch ihre Arbeit, lenkten und schalteten. Die Nacht war stockdunkel, es regnete. Margot konnte kaum etwas sehen. Die runden Scheinwerfer des Wagens erwischten nur winzige Ausschnitte der Landschaft. Das Ortsschild von Waren/Müritz hatten sie hinter sich gelassen, dann die von Malchow, Plau, Parchim und Ludwigslust. Aber sie wären erst in Sicherheit, wenn sie die Elbe erreichten, die von Briten und Amerikanern besetzten Gebiete.

Wieder liefen in ihrem Kopf die letzten Bilder im Herrenhaus vor ihr ab. Plötzlich hatte Karl im Salon gestanden. »Pack das Nötigste, wir müssen hier weg!« Kopflos war sie ins Schlafzimmer gerannt, wollte den großen Koffer bepacken, doch der war zu schwer und zu unhandlich. Die Rucksäcke, die sie in Garmisch-Partenkirchen für ihre Wanderungen gekauft hatten, waren gerade richtig. Warme Strümpfe und Unterwäsche, für Karl Hosen und Hemden, für sie zwei Tageskleider. Was brauchte man alles auf einer Flucht? Sie war so verwirrt gewesen.

Seitdem musste mehr als eine Stunde vergangen sein. Noch schnurrte der Motor des alten Benz. Aber was wäre, wenn sie liegen blieben? »Wie lange wird das Benzin noch reichen?«, fragte sie Karl, die Stille zwischen ihnen wurde ihr allmählich unheimlich.

»Ich weiß es nicht, Schatz, hundert, vielleicht auch hundertfünfzig Kilometer.« Er wandte ihr kurz sein Gesicht zu, das angestrengte Lächeln wirkte im Schattenspiel wie eine Grimasse. Sie wollte fragen: Und dann? Doch die Antwort konnte sie sich selbst geben.

Der Regen wurde stärker, die Wischer der Windschutzscheibe standen kurz vor der Kapitulation. Karl schuldete ihr immer noch eine Erklärung, warum sie so Hals über Kopf das Gut verlassen mussten. Für sie konnte es aber nur zwei Gründe geben: Die anrückenden Russen und dass Karl sich nicht rechtzeitig bei der Wehrmacht gemeldet hatte. Oder könnte noch etwas anderes dahinterstecken?

Sie wollte erneut fragen, aber Karl kam ihr zuvor. »Lass uns zuerst in Sicherheit sein, Margot«, sagte er, »dann sollst du alles erfahren.« Seine Stimme klang merkwürdig hohl und mutlos, als ob eine Erklärung keinen Unterschied zu seinem Schweigen machte.

Margot warf ihm einen besorgten Blick zu. Karls Gesicht glänzte. War es Schweiß oder waren es Tränen? Es war doch nicht für immer. Neue Zeiten würden anbrechen, wenn erst einmal Schluss wäre mit diesem Krieg, und die Russen würden sich wieder dorthin verziehen, woher sie gekommen waren. Dann könnten sie nach Groß Bernow zurück, vielleicht bereits Ende Mai oder im Juni, und sie würden das Gut wieder bewirtschaften, wie es die Bernows seit Generationen getan hatten.

Der Motor begann zu stottern. Karl schaffte es noch, den Wagen an den Straßenrand zu lenken, bevor er liegen blieb. Der unausweichliche Augenblick war gekommen. Sie befanden sich in der Fremde und waren ihr ausgeliefert. Karl nahm Margot bei den Händen und küsste sie auf den Mund. »Wir müssen weiter«, sagte er. »Hier am Straßenrand fallen wir zu sehr auf.«

Sie schnallten sich das Gepäck auf den Rücken, ihre feste Kleidung würde dem Regen eine Weile trotzen. Es gab Hoffnung. Vielleicht war ein Dorf in der Nähe oder eine Scheune, wo sie unterschlüpfen und abwarten könnten, bis der Regen abschwächte. Karl schlug den Weg nach Westen ein, aber wie lange würden sie in der Dunkelheit den Kurs halten können? Links und rechts von ihnen zogen sich nur dichte Wälder und Flurstücke. Der Regen hatte ihre Mäntel schneller als gedacht durchweicht. Endlich nach einer Biegung sagte Karl: »Da vorne ist etwas!«

Jetzt sah auch Margot das blasse Licht. Es kam von einem Gehöft nicht weit vor ihnen auf der linken Seite, etwas abseits der Straße. Sie hielten darauf zu. Nichts außer dem starken Rauschen des Regens war zu hören. Plötzlich das tiefe Bellen eines Hundes. Als sie den offenen Torbogen des Hofes erreichten, sprang er ihnen zähnefletschend entgegen. Margot klammerte sich an Karl, doch sie hatten Glück, das riesige Tier lag an der Kette und erreichte sie nicht. Doch wenn sie zum Wohnhaus gelangen wollten, mussten sie den nach Jauche stinkenden und mit Pfützen übersäten Vorplatz überqueren. Anscheinend hatte das Bellen ihres Wachhundes die Bauern geweckt, das Licht an der Haustür sprang an, und sie fanden den Weg.

Zum Eingang führte eine steile Steintreppe hinauf. Der Regen hatte sie jetzt völlig durchnässt, tropfte aus ihren Haaren und lief ihnen über die Gesichter. Auf Groß Bernow wären ihnen die Mädchen mit Schirmen entgegengelaufen, dachte Margot. Karl klopfte an die Holztür. Es bewegte sich nichts. Er klopfte wieder. Der Hund, der sie

nicht aus den Augen gelassen, sich aber unterdessen beruhigt hatte, fing erneut an zu bellen. Jetzt näherte sich
ein seltsames Geräusch wie das Quietschen einer Deich-
sel von hinter der Haustür. Als sie aufsprang, stand ihnen
ein Mann von etwa vierzig Jahren mit triefenden Augen
und verwahrlostem Bartwuchs gegenüber. Die Prothese,
die sein rechtes Bein ersetzte, war unbedeckt, der Lauf des
Gewehrs in seiner Hand auf sie gerichtet.

»Was wollt ihr?«, fuhr er sie an, als wären sie gemeine Ta-
gediebe.

»Wir brauchen Hilfe«, sagte Karl.

»Alle brauchen Hilfe«, erwiderte der Mann. »Verschwindet, wir haben selbst nicht genug!«

»Wir sind nicht weit von hier mit dem Wagen liegen geblieben«, versuchte es Margot. »Der Tank ist leer ...«

»Woher kommt ihr?«, tönte es jetzt aus dem Hintergrund.
Eine alte Bäuerin erschien, derb, mit fleischigen Armen und
zwei Köpfe kleiner als der Mann. Sie hatte die Stimme eines
Feldwebels. »Nimm das Gewehr runter, Frieder!«

»Aus der Gegend zwischen Neubrandenburg und Neustrelitz.«

»Und wo wollt ihr hin?«

»Weiter nach Westen.«

Sie verschränkte die Arme vor der Brust und schien zu
überlegen. »Bei dem Wetter werdet ihr nicht weit kommen. Könnt ihr zahlen?«

Karl nickte.

»Dann bleibt hier, hier seid ihr sicher. Wenigstens heute
Nacht.« Sie warf Karl einen abschätzigen Blick zu. »Ein ge-
sunder Mann und nicht an der Front? Mein Sohn Frieder
hat sein rechtes Bein für Führer und Vaterland hergegeben.
Noch ist der Krieg nicht zu Ende!«

Eine Weile starrte sie Karl feindselig an. Margot dachte schon, die Bäuerin würde sie zurück in den Regen schicken. Doch dann trat die alte Frau beiseite und ließ sie in die nach Schweiß und Kohlsuppe stinkende Diele eintreten. Ihr Sohn verzog sich mit dem Gewehr nach hinten in die Stube.

»In der Dachkammer ist noch Platz«, sagte sie, verwies auf die Holztreppe gleich neben der Tür. »Wäsche liegt im Schrank. Etwas zu essen gibt es in der Küche.«

»Nein, vielen Dank«, erwiderte Margot, ihr war allein von den Gerüchen übel. »Aber gern etwas zu trinken.«

»Wie ihr wollt«, gab die Bäuerin ungehalten zurück.

Als sie bereits am Treppenabsatz angekommen waren, rief die Bäuerin Karl zu: »Der Wagen wird euch verraten. Jeder, der hier vorbeikommt, wird sich fragen, wem der wohl gehört. Es ist besser, wenn wir ihn abschleppen und im Hof verstecken.«

Karl zögerte einen Augenblick, dann warf er ihr den Schlüssel zu. Auch wenn Margot der Frau nicht traute, sie hatte zweifellos recht.

In der winzigen Kammer gab es kein elektrisches Licht. Sie mussten eine Kerze anzünden. Es stank nach Katzenurin, überall lag dick der Staub, und das Bett war zu schmal für zwei. Der alte Benz wäre bequemer gewesen. Aber das Angebot abzulehnen bedeutete, die alte Bäuerin gegen sich aufzubringen, und ihr Sohn hatte sein Gewehr nicht zum ersten Mal auf Menschen gerichtet.

Im Schrank fand Margot ein mottenzerfressenes Laken und mehrere Pferdedecken. Selbst ein Landstreicher hätte auf Groß Bernow ein besseres Quartier bekommen, dachte sie. Aber das war nun Vergangenheit. Sie mussten versuchen zu schlafen. Morgen brauchten sie alle Kräfte.

Ihr Nachtmahl bestand nur aus ein paar Schlucken Wasser. Karl gab ihr einen Kuss und schlief aus Erschöpfung schnell ein. Sein Atem beruhigte Margot, auch wenn sie immer noch nicht wusste, warum sie Groß Bernow so eilig verlassen mussten. Doch allmählich überwältigte sie der Schlaf. Nur einmal wachte sie auf, als sie Hufgeklapper auf dem Hof hörte.

16

Als Margot am nächsten Morgen die Augen öffnete, streichelte Karl zärtlich ihre Wangen und lächelte sie an. Nach dem Sonnenstand musste es bereits nach acht Uhr sein. Warum war sie erst jetzt aufgewacht? Vielleicht lag es daran, dass etwas gefehlt hatte, etwas, das zu jedem Morgen gehörte?

»Der Hahn ist wohl im Topf gelandet«, sagte Karl und grinste.

Sie schaute sich um. In eine schmutzige Dachkammer waren sie geraten.

»Wir müssen hier weg«, sagte sie nur und küsste ihn auf den Mund. Dann rutschte sie aus dem Bett. Ihre Kleider hatten sie erst gar nicht abgelegt, denn es zog erbärmlich. Sie warf einen Blick durch die Dachluke, der Hund lief frei im Hof herum, es war nebelig, aber es hatte aufgehört zu regnen.

Unten erwartete sie die Bäuerin. »Es gibt Butterstulle und einen Rest Pökelfleisch, dazu Kräutertee, wenn's genehm ist.« Offenbar war es der Frau an die Ehre gegangen, als Margot ihre Kohlsuppe abgelehnt hatte. »Waschen könnt ihr euch später hinten in der Wanne.«

Die Stube war mit einfachen Holzmöbeln eingerichtet. Sie setzten sich an den gedeckten Tisch.

»Wo sind wir hier?«, fragte Karl. Vor dem Gehöft waren sie keinem Ortsschild mehr begegnet.

»In Kamerun«, antwortete die Bäuerin, »ungefähr auf der Hälfte zwischen Ludwigslust und Dömitz.«

Also war es nicht mehr weit bis zur Elbe, dachte Margot. »Wir wollen Ihnen nicht länger zur Last fallen und bald aufbrechen«, erwiderte sie.

»Nur nicht hetzen«, schnarrte die alte Frau. »Erst wird gegessen.«

Nicht viel später machte der Hund ein Freudenspektakel im Hof, offenbar war sein Herr zurück. Sie hörten, wie er die Tür auf- und hinter sich wieder zuschloss. Er warf einen kurzen Blick in die Stube, ohne zu grüßen, als ob er kontrollieren wollte, dass sie noch da waren.

Die Bäuerin hatte es ihnen angeboten, also nutzten sie nach dem Essen die Gelegenheit zu einer kurzen kalten Wäsche in einer Zinkblechwanne.

»Frieder konnte nirgends Benzin auftreiben«, sagte die Bäuerin eine Viertelstunde später in der Stube, als Margot und Karl aufbrechen wollten. »Aber keine Sorge, euer Wagen ist bei uns gut aufgehoben.«

»Vielen Dank für alles«, sagte Margot, und Karl fragte: »Was sind wir schuldig?«

Frieder machte sich im Türrahmen breit, während sich seine Mutter zu ihnen an den Tisch setzte. »Es gibt Dinge, die man mit Geld nicht bezahlen kann«, begann sie, und diese Einleitung verhieß nichts Gutes. »Angenommen, es hätte jemand in Neubrandenburg angerufen und verraten, dass ihr hier seid? Vielleicht hätten sie euch festgenommen oder gleich an Ort und Stelle erschossen, wer weiß?«

Karl wurde bleich. Er griff nach dem Geldbeutel in seiner Manteltasche und blätterte einige Scheine auf den Tisch. Die Frau blieb ungerührt. »Bett und Frühstück sind nicht der Rede wert«, sagte sie, als Karl innehielt. »Aber der Wagen nimmt Platz weg in der Scheune, und wir sollen doch auf ihn aufpassen ...«

Er zählte noch weitere Scheine auf den Tisch, auch das genügte ihr nicht. Sie riss ihm den Geldbeutel aus der Hand, bediente sich selbst und sagte anschließend mit verächtlicher Miene: »Frieder wird euch den Weg zeigen. Lasst euch besser auf der Straße nicht blicken, da begegnet einem allerlei Gesindel.«

Frieder stand immer noch in der Tür. Um seinen Mund spielte ein tückisches Grinsen, und neben dem gesunden Bein wurde jetzt das Gewehr sichtbar, das er dahinter versteckt gehalten hatte.

»Leg den Hund an die Kette, Frieder, die Herrschaften wollen gehen!« Die Bäuerin erhob sich. »Wenn alles vorbei ist, könnt ihr den Wagen wieder abholen.« Der Spott in ihrer Stimme war nicht zu überhören.

༄

Der Sohn der Bäuerin führte sie über einen matschigen Pfad an den Waldrand und erklärte schließlich Karl den weiteren Weg, dann kehrte er ihnen, ohne sich zu verabschieden, den Rücken zu und schwankte auf seiner Prothese zum Haus zurück, während sich sein Finger immer noch um den Abzug seines Gewehrs krümmte.

»Es ist nicht mehr weit. Wir können es heute noch schaffen«, sagte Karl zu Margot und verlor kein einziges Wort darüber, dass diese Leute sie soeben bis auf einen schäbigen Rest ausgeplündert hatten. Nicht einmal zwei Tage waren sie unterwegs. Aber es hätte schlimmer kommen können. Immerhin besaßen sie noch einen Teil des Familienschmucks, den Margot unter dem Rock versteckt in einem Leinenbeutel mit sich trug.

»Wenn wir Glück haben, hetzen sie uns niemanden auf den Hals«, sagte er.

»Warum sollten sie?«, fragte Margot. Karl sollte ihr endlich erzählen, was wirklich hinter ihrer überstürzten Flucht steckte.

»Neid oder Verachtung«, antwortete er aber nur. »Neid, dass wir den Mut haben, in der Fremde neu anzufangen, oder Verachtung, dass wir die Heimat im Stich lassen.«

»Tun wir das denn?«, ließ sie nicht locker.

Sie sahen sich in die Augen. Margot konnte sich denken, was in ihm vorging. Ihre entmutigende Lage setzte ihm genauso zu wie ihr. Was wohl jetzt auf dem Gut geschah? Es musste längst in aller Mund sein, dass sich die Herrschaft abgesetzt hatte. Bestimmt rasten alle vor Wut. Vor wenigen Tagen hatte Karl noch das versammelte Personal und die Arbeiterschaft in einer Rede beschworen, zusammenzuhalten und auf das Beste zu hoffen, wie es die Pflicht eines guten Deutschen sei. Und ausgerechnet sie, die Herren des Gutes, hatten sich als Erste aus dem Staub gemacht. Wer plante jetzt den Tagesablauf? Was würde auf den Feldern passieren?

Margot schluchzte. Karl blieb stehen und ergriff ihre Hand. »Ich habe vor Tagen noch einmal Lohn anweisen lassen, unsere Konten sind leer«, sagte er. »Ich habe es verschwiegen, um dich nicht zu beunruhigen, aber wir waren ohnehin am Ende, Margot.« Das tröstliche Gefühl, der Lebensgefahr entronnen zu sein, wich dem schmerzlichen Bewusstsein, alles verloren zu haben.

Der unablässige Regen hatte den Boden durchweicht, und die Waldwege waren schlammig. Dennoch mieden sie die offene Flur. Der Nebel, der über den Wäldern lag, schützte sie, auch wenn die Angst immer neue Fragen stellte. Was wäre, wenn plötzlich ein Offizier der Wehrmacht auftauchte und Karl mit vorgehaltener Pistole fragte, welchem Regiment er angehöre und was er hier suche? Sie würden ihn verhaften und mitnehmen oder direkt erschießen. Margot wäre sich selbst überlassen, allein, verloren. Niemand half ihnen jetzt, sie waren nur zu zweit, sie mussten auf Gedeih und Verderb zusammenhalten.

Die alte Bäuerin hatte ihnen, kurz bevor sie den Hof verließen, noch zwei Butterstullen und für jeden einen schrumpeligen Apfel mitgegeben, die nach Keller rochen. Als sie pausierten, waren sie allerdings froh darüber, auch über den Tee in Karls Feldflasche.

Die Dörfer waren grau, und aus Angst, aufzufliegen, trauten sie sich nicht, nach etwas zu essen zu fragen. Erst mussten sie über die Elbe, dann wäre alles gut, in Dömitz über die Brücke, dann hätten sie es geschafft.

Am späten Nachmittag erreichten sie das Elbufer, aber alle Brücken, die sie erreichten, waren nur Ruinen. »Ihr kommt zwei Tage zu spät«, rief ihnen ein alter Mann zu, der sich unten am Wasser niedergelassen hatte und übelriechendes Kraut in seiner Pfeife rauchte. Seine Füße hingen über den Rand eines maroden alten Kahns.

Es dämmerte bereits, als sie zu dritt wagten überzusetzen. Das Wasser war eiskalt, und der alte Mann, der sich als Josef vorstellte und mit ostpreußischem Akzent sprach, drückte Margot einen Blechnapf in die Hand. Damit schaufelte sie gegen das Wasser an, das durch mehrere Lecks im Boden des Kahns drang, während sich Karl und Josef, jeder mit einem abgebrochenen Paddel, durch die Fluten kämpften. Josef behielt seine Pfeife im Mund. »Wenn wir absaufen, wird wenigstens die Pfeife oben schwimmen. Ich hab meinen Namen in den Stiel geritzt«, hatte er zuvor noch gesagt und grimmig dabei gelacht.

Sie wurden stark abgetrieben, hielten sich aber über Wasser und erreichten das andere Ufer, ohne zu kentern.

»Ich habe die Bombeneinschläge gehört und mich gefragt, ob es Sinn macht überzusetzen«, erzählte Josef, als sie am Westufer Holz gesammelt und ein kleines Feuer angezündet hatten. Endlich konnten sie sich wärmen und ihre Sachen trocknen. »Nach Dannenberg brauchen wir erst gar nicht zu gehen, da steht kein Haus mehr. Wie verrückt hat es gekracht. Ich hab es gehört. Was es den Amis und den Briten wohl bringt, solch kleine Nester auszuradieren? Aber wir haben es auch so gemacht. Nichts wird übrig bleiben. Nicht einmal die Selbstachtung.«

Sie verbrachten die Nacht in einem windschiefen Schuppen nicht weit vom Elbufer, aus dem sie zuerst die Ratten vertreiben mussten. In Abständen trommelten Regengüsse auf das Wellblechdach. Sie hatten nichts mehr zu essen, auch kein Gewehr, um zu jagen. Alles war in Groß Bernow geblieben. Immer wieder drehten sich Margots Gedanken um das Gut, und wenn sie weinte, nahm Karl ihre Hände schweigend in seine.

Am nächsten Morgen war Josef verschwunden. Margot griff nach dem Leinenbeutel unter ihrem Rock, aber es fehlte nichts. Plötzlich deckte ein Schatten den Eingang ab. Josef.

»Glück gehabt«, sagte er und wedelte mit einem dicken Fisch vor ihrem Gesicht. »Man darf alles vergessen, nur nicht ein Stück Schnur und einen kräftigen Angelhaken, hat mein Vater immer gesagt.«

Margot und Karl sammelten Brennbares, während Josef mit einem Klappmesser den Fisch ausnahm. »Und?«, fragte der alte Landmann nach dem Essen. »Jetzt seid ihr im Westen, und was wollt ihr hier? Ich habe gehört, dass die Amis weiter nach Osten vorrücken. Einige Flüchtlingstrecks folgen ihnen und gehen zurück nach Hause.«

Alles würde gut, dachte Margot, bald wären sie zurück auf Groß Bernow, und sie könnten wieder leben wie früher …

»Wir wollen an den Rhein«, sagte Karl. Überrascht blickte Margot ihn an.

»Was wollt ihr denn da? Ich bleibe hier«, erwiderte Josef. »Wenigstens für ein paar Tage. Hier gibt es Fische, und ich kann mir Wasser abkochen, so viel ich will. Tabak habe ich auch noch.«

In dem Moment überflog ein einzelner Bomber die Ebene, aus Richtung Dannenberg kommend. Josef hob den Zeigefinger gen Himmel. »Hört ihr? Die werden erst aufhören, wenn sich nichts mehr regt. Das Beste ist, die Füße ruhig zu halten.«

Doch Karl schien immer noch entschlossen aufzubrechen. »Wir könnten nach Dannenberg gehen und nachsehen«, schlug Margot vor. »Bis dahin sind es kaum mehr als zehn Kilometer. Wenn dort alles zerstört ist, kehren wir um.«

»Und dann liegen andere hier im Stroh«, sagte Josef. »Nee, nee! Ich bleib lieber hier, hier is es jemietlich, wie man bei uns in Ostpreußen sagt. Es kann nur noch ein paar Tage dauern, dann ist es sowieso vorbei.«

»Die paar Tage dauern schon viel zu lang«, erwiderte Karl, ließ aber den Rucksack von den Schultern gleiten.

Am Abend, als sie aneinandergedrängt im Stroh lagen, fragte Margot: »Warum ausgerechnet an den Rhein?« Es musste einen schwerwiegenden Grund dafür geben, der Karl so weit weg von seinem heiß geliebten Gut trieb.

»Bevor wir uns kennenlernten, hat mein Vater jedes Jahr eine Reise an den Rhein und die Mosel gemacht und kistenweise Wein mit nach Groß Bernow gebracht. Er hat mir einmal erzählt, am Rhein sei es am schönsten im Spätherbst, wenn das Weinlaub rot von den Hängen leuchtet. Vielleicht können wir da neu anfangen.«

»Warum willst du neu anfangen? Wir haben doch unsere Heimat und die ist an den tausend Seen, da, wo unser Haus steht, unser großes, schönes Haus ...«

»Wir können nicht mehr zurück«, sagte er mit schwacher Stimme. Dann versagte sie ganz.

»Warum nicht?« Er konnte doch unmöglich so einfach aufgeben! »Es stimmt, wir sind geflohen, wir haben unsere Leute im Stich gelassen«, ließ sie ihm keine Ruhe, »aber sie werden uns brauchen. Der Bauch braucht einen Kopf.«

Doch Karl schwieg.

17

Viele kamen über die Elbe, Frauen, Kinder, Alte, Invaliden, und über ihre Köpfe hinweg donnerte die Patrouille der englischen Flieger. Margot, Karl und Josef waren längst nicht mehr allein in der windschiefen Hütte mit dem Wellblechdach. Dicht gedrängt suchten fünfzehn Flüchtlinge Schutz, es stank nach Schweiß und Kot. Der Tag lief immer gleich ab: Sie sammelten Holz, um das Feuer am Leben zu erhalten, aßen Fisch, wenn sie welchen fingen, tranken Elbwasser, das sie vorher abkochten, um sich den Typhus vom Hals zu halten. Eine alte Frau und ein Kind starben und mussten unter die Erde gebracht werden.

Am Morgen des 5. Mai rollte ein kleiner Treck aus Richtung Dannenberg auf sie zu. »Esch ischt vorbei«, nuschelte eine zahnlose Greisin. »Der Krieg ischt vorbei. Wir gehen zurück nach Hause.«

Margot versuchte, Karl zu überreden umzukehren, doch er ließ sich nicht dazu bewegen. Den Grund brachte sie allerdings nicht aus ihm heraus. Schließlich gab sie nach in der Überzeugung, dass sie nur eine Überlebenschance hatten, wenn sie zusammenblieben. Noch am selben Tag zogen sie weiter gen Westen und trennten sich von Josef, der den Weg zurück nach Osten nahm.

Flüchtlinge, wohin sie kamen, Vertriebene und Verirrte, die nicht mehr als die zerschundenen Kleider am Leibe besaßen. Überall Not, auch sie mussten tagelang hungern, um dann mit Glück eine Kelle Suppe in Gemeindehäusern oder anderen Ausgabestellen zu ergattern. Ebenso dürftig war es um die Schlafplätze bestellt, wollte man nicht in einem Auffang- oder Übergangslager landen. Ihnen blieb nur übrig, in Kirchen, klapprigen Scheunen und unter Brücken Unterschlupf zu suchen. Allmählich wurde offenbar auch Karl bewusst, dass sie ihr fernes Ziel, das Rheinland, zu Fuß kaum erreichen konnten. Für zwei Fahrkarten der Reichsbahn hätte Margot ihren ganzen Schmuck weggegeben, aber es fuhren keine Züge, die Gleise waren zerstört. Selbst an ein Pferd war nicht zu denken. Die noch eins besaßen, hätten es für nichts auf der Welt hergegeben.

Auf einem Bauernhof zwischen Uelzen und Hannover bettelten sie wie andere um Arbeit. »Du siehst anständig aus, du kannst bleiben«, sagte der alte, krumme Bauer zu Karl. Ihm zitterten bereits die Hände, und arbeitsfähige Männer gab es nur noch wenige.

»Ich mache alles, wenn meine Frau auch bleiben darf«, erwiderte Karl.

Zuerst stutzte der Alte, dass es jemand von den Habenichtsen wagte, auch noch Wünsche zu äußern. Dann ließ er sich darauf ein. »Na schön«, sagte er und zu Margot gewandt: »Bist du krank oder kriegst du ein Kind? Wenn ja, müsst ihr euch etwas anderes suchen.«

Sie schliefen auf dem Heuboden und arbeiteten für das Essen. Je mehr sie schafften, desto mehr Arbeit lud der Bauer ihnen auf. Stallarbeit, Gartenarbeit, Feldarbeit, Vieh und Hühner bewachen. Das Haus bestellte die alte Bäuerin, die sich selten blicken ließ und kein Wort mit ihnen redete.

Die Ernte 45 war kärglich, im letzten Kriegsjahr hatte es kaum mehr Saatgut gegeben. »Wagt euch nicht, auch nur eine Kartoffel einzustecken!«, zischte der Bauer. »Wer klaut, muss gehen.« Die Obstbäume hingegen trugen reichlich, aber der Bauer hatte seine Augen überall und zählte Äpfel und Birnen ab.

Nach der Arbeit gab es Eintopf mit Kartoffelstücken und eine einzige, wenn auch dicke Scheibe Brot mit Butter, dazu Malzkaffee. Die Abende waren trist. Sie hockten im Stroh mit blutigen Schwielen an Händen und Füßen, der Rücken steif vom stundenlangen Bücken. Manchmal kam der Nachbarsjunge vorbei, setzte sich in eine Ecke des Stalls und fabrizierte grelle Dissonanzen auf seiner Mundharmonika. Wenn Margot zusammenzuckte, grinste er.

Das erste Weihnachtsfest im Frieden nahte. Margot dachte jeden Abend an Groß Bernow, an die Düfte, die dann aus der Gutsküche durch das ganze Haus zogen, an zufriedene Stunden. Natürlich dachte sie auch an die Familie in Rostock, wie mochte es ihrer Mutter und den Geschwistern gehen? Hoffentlich war nicht noch jemand gestorben. Sie weinte viel, doch nur dann, wenn sie vermutete, dass Karl es nicht bemerkte.

Ein harter Winter kündigte sich an. Karl hustete, er hatte starke Schmerzen in der Brust und konnte tagelang nicht arbeiten. Margot fürchtete, dass der Bauer sie vom Hof treiben würde und bot sich an, die schwere Arbeit zu übernehmen. Als der Bauer sie angehört hatte, stemmte er die Hände in die Seiten und sah sie eine ganze Weile an, ohne die Miene zu verziehen. »Für was hältst du mich, Mädel?«, raunzte er sie dann an. »Für einen Schinder?«

Sie schwieg, wagte nicht, ihn anzusehen.

»Oben im Haus ist noch ein Zimmer frei. Da steht unser

altes Schlafzimmer. Wenn ihr wollt, könnt ihr einziehen. Karl sollte Kamille inhalieren. Meine Frau wird ihm eine Schüssel mit heißem Wasser hinstellen.«

Diese Seite des Geizkragens überraschte Margot. Sie fragte sich, ob er Hintergedanken haben könnte. Jedenfalls waren sie dankbar, die ständige Zugluft auf dem Heuboden nicht länger ertragen zu müssen. Am Heiligabend saßen sie in ihrem Zimmer, froh, der Kälte entronnen zu sein. Margot schaute aus dem kleinen Fenster, summte leise Weihnachtsmelodien. Karl lag auf dem Bett und starrte an die Decke.

Unter der Zimmertür hindurch drangen Düfte, die kaum zu ertragen waren. Auf Groß Bernow gab es jeden Sonntag Braten, nach den Jagden Fasane, Wachteln, Hasen, Rehe, Rotwild im Überfluss. Und jetzt schmachteten sie nach ein paar Kartoffeln mit Butter. Sie machte sich Sorgen um Karl. Er hustete immer noch, war stark abgemagert, und in seinem Gesicht zeichnete sich der Blick eines Gehetzten ab. Sie traute sich kaum, ihn anzusehen, denn er hasste es, wenn jemand Mitleid mit ihm empfand. Aber sie spürte es, er war nicht nur körperlich krank, er litt, mehr noch als sie, am Verlust der Heimat.

Margot legte sich neben ihn auf das Bett und nahm seine Hand. Sie lebten und waren zusammen, das war erst einmal die Hauptsache. Sie würden den Abend im Bett verbringen und sich warm zudecken, dankbar, dass sie ein Dach über dem Kopf hatten.

Plötzlich klopfte es an der Tür. »Kommt herunter, es ist angerichtet!«

Wie bitte? Margot glaubte, nicht richtig gehört zu haben. Aber dann sprang sie aus dem Bett. »Siehst du, Karl, es ist noch nicht aller Tage Abend.«

Schweinsbraten mit Kartoffeln und Kraut, eingeweckte Stachelbeeren als Nachtisch, Bier und anschließend sogar Schnaps für die Männer und für die Frauen Likör. Ein Festessen, und das in diesen Zeiten, wenn auch die Unterhaltung nur schleppend ging, besonders die Bauersfrau war sehr schweigsam.

Der Schnaps hatte eine belebende Wirkung auf Karl, sein ausgemergeltes Gesicht nahm eine rosig glänzende Farbe an.

»Woher kommt ihr?«, fragte der Bauer.

»Aus Mecklenburg, dem Land der tausend Seen. Ein schönes Land, dieses Mecklenburg«, antwortete er, während seine Stimme vor Wehmut bebte.

»Warum seid ihr nicht zurückgegangen?«, fragte der Bauer, der sich zu interessieren begann.

»Wir hatten Angst vor den Russen«, antwortete Margot für Karl. »Wie es aussieht, aus gutem Grund.«

»Und wer kümmert sich um euren Hof? Ihr habt doch einen Hof gehabt, oder?«

»Ja«, sagte Karl. »Wir sind …« Doch ein Hustenanfall ließ ihn nicht aussprechen. Die Bauern mussten auch nicht wissen, wen sie vor sich hatten, dachte Margot. Sie hätte sich geschämt, und es hätte ihnen nur Häme eingetragen.

Die alte Bäuerin hob jetzt den Kopf. »Ja, es ist schlimm, das Liebste zu verlieren«, sagte sie und richtete ihren Blick auf ein schwarz umrandetes Foto an der Wand, das einen hoffnungsfrohen jungen Mann in Uniform zeigte. »Jedes Jahr an Weihnachten bis an mein Ende werde ich wohl daran erinnert werden.«

Nach dem gemeinsam verbrachten Weihnachtsfest wurde das Verhältnis zu dem alten Ehepaar nahezu freundschaftlich, und sie durften sogar die Abende im Wohnzimmer der Bauersleute verbringen. Doch als der alte Bauer begann, sich Hoffnungen zu machen, die Verantwortung für den kleinen Hof einmal in Karls und Margots Hände legen zu können, lehnte Karl dankend, aber unmissverständlich ab. Den Neuanfang habe er sich anders vorgestellt. Das nahm ihm der Bauer übel, und die Freundschaft war mit einem Schlag beendet. Von da an waren sie nur noch undankbares Gesindel.

An einem Morgen im Mai 46 verließen sie gegen vier den kleinen Hof, der sie über ein Jahr ernährt und beschützt hatte, und folgten im dichten Frühnebel den Straßen, von denen Karl annahm, dass sie nach Hannover führten. Plötzlich blieb ein Militärwagen neben ihnen stehen. »Papiere zeigen!«, befahl der junge Uniformierte mit englischem Akzent.

»Wir haben nicht viele Papiere«, druckste Margot. Karl nahm den Rucksack ab, um danach zu kramen. »Wir kommen aus Mecklenburg.«

»Was wollt ihr hier?«

»Wir wollen ins Rheinland«, antwortete Karl.

»Zu Verwandten«, ergänzte Margot. Es konnte schließlich nicht verboten sein, Verwandte zu besuchen. Sie hielten dem Militär ihre Ausweispapiere zur Einsicht hin. Der warf einen Blick darauf und rümpfte die Nase. Margot musterte er nur kurz, Karl hingegen schien ihm verdächtig vorzukommen.

»Du nix Soldat?«, fragte er ihn.

»Nein«, sagte Karl.

Margot schlug das Herz bis zum Hals. Wenn der Offizier herausfände, dass Karl in der NSDAP gewesen war, dann ... Ein falsches Wort, und sie steckten ihn in eines der berüchtigten Kriegsgefangenenlager. Er würde es nicht überleben.

»Wo hast du gedient?«

»Nicht gedient.«

»Mitkommen!«

Sie stiegen ein. Der junge Militär schlug die Tür hinter ihnen zu. Was würde jetzt mit ihnen passieren? Würde Karl vor ein Gericht gestellt? Vielleicht trennte man sie sogar. Aber der Krieg war vorbei, warum ließ man sie nicht in Ruhe? Es war doch Frieden.

Die Fahrt dauerte mehrere Stunden. Als der Wagen hielt, war es Mittag, und auf einem verstaubten Straßenschild konnten sie lesen, dass sie in der Gegend von Dortmund angekommen waren. »Hier Sie müssen aussteigen. Der Rhein ist noch weit, aber nicht so weit wie New York«, sagte der junge Militär, und sein Lächeln strahlte so etwas wie Zuversicht aus.

»Danke«, erwiderte Margot erleichtert, »vielen Dank.«

Die Innenstadt von Dortmund war dem Erdboden gleichgemacht. Alles war kaputt, doch das hielt die Menschen offenbar nicht auf. Es herrschte Betrieb. Kleine und größere Autos fuhren hin und her, an den Straßenrändern wurde aufgeräumt, Hämmern und Rufen, Frauen sammelten Steine, Kinder spielten in den Trümmern der Häuser. Margot atmete auf, obwohl sie wusste, dass die harten Zeiten nicht ausgestanden waren und die schwerste Aufgabe noch auf sie wartete.

18

Sie zogen entlang einer Hauptstraße, deren Namen sie nicht kannten. Eine Orientierung in dieser Ruinenlandschaft war kaum möglich, nur die Richtung wussten sie, in die es gehen sollte, und ihr Ziel: Köln. In einem der Kellereingänge wurde so etwas wie Suppe ausgeschenkt. Nachdem sie sich gestärkt hatten, setzte sich Karl vor eine Hauswand und schlief ein.

»Wo wollt ihr hin?«, fragte eine Trümmerfrau, die sich auch eine Verschnaufpause gönnte.

»An den Rhein«, erwiderte Margot. Sie selbst kannte das Rheinland nur von Bildern aus ihren Schulbüchern. Karl hatte mehr Ahnung, aber Margot wollte ihn nicht wecken. »Dorthin, wo der Dom steht.«

Die Trümmerfrau winkte sie heran. »Unser Hännsgen fährt mit den Kohlen bis nach Köln. Wenn ich ein Wort einlege, nimmt er euch vielleicht mit.« Sie fragte nicht, ob sie zahlen konnten, aber Margot steckte der Frau einen kleinen Rubinring zu. Was war dieser Ring gegen zwei Leben?

Hännsgen war einverstanden. Sie passten geradeso auf den Beifahrersitz seiner wenig vertrauenerweckenden Rappelkiste, die nach Diesel stank und so laut wie ein Traktor war. Gegen Abend hatte er die Kohlen verteilt und sie erreichten Köln. Beide Türme des Doms ragten noch in den Himmel. Für Margot ein gutes Zeichen, endlich lächelte auch Karl. Aber in der großen Stadt wollte er nicht bleiben. Sie fragten einen Milchmann, der nahm sie in seinem klirrenden Gefährt ein Stück weiter stromaufwärts mit, das Siebengebirge kam in Sicht. Schließlich landeten sie in Bonn und rasteten am Rheinufer, gegenüber der ländlichen Beueler Seite. Felder und Weiden bis zum Wasser. Hier gefiel es Karl. »Hab ich dir zu viel versprochen?«, wurde er fast feierlich. »Wunderschön ist es hier.« Sie hatten ihr Ziel erreicht. Aber bis auf die Kleider am Leib und ein paar Preziosen unter dem Rock hatten sie alles verloren, daran hatte sich nichts geändert.

～～

Wieder klopften sie an die Türen der Bauern und fragten nach Arbeit. Als die Dämmerung kam, standen sie vor einem großen alten Hof, der wie eine Burganlage gepanzert war und noch aus der Ritterzeit zu stammen schien. Von dem Dialekt, den die Bäuerin sprach, verstand Margot nicht die Hälfte. Aber die schien das nicht zu stören, und sie begann unbeirrt mit einem Schwätzchen. Zwei Jungen kamen gelaufen, einer vielleicht sechs, der andere etwas älter. An den prallen Gesichtern erkannte Margot, dass es ihnen an nichts fehlte. Die Bäuerin streichelte den beiden über die Köpfe. »Dat is dat Jüppsche un dä Christijan«, sagte sie und strahlte vor Stolz.

»Prächtige Jungen«, bestätigte Margot, »Ich war Lehrerin in Mecklenburg.«

»Lehrerin?«, fragte die Bäuerin, als könnte sie es nicht glauben.

»Ja.«

Sie deutete Margot an zu warten und verschwand im

Stall, um wenig später die Botschaft zu überbringen: »Mein Mann kommt.«

»Sie sind also Lehrerin?«, fragte auch der Bauer, bemüht, den rheinischen Dialekt im Zaum zu halten, aber immer noch in dem eigentümlichen Singsang. »Interessant ...« Er zögerte, wie es seine Frau zuerst getan hatte, und rieb sich das fleischige Kinn. »Der Josef und der Christian, wissen Sie, die zwei sind nicht dumm, die sind sogar schlau, aber ...«

Er schien mit der genauen Schilderung der Lage überfordert und zog die Stirn kraus.

»Ich verstehe«, sagte Margot. »Der Krieg war lang, und Ihre Söhne müssen etwas Lernstoff nachholen.«

Das, was er gehört hatte, musste erst sacken, aber dann schien ihm ein Stein vom Herzen zu fallen.

»So wollt ich es sagen, Frau, äh ...«

»Bernow«, sagte Margot kurz. Wozu den Titel erwähnen? Er würde nur auf Ablehnung stoßen, und was spielten drei kleine Buchstaben schon für eine Rolle, wenn es ums blanke Überleben ging?

»Ihr Mann?«, fragte der Bauer, dessen Blick auf Karl fiel.

»Karl Bernow, freut mich«, stellte Karl sich mit einem knappen Lächeln vor. Auch er war jetzt kein Baron mehr.

Dem Bauern schien es recht zu sein. »Unterm Dach ist noch was frei, und Essen gibt es auch.«

Das Zimmer ging zum Stall hinaus, war an einer Wand feucht und voller Fliegen, aber immerhin standen ein großes Bett mit halbwegs strammen Matratzen, ein Kleiderschrank und ein paar Holzmöbel zur Verfügung. Nachdem sie etwas gegessen und getrunken hatten, fielen sie wie tot ins Bett. Mitten in der klaren Sternennacht wachte Margot auf, sie hatte ein Geräusch gehört, und zum ersten Mal hörte sie Karl schluchzen. Doch als ihre Hand nach der seinen griff, sagte er nur: »Schlaf, mein Schatz, es ist nichts.«

Der Name des Ortes, der sie aufgenommen hatte, hieß Schwarzrheindorf, und es sprach sich schnell herum, dass eine Lehrerin aus dem Osten die beiden Pütz-Jungen unterrichtete. Bald war Margot im Dorf bekannt, und da Lehrer an der Volksschule fehlten, bot man ihr an, dort auszuhelfen.

»Du wirst sehen«, sagte sie zu Karl. »Es wird nicht lange dauern, und du findest auch passende Arbeit.«

Doch Karl wurde krank, bekam wieder diese Hustenanfälle, diesmal machte ihm auch der Magen zu schaffen. Er aß nur wenig, hatte kaum Appetit. Fast drei Wochen lag er im Bett und magerte noch mehr ab. Sie brauchten eine bessere Unterkunft. Nach kurzer Zeit hatte sich Margot als Lehrerin Respekt verschafft, und mit Unterstützung der Elternschaft konnten sie im Herbst eine trockene Zweizimmerwohnung beziehen, zu der eine helle Stube, sogar ein eigenes Bad mit fließendem Wasser gehörte.

Karl erholte sich. Er schmiedete Pläne, sich als Kaufmann zu versuchen oder als Verwalter eines der größeren Höfe. Aber die Zeiten waren noch zu ungewiss, um ein Geschäft zu gründen, und für einen Verwalter fehlte den meisten das Geld und das Vertrauen in einen aus dem Osten. Also ließ er sich weiter für Aushilfsarbeiten anheuern.

Der Winter 46/47 wurde eisig, und die Schüler brachten Briketts mit in die Schule, damit geheizt werden konnte. Margots Traum, Herrin auf einem großen Gut zu sein, war nach so kurzer Zeit auf Groß Bernow ausgeträumt. Sie war wieder Lehrerin. Es war schwer, sich damit abzufinden. Aber es musste weitergehen, und ihr lagen die Kinder in der Schule am Herzen. Sie gab sich ganz ihrer Aufgabe hin, längst hatte sie sich auch an den Gedanken gewöhnt, mit Karl wohl nie eigene Kinder zu haben.

In den Weihnachtstagen 46 schrieb Margot Briefe an ihre Mutter und die Geschwister in Rostock, aber sie wurden nicht beantwortet. Auch wenn sie sich sorgte und die Trennung schmerzte, wusste sie jetzt, dass es richtig war, in den Westen geflohen zu sein. Der Russe hatte seinen Schatten über den ganzen Osten geworfen. Es blieb ihr nur zu hoffen, dass es dem Rest der Familie den Umständen entsprechend gut ging.

Ebenso hörten sie nichts von Groß Bernow. An einem Freitag im März 47, als sie nachmittags Pfefferminztee tranken und die Frühlingssonne erste Strahlen in ihr Wohnzimmer schickte, sagte Karl, der den Kopf aus der Zeitung hob: »Groß Bernow gibt es nicht mehr.« Es klang beinahe gespenstisch.

»Wie kannst du das sagen?«, fragte Margot entsetzt. Auch wenn ihre Gedanken immer seltener um Groß Bernow kreisten, war ihr diese Nachricht unerträglich. Ihr Herz klopfte plötzlich laut und vorwurfsvoll.

Karl antwortete nicht.

»Warum gibt es Groß Bernow nicht mehr?«, ließ sie ihm keine Ruhe.

»Sie haben eine Bodenreform durchgeführt. Alle größeren Höfe in der Sowjetzone sind zerschlagen. Die Herrenhäuser wurden gesprengt und abgerissen, das Land haben sie zerstückelt und den kleinen Bauern überantwortet.«

»Alle Herrenhäuser?«, fragte Margot leise. Konnte es wirklich wahr sein?

»Nicht alle, aber die meisten.«

Die Bilder, die Margots Vorstellung überfluteten, machten sie sprachlos. Aber nicht alle, hatte Karl gesagt, ein Funke Hoffnung blieb, und selbst wenn sie das Land verteilt hatten, es war immer noch da, und auch den Hügel würde es noch geben, den sie mit ihrem Schwiegervater im Gig hochgefahren war, um den herrlichen Blick auf das Gut und die Gegend zu genießen. Damals wollte sie mit Karl ihr ganzes Leben auf dem Gut verbringen …

Sie seufzte. Als sie zu Karl hinübersah, war sein Gesicht grau und versteinert.

Diese Nachricht veränderte Karl. Der Husten kam zurück, oft litt er an Durchfall mit Fieber, was ihn zur Untätigkeit zwang. Aber Margots Gehalt, wenn auch nur bescheiden, reichte für beide. Sie kaufte einen Sessel, in dem Karl die Hälfte des Tages verbrachte und vom Wohnzimmer aus in den kleinen Garten blickte. Nachmittags setzte sie sich zu ihm und korrigierte Schulaufgaben am Tisch. Oft starrte er mit glasigen Augen in eine Ferne, die nur in seinem Kopf existierte. In solchen Augenblicken sprachen sie nicht. Margot sorgte sich um ihn, doch wenn sie ihn fragte, ob ihm etwas fehle, antwortete er nur, es gehe ihm gut. Wenn nur sie zufrieden sei, gehe es ihm gut.

Als sich im Mai 49 abzeichnete, dass es ein West- und ein Ostdeutschland geben würde und sie das bessere Ende getroffen hatten, schlug die Stimmung um wie ein Motor, der plötzlich wieder Öl leckte. Auch Karl fasste neuen Mut, auch wenn er immer noch kränkelte. Am Tag, als das Grundgesetz verlesen wurde, kam er mit einer Flasche Wein nach Hause. Margot kochte ein Abendbrot mit Braten, Rotkraut und Klößen, wie sie die Bayern machen, und bei Kerzenlicht stießen sie an mit Moselwein. Während des Essens sprachen sie nur über schöne Erlebnisse. Karl lobte sie, wie stark sie sei und wie gut sie sich in ihrem zweiten Leben zurechtfände. Er nahm sie in den Arm, küsste und streichelte sie. Nach langer Zeit – sie wusste nicht mehr, wie lang es her war – zeigte er ihr erstmals wieder sein Verlangen und erweckte auch Verlangen in ihr. Nach wie vor liebte sie ihn, vielleicht war ihre Liebe gar noch gewachsen über die Nöte der Zeit hinweg. Beide gaben sich ihren Gefühlen hin, küssten sich leidenschaftlich. Margot erinnerte sich an ihre Hochzeitsnacht. Wie glücklich war sie doch damals in dem großen Schlafzimmer mit der gestärkten Bettwäsche gewesen. Karl küsste ihr Gesicht, ihren Mund, liebkoste ihre Brüste, liebkoste jeden Zentimeter ihres Körpers.

Karl schien die Depression überwunden zu haben. Er war gelöst, schien an diesem Abend alle Sorgen über Bord geworfen zu haben. Sie würden sich verbessern. Er würde einen Beruf finden, der ihn ausfüllte. Sie würden nicht reich werden davon, keine Gutsbesitzer mehr sein, aber das kleine Glück war nicht zu verachten. Sie hatten Zukunft.

Karl lag neben ihr und strich sanft über ihre Haut. Es fühlte sich an wie ein zärtlicher Wind, der sich an ihren Körper schmiegte.

»Du bist die Einzige, die ich je geliebt habe«, sagte er. »Vergiss es nie.«

»Warum sollte ich? Du kannst es mir jederzeit beweisen«, erwiderte Margot sanft.

»Ich will es dir heute für immer sagen«, erwiderte er.

Der nächste Tag war ein besonderer Tag, Margot fühlte es genau. Ihr Leben hatte wieder einen Sinn. Karl stand mit ihr auf und machte sogar das Frühstück. Immerzu lächelte er, und bevor sie das Haus verließ, küsste er sie zum Abschied.

Später, nach der zweiten Stunde, als die große Pause begann und die Kinder auf den Schulhof stürmten, blieb Margot noch im Klassenzimmer und rollte die Heimatkarte auf. In dem Moment klangen Karls Worte wieder in ihren Ohren: »Ich will es dir heute für immer sagen.« Erst jetzt fiel Margot der melancholische Unterton auf, und der begann sie zu beunruhigen, verdarb ihr fast den Appetit am Pausenbrot. Aber dann fand sie ihre Besorgnis albern und verordnete sich besonderen Elan für den letzten Teil des Unterrichts.

Nach der Schule ging sie nicht zuerst einkaufen wie sonst, sondern mit schnellem Schritt entlang der alten Klostermauern, vorbei an der Doppelkirche des Heiligen Clemens in Richtung Rheindamm, nahe dem das Fachwerkhaus stand, in dem sie wohnten. Als sie die Treppen in den ersten Stock hochstieg, rief sie bereits seinen Namen.

Er antwortete nicht.

Vielleicht arbeitete er im Garten und hörte sie nicht? Oder er hatte sich irgendwo vorgestellt und würde sich verspäten. Es ging ihm ja bereits wieder besser. Sie schloss die Wohnungstür auf und warf einen Blick in die Küche. Aber dort war er nicht, auch nicht im Wohnzimmer. Dann öffnete sie die Tür zum Schlafzimmer …

19

Ein Schrei gellte in Margots Ohren. Sie fuhr aus dem Schlaf und tastete nach dem Schalter der Nachttischlampe. Als er ihr schließlich in die Finger geriet und sie ihn betätigte, erfüllte ein mildes Licht den Raum, das sie zurückholte und ihren schnellen Herzschlag allmählich beruhigte.

Es war wieder so weit, in ein paar Stunden würde der Morgen des 21. August dämmern, der Morgen ihres Hochzeitstags. Doch die festlichen Stunden von damals waren längst verblasst. Nur *ein* Bild hatte an Stärke nichts verloren, und dieses Mal war auch Margots Gewissen erwacht. Nach so vielen Jahren wollte sie sich ehrlich machen.

Fünfzig Jahre lang und ungezählte Nächte hatte Margot dieser Anblick verfolgt: Sie hatte das Schlafzimmer betreten und Karl leblos auf seinem Bett vorgefunden. Damals war ihr kein Schrei entwichen, das Entsetzen hatte sie stumm gemacht. Jahrelang hatte sie getrauert, am Ende hatte sie sich immer wieder der Wahrheit verweigert und ihren Mann gegenüber ihrem gemeinsamen Sohn, der acht Monate und 24 Tage nach seinem Tod geboren wurde, auf den Heldensockel gehoben.

Doch dieser Mann, dem sie vertraut hatte, war kein Held gewesen. Mit einer Überdosis Schlaftabletten hatte er sich aus der Verantwortung gestohlen und sie ihr allein aufgeladen. In dem Brief, den sie damals neben ihm auf dem Nachtkasten gefunden hatte, stand zu lesen, dass das Leben ohne sein Gut und seine Heimat unerträglich für ihn wäre. Endlich erklärte er auch, warum sie Hals über Kopf geflohen waren. Er hatte Schuld auf sich geladen. Wurde in den letzten Tagen des Krieges noch zum Verräter an den eigenen Leuten und hatte die Widerständler unter den Arbeitern der SS ausgeliefert. Wie er schrieb, hatte es ihn innerlich zerrissen, er hätte es getan, um sie beide zu retten.

War ihm nicht bewusst gewesen, dass er durch seinen Selbstmord auch ihre Liebe verraten und seine Frau ihrem Schicksal überlassen würde? Es wäre nicht zu spät gewesen, für seine Fehler und Schuld einzustehen – nie war es dafür zu spät –, und es wäre seine Pflicht gewesen, so gut er konnte, hier unten am Rhein neu anzufangen. Damals ging es doch bereits aufwärts, und er wusste, dass er sich ihrer Unterstützung sicher sein konnte. Und sein Sohn, er hätte ihn doch auch gebraucht!

Margot setzte sich auf und rutschte vom Bett. Ihre von der Arthrose befallenen Zehen waren beinahe gefühllos, und es dauerte eine Weile, bis sie in ihre Schlappen hineingekrochen war. Sie schlurfte ans Fenster, zog die Gardine beiseite und blickte in die nächtliche Schwärze. Vor der Dunkelheit hatte sie schon lange keine Angst mehr. Nicht die Sonne brachte die Wahrheit an den Tag, Nacht und Schrecken erledigten das weit besser. Sie schaute zu Karls Foto an der Wand. Wie immer blickte er an ihr vorbei. *Ich hoffe, du kannst mir verzeihen*, hatte er geschrieben, und nie hatte sie ihm darauf geantwortet. Es war höchste Zeit, es zu tun. »Nein, Karl, ich verzeihe dir nicht!«

Sie wandte sich vom Fenster ab und ging zum Herd, um Wasser aufzusetzen. Die runde Uhr zeigte Viertel nach zwei. Sie würde einen duftenden Tee trinken, einen Pfefferminztee, wie so oft in den ersten Jahren nach dem Krieg, als es ansonsten nur Getreidekaffee gab. Sie entzündete ein Streichholz und bestrich damit den Docht der herunter-gebrannten Kerze auf dem Tisch, bis er noch einmal Feuer fing.

Wenn sie damals geahnt hätte, was Karl tun wollte, hätte sie ihm gesagt, dass man eine Schuld so nicht tilgen könnte. Man könne nur für seine Sünden büßen, indem man am Leben blieb.

Erschöpft sank sie in den Sessel. Doch es war nicht der Zorn, der ihre Gedanken jetzt beherrschte, die bittersüße Erinnerung an ihren letzten Abend erfüllte sie. Karls Ab-schiedsgeschenk. Ihre Liebe, das befreiende Gefühl, dass es für sie wieder eine Zukunft geben würde. Wenn es auch nur eine Illusion war, dieser Abend blieb der schönste in ihrem Leben. Wieder spürte sie seine Hände, die über ih-ren Rücken strichen wie ein leiser, zärtlicher Wind.

Die Burg

1

Groß Bernow, 21. August 1998

In der Nacht hatte Helma wieder diesen Blick auf sich gespürt wie eine Berührung, und in der Dunkelheit meinte sie gesehen zu haben, wie sich ein Mund öffnete und ihren Namen formte, ohne dass sich ein Laut daraus löste. Dann folgte ein Knarren, als würde jemand die Stufen zu ihrem Schlafzimmer hochsteigen. Beim zweiten Mal war Helma aufgestanden, hatte die Tür geöffnet und den Schalter an der Treppe gedreht, um sich zu überzeugen, dass sie wirklich allein im Haus war. Obwohl sie sich von ganzem Herzen wünschte, dass er gekommen wäre, dass er plötzlich vor ihr stehen und sagen würde: »Da bin ich, Helma, mein Engel, ich bin wieder zurück.«

Die jungen Spatzen, die in der Kastanie über dem Dach hausten, waren längst aufgewacht und machten Radau. Helma musste jetzt keine Kaninchen mehr füttern oder Kühe melken, Gemüse schneiden, Tische abwischen oder Gläser spülen; damit war es vorbei. Aber heute war Freitag, und sie konnte sich nicht noch einmal auf die andere Seite drehen. Am Freitag kam Paul, und wenn er sie besuchte, brachte er gleich den Einkauf mit. Diesmal wollte er ihr auch Blumensetzlinge beim Gärtner in Neustrelitz besorgen. Immer schon waren die kleinen Gemüsegärten der Arbeitersiedlung bunt gewesen. Kleine Rabatten mit Ringelblumen und Bartnelken hatten zwischen dem Kohlrabi und den Kartoffeln für Farbe gesorgt. Natürlich waren sie nicht so edel wie die Parkrosen, die früher vor dem Eingang zum Herrenhaus geblüht hatten. Unzählige gefüllte kleine Rosenköpfe in Feuerrot mit einem geheimnisvollen Blauschimmer. Englische Rosen. Aber die Zeiten waren schon lange vorbei, da war sie noch ein Kind gewesen. Helma würde Astern pflanzen, Astern aus der Gegend in Weiß, Rot und Gelb, die hielten sich bis in den September hinein, manchmal sogar bis Oktober.

Sie blickte sich um in dem kleinen Raum, der ihr Schlafzimmer war und in den geradeso das Bett und der zweitürige Schrank passten. Der Boden war staubig, in den Ecken fingen die Spinnen Fliegen in ihren Netzen. Sie kamen durch die Dachluke herein. Helma schlief immer bei offener Dachluke, nur im Winter nicht, wenn es fror.

Es war wieder an der Zeit, groß reinezumachen. Wer ein Haus hatte, der musste auch zusehen, dass er es sauber hielt. Helma hatte Großmutters Ermahnungen immer noch im Ohr, besonders wenn ihr Rücken bei der Gartenarbeit schmerzte und sie am liebsten den Krempel hinschmeißen wollte: »Lass dich nicht hängen, Kind, die Arbeit macht sich nicht von allein!«

Helma setzte sich auf und brachte sich in Position, stützte sich dann am linken Bettpfosten ab, bevor sie mit Schwung in den Stand kam. Diesen Moment am Morgen hasste sie. Sie war immer gern aufgestanden, hatte viel erledigt an einem Tag. Jetzt brauchte sie schon Anlauf, um aus dem Bett zu kommen, und schaffte nicht einmal die Hälfte.

Als sie die Küche betrat, wanderte ihr Blick zu dem Schimmelfleck an der Decke. Nein, er war nicht größer geworden. Sie nahm es als gutes Zeichen, öffnete das Fenster, damit die muffige Luft abziehen konnte, und setzte Kaffee-

wasser im Pfeifkessel auf. Die Horde junger Spatzen flatterte vom Dach herunter, hockte sich auf die Fensterbank
und stierte gierig in die Küche. Vor ein paar Tagen, als die
Piepmätze so ein Spektakel machten, hatte Helma ihnen
eine Handvoll Brotkrumen in den Vorgarten geworfen,
damit sie den Schnabel hielten. Sie hatten sich gleich darauf gestürzt und alles bis auf den letzten Brösel aufgepickt.
Die Bande vergaß natürlich nicht, wo es was zu holen gab,
dachte Helma, während sie eine Scheibe trockenes Roggenbrot zwischen den Fingern zerdrückte.

Nach dem Frühstück wusch sie sich in der Waschküche
und zog sich die bequemen Sachen an, die sie immer zum
Putzen trug. Dann griff sie zum Eimer und dem Wischmopp, ging damit durchs Schlafzimmer und über die
Treppe bis zur Haustür. Sie saugte auch die gute Stube,
falls Besuch käme. Wenn sich auch außer Paul und Junghans kaum jemand blicken ließ. Meistens wollten sie auch
gar nicht in die gute Stube, setzten sich viel lieber zu ihr auf
die Bank in der Küche.

Erst um Viertel elf hielt der gelbe Wagen vor ihrer
Tür. Sie ging hinaus, und Matschoss drückte ihr einen
Einschreibebrief in die Hand. Seit fünfundzwanzig Jahren fuhr er in der Gegend die Post aus. Obwohl er früher
mit dem Fahrrad unterwegs gewesen war, hatte er damals
mehr Zeit und machte, auch wenn er keine Post abliefern
musste, bei ihr Station, weil ihr Haus das letzte bewohnte
der alten Arbeitersiedlung war. Sie saßen dann zusammen
auf der Bank in der Küche. Matschoss nahm sich einen
Kleinen zur Brust und erzählte das Neueste aus dem Dorf
und aus der Umgebung. Wer sterbenskrank und wer hochschwanger war, wer demnächst endlich seinen Wartburg
bekommen würde, wo man was organisieren konnte und

so weiter. Er war die Zeitung gewesen. Jetzt reichte er ihr mit einem knappen Lächeln meistens Reklame aus dem offenen Wagenfenster und musste gleich weiter. Der Stress, wie er behauptete. Diesmal war ein Brief dabei.

»Vom Anwalt aus Neustrelitz«, wusste er bereits. Er stellte sogar den Motor ab. Ein Einschreiben, für das er ihre Unterschrift benötige. Er wartete, aber sie tat ihm nicht den Gefallen und ließ den Brief ungeöffnet.

»Wieder so ein Schrieb«, sagte sie. Es gab auch andere Worte dafür, aber sie hielt sich zurück. Matschoss verstand sie auch so. Sie machte kein Geheimnis daraus.

»Meinst du, dass es lohnt, noch weiter dagegen anzugehen?«, fragte er.

Jetzt also auch Matschoss? Sie hätte es nicht für möglich gehalten, dass sich einer nach dem anderen gegen sie wenden würde. Dabei müsste es sich doch bis zu ihrem werten Herrn Bürgermeister herumgesprochen haben, dass es Groß Bernow nicht mehr gäbe, wenn ihre Großmutter, die alle aus Respekt die große Berta nannten, nicht gewesen wäre. Nicht mehr als eine Handvoll Staub wäre von dem Gutshaus ohne sie übrig geblieben. Ja, nicht mehr als eine Handvoll Staub.

Helma zuckte nur mit den Schultern und machte grußlos kehrt.

»Überleg es dir, Helma. Ich meine es nur gut«, rief Matschoss hinter ihr her. Dann sprang der Motor an, sie sah dem gelben Postwagen noch nach, als er in Richtung Dorf davonrollte. Sie verstand die Leute nicht mehr. Was war nur los mit ihnen?

In der Küche warf sie den Brief auf den Tisch. Paul sollte ihn später lesen. Paul war ein guter Junge, auch wenn er nur wenig von dem verstand, worum es ging. Manche

Dinge konnte man nicht erklären, die konnte man nur verstehen, wenn man sie erlebt hatte. Eines Tages, wenn es so weit wäre, würde sie es ihm erklären, er war schließlich ihr Enkel.

Einer würde ganz gewiss an ihrer Seite kämpfen, nie ließe er zu, dass man sie aus ihrem Haus warf: Papa. Ihr Vater hatte ein Auge auf sie, sie spürte es, besonders in der Nacht. Sie durfte nicht aufgeben, auch ihm war sie es schuldig. Nie würde sie diesem Gesindel weichen, diesen Landjunkern, die feige vor dem Feind geflohen waren. Ausgerechnet für die Familie, die Land und Leute verraten hatten, sollte sie, Helma Wagenseil, die immer zu diesem Flecken Erde gestanden hatte, ihr Haus räumen? Ein Herr muss zu seinem Haus stehen, sonst ist er es nicht wert. In dem Moment überwältigte sie die Erinnerung, und in ihrer Vorstellung lief alles so ab, als wäre es gestern gewesen.

2

Groß Bernow, Dienstag, der 22. April 1945

Unten in der Küche rumorte es. Wie jeden Morgen machte Großmutter Feuer im Herd und setzte Wasser auf. Die Nacht war unruhig verlaufen. Helma hatte längst im Bett gelegen, als ein Auto die Allee entlangfuhr, vorbei an ihrem Haus in der Arbeitersiedlung. Das Motorengeräusch des alten Benz der Gutsherrschaft hatte sie sofort erkannt, aber diesmal klang es anders in ihren Ohren. Es war nicht das gemütliche Schnurren, es hörte sich an, als holte jemand alles aus dem Motor heraus, um möglichst schnell fortzukommen. Nicht viel später nahm ein anderer Wagen aus entgegengesetzter Richtung den Weg zum Gut. Denselben hörte sie nach ungefähr einer Stunde wieder, wie er sich entfernte, erst danach herrschte Ruhe.

Papa schlief in dem anderen Raum unter dem Dach. Jeden Abend, nachdem er mit Großmutter den Tag besprochen hatte, knarrte die Holztreppe unter seinen schweren Schritten. Und wenn Helma das Ächzen seines Bettes hörte, wusste sie, dass er sich hingelegt hatte, und auch sie schlief dann beruhigt ein. Papa hatte eine Besprechung mit dem Gnädigen Herrn gehabt. Aber danach war er nicht nach Hause gekommen, und Helma hatte sich Sorgen gemacht. Was der Gnädige Herr nur immer von Papa wollte? Erst vor drei Tagen hatten sie heftig gestritten. Helma war zufällig in der Nähe gewesen. Herr von Bernow hatte sich aufgeregt, auch Papa war laut geworden, aber sie hatte nicht verstanden, worum es gegangen war. Dann hatte sie nicht länger zuhören können, weil Großmutter nach ihr gerufen hatte.

Helma kroch aus dem Bett und öffnete die Dachluke. Feuchtkalte Luft zog unter ihr Nachthemd, und sie bekam eine Gänsehaut. Sie sehnte sich nach dem Sommer, dann würde sie wieder am Ufer des Bernower Sees liegen, in den Himmel starren und sich ausmalen, wie es anderswo wäre. In Berlin oder in Amerika. Einmal tauchte einer von der SS in der Gutsküche auf, als Großmutter Wein holte, und seine Augen glänzten. »Sieh mal an, so eine Überraschung«, lallte er und trat ganz nah an sie heran, dass Helma den Alkohol aus seinem Mund riechen konnte. »Wie alt ist denn das Fräulein, wenn man fragen darf?«

»Siebzehn«, antwortete sie und blickte sich um, doch weit und breit keine Großmutter. Aber er ließ sie in Ruhe, machte ihr sogar ein Kompliment, das ihr gefallen hatte: Einer jungen Dame wie ihr, hübsch und klug, würde jederzeit die Welt offenstehen. Und warum sollte es nicht so sein? Betrunkene und kleine Kinder sagten schließlich die Wahrheit.

»Helma, wo bleibst du denn?«, rief die Großmutter. Helma musste sich noch schnell waschen, anziehen und würde sie dann durch die Allee zum Herrenhaus begleiten.

Seit im großen Stall nur noch ein paar Ackerpferde standen und ihr Vater die Arbeit leicht allein schaffen konnte, half Helma in der Gutsküche überall da, wo sie gebraucht wurde. Auch beim Spülen und Tischdecken. Nach wie vor wurde das gute Geschirr gedeckt, auch wenn die Zeit der großen Bälle vorbei und das Essen einfach war. Die Gnädige hatte gesagt: »Wir lassen uns von diesem Krieg nicht zerbrechen!« Dafür bewunderte Helma sie, und dafür, dass sie freundlich mit dem Personal umging und immer versuchte, gerecht zu sein.

Als sich Helma gewaschen und angezogen hatte, betrat sie die kleine Küche. Großmutter saß bereits am Tisch. »Wo ist Papa?«, fragte Helma, noch bevor sie einen guten Morgen gewünscht hatte.

»Komm mal her«, sagte die Großmutter mit sanfter Stimme und streckte ihr die Hände entgegen. »Mach dir keine Sorgen, das soll ich dir von ihm ausrichten. Er musste ins Feld, um uns zu beschützen, wie alle deutschen Männer. Sie müssen unser Land vor den Russen beschützen, das verstehst du doch? Aber es ist bald vorbei, noch ein paar Tage, dann kommen alle zurück, und der Krieg ist endlich aus.« Sie hatte Tränen in den Augen, und ihre Stimme zitterte.

Nicht viel später gingen sie schweigend über die Kastanienallee dem Herrenhaus entgegen. Helma hatte Angst. Schließlich war sie kein kleines Kind mehr, sie wusste, wenn einer von der Front zurückkehrte, dann war er meistens schwer verwundet. Sie glaubte auch nicht, dass der Krieg bald zu Ende sein würde, darauf warteten sie bereits länger als drei Sommer.

Nur zwei waren bislang zurückgekehrt. Den einen nannten sie den irren Theo. Er wohnte im ersten Haus auf der linken Seite der Dorfstraße, und seit er zurück war, saß er von morgens bis abends am Fenster und starrte auf die Straße. Eine Kugel sei zu nahe an seiner Nase vorbeigeflogen, spotteten die Nachbarn. Helma jedenfalls lief es kalt über den Rücken, wenn sie an seinem Haus vorbeimusste und er sie ansah. Der andere war der alte Fritz Schulte, der neben der Kirche wohnte. Eine Mine hatte ihm das rechte Bein zur Hälfte abgerissen. Angeblich habe er unerträgliche Schmerzen, deshalb würde er so viel Schnaps trinken, erzählten die Leute.

Wenn Helma abends im Bett lag, stellte sie sich vor, wie es an der Front war. Laut musste es sein, wenn überall die Bomben und Granaten einschlugen. Vor allem fragte sie sich, woher die Soldaten wussten, in welche Richtung sie laufen und wie sie den Feind erkennen konnten in dem ganzen Staub und Getümmel. Ihr Papa war jetzt mitten unter ihnen. Hoffentlich war es nicht so gefährlich dort, wo er kämpfen musste. Sie hatte doch nur noch ihn. Ihn und die Großmutter. Ihre Mutter war tot, gestorben an der Schwindsucht. Dünner und dünner war sie geworden. Die Ärzte konnten sie nicht retten.

Die Allee lag bereits hinter ihnen. Als Helma und Berta die Auffahrt zum Gut erreichten, ließ der Morgennebel das Herrenhaus wie durch einen Schleier erscheinen. Unwirklich sah es aus, wie in einem Traum.

»Du gehst am besten in den Stall und kümmerst dich um die Pferde. Einer muss es ja machen«, schnarrte die Großmutter. In dem Augenblick öffnete sich die schwere Eichentür des Herrenhauses. Mit vor Schreck aufgerissenen Augen kamen die beiden Hausmädchen heraus und liefen ihnen entgegen.

»Sie sind weg, Berta! Die Herrschaften sind einfach verschwunden!«, rief Lisa. Beide waren fassungslos.

Großmutter traute anscheinend ihren Ohren nicht. »Habt ihr überall nachgesehen?«

»Überall«, bestätigte Jenny. »Auch in den hinteren Schlafräumen. Die Türen sind nicht abgeschlossen, aber niemand ist da. Was sollen wir jetzt nur machen?«

Helma folgte der Großmutter ins Haus, die Mädchen hinterdrein. In den Fluren rührte sich nichts. Mit ihrer kräftigen Stimme rief Großmutter nach der Gnädigen Frau, alle Salons und Zimmer für Zimmer durchstreiften sie. Als sie am Ende in der Küche angelangt waren, setzte sich die Großmutter niedergeschlagen auf die lange Holzbank. »Wer hätte das gedacht. Die feinen Herrschaften haben sich aus dem Staub gemacht.«

Helma fiel wieder ein, dass sie den Benz gehört hatte, als er am Abend an ihrem Haus vorbeigefahren war. Es mussten die Bernows selbst gewesen sein.

»Ihr werdet den Mund halten und eure Arbeit machen!«, befahl die Großmutter den Mädchen. »Habt ihr verstanden? Du auch, Helma!« Sie erhob sich. »Am Ende kommen die Herrschaften zurück, und alles war nur ein Missverständnis.« Sie klang nicht mehr so wütend, vielleicht war es ja wirklich nur falscher Alarm. Aber wer sagte heute den Männern und Frauen aus der Arbeitersiedlung, was sie zu tun hatten?

Keine Stunde später wartete Berta Wagenseil anstelle des Gnädigen Herrn auf diejenigen, die in Groß Bernow noch arbeiten konnten, vor der Tür des Herrenhauses. Helma stand neben ihr. Der Nebel verdeckte die Bäume der Allee, verloren klang das Geschrei der unsichtbaren Krähen. Die feuchte Kälte durchzog ihre dünnen Jacken, als eine kleine Gruppe Frauen und alter Männer auftauchte. Die Großmutter rief ihnen entgegen: »Es gibt heute keine Arbeit für euch. Geht nach Hause, morgen könnt ihr wiederkommen!«

Sie murrten, zogen aber schließlich ab. Sie mussten nehmen, was kam, und in letzter Zeit gingen sie nicht selten leer aus. Helma und ihre Großmutter schauten ihnen nach. Doch der Letzte von ihnen war noch nicht im Nebel verschwunden, da schallten plötzlich Schreie und fremde

Geräusche vom Dorf zu ihnen herüber. Geräusche wie das Klirren und Rasseln von Ketten. »Panzer!«, gellte eine vor Angst sich überschlagende Frauenstimme. »Panzer! Die Russen kommen!«

Für eine Sekunde erstarrte die Welt.

»Lauf, Helma!«, fuhr die Großmutter sie an. »Versteck dich in den Kohlen und rühr dich nicht von der Stelle, bis ich dich hole!«

Aber Helma wollte nicht allein gehen. Im Dorf donnerte es zweimal fürchterlich, dann näherte sich das Kettengeräusch über die Allee, unterbrochen von dem Rattern eines Maschinengewehrs. Aber noch verdeckte der Nebel, was ihnen drohte.

»Nun mach schon, dass du fortkommst!« Die Großmutter gab ihr einen Stoß.

»Und du?«

»Ich bleibe im Haus. Mir werden sie nichts tun, ich bin zu alt.«

Helma rannte los. An der Ecke zum Stall drehte sie sich noch einmal um. Gerade war die Großmutter im Haus verschwunden, als das riesenhafte Feuerrohr eines Panzers durch den Nebel stach. Im ersten Moment war Helma wie gelähmt, aber ihre Beine wussten, dass es um ihr Leben ging, und sie rannten, was sie konnten.

Der Kohlenschuppen lag nur wenige Schritte vom Pferdestall entfernt. An den Wänden lehnten abgefüllte Säcke, leere lagen überall herum. Helma zog sich einen davon über den Kopf und verharrte reglos in einer dunklen Ecke. Ihr Herz hämmerte, und der schwarze Staub drang in Mund und Nase. Wieder Schüsse, jetzt ganz in der Nähe. Glas splitterte. Sie waren im großen Haus. Sie durften ihr nichts tun. Nein, bitte, sie durften Großmutter nichts tun.

Es musste doch jemanden geben, der sie beschützte. Helma tastete nach der Kette mit dem kleinen Silberkreuz auf ihrer Brust, die ihr die Gnädige vor fast zwei Jahren zu ihrem 16. Geburtstag geschenkt hatte. »Es soll dich beschützen«, hatte sie gesagt. Jetzt waren alle verschwunden, die Gnädige und der Gnädige Herr, der noch vor ein paar Tagen eine Rede gehalten hatte, als wäre er selbst der Führer. Was sollte dieses kleine Silberkreuz allein schon ausrichten?

Das dröhnende Motorengeräusch des Panzers brach ab, fremde Männerstimmen waren zu hören, immer wieder unterbrochen von dem Rattern des Maschinengewehrs. Die Stimmen näherten sich dem Kohlenschuppen. Helma stockte der Atem. Sie verstand die Sprache nicht, es musste Russisch sein. Jemand trat gegen die Tür des Schuppens, es wurde hell. Einer brüllte irgendetwas in ihre Richtung.

Helma zitterte am ganzen Körper, sie durfte sich nicht bewegen, nicht husten. Nur ein Fetzen stinkender Sackstoff trennte sie vom Tod. Plötzlich ging ein Höllenlärm neben ihr los, Kugeln pfiffen um ihre Ohren. Sie wollte schreien vor Angst, doch in ihrem Kopf begann sich alles zu drehen, und auf einmal ging das Licht aus.

3

In einer stinkenden, schwarzen Hölle kam Helma zu sich. Die Luft ließ sich kaum atmen, während ihr einfiel, was passiert war. Sie hatte sich im Kohlenschuppen versteckt, die Russen waren gekommen und hatten wie verrückt um sich geschossen. Aber sie hatten sie nicht entdeckt. Unglaubliches Glück hatte sie gehabt.

Jetzt war alles still. Anscheinend hatten sie sich verzogen. Doch Helma konnte nichts sehen, sie steckte immer noch in dem Sack. Möglicherweise stand in diesem Augenblick ein Russe neben ihr und richtete den Lauf seines Gewehrs auf ihre Stirn. Nicht einen Muckser gab sie von sich. Aber war da nicht ein Wimmern ganz in ihrer Nähe? Ein leises Stöhnen? Auf einmal Schreie: »Nein! Nein!« Die Stimme eines Mädchens oder einer jungen Frau, wieder gefolgt von einem Stöhnen wie im Fieber.

Helma rührte sich nicht vom Fleck. War die Frau allein oder war ein Russe bei ihr? Doch es blieb bei dem Wimmern, das schwächer wurde und schließlich verstummte. Helma zog langsam den Sack von ihrem Gesicht und wagte einen Blick in den dämmrigen Raum. In der Nähe der zerschossenen Tür lag eines der Hausmädchen. Helma erkannte sie sofort, es war Lisa. Was hatten sie mit ihr gemacht?

Auf allen vieren kroch sie zu ihr hin. Möglicherweise war eine Wache vor dem Schuppen postiert. Nur ein Stück

Eierkohle, das auf einem der Haufen ins Rutschen geriet, könnte Helma verraten, und sie würden mit ihr machen, was sie mit Lisa gemacht hatten, die wie ein Haufen Elend mit zusammengepressten Beinen vor ihr lag und wieder zu wimmern begann.

»Pst!« Helma nahm Lisas schlaffe Hand und streichelte sie. Das Hausmädchen war in ihrem Alter, fast achtzehn. Jemand hatte ihr ins Gesicht gefasst mit Kohlendreck an den Händen, die Schmierspuren konnte man sehen. Auch die Druckstellen an den weißen Armen. Lisa war wie im Fieber, sie hustete und stöhnte jetzt lauter.

»Pst! Du musst ruhig sein, hörst du? Sonst kommen sie zurück.«

Aber Lisa antwortete nicht, nur ihre Arme und Beine zuckten, als versuchte sie, sich gegen jemanden zu wehren. Auch Helma spürte den Hustenreiz, der Staub trocknete ihren Hals aus. Sie brauchten Wasser.

Die alte Wasserpumpe stand vor dem Pferdestall nebenan. Um an sie heranzukommen, musste Helma entlang der roten Mauern zur hinteren Stalltür schleichen. Doch kaum hatte sie sich ein paar Schritte vom Schuppen entfernt, erstarrte sie. Gebrüll vom Herrenhaus, wieder splitterten Fensterscheiben. Schüsse fielen. Großmutter! Hoffentlich lebte sie noch …

Helma hatte keine Zeit, weiter darüber nachzudenken. Sie erreichte die Pumpe, füllte einen Blecheimer mit Wasser, griff nach einem der Lappen, die dort zum Trockenreiben der Pferde herumlagen, und lief zurück zum Schuppen. Lisa war nicht bei Bewusstsein, obwohl ihre Arme und Beine zuckten und ihre Brust sich spannte, als wollte sie schreien. Helma wusch Lisas Gesicht und versuchte, ihr Wasser einzuflößen. Es nützte nichts. Sie schluckte nicht, ihr Körper nahm nichts an, er wehrte sich nur.

Feuchtkalter Wind zog durch das große Loch in der Tür. Helma breitete zwei leere Säcke in einer geschützten Ecke aus. Lisa bäumte sich immer wieder auf, ihre Stirn glänzte. Helma setzte sich neben sie und nahm ihren Kopf in ihren Schoß. Für einen kurzen Moment öffnete Lisa die Augen und sah sie an, dann rutschten ihre Augäpfel nach hinten und die Lider flatterten wieder. Helma konnte nichts weiter tun, als das Tuch anzufeuchten und immer wieder über ihre Stirn zu wischen. Lisa hatte weiße Haut und fein gelocktes dunkelbraunes Haar. Sie war wunderschön.

In dem Augenblick spürte Helma etwas Klebriges an den Händen. Blut. War sie verletzt? Nein, sie nicht, aber Lisa. Jetzt sah sie, dass an ihren Beinen hellrotes Blut hinunterlief. Was hatten die Russen bloß mit ihr gemacht?

Helma traute sich nicht, Lisas Rock hochzuziehen, sie kühlte weiter ihre Stirn und erzählte leise in ihr Ohr, was sie sich vorgenommen hatte, wenn der Krieg vorbei sein würde. Von Lisa wusste sie nicht viel, nur dass sie Hausmädchen und mit Jenny befreundet war. In der Küche des Gutshofes waren sie sich ab und zu begegnet, aber Helma hatte sich nie mit den Hausmädchen angefreundet, sie waren ihr viel zu affig mit ihrem ewigen Getratsche und Gekichere.

Nach einer Weile wurde Lisas Körper schwer in Helmas Armen. Vorsichtig bettete sie ihren Kopf auf einen Holzklotz. Dann kroch sie zur Tür und warf einen Blick in den Hof vor dem Kohlenverschlag. Der Nebel hatte sich aufgelöst. Es musste gegen Mittag oder bereits früher Nachmittag sein. Sie musste wissen, was mit Großmutter geschehen war. Wieder schlich sie um die Mauern des

Pferdestalls und sah zum Herrenhaus hinüber. Das Feuerrohr des Panzers richtete sich immer noch auf die Säulen des Eingangs, aber es rührte sich nichts. Gebückt hastete sie über das Stück Fußweg durch den Obstgarten bis zur hinteren Küchentür. Sie hörte Stimmen, die Stimmen von Betrunkenen. Sie wusste, wie sie klangen, oft genug hatte sie die Männer von der SS in dem Zustand erlebt.

Sie presste sich an die Mauer unter dem kleinen Küchenfenster. Zuerst wagte sie es nicht, dann schob sie ihren Kopf Zentimeter für Zentimeter höher, bis sie über das Fensterbrett hinwegblicken konnte. Zwei Soldaten, jeder eine Weinflasche in der Hand, saßen an dem langen Tisch, vor sich alle Schätze der Speisekammer, der beste Räucherschinken und das gute Weckobst, das nur sonntags serviert wurde. Jemand schien für sie gekocht zu haben. Jetzt öffnete sich die Tür zum Weinkeller. Großmutter, Gott sei Dank, es war Großmutter. Aber sie hinkte, ihr Gesicht war angeschwollen und Blut klebte an ihrer Nase. Warum hatte sie sich nicht auch im Kohlenschuppen versteckt?

Als Helma die Männer so träge in den Stühlen hängen sah, kam ihr allerdings ein anderer Gedanke. Großmutter war schlau. Satte Wölfe waren weniger gefährlich als hungrige …

»Und rühr dich nicht von der Stelle!«, hatte Großmutter ihr befohlen. Es war wohl das Beste, ihr Versprechen zu halten, bis alles vorbei war, dachte Helma. Sie zog den Kopf ein und lief so schnell sie konnte zurück zum Schuppen.

Dort lag Lisa in ihrem Bett aus Sacktuch. Sie bewegte sich nicht, den Kopf zur Seite gelegt, nur in ihren Haaren schien plötzlich Leben zu sein. Helma erkannte nicht sofort, was es war. Dann kroch eine abgemagerte Ratte aus den feinen dunkelbraunen Locken hervor und gab ein warnendes Pfeifen von sich, als wollte sie ihr neues Nest gegen Angreifer verteidigen. Helma griff zu einer Schaufel, die an der Wand lehnte, doch die Ratte gab auf und entwischte.

Lisas Augen waren geöffnet, der Blick erstarrt. Sie lebte nicht mehr. Die staubige, mit Spinnweben verhangene Bretterwand des Kohlenschuppens war das Letzte, was sie in ihrem kurzen Leben gesehen hatte. Helma setzte sich auf einen Holzklotz neben sie. Lisas Körper vor den Ratten zu schützen, war jetzt der einzige Dienst, den sie ihr noch erweisen konnte.

Draußen dämmerte es bereits, als Helma vor dem gro-ßen Haus Männerstimmen und Gewehrsalven hörte. Of-fenbar war ihr Gelage beendet. Der Motor des Panzers sprang an, und das Kettengeräusch ließ Helma das Blut in den Adern stocken. Erst als sich das Getöse entfernte, at-mete sie auf. Doch plötzlich legte sich eine Hand auf ihre Schulter.

»Großmutter!« Helma sprang auf, und sie umarmten sich erleichtert. Die Großmutter hatte Tränen in den Au-gen.

»Was ist passiert?«, fragte Helma, aber die Großmutter schwieg, ihr geschundenes Gesicht sagte genug. »Ist Lisa tot?«, fragte sie nur.

Helma nickte, erst jetzt kamen ihr die Tränen. Gemein-sam trugen sie das Zimmermädchen ins Haus und legten es auf die Couch im Telefonzimmer. Wände und Decke waren mit Kugelkratern übersät, das Telefonkabel hatten sie herausgerissen und das Mobiliar zerschlagen, nur die Couch hatte wie durch ein Wunder so gut wie nichts abge-kriegt. Im großen Salon das gleiche Bild. Die Wände ge-spickt mit Einschusslöchern. Der Führer und Hindenburg lagen zerrissen und zerstochen auf dem Parkett. Die Scherben der großen Chinavase, aus uralten Zeiten und unvorstellbar kostbar, wie die Gnädige einmal zu Helma gesagt hatte, verteilten sich über den ganzen Raum.

»Wir müssen damit rechnen, dass sie wiederkommen«, fand die Großmutter zur Sprache zurück, als sie in der Küche die grünen Scherben der Weinflaschen zusammenkehrte. »Aber diese Unordnung kann unmöglich so bleiben.«

Für Stunden tat sich nichts im Dorf. Alle hatten sich verkrochen. Kurz vor dem Abend ließ sich eine Handvoll Dörfler blicken und erstattete Bericht. Es hatte drei weitere Tote gegeben. Der irre Theo hatte wieder am Fenster gesessen und die einfahrenden Russen angeglotzt, dass sie als Erstes ihn und dann sein Haus in die Luft gejagt hätten. Und zwei Frauen mussten daran glauben, denn sie hätten sich gewehrt, als die russischen Soldaten ihnen unter die Röcke griffen.

»Wo sind die Bernows?«, fragte einer der alten Männer, und er schien nicht eher gehen zu wollen, bis er Antwort auf seine Frage erhalten hätte. »Ich will den Gnädigen Herrn sprechen, Berta, wo ist er?«

Jetzt konnte die Großmutter nicht mehr zurückhalten. »Sie sind nicht mehr hier, Gustav. Ich weiß nicht, wo sie sind und ob sie jemals zurückkommen. Aber lasst euch nicht einfallen zu plündern. Nur über meine Leiche!«

Zunächst herrschte Schweigen, aber dann wurde Murren laut. Viele waren empört, sprachen von Verrat. Doch niemand wagte es, sich gegen Berta Wagenseil zu erheben, die wie ein Schlagbaum vor ihnen stand.

4

Die Toten wurden auf dem Dorffriedhof begraben. Der Pfarrer sagte ein paar Worte, aber die wenigen Trauernden hörten kaum zu, ihre Gedanken kreisten ums eigene Überleben. Helma blieb mit der Großmutter im Herrenhaus. Wenn auch die Russen die Fensterscheiben der Vorderseite zerschossen hatten und die feuchtkalte Aprilluft hineindrang, waren die hinteren Schlafräume größtenteils von der Zerstörung verschont geblieben. Großmutter hatte das Gewehr hervorgeholt, das der alte Gutsherr für alle Fälle unter den Dielen versteckt hatte, und nahm es überall dorthin mit, wo sie gerade arbeitete. Zwar gehörte es ihr nicht, aber niemand hätte Berta Wagenseil die Rolle der Beschützerin des verwaisten Hauses streitig gemacht. Nach wie vor hielt die alte Köchin Ordnung und machte Frühstück auf dem großen Herd. Die Pflicht hörte niemals auf, das solle sie sich merken, ermahnte sie Helma immer wieder. Außerdem könnten die Herrschaften jederzeit wieder auftauchen, und dann sollten sie das Haus in aufgeräumtem Zustand vorfinden.

Die Bernows blieben verschwunden, aber Gott sei Dank kamen auch die Roten nicht zurück. Dass dem Gut eine wirkliche Führung fehlte, machte sich allerdings bald bemerkbar. Zusehends schwanden die letzten Vorräte aus Kammern und Lagern, auch Gerätschaften und Kohle, ohne dass Berta es verhindern konnte. Die Felder wurden weiter bestellt, auch wenn es oft Streit unter den wenigen Arbeitern und Arbeiterinnen gab, weil sie sich gegenseitig nicht mehr vertrauten.

Am 9. Mai schnitt Helma Grünzeug für die Kaninchen hinten im Obstgarten, als sie Motorengeräusche hörte. Sie lief schnell ins Haus, wo ihr die Großmutter bereits mit dem Gewehr in der Hand entgegenkam. Ein grauer Wagen und zwei Motorräder standen vor dem Haus. Ein Mann in Zivil, die beiden anderen in Uniform. Großmutter öffnete die schwere Holztür und richtete das Gewehr auf das Brillengesicht in Anzug und Krawatte. »Beruhigen Sie sich, gute Frau, der Krieg ist aus. Ich bin von der Provinzverwaltung.«

Doch Großmutter behielt den Finger am Abzug.

»Frieden für Deutschland, Frieden für Groß Bernow. Wir kommen, um zu sehen, wie es mit dem Gut steht.«

»Wie soll es stehen? Wir haben keine Arbeiter, kein Vieh und keine Saat.«

»Es werden bald Arbeiter kommen, so viel wie nötig und noch mehr, und es wird auch wieder Vieh und Saat geben«, erwiderte er. »Ist das Haus stark zerstört?«

Warum fragte er das? Wollten sie vielleicht Männer schicken, um es zu reparieren? Doch Helma bemerkte das Zucken im Gesicht der Großmutter. »Nein, nur die Fensterscheiben, und einige Wände haben ein paar Kugeln abbekommen«, erwiderte sie.

»Und Sie sind?«

»Berta Wagenseil, die Köchin auf Groß Bernow«, sprach sie und erhob wieder das Gewehr.

»Es ist vorbei, gute Frau. Die Junker haben nichts mehr zu sagen. Auf den Ruinen des alten werden wir einen neuen Staat errichten, einen gerechten Arbeiterstaat, in dem jeder bekommt, was ihm zusteht. Unsere russischen Freunde haben uns gerettet, bessere Zeiten stehen vor der Tür. Ihr könnt euch freuen.«

Großmutter trat schließlich beiseite, die Männer durchwühlten das Arbeitszimmer des Gnädigen Herrn und nahmen eine Menge Papierkram mit. Nach einem Rundgang durch das Herrenhaus und die Ställe und einer kurzen Besichtigung der Arbeitersiedlung fuhren sie ab. Die Großmutter schien sich Sorgen zu machen, aber Helma dachte anders. Warum sollte man ihnen nicht glauben? Die Zeiten waren lange genug schlecht gewesen, vielleicht sagte der mit der Brille ja die Wahrheit, und für alle fing ein neues Leben an.

Arbeiter hatten sie ihnen versprochen, und noch in der gleichen Woche kamen sie. Aber so hatte Helma sie sich nicht vorgestellt, abgerissen und halb verhungert. Die Gäule vor ihren Karren waren die reinsten Klappergestelle. An den ersten Häusern im Dorf zogen sie noch vorbei, schreiende Säuglinge und Hunde brachten sie auch mit. Auf halber Strecke zum Gut verließen den Flüchtlingstreck dann die letzten Kräfte, und er blieb einfach stehen.

Großmutter trommelte die Dörfler zusammen. »Wenn wir überleben wollen, müssen wir uns gegenseitig helfen«, beschwor sie die Arbeitsfähigen. Die murrten, weil sie das bisschen, was sie hatten, nicht teilen wollten. »Wir können nicht anders, wir brauchen die Flüchtlinge, um die Felder zu bestellen.«

Dass Berta Wagenseil recht hatte, konnte niemand abstreiten, und so einigten sie sich. Die Arbeiterhäuser füllten sich bis unters Dach mit Menschen, Kinder spielten wieder auf der Allee, die Alten saßen auf den Stufen der Eingangstüren ihrer neuen Behausungen, stopften Strümpfe und

flickten Wäsche oder bearbeiteten die kleinen Gemüsegärten.

»Wir bleiben hier oben im großen Haus. Die Flüchtlinge brauchen den Platz für ihre Familien«, sagte Großmutter zu Helma. So räumten sie ihr Haus in der Kastanienallee. Helma vermisste ihr kleines Schlafzimmer unter
dem Dach, auch wenn sie jetzt in einem großen Bett mit
feiner weißer Wäsche schlafen durfte. Doch schnell waren
sie auch hier nicht mehr allein, die Zimmer füllten sich mit
Menschen, die im Dorf keinen Platz mehr fanden.

Oft dachte Helma an ihren Vater. Alles war in Bewegung, aber Papa ließ nichts von sich hören, und sie traute
sich nicht, Großmutter ständig nach ihm zu fragen, denn
die wurde dann sehr ernst und vertröstete sie immer mit
den gleichen Worten. »Du musst Geduld haben, Kind. Er
wird sich bestimmt melden.«

Bis zur Ernte mussten sie noch wochenlang warten. Es
gab schmale Vorräte an Mehl, Karotten und Äpfeln aus
dem letzten Jahr. Man hielt sich Hühner oder wenigstens
Kaninchen. Die Männer gingen auf die Jagd und brachten
Wild mit nach Hause. Aber das genügte auf Dauer nicht.
Die Provinzverwaltung machte große Versprechungen,
dass es bald wieder Vieh gebe und dass sich nach der Bodenreform jeder selbst ernähren und seinen eigenen kleinen Hof bewirtschaften könne.

Der Mai lag längst hinter ihnen, und der Juni brach an.
Jeden Tag ging Helma an den Bernower See, setzte sich
unter die alte Weide und ließ ihre Angelschnur in die flim-
mernde Oberfläche des Sees eintauchen. Meistens hatte sie
Glück, und bereits nach kurzer Zeit zappelte eine Schleie
oder ein Karpfen am Haken.

Eines Morgens hielt jemand ihren Lieblingsplatz besetzt. Der Jemand war ungefähr so alt wie sie, vielleicht etwas älter, trug ein kurzärmliges, kariertes Hemd. Seine langen, weißen Arme bewegten sich scheinbar ganz ohne Muskelkraft, aber mehr noch faszinierte sie das Storchennest von dunkelblonden Locken auf seinem Kopf. Er bemerkte sie nicht, starrte unablässig auf die Schnur im Wasser.

»Eigentlich ist das meine Stelle«, sagte Helma.

Er fuhr herum, seine großen braunen Augen blickten sie neugierig an. Ihr fiel das kleine Muttermal unterhalb des linken Nasenflügels auf, das den Blick auf seine vollen Lippen lenkte.

»Bitte entschuldige«, sagte er, »ich wusste nicht ...«

»Schon gut«, erwiderte Helma, worauf ihn ein trockener Husten durchschüttelte.

»Wie heißt du?«

»Nikolaus.«

»Im Ernst?«

»Ja«, antwortete er. »Nikolaus Hartmann.«

Helma lachte.

»Warum lachst du?«

»Nur so.«

Lange war sie keinem Jungen in ihrem Alter in Groß Bernow begegnet, alle waren in den Krieg gezogen und nicht zurückgekommen oder waren noch Kinder. In dem Augenblick spannte die Angelschnur. Anscheinend wusste dieser Nikolaus nicht, was er als Nächstes tun sollte. Ein ziemlicher Anfänger, dachte Helma, aber etwas sagte ihr, dass sie ihm helfen sollte.

»Bleib ruhig! Lass ihn zuerst anbeißen, dann ein kräftiger Ruck, damit der Haken festsitzt, und du kannst ihn herausziehen.«

Aber er sah sie nur verzweifelt an. »Ich muss ihn fangen, verstehst du? Meine Mutter und ich … wir haben seit drei Tagen nur Graupensuppe gegessen.«

Helma nahm ihm die Angelschnur ab, nach kurzem Kampf zog sie eine kräftige Schleie aus dem Wasser und schlug ihr mit einem Stein auf den Kopf, bis sie aufhörte zu zappeln. »Seit wann seid ihr hier?«, fragte sie.

»Seit ein paar Tagen. Ich war krank, aber jetzt geht es wieder.«

»Ich heiße Helma.« Sie reichte ihm den Fisch.

Entsetzt starrte er ihn an, packte ihn an der Schwanzspitze und hielt ihn weit von sich weg. Helma lachte. »Er wird euch schmecken. Vorher muss ihn deine Mutter ausnehmen und dann mit Butter braten. Ihr kommt wohl nicht vom Land?«

»Wir kommen aus Insterburg in Ostpreußen.«

»Gibt es da keine Fische?«

»Natürlich, aber ich habe nie geangelt«, antwortete er.

»Ich werde dich Niko nennen«, sagte Helma zum Abschied.

Er nickte und trug den glänzenden Fisch in großem Abstand zu seinem dünnen, langen Körper über die Wiese in Richtung der Siedlung.

Bislang war die Bodenreform kaum mehr als ein Gerücht gewesen, doch in den folgenden Tagen begann die Provinzverwaltung, das Land zu vermessen. Jedem, der sich meldete und dem man keine Naziverbrechen nachweisen konnte, wurden ein paar Morgen der ehemaligen Ländereien des Gutes überschrieben, er durfte auf Kredit Saatgut kaufen und Vieh auf seine eigene Weide stellen. Flüchtling, Neubauer, Landsknecht oder Hilfsarbeiter,

alle erhielten die Gelegenheit, ihre eigene Existenz aufzubauen.

Großmutter hielt nicht viel davon. »Die Parzellen sind
zu klein, um ausreichend Ertrag zu erwirtschaften, und die
meisten verstehen nicht genug von der Landwirtschaft«,
erklärte sie Helma. Nicht lange darauf tauchte wieder der
Mann von der Provinzverwaltung mit seiner uniformierten
Begleitung auf.

»Berta Wagenseil?«, fragte er Großmutter in strengem
Tonfall, und als sie nickte, fuhr er fort: »Hier werden in
den nächsten Tagen Sprengarbeiten ausgeführt. Mit dieser
Verfügung fordere ich Sie auf, das Haus unverzüglich zu
räumen.«

Er hielt ihr ein Papier unter die Nase, das er, ohne ihr
genügend Zeit zum Lesen zu lassen, zurück in seine Aktentasche steckte.

»Warum sprengen? Wo sollen wir denn hin?«

»Ins Dorf zu den anderen.«

»Aber in unserem Haus leben doch Flüchtlinge. In der
Siedlung gibt es keinen Platz mehr für uns.«

Das schien den Mann nicht zu interessieren. »Dann
müsst ihr eben für einige Zeit zusammenrücken. Es wird
alles gut werden. Wir brauchen die Steine, um viele neue
Häuser für unsere Arbeiter und Bauern zu errichten.«

Großmutter war sprachlos. Als die Männer gegangen
waren, setzte sie sich niedergeschlagen an den langen Holztisch in der Küche. »Das dürfen sie nicht«, stammelte sie
»Die Bernows haben uns verraten, aber dieses Haus gehört auch zu mir, es ist meine Heimat. Schließlich habe ich
mein ganzes Leben hier verbracht.«

Helma stellte ein Glas Milch vor sie hin. »Auch wir werden eine neue Wohnung bekommen«, versuchte sie, Groß-

mutter zu trösten. »Das Gutshaus ist doch viel zu groß für uns.«

Seitdem Vater verschwunden war, sah Helma das erste Mal wieder Tränen in Großmutters Augen. »Wir dürfen dieses Haus nicht im Stich lassen«, sagte sie. Sie wirkte erschöpft, doch im nächsten Augenblick klang ihre Stimme wieder fest und entschlossen: »Es hat uns beschützt, jetzt müssen wir es beschützen.«

Gegen Mittag ging Helma hinunter zum See. Sie hatte extrafette Würmer gesucht. Am Ufer saß bereits Niko auf dem Baumstumpf unter der Weide.

»Ich habe auf dich gewartet«, begrüßte er sie, und Helma fiel auf, dass er frischer aussah. Seine Wangen waren leicht gerötet. »Wie geht es deinem Husten?«, fragte sie.

»Besser. Ich hatte Glück, sie dachten, es wäre TB, aber es war nur eine Lungenentzündung.«

Er lächelte, sah sie an, errötete aber dann und senkte den Blick. Ganz anders als die Bauern. Helma hasste es, wenn die Bauern sie angafften wie reifes Obst. »Du kannst mich ruhig ansehen, wenn du willst.«

Er lächelte wieder. Helma setzte sich neben ihn auf den Baumstumpf. Der Tag war heiß. Libellen flirrten über dem Wasser. Sie steckte einen Wurm an den Haken.

»Wollt ihr bleiben?«, fragte sie.

Er überlegte und wurde dabei ernst. »Wir sind keine Bauern, Helma. Mein Vater war Ingenieur und hat in einem Büro gearbeitet. Aber er ist gefallen.«

»Und was willst du werden?«

»Ich will auch Ingenieur werden«, erwiderte er, strahlte auf einmal. »Ich will in die Stadt und studieren.«

Helma schloss die Augen, legte den Kopf in den Nacken und dachte an die Städte, von denen sie manchmal träumte, wenn sie die Kühe melkte. Berlin und New York. Sie wollte auch in die Stadt. »Und in welche Stadt willst du gehen?«

»Stuttgart.«

»Warum ausgerechnet Stuttgart?«

»Wir haben Verwandte dort, die uns helfen können.«

Helma hatte nur ihren Vater und die Großmutter. Und wenn Vater nicht zurückkäme ...

Der aufgespießte Wurm ringelte sich am Haken. »Mal sehen, wer heute den Dicksten fängt«, sagte Helma und warf ihre Angelschnur ins Wasser. Sie starrten schweigend auf das Wasser.

»Im Dorf ist Typhus«, sagte Niko nach einer Weile.

5

Am Nachmittag sammelte Helma Schnecken im Gemüsegarten hinter dem Gutshaus. Während der Arbeit dachte
sie an früher, als es noch Bälle gab und die Kinder aus der
Siedlung an der Allee standen, um den Herrschaften zu-
zuwinken, die in ihren großen blinkenden Automobilen
vorbeifuhren. Alle Mädchen träumten davon, eines Tages mit einem Gutsherren verheiratet zu sein und wie eine
Prinzessin in einem Haus zu leben, das so groß wie ein
Schloss war.

Was von dem Traumschloss nach der Sprengung wohl
noch übrig sein würde? Je mehr Helma darüber nachdachte,
desto besser konnte sie die Großmutter verstehen. Groß
Bernow war nicht Groß Bernow ohne das Gutshaus. Es gehörte dazu wie die alten Kastanien in der Allee. Aber wer
sollte die Männer von der Provinzverwaltung aufhalten?

»Wenn die Bernows wüssten, dass man ihr Haus sprengen will«, sagte Helma später zur Großmutter, als sie gemeinsam Tee in der Gutsküche tranken.

»Was interessieren mich die feinen Herrschaften«, bekam sie zur Antwort, und die Bitterkeit war unüberhörbar. »Haus und Hof haben sie verraten. Jeder sieht, wo er
bleibt. Vielleicht haben sie es besser dort, wo sie jetzt sind,
und es schert sie nicht einmal, was mit uns geschieht. Doch
dieses alte Haus gehört auch zu mir, verstehst du, Helma,
und niemand nimmt mir mein Leben!«

Berta Wagenseil war eine tatkräftige, entschlossene Frau, aber diesmal wirkte sie verzweifelt. Und es gab noch eine weitere schlechte Nachricht. »Im Dorf grassiert der Typhus.«

»Auch das noch«, brummte Großmutter. Aber dann hellte sich ihr Gesicht etwas auf. Sie erhob sich von der Küchenbank und glättete ihre Kittelschürze mit der Hand, als hätte sie etwas vor. »Ich muss noch einmal ins Dorf, Helma. Bleib du hier und schließ die Fenster, damit die Mücken nicht ins Haus kommen.«

Im Gutshaus war es immer kühl, im Winter musste man eine Strickjacke tragen, um nicht zu frieren, im Sommer dagegen schützten die dicken Mauern vor der Hitze. Helma lief so gern auf nackten Füßen über die kalten Marmorstufen des Treppenaufgangs, wo die Bilder der Ahnen hingen, bevor sie von den Kugeln der Russen durchsiebt und heruntergerissen worden waren.

In den meisten Räumen wohnten jetzt Flüchtlinge. Als Helma beim großen Salon anlangte, klang ihr wieder die Musik der SS im Ohr. Nur wenige Monate war es her, und doch kam es ihr vor, als wären inzwischen Jahre vergangen. Helma wusste nicht, ob es gut war, was jetzt mit ihnen geschah, sie wusste nur, dass es gut war, wenn es keinen Krieg mehr gab. Alles war besser als Krieg. Und wenn Papa zurückkäme, würde er vielleicht mit ihr nach Berlin gehen.

Wie durch ein Wunder war der Spiegel im Ankleideraum der alten Gnädigen unbeschädigt geblieben. Der Raum roch immer noch nach Lavendel. Sie liebte die Farbe und den Duft von Lavendel, während ihn die junge Gnädige nicht ausstehen konnte. Jedenfalls hatte der Geruch beide überdauert.

Helmas Blick fiel auf die junge Frau im Spiegel. Sie trug ein Silberkreuz an einem feinen Kettchen um den Hals, glattes, brünettes Haar fiel auf ihre Schultern. Ihr Gesicht war nicht hässlich, vielleicht würde es sogar als hübsch durchgehen. Jetzt lächelte die junge Frau, machte einen Kussmund, zeigte die makellosen Zähne. Ihre Maße stimmten, und auch ihre Beine konnten sich sehen lassen. Aber würde das genügen, um beim Film zu landen in Berlin oder Hollywood?

Entgegen der Anordnung der Provinzverwaltung beschloss die Großmutter nicht auszuziehen. »Es gibt Situationen, da darf man nicht blind gehorchen, da muss man tun, was man für richtig hält«, sagte sie, nachdem sie aus dem Dorf zurück war, und dass sich Helma keine Sorgen machen solle. Trotzdem schlief Helma schlecht in dieser Nacht, immer wieder hörte sie im Traum das Kettenrasseln, als die Russen mit dem Panzer ins Dorf einrollten, und den Donnerschlag, der das Haus vom irren Theo zum Einstürzen brachte.

Beim Frühstück trank Helma nur eine Tasse Tee, nicht einmal eine Schnitte Brot mit Butter und Kirschmarmelade, nach der sie sich sonst die Finger leckte, brachte sie herunter.

»Sind noch alle Flüchtlinge im Haus?«, fragte sie die Großmutter, denn am Abend zuvor hatte es ein großes Umräumen gegeben.

Großmutter saß ihr gegenüber, in Gedanken vertieft, und nickte nur. Den ganzen Morgen über sprach sie kaum ein Wort. Gestern hatte sie noch selbstsicher gewirkt, jetzt schien auch sie Angst zu haben, wie Helma. Wenn die Männer von der Provinzverwaltung an der großen Tür klopften, wäre es das letzte Klopfen, das durch die Flure hallte, dachte sie. Dann würden sie sprengen, und das Gutshaus würde zusammenfallen wie das Haus vom irren Theo. Die Großmutter erhob sich und goss sich noch von der warmen Milch ein, die in einem Topf auf dem riesigen Herd stand.

Sie saßen und warteten.

Gegen halb elf kamen sie, und das Klopfen an der alten Holztür hallte durch die Flure. Wer sollte das Unheil noch abwenden?, fragte sich Helma. Großmutter rieb sich mit zittrigen Händen über das Gesicht, aber dann war es wieder Berta Wagenseil, die starke Frau, die ihre Stimme erhob und zu ihr sagte: »Jetzt gilt es. Komm, Helma!«

»Wie ich sehe, sind Sie unserer Aufforderung nicht nachgekommen«, herrschte der Mann von der Provinzverwaltung sie an, diesmal in Begleitung von vier Uniformierten. Er zog noch einmal das Papier aus der Aktentasche und hielt es Großmutter wütend vor das Gesicht. »Haben Sie nicht verstanden, was ich gestern angeordnet habe?«

»Nein, habe ich nicht!«, erwiderte die Großmutter und stemmte trotzig die Hände in die Hüften.

»Dann zwingen Sie mich jetzt, das Haus räumen zu lassen«, herrschte der Verwaltungsmann sie an und zu den Uniformierten gewandt: »Kontrolliert die Räume, ob noch Menschen drin sind! Wenn alle den Ort verlassen haben, könnt ihr die Sprengladungen anbringen.«

Großmutter wich nicht von der Stelle. Aber der mit der Brille im grauen Anzug schien ebenso entschlossen. Die Uniformierten griffen nach ihren Waffen. Helma hatte Angst. Diesmal war Großmutter nicht stark genug, fürchtete sie. Die Männer würden schießen, wenn sie sich weiter widersetzte. Doch da passierte etwas Unerwartetes.

»Wenn ihr nicht anders könnt, dann müsst ihr es eben tun«, sagte die Großmutter und trat beiseite.

Der Verwaltungsmann war verdutzt, gerade hatte er noch fest mit Schwierigkeiten gerechnet. Er fasste sich aber schnell und erwiderte: »Gut, dass Sie zur Vernunft gekommen sind.«

»Vielleicht solltet ihr noch etwas wissen, bevor ihr mit der Räumung anfangt«, sagte die Großmutter in sorgenvollem Ton. »Im Haus ist der Typhus, und es liegen Kranke im ersten Stock. Wir haben sie aus dem Dorf geholt und pflegen sie hier, damit sie nicht die ganze Arbeiterschaft anstecken.«

Der Verwaltungsmann, der den dunklen Flur des Hauses bereits betreten hatte, blieb wie vom Blitz getroffen stehen, machte schleunigst kehrt und begab sich zu den Uniformierten, die augenblicklich jede Tätigkeit einstellten.

»Ihr könnt das Haus ruhig sprengen, wir müssen nur die Kranken herausholen. Ich rechne mit eurer Hilfe«, fuhr die Großmutter fort, ohne die Miene zu verziehen.

Die Männer traten zwei Schritte zurück.

»Das ist …«, sagte der Mann von der Provinzverwaltung nach einigem Nachdenken, »eine veränderte Situation, die ich melden muss. Es wird vermutlich in dieser Sache eine neue Entscheidung von der Provinzregierung ergehen. Sie werden wieder von uns hören!«

Mit diesen Worten drehte er sich um und entfernte sich eiligst, gefolgt von den vier Uniformierten.

Helma blieb mit der Großmutter noch eine Weile vor der Haustür stehen, und sie blickten der flüchtenden Provinzverwaltung nach.

»Das nennt man Glück im Unglück«, sagte die Großmutter. Auf ihrem faltigen Gesicht spiegelte sich tiefe Zufriedenheit. »Es wird Zeit für das Mittagessen, Helma. Die Kranken haben Hunger.«

Am Abend zuvor hatte Berta die Typhus-Kranken aus dem Dorf ins Herrenhaus umquartiert. Drei weitere kamen hinzu, eine junge Frau und ihre zwei Kinder. Großmutter holte sie mit dem Pferdewagen unten im Dorf ab und verlegte sie in eines der leerstehenden Dienstmädchenzimmer. Nach Lisas Tod war Jenny zurück nach Neubrandenburg gegangen, wo sie ihrer Mutter half, die kleine Gärtnerei zu führen, denn ihr Vater war schwer verwundet aus dem Krieg zurückgekehrt.

Täglich machte der Arzt seine Runde, auch wenn es kaum Medizin gab und er nur wenig helfen konnte. Am Ende blieb ihnen nur zu hoffen, dass der da oben eine Hand über sie hielt. Jedenfalls hatte die Großmutter eines erreicht: Die Provinzverwaltung ließ nichts mehr von sich hören.

Das Bild der Arbeitersiedlung veränderte sich ständig. Viele Flüchtlinge machten nur Zwischenstation in Groß Bernow, erholten sich und zogen weiter, andere warteten auf ein Stück Land, das man ihnen versprochen hatte. Von den fünf Typhus-Kranken überlebten drei, die beiden Kinder starben innerhalb einer Woche.

An manchen Tagen verdrängte die Sommersonne die düsteren Erinnerungen und die Angst vor Ansteckung. »Warst du schon einmal in Berlin?«, fragte Helma, als Niko und sie nebeneinander im Schatten der Weide lagen. Es war früher Nachmittag, die aufgeheizte Luft über dem Bernower See zitterte im Rhythmus der Grillen.

»Berlin ist ein Trümmerhaufen«, erwiderte er.

»Aber sie werden es aufbauen, und dann wird es wieder so schön sein wie früher.«

»Was weißt du schon von dieser Stadt?«

»Ich war im Kino in Neustrelitz und hab die Wochenschau gesehen.«

»Vor dem Krieg. Jetzt ist nach dem Krieg, Berlins Stern ist untergegangen.«

»Für mich nicht.«

Er hatte sein Hemd ausgezogen, und sein unbehaarter schmaler Oberkörper lag neben ihr im Gras. Weiß und zart wie das gute Porzellan, das nur an Festtagen benutzt wurde. Seine Hände waren nicht breit und schwielig mit schmutzigen Fingernägeln wie die der Landarbeiter, sie waren fein geädert, langfingrig und sauber.

»Findest du, dass ich schön genug bin für Berlin?«, fragte sie, während sie spürte, wie sie errötete.

Er schwieg, dachte nach, vielleicht wollte er nichts Falsches sagen. Dann stützte er sich auf und beugte sich über sie. Seine Lippen hingen wie rote Früchte über ihrem Mund.

»Ich finde, du solltest hierbleiben«, antwortete er.

Typisch, sie waren alle gleich, die Männer, grobe Klötze, einer wie der andere, dachte Helma. Plötzlich wusste sie, dass sie nie heiraten würde. Noch vor einer Sekunde hatte sie das Verlangen gespürt, Nikos Lippen zu berühren und einen filmreifen Kuss hinzulegen, der sich sogar in Hollywood sehen lassen könnte. Aber jetzt wusste sie, dass sie nie heiraten würde.

»Du solltest nicht gehen, Helma«, sagte er noch einmal, aber das war nicht alles, »wenigstens *eine* schöne Frau muss in Groß Bernow bleiben.« Ein schelmisches Lachen folgte.

»Du …« Sie wollte ihm eins hinter die Ohren geben, aber er hielt ihre Hand fest. Sein Gesicht näherte sich ihrem, und diesmal machte er nicht halt, ehe sich ihre Lippen begegneten.

Abends im Bett dachte Helma wie immer über den Tag nach. Niko war der erste Mann, der sie geküsst hatte und neben dem betrunkenen Offizier in der Gutsküche der zweite, der ihr gesagt hatte, dass einer jungen Frau wie ihr die Welt offenstünde. Nicht nur in Berlin, sie könne überall glücklich werden, hatte Niko gesagt, und sie fand, dass er recht hatte. Mit Zweifeln war nichts gewonnen.

Durch das Fenster wehte der kühlende Abendwind und streichelte ihre Haut. Sie schmeckte wieder Nikos Lippen, fühlte seine nervös tastenden Hände an ihrem Körper, auf ihren Brüsten. Dann immer bestimmter und heftiger. Sie fasste in seine dichten Locken, beide wollten sie mehr. Dann spürte sie ihn plötzlich zwischen ihren Schenkeln. Ein kurzer Schmerz, der sie noch mehr erregte. Als es vorbei war, hatte sie sich gut gefühlt, sehr gut sogar. War das schon die Liebe? Sie wollte sie auf keinen Fall verpassen, die große Liebe.

6

Wenn Helma nicht gerade ihrer Großmutter und Niko seiner Mutter helfen mussten, trafen sie sich an ihrer Lieblingsstelle am Seeufer. Helma spießte Regenwürmer auf die Haken, band die Schnüre an einen tiefer hängenden Ast der Weide und ließ sie ins Wasser gleiten. Anschließend legte sie sich neben Niko ins Gras, schloss die Augen und wartete, bis er anfing, sie zu küssen.

»Wann weiß man, dass man verliebt ist?«, fragte Helma später die Großmutter, als sie sich an dem langen Holztisch in der Küche gegenübersaßen.

Zuerst erschrak die Großmutter, doch dann wichen die scharfen Sorgenfalten aus ihrem Gesicht, und es erschien ein warmes, verständnisvolles Lächeln. »Du bist fast achtzehn, das hatte ich ganz vergessen«, sagte sie, und für einen Moment legte sich ein Glanz über ihre dunklen Augen, der vermuten ließ, dass sie sich an ihre eigene Jugend erinnerte. »Lass dir gesagt sein: Verliebt sein ist schön, aber auch gefährlich. Du machst dann Dinge, die du sonst nie tun würdest.«

»Und wie war es bei dir?«

»Ich lernte meinen Heinrich auf einem Dorffest kennen, wir passten von Anfang an zusammen. Aber 1914 war es vorbei mit unserem Glück.« Sie wandte den Blick zur Küchenwand auf die Reihe der Einschusslöcher und verstummte.

Doch Helma wollte mehr wissen. »Muss man seiner großen Liebe überallhin folgen?«

»Mit Heinrich wäre ich überall hingegangen, wenn er es
von mir verlangt hätte.« In Großmutters Stimme lag jetzt
Wehmut. »Aber dann ist er in Frankreich gefallen, und ich
musste arbeiten, um deinen Vater und mich durchzubringen.«

Helma vertraute ihr an, dass sie Groß Bernow verlassen wollte, zusammen mit einem jungen Mann aus der Arbeitersiedlung, und sie war überrascht, als Großmutter sie
nicht davor warnte, in eine fremde große Stadt zu gehen,
nicht einmal versuchte, es ihr auszureden. Sie machte ihr
sogar Mut. Nie war Helma aus dem Dorf herausgekommen. Höchstens bis nach Neustrelitz, als die junge Frau
von Bernow einmal dem Hauspersonal freigegeben und sie
ins Kino eingeladen hatte. Und jetzt stand ihr auf einmal
die Welt offen!

Am nächsten Morgen schnitt Helma im Obstgarten Lö-
wenzahnblätter für die Kaninchen. Die halbe Nacht war
sie wach geblieben, in ihrem Kopf schwirrten lauter Fragen, die sie nicht losließen. Sie war sicher, dass sie einmal
ein anderes Leben wollte als das ihrer Großmutter, sich
nicht mit gesenktem Kopf von irgendeiner Gnädigen sagen lassen zu müssen, was sie zu tun habe. Die Sozialis-
ten sagten, dass bessere Zeiten angebrochen wären, aber
noch sah man davon nichts, und warum flohen alle in den
Westen?

Am späten Vormittag, nachdem sie den Kaninchenstall
sauber gemacht, die Pferde gefüttert, gestriegelt und auf
die Koppel geführt hatte, ging sie wie immer an den See.
Niko war noch nicht da. Sie wartete am Ufer, bis er kam.

Heute war er irgendwie anders. Schweigend setzte er sich neben sie auf den Baumstumpf und tauchte seine weißen Füße ins Wasser. Nicht einmal einen Kuss gab er ihr.

»Was ist?«, fragte sie.

»Morgen brechen wir auf.«

Sie hatten nie über den Tag geredet, obwohl sie wussten, dass er kommen würde.

»Und warum morgen?«

»Der Sommer geht zu Ende, und Mutter meinte, wir sollten jetzt losziehen, bevor der Winter kommt und das Essen und die Kohlen knapp werden.« Niko sah in ihre Augen. Er musste es jetzt wissen, das war klar. Etwas schnürte Helmas Kehle zu.

Niko rutschte näher an sie heran. Er streichelte ihre Schultern, küsste ihre Wangen, küsste ihren Mund. »Ich habe Mutter gesagt, dass ich jemanden mitnehmen möchte.«

Helma bewegte sich nicht, erstarrte wie eines ihrer Kaninchen, wenn sie mit der Hand in den Stall fuhr, um es am Genick zu packen und herauszunehmen.

»Sie ist einverstanden, Helma. Es liegt jetzt nur an dir. Willst du?«

Sie sah ihm in die glänzenden Augen. Niko war glücklich.

»Stuttgart ist nicht Berlin und schon gar nicht New York. Stuttgart ist zerstört wie alle großen deutschen Städte, aber wir können helfen, es aufzubauen, wir sind jung, wir können vieles schaffen.« Immer wieder drückte er ihre Hand und küsste sie.

Sie wusste nicht, was sie sagen sollte. Er liebte sie, ja, es musste Liebe sein, und sie liebte ihn. Er würde Ingenieur werden, sie brauchte kein Kaninchenfutter mehr zu schneiden und den Pferdestall auszumisten. Sie würde in einer Stadtwohnung leben, Auto fahren und ins Theater gehen.

»Ja«, antwortete sie, und es war ein entschlossenes Ja.

Helma kam es vor, als wäre ihr bisheriges Leben nur der Vorhang gewesen, der sich jetzt öffnete und die Bühne frei für das richtige Leben machte. Sie hatte sich mit Niko für den nächsten Morgen verabredet. Um sechs würden sie aufbrechen, damit sie noch am selben Tag die Elbe erreichten.

»Ich werde mit Niko nach Stuttgart gehen, schon morgen«, eröffnete sie am Nachmittag der Großmutter.

Offenbar hatte sie etwas geahnt. Sie strich ihr über den Kopf, wie sie es immer getan hatte, als Helma noch klein war und zu ihr lief, wenn sie Angst hatte oder sich schämte und sich in ihrer Schürze vergrub.

»Bist du nicht traurig?«, fragte Helma.

»Ich bin glücklich, wenn du es bist«, antwortete die Großmutter und lächelte.

Es gab nicht viel, was Helma in den alten Koffer von Papa einpackte. Vor allem Wäsche, ihren Wintermantel und warme Socken. Ein Foto von der Großmutter und eins von ihrem Vater neben Silbermond, dem besten Zuchthengst, den Gut Groß Bernow je hatte. Er wird es verstehen, dachte sie. Papa würde verstehen, dass sie gehen musste, so wie Großmutter es verstand.

Am späten Nachmittag ging Helma noch einmal in den alten großen Stall aus roten Backsteinen und küsste die Pferde zum Abschied auf ihre weichen Nüstern, gab ihnen zärtliche Klapse auf den Rücken und die Flanken. Sie würde sie vermissen. Aber die Neubauern würden sich um sie kümmern, bestimmt würden sie das. Obwohl die Pferde immer weniger für die Feldarbeit gebraucht wurden, dafür gab es jetzt Traktoren. Um die Großmutter brauchte sie sich ebenfalls keine Sorgen zu machen. Sie war stark und kam ohne sie zurecht, auch wenn sie in letzter Zeit manchmal müde wurde und die Arbeit liegen blieb. Die Leute im Dorf würden ihr sicher helfen und sie nicht im Stich lassen. Und dennoch …

Als es dämmerte, beobachtete Helma vom Ufer des Sees aus, wie Wasserläufer die Oberfläche sanft erzittern ließen. Sie wartete ab, bis die rote Sonne langsam am Horizont versank. Erst als es dunkel war, ging sie langsam zum Gutshaus zurück.

Am nächsten Morgen weckten die Hähne wie immer das ganze Dorf. Die Sonne schien durch ihr Fenster. Helma stand auf, wusch sich und ging hinunter in die Küche. Sie wusste, was sie zu tun hatte. Nach dem Frühstück würde sie der Großmutter beim Aufräumen helfen, Futter für die Kaninchen schneiden und anschließend die Pferde auf die Koppel bringen. Aber auf den Gang zum See würde sie in den nächsten Tagen verzichten.

7

Groß Bernow, 21. August 1998

Helma warf einen Blick aus dem Küchenfenster, aber auf der Allee war niemand zu sehen. Wo Paul nur blieb? Sonst war er um diese Zeit längst da. Auf dem Tisch lag immer noch der ungeöffnete Brief. Scheller und Pratsch hießen ihre Feinde in Neustrelitz, und sie wusste, wer dahintersteckte: die feinen Leute, die damals Haus und Hof verraten hatten. Vielleicht wussten es viele im Dorf nicht mehr, aber sie erinnerte sich ganz genau! Jetzt, wo sie etwas herausschlagen konnten, tauchten die Bernows auf einmal wieder auf. Und deshalb sollte sie, die mit ein paar lächerlichen Groschen Rente zurechtkommen musste, raus aus ihrer Wohnung. Niemand anderem als Berta Wagenseil, ihrer Großmutter, hatten es diese Geldschneider zu verdanken, dass das alte Gutshaus überhaupt noch stand. Aber Dankbarkeit war diesen Herrschaften fremd. Ab in den Ofen mit dem Brief, dachte sie. Niemand hatte das Recht, sie auf die Straße zu setzen, nach alledem, was sie für das Dorf getan hatte. Sie müssten sie schon mit den Füßen zuerst hinaustragen. Trotzdem zögerte sie. Vielleicht war es doch besser, den Brief zuerst Paul zu zeigen.

Vor dem Haus quietschten Fahrradbremsen. Paul, endlich, und den Einkauf hatte er auch mitgebracht. Sie brauchte nicht viel, für das Frühstück von Freitag bis Freitag genügte ihr ein rundes Landbrot und etwas Aufschnitt. Mittags oder abends kochte sie Kartoffeln und Gemüse, mindestens einmal in der Woche Eintopf, nur selten gab es Fleisch. Wenn Paul sie sonntags besuchte, schob sie einen Rollbraten in den Ofen, dann gab es auch Wein, und sie machten es sich richtig gemütlich. Aber seit er ausgezogen war, kam das immer seltener vor.

Paul stellte die vollen Taschen auf den Küchentisch. Er musste den Brief der Anwälte gesehen haben, aber er sprach sie nicht darauf an. »Was hat der Arzt gesagt?«, fragte er stattdessen. Erst vor ein paar Tagen hatte sie sich untersuchen lassen.

»Na, was schon? Es dürfte besser sein, hat er gesagt. Aber so lange ich noch alles selbst machen kann. Ich bin immer irgendwie zurechtgekommen. Willst du einen Kaffee?« Sie wartete die Antwort nicht ab, ging zum Küchenschrank, öffnete die linke Lade und klimperte mit den Löffeln. Hätte ich bloß den Mund gehalten, dachte sie, jetzt macht er sich Sorgen.

»Wenn du Hilfe brauchst, musst du es mir nur sagen. Ich bin immer für dich da, Oma. Das weißt du ja«, erwiderte er. Er war ein guter Junge, ihr Enkel Paul.

Sie hatte ihn allein großgezogen, hier in dem kleinen Arbeiterhaus an der Kastanienallee. Es trieb ihr immer die Tränen in die Augen, wenn sie daran dachte, wie es dazu gekommen war. Jetzt aber wohnte Paul in der Stadt, weil es im Dorf für ihn keine Arbeit gab.

Sie füllte Wasser in den neuen Wasserkocher, den Paul ihr zum Sonderpreis aus dem Supermarkt mitgebracht hatte. Der alte Pfeifenkessel hatte nach zwanzig Jahren einen Riss bekommen und war nicht mehr zu gebrauchen. Außerdem kochte der neue viel schneller. Aber den Kaffee brühte sie wie früher mit Filtertüten auf, denn sie bestand darauf, dass er so viel besser schmeckte.

Sie erinnerte sich an die Zeit vor der Wende, wenn wieder ein Paket aus dem Westen angekommen war. Wie ein Festtag war es ihnen vorgekommen. Zuerst ließ Helma dann das Paket unberührt auf dem Küchentisch liegen, nahm Paul an der Hand und ging mit ihm hinunter ins Dorf, um Kuchen und Milch zu kaufen. Erst später öffneten sie es gemeinsam. »An Helma Wagenseil« stand immer in großer geschwungener Schrift auf dem braunen Packpapier. Sie achtete darauf, dass es heil blieb, um es später noch einmal verwenden zu können. Den Absender hatte sie Paul nie verraten. Er brauchte nicht zu wissen, wer dahintersteckte. Als er älter war, fragte er, wer die Pakete schickte. »Diejenige, die sie schickt, weiß warum«, antwortete sie nur. Irgendwann hatte Paul sie dann mit der Fragerei in Ruhe gelassen.

Einmal waren für Paul eine Jeanshose, eine Dose Kaba und eine große Tüte Gummibärchen im Paket. Vor Freude tanzte er in der Küche herum. Die Bananen und die Tafel Nussschokolade legte Helma in die Holzschale auf dem Tisch, öffnete dann das Päckchen mit dem Kaffee und roch daran. Die Bohnen schüttete sie erst später in die Blechdose, zuerst sollte der herrliche Duft durch das ganze Haus ziehen. Meistens war auch für sie etwas zum Anziehen dabei. Eine Bluse oder ein Rock. Dann schaute sie nach, ob die Größe stimmte, hielt sich die Bluse an die Schulter, den Rock an den Bauch. Aber sie konnte sich über die Geschenke nicht so freuen wie Paul. Bei jedem Paket fragte sie sich, ob eine Frau namens Margot von Bernow damit nur ihr Gewissen erleichtern wollte.

Helma stellte die Tasse vor Paul auf den Tisch. Er nahm einen Schluck und genoss ihn. Es war eben ihr Kaffee. »Was steht drin?«, fragte er dann, ohne den Brief auch nur anzuschauen.

»Ich weiß nicht, ich habe ihn nicht gelesen. Öffne du ihn!«

»Du machst einen großen Fehler, aber du glaubst mir ja nicht. Wenn du nicht mit den Leuten sprichst, werden sie dich vor die Tür setzen.«

»Mich? Vor die Tür setzen?«

»Ich will dir doch nur helfen, Oma. Aber wenn du so stur bist …«

Er griff nach dem Umschlag, riss ihn auf und überflog den Inhalt. »Sie laden dich wieder zu einem Gespräch nach Neustrelitz ein«, sagte er.

Die Herren Anwälte luden sie zu einem Gespräch ein? Lüge, alles Lüge. Ihr klang noch der Satz der Stasi in den Ohren: *Bitte kommen Sie mit zur Klärung eines Sachverhaltes.* Den kannten alle hier im Osten – ach was, die ganze Welt kannte ihn –, und jeder wusste, was er bedeutete.

»Bleibt es dabei mit Sonntag?«, lenkte sie vom Thema ab. »Zum Braten gibt es Preiselbeeren, die hab ich selbst gesammelt.«

Paul schüttelte den Kopf. »Du bist ein hoffnungsloser Fall.«

Nachdem er seinen Kaffee getrunken hatte, brachte Helma ihn zur Tür. »Mach keine Dummheiten«, sagte er wie jedes Mal zum Abschied. Dann küsste er sie auf die rechte Wange, griff nach seinem Rad, das an der Hauswand lehnte, trat in die Pedale und holperte über das Kopfsteinpflaster der Allee davon. Kurz vor der Biegung drehte er sich um und hob den Arm. Sie winkte und schaute ihm nach, bis er nicht mehr zu sehen war. Paul war jung, ihm stand die Welt offen. Wie ihr damals, doch im Unterschied zu ihr hatte er den ersten Schritt bereits getan, er hatte Groß Bernow den Rücken gekehrt.

8

Groß Bernow, Spätsommer 1945

Helma versuchte ihn so schnell wie möglich zu vergessen, aber am zweiten Tag hatte sie bereits Sehnsucht nach Nikos feinen Händen, seinen dunkelblonden Locken, den samtweichen Küssen und ihren verträumten Nachmittagen am See, an denen sie sich geliebt und ihre gemeinsame Zukunft ausgemalt hatten. Tief enttäuscht musste er gewesen sein, als sie nicht früh am Morgen wie verabredet in der Siedlung erschienen war. Jetzt schämte sie sich und kam sich dumm und feige vor, die Gelegenheit ihres Lebens verpasst zu haben. Einen ganzen Tag lang weinte sie und konnte es vor der Großmutter nicht verbergen. »Lass den Kopf nicht hängen«, versuchte diese, ihr Mut zu machen. »Schließlich ist er nicht der einzige Mann auf der Welt. Es wird schon noch ein gut aussehender Bauer kommen, der dir den Kopf verdreht.«

Ja, das war Großmutters Hoffnung.

Helma arbeitete doppelt so viel wie vorher, und allmählich begann die Erinnerung an Niko zu verblassen. Wie immer hatte Großmutter recht, es galt abzuwarten, die nächste Gelegenheit zu ergreifen. Nichts war verloren, es hatte nicht einmal angefangen. Außerdem war da noch Papa. Wenn er zurückkäme, könnten sie nach Berlin gehen. Vielleicht würde er ein berühmter Mann in dieser SPD werden, von der er immer geredet hatte. Die waren angeblich für die gerechte Sache der Arbeiter. Wie oft hatte

Papa abends mit Freunden in der Küche ihres Hauses in der Kastanienallee diskutiert, während Helma im Bett lag und ihre Stimmen hörte? Damals war sie noch ein Kind, und niemand hatte ihr etwas erklärt. Als sie einmal von der Großmutter wissen wollte, warum die Männer immer so viel stritten und was *Mitbestimmung* und *Gewerkschaft* bedeute, hatte sie nur mit den Achseln gezuckt. Auch Papa hatte Helma nur vertröstet. Er würde es ihr später erklären, und sie musste ihm versprechen, bis dahin niemandem etwas davon zu erzählen. Es sei gefährlich, darüber zu reden.

Die Getreideernte 45 war schlecht, vor Kriegsende hatten sie die großen Felder nicht einmal zur Hälfte bewirtschaften können, weil das Saatgut fehlte, und für das Folgejahr sah es nicht besser aus. Die Obsternte hingegen verlief wie gewohnt, und die Dörfler holten sich ihren Teil von den Fallobstwiesen und kochten ein, so viel sie konnten.

Nachdem die Provinzregierung Felder, Weiden und Wiesen vermessen und als Parzellen an die neuen Besitzer verteilt hatte – nur die Waldstücke verblieben beim Staat –, war das Gut bis auf das große Haus, den roten Pferdestall und die dazugehörenden kleineren Flächen zerschlagen. Einige der Äcker und Wiesen grenzten an das Nachbardorf, und weil mittlerweile viele in den Westen gegangen waren und es dort freie Häuser gab, zogen etliche Familien aus der Arbeitersiedlung um. Die Hoffnungen der Neubauern waren groß, sie hielten ihre Zeit für gekommen. Doch sie mussten sich zähneknirschend gedulden, es ging nur wenig voran. Saatgut fehlte nach wie vor, nicht einmal Vieh gab es, das sie hätten kaufen können.

Helma und die Großmutter waren jetzt die einzigen Bewohner im Herrenhaus von Groß Bernow. Berta wollte nicht ausziehen, weil sie Angst hatte, das Sprengkommando könnte zurückkommen und die Drohung doch noch wahrmachen. Aber offenbar hatten die da oben ihre Pläne geändert.

Die Ställe des Gutes teilten sich die Kleinbauern, denn die meisten hatten noch keine eigenen. Dort standen lediglich ein paar Milchkühe, die Schweineställe blieben nach wie vor leer. Im nächsten Jahr würde es anders werden, hatte ihnen der Landrat versprochen. Bis dahin mussten sie sich mit ihrem Kleinvieh, den Ziegen, Hühnern, Enten und Kaninchen und dem selbst gezogenen Gemüse durchbringen. Jedenfalls hatten sie zu essen und konnten mit ihren Waren auf dem Schwarzmarkt handeln. An den Wochenenden klapperten die Städter die Höfe ab, tauschten Zigaretten, Kaffee, Uhren, Silber, sogar echte Teppiche gegen frisches Bauernbrot, eine Kanne Milch, ein Stück Butter, einen Korb mit Obst und Gemüse.

In der hohen Halle des Pferdestalls standen nur die drei altersschwachen Gäule, die den Krieg überlebt hatten. Helma brachte sie jeden Tag auf die Koppel hinter dem Herrenhaus. Mehr als einmal erklärte die Großmutter, dass deren Zeit gekommen sei. Helma starrte sie nur fassungslos an. Sie hätten ihr Gnadenbrot mehr als verdient, verteidigte sie ihre Lieblinge. Die Großmutter blieb hart: »In diesen Zeiten gibt es keine Gnade, auch nicht für die Pferde.« Doch Helma bettelte so lange, bis sie schließlich nachgab.

Ende September zogen feuchtkalte Nebel über die Seen, und der Sommer geriet schnell in Vergessenheit, alle machten sich nur Sorgen, wie sie über den Winter kommen sollten. Immer noch wurden Flüchtlinge wie verlorene Blätter ins Gutsdorf geweht oder brachen von dort aus auf und zogen gen Westen.

An einem Donnerstag begann Helma bereits früh, den Stall auszumisten und neu einzustreuen. Eines der Pferde schien sich ernsthaft erkältet zu haben. Schon seit Tagen still und matt, sah der Braune sie mit seinen großen melancholischen Augen an, während sie ihm besorgt die Blesse streichelte.

»Hat wohl reichlich Jahre auf dem Buckel, der Gute, man sollte ihn von den Schmerzen erlösen.«

Sie fuhr herum. Der junge Mann, höchstens dreißig, hob beschwichtigend die Hände. »Oh, bitte um Entschuldigung, wenn ich etwas Falsches gesagt habe. Ich bin neu hier und heiße Raimund.«

Er streckte ihr die Rechte entgegen und lächelte sie an, während seine Augen ihren Körper von oben bis unten musterten. Als er begriff, dass er sie damit nur noch mehr verärgerte, zog er die Hand zurück und rieb sich verlegen über den Bürstenschnitt.

»Was willst du hier?«, fragte sie. Immer wieder strichen Dörfler um das Gutshaus in der Hoffnung, irgendetwas abstauben und einsacken zu können. Aber so einer schien er nicht zu sein. Er war groß und gut gebaut, wie ein Landarbeiter sein musste, wenn er etwas schaffen wollte.

»Ich dachte … vielleicht gibt es hier Milch?«

»Seit wann gibt es in Pferdeställen Milch?«, erwiderte sie schnippisch. Aber sie wollte mal nicht so sein. Sie konnte ihm ja helfen und legte den Striegel beiseite. »Wie viel Milch brauchst du?«

»Nicht viel, es ist für meine kleine Tochter. Wir wohnen unten im Dorf und sind erst vor zwei Tagen angekommen.«

»Und deine Frau?«

»Wir sind nur zu zweit, Marie und ich.«

»Ich heiße Helma.« Ein junger Witwer, dachte sie, während sie dem Braunen tröstend auf den Hals klopfte. »Und warum seid ihr ausgerechnet hierhergekommen?«

»Wir sind aus Neubrandenburg. Dort gab es kein Land für uns. Ich will meinen eigenen Hof gründen.«

»Will einen Hof gründen und hat nicht einmal eine Kanne, um Milch zu holen«, entgegnete sie kopfschüttelnd. »Na, dann komm mal mit!«

Der Jungbauer folgte ihr. Es hatte angefangen, dünne Fäden zu regnen. Auf dem schlammigen, von Pfützen durchzogenen Weg redeten sie kein Wort.

»Und wo wohnt ihr?«, fragte sie, als sie vor der großen Holzschiebetür des Kuhstalls angekommen waren.

»Unter den Kastanien auf der linken Seite, das zweite Haus von oben.«

Es war ihr Haus. Dort hatte sie vor Kriegsende noch mit Papa und Großmutter gewohnt.

Sie betraten den Kuhstall. Dort war es warm. Die Körper der Kühe und der Dampf aus ihren Mäulern und Nüstern heizten ihn. Gleich am Eingang stand eine Schwarzbunte, zwischen deren Hinterbeinen warmer grüner Brei hervorquoll und laut auf den Steinboden platschte. Helma ging nach nebenan in den Vorratsraum, dort, wo die großen Kannen standen, und befüllte eine kleine mit frischer Milch. Dann begleitete sie den Jungbauern zu seinem Haus in die Kastanienallee.

Auf der Holzbank in der Küche saß Raimunds Tochter. Marie schaute sie feindselig an. Ihr dickes dunkelblondes Haar verlangte nach einer Bürste, dachte Helma. Außerdem war im Haus länger nicht geputzt worden. Ganz offensichtlich fehlte hier eine Frau. »Keine Angst, ich nehme dir deinen Vater nicht weg!« Sie konnte Marie verstehen.

Auch sie würde nicht zulassen, dass eine fremde Frau versuchte, ihren Papa zu stehlen. Sie selbst vermisste ihren Papa so sehr.

»Sie will nur helfen«, beruhigte Raimund seine Kleine. »Schau, sie hat uns Milch besorgt.«

Helma fand Sellerie und Möhren und etwas Speck im Schrank. Sie machte Feuer im Herd und begann, das Gemüse und den Speck zu schneiden. Er fragte sie, ob er ihr beim Kochen helfen könne, aber sie schüttelte nur den Kopf, worauf er sich auf die Eckbank setzte und sie bei der Arbeit beobachtete. Sehnsucht lag in seinem Blick, aber sie erkannte auch etwas darin, das sie nicht beschreiben konnte und das sie abstieß. Als er und seine Tochter gegessen und Milch dazu getrunken hatten, spülte sie und räumte die Küche auf. »Ich habe noch im Stall zu tun«, sagte sie, als sie fertig war.

Er bedankte sich noch einmal, streckte ihr versöhnlich die Hand entgegen. Diesmal war sein Lächeln warmherzig, und er schien keine Hintergedanken zu haben. Auch sie lächelte jetzt.

༄

Am nächsten Tag erschien Raimund wieder im Pferdestall. Er wollte sich nützlich machen, und Helma konnte Hilfe gebrauchen. In das Herrenhaus regnete es herein, und der Marder hatte dem Hühnerstall einen unerwünschten Besuch abgestattet. Also wechselte Raimund die gesprungenen Dachziegel aus, dichtete den Hühnerstall ab und legte ein Fangeisen, in dem nach zwei Tagen die Aufregung um den Marder ihr Ende fand.

Der Jungbauer erwies sich als zuverlässig und geschickt,

und Helma verstand sich gut mit ihm. Gemeinsam sammelten sie Holz und Pilze im Wald, jagten auch zusammen und angelten. Aber Wild ließ sich immer weniger blicken, und die Fische wurden immer kleiner. Bald waren die Seen um das Gut herum so gut wie leergefischt.

Raimunds Tochter, die kleine Marie, die bereits sechs Jahre alt war, fuhr jeden Tag mit den anderen Kindern ins Nachbardorf, weil es dort eine Lehrerin gab.

»Kannst du auch lesen?«, fragte Marie herausfordernd, als Helma wieder einmal für sie und Raimund kochte und ihr ab und zu bei den Hausaufgaben über die Schulter schaute.

»Natürlich kann ich das«, erwiderte sie, während sie den Wirsing in Streifen schnitt. Wie alle aus dem Dorf hatte sie die Volksschule besucht, wenn auch nicht gerade lange. Das Lesen und Schreiben hatte sie auch kaum gebraucht.

»Meine Mama kennt alle Geschichten, auch ganz traurige und lange. Sie hat sie mir immer aus dem großen Buch vorgelesen.«

Helma wollte fragen, wo denn ihre Mama jetzt sei, ließ es aber. Schließlich litt das Kind darunter, dass es keine Mutter mehr hatte, und sie wollte die Trauer nicht noch steigern. Raimund trug keinen Ehering mehr an der Hand, nur der Abdruck war noch zu erkennen. Er erzählte nicht, was mit seiner Frau passiert war, und Helma fragte nicht. Er würde es ganz von selbst tun, wenn er den Zeitpunkt für gekommen hielt, dachte sie.

Nach dem Essen holte Marie ein Märchenbuch aus der Stube und hielt es Helma vor die Nase. Am Anfang ging es nur holprig mit dem Lesen und immer, wenn Helma einen Fehler machte, lachte Marie spöttisch. Doch von Tag zu Tag lief es besser, Marie lachte nicht mehr und hörte gebannt zu. Einmal stand Raimund im Unterhemd in der Tür und beobachtete sie. Als Helma zu ihm hinübersah, kam es ihr vor, als würde er weinen.

An einem Abend im Oktober hatte Helma wieder gekocht. Nach dem Essen räumte sie auf und machte sich auf den Weg zurück zum Herrenhaus. Es war kalt, und sie dachte an die Kinderzeit, als sie noch einen Wintermantel besaß. Plötzlich hörte sie Schritte hinter sich. Sie drehte sich um. Aber da war niemand. Sie ging weiter. Ein paar Meter weiter blieb sie noch einmal stehen.

»Helma!« Es war Raimund, er trat hinter einer der Kastanien hervor und kam auf sie zu. Sein Atem ging heftig, als er ihr direkt gegenüberstand. Sie spürte, wie er Mühe hatte, sich im Zaum zu halten. Seine Atemwolke schlug ihr entgegen.

»Helma, ich …«, stammelte er, weiter kam er nicht. In seinem Blick lag Verlangen und Hilflosigkeit, eine unerträgliche Spannung lag zwischen ihnen. Zum ersten Mal wurde Helma durch und durch von dem Bewusstsein erfüllt, dass ein Mann sie brauchte, dass sein Körper, seine Seele nach ihr schrie. Und etwas sagte ihr, dass sie sich ihm nicht verweigern sollte. Ja, es war ein gutes Gefühl, ihm zu geben, wonach er sich sehnte, und sie ließ ihn gewähren. Er griff nach ihren Schultern und zog sie an sich heran, presste seine Lippen auf ihre.

Am Morgen danach wusste Helma immer noch nicht, ob es falsch oder richtig gewesen war. Raimund war fordernd gewesen und nicht besonders zärtlich. Aber auch sie wusste seit gestern, wie sehr ihr ein Mann gefehlt hatte.

»Vielleicht ist er der Richtige«, sagte die Großmutter beim Frühstück in der Gutsküche, als könnte sie Helmas Gedanken lesen. »Du bist noch jung«, fuhr sie fort, »aber in diesen Zeiten wirst du so schnell keinen anderen finden, der gesund und stark ist und mit dem du ein Leben aufbauen kannst.« Großmutter wollte sich vom Stuhl erheben, aber die Schmerzen zwangen sie, sitzen zu bleiben. Anfangs hatte sie sich darüber lustig gemacht, ab jetzt würde sie jeden Morgen ein Gläschen Sonnenblumenöl trinken, um die Gelenke zu schmieren. Aber nichts konnte ihr helfen, und das Rheuma wurde stetig schlimmer.

Raimund war es offenbar ernst, und Helma übernachtete immer öfter im Haus unter den Kastanien. Sie waren wie ein Liebespaar. Er zeigte ihr, dass er sie wollte. Wenn Vieh im eigenen Stall stehe und die erste Ernte eingefahren sei, gehe es ihnen gut, prophezeite er. »Du kannst bei uns einziehen«, bot er ihr zwei Wochen später an, aber Helma zögerte, sie wollte die Großmutter nicht allein lassen.

Kurz vor Sankt Nikolaus hielt Berta Butter und Mehl zurück, sammelte Eier und tauschte Zucker von den Schwarzhändlern. Dann kramte sie das alte Kochbuch aus dem Schrank in der Gutsküche hervor und las darin wie in einer Bibel. »Das Stück Tradition werden wir uns nicht nehmen lassen«, sagte sie. »Das bisschen, was uns geblieben ist.« Und sie begann zu backen. Helma half ihr dabei. Am Ende waren es fünf große Blechdosen randvoll gefüllt mit Keksen und Gebäck. Am Nikolaustag gingen sie hinunter ins Dorf, einen Holzwagen mit den Blechdosen hinter sich herziehend, klopften an jede Tür und verschenkten Kekse an jedermann, Kinder durften zweimal zugreifen.

Raimund war wenig begeistert. Sie solle sich lieber um ihn und Marie kümmern als um andere Leute, fuhr er sie an, als sie am Abend später zurückkam als sonst. Es war das erste Mal, dass er sich so aufführte. Sie schwieg, machte das

Abendbrot, sie aßen schweigend, anschließend räumte sie auf und brachte Marie ins Bett.

In der Nacht liebten sie sich, und Helma beschloss zu vergessen, dass er ungerecht zu ihr gewesen war. Nur jemand, der liebte, war eifersüchtig, dachte sie. War es nicht auch ein Beweis dafür, dass sie zusammengehörten?

Weihnachten rückte näher. Die Zugluft im Herrenhaus verschlimmerte die Gelenkschmerzen der Großmutter, viele Fenster waren nur notdürftig mit Brettern vernagelt, weil es kein Glas gab. Morgens kam sie kaum noch aus dem Bett. Helma übernahm den größten Teil ihrer Arbeit, zündete den Herd an und machte Frühstück für sie. Danach versorgte sie Raimund und Marie in der Kastanienallee.

Oft dachte Helma darüber nach, was die Großmutter ihr geraten hatte; dass es eine bescheidene, aber greifbare Aussicht für sie gab, Raimund zu heiraten, mit ihm Kinder zu kriegen und einen eigenen Hof zu bewirtschaften. Es stand ihr viel Arbeit und keine glänzende Zukunft bevor, aber zu einem Auskommen, vielleicht sogar zu einem guten Auskommen, würde es reichen.

Gegen Mittag verließ Helma den Pferdestall. Der Braune war am Ende. Wie hatte sie für ihn gekämpft, aber es war vorbei, das musste sie einsehen. So kurz vor Weihnachten überließ sie ihn nur widerstrebend dem Abdecker, aber so konnte man im Dorf wenigstens hungrige Mäuler stopfen. Die Allee lag in Winterstarre vor ihr. Reif überzog die Zweige der Bäume und die Felder und Wiesen der Umgebung wie eine weiße Stachelhaut. Helmas Atem dampfte, ihre Hände waren vom Melken rot und geschwollen. Ein dickes Tuch von der Großmutter hatte sie über ihre Ohren

200

und den Hals gezogen und über das Arbeiterhemd eine grüne Wollstrickjacke, um die Kälte nicht so zu spüren.

Als sie die Biegung zur Arbeitersiedlung erreicht hatte, schallten zwei aufgebrachte Stimmen zu ihr herüber. Die Frauenstimme klang wütend und anklagend, der Mann schien sich zu verteidigen. Es war Raimund. Er stand vor der Tür ihres Hauses im Wortgefecht mit einer Dunkelhaarigen, die wild mit den Armen fuchtelte. Sie wurde immer lauter, verlor dann offenbar ganz die Beherrschung, schlug ihm ins Gesicht, bevor sie mit beiden Händen auf seine Brust eindrosch. Nur kurz ließ Raimund sich das gefallen, packte ihre Handgelenke und zwang sie, damit aufzuhören.

Helma versteckte sich hinter einem der alten Bäume, ohne den Blick abzuwenden. Sie sah zu, wie sie sich küssten, lange und innig. Niemand konnte daran zweifeln, was sich vor dem Haus abspielte. Die Frau war zu Mann und Kind zurückgekehrt, um ihren Platz wieder einzunehmen.

Helma wusste nicht, was sie fühlte. War es Schmerz, oder fühlte sie sich einfach nur leer? Sie riss sich los von dem Anblick, eilte mit entschlossenen Schritten zurück zum Gutshaus.

Am frühen Nachmittag klopfte es ungeduldig an der großen Holztür. Es war Raimund.

»Helma, ich …«, stammelte er.

Sie kannte diesen hilflosen Blick. Diesmal fiel sie nicht darauf herein. »Spar dir die Erklärung!«, erwiderte sie.

Er machte einen Schritt auf sie zu.

Sie wich nicht zurück, setzte das Gewehr an die Schulter, das jetzt sie anstelle der Großmutter mit sich trug, wand den Zeigefinger um den Abzug und richtete es gegen ihn.

Er blieb stehen, erkannte anscheinend, dass ein weiterer Erklärungsversuch keinen Sinn machte. »Ja dann ...«, sagte er mit einem flüchtigen Ausdruck von Bedauern im Gesicht, während er die Hände hob und ein paar Schritte rückwärtsging. Schließlich drehte er sich um und schlug, immer noch mit erhobenen Händen, den Weg in die Siedlung ein.

Erst als er um die Biegung war, ließ Helma den Lauf des entsicherten Gewehrs sinken.

Zwei Tage vor Heiligabend verließ Raimund mit seiner Familie das Haus in der Arbeitersiedlung und zog mit ihr ins Nachbardorf.

9

Das kleine Haus in der Kastanienallee ließ sich gut behei-
zen, es zog dort nicht wie im Gutshaus, und es war frei.
Auch wenn die Wunden nicht verheilt waren, beschloss
Helma, noch am Heiligabend dorthin zurückzugehen. Die
Feiertage vergingen mit Arbeit, das neue Jahr begann, und
schneller, als gedacht, rückte die unglückliche Geschichte
von ihr ab. Sie hatte ja immer schon gewusst, dass ein
Bauer nicht zu ihr passte. Die Großmutter verlor immer
mehr ihre Kraft, sie saß jetzt fast den ganzen Tag im Lehnstuhl in der Wohnstube und schwieg zu alldem.

   Der Rest des Winters und das ganze folgende Jahr waren schwer, und es ging nur langsam vorwärts. Im Winter 46/47 kam es besonders schlimm, viele Städter erfro-
ren in ihren Wohnungen, weil es weder Holz noch Kohlen
zum Verfeuern gab. Im Haus an der Kastanienallee war es
warm, aber die Großmutter kam kaum noch aus ihrem
Lehnstuhl. Helma legte ihr Kissen in den Rücken und eine
Pferdedecke über die Knie, um die Schmerzen ein wenig zu
lindern. Ab und zu verabreichte sie ihr ein Gläschen von
dem Kräuterlikör, den eine Nachbarsfrau aus der Siedlung
selbst herstellte. Wenn Großmutter schlief und ihre kno-
tigen Hände gefaltet in ihrem Schoß lagen, dann konnte
Helma den ewigen Frieden auf ihrem Gesicht erkennen.
Zweifellos hatte sie ihn sich verdient, aber Helma hatte
große Angst vor dem Tag des Abschieds.

An einem Tag im Sommer 47 fühlte sich die Großmutter stark genug, die Wohnstube zu verlassen, und als
Helma nach der Arbeit nach Hause kam, war sie erstaunt,
sie auf der Holzbank im Vorgarten zu finden. »Es gibt etwas, das ich dir erzählen muss, Helma.« Offenbar drängte
sie es sehr, etwas loszuwerden. »Setz dich zu mir!«, sagte sie
und ergriff Helmas Hand. »Ich habe dir nicht alles, was ich
weiß, über deinen Vater gesagt, weil du es nicht verstanden
hättest. Außerdem war es in diesen Zeiten sehr gefährlich,
zu viel zu wissen. Die Wahrheit ist: Dein Vater war Sozialdemokrat, und das hat dem Gnädigen Herrn gar nicht gefallen, auch wenn er Hans sehr geschätzt hat. Der Gnädige
Herr hat ihn gewarnt, dass er mit seinem Leben spiele und
er ihn auf Dauer nicht schützen könne.«

Helma sah ihren Vater vor sich, ein starker, stolzer
Mann, der seinen eigenen Kopf hatte und nie ein Duck-
mäuser gewesen war.

»Aber er hat den jungen Herrn nicht ernst genommen
und sich weiter mit den Genossen getroffen. Er träumte
immer von einer anderen Welt, einer, in der die Arbeiter zu
ihrem Recht kommen würden«, fuhr Berta fort.

Helma erinnerte sich an den Streit zwischen dem Gnädigen Herrn und ihrem Vater, bei dem sie ungewollt Zeuge
geworden war.

»Und weiter?«, fragte Helma. Die Erinnerung an den
Abend war nie verblasst, als sie bereits im Bett gelegen
hatte und die beiden Wagen am Haus vorbeirasten, zuerst
das Auto vom Herrenhaus und dann das, das aus der Richtung des Dorfes kam. Damals musste etwas vorgefallen
sein. Die Bernows waren geflohen, das stand fest, aber was
war mit dem anderen Wagen?

»Also was genau ist passiert?«, drängte Helma. Nun

sollte die Großmutter ganz heraus mit der Sprache. Aber sie zuckte nur mit den Schultern. »Ich wollte, ich wüsste es und könnte es dir sagen. Dein Vater wollte die anderen unbedingt warnen. Er küsste mich, dann verließ er das Haus, und wie du weißt, habe ich bis heute nichts mehr von ihm gehört.« Ihre Augen füllten sich mit Tränen. Vielleicht war er als Sozialdemokrat in letzter Minute von den Nazis ermordet worden, oder er war zusammen mit den anderen geflohen, dachte Helma. Aber die Gefahr war vorüber, er hätte längst zurückkommen müssen. War er am Ende doch eingezogen worden und gefallen? »Vielleicht ist er in russischer Gefangenschaft?«

»Vielleicht, Kind, ich weiß es nicht.« Die Großmutter wischte sich mit dem großen Taschentuch die Tränen aus ihrem Gesicht.

Nach diesem Abend sprach sie kaum noch. An einem nebligen Morgen Mitte Oktober setzte ihr Atem für immer aus. Sie wurde auf dem Friedhof von Groß Bernow beerdigt. Einige Frauen aus dem Dorf, die sie gut gekannt hatten, sangen »Großer Gott wir loben dich«. Helma war jetzt allein.

Jeden Morgen, bevor Helma in die Ställe ging, um den Neubauern bei der Arbeit zu helfen – denn alle Hände wurden gebraucht –, sprach sie mit dem leeren Lehnstuhl in der Stube, erzählte ihm ihre Träume und am Abend nach der Arbeit das Neueste aus dem Dorf. Sie glaubte weiter daran, dass ihr Vater noch lebte und eines Tages zurückkehren würde. Manchmal, beim Melken oder wenn sie den Stall ausmistete, hörte sie seine Stimme in ihrem Rücken. Dann drehte sie sich um, aber da waren nur die Kühe und das mahlende Geräusch ihrer wiederkäuenden Kiefer.

49 hellte sich die Stimmung auf. Im Oktober wurde der Osten zum sozialistischen Staat ausgerufen. Alles sollte anders werden in dieser Deutschen Demokratischen Republik. Ein Arbeiter- und Bauernstaat sollte es werden.

Auch Helma war begeistert. Immerhin hatte ihr Vater für die Rechte der Arbeiter sein Leben riskiert. Sie arbeitete von morgens bis abends und fühlte sich gut dabei. Für alle ging es jetzt um den Aufbau Ost. Sie schufteten nicht mehr für die Junker, denen alles gehörte und den Arbeitern nichts. Sie gaben ihre Kraft für die Gemeinschaft, und jeder würde seinen Teil von dem erhalten, was sie gemeinsam erwirtschafteten. Der Weg war steinig, aber das Ziel in Sicht.

Die anfängliche Zuversicht wurde jedoch schnell gedämpft. Die Neubauern versuchten aus den kleinen Parzellen, die ihnen durch das Los zugefallen waren, herauszuholen, was herauszuholen war. Aber sie schafften es kaum, ihre Familien zu ernähren, erfüllten nicht einmal ihr Plansoll. Nicht wenige mussten aufgeben, weil es zum Überleben nicht reichte, manche ließen alles stehen und liegen und setzten sich in den Westen ab. Die besseren Zeiten, die die Regierung beschwor, ließen auf sich warten. Jahr für Jahr ging ins Land, aber es änderte sich nichts. Enttäuschung machte sich breit.

Die Umgebung des alten Herrenhauses verwahrloste, niemand beschnitt die Rosen, Unkraut überwucherte die Beete und die Pflastersteine der Auffahrt. Anfang 53 wurde der Pferdestall endgültig zum Viehstall umgebaut. In der Zeit verlor der Wirt der Dorfschänke, der Bernower Tränke, wie sie immer schon genannt wurde, seine Frau. Harry stand jetzt allein da mit seinem kleinen Sohn und wusste nicht, wie er die Arbeit allein schaffen sollte. Allerdings war sein Ruf nicht gerade der beste, er konnte seine Finger nicht von den Frauen lassen. »Ich helfe dir«, erwiderte Helma, als er sie fragte. »Aber fass mich nicht an, sonst siehst du mich nicht wieder.«

Er schwor es ihr, aber er nahm sie nicht ernst. Erst als sie ihn vier Tage lang mit der Arbeit sitzen ließ, weil er angetrunken versucht hatte, sie zu küssen, musste er reumütig in der Kastanienallee erscheinen und Abbitte leisten. Nachdem er die Lektion gelernt hatte, sorgte Helma wieder für seinen Jungen, bediente die Gäste und half in der Küche. Bald war sie beliebter als er selbst unter den Gästen, denn sie hörte sich alle Sorgen der Arbeiter an, und allabendlich kamen sie, um ihr Bier bei Helma zu trinken.

An einem Mittwochnachmittag im Mai 54 spülte Helma das Geschirr vom Vorabend, als zwei fremde Wagen, ein Transporter und ein Cabrio, am Küchenfenster der Tränke vorbei in Richtung Gut fuhren. Sie fragte sich, was sie da oben wollten, machte sich danach aber keine weiteren Gedanken darüber, schließlich musste sie noch den Gastraum putzen und ein Auge auf Harrys Sohn Peter und seine Hausaufgaben werfen.

Als die Wagen gegen fünf vom Gut zurückkamen, blieb das Cabrio vor der Tränke stehen. Mittwoch war Ruhetag, aber Helma hatte die Tür nicht abgeschlossen, sie erwartete eine Lieferung Zwiebeln und Gemüse.

»Keiner hier?«, rief eine Männerstimme.

Sie öffnete die Tür zur Gaststube. Er stand mitten im Raum, war ein ganzes Stück älter als sie, schlank und groß mit kurzem dichtem Haar. Ihr fiel auf, dass er bessere Kleidung trug, die Hose mit Bügelfalten. Als er in ihre Augen sah, lächelte er. »Ich hätte nicht erwartet, hier ein so hübsches Gesicht anzutreffen.« Sein sonorer Bariton füllte den ganzen Raum.

»Mittwoch ist geschlossen«, erwiderte Helma.

»Oh, schade. Ich dachte, es gebe wenigstens ein Bier für einen durstigen Mann.«

Sollte sie sich so einfach von einem Fremden um den Finger wickeln lassen? Aber was machte ein Bier schon aus? Sie begab sich hinter die Theke, griff nach einer der Flaschen und knickte den Kronkorken mit dem Öffner.

Er dankte es mit seinem Lächeln, setzte sich an den nächstbesten Tisch. »Rauchen Sie?«, fragte er, als sie Flasche und Glas vor ihn hinstellte. Er hatte feine Hände, war kein Bauer mit schwarzen Rändern unter den Fingernägeln.

»Manchmal«, antwortete sie.

Er bot ihr eine Zigarette von einer Marke an, die sie nicht kannte, die aber besser roch als das Kraut, das die Bauern immer rauchten. Er gab ihr Feuer mit einem Sturmfeuerzeug, und sie machte zwei, drei Züge.

»Kann man hier auch essen?«

»Ja«, antwortete sie, »aber heute ist Ruhetag.«

»Ich komme jetzt öfter.«

»So«, erwiderte sie.

Er sah sie an, selbstbewusst, dann sanfter und suchend. Sie brachte es nicht fertig, diesen Blick abzuschütteln, so wie sie die Blicke der Bauern abschüttelte. Wann war sie das letzte Mal errötet?

»Ich heiße Werner«, sagte er.

Sie drückte ihre zur Hälfte gerauchte Zigarette im Ascher aus. »Und ich habe noch zu tun«, erwiderte sie und verzog sich hinter den Schanktisch, wo sie begann, die gespülten Gläser zu polieren und einzuräumen.

Werner trank sein Bier und rauchte seine Zigarette. Sie sprachen kein Wort mehr. Dann stand er auf, lächelte ihr noch einmal zu und sagte: »Bis Morgen.«

Als er mit seinem Cabrio losfuhr, warf Helma einen kurzen Blick aus dem Fenster. Bestimmt würde sie ihn nie wiedersehen.

10

Am nächsten Morgen, Helma bereitete den Mittagstisch in der Tränke vor, tauchten der Lieferwagen und das Cabrio auf, fuhren die Dorfstraße entlang, am Haus vorbei und hoch zum Gutshof. Am Nachmittag stand Werner wieder im Gastraum.

»Ist die Suppe noch heiß?«, fragte er und setzte sich auf den Stuhl, auf dem er am Vortag gesessen hatte. »Sie sind sehr schön, wenn Sie lächeln«, sagte er, während sein Blick an ihr haftete wie eine Klette am Rock. Das hatte noch kein Mann zu ihr gesagt.

»Ich heiße Helma«, erwiderte sie, worauf ihr wieder einfiel, was sie zu tun hatte. Sie wandte sich ab, ging in die Küche und kam mit dem Eintopf und zwei dicken Scheiben frischem Brot zurück. Nachdem sie das Bier vor ihn hingestellt hatte, blieb sie am Tisch stehen und sah ihm beim Essen zu. Es gefiel ihr, dass er sich nicht gleich gierig darauf stürzte wie die Landarbeiter, er aß manierlich.

»Gehen die Arbeiten voran?«, fragte sie, auch um sicherzugehen, dass nicht doch noch passierte, was ihre Großmutter mit Mut und Schlauheit verhindern konnte. »Als sich zuletzt jemand von der Regierung für das Haus interessierte, sollte es gesprengt werden.«

»Nein, das nicht. Aber wir müssen neue Fenster einsetzen und einiges umbauen, dann kann es wieder genutzt werden.«

»Früher war es ein schönes Haus.«

»Ein Relikt der Ausbeutung und des Kapitalismus, Helma. Nach dem Umbau wird es auch den Arbeitern und Bauern nützlich sein.« Seine Stimme klang wie die ihres Vaters, wenn er ihr etwas erklärte.

»Mein Vater war Stallmeister auf dem Gut bis Kriegsende«, erwiderte sie. »Er war Sozialdemokrat. Doch ein paar Tage vor der Kapitulation ist er verschwunden und nicht mehr zurückgekehrt.« Werner war der Erste, dem sie das anvertraute, außer mit der Großmutter hatte sie mit niemandem darüber gesprochen. Sie setzte sich auf einen Stuhl am Nachbartisch, Bilder von damals schwirrten in ihrem Kopf herum.

»Du bist richtig, Helma«, sagte Werner, während er eine Scheibe Brot in die Suppe brockte. »Leute wie dich braucht der sozialistische Aufbau.«

Eigentlich mochte sie keine Komplimente, diejenigen, die sie machten, wollten dann meistens etwas von ihr. Aber von ihm ließ sie es sich gefallen, er war nicht aufdringlich, irgendwie anders. »Als Nachtisch gibt es noch etwas Süßes«, sagte sie, als er mit dem Eintopf fertig war.

Nach dem Apfelkompott bot er ihr eine Zigarette an. Sie setzte sich zu ihm an den Tisch und sie rauchten. »Ein nettes Auto hast du«, sagte Helma, um ihm auch ein Kompliment zu machen.

»Es ist ein F9 Cabrio, fast neu. Wenn du willst, nehme ich dich gerne einmal mit.«

Sie wusste nicht, was sie sagen sollte. Aber er bestand darauf, nur heute nicht, er sei ohnehin spät dran.

Am späten Nachmittag, noch bevor die Neubauern und Landarbeiter in die Tränke kamen, lief Helma hoch zum Gutshaus, um nachzusehen, ob es stimmte, was Werner ihr erzählt hatte. Und tatsächlich, die Bretter vor den Fenstern waren verschwunden und neue Scheiben eingesetzt. Vom Vorderdach leuchtete es jetzt feuerrot. Mindestens die Hälfte der Dachziegel hatten sie ausgewechselt, sogar das Gras rund um die Einfahrt geschnitten. Aber es war längst nicht mehr das Haus, das Helma von früher kannte. Grau und freudlos sah es aus wie die Menschen im Dorf.

Alle hatten sich Großes erwartet, den Sozialismus wollten sie aufbauen, und es sollte ihnen besser gehen. Aber sie kamen nicht von der Stelle. Vor nicht ganz einem Jahr hatten ihre »Befreier« mit Panzern die Proteste am 17. Juni niedergewalzt und Menschen getötet, die nur das verlangten, was man ihnen versprochen hatte. Jetzt sollten die Bauern auch noch ihr bisschen Land einer Genossenschaft abtreten, die sich LPG nannte. Auch Helma bekam den Unmut darüber zu spüren. Abends ließen die Bauern ihren Ärger in der Tränke ab.

Jeden Tag wartete sie auf Werner, deckte bereits den Tisch, bevor er kam, und stellte ihm eine frische Blume aus ihrem Garten dazu. Nach dem Essen bot er ihr eine Zigarette an, und sie rauchten zusammen.

»Am Samstag fahre ich nach Schwerin«, sagte er an einem Mittwoch. »Willst du mitkommen?«

Er hatte sein Versprechen also nicht vergessen. Aber sie zögerte.

»Oder ist dir mein Cabrio etwa nicht gut genug?«

Jetzt lächelte sie. Ja, sie war verrückt, hinter allem sah sie nur Gespenster.

»Um zehn Uhr hole ich dich ab.«

Seit sie Werner kannte, hatte sie das Gefühl, dass er nicht sie meinte, wenn er freundlich zu ihr war. Es kam ihr so unwirklich vor, dass sich jemand ehrlich um sie bemühte.

Erst als sie am Samstag in seinem Cabrio neben ihm saß, fühlte Helma, dass er sie meinte, nur sie und keine andere.

Der Morgen war klar und sonnig. Helmas blondes Haar, das sie seit Langem wieder einmal offen trug, flatterte im Fahrtwind. Die Luft außerhalb des Dorfes atmete sich leichter, und ein Gefühl von Freiheit erfüllte sie. Wenigstens für ein paar Stunden würde sie der bedrückenden Stimmung, die wie eine Glocke über Groß Bernow lag, entkommen.

Sie wusste nicht, wann sie das letzte Mal in der Stadt gewesen war. Jedenfalls bevor die Russen Neuruppin niedergebrannt hatten. Schwerin kannte sie nicht. Sicher war Schwerin nicht mit ihrem großen Traum Berlin zu vergleichen, aber immerhin ein kleiner Traum. Ihr Herz klopfte wie damals, als sie noch keine sieben Jahre alt war und ihr Vater sie auf den Rücken des alten Harras gesetzt hatte. Sie saß auf einem Pferd und fragte sich, was es wohl mit ihr machen würde.

Während der Fahrt warf Werner ihr Blicke zu. Er wollte sie, und es stieß sie nicht ab. Bei ihm war es anders, bei ihm fühlte sie sich in guten Händen. Seine Blicke waren Komplimente, die sie genießen konnte, das erste Mal.

Schwerin trug noch die Spuren vom Krieg, aber Helma gefielen die alten Gassen mit den historischen Häusern. Werner hatte eine Besprechung, danach würden sie bummeln gehen. In der Zwischenzeit wartete Helma in einem Kaffee. Als sie später zusammen durch die Altstadt schlenderten, entdeckte sie in einer der Auslagen ein luftiges Sommerkleid, weiß mit großen roten Punkten. Aber es war viel zu teuer.

»Komm!« Werner hatte offenbar bemerkt, dass es ihr gefiel. Er zog sie hinter sich her in das Geschäft. »Das Kleid ist wie für dich gemacht«, sagte er, als sie es anprobierte. »Du bist die ideale Frau für große rote Punkte.«

»Mach dich nur lustig«, erwiderte sie. Aber er gab ihr lachend einen Kuss auf die Wange und bettelte sie fast an, sein Geschenk anzunehmen. Die Verkäuferin verpackte das Kleid in einem flachen Karton, wie man es mit guter Mode machte. Während sie die breite, belebte Straße entlang in Richtung Schloss spazierten, dachte Helma an nichts, nicht an Groß Bernow, nicht an die Tränke, nicht an die Arbeit. Sie fühlte sich unbeschwert, ein Gefühl, von dem sie vergessen hatte, wie schön es war. Wie in den Sommern, als sie am Bernower See lag und in den Himmel blickte. Vielleicht fühlte sich so auch das Glück an, auf das sie so lange gewartet und mit dem sie nicht mehr gerechnet hatte.

Dann, mitten auf der Schlossbrücke, legte Werner den rechten Arm um sie und flüsterte in ihr Ohr: »Noch nie habe ich eine schönere Frau gekannt als dich, noch nie habe ich mich in eine Frau so verliebt wie in dich, noch nie hat eine Frau besser zu mir gepasst als du.«

Sie kehrten um. Vor einem der Häuser auf der rechten Straßenseite blieb Werner stehen, sie gingen hinein, und er ließ sich von dem Portier einen Schlüssel geben. Nach einem schmalen Treppenaufstieg landeten sie in einem Zimmer mit einem breiten Doppelbett und dicken Vorhängen, die nach Staub rochen.

Zigarettenrauch vernebelte den Gastraum der Tränke. Einige Männer spielten Doppelkopf, andere saßen schweigend vor ihrem Samstagabendbier. An einem Tisch wurde diskutiert, immer wieder brandeten Stimmen auf, aber sie redeten sich nicht heiß, wie erst vor ein paar Tagen, als es fast zu einer Prügelei gekommen war. Meistens setzte sich Helma an einen der Tische zu den Bauern, aber heute stand sie schweigend hinter der Theke und wartete auf die Bestellungen.

»Was ist denn mit meiner Helma los?«, fragte einer laut in die Runde. Die eben noch diskutiert hatten, hielten für einen Moment ihren Mund.

»Vielleicht ist sie verliebt«, witzelte ein anderer, und sie prusteten los.

Bis zu dem Zeitpunkt, als Werner sie in der Kastanienallee abgesetzt hatte, war Helma glücklich gewesen, zum Platzen voll mit diesem Glück. Aber davon war nun nur die Angst geblieben, dass dieser wunderschöne Tag ein hohler Traum bleiben könnte. Am Montag würde er ihr einen Grund auftischen, weshalb es mit ihnen nichts werden könne. Vielleicht war sie für ihn doch nicht mehr als das blonde Dummchen vom Land, das man mit einem rot gepunkteten Kleid ins Bett locken konnte. Auch wenn eine hartnäckige innere Stimme ihr sagte, dass sie nicht so schnell aufgeben solle. Mit Werner war es anders als bei den Männern, die bisher etwas von ihr wollten. Ihr Herz schlug laut, wenn sie an ihn dachte, sie spürte immer noch jede seiner Berührungen, schmeckte seine Küsse. Nie hatte sie so empfunden, bevor sie mit ihm in dem staubigen Zimmer dieses Schweriner Hotels geschlafen hatte. Sie wollte glauben, was er in ihr Ohr geflüstert hatte. Dass sie mehr für ihn war als nur ein Abenteuer. Mit ihm konnte sie sich auch vorstellen, eine kleine Familie zu gründen.

Wenn sie sich jetzt umschaute, kamen ihr diese Gedanken allerdings lächerlich vor. Der nach Qualm und Bier stinkende Gastraum und die angetrunkenen Streithähne, *das* war ihre Wirklichkeit.

Am Sonntagmorgen stand Helma wieder früh in der Küche. Einer der besser gestellten Jungbauern, dessen Felder am Dorfeingang lagen, richtete sein Hochzeitsessen für dreißig Personen aus. Hühnerbrühe mit Eierstich, als Hauptgang Rinderrouladen, dazu Kartoffeln und Rotkraut, zum Nachtisch Mandelpudding mit Himbeersauce. Es lief alles wie gewünscht, aber Helma war nervös. Bereits beim Kartoffelschälen schnitt sie sich in den Daumen, dann kleckerte sie mit brauner Sauce auf die blütenweiße Tischdecke, als sie den Hauptgang servierte, und während sie abräumte, rutschten ihr ein paar Gläser vom Tablett und zerschlugen krachend auf dem Boden.

»Das ist es nicht wert, glaub mir, Helma«, sagte Harry, der Wirt, zu ihr und schenkte ihr einen Wodka ein. Aber auch der konnte sie kaum beruhigen. Offenbar wusste Harry von Werner und ihr, wahrscheinlich hatte sein Sohn Peter sie ausspioniert oder einer der Dörfler hatte sie beobachtet. Es klang wie ein gut gemeinter Rat, aber Helma kannte Harry, bestimmt hatte er vor, ihr Werner auszureden. Wenn er selbst sie nicht haben konnte, sollte sie auch kein anderer haben.

Den ganzen Tag über hatte sie die Frage gequält, ob Werner am nächsten Morgen wieder auftauchen oder einfach vorbeifahren und so tun würde, als wären sie sich nie begegnet. Und in ihrem linken Ohr flüsterte es fortwährend: »Noch nie habe ich mich in eine Frau so verliebt wie in dich.«

Die Feier fand erst gegen zwei in der Nacht ihr Ende, und obwohl Helma hundemüde in die Kastanienallee kam, machte sie kein Auge zu. Es war wie ein Fieber, eine Mischung aus Sehnsucht und Angst.

Am nächsten Morgen räumte sie Gastraum und Küche

auf. Montags gab es Eintopf, aber eine Portion Rouladen hatte sie vom Vorabend retten können. Er musste einfach kommen. Sie war jetzt siebenundzwanzig, wie lange sollte sie noch warten? Werner war der Richtige, zu ihm wollte sie Ja sagen. Großmutter war nicht mehr da, in diesem Moment vermisste sie ihren Rat. Niemand war da, dem sie sich anvertrauen konnte. Sie wusste kaum etwas von Werner, nur dass er sie wie eine Frau behandelte, aber das genügte ihr. Sie würde vieles hinnehmen, wenn er sie nur nicht fallenließ.

Um halb zehn stand Helma am Fenster und wartete, doch diesmal fuhr nur der Lieferwagen hinauf zum Gutshaus. Vielleicht war Werner aufgehalten worden, dachte sie und schälte weiter die Rote Beete für den Borschtsch. Aber Werner kam nicht, auch nicht am frühen Nachmittag.

Gegen vier betrat jemand die Gaststube. Der Bauer mit dem Gemüse für den nächsten Tag, dachte sie. Aber der Bauer war es nicht, Werner war es. Mit Blumen in der Hand. »Bitte entschuldige, mit dem Motor stimmt etwas nicht. Ich musste heute mit den anderen im Lieferwagen fahren.«

Ihre Knie waren weich, und ihre Hände zitterten. Sie spürte die Hitze auf ihren Wangen. Er kam näher und reichte ihr die Blumen. Freesien. Doch er war nicht so wie sonst, seinen Augen fehlte der Glanz.

»Helma«, stammelte er. »Ich muss dir etwas sagen.«

Davor hatte sie sich gefürchtet. Tränen schossen in ihre Augen, und vor Wut und Scham kehrte sie ihm den Rücken zu.

»Es ist nicht so, wie du denkst«, fuhr er fort, während seine Rechte tröstend ihre Schultern streichelte. Er drückte sie sanft auf einen Stuhl und setzte sich ihr gegenüber.

»Ich liebe dich, das ist die Wahrheit, viel mehr noch als vorher. Es ist nur ...«, er musste wieder schlucken. »Ich bin verheiratet, und daran wird sich nichts ändern.« Sein Blick war eine einzige Bitte um Entschuldigung.

Was sollte sie sagen? Einerseits beruhigte es sie, andererseits tat es weh, sehr weh. Doch er war da, hier bei ihr, nur das zählte. Seine Frau sei krank, er könne sie nicht im Stich lassen, das war der Grund. Zwei Möglichkeiten hatte sie: Entweder glaubte sie ihm, oder sie jagte ihn zum Teufel. Aber wenn er nun ihr Glück war, durfte sie es mit Füßen treten?

Doch sie kam nicht dazu, die Frage zu beantworten. Er nahm sie in seine Arme, und sie küssten sich.

11

Groß Bernow, Ende August 1998

In den letzten Augusttagen schwelte die Sonne wie Glut
hinter einer grauen Wolkendecke und heizte die Luft auf.
Während ihr der Schweiß von der Stirn tropfte, beugte
sich Helma über die Beete im Gemüsegarten hinter dem
Haus, jätete das Unkraut und lockerte den Boden ein letztes Mal vor dem Herbst. Im nächsten Jahr würde endgültig Schluss sein mit dem Gemüseanbau. Dann wollte sie
nur noch Grünzeug aussäen: Schnittlauch, Bohnenkraut,
Petersilie und Rosmarin, damit sie es immer frisch bei der
Hand hatte. Gemüse lohnte nicht mehr, es war viel einfacher, Paul zu bitten, für ein paar Groschen ein Kilo Möhren mitzubringen, Kohlrabi oder Porree, was sie eben gerade brauchte. Die Handgelenke spürte sie jetzt immer
mehr bei der Arbeit. Sie machten ihr zu schaffen, wie es
bei Großmutter gewesen war. Helma glaubte, dass es bei
ihr vom jahrelangen Melken kam. Es sah so leicht aus, das
Melken, aber wenn man dreimal am Tag ranmusste, hinterließ es Spuren. Und später das ewige Spülen der Gläser
in der Tränke unter eiskaltem Wasser.

Es musste bereits gegen elf sein, ihr war ganz schwindelig von der Hitze. Mit leisem Stöhnen streckte sie den Rücken durch, wischte sich über die Stirn und begutachtete
ihre Arbeit. Dann stellte sie die Hacke in die Ecke, betrat
durch die hintere Tür die Waschküche und schrubbte sich
unter laufendem Wasser die Hände sauber.

Der Brief der Anwälte aus Neustrelitz lag in der Mitte des Tisches, damit ihr Blick als Erstes auf ihn fiel, wenn sie die Küche betrat. Sie wollte den Feind immer vor Augen haben, das Angebot und die Freundlichkeit waren doch nichts als Täuschung. Die aus dem Westen wollten sie loswerden, daran zweifelte sie keine Minute. Paul meinte, sie solle unbedingt mit den Anwälten sprechen. Aber wie sollte sie sich als einfache Frau mit den Tricks dieser Diebe auskennen? Auch Paul konnte ihr da nicht helfen. Sie wusste nur, wenn es hart auf hart käme, dann wäre sie nicht wehrlos. Dann würde sie eine Waffe einsetzen, der auch die Anwälte der Bernows nichts entgegenzusetzen hätten.

Allerdings ließ es sie nicht unberührt, dass sich immer mehr der Dörfler, deren Väter und Mütter sie noch gekannt hatte, gegen sie stellten und wollten, dass sie Platz machte, angeblich um die Entwicklung von Groß Bernow nicht aufzuhalten. »Die Entwicklung von Groß Bernow«, so drückte sich dieser Junghans aus, der neue Bürgermeister. Ausgerechnet sie, Helma Wagenseil, die für diesen Flecken alles gegeben hatte, sollte plötzlich den Fortschritt behindern?

Was heute etwas galt, konnte bereits morgen wertlos sein. Das hatte sie bitter lernen müssen. Schließlich hatte sie nicht nur *eine* Wende erlebt, und sie war es satt, sich zu verstellen und zu lügen, nur weil irgendein Schreihals wieder eine neue Fahne ausgepackt hatte. Es gab Momente, da geriet Helma in Wut, und sie fragte sich, ob es wirklich richtig gewesen war, dass ihre Großmutter damals die Sprengung verhindert hatte. Ihr und dem Dorf wäre einiges erspart geblieben.

12

Groß Bernow, Juli 1954

Nach wie vor erwirtschafteten die meisten Bauern nur ma-
gere Erträge auf ihren kleinen Schollen, weil das Geld für
die nötigen Maschinen fehlte. Das Plansoll drückte, und
der Ruf der Brigade stand auf dem Spiel. Das sorgte für
aufgeladene Stimmung, aber sie brach nicht offen aus, und
das hatte seinen Grund.

Das ehemalige Herrenhaus von Groß Bernow stand
nicht mehr leer. Angeblich war dort eine Sonderabteilung
der Provinzverwaltung eingezogen, aber niemand wusste
genau, was sich dort eigentlich abspielte. Man tat offenbar auch alles, dass es so blieb. Die Fenster im unteren Ge-
schoss waren vergittert, und ungebetene Besucher hielt ein
Stacheldrahtzaun ab, der das ganze Gelände umgab. Die
Dörfler nannten das Haus jetzt *die Burg* und fühlten sich
zunehmend unter Beobachtung. Auch beim Bier in der
Tränke wagte keiner mehr, offen zu sprechen, und schon
gar nicht, die Regierung für die allgemeine Misere verantwortlich zu machen. Niemand wollte etwas mit der Burg
zu tun bekommen.

Doch dann mussten die Bauern einer nach dem anderen in Begleitung des Brigadiers dort oben erscheinen. Mit
zerknitterten Gesichtern kamen sie heraus. Um ihr Plansoll erfüllen zu können, drängte man sie, sich der neuen
Vereinigung anzuschließen, der LPG, und ihre Felder und
Wiesen dem Volkseigentum zu überschreiben. Den meis-

ten blieb keine Wahl, sie wurden wieder zu besitzlosen Arbeitern degradiert. Nur diejenigen, die regelmäßig Abgaben leisteten, durften ihr Land behalten.

Werner besuchte Helma ein- oder zweimal in der Woche. Sie trafen sich nicht mehr in der Tränke, um Gerede zu vermeiden. Nach dem Dienst ließ er den Wagen an der Burg stehen und kam zu ihr in die Kastanienallee herunter. An diesen Tagen machte Helma in der Gaststätte früher Schluss. Harry, dem Wirt, passte das gar nicht, denn er hatte sich daran gewöhnt, dass sie abends länger blieb.

Wenn Werner kam, brachte Helma Essen und ein paar Bier mit nach Hause, und sie machten es sich gemütlich. Oft konnten sie nicht warten, bis sie mit dem Essen fertig waren, und verschwanden nach oben in das größere der beiden Schlafzimmer unter dem Dach, wo Helma zwei Holzbetten zu einem Ehebett zusammengeschoben hatte. Das Einzige, was sie wollten, war, die gemeinsame Zeit zu genießen. Deshalb stellte Helma auch keine unnötigen Fragen über seine Ehe und seine Arbeit.

Eines Abends allerdings, als sie zufrieden in seinen Armen lag, rutschte ihr einfach heraus, was sie schon lange wissen wollte: »Was machst du eigentlich da oben in der Burg?«

Sogleich ärgerte sie sich über sich selbst, aber Werner reagierte gelassen. Anscheinend hatte er damit gerechnet, dass sie eines Tages fragen würde. »Ich arbeite dafür, dass wir in diesem Staat sicher leben können«, antwortete er. »Ein Staat wie der unsere hat auch Feinde, verstehst du? Und meine Aufgabe ist es, ihn vor diesen Feinden zu schützen.«

Sie verstand genug, um zu bereuen, den Mund aufgemacht zu haben. Hatte Großmutter ihr nicht beigebracht, dass es manchmal besser war, nichts zu wissen? Sie nickte nur und kuschelte sich näher an Werner heran in der Hoffnung, dass er das Thema wechselte. Aber er ließ sich von ihren Zärtlichkeiten nicht ablenken. »Hast du dich schon gefragt, wie du unserer sozialistischen Sache dienen könntest?«

Er klang auf einmal fremd und so furchtbar klug. Mit ihrer blöden Fragerei hatte sie den ganzen Abend verdorben. »Ich arbeite, was ich kann. Ist das nicht genug?«

»Ich meine, dass du dich uns anschließen solltest.«

»Was meinst du damit?«

»Komm in die Partei wie dein Vater, der sein Leben für die Arbeiter und Bauern gegeben hat.«

Es widerstrebte ihr, dass er ihren Vater erwähnte. Ihr Papa war anders als die, die jetzt an der Macht waren. Er hatte große Ideen, vor allem ging es ihm um die Menschen. Außerdem war er nicht tot. Für sie würde er niemals tot sein.

»Ich überlege es mir«, wich sie aus.

»Da musst du noch überlegen?«, fuhr er sie plötzlich an. »Wir alle müssen unsere Pflicht gegenüber dem Staat erfüllen!«

Hatte sie diese Sätze nicht schon einmal gehört? Viele Jahre waren inzwischen vergangen, aber den anmaßenden Tonfall von damals würde sie nie vergessen, der dem ganzen Elend vorausgegangen war.

Der Abend war bald vergessen. Helma hütete sich davor, sich noch einmal den Mund zu verbrennen, und auch Werner brachte das Thema nicht mehr zur Sprache. Manchmal kam er sogar am Wochenende, wenn seine Frau zu ihrer Schwester nach Rostock fuhr. Helma nahm sich dann frei. Das waren Wochenenden wie im Traum. Er kam bereits

Freitagmittag in die Kastanienallee und blieb bis Sonntag. Wenn das Wetter mitspielte, fuhren sie mit dem Cabrio durch die Gegend. Sie trug das Kleid mit den roten Punkten und fühlte sich leicht wie ein Vogel. Abends saßen sie zusammen am Küchentisch, und er strich ihr mit der Hand hauchzart über die Wange. Meistens war es die Einleitung für das, was im Schlafzimmer folgen würde. Helma war glücklich, auch wenn sie keine Familie hatte, wie sie es sich wünschte.

An einem Mittwochabend im September rauchte er im Anschluss an das Essen, während sie bereits den Abwasch machte. »Wir werden uns nicht mehr sehen können.«

Sie erstarrte, glaubte nicht richtig gehört zu haben. Auf ihrem entsetzten Gesicht konnte er wohl ihre Frage ablesen.

»Es ist durchgesickert, dass wir etwas miteinander haben«, fuhr er fort, seine Stimme klang unbewegt.

Aber Helma war nicht ruhig, sie war wütend. »Na und?«, fand sie zur Sprache zurück. »Was hast du gedacht? Natürlich ist es durchgesickert. Das Dorf ist klein, jeder kennt jeden, die Nachbarn haben große Augen und Ohren. Aber deshalb kann man doch nicht aufhören zu leben!«

»Ich trage Verantwortung, ich kann mir Gerede nicht leisten.«

Aber es musste doch eine Lösung geben, es gab immer eine Lösung.

»Dann treffen wir uns eben an einem anderen Ort«, erwiderte sie. Sie war jetzt nicht mehr wütend, es war Angst, die ihre Stimme beben ließ. Aber wo sollten sie hin? In eines der Nachbardörfer? Die lagen nicht weit genug entfernt, dort würden sie erst recht Aufsehen erregen. In Neustrelitz oder Neubrandenburg? Dorthin fuhr der Bus nur selten. Mit dem rauen Geschirrtuch trocknete sie sich immer wieder die Hände ab, bis sie krebsrot waren. »Soll es wirklich so enden?« Sie fühlte sich wie gelähmt.

Er erhob sich von der Küchenbank und nahm sie in die Arme. Sie schluchzte, während er ihr über den Rücken strich, aber es gab keinen Trost dafür, dass sie hilflos darin war, wie andere wieder ein Loch in ihr Leben rissen.

»Beruhige dich«, sagte er mit unaufgeregter Stimme und klang auf einmal, als hätte er von Anfang an einen Plan gehabt. »Es gibt eine Möglichkeit. Du musst sie nur wollen.«

Sanft drückte er sie auf die Küchenbank, bevor er anfing zu erklären. Dabei hielt er sie an den Händen und redete wieder in dieser beschwörenden Sprache auf sie ein, in der Worte wie Staat und Sicherheit vorkamen, Aufbau und Pflicht, sozialistische Brüder im Kampf gegen den Kapitalismus und für die Freiheit. Helma schwieg dazu, sie wusste nur, dass sie bei ihm bleiben wollte.

Doch diesmal ging er weiter. Jeder müsse auf seine Weise Dienst am Volk verrichten und es schützen, so gut er könne. Auch sie müsse dabei helfen, die Feinde der Republik daran zu hindern, Schaden anzurichten, erklärte er ihr und sah ihr dabei in die Augen. Sie brauche nur genauer hinhören, was die Gäste in der Tränke redeten und solle ihm in Abständen darüber berichten, natürlich alles streng geheim. So würde sie sich verdient machen, und er könne vor seinen Vorgesetzten im Ministerium begründen, warum er sie öfter besuche.

Als Werner sie an dem Abend verließ, hatte sie das Gefühl, dass etwas in ihr zerbrochen war. Doch sie war kein kleines Mädchen mehr. Hatte nicht jede Zeit ihre Eigenheiten? Wer überleben wollte, musste sich mit dem zurechtfinden, was die da oben bestimmten.

Die Tränke wurde immer mehr Mittelpunkt im Dorf, auch die Feiern zur Jugendweihe und die Bezirkstreffen der Partei fanden dort statt. Oft reichte der Platz für die Gäste nicht aus. Nachdem es über ein Jahr gedauert hatte, bis Harry, der Wirt, das Material für die Erweiterung des kleinen Saals organisiert und die Genehmigungen erhalten hatte, wurde im August 55 der Anbau mit fast hundert Gästen eröffnet. An dem Tag feierte das ganze Dorf noch unbeschwert. Doch wenige Wochen danach, als die Kastanienallee in die »Straße der Freundschaft« umbenannt worden war, sprach man dort nur noch mit gedämpfter Stimme. Das hatte mit Himmelmann zu tun.

Angeblich habe ihn ein Wagen mit Schweriner Kennzeichen aufgegriffen und zur Burg gebracht, erst nach zwei Tagen sei er herausgekommen, ging das Gerede. Jedenfalls stand fest, dass Himmelmann kurz darauf verschwunden war, wie vom Erdboden verschluckt. Wen wunderte es? Alle im Dorf waren sich einig, dass es früher oder später so weit kommen musste. Niemand konnte es sich leisten, in aller Öffentlichkeit das Maul aufzureißen, auch Himmelmann nicht. Tag für Tag schufteten sie für das bisschen Lohn, und wenn sie etwas gespart hatten, konnten sie dafür nicht einmal kaufen, was sie wollten. In den Geschäften bekamen sie nur das Nötigste. Dass es im Westen besser lief, wusste auch jeder; dass man da die Scheine hinblätterte und mitnahm, was im Schaufenster stand, und verreisen konnte, wohin man wollte. Jeder wusste das, auch ohne das Geschwätz von Himmelmann, und jeder schwieg darüber, außer Himmelmann.

Aller Anfang war schwer. Deshalb müsse man eben Geduld haben und zurückstecken. Die, die jetzt in den Westen rübermachten, seien die Früchte der sozialistischen Arbeit gar nicht wert, sagte die Partei. Spucken sollte man auf die, das dachten auch die meisten Dörfler. Himmelmann gehörte zu denen, die alles besser wussten, mit nichts zufrieden waren und Unfrieden stifteten. Jemand musste ihm beibringen, wo es langging. Es waren die Himmelmänner, die den sozialistischen Fortschritt störten. Doch auch wenn die Dörfler es nicht zugaben, es hatte sie erschreckt, als Himmelmann so einfach verschwunden war, und tagelang herrschte ängstliches Schweigen in der Tränke.

Mittlerweile war die Angelegenheit in Vergessenheit geraten. Nur Helma ging die Geschichte nicht aus dem Kopf. Manchmal, im Traum, erschien ihr Himmelmanns Gesicht, die wachen, unbestechlichen Augen, der nie stillstehende Mund, der immer zu viele und die falschen Worte herausließ. Himmelmann hatte nicht begreifen wollen, was alle längst verstanden hatten: In dem neuen Bauernstaat lief es anders und doch nicht besser als vorher. Auch hier durfte man nicht tun, was man für richtig, und sagen, was man für die Wahrheit hielt.

Helma dachte zurück, als sie noch ein Kind war und die Großmutter in der Gutsküche nur besuchen durfte, wenn es die alte Gnädige nicht störte. Schon da musste sie lernen, sich anzupassen. Vater hielt seine Meinung geheim, weil sie der SS nicht passte. Und jetzt sagte man besser nur das, was die SED hören wollte. Himmelmann hätte das doch wissen müssen.

Wie oft hatte sich Helma an seinen Tisch gesetzt, ihm in die Seite gestoßen und zugeraunt, er solle sein Maul halten? Doch wenn er voll war, konnte ihn keiner bremsen, dann vergaß er alle Vorsicht, und es sprudelte aus ihm heraus, dass sie alle auf einen riesigen Schwindel hereingefallen seien – wieder einmal –, dass die, die in der Burg sitzen würden, nicht besser als die Nazis seien.

Und am Ende musste sie tun, was ihre Pflicht war.

Eines Abends, als sich Himmelmann wieder einmal danebenbenommen und eine Prügelei angestiftet hatte, berichtete sie Werner von ihm. Zunächst passierte nichts weiter, dann verschwand Himmelmann plötzlich. Das war nicht ungewöhnlich, viele waren verschwunden und wieder aufgetaucht in den Jahren nach dem Krieg. So schlug es keine Wellen im Dorf. Himmelmann war nie beliebt gewesen, niemand vermisste ihn, niemand trauerte ihm nach. Aber er war hier aufgewachsen und hatte in den Ställen gearbeitet, Tag für Tag, Jahr für Jahr. Er gehörte zu Groß Bernow, das Dorf war seine Heimat. Sicher war er nicht freiwillig gegangen. Jemand musste ihn dazu gezwungen haben, dachte Helma, und allmählich wurde ihr klar, wer die Verantwortung dafür trug, dass es keinen Himmelmann mehr in Groß Bernow gab.

Ich mag nicht mehr, wollte Helma zu Werner sagen. Doch sie traute sich nicht. Er würde wütend werden und wieder von ihren Pflichten als gute Sozialistin reden, sie ermahnen wie jemanden, der seine Arbeit nicht gewissenhaft erledigte. Werner sollte mit ihr zufrieden sein, darauf kam es ihr an. Deshalb erstattete sie ihm weiter Bericht über die Gäste in der Tränke, aber nur so weit es ihnen nicht schadete und kein weiterer Himmelmann verschwinden musste.

Werner kam jetzt mittwochs. In der Tränke war dann Ruhetag, und Helma hatte frei. An einem der Abende duftete es nach Rosmarin und angeschmortem Fleisch in der kleinen Küche in dem Haus an der Straße der Freundschaft. Es gab Gulasch nach einem alten Rezept, das Helma noch von der Großmutter kannte, dazu Kartoffeln und als Nachtisch Birnenkompott. Werner stellte eine Flasche Wein auf den Tisch.

»Gibt es was zu feiern?«, fragte Helma und lächelte ihn an.

Doch sein Gesicht blieb unbewegt. »Wir können uns jetzt nicht mehr so oft sehen«, erwiderte er und senkte den Kopf. »Ich bin nach Schwerin in den Innendienst versetzt worden und kann nur noch alle zwei Wochen vorbeikommen.«

Helma versuchte, sich nichts anmerken zu lassen. Nicht zum ersten Mal kam sie sich wie eine Bettlerin vor, die um jede Minute kämpfen musste, die Werner mit ihr verbrachte. Als sie mit dem Kochen fertig war, aßen sie und tranken den Rheinwein, den Helma viel zu sauer fand. Sie mochte lieber den süßen ungarischen.

»Liebst du mich noch?«, fragte sie nach dem Kompott, während sie sein Gesicht und den Mund mit kleinen Küssen bedeckte.

»Natürlich liebe ich dich noch. Warum bist du auf einmal so aufgedreht?«

»Sauer macht lustig«, antwortete sie und lachte, als hätte er all das nicht gesagt, was er vor dem Essen gesagt hatte. Und er ließ sich von ihr anstecken, seine Augen glänzten wie beim ersten Mal, als er in der Schankstube vor ihr stand. Und schließlich trug er sie auf seinen Armen die ächzende Holztreppe hoch.

Diesmal fuhr er erst gegen halb drei. Lange, nachdem sie unten die Tür hatte ins Schloss fallen hören, lag Helma noch mit offenen Augen im Bett. Nach wie vor spürte sie seine Nähe, wie er sich über sie gebeugt und sie zärtlich auf die Stirn geküsst hatte, bevor er aus dem Bett gestiegen war, um sich anzuziehen.

Sie hatte ihn geliebt, sie liebte ihn immer noch, aber anders als vorher, wie jemanden in der Ferne, wie ein unerreichbares Idol. In zwei Wochen wollte er wiederkommen, beim übernächsten Mal würden drei Wochen zwischen seinen Besuchen liegen, dann ein Monat, ein Vierteljahr.

Er wusste es auch, dachte sie, sein Kuss hatte ihr gesagt, dass er es wusste. Doch sie fühlte nicht mehr die Hoffnungslosigkeit und Angst wie Stunden zuvor, denn er hatte ihr, ohne es zu wissen, ein Abschiedsgeschenk gemacht. Dieses Abschiedsgeschenk würde sie immer an ihn erinnern, jeden Tag, und sie würde nie mehr allein sein.

Helma stieg aus dem Bett und öffnete die Dachluke. Kühle, klare Luft fiel auf ihre nackten Füße. Draußen war erwartungsvolle Stille. Bald darauf begann es in den Zweigen der Kastanien zu rascheln, die Dunkelheit platzte auf, und das erste Sonnenlicht fiel heraus.

13

Nach vier Wochen sahen sie sich wieder. »Ich weiß nicht genau was, aber etwas stimmt nicht mit dir«, sagte Werner, als er in ihrer Haustür stand und Helma von oben bis unten in Augenschein nahm.

»So?« Sie spürte, wie sie errötete, und wurde das Gefühl nicht los, dass er auf ihren Bauch starrte. »Und woran erkennst du das?« Jeden Tag schaute sie in den Spiegel, aber ihr selbst war keine Veränderung aufgefallen.

Der Ausdruck auf seinem Gesicht wirkte jetzt angespannt, verfinsterte sich. Doch dann lachte er auf. Alles nur gespielt.

»Jetzt weiß ich. Du bist einfach noch viel schöner geworden.« Er zog sie an sich heran, hob sie hoch, und während er sie küsste, schwebten ihre Füße über dem Boden.

Sie gingen ins Haus, er zog seine Jacke aus, setzte sich wie immer auf die Küchenbank und beobachtete, wie sie die Vorbereitungen zum Abendbrot traf. Während des Essens sprachen sie nicht viel miteinander, sahen sich ab und zu in die Augen. Scheinbar hatte sich nichts zwischen ihnen geändert, nur Helma wusste, dass nichts mehr so sein würde wie früher. Als er nach dem Essen eine seiner Zigaretten rauchte und sie das Geschirr abräumte, fragte er: »Was gibt es Neues in der Tränke?«

Sie hatte mit der Frage gerechnet, aber ihre Antwort würde ihm nicht passen. »Nichts Besonderes«, ließ sie es beiläufig klingen und stellte eine weitere Flasche Bier vor ihn auf den Tisch.

Aber er trank nicht. »Das höre ich bereits zum dritten Mal hintereinander!« Die Stimme eines unzufriedenen Vorgesetzten. Wochenlang hatte er sich nicht blicken lassen. Sie fragte sich, was ihm das Recht gab, so mit ihr zu sprechen. War das derselbe Werner, der sie als Frau behandelt, sie respektiert hatte?

Mit beiden Händen hielt sie sich an der Tischkante fest und sah ihm fest in die Augen. »Es wird keine Berichte mehr geben!«, sagte sie mit fester Stimme.

Er sprang auf, sie ahnte, was jetzt kommen würde: die übliche Tirade. Aber sie hatte keinen Nachholbedarf, sie kannte ihre Pflichten als Bürgerin der DDR, er hatte sie ihr oft genug erklärt, wie einer Idiotin hatte er sie ihr erklärt. Er war wütend, vielleicht würde er sie schlagen, doch er zügelte sich, sank zurück auf seinen Platz. »Weißt du, was es bedeutet, sich der Partei zu widersetzen?«

»Es kann nicht meine Pflicht sein, andere zu verraten und auszuliefern!«

Er starrte sie verständnislos an, derweil sie kaum glauben konnte, dass sie selbst es war, die so mit ihm redete. Sie wusste wohl, dass er ein Mann von Einfluss war, ein Mann von der Stasi, der Staatssicherheit, und sie nur Küchenhilfe in einer kleinen Gutsschänke. Mit einem Fingerschnippen konnte er sie ausradieren. Ja, das war ihr klar, aber sie war nicht wehrlos.

»Weißt du, was du riskierst, so zu reden?«

»Komme ich jetzt in die Burg?« Es klang, als wollte sie sich über ihn lustig machen, aber es war ihr bitterer Ernst. »So wie Himmelmann?«

Anscheinend hatte er nicht mit dieser Erwiderung gerechnet, und sie musste der Wahrheit ziemlich nahe gekommen sein, denn er schwieg.

»Ich werde dich ab heute nicht mehr schützen können, Helma«, sagte er dann in bedauerndem Tonfall, der ihr wie eine glatte Lüge vorkam. Er versuchte, sie nur wieder zu erpressen, diese widerliche Arbeit fortzusetzen. Lieber würde sie bis zu ihrem letzten Stündlein in den kalten und verdreckten Ställen der LPG die Euter der Kühe abgreifen, als noch einen dieser Berichte abzuliefern.

»Oh doch, Werner, das wirst du! Du wirst mich weiter schützen.«

Sie hatte es gewagt, ihm zu drohen. Vor Staunen schien er wie gelähmt, in einem Winkel seiner Augen meinte sie sogar, einen Funken Angst aufglimmen zu sehen. Offenbar kannte auch er die Angst, wenn man ihm seine Grenzen aufzeigte. Aus ihrer Befürchtung wurde immer mehr Gewissheit: Werner war nur eine falsche Spiegelung ihrer Träume gewesen.

»Was bildest du dir ein?« Er hatte wieder zu sich gefunden, die Arroganz in seiner Stimme war nicht zu überhören. Doch diesmal hatte sie das stärkere Argument, und die Zeit war gekommen, es vorzustellen.

»Ich bin schwanger!«, erwiderte sie.

Auf Werners Gesicht spielte sich plötzlich alles gleichzeitig ab: Überraschung, Stolz, Wut und sogar Hass.

Sie hatte ihn dazu verführt, unvorsichtig zu sein, hatte es so gewollt, und doch wieder nicht. Erst in diesem Moment wurde Helma bewusst, dass sie dieses unschuldige Ding in ihrem Körper, von dem bis jetzt nur sie und der Arzt im Nachbardorf wussten, bereits vor seiner Geburt als Waffe gegen den eigenen Vater missbrauchte. Und obwohl sie sich dafür entschieden hatte, ihr Schicksal ab jetzt in die eigenen Hände zu nehmen, spürte sie, dass es ein Fehler gewesen war.

»So?«, brachte er nur hervor. Sie musste ihm nicht sagen, was es für ihn bedeutete, ein uneheliches Kind zu haben, dass dieses Kind seine Ehe und die Karriere bedrohte, die ihm wichtiger als alles andere war.

Für einen Moment saß er wie zerschlagen vor ihr auf der Küchenbank. Das Leben verlief nicht nach seinem Plan. Ein Gefühl, das Helma kannte. In dem Augenblick tat er ihr fast leid, obwohl er es nicht verdiente. Er würde der Vater ihres Kindes sein, aber nicht ohne sie, die Mutter, zu respektieren. Diesen Respekt hatte sie sich soeben erzwungen.

Werner schob den Tisch von sich und schritt in Richtung Tür. Dort drehte er sich noch einmal zu ihr um. »Ich gehe, aber ich komme wieder.« Er sagte es leise und wie ein geschlagener Mann, doch der Blick, den er ihr zuwarf, war einschüchternd.

Sie war beliebt und bekannt in Groß Bernow, sogar darüber hinaus. Sie könnten Helma Wagenseil nicht einfach in der Burg verschwinden lassen, ohne dass die Leute der Gegend unangenehme Fragen stellten. Das würde Unruhe stiften, und die Stasi wollte keine Unruhe. Aber jedes Mal, bevor Helma jetzt ihr Haus verließ, blieb sie einen Augenblick in der Tür stehen, warf Blicke nach rechts und nach links, und wenn ein Auto vorbeifuhr, trat sie einen Schritt zurück.

Schon am folgenden Mittwoch stand Werner wieder vor ihrer Tür, um mit ihr zu reden, wie er sagte. Sie war sich erst nicht sicher, ob sie ihn hereinlassen sollte. Doch er hatte einen Strauß Blumen mitgebracht, Freesien. »Du brauchst keine Angst vor mir zu haben«, sagte er, »aber wir müssen etwas klären.«

Sie nahm ihm die Blumen nicht ab, trat nur beiseite, worauf er in die Küche voranging und vor der Holzbank stehen blieb, auf der er sonst immer gesessen hatte.

»Willst du dich nicht setzen?«, fragte sie.

»Nein, danke«, antwortete er und legte die Blumen auf den Tisch.

Mit gesenktem Blick wartete Helma auf das, was er zu sagen hatte. Er sprach leise und begann mit ein paar Worten, die sein Verhalten beim letzten Mal entschuldigen sollten. Dann wurde er deutlicher. »Ich werde dich und dein Kind nicht im Stich lassen, aber ich muss sicher sein, dass du niemandem sagst, wer der Vater ist.«

Das zu betonen war überflüssig, aber es tat weh. Diese Worte waren die Bestätigung, dass er nie zu ihrer Beziehung gestanden hatte und nie zu ihrem gemeinsamen Kind stehen würde.

»Und wie willst du verhindern, dass ich es erzähle?«, fragte sie. In dem Moment wurde ihr bewusst, dass auch sie eine andere geworden war. *Er* hatte eine andere aus ihr gemacht. Eine, die sie nicht sein wollte, aber sein musste, weil sie sich schützen musste, um zu überleben. Sie hielt seinem abschätzigen Blick stand und wartete.

»Keine Sorge. Du bist raus, Helma. Ich werde versuchen, deine Akte aus dem Verkehr zu ziehen. Und ich werde zahlen«, sagte er ernüchtert. »Es wird ja kaum für zwei reichen, was du verdienst, wenn das Kind erst mal da ist.«

Sie nickte. Er sah ihr noch einmal ins Gesicht, einen Augenblick schien er zu überlegen, ob er ihr die Hand geben sollte. Doch sie hielt die Arme vor der Brust verschränkt. Als er sich zur Tür wandte, sagte sie: »Vergiss die Blumen nicht!«

14

Trotz allem vermisste Helma Werners Besuche in ihrem kleinen Haus unter den Kastanien, vermisste seine Aufmerksamkeiten, die ihr das Gefühl gaben, jemandem etwas zu bedeuten. Sie kam sich vor, als hätte man ihr die Aussicht aus ihrem Fenster genommen. Manchmal wollte sie morgens gar nicht aufstehen.

»Was ist los mit dir?«, fragte Harry besorgt.

Sie sei schwanger, wollte sie antworten, und der Vater stehe weder zu ihr noch zu dem Kind. Aber sie schwieg und versuchte von nun an zu vermeiden, auf ihre Umgebung wie ein getretener Hund zu wirken. Allerdings fiel es ihr immer schwerer, ihren Zustand zu verbergen.

»Du solltest nicht mehr so schwer arbeiten«, sagte Harry eines Morgens zu ihr und gab mit einem Blick zu verstehen, dass er längst Bescheid wusste.

Tränen mischten sich in den Kuchenteig, in dem ihre Hände steckten. Bald würde eine weite Strickjacke auch nicht mehr helfen, alle würden sie angaffen, sich die Mäuler zerreißen. Sie war als »gute Seele« der Tränke bekannt, aber das würde keinen der Dörfler davon abhalten, sie von heute auf morgen eine »Stasihure« zu nennen.

»Beruhige dich, Helma. Noch ist nicht aller Tage Abend. Der alte Harry könnte dir helfen.« Er zog ein Taschentuch aus der Hose und drückte es ihr in die Hand.

Bislang hatte sie ihn für einen derben Schürzenjäger

gehalten, aber jetzt zeigte er Feingefühl. Zärtlich lag sein Blick auf ihr, und in diesem Moment sah sie über sein vernarbtes Gesicht, die groben Hände mit den breiten Fingern und den abgekauten Nägeln hinweg, vor denen sie sich immer geekelt hatte.

»Ich könnte behaupten, es wäre von mir«, schlug er vor, aber ohne ihr in die Augen zu sehen.

Er meinte es gut, auch wenn es nichts daran änderte, dass nicht er, sondern Werner der Vater ihres Kindes war. »Ich überlege es mir«, erwiderte sie und versuchte ein Lächeln.

Vielleicht hatte Harry ja das Zeug zu einem richtigen Freund, und wie ihr fiel auch offenbar ihm ein Stein vom Herzen. Dann war er plötzlich wieder ganz Gastwirt. »Jetzt aber los«, sagte er, die Arbeit warte nicht, er müsse schließlich in Neustrelitz noch Besorgungen machen. Er riss sich die Schürze von der Hose, hängte sie an den Haken und griff nach dem Autoschlüssel, der auf der Anrichte lag.

Helma stellte sich oft vor, wie es sein könnte, mit einem Mann zusammenzuleben, den sie nicht liebte, der aber treu an ihrer Seite stand. Sie sprach Harry aber nicht darauf an, und er wiederholte sein Angebot nicht. Offenbar hatte er gelernt, dass sie es nicht ertragen konnte, wenn man versuchte, ihr etwas aufzudrängen. Wie sich herausstellte, war es gar nicht nötig, denn als ihr Bauch weiterwuchs und sie ständiges Abendgespräch in der Gaststube wurde, hörte sie ihn zu einem der Bauern sagen: »Helma und ich ... na, du weißt schon, aber sie hat sich noch nicht entschieden. Sie braucht ihre Freiheit, ich muss eben abwarten.«

Das Geheimnis schien gelüftet. Die Dörfler gaben sich mit den Andeutungen zufrieden, und die Spötter verstummten allmählich. Helma war Harry dafür dankbar.

Werner ließ nichts mehr von sich hören, aber immer, wenn sich in ihrem Bauch etwas regte und Helma spürte, dass ihr Körper nicht mehr ihr allein gehörte, stand ihr sein Bild vor Augen. Sie war so naiv gewesen zu glauben, dass sie ein Kind von ihm nur an die glücklichsten Momente, die sie zusammen erlebt hatten, erinnern würde. Aber natürlich würde sie auch nie vergessen, wie sein Vater sie benutzt hatte, und die Sache mit Himmelmann, den sie ihm geopfert hatte.

Dieses Wesen in ihrem Bauch konnte sie immer weniger leiden, bei jedem seiner Tritte fühlte sie Demütigung, manchmal sogar Wut. Anfangs vermutete sie, dass diese Gefühle so plötzlich verschwinden würden, wie sie gekommen waren. Eine der Frauen im Dorf, die selbst drei Kinder großzog, erzählte ihr, dass werdende Mütter oft wirre Gefühle hätten, besonders vor ihrer ersten Geburt. Helma kämpfte dagegen an. Immer wieder sagte sie sich, dass dieses Kind unschuldig war, so unschuldig und ehrlich wie ihre anfängliche Liebe zu Werner. Aber es half nichts. Sie empfand immer weniger für das Ungeborene, und schließlich kam es ihr nur noch als eine Pflicht vor, es in die Welt zu setzen.

Vier Monate später begann die Erntezeit, die Felder standen voll Weizen, und die Arbeiter der Brigade hatten alle Hände voll zu tun. In den letzten Tagen vor der Geburt war Helmas Bauch aufgebläht wie ein Heißluftballon. Harry riet ihr, zu Hause zu bleiben und sich auszuruhen, aber sie ließ sich nicht von der Arbeit abhalten, auch wenn ihr beim Bücken öfters schwindelig wurde. In der Stube nutzlos herumzusitzen und die Decke anzuglotzen, kam für sie nicht infrage.

Am Morgen des 12. Juli 56, einem Montagmorgen, sie war auf dem Weg zur Tränke, setzten plötzlich die Wehen ein. Zwei Nachbarinnen halfen ihr zurück ins Haus, eine von ihnen holte die Hebamme. Es war alles vorbereitet in der guten Stube neben der Küche. Helma hatte für den Fall vorgesorgt, dass es plötzlich zu spät sein könnte und sie es nicht mehr bis ins Schlafzimmer unter dem Dach schaffte.

Es waren die schlimmsten Schmerzen, die Helma je erlebt hatte, aber die Geburt ging schneller vorüber als vermutet. Sie habe Talent, sagte die Hebamme und legte ihr ein rosiges, faltiges Ding in den Arm, das jämmerlich quäkte. Es könnte unmöglich ihr Kind sein, dachte Helma zuerst.

Doch dann sprach eine sanfte, freundliche Stimme zu ihr: »Sieh dir die Kleine nur an. Ist sie nicht wundervoll?« Es war die Hebamme, und sie streichelte Helmas Wangen. »Es ist *dein* Mädchen, Helma, ein zauberhaftes Mädchen.« Die Stimme half ihr, sich nicht mehr so verloren, mutlos und enttäuscht zu fühlen. Ein Mädchen. Als Harry einmal die Hand auf ihren Bauch gelegt hatte, war er sich sicher gewesen, es würde ein Junge werden, so kräftig, wie sich die Tritte anfühlten. Helma hatte sich manchmal gefragt, wie das Gesicht des Kleinen wohl aussehen würde. Jetzt war es ein Mädchen.

»Wie soll die kleine Schönheit denn heißen?«, fragte die Hebamme.

»Ich weiß nicht«, antwortete Helma.

»Jede Mutter hat einen Namen für ihr Kind.«

»Ich weiß nicht«, wiederholte Helma. Müdigkeit überfiel sie, ihr Kopf war überfordert von nur dem einen Gedanken: Mutter – Mutter einer Tochter.

»Wie heißen Sie?«, fragte sie die Hebamme.

»Ich heiße Jutta.«

»Ein schöner Name«, sagte Helma matt, dann stieg ihr wieder der Geruch des Kindes in die Nase, der wie eine Betäubung auf sie wirkte und sie in Schlaf versenkte.

Harry und sein Sohn Peter, der jetzt schon fast zehn war, durften Jutta zuerst sehen. Dann stellten sich nach und nach die Nachbarn und die Gäste aus der Tränke ein, brachten Babysachen, Spielzeug und Kleidung, die den eigenen Kindern nicht mehr passte, aber noch gut war. Alle meinten, Jutta wäre Helma wie aus dem Gesicht geschnitten, nur Helma wusste, dass sie die Stirn von ihrem Vater hatte. Acht Tage später am Morgen – Helma war bereits auf den Beinen und putzte das Haus, weil Harry ihr noch verboten hatte, in der Tränke zu arbeiten – stand Werner vor der Tür.

Sie fragte sich, von wem er wohl erfahren hatte, dass sie niedergekommen war, dachte aber nicht weiter darüber nach und führte ihn in die Stube, wo Jutta in ihrem Gitterbettchen lag. Als die Kleine ihren Vater sah, lächelte sie ihn an. Nicht nur die Stirn, auch das Lächeln hatte sie von ihm, dachte Helma. War da nicht ein Glänzen in Werners Augen? Er nahm seine Tochter auf den Arm. Jutta quiekte vor Vergnügen. Mit ihrer kleinen Hand versuchte sie, seinen Zeigefinger zu umfassen und festzuhalten, dabei zitterte ihr ganzer Körper vor Erregung.

Später, als Jutta in ihrem Bettchen eingeschlafen war, gingen sie in die Küche. Werner setzte sich auf seinen Platz auf der Bank. Seine Augen glänzten immer noch, offenbar hatte ihn der Vaterstolz überwältigt. »Ich werde nur selten kommen können, aber ich überweise dir jeden Monat Geld«, sagte er. »Du kannst dich darauf verlassen.«

»Du brauchst nicht zu kommen«, sagte Helma. Sie hatte es nicht darauf angelegt, ihn zu verletzen, aber sie musste es sagen. Jutta sollte sich gar nicht erst an ihn gewöhnen, dann würde sie ihn auch nicht vermissen. Helma hätte auch auf das Geld verzichtet, doch ein Kind kostete nun einmal Geld, und davon hatte sie zu wenig.

Werner sah sie betroffen an, allerdings blieb ihm nur übrig, hinzunehmen, dass in ihrem Leben kein Platz mehr für ihn war. Sein Besuch dauerte keine halbe Stunde, dann ging er zu Fuß zurück zur Burg, wo sein Cabrio stand.

15

Für die Akten benötigten sie den Namen des Vaters. »Du könntest meinen angeben«, hatte Harry ihr angeboten. »Warum sollten sie es überprüfen?« Aber Harry war nun einmal nicht Juttas Vater, es wäre eine amtlich bestätigte Lüge. Auch wenn sie Jutta eines Tages erzählen würde, dass ihr Vater gestorben oder ausgewandert sei, wäre es nicht die Wahrheit, allerdings hätte sie die Lüge dann allein zu verantworten.

Auf dem Amt saß sie einer Frau mit einem gnadenlosen Blick gegenüber. Als sie fragte, wer der Vater des Kindes sei, brachte Helma zuerst keine Antwort heraus.

»Denken Sie mal scharf nach. Einer muss es ja gewesen sein.«

»Er ist gegangen«, erwiderte sie schließlich.

»Tot?«

Sie schüttelte den Kopf.

»Sie meinen, er hat rübergemacht?«

Schulterzucken.

»Raus jetzt mit der Sprache! Wie heißt er?«

Helmas Magen drehte sich um. »Entschuldigung, aber ich …«, stammelte sie, sprang auf und erreichte gerade noch rechtzeitig das Waschbecken neben der Tür.

Die Genossin hinter dem Schreibtisch machte keine Anstalten, ihr zu helfen, wartete wortlos, bis Helma sich den Mund abgewischt und zurück an ihren Platz begeben hatte.

»Also ich schreibe: Name des Vaters unbekannt, hat vermutlich Republikflucht begangen.«

Der Stempel krachte auf das Papier, sie durfte gehen.

Zwei Wochen nach Juttas Geburt arbeitete Helma wieder in der Tränke. Sie nahm den Säugling mit zur Arbeit. Harry hatte einen Kinderwagen in Neustrelitz besorgt, der jetzt seinen festen Platz in dem zum Hof gelegenen Raum fand, in dem er auch seinen Schreibkram erledigte. Die Türen zur Küche blieben offen, damit Helma hören konnte, wenn das Kind schrie. Dann unterbrach sie ihre Arbeit, ging hinüber, um zu sehen, was los war. Meistens aber war Harry schneller, schaukelte Jutta in seinen Armen und brummte ihr ein Lied vor. Er war ganz vernarrt in die Kleine.

Als Jutta ihre ersten tapsigen Schritte machte, bekam Helma einen Brief. Eine Überraschung, denn sie bekam nur selten Briefe. »Jemand aus dem Westen hat an dich gedacht, Genossin«, sagte der Briefträger, der auch ihre Post in der Tränke ablieferte. Sie zögerte, den Brief anzunehmen. Wer sollte das schon sein? Sie kannte keinen im Westen. Ob die Stasi sie prüfen wollte? Doch der Briefträger wartete nicht und drückte ihn ihr in die Hand.

Frau Helma Wagenseil stand in geschwungener Handschrift vorne drauf, und der alte Straßenname war noch angegeben: Kastanienallee, allerdings fehlte die Hausnummer. Sie las den Absender, und für eine Sekunde hörte ihr Herz auf zu schlagen. Augenblicklich unterbrach sie die Küchenarbeit und nahm den Brief mit nach hinten in den Raum, in dem Jutta schlief. Die Handschrift hatte sie nicht gleich erkannt, aber plötzlich öffnete sich ein Fenster in die Vergangenheit. Sie erinnerte sich an eine Szene in ihrer Kindheit. Es war in der Gutsküche gewesen. Sie hatte sich in den weiten Rock der Großmutter vergraben, der sie vor den scharfen Blicken der alten Gnädigen schützte. Nur die junge Frau, die sie begleitete, war nett zu ihr gewesen, hatte sie nach ihrem Namen gefragt und sie freundlich behandelt.

Liebe Frau Wagenseil,

nun bin ich nicht sicher, ob dieser Brief Sie erreichen wird. Ich schreibe ihn dennoch voller Zuversicht, dass Sie noch leben und nicht, wie mein Mann und ich, Groß Bernow den Rücken gekehrt haben. Auch vertraue ich der Annahme, dass das Gut nicht gesprengt worden ist, sondern die wechselvollen Zeiten mehr oder weniger unbeschadet überstanden hat.

Ich wage nicht zu hoffen, dass Ihre Großmutter noch lebt, die ich sehr geschätzt habe, allerdings weiß ich nicht, ob sie es wünschen würde, von mir zu hören, geschweige denn von mir gegrüßt zu werden. Das ändert nichts daran, dass es mir ein Herzensbedürfnis ist, es hiermit zu tun.

Helmas Finger betasteten die Stelle an ihrem Hals, wo einmal die Silberkette mit dem Kreuz hing, die ihr die junge Gnädige zum 16. Geburtstag geschenkt hatte. Irgendwann, als Helma noch in den Kuhställen gearbeitet hatte, musste sie bei der Arbeit verloren gegangen sein. Eines Abends baumelte das Kreuz nicht mehr um ihren Hals. Sie hatte geweint und überall danach gesucht, jeden im Dorf hatte sie gefragt, aber es half nichts, sie blieb verschwunden.

Ich habe mich gefragt, ob ich das Recht habe, mich nach all den Jahren und dem, was vorgefallen ist, bei Ihnen zu melden. Glauben Sie mir, ich habe nichts vergessen, ich habe auch nicht vergessen, dass mein Mann und ich am Ende des Krieges große Schuld auf uns geladen haben.

Mein Mann ist gestorben, und ich habe einen Jungen, der unschul-
dig ist, so unschuldig wie Sie, die Sie die Verbrechen der damaligen
Zeit nicht zu verantworten haben, weil Sie noch ein Kind waren.
Mittlerweile sind Sie eine junge Frau, vielleicht mit Familie, einem
oder mehreren Kindern?
Ich will mich kurzfassen. Bitte verstehen Sie es nicht als einen Ver-
such, Unrecht gutzumachen. Ich weiß sehr wohl, dass ich diese
Schuld niemals tilgen kann. Aber ich habe gehört, dass Sie sich
im Osten bestimmte Waren für das tägliche Leben nur schwer
beschaffen können. Bitte erlauben Sie mir, dass ich Sie hierbei un-
terstütze.
Es genügt vollkommen, wenn Sie mir eine unbeschriebene Postkarte
mit Ihrer jetzt gültigen Adresse zurückschicken. Ich betrachte dies
als Ihre Zustimmung.
Mit den aufrichtigsten und besten Wünschen verbleibe ich,
Margot von Bernow

Mechanisch, als füllte sie eine Roulade, faltete Helma das Papier zusammen – immer noch das Bild der jungen Gnädigen vor Augen, wie sie ihr als Kind zärtlich das Kopfhaar streichelte – und steckte es in ihre breite Schürzentasche.

Es war eine andere Zeit gewesen. Das Groß Bernow von damals kam Helma jetzt wie ein böses Märchen vor. Die Frau, die sie früher einmal bewundert und beneidet hatte, war zur Verräterin geworden. Daran änderte sich nichts, auch wenn sie sich jetzt zu ihrer Schuld bekannte. Die Bernows hatten sie schutzlos dem Feind ausgeliefert und sich selbst feige aus dem Staub gemacht. Wenn ihr Vater tot war, dann waren diese Leute schuld daran.

Und jetzt grub diese Frau Erinnerungen an dunkle Zeiten aus, die Helma zu vergessen versuchte. Welches Recht hatte eine Bernow, ihr vorzuschreiben, wann und was sie zu denken hatte? Die für ihren Verrat wahrscheinlich noch belohnt worden war und fett im Westen lebte? Vielleicht stimmte, was die Genossen über die Kapitalisten sagten, alle hätten nur das eine Ziel: ehrliche Arbeiter zu versklaven und auszusaugen.

Auch wenn Helma gar nicht einverstanden damit war, was die Genossen aus dem Gut gemacht hatten, das früher das schönste an den Seen war.

Helma wollte den Brief zerreißen, doch etwas hielt sie davon ab. Vergangenheit konnte man nicht einfach auslöschen, indem man versuchte, sie mit Macht zu verdrängen, nicht einmal wenn man Beweise zerstörte. Am Abend legte sie den Brief in die Schublade ihres Nachtkästchens, ohne ihn noch einmal zu lesen.

Die Herbststürme wirbelten messingfarbene Blätter durch die Allee, und als die Temperaturen weiter fielen, färbten sie sich rostbraun. Ein nächster Winter mit kurzen dunklen Tagen kündigte sich an. Wieder ein Jahr mit leeren Versprechungen vonseiten der Regierung ging zu Ende, und wie die anderen im Dorf konnte auch Helma nur darauf hoffen, dass es irgendwann Bananen geben würde, Rosinen, Zitronat und Puddingpulver, vielleicht auch Kaffee und Kakao. Dann könnte sie Jutta wenigstens eine heiße Schokolade kochen und Kuchen und Plätzchen mit den Zutaten backen, die sie aus ihrer Jugend kannte.

Die Feldarbeit ruhte, und auch in der Tränke gab es weniger zu tun. Am Ruhetag, wenn sie freihatte, ging Helma mit Jutta spazieren, und während sie den Kinderwagen mit den hellblauen Streifen durchs Dorf schob, an der Kirche vorbei und über den Friedhof, fühlte sie sich schuldig. Sie war in ihrem Leben nicht weit gekommen. Vielleicht hatte sie sogar alles falsch gemacht. Was konnte sie ihrer Tochter schon bieten? Nicht einmal einen Vater.

An einem Morgen im November suchte sie in Harrys Schreibtisch nach einem Lieferschein von der Brauerei, als ihr eine alte, aber unbeschriebene Ansichtskarte von Neustrelitz in die Finger kam. Die Stadtkirche in Schwarz-Weiß aus der Zeit noch vor dem Krieg war darauf abgebildet. Zuerst wollte sie die Karte wieder weglegen, aber plötzlich fiel ihr ein Satz ein: *Es genügt vollkommen, wenn Sie mir eine unbeschriebene Postkarte mit Ihrer jetzt gültigen Adresse zurückschicken. Ich betrachte dies als Ihre Zustimmung.*

Helma wollte es ja nicht für sich, es war für Jutta, nur für Jutta. Hatte sie das Recht, ihrer Tochter diese Annehmlichkeiten zu verweigern? Sie griff zum Kugelschreiber und schrieb hastig die Adresse, die sie auswendig wusste, auf die rechte Hälfte der Rückseite. Auf die linke schrieb sie nicht ein Wort mehr als ihren Absender.

Heiligabend 57 verbrachten Helma und Jutta zusammen mit Harry und Peter in der Wirtswohnung über der Gaststätte. Harry hatte alles organisiert, die Tanne, die er am Nachmittag mit glänzend roten Kugeln und Strohsternen schmückte, und den Braten, einen strammen Hasen, den er selbst ausnahm und den Helma nach einem Rezept aus dem Kochbuch ihrer Großmutter zubereitete. Es war alles da, was man sich wünschen konnte: ein Festessen, unter dem Baum lagen kleine Geschenke, auch Werner hatte für Jutta ein Bilderbuch geschickt und eine dicke Jacke für die kalten Tage.

Nur einmal hatte Helma an die Karte gedacht, die sie vor Wochen in den Westen, ins Rheinland, geschickt hatte, als ihr Rosinen und Mandeln zum Backen fehlten. Jetzt ärgerte sie sich darüber. Wenn sie ihren Blick durch den weihnachtlich geschmückten Raum und über die gedeckte Tafel schweifen ließ, kam sie sich selbst fast wie eine Verräterin vor. Man konnte hier doch leben, ganz gut sogar. Und musste nicht jeder auf irgendwas verzichten? Aber nein, *sie* musste eine Bettelkarte nach drüben schreiben …

Sie erhielt jedoch keine Antwort und hoffte, dass die Karte verloren gegangen war. Vielleicht aber war der Brief auch nichts weiter als die Laune einer alten Frau gewesen, ohne die wirkliche Absicht, ihr Versprechen zu halten. Wer sollte diesen Bernows schon noch trauen?

Anfang Februar erhielt Helma ein Paket, auf dem in geschwungenen Buchstaben stand: *Geschenksendung, keine Handelsware.*

»Wohl das große Los gezogen?«, fragte der Postbote, als er es auslieferte, und der Neid war ihm anzusehen. Ohne zu antworten, nahm Helma das Paket entgegen und versteckte es unter der Treppe. Harry sollte es nicht sehen, sie wollte nicht, dass er das Gefühl hätte, ihnen würde etwas fehlen. Er gab sich so viel Mühe mit ihr und Jutta. Etwas anderes noch hielt sie davon ab, es zu öffnen: Sie fürchtete sich vor einem weiteren Brief.

Doch als Harry in Neustrelitz zu tun hatte, holte sie es hervor, brachte es in ihr Haus in der Straße der Freundschaft und stellte es auf den Tisch in der Stube. Wieder und wieder sagte sie sich, dass es für Jutta war, nicht für sie. Dann zerschnitt sie die Schnur, zog das braune Papier ab und schlug den Deckel auf. Bevor sie hineinsah, nahm sie Jutta auf den Arm, küsste sie und streichelte ihr sanft über das dichte, braune Haar.

Vier Jahre und viele Pakete aus dem Westen später, die nicht einen einzigen Brief enthielten, den Helma hätte beantworten müssen, wurde in Berlin und später im ganzen Land eine Mauer errichtet, ein antifaschistischer Schutzwall, wie die Partei sie nannte. Harry organisierte einen Fernseher und stellte ihn in die Gaststube, um Gäste zu locken, denn längst nicht jeder im Dorf konnte sich einen leisten. Harry war ganz auf Linie. »Wir müssen uns schützen«, sagte er immer und klang wie der Sachse mit dem Bärtchen. »Die im Westen locken mit falschen Versprechungen, um uns auszubluten. Wir dürfen nicht länger untätig zusehen, wie Tausende auf ihre Propaganda hereinfallen.«

Helma erwiderte darauf nichts, aber wenn sie allein war, schaltete sie auf Westprogramm, um Bilder vom alten Adenauer zu empfangen, wie er machtlos das Berliner Dilemma besichtigte. Und es schnürte ihr die Luft ab, wenn sie in den Nachrichten zeigten, wie Stein auf Stein gesetzt wurde und die Menschen hilflos zusehen mussten. Hatte sie nicht immer von Berlin geträumt, der großen bunten freien Stadt? Zum zweiten Mal versank der Traum vor ihren Augen.

Jutta war fünf, und bei der Untersuchung im Kinderhort stellte der Arzt Kurzatmigkeit und unregelmäßige Herztöne bei ihr fest. Ab dann saß sie oft zu Hause und durfte nicht mit den anderen herumtollen. In dieser Zeit fragte sie das erste Mal: »Wo ist mein Papa?«

Eines Tages musste es so kommen, und doch gab die Frage aus unschuldigem Kindermund Helma das Gefühl, eine Diebin zu sein, als hätte sie ihrer Tochter den Vater gestohlen. Im Stillen hatte sie gehofft, dass Jutta ihn nicht vermissen würde, aber jetzt war die Frage in der Welt und verlangte nach Antwort. Ihr Papa arbeite im Ausland, aber niemand dürfe davon wissen. Als Ersatz habe sie Onkel

Harry. Es war eine Lüge, mit der sich Jutta ganze zehn Jahre lang begnügte.

Drei Tage vor Juttas 15. Geburtstag brach Harry beim Wursten zusammen. Es war ein Herzinfarkt, und er musste nach Neustrelitz ins Krankenhaus. Helma und Jutta besuchten ihn dort nach ein paar Tagen. Wie er so zusammengesunken vor ihnen lag, war er nicht mehr der alte Harry, sprach nur noch leise mit gebrochener Stimme, und seine Augen waren blutunterlaufen. In der kurzen Zeit war er fast zur Hälfte abgemagert. Helma setzte sich neben ihn und weinte. Jutta stand stumm hinter ihr.

»Du musst nicht weinen«, sagte Harry. »Es geht wohl zu Ende. Ich hätte gern noch weitergemacht, aber ich beschwere mich nicht. Es war nicht das beste Leben, und doch konnte ich zufrieden sein, weil du bei mir warst, Helma. Ich wollte immer nur dich haben, wollte dir alles geben. Am Ende gab ich dir, was du zugelassen hast. Es hätte gern mehr sein können, das weißt du.«

Helma nickte. In dem Augenblick wurde ihr klar, wie sehr er sich verändert hatte, seit er sie kannte. Sie waren zu einer Familie zusammengewachsen, wenn auch aus der Not geboren. Sie griff nach seiner Hand, die auf der Bettdecke lag.

»Ich muss dir etwas sagen …« Er bekam schlecht Luft und begann zu keuchen. »Aber es ist nicht für Juttas Ohren bestimmt.«

Jutta hörte nicht auf ihn, sie bewegte sich nicht von der Stelle, auch als Helma ihr einen wütenden Blick zuwarf.

»Also gut, eines Tages wird sie es ja doch erfahren«, fuhr Harry fort, auf seine Stirn traten Schweißperlen. »Er hat mich erpresst. Ich musste ihm regelmäßig berichten, wie es dir und Jutta geht. Dich sollte niemand anfassen. Ich glaube, den hätte er fertiggemacht. Du weißt, wie ich zu dir stand. Ich hätte den Kampf mit ihm aufgenommen, aber du wolltest mich nicht …«

Ihm ging die Puste aus, sein Gesicht wurde ganz gelb. Erschöpft drehte er sich zur Seite.

Helma ließ seine Hand auf die Decke gleiten. Sie hatte ihm vertraut, sie dachte, Harry wäre ihr Freund und würde ihr alles sagen, stattdessen hatte er sie ausspioniert.

Die Krankenschwester sagte, dass sie nichts tun könnten und Harry viel Ruhe brauche. Sie fuhren mit dem Bus zurück nach Groß Bernow. Am Nachmittag öffnete Helma die Tränke. Am Abend kam ein Telefonanruf. Harry war gestorben.

16

Fast einen Monat lang war die Tränke wegen Trauer geschlossen. Als Helma sie endlich wieder öffnete, war sie allein und schenkte das erste Bier erst am späten Nachmittag aus. Zwar hatte Peter die Gaststätte von Harry, seinem Vater, geerbt, es hatte ihn aber zur Armee gezogen, wo er sich eine Karriere erhoffte. Jutta fuhr jetzt jeden Tag nach Neustrelitz zur Schule und kam erst am Abend zurück. Sie lernte viel, begriff schnell und war ehrgeizig. Nach dem Abitur wollte sie studieren und später Ärztin werden.

Seit Harrys Tod herrschte zwischen Helma und Jutta Funkstille. »Ich bin kein kleines Kind mehr, dem man Geschichten erzählen kann. Also, wer ist mein Vater?«, war Jutta noch auf der Fahrt vom Krankenhaus zurück nach Groß Bernow aus der Haut gefahren. So kannte Helma sie gar nicht, und es hatte sie tief getroffen, dass ihre eigene Tochter sie als Lügnerin hinstellte. Für den Tag, an dem die Geschichte zur Sprache käme, hatte sie sich ein paar Worte zurechtgelegt. Aber die kamen ihr in dem Moment wie billige Ausreden vor. Sie wusste nur, dass sie es sich mit ihren Entscheidungen nie leicht gemacht hatte. Werner und sie hatten sich gegenseitig zugesichert zu schweigen. Diese Zusicherung schützte sie alle. Es war also das einzig Richtige, Jutta nicht zu verraten, wer ihr Vater war und warum er sie nie besucht hatte.

Doch die Spannungen zwischen Jutta und ihr wurden unerträglich, und sie warf ihr vor, sie habe nicht das Recht dazu, ihr den Vater vorzuenthalten. Wenn er nichts von ihr wissen wolle, dann solle er es ihr selbst ins Gesicht sagen.

»Manchmal wird man zu etwas gezwungen, das hinterher falsch erscheint, aber in dem Augenblick die einzige Lösung ist«, gab sich Helma alle Mühe, Jutta zu beruhigen und ihr eigenes Verhalten zu rechtfertigen. Doch alle Versuche prallten an Jutta ab, und sie forderte, ihren Vater zu sehen.

Fünfzehn Jahre hatten sie sich nicht gesehen. Helma wusste nicht einmal, wie sie Werner erreichen konnte, um ihm zu sagen, dass Jutta das Versteckspiel nicht mehr mitmachte. Als Jutta weiter insistierte, fasste Helma einen Entschluss. An einem der nasskalten Märztage zog sie den guten dunkelblauen Rock an, eine weiße Bluse dazu, frisierte sich sorgfältiger als sonst, benutzte auch den Lippenstift, den Harry einmal unter der Hand aus einem Intershop erstanden hatte, und ging hoch zur Burg.

Vor dem Drahtverhau wurde sie von einem Soldaten aufgehalten. Als sie angab, dass sie einen wichtigen Brief abzugeben habe, ließ er sie zur großen Eichentür vor. Das schwache Licht erhellte kaum den Flur, doch die Abplatzungen und die großen Wasserflecken an den Wänden waren unübersehbar. Nicht zu glauben, dass es einmal der prunkvolle Eingang des Herrenhauses gewesen war. An der Stirnseite zum Hauptgang saß der Pförtner in seiner Zelle und fragte mit unbewegter Miene, ob sie einen Termin habe. Ohne Termin kein Zutritt! Das Treppenhaus war nur ein dunkler Schatten. Von oben drang Stimmengemurmel. Sie habe einen Brief an Herrn Werner Dieckmann, und es sei sehr wichtig, wiederholte Helma ihren Spruch.

Der Pförtner musterte sie ohne jede Eile. »Geben Sie ihn mir«, sagte er dann, »ich werde ihn weiterleiten.«

Sie traute ihm nicht, aber auch wenn der Falsche den Brief lesen würde, was sollte er damit anfangen? Sie hatte nur geschrieben, dass sie Werner unbedingt treffen müsste und dass es um Jutta ging. Nicht einmal ihre Adresse hatte sie angegeben.

Ein paar Tage später, es war Mittwochnachmittag und Helma räumte die Küche in der Tränke auf, rief er an und fragte, ob es ihr recht wäre, wenn er in der nächsten halben Stunde vorbeikäme.

Sie antwortete mit einem kurzen »Ja« und legte auf. Die letzten beiden Gläser spülte sie noch, dann entledigte sie sich der Schürze. Nebenan zog sie das verwaschene Kittelkleid aus, so wollte sie ihm nicht unter die Augen treten. In Harrys ehemaligem Kleiderschrank, in dem jetzt ihre Kleider hingen, suchte sie etwas Passendes heraus. Anschließend stellte sie sich vor den Spiegel, stocherte mit dem Kamm in ihrer Frisur herum und zupfte die Strähnen zurecht, bis sie einigermaßen lagen. Dann nahm sie den Schlüssel vom Brett, ging durch den Schankraum, durch die Diele und schloss die Eingangstür auf.

Anschließend stellte sie sich ans große Fenster im Schankraum, schob die Gardine eine Handbreit beiseite und wartete. Im Dorf bewegte sich nichts, nur die Blätter der Kastanien flatterten im Wind. Sie hatte gedacht, dass er einen anderen Ort aussuchen würde, um sich mit ihr zu treffen. Aber bestimmt hatte er seine Gründe.

Das matte Tageslicht warf den Raum zur Hälfte in Schatten. In den fünfzehn Jahren hatte sich kaum etwas geändert. Nach wie vor löste sich aus dem undichten Wasserhahn an der Theke ab und zu ein Tropfen und klopfte auf das Spülbecken, neben dem Schlüsselbrett hing der Kalender, Stühle und Tische standen an ihren Plätzen, einzig an der Wand hatte Harry den Ulbricht durch einen Honecker ersetzt. Der Pieck hing immer noch, hatte aber über die Jahre eine gelbbraune Farbe angenommen wie der Daumennagel eines Kettenrauchers.

Helma setzte sich an den nächstbesten Tisch. War es der Tisch, an dem er damals gesessen, ihren Eintopf gegessen und mit ihr eine seiner besseren Zigaretten geraucht hatte? Und wie viele Gäste hatten nach ihm auf diesem Platz gesessen … Die Jahre waren wie Wasser im Boden versickert.

Vor der Gaststätte hielt ein sandfarbener Wartburg, der sich vom Straßenstaub kaum absetzte. Der Mann, der ausstieg, war Werner. Auf einmal kroch in Helma die Angst hoch, es könnte sich alles wiederholen, dass sie sich in ihn verliebte, ihn nicht verlieren wollte und ihm deshalb berichtete, was die Dörfler in der Tränke redeten.

Sie blieb sitzen, hörte zu, wie die Haustür beim Betätigen der Klinke aufsprang und von innen wieder geschlossen wurde, verfolgte jeden Schritt auf den knarrenden Holzdielen. Die Tür zur Gaststube öffnete sich, und eine kaum spürbare Erschütterung brachte die nebeneinander angeordneten Gläser an der Theke leise zum Klirren.

Sie hob entschlossen den Blick, wollte unbedingt dem seinen standhalten. Aber Werner trug eine dunkle Brille, die seine Augen verdeckte. Diesmal hatte er auch keine Blumen mitgebracht. Sein Gesicht hatte sich verändert, wirkte abgezehrt. Nur weil sie wusste, dass er es war, erkannte sie ihn.

»Darf ich mich setzen?«, fragte er.

Helma nickte, aber es zog sie aus ihrem Stuhl. Sie hielt es mit diesem Mann an einem Tisch nicht mehr aus. Sie wusste jetzt, wer er war. Er war der bedrohliche Schatten, der sich, seit er ihr das erste Mal begegnet war, auf ihr Leben und das Leben des Dorfes gelegt hatte.

»Willst du etwas trinken?«, fragte sie.

»Entschuldige die Brille«, erwiderte er, ohne auf ihre Frage zu antworten, »aber ich leide unter Photophobie. Ich habe unerträgliche Schmerzen, wenn Licht auf meine Netzhaut trifft.«

»Bier?«

»Nein, Selters.«

Sie begab sich hinter den Tresen, zog eine Flasche aus dem Kasten, knickte den Kronkorken und brachte ihm Flasche und Glas an den Tisch. »Jutta möchte ihren Vater kennenlernen«, sagte sie, ohne sich die Worte auszusuchen, verzog sich aber wieder hinter den Tresen.

Er schwieg, natürlich passte es ihm nicht. »Du weißt, was wir verabredet hatten …«

»Ja, sicher, doch sie gibt keine Ruhe, sie will dich kennenlernen. Sie ist sechzehn, ein hübsches, kluges Mädel. Du könntest stolz auf sie sein.«

Sie verstand selbst nicht, warum sie das tat, warum sie versuchte, ihm ihre Tochter anzupreisen. Er wusste ohnehin alles. Harry hatte ihm ja berichtet. Vielleicht war er besser im Bilde als sie selbst. Sie hasste ihn. Rausschmeißen müsste sie diesen Feigling.

»Sie macht mir Vorwürfe. Ich würde verhindern, dass ihr euch treffen könnt. Ich habe ihr nicht gesagt, dass du es nicht willst.«

Er trank einen Schluck von dem Selters und sah schweigend aus dem Fenster. Dann wandte er sich ihr zu. »Sag ihr, dass sie stillhalten soll. Ich werde mich mit ihr in Verbindung setzen.«

»Sie möchte studieren, hat Talent und ist fleißig«, sagte Helma mehr zu sich selbst als zu ihm. Als sie in das trübe Licht blickte, das von außen durch die Gardinen der Fenster drang, wurde ihr klar, dass sie Jutta unrecht getan hatte. Sie hatte ihre Tochter ernährt und ihr den Kopf gestreichelt, wie jede anständige Mutter es tat, aber sie hätte ihr mehr geben müssen, viel mehr. Jutta war eine Tochter, wie man sie sich nur wünschen konnte, auch wenn ihr Vater ein Mann von der Stasi war.

Die dunklen Gläser vor seinen Augen schienen sie zu fotografieren, wie sie hinter der Theke stand, sich mit den Händen an der Spüle abstützend. Ob er ihr die Verzweiflung ansah? Ob diese Augen erkennen konnten, dass sie Angst um Jutta hatte, diese kalten Augen, die kein Licht mehr vertrugen?

»Du hattest kein Recht dazu«, sagte sie.

Zuerst schien es, als wollte er etwas erwidern. Doch dann stand er auf und ging, ohne sich noch einmal umzusehen.

17

Werner hatte Wort gehalten und war mit Jutta offenbar in Kontakt getreten, denn bereits wenige Tage, nachdem er in der Tränke erschienen war, erwähnte Jutta ihren Vater nicht mehr. Auch Helma sprach ihre Tochter nie mehr auf das Reizthema an, sie wollte jeden Streit vermeiden. Doch was sie befürchtet hatte, trat ein. Werner hatte sie zum Sündenbock gemacht und Jutta von seiner Version der Geschichte überzeugt. Das Tuch zwischen Jutta und ihr war endgültig zerrissen.

Sie sahen sich kaum noch. Jutta blieb oft länger in der Schule. Wenn sie am späten Nachmittag nach Hause kam, bediente Helma bereits die ersten Gäste in der Tränke, und nach der Sperrstunde lag ihre Tochter längst im Bett und schlief. In der Schule glänzte Jutta, und drei Jahre später bestand sie das Abitur mit Bestnoten. Helma wollte für sie eine Feier in der Tränke ausrichten, es sollte auch ein Versöhnungsfest werden. Aber Jutta feierte lieber mit ihren Kameraden in Neustrelitz. Sie lud Helma zwar ein, doch Helma blieb an diesem Tag in Groß Bernow, ein Gast richtete ein Dienstjubiläum aus, und sie hatte den Auftrag angenommen.

Arbeiterkinder wurden gefördert, und Jutta bekam sofort einen Studienplatz in Rostock. Sie war überglücklich, denn ihr sehnlichster Wunsch, Ärztin zu werden, sollte sich erfüllen. Im ersten Jahr besuchte sie Helma nur zweimal, angeblich hatte sie so viel zu tun. Im darauffolgenden Sommer verbrachte sie nicht einmal eine Woche in Groß Bernow. Sie könne es sich nicht leisten, sich auf die faule Haut zu legen, war ihre Entschuldigung. Als Helma sie ermahnte, dass sie es nicht übertreiben und sich zwischendurch ausruhen solle, erhielt sie zur Antwort: »Mach dir keine Sorgen um mich, Mutti. Ich will so gut wie möglich werden, und wenn ich fertig bin, ziehe ich in die Stadt und arbeite in einer Praxis. Vielleicht gehe ich auch nach Berlin. Das ist mein großer Traum.«

Berlin war auch ihr Traum gewesen, dachte Helma, das Leben hatte allerdings anders entschieden. Aber Jutta hatte ihr Ziel klar vor Augen und ließ sich davon nicht abbringen. Ganz sicher würde sie es auch erreichen. Helma fiel es schwer, sich damit abzufinden, dass sie ihre Tochter verloren hatte. Das Leben gab und das Leben nahm, nur dieser Spruch und die Arbeit in der Tränke waren ihr geblieben.

Das fünfte Semester hatte längst begonnen, als sich Jutta im Mai bei Helma meldete, auch über Silvester war sie in Rostock geblieben. Am Telefon klang ihre Stimme müde, von der Begeisterung, die sie sonst durchklingen ließ, war nichts zu spüren. Ob sie nach Hause kommen dürfe, fragte sie.

»Natürlich«, antwortete Helma. »Warum fragst du? Geht es dir gut?«, wollte sie wissen. Es gehe ihr gut, erwiderte Jutta nur.

Zwei Tage später stand Jutta vor ihrer Tür. Helma sah gleich, was los war. »Warum hast du mir nichts gesagt?«, fragte sie, bereute es aber sofort. Helma war nur froh, ihre Tochter wiederzusehen. Beide brachen sie in Tränen aus, umarmten und küssten sich und gingen Arm in Arm in die Küche.

»Ich weiß selbst, dass ich hätte warten sollen. Ausgerechnet jetzt in der Zeit der Examen.« Jutta begann wieder zu schluchzen. »Ich habe mich nicht getraut, es dir zu sagen.«

»Man trifft es selten richtig«, tröstete Helma sie, und das war nicht einfach dahingesagt. Sie holte zwei Tassen aus dem Schrank. »Ich mache uns jetzt Kaffee, richtigen Bohnenkaffee.« Erst zu Ostern hatte sie wieder ein Paket aus dem Rheinland mit Backzutaten, Kaffee und Pralinen erhalten.

»Und wer ist der Vater?«, fragte sie.

»Er ist aus dem Westen und weiß nichts davon. Ein Uni-Dozent, er war zu Besuch im Austauschprogramm. Wir haben uns verliebt, es ging so schnell, und er musste wieder zurück. Wir haben nicht aufgepasst.«

»Aber ihr habt euch geliebt«, sagte Helma, und ihr war selbst nicht klar, ob es eine Feststellung oder eine Frage sein sollte. Während der Kaffee durch den Filter tropfte, erinnerte sie sich daran, als sie sich für ein Kind entschieden hatte. Sie war nicht ehrlich zu Werner gewesen, dumm dazu, aber auch Jutta war ein Kind der Liebe, und dieses Kind würde sie in der Not nicht im Stich lassen. »Ich helfe dir«, sagte sie und lächelte Jutta ermunternd zu. »Ich werde mich um dein Kind kümmern, bis du es selbst kannst. Die Examen lassen sich nachholen, du wirst Ärztin werden, mach dir darüber keine Sorgen.«

Jutta blieb bei Helma in Groß Bernow und trug schwer an ihrer rasant wachsenden Kugel. Wenn sie zusammen auf der Allee spazierten, kam sie bereits nach ein paar Schritten aus der Puste. Sie solle sich ja nicht in den Kopf setzen, das Kind im Haus auf die Welt zu bringen, warnte sie der

Arzt in Gegenwart von Helma. Wegen ihrer Herzschwäche käme nur das Krankenhaus infrage.

Auch wenn die Umstände nicht einfach waren, Helma war glücklich darüber, dass Jutta und sie zueinander gefunden hatten. Für sie stand allein Jutta im Mittelpunkt. An zwei Tagen in der Woche, mittwochs und donnerstags, war jetzt Ruhetag in der Tränke, aus familiären Gründen, wie sie den Stammgästen erklärte. Entweder machten sie dann kleine Spaziergänge oder saßen auf der Bank in der kleinen Küche, tranken Kaffee. Jutta wollte immer wieder die alten Geschichten hören von der Gutsküche mit dem riesigen Herd, dem Reich ihrer Urgroßmutter Berta, von Helmas Vater, Juttas Großvater, der Stallmeister bei den Bernows gewesen und im Krieg verschollen war, von dem roten Stall mit seinen einzigartigen Pferden, die Helma pflegen und reiten durfte, und von Silbermond, dem Liebling des Gutsherrn und schönsten Hengst weit und breit.

Manchmal spazierten sie ein paar Schritte in Richtung der Burg. Vor Kurzem hatte Helma gehört, dass man sie endgültig schließen wollte. Warum, wusste keiner so genau.

Nie mehr hatte Jutta ihren Vater erwähnt. Doch als sie im neunten Monat schwanger war und sie auf dem Weg ins Dorf vor der Tränke angekommen waren, fragte sie Helma: »Hast du ihn geliebt, als ihr mich gemacht habt?«

In diesem Augenblick dachte Helma nur an das eine Mal, das an ihrem ersten gemeinsamen Tag in Schwerin, an dem er ihr das Kleid mit den großen roten Punkten gekauft hatte und sie sich in dem staubigen Hotelzimmer an der Straße zum Schloss geliebt hatten. »Ja!«, antwortete sie, und es war die Wahrheit.

»Ich liebe den Vater meines Kindes auch«, erwiderte Jutta, dabei strahlte sie über das ganze Gesicht. Doch plötzlich schnappte sie nach Luft und verzog das Gesicht vor Schmerzen.

»Es war eine schwere Geburt«, sagte der Arzt vier Stunden später zu Helma. »Haben Sie den Vater nicht benachrichtigt?«

»Nein«, antwortete sie nur.

Jutta war schwach, ihr Gesicht und ihre Arme waren so weiß wie das Bettlaken, sie musste sich sehr angestrengt haben. Nachdem Helma das Zimmer betreten hatte, legte die Schwester das schreiende rosige Kind in Juttas Arme, und sie lächelte das selige Lächeln einer jungen Mutter.

»Sieh mal«, sagte sie mit matter Stimme zu Helma. »Ein Junge, ein kräftiger Junge.«

Helma war sofort das betroffene Gesicht des Arztes aufgefallen. Stimmte etwas nicht mit dem Kind?, wollte sie fragen, aber Jutta war so glücklich, sie durfte dieses Glück jetzt nicht stören.

»Er soll Paul heißen«, sagte Jutta, »Du wirst ihn Paul nennen, das wirst du doch?«

Juttas Hand fühlte sich kalt an, und ihr Gesicht war voller Angst.

»Natürlich, mein Spatz«, beruhigte Helma sie. »Wir werden ihn Paul nennen.«

Jutta schien zufrieden und atmete erleichtert aus. Aber dann rutschte plötzlich ihr Kopf zur Seite, und die Schwester nahm das schreiende Kind aus ihren erschlaffenden Armen.

18

Groß Bernow, September 1998

Der Gang hinunter ins Dorf war für Helma keine Kleinigkeit mehr. Besonders an nasskalten Tagen wie diesem setzten ihr die Schmerzen in den Kniegelenken zu. Was hatte Junghans nicht alles versprochen, um zum Bürgermeister gewählt zu werden? In Kürze würde der Bus auch unter den Kastanien halten. Natürlich nicht allein wegen ihr. Nein, nur für eine alte Frau, die ihr Leben lang gearbeitet hatte, würde niemand eine Bushaltestelle einrichten. Aber für ein Touristen-Projekt in Groß Bernow taten sie alles, Verbesserung der Infrastruktur in der Region nannten sie das. Allein der Gedanke machte Helma wütend, und am liebsten wäre sie umgekehrt.

»Was soll ich nur mit dir machen?«, hatten Pauls melancholische Augen sie gefragt, als er den Brief mit einem neuen Gesprächsangebot der Anwälte in den Händen hielt. Wenn er auf der Eckbank in der Küche saß, ragte seine schlanke, aber muskulöse Gestalt fast zu ihrer Größe auf, wenn sie stand. Helma wärmte es das Herz, dass Paul sich um sie sorgte, und sie wusste, er würde sie nie im Stich lassen. Auch wenn er sie schwer enttäuscht hatte, als er vor gut einem Jahr ohne Vorankündigung ausgezogen und sich in Neustrelitz eine kleine Wohnung genommen hatte.

Sie hing an ihm, nur er war ihr geblieben. Mit Juttas plötzlichem Tod war damals auch ihre Welt zusammengebrochen, und sie musste dafür kämpfen, dass Paul bei ihr bleiben durfte. Immer, wenn er sie jetzt besuchte, dachte sie daran, wie sie unfreiwillig wieder Mutter geworden war. Paul wollte die Geschichte allerdings nicht mehr hören, sobald sie wieder davon anfing, hielt er sich die Ohren zu.

»Ist ja schon gut«, erwiderte sie dann, aber vor ihren Augen lief immer wieder diese eine Szene ab. Sie hatte nicht begriffen, was passiert war, hatte gedacht, Jutta wäre vor Erschöpfung eingeschlafen. Die Geburt habe sie sehr angestrengt, sagte der Arzt, und schließlich sei Juttas Herz nicht ganz in Ordnung gewesen. Aber Helma konnte trotzdem nicht glauben, was vor ihren Augen geschehen war. Jutta … sie war gegangen, einfach so, sie war einfach so gestorben. Als Helma in die betroffenen Gesichter des Arztes und der Krankenschwester blickte, gab es schließlich keinen Zweifel mehr. »Es stand auf der Kippe. Die Geburt war schwer, verlief aber ohne Komplikationen«, klang es wie eine Rechtfertigung des Arztes.

In den nächsten Tagen und Wochen hatte Helma ein Gefühl der Leere und der Trostlosigkeit befallen, das sie nicht losließ. Nur der Kleine, den sie nach dem Wunsch seiner Mutter Paul taufen ließ, hielt sie am Leben. Seine Schreie sorgten dafür, dass sie nicht vergaß, warum sie morgens aufstand.

Anfangs sollte Paul als Halbwaise mit unbekanntem Vater ins Heim kommen, wo man ihn angeblich zu einem vorbildlichen sozialistischen Bürger erziehen würde. Doch das konnte Helma nicht zulassen. Von Amt zu Amt lief sie. Mit fünfzig war sie nicht zu alt, um für ein Kind zu sorgen, sie war gesund und konnte arbeiten, um den Jungen durchzubringen.

»Es ist sinnlos, einen Kampf zu führen, den man nicht gewinnen kann.« Ausgerechnet Paul musste das sagen.

»Manchmal muss man alles riskieren«, erwiderte Helma. »Deine Mutter hat für dich ihr Leben gegeben.«

Aber das wollte er nicht hören. »Oma, du bist über siebzig, warum nimmst du das Angebot nicht an? Sprich wenigstens mit ihnen.«

Sie hatten ihr einen Platz im Altenstift in Neustrelitz angeboten. Allen voran Steffen Junghans, der neue Bürgermeister von Groß Bernow, der überall seine Nase reinsteckte. Steffen Junghans, den sie bereits als kleinen Knopf kannte, der immer seinem Vater, dem Bauern Junghans, tragen half, wenn sie mittwochs das Gemüse für die Tränke lieferten.

Er selbst war auf die Idee gekommen, das Gut zum Verkauf auszuschreiben, und hatte die ehemaligen Besitzer im Westen aufgespürt. Er war auch einer der Ersten, der seinen eigenen Grund den Bernows verkauft hatte, weil man sich angeblich den neuen Zeiten nicht verschließen dürfe.

Nachdem er mit den Bernows einig geworden war, hatte er für Helma – ohne sie zu fragen – einen Platz im Seniorenstift organisiert. Neubau, großer, heller Raum, sie könne ihre Möbel mitnehmen, wenn sie wolle, eigener Balkon ins Grüne, Versorgung und Ärzte im Haus, einfach traumhaft, andere würden sie darum beneiden. Er wolle nur, dass es ihr gut gehe, hatte Junghans gesagt, und das wollte auch der Herr von Bernow. Für Helma ein durchsichtiges Spiel. Loswerden wollten sie sie, nichts weiter!

Selbst Paul hatte ihr dazu geraten. »Sag bloß, du willst mich auch abschieben?«, hatte sie ihn angeblafft. Es war nicht ganz fair, so mit ihm zu reden, trotzdem musste sie sich versichern, dass er auf ihrer Seite stand, dass er nicht vergessen hatte, worum es eigentlich ging: Die Wagenseils hatten noch eine offene Rechnung mit den Gutsherren.

Genaueres hatte sie Paul allerdings nie erzählt, immer wenn sie sich vorgenommen hatte, ihm alles zu erklären, war er ihr noch zu jung erschienen, um es zu verstehen.

Mittlerweile war es an der Zeit nachzuholen, was sie versäumt hatte, das sah sie ein. Immerhin war er fast zweiundzwanzig. Aber warum sollte sie ihn mit der Vergangenheit belasten? Er konnte nichts ändern. *Sie* würde allerdings keinen Meter weichen, bevor die Bernows nicht für das Verantwortung übernahmen, was damals passiert war.

Helma hatte das alte und beinahe unleserliche Schild der Bushaltestelle mitten im Dorf erreicht. Auch das sollte erneuert werden. Sie warf einen Blick auf die Armbanduhr mit den großen Ziffern, die Paul ihr zum Siebzigsten geschenkt hatte. In zehn Minuten würde der Bus kommen, wenn er pünktlich war. Sie wusste nicht, ob sie Paul später von dem Besuch erzählen sollte. Die Herren in Neustrelitz wollten sie sprechen? Also gut. Aber die würden etwas anderes zu hören bekommen, als sie sich erwartet hatten. Helma griff in ihre Handtasche und überprüfte noch einmal, ob sie den Brief auch eingesteckt hatte.

Nur selten kam Helma nach Neustrelitz. In den zehn Jahren nach der Wende waren es vielleicht vier oder fünf Mal gewesen, und seit dem letzten Besuch hatte sich wieder viel verändert. Aber der Busfahrer kannte seine Heimatstadt gut, und die Adresse, die auf dem Briefumschlag stand, war nur wenige Schritte von der Haltestelle entfernt, an der sie ausgestiegen war. *Scheller und Pratsch, Rechtsanwälte, Termine nach Vereinbarung*, las Helma auf dem blanken Messingschild. Das mehrstöckige alte Haus, anscheinend noch vor dem Krieg gebaut, sah richtig herausgeputzt aus. Sie zögerte plötzlich, die Stufen hochzusteigen. Heute Morgen war sie noch fest entschlossen gewesen, das zu tun, wozu Paul sie seit einem Vierteljahr drängte, es wenigstens zu versuchen, aber jetzt zweifelte sie daran, ob diese Leute sie überhaupt verstehen würden. Vielleicht sollte sie besser umkehren.

»Möchten Sie hinein?«, fragte ein älterer Mann in Anzug und Krawatte, der ihr ungeduldig die Tür aufhielt.

»Eigentlich nicht«, antwortete Helma. »Aber wo ich schon einmal hier bin.« Sie setzte sich in Bewegung und betrat den hohen Flur des Hauses. Die Decke war kunstvoll bemalt, so wie damals das Herrenhaus von Groß Bernow. Geld geht eben zu Geld, dachte Helma. Als sie über die breiten Steinstufen im Hochparterre angekommen war, drückte sie den Klingelknopf. Ein leises Surren und die Tür zur Kanzlei sprang auf.

Ein solches Büro hatte sie noch nicht gesehen. Die Gänge mit Teppichboden ausgelegt, dass man seine eigenen Schritte nicht hören konnte, an den Wänden verrückte Bilder, gemalt mit dicken bunten Strichen, im Fenster Blumen, die aussahen wie Schmetterlinge. Früher sahen alle Büros gleich aus. Man lief über graues, verschlissenes Linoleum, war dankbar für das kleinste Grün im Fenster, und an der Wand hingen die einschlägigen Gesichter aus dem Politbüro.

Hinter der Anmeldung saß ein blasses Fräulein mit schwarz glänzender Pilzfrisur und schreiend roten Lippen, dürr wie eine Bohnenstange. »Was kann ich für Sie tun?«

»Ich bin hier, weil man mich sprechen möchte«, antwortete Helma.

»Wie ist Ihr Name, bitte?«

»Wagenseil, Helma Wagenseil.«

Die Sekretärin fuhr mit ihrem Zeigefinger über einen Kalender, hob dann den Kopf. »Haben Sie einen Termin?«

»Nein.«

»Ohne Termin empfängt Herr Scheller leider keine Mandanten.«

Die Fahrt hierhin hätte sie sich sparen können, dachte Helma, sie hätte wissen müssen, dass es diese Leute nicht ehrlich meinten. Von wegen: *Wir stehen Ihnen jederzeit für ein Gespräch zur Verfügung.* »Ich bin extra von Groß Bernow mit dem Bus gekommen.«

»Es tut mir leid, aber wenn Sie …«

»Ich werde warten«, erwiderte Helma, so einfach ließ sie sich nicht abweisen. Mit ihr spielte man kein schnelles Spiel mehr. Sie würde warten, bis sich einer dieser angeblich so verständnisvollen Herren bequemte, sie zu empfangen. Die Sekretärin warf ihr einen verständnislosen Blick zu und schien nicht recht zu wissen, was sie tun sollte. Helma kümmerte sich nicht weiter um sie und setzte sich auf einen der Stühle, die aufgereiht an der Wand standen. Für den Fall, dass die Herren meinten, sie könnten sie behandeln wie ein Stück Dreck, war sie auch vorbereitet. Sie hatte sich die passenden Worte zurechtgelegt.

Der Pilzkopf telefonierte. »Herr Scheller, hier sitzt eine Frau, die keinen Termin hat, die aber behauptet, dass sie erwartet wird … Ja, in Ordnung, werde ich tun, natürlich, Herr Scheller.« Das Gesicht der Sekretärin erhellte sich, offenbar hatte sie wichtige Nachrichten. Sie erhob sich und kam auf Helma zu, um sie ihr persönlich zu überbringen: »Herr Scheller ist momentan beschäftigt. Ich gebe Ihnen gern einen Termin in den nächsten Tagen.«

Momentan beschäftigt? Nichts als eine faule Ausrede. So einfach ließ sich Helma Wagenseil nicht abschütteln. Es machte ihr nichts aus zu warten. Sie hatte immer warten müssen, ihr Leben lang.

»Ich habe Zeit«, sagte sie.

»Nein, bitte, Frau ...«

»Wagenseil.«

»Herr Scheller hat heute wirklich keine Zeit für Sie.«

Helma hörte ihr nicht weiter zu, sollte die Bohnenstange doch die Polizei holen. Sie blieb auf dem Stuhl sitzen und betrachtete die seltsamen Bilder an der Wand. War das moderne Kunst? Anfangs warf ihr die Sekretärin noch verärgerte Blicke zu, doch dann gab sie es auf. Nach einer halben Stunde kam der Mann im Anzug herein, der Helma am Morgen die Tür aufgehalten hatte.

»Herr Scheller, da sind Sie ja«, sagte die Sekretärin wie erlöst.

Doch bevor sie weitersprechen konnte, war Helma bereits auf den Beinen. »Ich heiße Wagenseil«, sagte sie bestimmt und baute sich vor dem Anwalt auf, wie sie es immer gemacht hatte, wenn sie den Kühen den Rückweg zur Weide verstellen wollte.

»Ja, Frau Wagenseil ...«

»Helma Wagenseil aus Groß Bernow. Sie wollten mit mir sprechen.«

»Das ist die Dame, die sich nicht abweisen lässt«, mischte sich der Pilzkopf ein und rollte die Augen.

Anscheinend erinnerte sich Scheller jetzt. »Natürlich, Frau Wagenseil, kommen Sie doch bitte herein!«

Er ließ Helma den Vortritt in einen Raum, der wie abgeleckt aussah, bot ihr einen Sessel und ein Glas Wasser an. Mit einem Lächeln, das nicht aufhören wollte, griff er nach einem Aktenordner, der auf dem Schreibtisch lag, und setzte sich ihr gegenüber.

»Ich freue mich, dass Sie gekommen sind, Frau Wagenseil. Meine Aufgabe ist es, im Namen meines Mandanten,

Herrn Hartwig von Bernow, die Umstände noch einmal in aller Ruhe mit Ihnen zu besprechen. Wir werden sicherlich eine Lösung finden. Schließlich geht es darum, dass beide Seiten zufrieden sind. Sie werden sicher einsehen ...«

Dieses Büro, diese Sprache, dieser Tonfall. Das alles sagte Helma: Sie musste vorsichtig sein. Wie in den Briefen, anfangs klang es freundlich, überfreundlich, aber am Ende stand eine Drohung. Sprache konnte so gefährlich sein. Früher hatte sie sich dumm reden lassen, nicht nur sie, auch die anderen, von den Heuchlern der Partei, die ihnen in den Ohren hingen, von wegen der Solidarität und der glorreichen sozialistischen Zukunft, die dann aber nie kam. Stattdessen hatten sie den Bauern bis aufs Hemd alles weggenommen. Dann der dicke Mann aus dem Westen, der die blühenden Landschaften versprochen hatte. Und jetzt versuchte diese Bande, sie vor die Tür zu setzen. Sie durfte dem Gerede keinen Glauben schenken, sie musste vorsichtig sein, verdammt vorsichtig.

Als sie später im Bus nach Groß Bernow saß, atmete Helma immer noch schwer. So schnell konnte sie sich nicht beruhigen, viel zu sehr hatte sie sich aufgeregt. Sie war bereit gewesen, diesen Leuten entgegenzukommen, auch wenn es ihr schwerfiel, aber dieser Anwalt hatte ihr nicht zugehört, hatte sie erst gar nicht zu Wort kommen lassen. Es ging ihr doch nicht um dieses Altenheim mit Luxus. Sie hatte nie Luxus gehabt, sie konnte auch jetzt darauf verzichten. Und dann fing er mit Geld an.

»Was meinen Sie eigentlich, wen Sie vor sich haben?«, hatte sie ihn schließlich wutentbrannt unterbrochen. »Ich lasse mich nicht kaufen. Schon gar nicht von Leuten, die Schuld am Tod meines Vaters tragen. Die sogenannten

Herrschaften, die damals plötzlich verschwunden waren, als es darum ging, Flagge zu zeigen. Es muss endlich auf den Tisch kommen, was damals passiert ist.«

Scheller fiel das Lächeln aus dem Gesicht. Zuerst versuchte er, sie zu beruhigen, doch als er damit ankam, sie solle mit ihren Worten vorsichtig sein, wurde sie erst recht wütend. Schließlich hatte sie etwas gegen die Bernows in der Hand, was er mit seinem verdammten Geld nicht aus der Welt schaffen konnte. Sie war nicht abgehauen, damals, als die Panzer durch das Dorf rollten, sie hatte den Kopf des sterbenden Zimmermädchens in ihren Schoß gelegt. Und wer hatte das Haus vor der Sprengung bewahrt? Ihre Großmutter. Nichts als Feiglinge und Verräter, diese Bernows.

»Ich möchte unser Gespräch lieber beenden!«, hatte der Anwalt darauf verkündet. Was bildete der sich eigentlich ein? Sie musste sich nichts mehr gefallen lassen, die Zeiten waren vorbei. Auch wenn man sie für ihre Worte in den Bau stecken würde – denn in jedem Regime gab es schließlich einen Bau, in dem man diejenigen, die zu laut die Wahrheit sagten, verschwinden ließ.

Voll Zorn war sie aus dem Zimmer gelaufen. Die dürre Sekretärin konnte ihr gerade noch rechtzeitig ausweichen. Am liebsten hätte Helma beim Hinausgehen mit ihrer Handtasche die Bilder von der Wand gefegt, so wütend war sie gewesen.

Der Bus hielt in der Dorfmitte, die Tür ging mit einem Zischen auf, und Helma stieg aus. Es war bereits Nachmittag, und sie war durstig. Die Tränke, die nur ein paar Schritte entfernt lag, hatte bereits geöffnet. Lange war sie nicht mehr dort gewesen. Ein Bier wäre jetzt das Richtige, dachte sie, schließlich gab es etwas zu feiern.

19

»Da staunt man nicht schlecht«, begrüßte sie Pedro, der Wirt der Tränke, als Helma den Schankraum betrat. Die beiden alten Männer, die bei Bier und Kurzen an der Theke saßen, kannte sie zwar, hatte aber ihre Namen vergessen. Sie hoben ihre Köpfe und nickten ihr freundlich zu.

»Vielleicht sieht man mich nicht mehr so oft, aber ich gehöre zum Inventar«, erwiderte Helma. Schließlich war die Tränke ein Stück ihres Lebens.

»Natürlich gehört unsere Helma dazu. Daran wird sich auch nichts ändern.«

Vielleicht war sie auch wegen Pedros Sprüchen gekommen. Sie machten ihr Mut. Es tat gut zu wissen, dass man nicht in Vergessenheit geraten war, und wer außer Paul und ihm bemühte sich sonst um sie?

»Was darf es denn sein für unsere Helma?«, rief er ihr gut gelaunt zu.

»Ein großes Helles, wenn es das hier noch gibt«, antwortete sie im gleichen Tonfall. In der Tränke galt sie noch etwas. Nicht alle, aber viele der Gäste kannten sie noch von früher.

Pedro stülpte ein frisches Glas über den Zapfhahn und ließ das Gerstengold fließen. Eigentlich hieß er Peter, aber die Dörfler nannten ihn Pedro, seit er im Suff damit angegeben hatte, er wolle nach Mexiko auswandern und dort deutsches Bier verkaufen. »Das Erste geht aufs Haus, der alten Zeiten wegen!«

Für Helma war er immer noch der kleine Peter, Harrys Sohn, der es hasste, seine Schulaufgaben zu machen, und dem sie manchmal eine hinter die Löffel gegeben hatte, damit er spurte. Nach den Jungpionieren war er mit vierzehn in die FDJ eingetreten und wollte später unbedingt zur Armee gehen, doch der Unfall mit dem Knie hatte alles kaputt gemacht. Letztlich konnte er froh sein, dass ihm sein Vater die Tränke hinterlassen hatte, und als Helma aufhörte, hatte er sich allein hinter den Tresen gestellt und sich bis heute durchgeschlagen. Eigentlich tat er ihr leid. Was hatte er nicht alles versucht, um Erfolg zu haben? Aber erreicht hatte er nichts. Nicht einmal Frau und Kinder hatte er. Jetzt versuchte er, aus der Tränke eine Fremdenpension zu machen. Aussichtslos, denn auf kurz oder lang würden ihm die Bernows das Wasser abgraben, um sich unliebsame Konkurrenz vom Hals zu schaffen.

»Vielleicht wird die Tränke bald wieder Gutsschänke heißen«, sagte sie, als sie das Frischgezapfte in Empfang nahm. Sie sagte das nicht, um ihn zu ärgern, sondern um sich zu vergewissern, dass sie sich auf ihn verlassen konnte. Sie brauchte jetzt Verbündete. Viele aus dem Dorf hatten sich bereits auf die andere Seite geschlagen, auf die der Bernows und die von Junghans. Nachdem er sie angeblich nur schützen wollte, behauptete er jetzt, sie würde sich aus Starrsinn gegen die Interessen des Dorfes stellen. Dabei war sie eine der Ersten, die die Ärmel hochgekrempelt hatten, als es hieß: Wir helfen beim sozialistischen Aufbau!

Pedro griff zum Klaren und schenkte den beiden Alten nach. »Da ist noch nicht das letzte Wort gesprochen, glaub mir, Helma«, rief er laut und vernehmlich in den Gastraum hinein, als wäre er vollbesetzt. »Wir lassen uns nicht die Butter vom Brot nehmen.«

»Nein, das lassen wir nicht zu«, betonte Helma. In ihren Ohren klang es wie eine Kampfansage, denn beide standen sie mit dem Rücken zur Wand. Aber das machte sie nur stark. Sollten sie doch kommen, die Bernows dieser Welt.

Der Brief

1

Bad Godesberg, Ende April 1998

»Erpressung nennt man das«, zischte Anja, auch wenn sie sich bewusst war, dass sie bereits verloren hatte, schließlich saßen sie im Wartezimmer des Notariats Teitelboom & Stegner. Imre Teitelboom, ein guter Freund von Hartwig, hatte sie vorab mit Umarmung begrüßt und ihr mit Nachdruck zum Kauf gratuliert. Familientradition sei etwas Wunderbares, dazu ein scheinheiliges Lächeln, als wüsste er nicht genau, dass es vor allem Hartwigs Projekt war.

»Warum nennst du es nicht einfach Schicksal?«, gab Hartwig zurück, ohne sie anzusehen.

Seit dem Überraschungsdinner mit der Familie und einigen ehemaligen Kollegen hatte sich alles zwischen ihnen geändert. Sie waren nicht mehr die eingeschworene Gemeinschaft von einst. Zwischen ihnen verlief ein Graben, der immer tiefer wurde. Hartwig zog sein Ding eisern durch. Nie hätte Anja geglaubt, dass sich seine Zielstrebigkeit, der er auch seine Karriere zu verdanken und die sie seit der Studentenzeit an ihm bewundert hatte, so krass gegen sie wenden könnte. An dem Abend im Dreesen hatte sie sich zusammenreißen müssen, um nicht aus der Haut zu fahren und Hartwig vor versammelter Mannschaft die Leviten zu lesen.

Jetzt verstand sie auch, warum er ihr nach der Rückkehr von seiner angeblichen Erfahrungstour in den Osten so verändert vorgekommen war. Sie hatte sich bereits vorher gewundert, dass er aus freien Stücken gefahren war, wo er doch jedes Mal stöhnte, wenn er dienstlich dort hinsollte. Und nach seiner Rückkehr machte er dann plötzlich unfassbare Dinge: reparierte den stotternden Rollladen im Wohnzimmer, fachsimpelte mit ihrem Nachbarn über englische Parkrosen und deckte sogar den Tisch fürs Abendbrot.

Angeblich sollte der Osten ja immer noch Wüste sein, auch zehn Jahre nach der Wende. Anja hatte daran gedacht, dass sich Hartwig vielleicht auf Spurensuche nach seiner Familie begeben wollte, seine Mutter stammte aus dem Osten. Gutsherrin von riesigen Ländereien sollte sie dort gewesen sein, die den Bernows vor dem Krieg gehörten. Anja hatte gehofft, dass sich Hartwig bei der Reise in die Vergangenheit selbst wiederfinden würde. Aber später folgten Geheimnistuerei, endlose Telefonate, und er ließ so eigenartige Bemerkungen los wie: »Es stimmt nicht, was im Westen erzählt wird, Dunkeldeutschland und so weiter. Du wirst sehen, dort gibt es landschaftlich unglaublich schöne Regionen.« Als ob sie die Absicht gehabt hätte, in nächster Zeit einen Fuß in diese Gegend zu setzen.

Zuerst vermutete sie, dass etwas anderes dahintersteckte: eine Frau. Es war das erste Mal gewesen, dass Anja ein solcher Verdacht kam, bislang hatte es nie einen Grund dafür gegeben. Es beruhigte sie dann auch vollkommen, als er verkündete: »Ich habe für Samstag ein Dinner im Dreesen bestellt.« Ein Dinner für zwanzig Personen in einem der renommiertesten Hotels am Rhein war doch etwas zu aufwendig, um eine Affäre zu entschuldigen. Was dann kam, übertraf allerdings alles, was sie befürchtet hatte. Hartwig hatte über ihren Kopf hinweg entschieden, und es blieb ihr nur übrig mitzuspielen. Sie saß in der Falle. Die Rolle der zuverlässigen, diplomatischen Ehefrau hatte sie sich selbst ausgesucht. Das war ihr mit einem Schlag bewusst geworden. Wie bereitwillig hatte sie Hartwig immer alle größeren Entscheidungen überlassen. Jetzt lautstark zu protestieren, hätte nichts als Peinlichkeit ausgelöst.

Und weil sie sich in der Vergangenheit immer Hartwigs Entscheidungen gefügt hatte und nie dagegen aufgestanden war, saß sie nun im Wartezimmer von Teitelboom & Stegner. Nicht etwa, dass Hartwig keine Diskussion zugelassen hätte, dazu war er zu schlau. Natürlich hatten sie diskutiert, bereits nach dem Dinner im Auto. Was ihm einfiele, sie bei einer so weitreichenden Entscheidung einfach außen vor zu lassen, hatte sie ihm an den Kopf geworfen. Doch wie üblich hatte er den Spieß umgedreht, ein solches Angebot könne man einfach nicht ablehnen, nur ein Dummkopf würde die Chance seines Lebens ungenutzt an sich vorüberziehen lassen.

Nicht das geringste Verständnis dafür, dass sie sich nicht von heute auf morgen in eine Gegend verpflanzen lassen wollte, wo sie niemanden kannte und niemand sie kannte. Das Rheinland war ihre Heimat, auch ihre gemeinsamen Kinder waren hier aufgewachsen: Sabrina, die an der Uni Bonn studierte, und Jan, der demnächst seinen Dienst bei der Bundeswehr antrat. Nicht zuletzt lebte ihr Vater hier und ihre Freundinnen, mit denen sie sich regelmäßig traf. War das alles nichts?

»Bitte bleib fair, Anja. Hast du nicht gesagt, dass du einen Tapetenwechsel brauchst, dass das Leben so nichtssagend dahinplätschert? Und jetzt, wo das Leben wieder etwas zu bieten hat und eine richtige Aufgabe ansteht, da passt dir plötzlich alles nicht.«

Aber Tapetenwechsel und ein völlig neues Leben waren

schließlich nicht dasselbe. Außerdem bestand ein erhebliches Risiko. »Für dich ist alles so selbstverständlich. Als hättest du nie etwas anderes gemacht. Das ist doch auch Neuland für dich. Was ist, wenn die Touristen um dein Gutshaus und deine Ferienwohnungen einen großen Bogen machen und du auf den Kosten sitzenbleibst?«

»Natürlich habe ich daran gedacht. Mecklenburg-Vorpommern ist eine aufstrebende Region. Die Touristenzahlen steigen zuverlässig Jahr für Jahr, und Pferdepensionen sind der Renner.«

Seitdem ging es zwischen ihnen hin und her. Alles wusste er besser, nicht einen ihrer Einwände akzeptierte er. Meistens ließ er sie nicht einmal ausreden. Sie brauche sich keine Sorgen zu machen, er habe alles im Griff, und wenn sie jetzt nicht zuschlagen würden, verpassten sie die Chance, größere Weideflächen hinzuzukaufen oder zu pachten. Schließlich seien sie nicht die einzigen Interessenten. Alles lief darauf hinaus, dass Hartwig seinen Willen bekam.

Gegenseitiges Vertrauen, das war die Basis ihrer Ehe gewesen. Und jetzt musste Anja erleben, dass es sich rächte, seit Beginn ihrer Ehe kein eigenes Konto zu haben, keinen Job und kein selbstverdientes Geld. Sie hatte sich sehenden Auges abhängig gemacht, weil es so bequem war. Wie dumm war sie nur gewesen?

Aber das war nicht alles: Hartwig hatte ihr unmissverständlich mitgeteilt, er würde das Gut auch ohne ihre Zustimmung kaufen, aber dann müsse ihr klar sein, dass sie in Zukunft kein Anrecht darauf habe. Und Hartwig hielt immer sein Wort. Gab es noch einen anderen Weg, als die Verträge zu unterschreiben, um wenigstens mitreden zu können?

Die Tür zum Büro des Notars öffnete sich, Imre Teitelboom kam mit einem Lächeln auf sie zu und sagte mit einladender Geste: »Darf ich bitten.«

Warum sah Anja nicht ein, dass er es nur gut meinte? Die Zeit war ideal, noch einmal neu anzufangen. Nicht nur er sagte das, alle seine Freunde sagten das.

Hartwig hatte nicht erwartet, dass Anja so voller Vorurteile steckte. Sie sei zu jung, um sich bis ans Ende ihrer Tage in der Provinz zu vergraben. Sie tat ja gerade so, als bedeutete es, aus der Weltgemeinschaft auszutreten, wenn sie ein paar Kilometer weiter in den Norden gingen. Es war auch nicht so, dass er sich ihren Argumenten verschloss, sie hatte nur kein einziges vorgebracht, das man als stichhaltig bezeichnen konnte. Stattdessen ritt sie darauf herum, dass er sie nicht vorher gefragt habe, und wollte nicht akzeptieren, dass schlichtweg keine Zeit zum Überlegen gewesen war. Er hatte voll und ganz damit gerechnet, dass sie sich darüber freuen würde. Was sonst? Über so viel Glück konnte man sich doch nur freuen!

Er hatte endlich das Gefühl, seinem Leben wieder einen Sinn zu geben, einen wirklichen Sinn. Insgesamt bedauerte er seine berufliche Laufbahn nicht. Schließlich war es viel Arbeit gewesen, in die Riege der Spitzenmanager eines internationalen Konzerns wie der CONTAC aufgenommen zu werden, und er war immer stolz darauf gewesen. Aber das, was er am Ende dort hatte tun müssen, hatte ihn vom Glauben abgebracht. Die Erfahrung, dass seine Arbeit nur Zerstörung hinterließ, wenn er die angeblich nicht überlebensfähigen Ostfirmen abwickelte, hatte seine Entscheidung endgültig gemacht, sich zurückzuziehen. Viele von diesen Betrieben hätten gerettet werden können. Doch es ging um die Sicherung der Absatzmärkte, und da hörte die Brüderlichkeit auf. Er hatte es schlichtweg nicht mehr ausgehalten, Existenzen auszulöschen und ganze Belegschaften auf die Straße zu setzen.

Das Dinner in dem alten Rheinhotel hatte er in der Überzeugung arrangiert, dass es sein Abend werden würde. Die Kollegen sollten vor Neid erblassen, allein das Bild von einem Leben auf den eigenen Ländereien, einem Pferdegut im Land der tausend Seen, sollte ihnen den Mund wässrig machen. Alles, was sie sich erträumten, würde er haben, er, der nach seiner Kündigung von manchen sogar bemitleidet worden war, weil er sich angeblich selbst ruiniert hatte. Aber jetzt hatte die eigene Familie ihm den Spaß verdorben.

Er war nicht schuldlos daran, dass es zwischen Anja und ihm nicht mehr so gut funktionierte wie früher, das wusste er auch. Mit der Liebe hatte es aber nichts zu tun, jedenfalls nicht mit seiner. Er liebte Anja immer noch wie am ersten Tag. Er sah auch ein, dass es nicht richtig gewesen war, bei der CONTAC alles hinzuschmeißen, ohne vorher mit ihr geredet zu haben. Letztlich musste jedoch er allein wissen, ob er noch die Verantwortung für das übernehmen wollte, wozu man ihn zwang. Er wollte Anja nur die seelische Berg- und Talfahrt ersparen, die ihn selbst so schwer gebeutelt hatte. Er wollte doch nur das Beste für sie und ihn, für sie beide. Warum vertraute sie ihm nicht mehr?

Noch war genügend Zeit, alles wieder geradezurücken, und am Ende würde Anja sicherlich so glücklich über die Entscheidung sein, in den Osten zu gehen, wie er. Sie war eben nicht der Typ für schnelle Entschlüsse, und der Makler hatte ihm die Pistole auf die Brust gesetzt. Umso besser, dass Verlass auf seinen alten Freund Imre Teitelboom war. Die Kaufverträge waren wasserdicht, und Imre hatte auf sein ausdrückliches Bitten hin strikt darauf geachtet, dass Anjas Interessen gewahrt wurden.

Hartwig hatte seiner Mutter versprochen, nach dem Notartermin mit Anja auf eine Tasse Kaffee vorbeizuschauen. Aber auch Margot verhielt sich so eigenartig reserviert seit dem Dinner. Was war nur los mit den Frauen? Als Hartwig nach seiner Ansprache im Dreesen mit ihr anstoßen wollte, hatte sie fast verängstigt gewirkt: »Ich gratuliere dir, mein Sohn, aber es wird nicht einfach werden.«

Natürlich würde es nicht einfach werden, was war schon einfach? Aber so, wie sie es gesagt hatte, klang es, als würde Unheil über ihren Köpfen schweben. Gerade von seiner Mutter aber hatte er uneingeschränkte Unterstützung erwartet. »Freust du dich denn nicht?«

»Es ist alles schon so lange her«, hatte sie erwidert und wirkte plötzlich wie erschlagen, als hätte sie eine Hiobsbotschaft erhalten. Nicht viel später hatte sie sich wegen Schwindelgefühlen entschuldigt und von einem Taxi zurück in die Rheinresidenz bringen lassen. Vielleicht war die Überraschung einfach zu viel für sie gewesen. Immerhin zählte sie mittlerweile vierundachtzig Lenze, und in letzter Zeit fühlte sie sich oft schwach und hatte Probleme mit dem Kreislauf.

In seiner Jacketttasche steckten ein paar Fotos, die er bei seiner Erkundungstour an der Seenplatte aufgenommen hatte, natürlich auch vom Gut. Beim Kaffee würde er sie Mutter zeigen. Er wollte auch einige der alten Geschichten hören, die sie ihm als Kind erzählt hatte, von dem Aufruhr, wenn die Gesellschaft zur Jagd aufbrach oder wenn die Gutsbesitzer der Umgebung wie die Könige mit ihren

Limousinen zum großen Ball vorfuhren. Hartwig liebte diese Geschichten nach wie vor. Er hatte seinen Vater immer vermisst, auch wenn Mutter alles versucht hatte, ihn zu ersetzen. So erklärte er sich auch, warum sie ihn manchmal hart angegangen war, wenn er als Schüler Zensuren heimbrachte, die nach ihren Worten nicht seinen Fähigkeiten entsprachen. Fuchsteufelswild konnte sie dann werden. Aber es war ja nicht oft vorgekommen.

»Grüß bitte deine Mutter von mir«, riss Anja ihn aus den Gedanken. Wenigstens sprach sie wieder mit ihm. Die ganze Fahrt auf der B9 über, von Teitelbooms Kanzlei in Godesberg bis kurz vor der Bonner Innenstadt, hatte sie geschmollt. »Ich kann beim Kaffee leider nicht dabei sein. Mir ist etwas dazwischengekommen.«

»Und was, wenn ich fragen darf?«

»Ich hatte ganz vergessen, dass ich heute mit Evi und Linda verabredet bin.«

Natürlich, die Waffenschwestern versammelten sich wieder, um ihre Eisen gegen die Männerwelt zu schmieden. Nur immer Öl ins Feuer.

»Wo darf ich dich absetzen?«

»Am Alten Zoll, wenn es dir nichts ausmacht.«

Von Mutter würde er sich dann anhören müssen, dass Anja sie nie respektiert habe und es nur ihre Schuld sei, dass sie sich nicht verstehen würden. Nicht zum Aushalten. Vielleicht sollte Hartwig sich einfach aus dem Staub machen und nach Groß Bernow fahren. Wegen der Renovierungen war eine Unmenge zu besprechen, und schließlich wollte er ein Auge auf alles haben, was auf seinem Grund und Boden geschah.

Unweit vom Alten Zoll befand sich der Anleger der Rhein-nixe, der kleinen Fähre, die zwischen der Bonner Seite und den Beueler Rheinterrassen verkehrte. Nach einer sanften Schaukelpartie über den Fluss hatten sich Anjas Nerven gesehnt. Ein oder zwei falsche Worte von Seiten ihrer Schwiegermutter hingegen, und der kalte Krieg zwischen ihnen wäre offen ausgebrochen.

Der Bauch der Rheinnixe füllte sich mit Touristen und Menschen, die genug Zeit für eine gemütliche Überfahrt hatten. Anja setzte sich ans Fenster und spürte plötzlich, dass der Notartermin etwas mit ihr gemacht hatte. Fast unmerklich löste sich die Nixe vom Ufer, driftete allmählich in die Mitte des Flusses, und das vollständige Panorama der Oper und der Kennedybrücke eröffnete sich. Der Postturm an den Rheinauen kam in Sicht, das ergrünende Ufer wurde immer länger. Mitte Mai würde es dort anfangen zu blühen. Sie musste nicht lange warten, bis ihr die Tränen kamen.

Wie konnte Hartwig nur annehmen, dass sie ihrer Heimat so einfach den Rücken kehren würde? Er war eben kein echter Rheinländer, andernfalls wäre er nicht im Traum darauf gekommen, das von ihr zu verlangen. Das Schlimmste aber war, dass sie immer nachgab. Sie beschwerte sich, aber am Ende machte sie genau das, was sie eigentlich nicht wollte. Und Hartwig baute darauf, dass sich nichts daran änderte. Auch heute war es wieder so abgelaufen. Sie hatte diese Kaufverträge unterschrieben, war jetzt zur Hälfte Mitbesitzerin eines modrigen alten Kastens samt Stallungen und Koppeln, wovon sie bisher nur trostlose Fotos gesehen hatte. Gratulation, Anja!

Hartwig schien es kaum erwarten zu können, die Zelte hier abzubrechen. Einfach herzlos, dieser Mann. Anscheinend machte es ihm nicht einmal etwas aus, dass er Sabrina und Jan quasi vor die Tür setzte, wenn er seinen Plan umsetzen und ihr Heim in Wachtberg tatsächlich verkaufen würde. Und da sollte man nicht heulen? Sie zog ein Taschentuch aus der Jackentasche und putzte sich die Nase. Aber in der Angelegenheit war das letzte Wort noch nicht gesprochen. Auch wenn es seiner Meinung nach keinen Sinn machte, eine 300-Quadratmeter-Villa mit großem Garten leer stehen zu lassen, weil sie nur Unkosten verursachte und man das Geld besser dort oben in den Pensionsbetrieb investierte.

Gar nicht zu reden von Papa, ihrem Paps, der sie jetzt dringend brauchte. Auch wenn er ihr versicherte, sie müsse sich keine Sorgen um ihn machen, es sei alles nur halb so wild, war es doch unübersehbar: Seit Mamas Tod vor drei Jahren baute er ab, sein Gedächtnis war nicht mehr zuverlässig, an schlechten Tagen hörte seine rechte Hand nicht auf zu zittern, und neuerdings schlurfte er beim Gehen. Wie lange würde er seinen eigenen Haushalt noch führen können? Jemand musste ein-, zweimal in der Woche nach dem Rechten sehen, und sie war es ihm schuldig.

Die Nixe hatte sich gedreht und näherte sich Zentimeter für Zentimeter dem Anleger auf der Beueler Seite. Als Anja ausstieg, fühlte sich die Luft nasskalt an, und der Wind zerzauste ihre Haare. Jetzt könnte sie ein Bier vertragen, vielleicht auch zwei. Eine willkommene Abwechslung von dem ewigen Rotwein, den Hartwig bei jeder Gelegenheit auftischte. Ihre Freundin Evi würde ihr bestimmt dabei Gesellschaft leisten, während Linda strikt gegen Alkohol war, ihren Durst lieber mit Saftschorle löschte und meistens Rohkost aß, als könnte sie damit die Welt retten. Oft genug hatten Evi und Anja sie damit aufgezogen, wenn sie sich in den Rheinterrassen trafen. Aber das änderte nichts an ihrer unverbrüchlichen Freundschaft, die sie seit ihrer gemeinsamen Zeit in der Schule verband.

»Du siehst aus, als hätte dich Dracula zum Lunch vernascht«, begrüßte Evi sie mit einem kurzen spitzen Lacher. Linda musterte sie ausführlich, ohne die Miene zu verziehen, und streckte ihr dann stumm die Hand entgegen.

»Ein Bier, bitte«, mehr sagte Anja dazu nicht, und der Kellner machte gleich wieder kehrt in Richtung Tresen, um die Bestellung aufzugeben.

»So durstig?«, fragte Evi. »Stimmt etwas nicht?«

Eigentlich hatte sich Anja nach den beiden gesehnt, nach Verbündeten, denen sie ihr Herz ausschütten konnte, aber plötzlich war das nicht mehr so einfach, es war sogar ziemlich kompliziert.

»Eheprobleme?« Offenbar konnte Evi ihre Neugierde kaum bremsen, und Linda schloss sich mit schadenfrohem Unterton an. »Wirst doch nicht auf einmal menschlich werden?«

Evi war das zweite Mal unglücklich verheiratet, Linda hatte nie einen gefunden, für den sie sich zur Ehe hätte durchringen können, und beide waren kinderlos. Jahrelang hatte Anja es genossen, die beneidete Henne im Glück zu sein, verheiratet mit einem blendend aussehenden, erfolgreichen Mann, der noch dazu ein guter Familienvater war, mit zwei Bilderbuchkindern, die in der Schule keine Probleme machten. Und jetzt: willkommen im Club? Wollte sie wirklich zu den frustrierten Zaungästen gehören?

»Ist wohl fremdgegangen, der Göttergatte?«, bohrte Evi, und weil Anja nicht sofort antwortete, fühlte sie sich bestätigt. »Immer dasselbe.«

»Ich dachte, es wäre so«, nahm Anja ihr die Luft aus den Segeln. Sie erzählte, dass sich Hartwig auf den Spuren seiner Familie zwei Wochen lang in den Osten abgesetzt habe und sie in den Glauben verfallen sei, er ginge fremd. »Aber das war natürlich völliger Blödsinn. Auch wenn wir uns zugegeben in letzter Zeit öfter in den Haaren liegen. Hartwig leidet im Augenblick ziemlich darunter, dass er beruflich nicht so ausgelastet ist wie früher.«

Es war nicht das, was sie eigentlich loswerden wollte, doch in letzter Sekunde hatte sie die Kurve gekratzt. Den Spott und die Genugtuung in den Gesichtern, dass sie in einer waschechten Ehekrise steckte und sie am Ende nicht besser dastand als die meisten Frauen ihrer Generation, wäre unerträglich gewesen. Als Evi das Thema wechselte und die Sprache auf das beste Wellnesshotel auf Madeira brachte, in dem sie ein Doppelzimmer für sich allein gebucht habe, atmete Anja auf.

~

»Schade, dass Anja nicht mitgekommen ist«, hatte Mutter zu ihm gesagt, »aber auf meine Gesellschaft hat sie ja nie besonderen Wert gelegt.«

Hartwig schwieg seit Jahren zu den Sticheleien zwischen ihr und Anja, was sollte er sich den Mund verbrennen? Sie schenkten sich nichts, und das würde sich wohl kaum noch ändern. Aber Mutter schien seinen Besuch wie immer genossen zu haben. Jedes Mal berührte es ihn, wie sie sich bemühte und ihn bewirtete, wenn er für eine Stunde zu ihr kam. Sie zeigte ihm dann, wie sehr sie das zu schätzen wusste, kaufte Kuchen und machte Kaffee.

Diesmal war Hartwig nicht mit leeren Händen gekommen. Er brachte seiner Mutter die Nachricht, dass sie die Kaufverträge unterschrieben hatten. Nicht zuletzt, weil er ihr etwas von dem zurückgeben wollte, was sie für ihn getan hatte. Der Kauf des Gutes war auch ein Geschenk an sie. Doch der heruntergekommene Eindruck, den die alten Mauern im Augenblick noch machten, schien ihr ans Herz zu gehen. Sie konnte sich nicht richtig freuen. Ihr waren die Tränen gekommen, als er ihr seine Fotos von dem Gut gezeigt hatte. Sie hatte sie sogar zurückgewiesen, als er sie ihr schenken wollte.

Offenbar hatte sie auch Angst vor dem Umzug. Das Rheinland war immerhin ihre zweite Heimat geworden, sie hatte es nie mehr verlassen seit ihrer Flucht damals kurz nach dem Krieg. Und im Seniorenstift musste sie auf nichts verzichten, Service und Ärzteversorgung inbegriffen. Er hatte sie beruhigt, dass sie nichts vermissen würde dort oben, und ihr noch einmal versichert, dass er sich persönlich um ihr Wohl kümmere. Sie war ganz gerührt gewesen, hatte seinen Arm gestreichelt und erwidert, sie wisse, dass sie sich auf ihn verlassen könne.

Lange hatte er sich mit dem schlechten Gewissen herumgeschlagen, seine Mutter nicht zu sich nach Wachtberg genommen zu haben, auch wenn er jeden Monat einen großzügigen Betrag auf ihr Konto überwies, damit es ihr an nichts fehlte. Aber da sich Anja und sie von Anfang an nicht verstanden hatten, hätte es nur Unfrieden gebracht, und Anja und die Kinder waren nun einmal der Mittelpunkt seines Lebens.

Der Umzug nach Mecklenburg war die ideale Lösung. Das Gut bot genug Platz für alle, und man konnte sich leicht aus dem Weg gehen, wenn man wollte. Alles würde sich einrenken. Als Hartwig in die Auffahrt seines Hauses in Wachtberg abbog, war er sogar davon überzeugt, dass sich Anja und seine Mutter eines Tages doch noch versöhnten.

2

Ende Mai 1998

Vor ihrer ersten gemeinsamen Fahrt in den Osten hatte Anja sich gefürchtet, denn mittlerweile gerieten Hartwig und sie wegen jeder Kleinigkeit in Streit. Jetzt fuhren sie seit fünf Stunden in Richtung Norden und schwiegen sich an. Schweigen war auf Dauer auch keine Lösung, aber allemal besser als der ständige Kleinkrieg. Offenbar hatte Hartwig verstanden, dass er mit seinen permanenten Lobeshymnen auf den Osten bei ihr keine Begeisterung, sondern eher Misstrauen auslöste. Sie brauchte seine belehrenden Tiraden nicht, um sich ihre eigene Meinung zu bilden. Auch sie wusste, dass die Menschen im Westen voller Vorurteile steckten. Ihr eigener Vater nannte die ehemalige DDR immer noch »die Zone« mit einer gewissen Herablassung, obwohl er nie da gewesen war. »Zone« klang wie »Straflager«. Als hätten alle, die dort lebten, Schuld auf sich geladen. Jedenfalls musste es einen Grund geben, dass es »die da im Osten« schlechter getroffen hatten, und einen dafür, dass es ihnen im Westen besser ging. Aber den schien niemand genau zu kennen, bis heute nicht.

Sie hatte sich immer für eine aufgeschlossene Person gehalten. Aber als damals der Beschluss gefallen war, die Hauptstadt vom Rhein an die Spree zu verlegen, hatte sie auch zu denjenigen gehört, die die Welt nicht mehr verstanden. Einem Haufen Verlierer sollte die Hauptstadtwürde anvertraut werden? Ausgerechnet Berlin musste es werden, die Stadt der Mauer und des Schießbefehls. Dazu dieser großkotzige Dialekt, der bei Anja die Toleranzgrenze rot aufleuchten ließ.

Das war zehn Jahre her. Längst waren andere Zeiten angebrochen, wenn Anja Hartwigs Worten Glauben schenken durfte. Aber wer kannte schon Neustrelitz und Neubrandenburg? Von diesem Flecken namens *Groß Bernow* gar nicht zu reden, den man mit der Lupe auf der Landkarte suchen musste. Allein der Name brachte einen zum Lachen – oder zum Weinen.

Nicht weit hinter Lüchow-Dannenberg ließen sie den Westen endgültig hinter sich. Doch das Bild änderte sich nicht, nach wie vor flog eine grüne Landschaft aus Wiesen und Wäldern an ihrem Fenster vorbei. Ihr Bäcker in Wachtberg hatte einmal behauptet, man könne es riechen, wenn man die Grenze hinter sich gelassen habe, im Osten würde eine ganz andere Luft wehen. Wer wollte schon in eine Gegend, die unangenehm riecht? Anja hatte damals laut gelacht, aber jetzt ertappte sie sich dabei, wie sie schnupperte, ob von dem Geruch vielleicht etwas in den Wagen drang.

Vor ihnen blitzte auf einmal eine silbrige Fläche auf. »Das wird die Müritz sein«, fand Hartwig zur Sprache zurück. »Bald sind wir da. Du wirst sehen, dass ich dir nicht zu viel versprochen habe, die Landschaft ist einzigartig. Es gibt hier sogar Fischotter und Seeadler.«

Seine Begeisterung schien echt. Sollte sie ihren Widerstand aufgeben? Schließlich war es nicht zu ändern: Sie war die neue Gutsherrin von Groß Bernow.

»Die meisten Wessis haben ja keine Ahnung von den Schätzen, die man hier im Osten heben kann.« Hartwig blieb nicht mehr viel Zeit, Anja die Gegend schmackhaft zu machen. »Ich gebe gern zu, dass hier noch einiges im Argen liegt, Schatz«, fuhr er fort. Selbst auf den letzten Metern musste er es noch versuchen in der Hoffnung, dass sie seine Erklärungen zugänglicher machten. »Du darfst aber die anderen Umstände nicht vergessen. In der DDR musste oft jeder Sack Zement, jeder Eimer Farbe unter der Hand organisiert werden. An Renovieren war kaum zu denken. Erst seitdem die Mauer gefallen ist, ändert sich das.« Anja tat so, als hätte sie nicht zugehört. Er musste also damit rechnen, dass sie ihm kurz nach dem Ortsschild von Groß Bernow an die Gurgel gehen würde.

Wer hier investierte, musste Mut haben, das war unbestreitbar. Aber gerade deshalb hatte ihn die Aufgabe so gereizt. Ohne Vision ging gar nichts. Um sein Ziel zu erreichen, blieb einem nur übrig, die Hindernisse auf dem Weg kurzfristig auszublenden. Zugegeben, in Groß Bernow gab es zurzeit noch jede Menge davon.

Die im Osten gaben sich alle Mühe, aus dem Tran zu kommen. Jedenfalls hatte Hartwig diesen Eindruck gewonnen. Es verstand sich von selbst, dass es mit der Entwicklung nicht so schnell ging. Über vierzig Jahre Fremdbestimmung war an den Menschen nicht spurlos vorübergegangen. Und als Wessi tat man gut daran, Geduld aufzubringen, sonst brachte man alle gegen sich auf und erreichte am Ende das Gegenteil.

Laut Schildknecht, seinem Bauleiter und Helfer in allen Belangen, sollte die Bernower Landstraße aufgerissen und neue Leitungen verlegt werden. Bei der Gelegenheit würden auch alle Anwohner endlich ein Telefon bekommen.

Das war doch ein echter Fortschritt. Hoffentlich hatten die Arbeiten begonnen, dann könnte er Anja wenigstens beweisen, dass sich etwas bewegte. Doch sicher war wieder irgendwo Sand im Getriebe des Gemeindeamts. Das verstand sich besonders darauf, wie man vielversprechende Projekte möglichst effektiv blockierte.

Wenigstens gab es im Dorf eine Übernachtungsmöglichkeit. Die Bernower Tränke, wo er reserviert hatte, war definitiv kein Sternehotel, aber das Herrenhaus war von dort aus mit wenigen Schritten erreichbar.

Hartwig hatte Schildknecht gedrängt, die Arbeiten voranzutreiben, und an der Außenfassade waren die Fortschritte bereits sichtbar. Anders sah es mit dem Innenausbau aus. »Warte noch«, hatte er versucht, Anja davon abzubringen, ihn bereits diesmal zu begleiten. »In zwei, drei Wochen können wir in unserem neuen Zuhause übernachten.« Aber sie hatte darauf bestanden mitzufahren. »Ich will mich so früh wie möglich dem Anblick aussetzen, um dagegen immun zu werden.« Sie konnte es einfach nicht lassen, zu provozieren, und beinahe hätte es wieder Streit gegeben.

Der Zirkus mit den Umleitungen begann. Daran würde sich vermutlich so schnell nichts ändern. In jeder Ortschaft gab es mindestens eine, und seit seinem letzten Besuch schien sich ihre Zahl verdoppelt zu haben.

»Wir müssen unser Haus in Wachtberg nicht verkaufen, wir könnten es vermieten«, meinte Anja, als er nach einer Irrfahrt plötzlich auf offenem Feld landete.

Ein erstes gutes Zeichen, dachte er, endlich war sie bereit, sich vernünftig mit ihrem neuen Leben auseinanderzusetzen.

»... und die Räume im Souterrain als Ferienwohnung

ausbauen, wenn ich mal Sehnsucht nach dem Rhein habe und Papa besuchen will.«

»Ja, warum nicht?«

Es war nicht ehrlich von ihm, aber auch der falsche Zeitpunkt, ihr zu eröffnen, dass er längst einen Käufer gefunden hatte, der bereit war, einen absoluten Spitzenpreis für das Anwesen zu zahlen. Er würde es Anja später in aller Ruhe erklären, auch die Angelegenheit mit der alten Frau, die sich mit Händen und Füßen sträubte, aus ihrem Häuschen in der Allee auszuziehen. Nicht Geld, nicht einmal der Tausch mit einer komfortablen Neubauwohnung ohne Mehrkosten hatten die Querulantin dazu bewegen können. Der juristische Weg, sie loszuwerden, war denkbar: Kündigung wegen Eigenbedarf. Und wenn das nicht zum Erfolg führte, gab es noch den Räumungsbefehl. Fragte sich nur, ob es angemessen war, als Wessi eine Einheimische, dazu eine mittellose alte Frau, mit aller Gewalt aus ihrem Haus zu werfen, in dem sie seit ewigen Zeiten lebte. Aber darin sollten nun einmal Ferienwohnungen entstehen, um Geld zu verdienen.

⁓

Immerhin hatte Hartwig nicht gleich Nein gesagt, dachte Anja, auch wenn sie aus Erfahrung wusste, dass er – wenn überhaupt – seine Meinung nie schnell änderte. Aber diesmal würde er sich damit auseinandersetzen müssen, ob es ihm passte oder nicht.

Wieder holperten sie über einen dieser Mondkrater. Die Allee, die sie jetzt befuhren, war gespickt davon. Der Wagen schaukelte hin und her, und Hartwig musste in den zweiten Gang zurückschalten, um in der Spur zu bleiben.

Links und rechts säumten alte Linden und Eichen die unbefestigte Fahrbahn.

»Wir sind gleich da, Schatz«, meldete sich Hartwig wieder. Sie wollte etwas erwidern wie: »Schade, gerade wo sich mein Rücken an die Schlaglöcher gewöhnt hat.« Aber dann schwieg sie, blickte hoch in das Blätterdach der Baumkronen, durch die eine heitere Nachmittagssonne flimmerte.

Es gab dieses Dorf also wirklich. Bis zu diesem Moment hatte sie gehofft, dass alles nur ein böser Traum war. Aber auf dem verbeulten Schild, das mit einem der letzten Alleebäume verwachsen war, entzifferte sie den Namen der Häuseransammlung: *Groß Bernow*.

Zumindest war die Straße jetzt gepflastert. Als auf der linken Seite die Umrisse des ersten Hauses auftauchten, traute Anja allerdings ihren Augen nicht. Das Dach musste schon vor Jahren, vielleicht Jahrzehnten, eingebrochen sein, aus den Fensterhöhlen wuchsen Sträucher. Die benachbarten Häuser, auch nicht höher als ein Stockwerk und ebenso aus roten Ziegeln, befanden sich kaum in besserem Zustand. Ihre Fenster waren mit Brettern vernagelt, Gestrüpp überwucherte die Vorgärten. Die Löcher in dem Gemäuer schienen tatsächlich noch Einschüsse aus dem letzten Krieg zu sein, über fünfzig Jahre war das jetzt her. Auf einer Fensterbank stand ein einzelner Blumentopf, in dem eine Erika elendig vertrocknet war.

Rechter Hand folgten offenbar bewohnte Häuser. Hinter den Fensterscheiben hingen Gardinen, und an den Fassaden waren Satellitenschüsseln montiert. Vor einem der Eingänge spielten zwei Jungen mit einem kleinen Hund. Als der Hund sie kommen sah, begann er, hysterisch zu kläffen, und zog drohend die Lefzen hoch. Die Begrüßung hatte sich Anja anders vorgestellt.

»Da geht es zur Kirche«, versuchte Hartwig abzulenken. Ein einspuriger Weg zweigte von der Dorfstraße ab. Groß Bernow hatte also auch eine Kirche. Vermutlich war dort seine Mutter getraut worden war, dachte Anja. Margot hatte ihr einmal von ihrer unvergesslichen Hochzeit erzählt mit weißer Kutsche und allem Drum und Dran. Allerdings brauchte es jetzt reichlich Phantasie, um sich vorstellen zu können, dass hier einmal rauschende Feste stattgefunden hatten. Anja erinnerte sich an das Dinner im Hotel Dreesen. Vielleicht hatte Margot deshalb so zurückhaltend reagiert – sie war ja regelrecht erschrocken –, als Hartwig seine Überraschung verkündet hatte. Vielleicht ahnte sie bereits, wie es derzeit in Groß Bernow aussah. Und was war das? Plötzlich legte sich eine dichte Staubwolke auf die Windschutzscheibe und nahm ihnen die Sicht.

»Siehst du«, kam es von Hartwig direkt erleichtert, »die Arbeiten an den Versorgungsleitungen sind schon voll im Gang. Auf die Gemeinde ist Verlass. Man muss nur etwas Geduld haben.«

Er erwartete doch nicht etwa, dass sie ihm vor Freude um den Hals fiel? Aus der gelben Wolke schälte sich eine Dorfkneipe, die einmal einen weißen Anstrich gehabt haben musste. Mittlerweile löste er sich allerdings in Streifen von der Fassade. Nur die Leuchtreklame schien nagelneu zu sein und war eingeschaltet – am helllichten Tag.

»Die Bernower Tränke«, verkündete Hartwig. »Wir sind da.«

Der Wirt kam ihnen in Schürze entgegen und begrüßte sie mit Handschlag. Er sprach ganz ohne Akzent, was Anja verwunderte. Sie hatte mit einem unverständlichen Dialekt gerechnet, der ihr so fremd sein würde wie Swahili. Er bot sich an, ihr Gepäck auf das Zimmer zu tragen, aber

Hartwig hielt die kaum bepackten Sporttaschen bereits in der Hand. Was sie betraf, blieben sie keinen Tag länger als nötig hier.

Vom Hausflur führte eine knarzende Holztreppe bis ins Dachgeschoss. »Toilette und Dusche sind auf dem Gang«, erklärte der Wirt. »Ich bitte um Verständnis, wir sind mit dem Umbau noch nicht so weit.«

Das Doppelzimmer hatte Schrägen und war mit Möbeln eingerichtet, die man bei ihnen zu Hause auf den Sperrmüll warf.

»Du willst dich sicher duschen«, bot Hartwig ihr an, als der Wirt gegangen war.

»Du zuerst, du hast es dir verdient«, erwiderte sie kleinlaut. Sie trat an das Fenster und öffnete es. Hartwig sollte ihre Tränen nicht sehen.

Er habe noch eine Besprechung in Neustrelitz, sagte Hartwig, nachdem er geduscht und das Hemd gewechselt hatte. Es gehe um rechtliche Details wegen der Pachtverträge. Währenddessen könne sie sich das Gut ansehen. Es sei gar nicht zu verfehlen, die Dorfstraße würde dort enden. Nachdem er gefahren war, machte sich Anja auf den Weg.

Die Staubwolke vor der Gaststätte hatte sich unterdessen verzogen. Ein Bauloch war sichtbar geworden, rotweiß markiert und in jeder Richtung mit einer blinkenden Lampe gesichert. Allmählich begann die Sonne ihren Sinkflug. Vor Anja lag ein Stück Allee mit hohen alten Kastanien, die so dicht beieinanderstanden, dass ihre Kronen zusammenwuchsen und einen Tunnel ins Nirgendwo bildeten. Kein Mensch, niemand, nicht einmal ein alter Mann auf einem Fahrrad, war zu sehen. Während sie durch die Allee schritt, beschlich Anja das Gefühl, jemand würde sich hinter den Baumstämmen verstecken und sie belauern. Zu hören waren aber nur die Abendrufe der Vögel.

Vor einer Biegung erreichte sie eine kleine Siedlung, links und rechts der Allee jeweils vier schmale Ziegelhäuser in Reihe gebaut. Nach den Plänen des Gutsgeländes mussten es die ehemaligen Arbeiterhäuser sein, die ein ähnliches Bild abgaben wie die unten im Dorf. Vernagelte Fenster, verwilderte Vorgärten, zwischen den Stufen der Eingangstüren wuchsen Büsche und Unkraut. Die erste Fassade war übersät mit kleinen und größeren Löchern, Einschüsse. Ein Schauer lief ihr den Rücken hinunter.

Doch nicht alle Häuser schienen verlassen zu sein. In dem dritten auf der linken Seite wohnte offenbar jemand. Die beiden kleinen Fenster zur Straße waren mit Gardinen verhängt, und innen brannte Licht. Mieter hatte Hartwig nicht erwähnt. Sollten nicht alle Häuser zu Ferienwohnungen umgebaut werden?

Ein plötzlicher Lichteinfall überraschte Anja, der Tunnel endete und gab die Sicht auf eine breite Einfahrt und ein niedergetrampeltes Rosenbeet frei, das zur Hälfte mit Bauholz bedeckt war. Ihr fiel ein, wie verwundert sie gewesen war, als Hartwig mit ihrem Nachbarn in Wachtberg, den er eigentlich nicht leiden konnte, plötzlich über Rosen fachsimpelte.

Und jetzt das Herrenhaus von Groß Bernow. Eingerüstet, aber imposant, das konnte man nicht leugnen, viel größer als in ihrer Vorstellung. Mit den beiden Türmchen und dem säulengestützten Portal erschien es durchaus wie ein Schloss. Die Fassade war noch nicht fertig renoviert, aber das makellose Weiß überwog, und einzelne Stuckaturen gaben bereits einen Eindruck von dem, was zu erwarten war.

»Sie müssen Frau von Bernow sein.«

Neben ihr stand plötzlich ein Arbeiter in staubigem Blaumann, seine Augen funkelten sie freundlich an. »Oh, entschuldigen Sie«, sagte er, »ich wollte Sie nicht erschrecken. Ronald Schildknecht mein Name, ich bin der Bauleiter hier.«

»Freut mich«, entgegnete Anja, mehr wusste sie in dem Augenblick nicht zu sagen. Aber ihn schien ihre Verlegenheit keineswegs zu bremsen. »Herzlich willkommen in Groß Bernow.« Mit ausgestrecktem rechtem Arm wies er stolz auf den Bau, als wäre er der Besitzer. »Es ist noch einiges zu tun, aber keine Sorge, in ein paar Wochen glänzt das Schmuckstück wieder wie in alten Zeiten.«

Diese naive Begeisterung der Männer, dachte Anja. Wie spielende Kinder kamen sie ihr manchmal vor.

»Wenn alles nach Plan läuft, können Sie in ein, zwei Monaten einziehen. Bestimmt haben Sie bereits jetzt alle Hände voll zu tun. So ein Neuanfang ist nicht leicht. Ich bewundere Sie aufrichtig dafür.«

»Ich würde mich gern im Haus umsehen, darf ich?«, fragte sie, und seit sie diesen Ort betreten hatte, fand sie das erste Mal zu einem Lächeln.

Die Besprechung mit seinen Anwälten Scheller und Pratsch in Neustrelitz war nicht gerade erfreulich gewesen. Die Kleinbauern aus Groß Bernow, die, laut Makler, angeblich nur darauf gewartet hatten, ihre Wiesengrundstücke an ihn zu verpachten, stellten sich auf einmal quer. Für den einen war es ein Problem, dass die Pferde vom Gut später ihre Köpfe direkt in seinen Ziergarten hängen könnten, der andere verlangte plötzlich das Doppelte der ursprünglich vereinbarten Pachtsumme. Hartwig hatte sich einen Kommentar verkniffen und das Spiel mitgespielt. Es ging diesen Leuten nicht nur um die Pacht, es ging ihnen auch darum, den Wessi in die Knie zu zwingen.

Das Bier mit Schildknecht in der Tränke hatte er sich jetzt redlich verdient. Seit dem Beginn der Sanierung war sein Bauleiter unentbehrlich, ein angenehmer Zeitgenosse, der mit sich reden ließ. Vielleicht verstanden sie sich auch so gut, weil sie gegen denselben Feind kämpften: die ständigen Verzögerungen der Genehmigungen und Unregelmäßigkeiten bei den Materiallieferungen.

Als Hartwig in die Dorfstraße von Groß Bernow einbog, verabschiedete sich die Sonne am Horizont. Vom Kirchturm her tönten sieben Glockenschläge durch das offene Seitenfenster seines Wagens. Ihr blecherner trostloser Klang ging ihm durch und durch. Nach den demütigenden Verhandlungen meldeten sich bei ihm Zweifel. War die ganze Unternehmung nicht doch unkalkulierbar? Hatte er sich zu einem Abenteuer hinreißen lassen, dem er nicht gewachsen war? Und Anja stand nicht voll hinter ihm, auch das war anders gedacht.

»Hey, alter Junge, was ist los mit dir?«, fiel plötzlich eine Stimme in seine Gedanken ein, die Stimme von Linus, seinem ehemaligen Kollegen, dem einzigen, mit dem er ab und zu ein ehrliches Wort hatte reden können. »Du wirst dich doch von ein paar Kleinigkeiten nicht mürbe machen lassen. Ganz vergessen, dass man zu seinen Entscheidungen stehen muss?«

»Danke, Linus!«, antwortete Hartwig laut und schaltete in den zweiten Gang zurück. Wenn er sich jetzt umsah, war er nicht allein in diesem Dorf; hinter den Gardinen brannte Licht, und vor einigen der Häuser standen Autos, nicht nur Trabis und Wartburgs. Er parkte den Mercedes vor der Tränke und stieg aus. Drinnen am Tresen wartete bereits Schildknecht. »Alles unter Dach und Fach?«, begrüßte ihn sein Bauleiter.

»Mehr oder weniger«, erwiderte Hartwig, »Aber jetzt brauche ich erst mal ein Bier.«

»Schreib's auf mich, Peter«, rief Schildknecht dem Wirt zu.

»Haben Sie meine Frau gesehen?«

»Ja, vorhin am Bau. Ich habe ihr einen kurzen Einblick gegeben. Sie ist an allem interessiert, wird eine ideale Gutsherrin abgeben, die Frau Gemahlin. Das sagt mir mein Bauchgefühl.«

Hartwig hatte sich darauf gefreut, Anja selbst durch die Räume zu führen, aber die Gelegenheit hatte er nun verpasst. »Und? Was hat sie gesagt?«

»Sie war erstaunt.«

»Wieso?«

»Weil alles so groß sei, meinte sie.«

»Haben Sie auch darauf hingewiesen, dass die Salons erst richtig zur Geltung kommen werden, wenn das Parkett geschliffen ist?«

»Nein, das nicht. Ich wollte Ihnen auch noch etwas überlassen.«

Schildknecht zwinkerte ihm zu. Hartwig lachte. Ein Kumpeltyp, dachte er. Vielleicht hatte er sogar einen ersten Freund hier gefunden. Der Wirt stellte zwei Gläser Bier vor sie auf den Tresen, als sich die Tür zum Schankraum öffnete. Drei junge Männer in Leder erschienen: unbewegte Gesichter, glatt rasierte Schädel, muskulöse Oberarme.

»Flipper frei?«, fragte der erste, ohne zu grüßen.

»Klar, Jungs«, erwiderte der Wirt. »Bierchen wie immer?«

»Was sonst.«

Die Kerle verzogen sich in einen angeschlossenen Raum. Hartwig blickte ihnen nach.

»Beängstigend diese Typen«, sagte er zu Schildknecht.

»An den Anblick werden Sie sich gewöhnen müssen, es sind Einheimische. Die jungen Leute auf dem Land haben es schwer, meistens sind sie arbeitslos. Der Große hat beim Gerüstbau am Gut ausgeholfen, als Not am Mann war. Man muss diese Jungs nur zu nehmen wissen, dann kommt man mit ihnen aus.«

∽

Die Luft kühlte sich mit dem Abend empfindlich ab. Am Tag ließ die intensive Sonne vergessen, dass es erst Frühling war. Anja überlegte, ob sie sich auf die Rundbank unter den knorrigen alten Baum setzen sollte, um die ersten Eindrücke zu verdauen. Sie wirkte stabil und war nicht mit blaugrünen Flechten überzogen wie die morschen alten Holzzäune ringsum. Doch Anja hatte ihre Strickjacke vergessen. Sie dachte an Schildknechts Angebot, sie in seinem Pick-up in die Tränke mitzunehmen. Er würde dort mit Hartwig zusammentreffen und sie gern zu einem Feierabendbier einladen. Sie hatte dankend abgelehnt, ein kleiner Spaziergang würde ihr guttun, hatte sie vorgeschoben.

Alles war so verwirrend, und dieser riesige Bau konnte einen erschlagen. Beim besten Willen konnte sie sich nicht vorstellen, darin zu wohnen. Jeder einzelne Raum im Erdgeschoss war so groß wie eine Zweizimmerwohnung. Nach der Renovierung würde alles fabelhaft aussehen, das Parkett mit seinen kunstvollen Mustern, der Treppenaufgang in Marmor. Aber es war nicht ihr Traum, in einem Museum zu leben, und sie wären hier nicht allein. Die Umrüstung der Räume im Obergeschoss zu Hotelzimmern war in vollem Gang. Alles für die Gäste. Wo waren eigentlich ihre privaten Zimmer? Hatte sich Hartwig nie gefragt, wohin sie sich selbst zurückziehen sollten, wenn sie einmal genug von den Touristen hätten?

Und was wäre, wenn es ganz anders käme? Wenn sich kaum Touristen in diese Gegend verirrten und sie ihre Abende mit der ständigen Angst im Bauch verbringen müssten, alles zu verlieren? Wer erholte sich schon an einem Ort, der eine Ruine war, wo es nicht einmal überall fließend warmes Wasser und ein Telefon gab?

Der schmucklose rote Steinhaufen, vor dem sie stand, musste der Pferdestall sein: so groß wie eine Ziegelfabrik, nicht schön, aber ein Denkmal wie das Herrenhaus, das wusste sie aus den Plänen. Sein Vater sei Pferdenarr gewesen, und vor dem Krieg habe sich eine ganze Herde Rassepferde auf den Koppeln getummelt, hatte ihr Hartwig voller Begeisterung erzählt. Anja dachte an Margot, die hier einst Gutsherrin war, und in dem Moment keimte ein Gefühl von Respekt in ihr auf. Es musste eine große Verantwortung gewesen sein, einen so großen Betrieb zu leiten, als das meiste noch Handarbeit war: das Vieh versorgen, Felder bestellen, die Ernte einholen, von der Küchen- und Hausarbeit nicht zu reden. Bisher hatte sie die Erzählungen ihrer Schwiegermutter nur wenig ernst genommen und als olle Kriegskamellen abgetan.

Wenn es nach Hartwig ging, könnte der Betrieb schon im Herbst anlaufen. Aber wer sollte den Gästen Frühstück servieren, Haus- und Gartenarbeiten, den Zimmerservice und das Einkaufen erledigen? Sie? Allein? Und Hartwig selbst war gelernter Manager, nicht Pferdeknecht. Wer würde jeden Tag den Stall ausmisten, die Pferde striegeln und ausreiten? Auch mit Personal hätte der Tag viel zu wenige Stunden, um alles zu schaffen, und am Ende hing alles von den unberechenbaren Buchungen der Gäste ab. Sie seufzte. Es war nur eine Frage der Zeit, bis sie ihre letzte Mark an diesem trostlosen Ort verbrannt hätten.

3

Die Kapelle spielte einen beschwingten Walzer, Tanzpaare drehten sich im Rhythmus auf dem Parkett, um sie herum Gelächter und silbriger Gläserklang, über ihnen glitzerten die tausend Lichter im Kronleuchter. Anja lag in Hartwigs Armen. Sie trug ein langes weißes Kleid aus feiner Spitze. Es war der Abend ihrer Hochzeit, der rauschende Hochzeitsball in dem riesigen Saal des Herrenhauses. Sie war überglücklich, denn sie hatte den Mann geheiratet, den sie liebte, dem sie vertraute, dem sie in die ganze Welt folgen würde. Alles wollte sie mit ihm teilen, Freud und Leid und allezeit seine Gutsherrin sein. Sie sah zu ihm auf, suchte seinen Blick, doch plötzlich gefror sein Lächeln, auf seiner Stirn stand kalter Schweiß.

»Stimmt etwas nicht, Liebling?«, fragte sie ihn besorgt.

»Nein, es ist nichts, mein Engel. Heute ist unser Hochzeitstag, heute feiern wir. Wir trinken und tanzen und denken nicht an morgen.«

Sie glaubte seinen Worten, warf den Kopf in den Nacken und schloss die Augen, während die Kapelle eine himmlische Melodie anstimmte. Doch in dem Moment spürte sie eine Erschütterung unter ihren Füßen, die Erde bebte, Risse durchzogen wie Blitze die Wände. Schreie hallten durch den Saal, die tausend geschliffenen Glaskristalle des Kronleuchters klirrten, als er über ihnen ins Trudeln geriet, die Verankerung in der Decke löste sich …

»Hilfe!«, schrie Anja und saß im Bett auf.

»Was ist denn, Schatz?«, brummte Hartwig und legte einen Arm über ihre Oberschenkel.

Schnell dämmerte ihr, wo sie sich befand. In der einzigen Gaststätte eines Dorfes namens Groß Bernow irgendwo im Osten, und vor dem Haus – nein, gleich neben ihrem Bett – hatte soeben ein Pressluftbohrer seine ohrenbetäubende Arbeit begonnen. Aber warum stand das Fenster sperrangelweit offen? Auch das blieb nicht lange ein Geheimnis. Hartwig musste es geöffnet haben, wenn auch nur mit mäßigem Erfolg. Der Alkoholdunst hatte sich kaum verzogen. Er und der Bauleiter mussten gestern noch ausgiebig getagt haben, während sie sich nach dem Besuch der Baustelle auf ihr Zimmer verzogen hatte und beim Lesen ihres Krimis eingeschlafen war. Sie hatte einfach keine Lust gehabt, die geduldete Dritte bei einem Tresengespräch unter Männern zu sein.

Die Armbanduhr zeigte Punkt acht Uhr an, eigentlich war es ja erst sieben. Die Arbeiter hatten also nicht zu früh angefangen, das Loch in der Straße zu erweitern. Wegen ihr hätten sie die Sommerzeit nicht erfinden müssen, dachte Anja, aber irgendwie beruhigte es sie zu wissen, dass die leidige Zeitverschiebung auch bis in diese Gegend vorgedrungen war.

Sie warf einen Blick auf den Mann, der neben ihr lag. Ja, sie war ihm überallhin gefolgt. Bis ans Ende der Welt, sogar bis in dieses trostlose Dorf.

»Wo willst du hin, Liebling? Bleib hier, wir haben alle Zeit der Welt. Wir könnten noch …« Hartwig versuchte sie festzuhalten. Aber sie befreite sich aus seinen Händen. Sie wollte jetzt nicht, und außerdem hatte er diese ekelhafte Bierfahne.

»Diesmal dusche ich zuerst«, sagte sie, griff zu ihrem Frottiertuch und schlich sich rasch halbnackt durch den kalten Flur.

Nachdem auch Hartwig aufgestanden war, sich gewaschen und rasiert hatte, frühstückten sie unten im Gastzimmer. Der Wirt hatte für sie einen Tisch am Fenster eingedeckt mit Aussicht auf die Staubwolke, die über der Dorfstraße lag. Vier-Minuten-Eier, Wurst und Käseplatte, frisches Obst und Gemüse, es fehlte an nichts. Hartwig sah ziemlich zerknittert aus, aber das deftige Essen und der starke Kaffee richteten ihn schnell wieder auf. Offensichtlich versuchte er, gute Laune zu verbreiten. »Wie hat dir gefallen, was du gestern gesehen hast?«

Anja wusste natürlich, was er meinte, aber sie hatte nicht die geringste Lust, die Frage so zu beantworten, wie er sich das vorstellte. »Mir ist vor allem klar geworden, dass hier noch eine Menge Arbeit vor uns liegt.«

Doch er ließ es wie immer an sich abprallen. »Ich dachte, dass dir vielleicht die Großzügigkeit gefallen würde. Die tollen Stuckaturen, das einmalig schöne Parkett, das alte Marmortreppenhaus … In dem Haus kann man atmen.«

Als ob sie das in ihrem Haus in Wachtberg nicht auch konnten. Wie wurden sie um dieses Haus beneidet, in bester Lage, nicht weit vom Rhein entfernt, und außerdem war in unmittelbarer Umgebung alles erreichbar, was man brauchte, um gut zu leben.

»Und nicht zu vergessen die herrliche Natur, so weit das Auge blickt. Warst du am See? Eine Idylle, wie sie im Buche steht. Dort fand früher das Maifest statt. Vater saß selbst auf dem Kutschbock und fuhr mit den Dorfkindern um den See, hat Mutter mir erzählt.«

Schön und gut, aber sie hatte einen Verdacht. Versuchte Hartwig mit seinen sentimentalen Geschichten etwa, von den wahren Schwierigkeiten abzulenken? In einer Frage kam er jedenfalls nicht an einer Antwort vorbei: »Sollten die Arbeiterhäuser an der Allee nicht auch zu Ferienwohnungen umgebaut werden?«

»Ja, natürlich. So bald wie möglich.«

»Und wann ist das?« Sie gab ihm noch eine Chance, selbst mit der Sprache herauszurücken.

»Sobald wir das Herrenhaus in Schuss gebracht haben. Eins nach dem anderen, Schatz. Das ist auch eine Frage der Kosten.«

»Nur eine Frage der Kosten?«

»Was meinst du?«

»Als ich gestern durch die Allee ging, brannte in einem der Arbeiterhäuser Licht. Ich dachte, sie stehen leer. Wohnt dort jemand?«

»Ach so, das meinst du …« Er ließ sein Gesicht hinter der Kaffeetasse verschwinden und trank einen langen Schluck. »Ja, dort wohnt noch eine alte Frau. Mach dir keine Sorgen, unsere Anwälte regeln das. Wir stehen in Verhandlung mit der Dame. Sie ist ein bisschen störrisch, aber wir haben die besseren Argumente.«

»Und was ist, wenn sie sich nicht um eure Argumente schert und nicht ausziehen will?« Dass ihm diese Frage nicht gefiel, lag auf der Hand, und wie seine Reaktion ausfallen würde, wusste Anja aus Erfahrung.

»Anja, bitte. Man kann Probleme auch herbeireden. Unsere Anwälte und ich werden das regeln, verlass dich drauf. Es gibt so viel zu tun. Warum beschäftigst du dich nicht mit der Ausstattung? Ich überlasse dir gern voll und ganz die Entscheidung über die Farben der Fliesen in den neuen

Bädern. Die Kataloge liegen oben im Gutshaus. Da könntest du eine große Hilfe sein!«

Sein Nokia klingelte. Anja hörte nicht zu, als er das Gespräch annahm. Fliesen durfte sie aussuchen, da hatte er also volles Vertrauen in sie …

»Tut mir leid, Schatz. Ich weiß, wir wollten heute zusammen das Gut besichtigen, aber ich muss noch einmal zu Scheller und Pratsch nach Neustrelitz. Es gibt wieder Unklarheiten mit den Genehmigungen. Du kannst natürlich gern mitkommen, dann zeige ich dir die Stadt und wir suchen uns anschließend ein nettes Lokal unten am Hafen. Ein hübsches kleines Städtchen, dieses Neustrelitz.«

Aber Anja hatte keine Lust auf hübsche kleine Städtchen und schon gar nicht, sich von ihm herumdirigieren zu lassen. »Danke, aber vielleicht sollte ich die Entscheidung über die Farbe der Fliesen nicht weiter hinausschieben.«

»Wie du meinst. Ronald Schildknecht ist oben, die Fassadenarbeiten gehen ja weiter. Er wird dir helfen, wenn du Fragen hast.«

⁓

Die Schlaglöcher vor dem Dorfeingang waren nicht nur eine Tortur für die Achsen des schweren Mercedes, sondern auch für seinen Brummschädel. Auf die Schnäpse hätte er verzichten sollen, dachte Hartwig, aber sein Bauleiter hatte ihm das Du angeboten und immer wieder nachbestellt. Da konnte er nicht einfach ablehnen; jeder hier, der sich als Freund anbot, war ihm willkommen. Nur auf diese Weise würde er allmählich verstehen, wie die Leute hier tickten. Ronald, den er Ronny nennen durfte, war zwar nicht in Groß Bernow geboren, sondern in Neustrelitz, hatte aber

Verwandtschaft in dem Gutsdorf. Er hatte ihm sein halbes Leben erzählt, wie er nach der Wende mit Spargroschen und den Aufbauhilfen Ost seinen Betrieb in der Stadt modernisiert und erweitert hatte. Jetzt war er in der ganzen Region und darüber hinaus bestens im Geschäft, kannte Land und Leute wie seine Westentasche. Natürlich kamen sie auf das Gut zu sprechen, und Ronny erzählte von früher.

»Ihr habt Glück gehabt, beinahe wäre von dem ehemals schönsten Gut an der Müritz nicht mehr als ein Haufen Schutt übrig geblieben. Kurz nach dem Krieg sollte das Herrenhaus gesprengt werden, aber Berta, die alte Köchin, konnte das mit List verhindern. Ja, unsere Berta Wagenseil war legendär. Sie liegt auf dem Friedhof beerdigt, nicht weit von deinen Großeltern. Helma ist übrigens ihre Enkelin. Deine Mutter dürfte beide kennen. In den letzten Kriegstagen ist hier einiges vorgefallen …« Ronny forschte in seinem Gesicht, als müsste er mehr darüber wissen.

»Ich weiß nur, dass meine Eltern das Gut Hals über Kopf verlassen haben, weil die Russen vor der Tür standen«, erwiderte Hartwig, und das entsprach der Wahrheit.

»Ja, so muss es gewesen sein.« Ronny klang auf einmal nachdenklich, als würde er etwas verschweigen.

»Offenbar war das nicht alles?«, versuchte Hartwig sein Glück.

»Na ja, die Leute erzählen viel. Nach über fünfzig Jahren weiß niemand mehr genau, was stimmt und was gelogen ist.«

»Du weichst mir aus, also raus mit der Sprache, was wird erzählt?«

»Sperrstunde«, hatte sich in dem Moment der Wirt eingemischt. »Eine Runde geht noch auf die Tränke.«

Daraus waren drei geworden. Am Ende waren Ronny und der Wirt, der sich Pedro nannte, richtig sentimental geworden. »Bestimmt war nicht alles perfekt unter Honi und Konsorten«, hatte Pedro den alten DDR-Zeiten nachgeweint, »aber der Zusammenhalt stimmte. Das Menschliche. Man konnte sich aufeinander verlassen.«

Schwer zu glauben, aber Hartwig hatte sich das Gerede ruhig angehört, denn ihm waren die prüfenden Seitenblicke nicht entgangen. Es sollte offenbar so etwas wie eine Bewährungsprobe für ihn sein, ob er stillhalten oder ob er eben doch wie ein typischer Wessi reagieren würde. Und wie es schien, hatte er sie bestanden. Er hatte auch den Spruch nicht überhört, den ihm sein neuer Freund Ronny mit auf den Weg gegeben hatte: »Wenn zwischen Ost und West etwas laufen soll, dann nur auf Augenhöhe.« Fast wie eine Warnung hatte es geklungen, und der Wirt hatte vielsagend dazu gelächelt. Aber da waren sie bereits stark angetrunken gewesen.

Durch das Fahrerfenster strömte die frische Mailuft von den Koppeln herein. Hartwig hatte sich etwas vorgenommen. Die Fahrt vom Rheinland bis nach Mecklenburg-Vorpommern sollte die letzte mit der Luxuskarosse aus seinem alten Leben als Manager sein. Er war jetzt ein anderer, er war Landmann, und der fuhr einen Pick-up Truck. Auf allen Feldwegen und bis auf die Koppeln konnte man damit fahren, das Wort Schlagloch existierte für so ein Gefährt nicht. Ronny Schildknecht, der selbst einen solchen Wagen fuhr, hatte ihm ein Autohaus in Neustrelitz empfohlen, das einer seiner Freunde kürzlich eröffnet hatte. Leben und leben lassen. Wenn er also den lästigen Papierkram bei den Anwälten erledigt hätte, würde er dem neuen Autohaus auf jeden Fall einen Besuch abstatten.

Aber wo war Anja, wenn solche wichtigen Entscheidungen anstanden und er sie brauchte?

Sie machte sich Sorgen, er konnte das verstehen, aber in letzter Zeit ging sie zu weit. Alles zog sie in Zweifel. Wegen jeder Kleinigkeit schmollte sie. Und dann ihr Verhalten am Morgen. Sie waren doch nicht im Stress, sie hätten alle Zeit der Welt gehabt, miteinander zu schlafen und hinterher gemütlich zu frühstücken, auch wenn etwas Kuschelmusik einem Presslufthammerkonzert vorzuziehen gewesen wäre. Stattdessen spielte sie die Prinzessin Rühr-mich-nicht-an. Er verspürte eine Sehnsucht. Er wollte seine gut gelaunte, spontane Anja zurück, die Frau, die er über alles liebte.

〰️

Vielleicht wäre sie besser mit Hartwig in die Stadt gefahren, um sich Abwechslung zu verschaffen. Immerhin arbeitete jedoch Schildknecht auf der Baustelle, mit ihm konnte man reden, und er schien nicht so misstrauisch zu sein wie der Wirt in der Gaststätte. Der ließ sie mit seiner aufgesetzten Freundlichkeit ständig fühlen, dass sie eine Fremde in Groß Bernow war und bleiben würde.

Unzufrieden schaute Anja in den Spiegel über dem Waschbecken. Wie so oft in letzter Zeit. Diesmal löste der Anblick allerdings ein beunruhigendes, brodelndes Gefühl in ihr aus. Plötzlich spürte sie die Fesseln der Verantwortung, und ihr war auf einmal klar, dass es kein Zurück in ihr altes Leben mehr gab. Sie griff nach ihrer Strickjacke, die über dem Stuhl hing, in dem muffigen Zimmer hielt sie es nicht mehr aus. Als sie den Gasthof verließ, prangte ein wolkenfreier Himmel über ihr, die Sonne schien darüber zu spotten, wie es in ihr aussah.

Es war fast halb elf, als Anja das Gut erreichte. Vom Dach des Herrenhauses schallte Gehämmer. Eine neue Regenrinne aus Kupfer glänzte in den Sonnenstrahlen. Aber es war nicht Schildknecht, der in der lichten Höhe arbeitete. Der stand mit einem Kollegen auf dem Gerüst und war mit dem Anstrich beschäftigt. Die Hälfte der Fassade glänzte jetzt in reinem Weiß, und ein milder Cremeton umrahmte die oberen Fenster. Er hatte sie offenbar gleich entdeckt. »Guten Morgen, Frau von Bernow«, rief er von oben herunter. »Warten Sie, ich bin gleich bei Ihnen.«

»Lassen Sie sich bitte nicht stören. Ich will nur ein bisschen Zaungast sein.«

»Sie stören nicht, außerdem steht mir eine Frühstückspause zu«, erwiderte er, überließ dem Kollegen das Feld und kletterte die Leiter herunter. Bildete sie es sich ein, oder freute er sich wirklich, sie zu sehen?

Er stand jetzt direkt vor ihr, ein Mann so groß wie Hartwig und Ende vierzig. Das glatt rasierte Gesicht passte zur Bürstenfrisur, die an den Seiten grau auslief. Und wieder dieses offene Lächeln, das so zuversichtlich wirkte. Er strotzte vor Tatkraft und guter Laune. »Wie machen Sie das nur? Gestern noch bis zur Sperrstunde beim Bier und heute bereits wieder auf dem Gerüst, als wäre nichts?«

»Der Eindruck täuscht, ich nehme es aber als Kompliment. Manchmal zahlt sich eben aus, wenn man gelernt hat, sich nichts anmerken zu lassen. – Warten Sie bitte einen Moment, ich bin gleich wieder zurück.«

Er verschwand im dunklen Eingang des Herrenhauses. Als er zurückkam, hatte er den Blaumann abgelegt und trug etwas unter dem Arm, das wie ein Lunchpaket aussah.

»Wenn Sie nichts anderes vorhaben, lade ich Sie gern zu einem zweiten Frühstück ein. Es gibt Geschichten aus dem Osten und Kaffee, solange der Vorrat reicht, auch mit Milch und Zucker. Was sagen Sie?«

»Wer könnte einem solchen Angebot widerstehen?«

»Zum See ist es nicht weit, dort gibt es sonnige Plätze.«

Sie nahmen den Weg durch den verwilderten Obstgarten, wo das Gras fast kniehoch stand, und Schildknecht erzählte ihr, dass der ganze Garten einmal sehr penibel angelegt worden sei. Im Bauamt habe er noch alte Pläne vom Gut aufgetrieben, unter anderem auch die der ursprünglichen Gartenanlage. Deshalb war Hartwig also so hellauf begeistert gewesen und wollte alles originalgetreu wiederherstellen. »Das Rosenbeet in der Einfahrt muss einmal wunderschön ausgesehen haben«, erwiderte sie.

»Ja, Ihr Mann will die sternenförmige Anordnung mit den weißen Kieseleinfassungen unbedingt rekonstruieren. Sobald die Arbeiten an der Fassade beendet sind, soll der Gärtner damit anfangen. Danach kommt der Obstgarten an die Reihe, so haben wir es verabredet. Die alten Obstbäume sind längst morsch und bringen keinen Ertrag mehr.«

Verwunschen lag der See vor ihnen, die Wasseroberfläche reflektierte das frische Maigrün der Bäume und Sträucher ringsum und glitzerte im Sonnenschein. Ein alter Baumstumpf bot sich zur Rast an. Schildknecht kannte natürlich die schönen Flecken rund um das Gut. Sie setzten sich, und er packte sein Lunchpaket aus. »Wie versprochen, heißer Kaffee. Mit Milch und Zucker?«

»Ja, gern«, antwortete Anja. Der erste Schluck wärmte sie. »Es ist wirklich schön hier.« Sie wunderte sich über sich selbst, aber in Gegenwart dieses Mannes sah sie die Umgebung mit anderen Augen. »Und was ist mit den versprochenen Geschichten aus dem Osten?«

»Kommen sofort.« Er lachte laut auf. »Das ist typisch für euch aus dem Westen, alles muss schnell gehen, möglichst sofort … Oh, ich wollte Sie nicht …« Er wurde tatsächlich rot.

»Nein, nein, keine Sorge. Offenheit kann nur helfen.«

Schildknecht erzählte ihr von seiner Zeit in der DDR, die er rund dreißig Jahre erlebt hatte. Von seiner Schulzeit, seiner Lehre und seiner Arbeit. »Die Menschen waren nicht faul hier, wie viele im Westen denken. Ganz im Gegenteil, sie wollten aufbauen, sind aber immer belogen und um den Ertrag gebracht worden. Es sollte sich also doch bitte niemand wundern, wenn ein gewisses Maß an Misstrauen herrscht.«

Anja hörte zu und sagte nichts, sie schämte sich, dass sie so wenig über die DDR-Geschichte wusste, von der Befindlichkeit der Menschen hier, und das zehn Jahre nach der Wiedervereinigung.

»Und dann tauchten auf einmal Leute aus dem Westen auf und behandelten uns wie Idioten. Wie mit einem Volk von Hilfsarbeitern sind sie mit uns umgesprungen. Viele tun es immer noch. Das tut weh. Die haben wohl vergessen, dass in ostdeutschen Gefängnissen Westware produziert wurde. Wir haben die Teile gedrechselt, die dann die Wessis in ihren Wohnzimmern zu Schränken zusammenschraubten …« Er unterbrach sich selbst, sah sie schuldbewusst an und sagte dann kleinlaut: »Aber ich glaube, das geht etwas zu weit an einem so schönen Tag.«

Anja verstand, dass auch er misstrauisch sein musste, hoffentlich nicht verbittert. »Kennen Sie die alte Geschichte von der klaren Sonne?«, fragte sie. »Es ist besser, wenn wir uns nichts vormachen.«

Er senkte den Kopf. »Wissen Sie, in den späten Achtzigern gab es mehr als 100 000 Stasi-Mitarbeiter in diesem kleinen Land. Man kann das alles nicht ungeschehen machen. Aber ein bisschen Verständnis hilft. Die Menschen hier haben eine Menge mitgemacht, und manche kriegen eben nicht so schnell die Kurve.«

Warum sie jetzt lächelte, wusste Anja selbst nicht. Wahrscheinlich gefiel ihr die Art, wie er ihr die Verhältnisse erklärte. So ohne Vorwürfe. Er war stark, dieser Mann. Jedenfalls verstand er es, ihr die Angst zu nehmen.

»Kommen Sie, wir gehen eine Runde um den See. Der war immer schon der Mittelpunkt des Dorfes. Hier fanden die Volksfeste statt, die jungen Pärchen trafen sich am Ufer. Im Sommer war hier ganz schön was los. Samstags gab es sogar FKK. Es war nicht so traurig im Osten, wie man im Westen denkt. Wir hatten auch viel Spaß.«

Wie er erzählte, hatte das Herrenhaus seit Kriegsende viele Gesichter gehabt, war als Verwaltungsgebäude genutzt, später dann in einen Kinderhort verwandelt worden und diente jahrelang als Poststation und HO-Laden. Nach der Wende traf sich die Dorfjugend noch hier, verlor dann aber das Interesse. Eines Tages schlossen sie den Bau, und allmählich ging er vor die Hunde. »Gut, dass Sie gekommen sind«, fand Schildknecht wieder zu seiner guten Laune zurück. »Die meisten hier in Groß Bernow machen sich Hoffnungen, dass wieder Leben in das Dorf kommt, glauben Sie mir das. Es gibt immer Leute, die etwas gegen Fremde haben, erst recht gegen Wessis. Aber hören Sie nicht auf die, die sind von gestern.«

»Diese alte Frau, die noch in einem der Arbeiterhäuser an der Allee wohnt, ist die auch von gestern?«

»Jedenfalls ist sie eine von hier, im Dorf geboren und wohnt schon immer in dem Haus unter den Kastanien.

Wie ich bereits erzählt habe, war sie noch Küchenmädchen unter den alten Junkern im Dritten Reich … Oh, Entschuldigung, so war das nicht gemeint. Hat Ihnen denn Ihr Mann nichts von ihr erzählt?«

»Junker?«

»So nannte man früher die Landbarone, weil sie so unglaublich viel Macht besaßen. In der DDR wurden sie dann allesamt enteignet.«

Und jetzt kamen diese Junker wieder zurück, was bestimmt nicht bei allen Dorfbewohnern gern gesehen war, dachte Anja. Nicht schwer zu erraten, warum Hartwig ihr nichts von der alten Frau erzählt hatte. »Wahrscheinlich hat mein Mann die alte Frau nicht erwähnt, weil sie bald ausziehen wird.«

»Ja, *er* will, dass sie auszieht …«

»Aber?«

»Sie will nicht.«

»Das Problem ist also größer als gedacht. Und was meinen Sie? Wird sie gehen?«

Er blieb stehen und nahm ihre Hand. »Ich meine, es ist immer besser, wenn man miteinander redet, so wie wir beide. Dann gibt es keine Verlierer, nur Gewinner. Ich hätte übrigens eine Bitte …«

»Wenn ich sie erfüllen kann.«

»Nennen Sie mich bitte Ronald, oder besser Ronny. Wir beide sind nicht von gestern, oder?«

Diesmal schoss ihr die Röte ins Gesicht. Es fühlte sich an, als wäre sie in ein Abenteuer geraten. Aber das war natürlich Blödsinn. Es gab einen einfachen und überzeugenden Grund: Das Du war einfach unkomplizierter. Hartwig und er duzten sich auch. »Nein, das sind wir nicht«, antwortete sie. »Ich heiße Anja.«

Die Sonne schien so warm wie im Hochsommer, und sie nahmen den Weg auf der Schattenseite der Bäume. Als sie schon fast die efeubewachsene Nordwand des Pferdestalls erreicht hatten, näherte sich ihnen jemand mit schnellen Schritten aus Richtung des Herrenhauses. Es war Hartwig. Außer Atem und mit Schweiß auf der Stirn rief er ihr zu: »Es ist etwas Schreckliches passiert, Anja. Wir müssen sofort abreisen.«

4

Rheinland, Anfang Juni 1998

Der Himmel war wolkenverhangen, es begann in dünnen Fäden zu regnen. Anja öffnete den Schirm, auf den sie sich während der Trauerrede gestützt hatte. In ihren Gedanken liefen noch einmal die Ereignisse der letzten Tage ab. Hals über Kopf hatten sie ihre Siebensachen gepackt und Groß Bernow den Rücken gekehrt. Hartwig war ohne Pause die mehr als fünfhundert Kilometer über die Autobahn gerast, als könnte er an der Tatsache noch etwas ändern: Margot war tot. Ein Schock auch für Anja, obwohl es sich bereits länger abgezeichnet hatte. In letzter Zeit war Margots Gesundheitszustand immer schlechter geworden. Dass sie über achtzig war und sterben könnte, hatten sie allerdings völlig ausgeblendet. Das Leben drehte sich ja nur noch um dieses Gut.

Jetzt standen sie Seite an Seite an ihrem Grab auf dem Bonner Nordfriedhof, erfüllt von Trauer, vielleicht noch mehr von schlechtem Gewissen. Fast schämte sich Anja, weil sie sich erleichtert fühlte. Ihre ewige Kritikerin war verstummt. Endlich war sie die notorische Besserwisserei los, die ständigen Sticheleien, nicht gut genug für ihren Sohn zu sein. Es war auch das Ende der Heuchelei und der pausenlosen Selbstverteidigung. Aber die Worte des Pfarrers, der das Leben »unserer Schwester Margot«, die immer nur das Beste für die Familie wollte und sich auch durch schwere Zeiten nicht habe brechen lassen, noch einmal

Revue passieren ließ, lösten auch in Anja Erinnerungen aus.

Szenen ihrer ersten Ehejahre kamen zurück, in denen sich ihre Schwiegermutter ungefragt in ihr Leben drängte: die Zeit, als Sabrina und Jani noch klein waren und Margot sie, die immerhin die Mutter dieser Kinder war, bevormundet hatte wie eine Lehrerin ihre unbedarfte Schülerin. Alles und jedes hatte Margot zu beanstanden und sich bei Hartwig über sie beschwert, wenn sie ihren Rat nicht annahm. Anja konnte auch nicht verhehlen, dass sie erleichtert war, weil die Eröffnung des Reiterhofs jetzt ohne Margot stattfinden würde. Es war nicht Schadenfreude, aber eine gewisse Genugtuung darüber, dass es ihr erspart blieb, von ihrer Schwiegermutter dabei gedemütigt zu werden.

Sie sei in Frieden gestorben, hatte die Leitung des Stifts ihnen mitgeteilt. Erst später erfuhren sie mehr. Mitten in der Nacht hatte sich die Sprinkleranlage eingeschaltet. Die Tischdecke in Margots Appartement hatte angeblich Feuer gefangen, nachdem eine Kerze heruntergebrannt war. Margot selbst hatte – so weit der Bericht des Arztes – davon nichts mehr mitbekommen. Sie war kurz zuvor an einem Herzstillstand gestorben.

In diesem Moment versank der lackierte Eichensarg in dem mit grünem Filzstoff ausgeschlagenen Erdloch. Jeder von ihnen warf eine rote Rose hinterher. Neben Hartwig und ihr, Sabrina und Jan war lediglich eine Vertretung des Seniorenstifts erschienen. Weitere Verwandte hatten sich nicht gefunden, Margot lebte zurückgezogen. Eine jüngere Schwester in Rostock war vor ihr gestorben, andere Kontakte in den Osten, wenn es welche gegeben haben sollte, waren versandet.

Jan liefen die Tränen. Er hatte seine Oma geliebt und es immer genossen, auch ihr Liebling zu sein. Anja konnte sich denken, warum. Allein äußerlich wurde Jan seinem Vater immer ähnlicher. Auch im Wesen glichen sich die beiden: ruhig, überlegt, scharf analysierend, mit einer gewissen aristokratischen Distanziertheit, um nicht Arroganz zu sagen.

Jetzt, wo es vorbei war, beschlichen Anja leise Zweifel. Hatte sie Margot falsch eingeschätzt, sie nur als Gegnerin betrachtet, ohne zu sehen, dass sie Gutes wollte? Aber hatte Margot ihr denn jemals eine Chance gegeben?

⁓

Es fühlte sich elend an, undankbar gewesen zu sein, ein schlechter Sohn. Und ausgerechnet jetzt, wo sich die Gelegenheit bot, alles gutzumachen, musste Mutter sterben. Hartwig hatte sich immer bemüht, das zu tun, was sie von ihm erwartet hatte, sein Bestes zu geben, und ausgerechnet kurz vor dem Ziel nun das.

An dieser trostlosen Stätte wurde ihm bewusst, dass er sie sträflich vernachlässigt hatte seit seinem Rückzug aus dem Business. Da zählte auch die Entschuldigung nicht, dass er sie nicht beunruhigen wollte. Er wusste ja, wie wichtig ihr seine Karriere war. Er war feige gewesen, hatte sich vor der Erklärung gedrückt, den hochdotierten Job hingeschmissen zu haben, ohne einen gleichwertigen Ersatz vorweisen zu können. Deshalb war er zu ihr auf Abstand gegangen.

In seinen Ohren klang einer ihrer Sätze nach, die sie bei jeder sich bietenden Gelegenheit anbrachte: »Du hast nicht erlebt, wie es ist, ohne irgendetwas dazustehen.« Damit es in seinem Leben nie so weit kommen möge, sei es seine Pflicht, immer sein Bestes zu geben. Einmal, als er auf dem Gymnasium eine schlechte Note nach Hause brachte und dafür nur eine ziemlich lahme Entschuldigung bot, erwiderte sie scharf: »Es ist leicht, anderen die Verantwortung für sein eigenes Scheitern in die Schuhe zu schieben.« Darauf war er auf sein Zimmer gegangen und hatte sich den Rest des Tages nicht mehr getraut, ihr unter die Augen zu treten.

Sein höchstes Ziel war es, von ihr gelobt zu werden. Wenn er Leistung gezeigt hatte, strich sie ihm mit stolzem Blick über den Kopf. »Streber« schimpften ihn die Kameraden dafür und »Muttersöhnchen«. Aber nichts stand zwischen ihm und seiner Mutter.

Wegen Anja waren sie dann ernsthaft aneinandergeraten, beinahe wäre Mutter nicht auf ihrer Hochzeit erschienen. Als Anja schwanger wurde, änderte Mutter ihr Verhalten, besuchte sie regelmäßig. Aber jedes Mal gab es Streit zwischen den beiden. Margot wisse alles besser, beschwerte sich Anja bei ihm. Aber das hatte nicht nur an Mutter gelegen, Anja reagierte manchmal einfach überempfindlich.

In Groß Bernow hätten sich alle versöhnen sollen. Mutter hätte ihren Frieden mit der Vergangenheit machen und noch ein paar harmonische letzte Jahre dort verbringen können, so hatte er sich das vorgestellt. Dann der Anruf auf dem Handy in Neustrelitz, er hatte es nicht glauben wollen. Es konnte einfach nicht sein, dass sie gestorben war, so kurz vor dem Ziel.

Hartwig wollte weinen, aber er konnte nicht. Er beneidete Jani, der seinen Tränen freien Lauf ließ. Seinen Sohn hatte der Tod seiner Großmutter ehrlich getroffen, während Sabrina und Anja fast ungerührt wirkten. Das Gemurmel des Pfarrers endete. Hartwig hatte kaum zugehört.

Die beiden Friedhofsgärtner bedeckten den Sarg und drapierten die zwei Kränze mit den Seidenschleifen darauf. Am Ende reichte der Pfarrer jedem von ihnen die Hand und entfernte sich dann mit langen Schritten durch den Regen, der stärker geworden war. Die Trauergesellschaft löste sich auf. Hartwig verweilte noch einen Moment am Grab. Es war unabänderlich. Auch wenn seine Mutter einmal gesagt hatte: »Im großen Buch des Lebens wird kein Schicksal vergessen.« Für sie hatte sich der Kreis nicht geschlossen.

Anja hakte sich bei ihm unter, aber obwohl er ihre Nähe brauchte, verspürte Hartwig plötzlich das dringende Bedürfnis, allein zu sein. Zu viele Gedanken und Gefühle stürmten auf ihn ein. Hatte er seine Mutter wirklich gekannt?

Zurück in ihrem Haus in Wachtberg begab sich Anja in die Küche und setzte frischen Kaffee auf. Hunger hatte niemand angemeldet, und Hartwig zog sich ohne Worte sofort in sein Arbeitszimmer zurück. Es war sein geschütztes Reservat, wenn ihm das Familienleben über den Kopf wuchs. Heute konnte Anja ihn gut verstehen. Es war der Tag der Beerdigung seiner Mutter. Mit einer Tasse heißen Kaffee stieg sie die Treppe hinauf und klopfte an. Hartwig meldete sich nicht, aber die Tür war nicht abgeschlossen. Bewegungslos saß er in dem alten abgeschabten Ledersessel, der bereits in seiner Studentenbude stand. Als hätte sie ein Krankenzimmer betreten, schloss sie fast unhörbar die Tür hinter sich. Es war nicht schwer, sich vorzustellen, wie er sich fühlen musste. Vermutlich so wie sie, als sie ihre Mutter verloren hatte: verwirrt, leer und allein gelassen. Aber bei ihm war es nicht nur der Verlust, der schmerzte, mit Sicherheit war es auch die tiefe Enttäuschung, dass er Margot das renovierte Gut nicht mehr präsentieren konnte.

Sie näherte sich dem Sessel. Seine Augen waren geschlossen, umgeben von dunklen Schatten. »Es tut mir leid«, flüsterte sie und stellte die Tasse vor ihn auf den kleinen runden Tisch, auf dem sich auch der schwere Glasaschenbecher aus den Siebzigern und das Werkzeug für sein Pfeifenraucher-Ritual befanden.

Lange war Anja nicht mehr in diesem Raum gewesen. Den Schreibtisch bedeckten Architektenzeichnungen vom Gutsgelände, auf den Stühlen und auf dem Boden lagen Bücher über Gartenkultivierung, Pferdezucht, Mecklenburgische Landschaften und Geschichte, gespickt mit Lesezeichen. In diesem Moment wurde ihr bewusst, welche Bedeutung dieses Projekt für ihn wirklich hatte.

Sie räumte einen Stapel Bücher von einem der Stühle auf den Boden und setzte sich, worauf Hartwig die Augen öffnete. Es war nicht leicht, passende Worte zu finden, die Mitgefühl ausdrückten und ehrlich gemeint waren. Doch er war schneller als sie: »Gib dir keine Mühe. Es ist zu spät, Nettes über sie zu sagen. Sie kann es nicht mehr hören.« Damit hatte Anja nicht gerechnet. Dass er niedergeschlagen war, konnte sie verstehen, aber es gab keinen Grund, seine Enttäuschung an ihr auszulassen.

»Wir sollten auch bei der Wahrheit bleiben«, fuhr er im gleichen Tonfall fort, »Du hast sie nie gemocht, und du hast es ihr gezeigt.«

Er war deprimiert und angezählt, aber sie konnte ihm nicht einfach alles durchgehen lassen. »Du weißt genau, dass das nur die halbe Wahrheit ist. Immer wieder hat sie sich eingemischt und nicht respektiert, dass *ich* die Mutter unserer Kinder bin und dass ich entscheide, wie sie erzogen werden.« Vielleicht war der Zeitpunkt gekommen, einiges auszusprechen. »Dieses Gerede von Pflicht und Moral, Ehrgeiz und guten Leistungen in der Schule. Ich konnte diesen alten Mief einfach nicht mehr ertragen.« So drastisch hatte sie es ihm noch nie gesagt.

Hartwig ließ sich nichts anmerken. Er rutschte bis zur Sitzkante vor, griff nach seiner Pfeife und klopfte sie in aller Ruhe am Rand des Aschenbechers aus. »Das mag in deinen Ohren so geklungen haben«, kam in der gönnerhaften Art zurück, die er immer auflegte, wenn er sie zermürben wollte. »Du hast allerdings keine Ahnung, was heute im Berufsleben so los ist. Jeder versucht den anderen über den Tisch zu ziehen. Moral gibt es nicht mehr. Grund genug, einmal daran zu erinnern. Mutter lag da ganz richtig.«

Der Herr Professor dozierte wieder einmal für die Armen im Geiste. In diesem Augenblick machte es sie rasend, wie er so selbstgerecht in seinem Sessel saß, seine Pfeife stopfte und den Welterfahrenen spielte. Aber sie riss sich zusammen.

»Vielleicht wollte ich meine Kinder offener erziehen, freier? Sie sollten selbst herausfinden, wo ihre Interessen liegen, und in der Schule auch Spaß haben. Für mich waren sie nie Hochleistungsvieh, das danach bewertet wird, wie viel Liter Milch es am Tag gibt.«

»Du hältst mich also für Hochleistungsvieh?«

Die Antwort verkniff sie sich. Einen ausgewachsenen Streit am Tag von Margots Beerdigung hätte sie für pietätlos gehalten. Sie erhob sich und verließ den Raum mit dem Gefühl, dass nicht nur ihre Schwiegermutter für immer gegangen war.

Jan saß im Wohnzimmer und starrte an die Decke. Der Fernseher lief ohne Ton.

»Ist Sabrina schon gegangen?«, fragte Anja ihn.

Er nickte nur. Ihr Herr Sohn beantwortete selten Fragen, warum ausgerechnet heute? Sie erinnerte sich an seine kritische Zeit mit fünfzehn, als er sich von heute auf morgen zurückzog, weil ihm die Welt »banal« erschien und seine Schulzensuren in den Keller sackten. Natürlich war Anja besorgt gewesen und hatte sich gefragt, was sie als Mutter falsch gemacht haben könnte. »Es ist das Beste, wenn wir ihn in Ruhe lassen«, war damals Hartwigs erzieherisches Credo gewesen. »Er macht eben alles mit sich aus.« Typisch Hartwig. Nur nicht daran rühren. Das Erstaunliche war, dass er recht behielt. Kurz vor dem Abi taute Jan auf wie ein Eiszapfen im März. Die Zensuren in seinen Lieblingsfächern Mathe, Physik und Chemie waren wieder top, und am Ende hatte er die Schule als einer der Besten seines Jahrgangs abgeschlossen. Jetzt stand er vor seiner Einberufung zur Bundeswehr und wusch sogar seine schmutzigen Unterhosen selbst.

»Willst du wirklich nichts essen?« Nach dem aufgeheizten Gespräch mit Hartwig konnte ein bisschen Normalität nicht schaden.

»Nein danke, ich mag nicht, Mom.«

Sie stellte sich neben ihn und verstrubbelte ihm mit der linken Hand die Frisur. Er mochte das nicht, aber in diesem Augenblick konnte sie einfach nicht widerstehen. Bald würde er seine Haartracht auf zehn Millimeter kürzen, es war also die letzte Gelegenheit.

»Du hast Oma gerngehabt, nicht wahr?«, versuchte sie, ein Gespräch zu beginnen.

»Oma war okay.«

Er sagte das, als könnte man dazu keine andere Meinung haben. War sie wirklich krankhaft empfindlich, wie Hartwig das manchmal behauptete? War es reine Einbildung, dass sich Margot bei jeder Meinungsverschiedenheit gleich bei Hartwig über sie beschwert hatte? Offenbar hatte es Jan nicht gestört, dass seine Großmutter ihm und Sabrina ständig vorgeschrieben hatte, was sie tun und lassen sollten. »Was gefiel dir an Oma denn besonders gut?«

Jan sah sie wenig begeistert an. »Soll das ein Mutter-Sohn-Gespräch werden?«

Anja setzte sich ihm gegenüber in die Polster. »Wenn beide etwas sagen ...«

»Was Oma betrifft, kommt die Frage ziemlich spät, findest du nicht? – Ja, sie war eben alt und von gestern, aber sie meinte es ehrlich und interessierte sich für uns.«

Eine Überraschung. Meistens wiegelte Jani mit »keine Ahnung« ab. Diesmal antwortete er gleich in ganzen Sätzen und rief Erinnerungen in Anja wach. Einmal war ihr der Kragen geplatzt, weil Margot wieder eine ihrer klugen Ratschläge vom Stapel gelassen hatte, und Margot hatte betroffen auf ihren Ausbruch reagiert. »Auch ich hatte eine Schwiegermutter«, hatte sie kleinlaut erwidert. »Ich meinte lange, sie wäre meine Feindin, dabei wollte sie mir auf ihre Weise vermutlich nur helfen.« Der Zwischenfall war allerdings schnell in Vergessenheit geraten.

»Ich weiß, dass du sie nicht gemocht hast ...«

Oh, nein, nicht auch Jan.

»Aber ich kann dich verstehen. Sie war ziemlich spröde. Vielleicht ist sie zu viel allein gewesen in ihrem Leben.«

Anja spürte, wie sie errötete. Dieser grüne Kerl, der ihr Sohn war, beschämte sie mit seinen Einsichten. Sie musste es akzeptieren; es gehörte zur Wahrheit dazu, dass sie sich nie die Mühe gemacht hatte, ernsthaft über Margot und ihr Leben nachzudenken.

»Und was ist mit Paps?«, fragte Jan.

»Warum fragst du? Was soll mit ihm sein?«

»Liebst du ihn noch?«

⁓

Allmählich wurde der Tabaknebel dichter und hüllte das große Wandregal in seinem Arbeitszimmer fast vollständig ein. In Hartwigs Erinnerung tauchten immer wieder Bilder aus seiner Kindheit auf. Seine Mutter hatte für ihn gesorgt. An nichts sollte es ihm fehlen, was das schmale Gehalt einer Lehrerin hergab. Sie hatte ihn zum Mittelpunkt ihres Lebens gemacht und zu dem geformt, der er die meiste Zeit gewesen war: ein Aufsteiger, ein Karrierist, der abräumte, der an anderen vorbeizog, sie verdrängte, wenn es sein musste. Allerdings ohne zu fragen, ob er dies auch wollte. Wie es ihm seelisch dabei ging, hatte weder sie noch später Anja interessiert.

Er hatte dieses Gut gekauft, um seiner Mutter wieder zurückzugeben, was sie durch den Krieg verloren hatte: den Status der Gutsbesitzerin, aber nicht nur das. Er selbst wollte neu anfangen. Für ihn war es die Perspektive eines Jobs, ohne andere dabei hinters Licht zu führen oder sie übervorteilen zu müssen. Natürlich durfte er dabei nicht ins Hintertreffen geraten, das durfte kein Geschäftsmann, sonst drohte die Pleite. Aber er würde niemals mehr Menschen und ihre Existenzen ruinieren, das hatte er sich geschworen.

Beides wäre ideal zusammengekommen, und er hätte mit der Vergangenheit aufräumen können. Jetzt war Mutter nicht mehr da, er konnte ihr keine Fragen mehr stellen. Natürlich war es verrückt, so zu denken, aber immer öfter beschlich ihn das Gefühl, als habe sie sich aus dem Leben gestohlen, allein um ein Wiedersehen mit Groß Bernow zu vermeiden. Irgendetwas musste mit diesem Haus in Verbindung stehen, was sie ihm verschwiegen hatte. Er würde Ronny Schildknecht noch einmal danach fragen. An dem Abend in der Tränke waren sie nicht mehr darauf zu sprechen gekommen. Es war besser, möglichst alles über die Geschichte dieses Hauses zu wissen, damit er nicht in irgendwelche Fettnäpfchen trat.

Der Geruch von Tabak und Vanille, den seine Pfeife verströmte, beruhigte ihn. Anja konnte einen auf die Palme bringen. Seit dem Dinner im Dreesen gab sie die Widerspenstige, verdarb ihm den Aufenthalt in Groß Bernow, und dann kam sie und wollte ihn trösten? Ihre Heuchelei brachte ihn in Rage.

»Ihre Mutter ist nicht erstickt«, hatte ihm einer der Polizisten bestätigt, der den Brandort untersucht hatte. »Sie war bereits tot, als die Kerzenflamme die Gardine erwischte. Zuvor hatte sie vermutlich das Fenster geöffnet, sich dann an den Tisch gesetzt zu ihrem Pfefferminztee, den sie so oft getrunken hat und … Gott sei Dank hat die Sprinkleranlage das Feuer rechtzeitig gelöscht.«

Ein Herzschlag war diagnostiziert worden. Einen der Pfleger hatte er auch angesprochen, der sich öfter um sie gekümmert hatte. Es sei ihm aufgefallen, dass sie in den letzten Tagen ziemlich abgebaut habe. Dieser Mann war für seine Mutter da gewesen, aber wo war *er* gewesen, ihr Sohn?

Hartwig weinte.

»An dem Morgen machte ihr der Kreislauf Beschwerden«, so der Pfleger. »Sie klagte über Schwindel. Sie bat mich, sie zum Rheinufer zu begleiten, und sagte, sie ginge in Kürze auf eine große Reise. Vorher wolle sie sich aber noch vom Rhein verabschieden. Wir waren gerade aufgebrochen, da besuchte sie ihr Enkel Jan, und sie hat sich riesig darüber gefreut. Ich glaube, sie war sehr stolz auf ihre Familie. Sie brauchen sich keine Vorwürfe zu machen, lieber Herr von Bernow. Irgendwann geht es mit uns zu Ende, aber den genauen Zeitpunkt bestimmen nicht wir.«

Ein Spruch, den der Pfleger sicher nicht zum ersten Mal einem trauernden Angehörigen auf den Weg gegeben hatte. Aber der war jetzt sein einziger Trost.

⁓

»Du spinnst wohl, mich so etwas zu fragen!«, hätte Anja ihrem Sohn am liebsten den Mund verboten. Aber war es nicht ihr Ziel gewesen, die Kinder möglichst offen und ehrlich zu erziehen? »Natürlich liebe ich ihn noch.«

Erbärmlich hatte ihre Antwort geklungen. In dem Moment war ihr bewusst geworden, dass das magische Wort Liebe in ihrer Ehe längst nicht mehr die erste Geige spielte. Waren sie an dem Punkt angekommen, von dem es kein Zurück mehr gab?

Jan war offenbar selbst unangenehm, was er da losgetreten hatte. Er erhob sich von seinem Sessel und verzog sich in sein Zimmer. So wie Anja ihn kannte, würde Hartwig sein Reservat heute nicht mehr verlassen. Also entschied sie sich, den Rest des Abends in ihrem Schaukelstuhl zu verbringen und sich von ihrem Schmöker einlullen zu lassen.

Am nächsten Morgen wäre sie beinahe über die zwei Kartons mit der Hinterlassenschaft ihrer Schwiegermutter gestolpert, die immer noch unberührt im Flur standen. Bislang hatte sie nicht den Nerv gehabt, sie auszupacken. Das meiste, das sich in Margots Zimmer befunden hatte, war ohnehin vom Wasser der Sprinkleranlage aufgeweicht und unbrauchbar geworden, darunter der Teppich, die Möbel und die Wäsche. Doch das wenige Porzellan, die Bücher und Dokumente in den Schubladen und hinter dem Glas des alten Wohnzimmerschranks konnten gerettet werden. Erstaunlicherweise hatte auch das Bild von Karl von Bernow, Margots Mann, überlebt.

Es war ein unangenehmes Gefühl, in den Sachen ihrer Schwiegermutter zu kramen. Wenn sie das wüsste, würde sie sich im Grab herumdrehen, dachte Anja. Warum musste auch ausgerechnet sie diese Arbeit erledigen? Vielmehr wäre es Hartwigs oder Jans Aufgabe. Aber Jani war mit seinen Kumpels unterwegs, und Hartwig telefonierte seit dem Frühstück ununterbrochen mit Ostdeutschland.

Da geschah ein Wunder: Die Haustür öffnete sich und Sabrina stand im Flur. Eigentlich sollte Anja ihr böse sein, weil sie gestern so plötzlich verschwunden war, aber sie konnte sie irgendwie verstehen. Wahrscheinlich hatte sie es nicht ausgehalten, noch länger mit betroffener Miene herumzusitzen. Doch jetzt war sie da und würde sich auch so schnell nicht davonstehlen können. »Sabrina, Schatz, du kommst wie gerufen.«

Vernahm sie da etwa ein leises Stöhnen? »Was ist es diesmal?«

»Wir müssen Omas Kisten auspacken. Die beiden Männer haben keine Zeit. Vielleicht sind ja ein paar schöne alte Aufnahmen dabei«, versuchte Anja zu locken. Seit Sabrina Germanistik und Kunstgeschichte studierte, hatte sie ein Faible für Jugendstil und besonders für alte Fotografien.

»Oh, Mami, eigentlich wollte ich nur kurz vorbeikommen, um …«

»Ich mach uns auch einen extraguten Kaffee.« Sie kannte ihre Tochter. Sie hatte ihre eigenen Pläne, ließ aber ihre Mutter nicht im Stich.

Sabrina war eine selbstbewusste junge Frau geworden. Das war nicht immer so gewesen. Anja fiel wieder die Geschichte ein, als Sabrina sechzehn war und ihr das dichte braune Haar noch bis zum Po reichte. Damals verbrachte sie mehr Zeit im Gestüt als in der Schule, war eine richtige Pferdenärrin. Eines Tages wollte Hartwig ihr ein Kompliment machen. Sie sei schöner als das schönste Pferd in ganz Wachtberg, sagte er, ohne zu ahnen, was er damit anrichtete. Tränen gab es, gefolgt von endlosen Sitzungen vor dem Spiegel, die sich darum drehten, ob sie ein Pferdegesicht habe. Aber die Zeiten waren vorbei, Sabrina war jetzt eine attraktive und selbstbewusste junge Frau.

»Also gut«, streckte Sabrina schließlich die Waffen. Anja ging in die Küche und stellte die Kaffeemaschine an. Ein Blick aus dem Fenster sagte ihr, dass der Tag freundlich zu werden versprach. Die Picknickzeit in der Rheinaue war längst angebrochen. Sie dachte zurück an ihre Studentenjahre. Damals war sie oft mit Freunden im Siebengebirge gewesen, und da war es nicht gerade prüde zugegangen. Was die Kontakte zum anderen Geschlecht betraf, hielten sich ihre Sprösslinge allerdings eher zurück. Einmal hatte Hartwig Sabrina darauf angesprochen, worauf seine Tochter entgegnete: »Ich bin eben eine Turandot und suche mir denjenigen aus, der mein Rätsel lösen darf.« Das hatte Hartwig offenbar imponiert.

Als Anja mit dem Kaffee kam, hatte Sabrina die beiden Kisten bereits aus dem Flur ins Wohnzimmer geschleift und eine davon geöffnet. Die Bücher ordnete sie nebeneinander auf dem Teppich an und überließ es Anja, zu entscheiden, welche sie behalten wollte und welche nicht. Tucholsky mochte Margot anscheinend besonders gern. In einem Sammelband steckten mehrere Lesezeichen. Gedichte, die ans Herz gingen. Wieder etwas, das Anja nicht erwartet hatte. Margot war ihr oft gefühlskalt vorgekommen, verbittert. Hartwig hatte ihr einmal erzählt, dass seine Mutter nach dem Tod seines Vaters keinen anderen mehr angesehen habe. Offenbar hatte sie sich mit Lyrik getröstet.

Die Ausbeute an Fotos war gering. Einige wenige befanden sich in einer kleinen Holzschatulle, verblichene Fotos aus alten Zeiten. Das Gut und seine Menschen. Eine alte, faltige Frau in langer Schürze mit einem kleinen Mädchen an der Hand. Auf der Rückseite stand mit Bleistift geschrieben: *Berta und Helma.* Ein anderes zeigte einen verhärmten Mann mit sorgenvollem Gesicht und offenbar seine Frau mit einer Schar Kinder vor einem Laden. Auf dem Schild über der Tür war zu lesen: *A. Schenk, Gemischtwaren.* Mit Bleistift vermerkt: *Die Familie, Rostock 1928.*

»Hier ist Oma«, sagte Sabrina und hielt ihr ein besser erhaltenes Foto vor die Nase. Anja erkannte den Ort sofort wieder. Das Foto war vor dem Herrenhaus in Groß Bernow aufgenommen worden. Im Hintergrund der Säuleneingang, neben Margot stand ein Mann, groß und schlank, unzweifelhaft Karl von Bernow, Hartwigs Vater. Die Gesichter der beiden waren entspannt, sogar heiter. Margot wirkte ausgeglichen und zufrieden, nicht wie eine frustrierte Gouvernante. Offenbar war es ein Bild aus glücklichen Tagen, auf die dann der Schock ihres Lebens gefolgt war.

»Das Gut war ein Traum«, schwärmte Sabrina und sah ihr dabei forschend in die Augen. »Freust du dich schon?«

So wie sie die Frage stellte, schien es Sabrina nicht zu belasten, was bevorstand. »Und es würde dir nichts ausmachen, wenn wir hier die Zelte abbrechen?«, stellte Anja die Gegenfrage. Ihr wurde bewusst, dass es längst überfällig war, mit ihren Kindern über den großen Einschnitt in ihrem Leben zu sprechen.

»Wieso?« Sabrina schien ehrlich überrascht. »Ihr seid doch nicht aus der Welt.« Dann wurde sie ernst. »Wir sind erwachsen, Mami, wir kommen zurecht. Wegen uns brauchst du dir keine Sorgen zu machen!«

Die Antwort versetzte Anja einen Stich. Sabrina hielt ihr eine schmerzliche Wahrheit vor Augen: Ihre Kinder trafen jetzt ihre eigenen Entscheidungen, und sie als Mutter wurde nicht mehr gebraucht.

Sie sprachen nicht weiter über dieses Thema, sortierten die Bücher aus, die sie dem Basar der Ortsbibliothek stiften würden. Anja überließ Sabrina ein paar Fotos als Erinnerung an ihre Großmutter und ließ sie dann ziehen. Natürlich würde Hartwig das große Foto seines Vaters behalten wollen, die restlichen Bücher würden in den Regalen im Wohnzimmer verschwinden, die übrigen Fotos ins Familienalbum und die alten Dokumente auf einen Stapel mit bedeutungslosen Papieren wandern, von denen man sich aus unerfindlichen Gründen nicht trennen konnte. Hauptsache, alles hatte seine liebe Ordnung.

Die meisten von Margots Büchern waren Klassiker wie »Sturmhöhe«, den sie jetzt in der Hand hielt. Den Roman hatte Anja mehrmals gelesen und zum ersten Mal als junges Mädchen an einem Abend verschlungen. Margot schien er auch fasziniert zu haben. Darin steckte ein alter Brief. Anja zog ihn heraus, zwei mit geschwungener Handschrift beschriebene Seiten, die sie auseinanderfaltete. Das Papier wellte sich, und an vielen Stellen war die Tinte verwischt. Der Brief musste mehrmals mit Wasser in Berührung gekommen sein. Noch aus einem anderen Grund ließ er sich kaum entziffern. Er war in der alten deutschen Schrift verfasst, die sie als Kind in der Schule gelernt, aber inzwischen völlig vergessen hatte. Nur der Schluss ließ sich entziffern: *Bitte versuch, mir zu verzeihen. Für immer, Dein Karl.*

5

Bonn-Beuel, Mitte Juni 1998

Der Mittwoch war Papas Tag, auch wenn Anjas altes Leben kurz davorstand, sich aufzulösen, und sie machtlos dagegen war. Die Kinder brauchten sie nicht mehr, ihre so viele Jahre glückliche Ehe war nur noch ein Schatten ihrer selbst, und sie hatte nicht die geringste Ahnung, wie sie ihrem Vater beibringen sollte, dass sie sich in ein paar Wochen in den Osten absetzen würde, um sich selbst ohne Not zum Dienstmädchen einer Touristenpension zu machen, auch wenn es die eigene war.

Gegen zehn stellte sie ihre Giulietta in der Combahnstraße am Beueler Rheindamm ab. Nach Mutters Tod vor acht Jahren hatte Paps unweit von der Uferstraße eine Zweizimmerwohnung bezogen. Ihr Tod hatte ihn damals fast zerstört, die beiden brauchten sich. Erst in der neuen Wohnung fand er allmählich wieder zu sich. Seither besuchte Anja ihn regelmäßig und animierte ihn zu Spaziergängen. Nun führte er das bescheidene Leben eines pensionierten Beamten der unteren Laufbahn, der ab und zu auf ein Kölsch in den alten Bahnhof ging oder den Nachmittag mit einem Schwätzchen bei Streuselkuchen und einer Tasse Kaffee im Gemeindehaus von St. Josef verbrachte.

Sie schellte das zweite Mal an der Haustür. Seitdem Paps die siebzig überschritten hatte, lief bei ihm alles merkbar langsamer und umständlicher ab. Erst hatte er sich gesträubt, als sie ihm anbot, einmal in der Woche nach seinem Haushalt zu sehen, dazu war er zu stolz. Jetzt zeigte er sich dankbar, wenn sie ihm beim Aufräumen half und seinen Treppendienst übernahm. Aber wie würde die Zukunft aussehen? Sollte sie ihn einfach im Regen stehen lassen?

Endlich schnarrte der Türöffner. Wie immer, wenn unten die Tür aufgesprungen war, kam er oben aus seiner Wohnung und spähte durch das Gittergeländer im Treppenhaus nach unten, um sicherzugehen, dass sie es war. Nach der jüngsten Überfallserie hatte er beim Vermieter eine Sprechanlage angefordert, aber der hatte bislang nicht einmal geantwortet.

Wie immer begrüßte er sie mit dem stolzen Lächeln eines Vaters und hatte bereits Kaffee gemacht. »Lass uns ins Siebengebirge fahren«, schlug Anja vor mit dem Hintergedanken, dass es ihr dann leichter fallen würde, ihm endlich alles zu erzählen.

»Oder sollen wir lieber an der Sieg angeln gehen?«, fragte er und zwinkerte ihr zu. So wie damals in Kindertagen. Paps wollte immer ihr Held sein, und das war ihm irgendwie auch gelungen. Nicht besonders groß und rundlich war er nie ein Adonis gewesen, aber er hatte stets zu ihr gehalten, auch gegen Mutti, wenn sie wieder leidend gewesen war und sie jede Fliege an der Wand gestört hatte. Einmal nahm er Anjas Hand und entfloh mit ihr der Enge der Wohnung. Sie liefen den Rheindamm entlang, vorbei an Schwarzrheindorf bis ans Ufer der Sieg. Dort, unter den Weiden, suchten sie eine Stelle aus, die frei von Brennnesseln war, und breiteten ihre flauschige Decke aus. Paps hatte natürlich eine Überraschung für sie: Aus der einen Hosentasche zog er Brausebonbons und Lakritzschnecken, in der anderen steckten Angelschnur und Haken. Dann suchte er im Gebüsch nach einem Köder, fand aber nur eine eklige grüne Wanze. Den ganzen Nachmittag verbrachten sie am Ufer der Sieg und hätten beinahe sogar einen Fisch gefangen. Aber wahrscheinlich hatten sich die Fische vor der Wanze genauso geekelt wie sie. Die Stelle im weichen Gras war ihr geheimer Zufluchtsort geblieben. Vielleicht eignete sich der vertraute Ort am besten, ihm alles zu beichten? Doch ihr Vater entschied sich letztendlich für die Rheinaue. Es spaziere sich dort leichter. Und so machten sie sich auf.

Anja brachte es einfach nicht fertig, ihm zu sagen, was gesagt werden musste. Doch als sie auf einer Bank unter Pappeln den Blick auf den Drachenfels genossen, fragte er sie wie nebenbei: »Also, was bitte stimmt nicht mit dir?«

»Was soll nicht stimmen?«, versuchte sie noch abzulenken, aber sie hatte ihm nie etwas vormachen können.

»Bin ich dein Vater oder nicht? Aber denk nur nicht, dass ich mich in dein Leben einmischen will.« Auf diese Weise hatte er immer herausbekommen, was ihr auf dem Herzen lag. Aber diesmal war es nicht so einfach, und sie hasste es, ihn zu enttäuschen.

Die größte Enttäuschung hatte sie ihm beigebracht, als er akzeptieren musste, dass sie einen neuen Helden in ihrem Leben gefunden hatte: Er hieß Hartwig, war ein Kopf größer als er, sportlich, studiert, mit Aussichten auf Karriere und Geld, dazu noch adelig und ein netter Kerl. Unerträglich. Bis heute kam ihr Vater nicht völlig damit klar, dass dieser aalglatte Typ ihm seine Tochter weggenommen hatte, ohne es zuzugeben natürlich. Er wollte doch das Beste für sie, auf keinen Fall sollte sie das Vertrauen in ihren Vater verlieren. Das hatte sie auch nie.

»Ich muss etwas mit dir besprechen.«

Vor Kurzem hatte er noch behauptet, in seinem Leben könne ihn so schnell nichts mehr umhauen. Aber das wollte sie nicht auf die Probe stellen. »Wenn man über siebzig ist so wie du«, versuchte sie einen sanften Einstieg, »dann geht alles nicht mehr so einfach wie früher, dann muss man sich schon mal helfen lassen …«

»Stopp, bitte nicht wieder dieses Thema!«, fuhr er unwillig dazwischen, natürlich wusste er, was sie meinte. »Das hatten wir bereits, Anja, und du weißt, dass ich es nicht will. Ich will nicht ins Seniorenheim, Punkt. Zumindest nicht, bevor ich ein Pflegefall bin. Aber da steckt noch mehr dahinter, so ist es doch, oder?«

Er war ernst geworden, und sie sah ein, dass sie die Wahrheit nicht länger zurückhalten konnte. »Ich werde bald nicht mehr hier sein, Paps, wir werden fortgehen.«

Keine Reaktion, er zuckte nicht einmal nervös mit dem Kopf, wie er es immer tat, wenn ihm etwas nicht passte. Keine Fragen, er wirkte vollkommen gefasst. Den Blick auf das Rheinpanorama gerichtet, wartete er geduldig, bis sie anfing zu erzählen. Dass Hartwig das alte Familiengut der Bernows zurückgekauft habe, oben in Mecklenburg, dass sie eine neue Perspektive brauche, schließlich seien die Kinder aus dem Haus und die Volkshochschule auf Dauer kein Lebensinhalt, dass die Gegend da oben sehr schön sei und man sich dort wohlfühlen könne, wenn man sich erst eingelebt habe. Und als sie fertig war, liefen ihr die Tränen über das Gesicht.

»Ich bin froh, dass du es mir endlich erzählt hast«, beruhigte er sie mit sanfter Stimme. »Jetzt sind wir beide erleichtert.«

Sie nickte nur, fühlte sich schuldig. Er nahm ihre linke Hand in seine rechte und zeigte ihr, dass er ihr verzieh.

Doch das schlechte Gewissen blieb, denn sie hatte ihm nicht die ganze Wahrheit gesagt. Er sollte auf keinen Fall erfahren, dass sie es nicht freiwillig tat, dass ihr nichts anderes übrig geblieben war, als dem Umzug zuzustimmen, und ausgerechnet ihr geliebter Hartwig, auf den sie ihrem Vater gegenüber nie etwas hatte kommen lassen, sie mehr oder weniger dazu gezwungen hatte. Paps würde auf die Barrikaden gehen, er würde sogar ihrer Ehe den Todesstoß versetzen, nur um seine Anja zu beschützen.

»Und wann ist es so weit?«

»In ein, zwei Monaten.«

Er nickte. Auf einmal wirkte sein Gesicht eingefallen, der Ausdruck verriet, wie sehr es ihn mitnahm, nach seiner Frau nun auch sein einziges Kind zu verlieren.

»Es tut mir leid, wenn ich dich enttäusche«, sagte sie und wischte die Tränen fort.

»Du enttäuschst mich nicht«, erwiderte er mit erstaunlich fester Stimme. »Ich finde deine Entscheidung sogar gut.«

War das wieder einer seiner Tricks? Aber die alten müden Augen logen nicht. »Natürlich wäre mir lieber, wenn du hierbleiben würdest, weil ich ein alter Egoist bin, allerdings bist du noch zu jung, um dich für den Rest deines Lebens im Kreis zu drehen.«

Ob er denn ohne sie zurechtkäme, wollte sie fragen, doch er ließ es nicht dazu kommen. »Du brauchst dir um mich keine Sorgen zu machen, Anja. Dein alter Vater ist nicht allein. Ich habe Nachbarn, Freunde in der Kirchengemeinde, und außerdem gibt es das Telefon. Du tust ja so, als würdest du nach Australien auswandern.«

Sie lachte, er drückte ihre Hand und verströmte Zuversicht.

Es war schwül geworden. Als sie später unter den Bonner Theaterarkaden beim Italiener kalte Getränke schlürften und Pizza aßen, fiel Anja etwas ein, das sie beinahe vergessen hätte. »In Margots Nachlass habe ich einen Brief gefunden«, sagte sie und zog einen Umschlag aus ihrer Handtasche. »Könntest du ihn für mich entziffern?«

Er öffnete den Umschlag, warf einen kurzen Blick auf den Inhalt und ließ dann beides in seiner Hosentasche verschwinden. Da war es wieder, das Heldenlächeln ihres Paps', wenn er seiner Tochter helfen konnte.

Gegen halb drei am Nachmittag brachte Anja ihn in die Combahnstraße zurück. Wieder einmal kündigte sich die Schwüle an, die den Bonner Sommer oft so unausstehlich machte, und Paps sah müde aus. Er brauchte jetzt sein Mittagsschläfchen. Anja beschloss, noch ein wenig in der Innenstadt zu shoppen, bevor sie nach Wachtberg zurückkehrte. Es war ein bisschen Wehmut dabei. Am Ende der Sternstraße setzte sie sich in ein Bistro und trank den dritten Kaffee des Tages. Auch wenn das alte Bonn den Hauptstadttitel verloren hatte, blieb es die liebenswerte, bunte Stadt. Deutsch, Italienisch, Japanisch, Englisch, alle Sprachen der Welt konnte man hier hören. Auch das würde sie vermissen.

Paps legte ihr keine Steine in den Weg, nein, so war er nicht, außerdem würde sie, wenn er sie brauchte oder sie einfach die Nase voll vom Norden hätte, hierherkommen können, um ein paar Tage auszuspannen. Schließlich gab es das Haus, und selbst wenn Hartwig den größten Teil vermietete, könnte man durch wenige Veränderungen im Souterrain ein Appartement einrichten, das ihnen zur Verfügung stünde, wann immer sie wollten. Jedenfalls hatte Hartwig nichts gegen ihren Vorschlag eingewandt.

Ihre Gedanken drehten sich um ihre letzte Auseinandersetzung. Margots unerwarteter Tod war nicht spurlos an Hartwig vorbeigegangen, unzweifelhaft war es schwer für ihn. Aber dass er so tat, als wollte seine eigene Frau ihn nicht verstehen, war mehr als eine Kränkung. Seine Alleingänge mussten endlich aufhören. Bisher hatten sie in ihrer Ehe stets darauf vertraut, dass sich der beste Weg ganz von selbst fand, aber schon seit Längerem waren sie nicht mehr auf Kurs. Sie mussten reden.

Nur Linus rief ihn noch regelmäßig an. Die meisten Kollegen von der Manager-Front hatten sich von ihm abgewandt, nachdem Hartwig bei der CONTAC ausgeschieden war. Er war so tot wie ein Nestbeschmutzer nur sein konnte, erst recht als jemand, der meinte, die Bußpredigt auf die Verfehlungen ihres Berufsstandes halten zu müssen. Wenn Linus Zeit hatte, trafen sie sich irgendwo in der Bonner Innenstadt. Diesmal hatten sie sich den Biergarten unterhalb des Alten Zoll ausgesucht, ein paar Schritte vom Rheinufer entfernt. Hartwig sog an seiner Pfeife, vor sich einen vollmundigen Rotwein von der Ahr, während Linus zu seinem Bier wie üblich eine Rothmans nach der anderen qualmte.

»Ich kann verstehen, warum du hingeschmissen hast, aber deshalb musst du nicht die Mutter Teresa des Großkapitalismus spielen«, fing Linus wieder an. »Wir wissen, was wir tun, und wir haben es auch vorher gewusst, und es ist gut, dass wir es tun, sonst tut es ein anderer.«

Eigentlich gab es dazu nichts mehr zu sagen, und doch kam es immer wieder zwischen ihnen hoch. Da lag die

Frage auf der Hand: »Warum ist man eigentlich gleich der Buhmann, wenn man sagt: Bis hierhin und nicht weiter?«

Linus zuckte mit den Schultern. »Du kennst meine Meinung. Wenn du dich einmal auf das Spiel eingelassen hast, stehst du in der Pflicht. Ich werde so lange auf die Reise nach Jerusalem gehen, bis einer mir den letzten Stuhl wegzieht.«

Linus, der Vasall. Ein gewisser Fatalismus, Treue zu dem, was man kannte, Pflichtbewusstsein, irgendwo korrupt, irgendwo sentimental. Deutsche Tugenden. Linus war als Allzweckwaffe unschätzbar für die CONTAC, er war ein verlässlicher Diener des Konzerns, angeblich ohne sein Gewissen verkauft zu haben. »Ich trage eine Verantwortung für die Entscheidungen, die ich im Rahmen des Jobs zu treffen habe. Aber was der Konzern geschäftspolitisch für richtig hält, ist nicht mein Bier«, das hatte Linus einmal gesagt und das war sein Motto.

Offenbar musste man so denken wie er, wenn man in dem Job durchhalten wollte. Doch genau diese perfide Denke hatte Hartwig nicht mehr ausgehalten. In den letzten Jahren war es ihm immer schwerer gefallen, Transaktionen zu fahren, die sich als gut und richtig für den Konzern erwiesen, aber andere ruinierten. Und warum sollte er das nicht zugeben? Die Ostabwicklungen hatten ihm den Rest gegeben. Vielleicht war er mit fünfzig weich geworden, wie einige Kollegen spotteten, brachte es einfach nicht mehr, Burn-out.

»Ich habe gehört, Sie wollen gehen, Bernow«, hatte Kreidler vom Aufsichtsrat am Rande eines Arbeitsfrühstücks seinen Unmut erkennen lassen. »Dagegen ist nichts einzuwenden, ich finde nur die Begründung fadenscheinig. Wir müssen reale Konzepte stricken, Bernow, wir können uns keine Flickarbeit leisten. Was nicht läuft, muss stillgelegt werden. Das klingt hart, ist aber nötig.«

Hartwig hatte an seiner Begründung festgehalten, und niemand wollte mehr mit ihm etwas zu tun haben, nur Linus war geblieben. Er hielt ihn für einen echten Freund, wenn es den unter Managern überhaupt gab. Jedenfalls vertraute er ihm. Sie hatten sich im Laufe der Jahre schätzen gelernt und ihre Meinungen ausgetauscht, anfangs vorsichtig, später vorbehaltlos. Neben Imre Teitelboom, dem Notar, hatte Hartwig nur Linus in den Kauf des Gutes eingeweiht. Die anderen hatten es, wie Anja und seine Mutter, erst bei der Dinnerparty im Dreesen erfahren.

»Wie läuft es denn da oben so?«, fragte Linus, und wieder schwang leiser Spott in seiner Stimme mit. Ähnlich hatte er reagiert, als Hartwig ihn als frisch gebackener Gutsherr aufgefordert hatte, ruhig ein bisschen neidisch zu sein. »Ich habe keine Ansprüche, brauche kein Gut in Meck-Pomm«, hatte er erwidert. »Ich setze mich auf meine Terrasse, mache mir ein Bier auf, starre auf den Rhein und singe: Ich weiß nicht, was soll es bedeuten …« Allerdings bot sein Haus in Höhenlage von Bad Honnef auch einen sensationellen Rheinblick, fast wie das vom alten Adenauer.

»Also, wie läuft es?«

Hartwig spürte einen Kloß im Hals. Zeit, ehrlich zu sein? »Ich habe das Gefühl, ich kämpfe gegen die Flut.«

»Doch nicht etwa wegen Geld? Dass so ein Objekt jede Menge Unwägbarkeiten mit sich bringt, musste dir doch von Anfang an klar gewesen sein. Wenn du Pech hast, kann daraus ein Millionengrab werden.«

»Nein, wegen Anja. Sie lehnt das Projekt rundweg ab, ist keinem vernünftigen Argument zugänglich.«

»Wen wundert's? Hast du ihr eine Chance gegeben?«

»Jetzt fang du nicht auch noch an!«

»Du hast sie nicht gefragt, so ist es doch. Bis jetzt durfte sie lediglich die Begleitmusik spielen.« Er drückte den Stummel seiner Rothmans im Plastikascher aus und steckte sich eine neue an.

Hartwig musste Linus recht geben. Er hatte Anja mit der ganzen Angelegenheit mehr oder weniger überfahren, und da war noch etwas, das herausmusste: »Ich habe Anja verschwiegen, dass ich unser Haus in Wachtberg an einen Jungmanager aus München so gut wie verkauft habe. Der hat Familie und ist froh, dass er was mit Garten in so guter Lage bekommen konnte.«

Linus kam sichtlich ins Staunen. »Findest du nicht, dass das zu weit geht? Ich versteh dich nicht, ich dachte, du und deine Frau wolltet das Unternehmen zu zweit stemmen. Du brauchst Anja doch, jetzt noch mehr als früher …«

»Ja, aber sie gibt nur noch Kontra, ich kann kaum noch mit ihr reden. Du hast doch selbst gesagt, dass man nie genug Geld im Hintergrund haben kann. Das Geschäft da oben braucht seine Zeit, um anzulaufen, da muss man Ballast abwerfen.«

»Und Anja? Vielleicht braucht sie auch Zeit. Ist denn dein bisheriges Leben nur Ballast gewesen?«

Hartwig hatte von Linus Rückenwind erwartet. Jetzt musste er sich den Kopf waschen lassen. Hatte er wirklich alles falsch gemacht?

»Es ist nicht zu spät. Du kannst deine Ehe noch retten, alter Junge«, fügte Linus beschwichtigend an. »Aber dann solltest du Anja gegenüber nur noch mit offenen Karten spielen.«

Gegen Abend zog der milchige Himmel frei, und die wenigen verbliebenen Wolken segelten behäbig wie Luftschiffe im Blau. Anja hatte den Tisch für das Abendbrot im Garten gedeckt. Früher hatten sie oft an warmen Sommerabenden zusammen mit den Kindern im Garten gegessen, auch dort gefrühstückt. In den letzten Jahren war das immer weniger vorgekommen, bis es schließlich ganz aufhörte. Es war nichts mehr übrig von ihrer Familienkultur. Sie setzte sich auf einen der Stühle aus Zedernholz und blickte an der Fassade hoch. Immer war sie stolz auf das gewesen, was Hartwig und sie, was sie als Familie erreicht hatten. Und dieses schöne Haus, ihr Heim, gehörte mit seinem über tausend Quadratmeter großen Garten dazu, ein Paradies für die Kinder. Wenn es das Wetter zuließ, hatte Jani mit seinen Freunden hinter dem Haus gekickt. Die Bande hatte sie in ständige Angst um ihre Ziersträucher versetzt. Aber sogar der Essigbaum, der als Torpfosten diente und zeitweilig wie ein gerupftes Huhn aussah, hatte überlebt.

Hartwig war zurück, unverkennbar das Motorengeräusch seines Mercedes auf der Garageneinfahrt. Sie hatte noch gar nicht mit ihm gerechnet. Wenn er sich mit Linus traf, wurde es meistens spät. Eigentlich hatte sie nur aus Gewohnheit für zwei gedeckt.

Mit großen Schritten kam er über den Rasen, brachte sogar ein Lächeln mit, in der Hand eine Flasche. Hartwig hatte immer Stil bewiesen, das hatte ihr von Anfang an gefallen. Paps hielt es für oberflächlich, Schickimicki verachtete er. Was hatte er damals nicht alles versucht, um ihr die Hochzeit aus dem Kopf zu schlagen? Aber am Ende hatte sich Hartwig durchgesetzt.

»Gibt es etwas zu feiern?«, fragte sie.

»Muss es gleich etwas zu feiern geben, wenn sich Eheleute zu einem guten Glas Wein zusammensetzen?«

Er stellte die Flasche feinsten Bordeaux mitten auf den Tisch, stieg die Wendeltreppe zur Terrasse hoch und verschwand im Haus. Die kalte Platte stand noch im Kühlschrank. Dazu hatte Anja frisches Zwiebelbrot gekauft. Als sie den Hausflur betrat, um sich in der Küche die Hände zu waschen und das Essen zu holen, plätscherte oben im Bad das Wasser, und der herbe Duft von Hartwigs Duschgel zog durchs Treppenhaus. Wie lange hatten sie nicht mehr miteinander geschlafen?

Eines hatten sie in ihrer dreiundzwanzigjährigen Ehe gelernt: Sie wussten, wie man aus einer scheinbar festgefahrenen Situation herauskommt. Es ging los mit einer Unterhaltung über lauter Belanglosigkeiten bei gutem Essen, begleitet von gutem Wein. Und wenn der Friede dann zu halten versprach, war der Weg für den weit erfreulicheren Teil der Streitniederlegung geebnet. Auch dieses Mal stand dem nichts im Weg.

Anschließend lagen sie nebeneinander auf dem Bett in ihrem gemeinsamen Schlafzimmer im Dachgeschoss. Er atmete immer noch schwer. Sie hatten sich beide total verausgabt.

»Ich war heute bei Paps«, sagte Anja, und während sie über seine Brusthaare strich, stellte sie fest, dass die allmählich ergrauten.

»Und, wie geht es ihm?«, fragte er artig, obwohl sie wusste, dass es ihn nicht wirklich interessierte.

»Er wird es wohl überleben, seine Tochter an die Mecklenburgische Seenplatte verloren zu haben«, antwortete sie.

»Gut zu hören.«

»Ich hab ihm gesagt, es sei alles halb so schlimm, ich könne ihn schließlich jederzeit besuchen, weil wir das Souterrain ausbauen und als Ferienwohnung für uns behalten.«

Hartwig saß plötzlich aufrecht im Bett, drehte ihr den Rücken zu, als wollte er aufstehen. »Es ist ein bisschen anders, Schatz ...«

Schatz? Immer wenn er sie so nannte, dann lag etwas im Argen.

»Ich weiß, ich hätte es dir früher sagen sollen, aber ...«

»Also, was ist los?«

»Das Haus ist so gut wie verkauft. Ein Kollege aus München mit zwei kleinen Kindern hat händeringend eine Bleibe in der Gegend gesucht. Ich konnte es ihm einfach nicht abschlagen.«

Sie glaubte, nicht richtig gehört zu haben. Wie konnte er es wagen? Und ohne ihr gegenüber ein Sterbenswörtchen davon zu erwähnen, war er mit ihr ins Bett gegangen.

»Bitte, Anja. Ich weiß, dass es nicht fair von mir war. Ich schwöre dir, nie mehr etwas ohne dich zu entscheiden. Es war das letzte Mal, glaub mir das!«

Aber sie war bereits aus dem Bett gesprungen, lief nackt durch den Flur ins Bad, schloss die Tür zweimal hinter sich ab, stellte sich unter die Dusche und ließ kaltes Wasser laufen. Sie heulte laut, und es war kein Funken Selbstmitleid dabei, es war reine Wut.

6

Wachtberg, Ende Juni

Noch am gleichen Abend war Anja aus dem gemeinsamen Schlafzimmer in das Gästezimmer im Souterrain umgezogen. Hartwig hatte versucht, es ihr auszureden, aber das Maß war voll. »Du hast wohl vergessen, dass das Haus zur Hälfte mir gehört? Diesmal lasse ich mich nicht so einfach übergehen.«

Natürlich hatte König Hartwig überhaupt nicht gefallen, was er da hörte. Er habe sich entschuldigt, fände es nun wenig fair und schon gar nicht hilfreich, wenn sie es auf dieser Ebene austragen würde, erwiderte er. Als wäre sie ihm in all den Jahren nicht überallhin gefolgt. Ein schwerer Fehler, das musste sie sich jetzt eingestehen.

Vor dem Spiegel streifte sie sich das luftige Kleid von Chanel über. Sie liebte es, das Blumenmuster machte es so leicht und unbeschwert. Sie wollte so sein wie dieses Kleid. Vielleicht auch ein paar Jährchen jünger. Ihre Hüften waren breiter geworden, die Krähenfüße um die Augen nicht mehr zu verleugnen. Der Termin bei Teitelboom in einer knappen Stunde spukte durch ihren Kopf. Es war der zweite. Bereits beim ersten Mal hätten Hartwig und sie den Kaufvertrag unterschreiben sollen, aber kurz vorher war Anja der Kragen geplatzt. Niemand konnte sie zwingen, etwas zu tun, was sie nicht wollte. Sie war aufgesprungen und hatte Hartwig entgeistert im Wartezimmer der Kanzlei zurückgelassen.

»Es ist Wahnsinn, sich dem zu versperren«, hatte er ihr später vorgeworfen. »Wir brauchen ein finanzielles Polster. Glaub mir doch: Bei kleineren Objekten bringen Mieter mehr Kosten als Nutzen. Das bestätigt dir jeder Fachmann. Es macht nur Sinn, ein Einfamilienhaus zu vermieten, wenn du weißt, wann du zurückkommst.«

»Vielleicht sind wir ja schneller zurück, als du denkst. Und lass dir nicht einfallen, mir zu drohen!«

Als Hartwig versprochen hatte, sich nicht weiter einzumischen, war sie mit einem zweiten Termin für sich allein einverstanden gewesen. Aber sie konnte den Termin auch sausen lassen …

Die roten Sandaletten mit den schmalen Riemchen und den Korkabsätzen waren wie gemacht für ihren unbeschwerten Look. Teitelboom sollte nicht einmal ahnen, wie es wirklich in ihr aussah.

Bevor sie das Haus verließ, warf sie noch einen schnellen Blick in die Küche und schnappte sich dann den Wagenschlüssel, der auf dem Garderobentisch am Eingang lag. Angeblich waren Hartwigs Freunde auch ihre Freunde. Sollte sich Teitelboom einmal als ihr Freund erweisen und ihre Bedenken zur Kenntnis nehmen. Vielleicht würde sie sich dann dazu bewegen lassen – nach reiflicher Überlegung natürlich –, ihre Unterschrift zu geben. Später würde sie auf jeden Fall ihren Vater besuchen.

❧

Hartwig konnte sich nicht erinnern, jemals in seinem Leben so Nerven gezeigt zu haben. Dass Anja sich nach all den glücklichen Jahren querstellte, nur weil sie sich übergangen fühlte, war ihm nach wie vor unbegreiflich. Nicht nur das Scheitern des Projekts drohte, sie musste sich doch darüber im Klaren sein, dass von ihrer Ehe nur ein Scherbenhaufen übrig bleiben würde, wenn sie weiter ihre Unterschrift verweigerte.

Vor ihrem zweiten Termin bei Teitelboom hatte Hartwig es für das Beste gehalten, Anja seine Gegenwart zu ersparen, und sich unter dem Vorwand, Freunde zu besuchen, für drei Nächte in einem Kurhotel in Bad Breisig eingemietet. Morgens ging er ins Thermalbad, ließ anschließend seinen Rücken professionell durchkneten, am Nachmittag radelte er über die Rheinpromenade oder joggte auf irgendwelchen Wanderwegen im Hinterland. Gerade hatte er versucht, Linus zu erreichen, um sich mit ihm zu treffen, er brauchte endlich jemanden zum Reden.

Natürlich stand Hartwig auch mit Imre Teitelboom in Verbindung. Nach dem peinlichen Zwischenfall in dessen Kanzlei war ihm nichts anderes übrig geblieben, als die Situation näher zu erklären. Anja sei angespannt und verunsichert angesichts der neuen Aufgabe und würde alles dramatisieren. »Du tust mir einen großen Gefallen, Imre, wenn du ihr begreiflich machst, dass ich sie verstehe und für uns beide nur das Beste will«, flehte er ihn fast an.

Doch Imre machte einen Rückzieher. »Ich halte es für angebracht, wenn du ihr das selbst erklärst, Hartwig. Ich bin dein Freund, aber Notar und kein Eheberater. Du weißt, dass ich absolut neutral sein muss.«

Auch Imre hielt jetzt Distanz zu ihm. Wie es aussah, geriet Hartwig immer mehr in die Defensive. Gestern hatte er sich in der Hotelbar einen angetrunken und dem Mann hinter der Theke mit seinen Problemen in den Ohren gelegen. Bei anderen hätte er ein solches Verhalten als deutliches Anzeichen von Überforderung gewertet.

Er ließ sich auf eine der Bänke an der Rheinpromenade nieder, um die Zeit totzuschlagen, bis Linus auftauchen würde. Wie sich herausstellte, hatte er sich offenbar alles zu einfach vorgestellt. Dabei war es doch seine große Stärke als Manager gewesen, bei einem Projekt alle Faktoren zu berücksichtigen, mögliche Komplikationen vorherzusehen, um sie im Vorhinein auszuschalten. Dass Anja ihm dazwischenfahren würde, hatte er tatsächlich nicht einkalkuliert.

14.37 Uhr. Mehr als eine halbe Stunde dauerte jetzt der Termin in der Kanzlei. Wenn Anja nicht gekommen wäre, hätte Imre ihn längst angerufen. Doch sie konnte immer noch die Unterschrift verweigern.

Sein Handy klingelte.

»Es ist geschafft«, klang eine Männerstimme wie erlöst. Hartwig fiel ein Stein vom Herzen. »Imre?«

»Was ist los mit dir? Erkennst du meine Stimme nicht mehr?«

»Linus ... Ich dachte ...«

»Ich wollte nur sagen, dass es was zu feiern gibt, mein neuer Vertrag mit der CONTAC ist unter Dach und Fach. Stell schon mal den Champagner kalt!«

⁓

Sie gingen Arm in Arm am Rheinufer entlang und setzten sich auf eine der Bänke im Schatten der Bäume. »Habe ich etwas verpasst, und es ist ein besonderer Tag?«, fragte Paps. »Du siehst so ›gestylt‹ aus, sagt man doch heute, oder?«

In gewisser Weise war es ein besonderer Tag, denn Imre Teitelboom hatte Anja das Gefühl gegeben, jemand zu sein, den man ernst nahm. »Ich verstehe dich gut, Anja«, hatte er zu ihr gesagt. »Und wenn du nicht willst, dann willst du nicht. Aber bitte denk an die Konsequenzen. Solltet ihr plötzlich Geld brauchen, findet sich bei einem vermieteten Objekt oft so schnell kein Käufer. Dann drohen hohe Verluste oder sogar das Knock-out.« Als Freund der Familie würde er ihr außerdem versichern, wie sehr es Hartwig am Herzen liege, dass sie alles einvernehmlich entschieden.

Sie hatte gezögert, aber letztlich doch unterschrieben, um sich bereits kurz danach wie eine Verräterin an sich selbst vorzukommen. Wieder war sie ins Netz gegangen. Was hatte ihr der ganze Aufstand gebracht? Und jetzt Paps.

»Wir haben das Haus verkauft.« Es rutschte ihr heraus wie ein Stoßseufzer.

»Hattet ihr nicht die Absicht, es zu behalten?«, fragte ihr Vater verdutzt. Er wusste ja, wie stolz sie auf ihr »Reich im Grünen« war. Anja wollte es ihm erklären, wie der Notar es ihr erklärt hatte, aber in dem Moment bebte plötzlich ihr Mund, sie hatte Tränen in den Augen. »Lass uns noch ein Stück gehen«, sagte sie.

Als sie das Vereinshaus des Ruderclubs hinter sich gelassen hatten, war sie wieder gefasster, erzählte aber eine andere Geschichte. Dass Hartwig und sie den Verkauf eigentlich schon länger erwogen hätten. Sie konnte es nicht ertragen, ihrem Vater gegenüber zuzugeben, dass sie in ihrem Leben fast nichts mehr zu sagen hatte.

Gegen vier tranken sie Kaffee in seiner Wohnung in der Combahnstraße bei geöffneter Balkontür. Die rückwärtigen Gärten der Stadthäuser mit ihren kleinen Rasenflächen, Sträuchern und Bäumen lagen jetzt im Schatten, und ein kühles Lüftchen drang ins Wohnzimmer. Eine Meise hüpfte vom Balkongeländer auf den Kunststofftisch und suchte die Umgebung nach Fressbarem ab. »Sie wissen, dass sie bei mir nie leer ausgehen«, sagte Paps und warf ein paar Krümel Marmorkuchen auf den Teppich in die Nähe der Balkontür.

»Ach, übrigens«, sagte er nach längerem Schweigen, worauf die Meise einen Schreck bekam und zuerst in die falsche Richtung flog, dann aber am Bücherregal kehrtmachte und mit ein paar aufgeregten Flügelschlägen den Weg zurück in den Garten fand. »Ich habe den Brief gelesen, den du mir gegeben hast.«

Der Brief. Den hatte Anja ganz vergessen. Schließlich gab es Wichtigeres, als sich mit der Vergangenheit zu beschäftigen. Was ging sie Margots verflossenes Leben an? Sie hatte mit ihrem eigenen genug zu tun.

»Warum siehst du mich so an?«

Zuletzt hatte er sie so angesehen, als sie Mutti mit Martinshorn nach St. Josef gebracht hatten. Er erhob sich aus dem Sessel, ging zum Wohnzimmerschrank und zog aus einem Stapel Papiere den Umschlag heraus, den sie ihm vor fast zwei Wochen gegeben hatte.

»Es war nicht ganz leicht, ihn zu entziffern. Ich vermute, Margot hat den Brief oft gelesen und viel dabei geweint. Die Abschrift liegt anbei«, sagte er. »Mein Rat: Geh sorgsam mit dem Inhalt um und benutze ihn nie als Waffe.«

Was er mit den letzten Worten meinte, verstand sie nicht, aber als sie ihm in die Augen sah, wusste sie, dass es keinen Sinn mehr hatte, ihm etwas zu verheimlichen.

⌗

Linus wirkte wie erlöst, als er in Bad Breisig eintraf. In den letzten Tagen sei er ziemlich down gewesen, gestand er Hartwig. »Die alten Zeiten sind vorbei, die Luft nach oben wird immer dünner. Jetzt soll die Führungsriege verjüngt werden, und man will mehr Frauen ans Ruder lassen.« Was er davon hielt, machte er mit einem Augenrollen klar, und gab offen zu, er habe seine Felle davonschwimmen sehen. »Aber offenbar sind sie zur Vernunft gekommen. Auf Erfahrung und Fachwissen kann eben auch die CONTAC nicht verzichten. Wo kämen wir auch hin, wenn wir den Laden nur noch Grünschnäbeln und Quotenröcken überließen?«

Die Runde Schampus ging auf Linus, er gab sich seiner Feierlaune hin. Aber Hartwig war nicht danach. Dabei hatte er allen Grund. Vor einer knappen halben Stunde hatte endlich Teitelboom angerufen, um ihm Entwarnung zu geben. Anja hatte unterschrieben. Doch die Euphorie, die er nach dem Kauf des Gutes empfunden hatte, war wie weggeblasen. Die Aussicht auf ein einfaches und zufriedenes Landleben kam ihm auf einmal wie eine pubertäre Träumerei vor. Er hörte seinem alten Freund kaum noch zu.

»Gute Geschäfte spielen sich immer noch zwischen Menschen ab, die sich vertrauen, habe ich Walddörfer von der Personalabteilung gesagt. Ohne Vertrauen läuft gar nichts, und das wächst nur im Laufe der Jahre.« Linus qualmte wieder eine Rothmans nach der anderen und stieß den Rauch in die ausgemalte Grotte des Weinlokals aus, in dem sie saßen. Neben dem Eingang zum Klo lächelte die Loreley aus einem Fresko von zweifelhafter Qualität und kämmte ihr goldenes Haar. Das einzig Schöne war die Kühle, die durch den Raum wehte.

»Hörst du überhaupt zu?«

»Jaja, natürlich. Du hast recht«, bestätigte Hartwig. »Ohne Vertrauen geht es nicht.«

Bei genauerem Betrachten war Linus' neuer Vertrag allerdings deutlich schlechter als der alte. Mehr Arbeit und weniger Geld. Doch davon wollte Linus nichts wissen. »Man muss eben flexibel bleiben, alter Freund. Nur jemand mit Erfahrung kann die Einarbeitung der Jungmanager übernehmen. Laut Walddörfer habe mir die Firma damit einen absoluten Vertrauensbeweis geliefert. Bei den Gehältern gebe es zwar im Augenblick Engpässe, aber ich könne sicher sein, bald kämen Zeiten, in denen die Firma es mir danken würde. Treue zahlt sich eben aus.«

Die Wahrheit war, sie hatten Linus ausrangiert, er war auf der Ausbilderschiene gelandet. Das vom Schampus gerötete Gesicht seines Freundes kam Hartwig jetzt wie ein Zerrbild vor, und ihm wurde schlagartig klar, dass sie sich in verschiedenen Welten bewegten.

»Danke, alter Freund«, erwiderte er. »Du hast mir die Augen geöffnet.« Er klopfte Linus auf die Schulter, zog einen Fünfziger aus der Jogginghose und heftete ihn auf die Tischplatte. Dann stand er auf und ging.

~⁂~

Nur ein paar Stunden waren vergangen, seit Anja ihre Unterschrift unter den Vertrag gesetzt hatte, doch als sie gegen halb sechs die Tür ihres Hauses in Wachtberg aufschloss, spürte sie, dass sich bereits etwas entscheidend geändert hatte. Sie kam sich in diesen Wänden plötzlich nur noch wie ein Gast vor.

Hartwig hatte keinen Hinweis hinterlassen, wann er die Besuche bei seinen Freunden zu beenden gedachte. Das störte sie nicht sonderlich, denn von den Streitereien hatte sie die Nase voll. Nach dem Duschen setzte sie sich in

T-Shirt und Jogginghose mit einer halben Flasche Rotwein und einem Rest kaltem Kartoffelsalat in den Garten. Den Brief, den Paps für sie »übersetzt« hatte, legte sie auf den Tisch, auch wenn sie keine große Lust verspürte, ihn zu lesen. Nur der rätselhafte Hinweis ihres Vaters, sie solle ihn nicht als Waffe benutzen, machte sie neugierig.

Meine geliebte Margot,

ich weiß, dass ich Dir mit dem, was ich vorhabe, Leid zufügen werde. Aber das Leben ohne das Gut und die Heimat ist mir unerträglich geworden.

Nie war ich ein Held. Vielleicht nur einmal, als ich gegen Mutter unsere Heirat durchgesetzt habe. Aber glaub mir, in den schweren Zeiten, die hoffentlich hinter uns liegen, habe ich immer versucht, Dich und das Gut mit allen, die darauf lebten und arbeiteten, zu schützen. Leider habe ich zu spät erkannt, dass ich den falschen Weg gegangen bin. Ich habe mich verrechnet und am Ende meine eigenen Arbeiter verraten müssen, die im Widerstand waren. Um Deinen und meinen Kopf zu retten, lieferte ich sie noch in den letzten Kriegstagen der SS aus.

Du bist unschuldig und brauchst Dir keine Vorwürfe zu machen, denn Du wusstest nichts davon. Zu Deinem eigenen Schutz habe ich es Dir verschwiegen.

Die große Schuld lastet allein auf mir. Ich weiß keinen anderen Ausweg, als aus dem Leben zu gehen. Du hingegen bist stark und hast in der neuen Welt Fuß gefasst. Du wirst es schaffen.

Ich habe Dich an jedem Tag, seit ich Dich kennenlernte, geliebt. Bitte versuch, mir zu verzeihen.

Für immer,

Dein Karl

Anja war sprachlos. Das, was sie da gelesen hatte, erschütterte sie. Nicht etwa, weil sie das Schicksal dieses Mannes betroffen machte. Nein, soeben war ihre eigene Welt zusammengebrochen. Sie wusste nicht, was sie denken, was sie fühlen sollte, sie ahnte nur, was dieser Brief für ihre Vergangenheit und Zukunft bedeutete. Chaos richtete er in ihr an: Mitleid, Verständnis, Verachtung, Wut. Vor allem fühlte sie sich getäuscht. Unfassbar. Die ganzen Jahre ihrer Ehe war sie von der Frau eines Nazikollaborateurs und feigen Selbstmörders gedemütigt worden, hatte sich von ihr erklären lassen müssen, wie das Leben geht. Naiv genug hatte sie die Märchen von dem angeblich so idyllischen Gut und seinen anständigen Menschen für bare Münze genommen. Und Hartwig, dem sie blind vertraute, deckte diese Lügen und lieferte sie seiner gewissenlosen Mutter aus.

Ihr Magen rebellierte und sie hatte Mühe, den Kartoffelsalat hinunterzuschlucken. Dann wischte sie sich über den Mund, trank von dem Rotwein und las die Zeilen in der geschwungenen Handschrift wieder und wieder, weil sie es einfach nicht fassen konnte.

Das vertraute Motorengeräusch nahm sie kaum wahr. Erst als Hartwig auf dem Rasen erschien und auf sie zukam, riss sie sich von dem Brief los. Es wäre ihr jetzt unerträglich, mit ihm zu sprechen. Sie erhob sich von ihrem Stuhl, rannte mit dem Brief in der Hand ins Haus, eilte die Steinstufen hinunter, warf die Tür des Gästezimmers hinter sich zu und drehte den Schlüssel um.

»Anja!«, rief er. Er war ihr gefolgt. »Anja, bitte mach auf! Wir müssen reden.«

Sie antwortete nicht, nie mehr würde sie ihm glauben können. Als er mit der Hand gegen die Tür schlug, warf sie sich aufs Bett und hielt sich die Ohren zu. Irgendwann würde er aufgeben, und sie würde versuchen, einen klaren Gedanken zu fassen.

7

Nachdem sich Hartwig nach oben verzogen hatte, lag Anja noch bis in die Morgenstunden wach, aber sie konnte sich nicht beruhigen. Als der Tag anbrach, duschte sie, zog sich an und schlich um halb sieben aus dem Haus, ohne gefrühstückt zu haben. Ihr Kopf war bis zum Platzen voll mit wirren Gedanken, sie musste mit jemandem reden, der sie verstand. Am Abend zuvor hatte sie zum Handy gegriffen, um Evi anzurufen, aber dann wurde ihr klar, dass es sinnlos war. Es bräuchte endlose Erklärungen, bis sie begreifen würde, worum es überhaupt ging. Es gab nur einen, den sie um Rat fragen konnte: Paps, zu keinem hatte sie mehr Vertrauen.

Es war noch zu früh, ihn direkt aufzusuchen. Seinem alten Herz konnte ein Schreck in der Morgenstunde gefährlich werden. Vor der Bonner Stiftskirche parkte sie, trank einen Kaffee in der Bäckerei gegenüber dem Christusbrunnen und schaute alle paar Minuten auf die Uhr. Gegen halb neun rief sie ihn dann an und saß, keine Viertelstunde später, atemlos an seinem Küchentisch.

Er wusste natürlich sofort, worum es ging. »Hast du mit ihm über den Brief gesprochen?«

»Noch nicht, ich musste zuerst einmal selbst damit klarkommen.«

»Und?«

Sie wusste nicht, wo sie anfangen sollte. Bei den Demütigungen, die sie sich von dieser Familie über all die Jahre hatte gefallen lassen, bei den unverschämten Lügen, die sie ihr aufgetischt hatten, um sie einzuschüchtern? Von der Wut ganz zu schweigen, die in ihr kochte, weil sie Margot nicht mehr zur Rede stellen konnte. Für diese Leute sollte sie jetzt ihr bisheriges Haus und Leben aufgeben und es gegen das Nest eintauschen, das von den Nazis zur Mördergrube gemacht worden war?

Irgendwann begann sie der Reihe nach zu erzählen, und ihr Vater hörte geduldig zu. Am Ende kam sie wieder auf das Eine zu sprechen: »Wie konnte Hartwig es nur zulassen, dass mich seine Mutter wie ein Dummchen behandelte, obwohl sie selbst auf ihr Leben wirklich nicht stolz sein konnte?« Sie wischte sich die Tränen aus dem Gesicht.

»Was ist, wenn du von falschen Voraussetzungen ausgehst?«

Anja sah ihn verwundert an, sie hatte Unterstützung von ihm erwartet.

»Vielleicht weiß Hartwig gar nichts vom Selbstmord seines Vaters. Was ist, wenn Margot auch ihrem Sohn die Wahrheit verschwiegen hat?«

»Dann war sie eine verdammt schlechte Mutter.«

»Auch da kann ich dir nicht ganz zustimmen«, erwiderte ihr Vater, »Was hätte sie tun sollen? Ihrem unschuldigen Jungen das Selbstbewusstsein nehmen, indem sie seinen Vater als Verräter und Kriegsverbrecher darstellte?«

Anfangs wollte Anja widersprechen, aber dann ließ sie ihn ausreden.

»Sie war sicher selbst von ihrem Mann zutiefst enttäuscht, aber da war ihr Sohn, der Recht auf ein Leben mit ein bisschen Glück hatte. Auch sie, die ehemalige Gutsbesitzerin, war stolz und ehrgeizig. Sie war wieder eine kleine Lehrerin, aber ihr Sohn sollte glänzen, sie hatte große Pläne mit ihm.«

»Sie hätte ihn später aufklären können.« Wieso stand Paps plötzlich auf der Seite der Bernows, wo er doch Hartwig immer zu verstehen gegeben hatte, dass er nicht gerade viel von ihm hielt?

»Vielleicht weil ihr die Kraft fehlte, sich all dem noch einmal zu stellen. Du hast mir erzählt, sie wäre nicht begeistert gewesen, als Hartwig das Gut zurückgekauft hatte. Jetzt weißt du, warum.«

»Musste sie sich deshalb auch in meine Ehe einmischen und mir Vorschriften machen?«

»Sie wollte nur das Beste für ihren Sohn und für seine Familie. Kannst du ihr das absprechen?«

»Ich habe mein Leben jedenfalls nicht auf Lügen gebaut.«

Er nahm einen Schluck von seinem Orangensaft, den er neuerdings jeden Morgen nach dem Kaffee trank, weil der Arzt ihm mindestens einen Liter Flüssigkeit am Tag verordnet hatte.

»Ist dir aufgefallen, dass deine Mutter und ich nie über die Nazis und den Krieg gesprochen haben?«

Nein, nur jetzt, wo er sie darauf aufmerksam machte. Sie hatte auch nie gefragt, erst im Geschichtsunterricht in der Schule hatte Anja mehr über den Zweiten Weltkrieg und den Holocaust erfahren.

»Wir waren uns einig, deine Mutter und ich, dass die Nazis, die so viele Leben auf dem Gewissen hatten, unseres nicht auch noch zerstören sollten. Wir trugen Schuld wie alle, die die Gräuel zugelassen hatten, ohne sich dagegen zu wehren, die Schuld der Untätigen, nicht weniger, aber auch nicht mehr.«

Er hielt einen Moment inne. »Ich weiß jetzt, dass man Schuld nicht mit Schweigen aus dem Weg räumen kann, aber wir wollten endlich das Grauen hinter uns lassen, damit wir wieder leben konnten. Was glaubst du? Natürlich war der Neuanfang nach dem Krieg auch auf Lügen gebaut. Überall im Westen saßen noch immer Nazis an den Hebeln: in der Industrie, in der Regierung, in den Ministerien, als Beamte auf den Richtersesseln, als Ärzte. Schweigen hat eine große Macht, es brauchte Jahrzehnte, um diese Macht zu brechen. Wir wussten es einfach nicht besser.«

Er erhob sich von seinem Stuhl und begann, das Geschirr abzuräumen. Die Zeiger der Funkuhr über dem Kühlschrank standen auf fünf vor zehn. Anja versuchte, ihn zu verstehen. Vor allem aber war ihr klar geworden, dass der Brief die Situation zwischen ihr und Hartwig nicht gerade vereinfachte. Wenn er nichts von dem Brief wusste, trug sie jetzt eine große Verantwortung, und ja, der Brief war auch eine Waffe in ihren Händen. Sie verstand jetzt, was ihr Vater meinte.

Erst nach dem Mittagessen fuhr sie nach Hause. Auf dem Weg nach Wachtberg ging ihr immer wieder das Gespräch durch den Kopf. Er war ein lebenskluger Mann, ihr Paps, und sie fühlte sich jetzt erleichtert, wenn auch nicht befreit, denn ihr war bewusst, dass er seine Tochter vor allem trösten wollte. Trost allein brachte sie aber nicht weiter.

Am Nachmittag rief Evi an und schlug ein spontanes Treffen in Bonn vor. Anja sagte zu, weil sie im Stillen immer noch hoffte, dass sie jemand an der Schulter rüttelte und sagte: »Wach auf, Anja, das Ganze war nur ein verrückter Traum!« Doch als sie den Wagen in der Tiefgarage am Kaiserplatz abstellte, spürte sie eine leichte Panikattacke und weiche Knie wie vor einer Prüfung. Ihre Gedanken rotierten um die unangenehmen Fragen, die ihr Evi und Linda gleich stellen würden. Vor allem brauchte sie einen eisernen Schutzschild vor den vorwurfsvollen Blicken der beiden, wenn sie ihnen eröffnete, dass es heute vielleicht ihr letztes Treffen sein könnte.

Sie fühlte sich schuldig, weil sie ihren Freundinnen nicht vertraut hatte. Sie war diejenige, die den Schwur gebrochen hatte, den anderen unbegrenztes Vertrauen zu schenken. Jetzt wusste sie, wie schwer das war. Bisher durfte sie sich sicher fühlen. Die anderen waren mit ihren ewigen Partnerproblemen gescheitert. Aber jetzt zählte sie dazu, und ihr Geständnis kam zu spät.

Als Treffpunkt hatten sie das Bistro am großen Springbrunnen ausgemacht, dort wollten sie einen Cappuccino nehmen, bevor sie entweder in Richtung Rathausplatz ziehen oder unten auf der Rheinpromenade bummeln würden. Evi hatte einen der begehrten Tische unter den Platanen ergattert und winkte ihr zu, offenbar war sie bester Laune. Sie schob ihre Spiegelbrille in die Stirn und musterte Anja mit ihrem typischen Lächeln. »Na, wie geht es unserer stolzen Familienmutter?«

In diesem Augenblick erschien Linda, tausend Entschuldigungen schnatternd, weil sie wieder einmal die Letzte war. Als der Kellner vor jede eine dickbauchige Tasse mit Milchschaumkrone platziert hatte, riss sich Anja endlich zusammen: »Ich muss euch etwas erzählen. Ich habe mich da auf etwas eingelassen ...«

Vor diesen Blicken hatte sie sich gefürchtet. Anfangs lief es noch gut. Sie eröffnete ihnen, dass sie mit Hartwig in den Osten gehen, dem alten Rhein den Rücken zukehren und die Villa im Grünen verkaufen würde. Dann geriet sie allerdings ins Stocken. Sie wollte den beiden erzählen, was wirklich abgelaufen war, dass Hartwig einfach über ihren Kopf hinweg … Aber sie schaffte es wieder nicht. Sie kam sich jämmerlich vor gegenüber ihren Freundinnen. Die zogen wenigstens die Konsequenzen aus ihren Erfahrungen, auch wenn es wehtat. Evi ging fremd, wenn sich die Gelegenheit bot, und Linda schlitterte von einer Beziehungspanne in die nächste. Aber die beiden drückten sich nicht vor Entscheidungen, sie wagten etwas, um glücklich zu werden. Und sie? Seit ihr dieser Brief in die Hände gefallen war, ging sie Hartwig bewusst aus dem Weg. Oder traute sie sich nicht, mit ihm zu sprechen, aus Angst vor der völligen Pleite ihrer Ehe? Neuerdings unterhielten sie sich über Zettel. Wenn es Wichtiges zu vermelden gab, fand sich eine Notiz auf dem Küchentisch.

»Wenn ich es mir so überlege«, rettete Evi die Situation, »machst du es genau richtig, Anja, Liebes. Du steigst noch ein paar Sprossen die Leiter hoch, bist jetzt die gnädige Frau von Bernow, alter Adel mit Gut. Was kann man noch mehr erreichen?«

Anja kamen die Tränen.

»Wir sind auch traurig, dass du uns verlässt«, sagte Linda und tätschelte ihre Hand.

»Ach was«, fuhr Evi dazwischen, »kein Grund, Trübsal zu blasen! Darauf müssen wir anstoßen!« In ihrem Überschwang bestellte sie Prosecco beim Kellner, und der Nachmittag war gerettet. Vielleicht spielten die beiden ihr die Begeisterung auch nur vor, so wie sie ihre. Abschiedsstimmung kam jedenfalls nicht auf.

Wieder zu Hause in Wachtberg traf Anja Hartwig im Garten vor einem Glas Rotwein sitzend an. »Können wir jetzt vernünftig reden?«, versuchte er es erneut.

Aber worüber? Es lief doch alles nach seinen Wünschen. Außerdem machte es sie rasend, wie er so dasaß: entspannt und selbstzufrieden. Vor Wut fiel ihr nicht sofort die passende Antwort ein. Sie wandte sich ab, um ins Haus zu gehen. Aber dann blieb sie stehen, drehte sich um. »Ich fahre morgen nach Groß Bernow«, sagte sie. Und über das entschiedene »Allein!« war sie genauso überrascht wie er.

8

Es gab keinen Weg zurück, Anja musste zu ihrem Wort stehen. Nach einer schlaflosen Nacht stand sie früh auf, um zu vermeiden, Hartwig noch vor ihrer Abfahrt beim Frühstück zu begegnen. Den kleinen Reisekoffer hatte sie bereits am Abend vorher gepackt. Wäsche für mindestens zwei, drei Tage, ein kürzerer Aufenthalt käme einer Kapitulation gleich. Allein der Gedanke an Hartwigs mitleidiges Lächeln, wenn sie sich früher zu Hause blicken ließe, war ihr unerträglich.

Kaum hatte sie die A1 erreicht, kochte Wut über sich selbst in ihr hoch. Gestern hatten Evi und Linda sie überschwänglich zu ihrem Beschluss, in den Osten zu gehen, beglückwünscht. Mit Prosecco hatten sie gemeinsam darauf angestoßen. Und sie hatte die beiden in dem Glauben gelassen, dass es ihr freiwilliger Entschluss gewesen war. Schämen sollte sie sich dafür.

Wie erwartet verdünnte sich der Verkehr nach den Staus im Ruhrgebiet in Richtung Norden allmählich. Doch die Reise fühlte sich vollkommen anders an als beim ersten Mal. Vielleicht lag es daran, dass sie mit ihrem eigenen Wagen fuhr. Es war albern, aber ihre kleine Giulietta gab ihr das Gefühl von mehr Sicherheit als Hartwigs bulliger Benz. Anja begann sich sogar wohlzufühlen. Eine Reise, die sich wie ein Abenteuer anfühlte. Wann war sie das letzte Mal Hunderte Kilometer allein gefahren?

»Alter Adel mit Gut«, hatte Evi sich über sie lustig gemacht. Vielleicht hatte gerade ihre Art, das Leben nicht so ernst zu nehmen, Anja angetrieben, einfach loszufahren. Sie brauchte Hartwig nicht, um sich ein eigenes Bild von Groß Bernow zu machen. Er störte sogar. Auch ohne dass ihr jemand hineinredete, würde sie für jedes einzelne Möbelstück den passenden Platz in den neuen Räumen finden. Es stand ihr auch frei, eine andere Farbe für einen Zimmeranstrich auszusuchen, wenn ihr die vorgesehene nicht gefiel. Ja, sie durfte das. Sie war die Gutsherrin.

Eine Weile schwamm sie auf diesem Hochgefühl, aber das änderte sich, als sie die Gegend allmählich wiedererkannte und in die lange Allee einbog, die am Ende in die Dorfstraße mündete. Ihr fiel plötzlich ein, dass sie sich keinerlei Gedanken gemacht hatte, wo sie übernachten sollte, sie wusste nur, dass sie nicht die geringste Lust hatte, wieder in der alten Dorfschänke abzusteigen. Der Wirt hatte sie beim ersten Mal so misstrauisch beäugt. Hartwig hatte ihre Bemerkungen natürlich wieder als lapidar abgetan: »Den Argwohn darf man den Leuten vom Land nicht übel nehmen. Du weißt doch: Was der Bauer nicht kennt …«

Auf der rechten Seite kam ein viereckiges Hofgebäude aus Backsteinen in Sicht, das Anja bislang nicht aufgefallen war, schmucklos und mit nur wenigen kleinen Fenstern wirkte es wie eine kleine Festung. Eine schmale Zufahrt führte von der Hauptstraße aus dorthin. War sie nicht gerade an einem Schild vorbeigefahren, auf dem »Zimmer frei mit Frühstück« stand? Anja bremste, setzte ein Stück zurück. Wenn diese einsame Gegend einen Vorteil hatte, dann den, dass niemand hupte, weil sie mitten auf der Straße stehen blieb. Es war schlichtweg keiner da, der hupen konnte. Nur ein Apfelschimmel auf der Koppel hob den Kopf und starrte schlecht gelaunt in ihre Richtung.

Sie bog in die schmale Seitenstraße ein, erreichte schließlich den gemauerten Torbogen und blieb auf dem gepflasterten Hof vor dem Wohnhaus stehen, das weit einladender aussah, als man von der Hauptstraße aus vermutete. Zweistöckig mit neuem Dach und frisch gestrichenen Fensterrahmen. In der Mitte der sonnenbestrahlten Fassade verlief eine breite Steintreppe, die sich wie eine Pyramide zur Haustür hin verjüngte. Auf jedem Treppenabsatz war ein emaillierter Keramiktopf mit Sommerblumen platziert, als Abschluss zwei Kübel mit sattgelben Begonien. Über der Tür stand in dicken Lettern wie von Hand: *Fiedlers Reich*. Niemand ließ sich blicken, aber vor einem der Wirtschaftsgebäude stand ein BMW mit Hamburger Kennzeichen. Zumindest war sie nicht allein, Unterstützung aus dem Westen.

»Kann ich etwas für Sie tun?«

Eine hochgewachsene brünette Mittvierzigerin in Reitstiefeln kam aus einem Nebengelass auf sie zu und streckte ihr die Rechte entgegen. »Ich heiße Corni Fiedler. Herzlich willkommen hier in Fiedlers Reich. Haben Sie reserviert?«

»Nein«, antwortete Anja. »Mein Name ist von Bernow, ich …« Angesteckt von so viel Freundlichkeit griff sie nach Corni Fiedlers Hand. Doch im gleichen Moment gefror das Lächeln auf dem Gesicht der Wirtin, und Corni Fiedlers Hand zuckte zurück. »*Die* Bernows?«, fragte sie nach, als habe sie nicht richtig gehört.

»Ja, die Bernows von Groß Bernow, die Neuen. Offenbar hat das bereits Wellen geschlagen.« Vielleicht klang ihre Antwort etwas gereizt, denn anscheinend war alles, was dieses verfluchte Gut und das Dorf betraf, ein Problem. Seit sie den Brief aus dem Nachlass ihrer Schwiegermutter gelesen hatte, vermutete Anja, dass so etwas wie ein Phantombild von ihnen im Dorf herumgeisterte. Und ihre Befürchtung schien sich zu bestätigen: Für den Rest ihres Lebens würde sie sich mit alten Vorurteilen gegenüber der Familie herumschlagen müssen.

»Wenn jemand Wind macht, muss er sich nicht wundern, dass die Wellen hochschlagen.«

Die Erbitterung in diesen Worten war kaum zu überhören. Besser, sie strich die Segel und versuchte es anderswo, dachte Anja. »Na, dann will ich Sie nicht weiter stören.« Was auch immer diese Dame veranlasste, die Klinge mit ihr zu kreuzen, sie würde sich nicht herausfordern lassen. Dann würde sie eben im Dorf übernachten, der Wirt von der Schänke kam ihr jetzt gar nicht mehr so ungemütlich vor.

»Guten Tag, Frau von Bernow«, ertönte plötzlich eine Männerstimme in ihrem Rücken. »Herzlich willkommen hier in Fiedlers Reich.«

Das hatten wir bereits, und es war nicht ganz ernst gemeint, ging Anja durch den Kopf. Die Bestätigung entnahm sie Corni Fiedlers finster entschlossener Miene.

»Nun bleiben Sie doch!«, rief der unbekannte Mann und eilte auf sie zu. »Cornelia meint es nicht so. Sie sind doch Anja von Bernow, die Frau von …?«

»Allerdings, und anscheinend genügt es, dass jemand diesen Namen trägt, um bei Ihnen schlechte Karten zu haben.«

Im Gegensatz zu Corni Fiedler lag etwas unverbrüchlich Friedfertiges im Blick dieses Mannes. Anja spürte seine Neugierde, die sie als schmeichelhaft empfand. Er war etwa in ihrem Alter, hochgewachsen, mit dünnem, fast zartem

Kopfhaar, das ins Rötliche spielte, während der kräftige rostrote Vollbart die untere Hälfte seines Gesichts wie ein Dickicht überzog. Seine schlanke Gestalt steckte in zu weiter, verwaschener Arbeitskleidung. Ihr fiel auf, dass seine feinen Hände von bräunlichem Staub wie eingepudert wirkten.

»Das hat auch seinen Grund, aber offenbar wissen Sie nichts davon.« Er wandte sich an die Wirtin. »Corni, wärst du so lieb und machst uns Kaffee?«

Die schien nicht einmal bereit, sich von der Stelle zu bewegen.

»Ich will Sie nicht weiter …«

»Blödsinn, kommen Sie! Es ist gut, dass Sie da sind. Ich heiße Arne Fiedler.« Er drängte Anja in Richtung des Hauseingangs und lief dann über die Steinstufen voraus. Der weiß gekalkte Flur, geschmückt mit einem ausgedienten Pferdehalfter, Strohkränzen und Sträußen aus Trockenblumen an den Wänden, führte in ein sonniges Gastzimmer, das nach der im Bauernstil gehaltenen Holzausstattung duftete. »Das ist unser Frühstückraum, er ist klein, aber …«

»Wirklich hübsch«, gab Anja zurück. »Ihre Gäste fühlen sich bestimmt wohl.« Alles war liebevoll eingerichtet, das sah man auf den ersten Blick.

»Bitte setzen Sie sich. Wir sollten reden, vielleicht lässt sich dann alles aus der Welt schaffen. Ich bin gleich zurück.«

Anja blieb nur kurze Zeit allein. Cornelia Fiedler kam herein, in der Hand ein Tablett mit drei großen Keramiktassen und einer Schale mit Spritzgebäck. Die Feindseligkeit war einer bemühten Freundlichkeit gewichen. Trotzdem atmete Anja auf, als Arne Fiedler zurückkam und sich zu ihnen an den Tisch setzte. »Ich habe Ihren Mann nur einmal gesehen, als es um die Weideflächen ging, die der Gemeinde gehörten«, sprach er das offenbar heikle Thema an. »Er war nicht der Einzige, der Interesse dafür anmeldete, aber er ließ nicht mit sich reden, er wollte *alle* Grundstücke kaufen und hat Junghans die Pistole auf die Brust gesetzt. Er würde sein Angebot für das Gut zurückziehen, wenn er nicht genug Land dazu erwerben könne. Wir, meine Schwester Cornelia und ich, hatten uns schon viel früher für die Koppeln interessiert und sind am Ende doch leer ausgegangen. Ihr Mann hat es rundweg abgelehnt, mit uns zu verhandeln. So ist es natürlich schwer, gute Nachbarschaft zu pflegen.«

Während Arne Fiedler seine Gefühle ganz im Griff hatte, flackerte in den Augen seiner Schwester erneut Feindseligkeit auf.

»Oh, das tut mir leid«, erwiderte Anja. Natürlich wunderte sie sich nicht über Hartwigs Verhalten. Wenn es um seine Interessen ging, kannte er nichts anderes, als seine Vorteile auszuspielen und sie durchzusetzen. »Bitte entschuldigen Sie, aber ich bin in dieser Phase noch nicht eingeweiht gewesen. Das Gut sollte eine Überraschung für mich sein, und mein Mann …«

»Dann wird es höchste Zeit, dass jetzt eine weibliche Hand eingreift«, schaltete sich Corni Fiedler ein. »Reden Sie doch mit Ihrem Mann. Es geht nur um eine kleine Koppel, die für uns wichtig ist, auf die Sie aber vielleicht verzichten können. Wir würden sie auch pachten.«

Sie bot Anja Gebäck an. Auf ihrem Gesicht setzte sich allmählich wieder die Freundlichkeit durch, die sie ihr anfangs entgegengebracht hatte, und sie begann zu erzählen. Arne und sie hatten den Hof als eine Ruine fünf Jahre

nach der Wende ersteigert und all ihre Ersparnisse hinein-
gesteckt. Seitdem versuchten sie, eine kleine Pferdepension
aufzubauen. »Wir glauben an den Tourismus«, sagte Arne
Fiedler. »Uns bleibt auch nichts anderes übrig.« Er lachte
ohne Bitterkeit.

»Die Kekse sind gut«, erwiderte Anja.

»Als Nachbarn sollten wir zusammenhalten«, kam von
Corni Fiedler, und wie sie es sagte, klang es nach einem
Angebot. Anja ging gern darauf ein, Freunde konnten sie
hier nicht genug haben. »Dann fangen wir doch gleich da-
mit an. Das Gutshaus ist noch nicht eingerichtet. Haben
Sie ein Zimmer für drei Nächte frei?«

Nachdem sie sich in einem der Zimmer zur Gartenseite
eingerichtet hatte, lag die Mittagsstunde bereits hinter ihnen. Die Fiedlers luden sie zu einem Möhreneintopf ein,
und sie war ehrlich dankbar, dass sie nicht schon wieder,
nach über fünf Stunden Anreise, in den Wagen steigen
musste, um für ein Essen zu sorgen. »Groß Bernow soll
bald einen eigenen kleinen Supermarkt bekommen, wenn
man dem Gerede im Dorf glauben darf«, meinte Arne
Fiedler und rollte dabei mit den Augen. Man müsse eben
Geduld haben. Der Spruch, der aus Hartwigs Mund wie
eine Durchhalteparole geklungen hatte, kam ihr allmählich
wie der Trost der Hoffnungslosen vor.

Den Nachmittag begann Anja mit einem Nickerchen
auf einem der Liegestühle im Garten hinter dem Haus. Als
sie die Augen wieder aufschlug, wusste sie im ersten Moment nicht, wo sie war, nur dass die alten Backsteinmauern
nicht zu ihrem Haus im Rheinland gehörten. Es roch nach
Pferdemist, die Blätter der Pappeln, in deren Schatten sie
saß, rauschten wie eine ferne Brandung, während der laue

Wind hindurchstreifte. Sie warf einen Blick auf die Uhr. Das wohlige Gefühl, das ihr Bewusstsein für über eine Stunde betäubt hatte und das sie gerne festgehalten hätte, verflüchtigte sich. Gestern in der Runde mit Evi und Linda war sie noch unglücklich gewesen, jetzt döste sie auf einer weichen Wiese, zufrieden wie ein abgestillter Säugling. Sie kam sich verrückt vor, im wahrsten Sinne des Wortes.

Es war halb fünf am Nachmittag und definitiv zu früh, um den Tag abzuschließen, also fragte sie sich, ob sie dem Herrenhaus in Groß Bernow noch einen kurzen Besuch abstatten sollte. Die erste Etage sei fertig, die neuen Bäder würden nur so glänzen. Als Hartwig ihr das mitgeteilt hatte, war es ihr ziemlich egal gewesen. Doch jetzt packte sie die Neugier und es reizte sie, bei der Ausstattung der Gästezimmer ein Wörtchen mitzureden. Das Gut lag höchstens zwei, drei Kilometer entfernt. Augenblicklich war Anja ausgeruht, und selbst wenn ihr die alte Frau, die ihr Haus an der Allee vermutlich immer noch nicht geräumt hatte, über den Weg lief, würde sie das nicht aus der Fassung bringen. Sie entschloss sich, ihr Stimmungshoch auszunutzen, und stemmte sich aus dem Liegestuhl.

»Kann ich Ihnen noch etwas Gutes tun?«

Anja hatte Arne Fiedler nicht kommen hören, der sonore Klang seiner Stimme wirkte beruhigend auf sie. Sie drehte sich um und sah in sein Gesicht. Ein freundlicher Mann, der anscheinend in der Aufgabe, seine Gäste zu umsorgen, voll und ganz aufging.

»Nein, danke«, antwortete sie, »aber vielleicht später.«

Im Gewitter

1

»Warum sprichst du nicht mit den Leuten?« Wie oft hatte Paul seiner Großmutter schon geraten, sich mit den Bernows direkt in Verbindung zu setzen und die Dinge zu klären. Er wusste nicht, wie er ihr noch helfen sollte. Immer fand sie Ausreden.

»Warum ich? Warum sprechen sie nicht mit mir?« Obwohl die Anwälte ihr genau das bereits mehrfach angeboten hatten. Doch gegen ihre unglaubliche Sturheit richtete niemand etwas aus. »Warum soll Helma Wagenseil mit Anwälten reden, bin ich eine Angeklagte?«

Es musste etwas in der Vergangenheit liegen, von dem er nichts wusste und worüber sie ihn im Unklaren ließ, etwas, das mit ihr und den Bernows zu tun hatte und sie in diesen Hass trieb. Früher war Großmutter voller Geschichten gewesen, hatte ihm als Kind immer wieder aus der Zeit erzählt, als die Bernows noch das Gut bewirtschafteten. Angeblich das schönste Gut an der Müritz. Paul erinnerte sich, wie sie ihn als kleinen Jungen auf den breiten Rücken eines der Pferde setzte und ihn die Welt von oben aus hatte betrachten lassen. Er sei in eine Pferdefamilie hineingeboren worden, sein Urgroßvater immerhin Stallmeister auf Groß Bernow gewesen. Ein Mann wie ein Baum, und niemand sei mit Silbermond so gut zurechtgekommen wie er, nicht einmal der gnädige Herr selbst, der den Hengst so geliebt hatte.

Sie war stolz, bei den alten Herrschaften als Küchen-mädchen gedient zu haben. Und immer noch stand sie gerne am Herd und hantierte mit den Töpfen. Niemand kochte besser als sie. Auch heute hatte Paul alles aus Neu-strelitz mitgebracht, was sie in ihrer kantigen Schrift auf den Einkaufszettel geschrieben hatte. Es gab Rinderrou-laden, sein Lieblingsessen, ihr »Schlager« aus den alten Zei-ten in der Tränke, wie sie sagte. Seit er die Stelle im Bau-markt angenommen hatte, kam er durch den Monat, wenn er auch jeden Pfennig umdrehen musste, und kaufte für sie ein, ohne Rückgeld dafür zu verlangen.

Oft genug fragte er sich, ob es richtig gewesen war, dem Dorf den Rücken zuzukehren und seine Großmutter al-lein zurückzulassen. Ihr entgeisterter Blick steckte ihm im-mer noch in den Knochen, als er ihr seinen Entschluss mit-geteilt und am selben Tag noch seine Klamotten gepackt hatte und ausgezogen war. Aber die Arbeit war nun einmal in der Stadt, und er wollte unbedingt raus aus der Enge des Dorfes.

Mittlerweile glaubte er, dass sie ihn besser verstand, auch wenn ihr immer noch die Tränen in den Augen stan-den, wenn er nach seinem Besuch bei ihr zurück in die Stadt fuhr und sie in dem feuchten alten Haus zurückließ. Aber er war für sie da und er würde es immer sein. Na-türlich wäre es einfacher, wenn sie auf ihn hörte und aus-zöge. Junghans hatte ihr ein wirklich passables Angebot gemacht.

Mittlerweile galt sie bei vielen im Dorf als unbelehr-bar. Aber auch das war nicht fair. Ein Leben lang hatte sie gearbeitet, und am Ende sollte sie Platz machen, weil die Häuser in der Allee saniert würden, damit die aus dem Westen daran verdienen konnten? Verständlich, dass es sie wütend machte. Aber die alte Welt war pleite, und es musste Veränderungen geben.

~~~~

Soeben war ein kleiner feuerroter Wagen an ihrem Haus vorbeigefahren. Am Steuer die Neue, darauf hätte Helma schwören können. Es dauerte nicht mehr lange, und die Bernows würden täglich vorbeikommen, vielleicht sogar anhalten, aussteigen und von außen in ihr Küchenfenster starren in der Hoffnung, dass die querulante Alte endlich der Schlag getroffen hätte …

Paul war bereits auf dem Weg zurück nach Neustrelitz. Sie bekochte ihn gern und freute sich über sein Lob. Aber immer, wenn er sie dann wieder verließ, bekam sie Panik, fühlte sich allein und mutlos, und es dauerte eine Weile, bis sie sich wieder beruhigte.

Angeblich putzten sie das Herrenhaus zu einer richtigen Kapitalistenherberge heraus. Das hatte ihr Matschoss, der Briefträger, erzählt. Sie selbst hatte es nicht überprüft. Die Strecke durch die Allee, die Anhöhe hinauf und über die Auffahrt zum Herrenhaus, die sie so viele Jahre – manchmal sogar mehrfach am Tag – mühelos geschafft hatte, brachte sie jetzt ganz außer Atem.

Helma konnte sich nicht einmal mehr erinnern, wann sie das letzte Mal oben gewesen war. Nur das eine Mal würde sie nie vergessen, als sie mit Werner über Jutta reden wollte, vor fast dreißig Jahren. Da nannten die Dörfler das alte Herrenhaus noch *die Burg*. In dem Jahr dann, als Jutta gestorben war, hatte die Stasi plötzlich alle Zelte abgebrochen, den Stacheldraht entfernt und den Verhau an der Einfahrt geöffnet. Die Dorfbewohner wollten es kaum glauben und kamen, von der Neugier getrieben. Auf der großen Eingangstür stand nach wie vor »Zutritt verboten!«, aber es war niemand mehr da.

Nach zwei Jahren wurde entschieden, ein Haus für die Jugend daraus zu machen, die FDJ zog ein, und der große Saal diente als Turnhalle. Haus und Gutspark wurden schnell neuer Dorfmittelpunkt. Im Sommer badete man im See, die jungen Liebespärchen aalten sich am Ufer, es wurde gegrillt, vor dem alten Pferdestall kickten die Jungen, die Mädchen schauten ihnen zu, tuschelten und kicherten. Eine schöne Zeit, jedenfalls war das Gut damals noch für alle da. Sie seufzte.

Seit der Wende vor fast zehn Jahren zogen viele vom Land weg in die Städte, um Arbeit zu finden. Es gab immer weniger junge Leute in Groß Bernow, niemand kümmerte sich mehr um das Haus und es verfiel. Was blieb, waren die guten Erinnerungen, vielleicht die einzig guten Erinnerungen aus dieser Zeit.

Sie erhob sich von ihrem Platz auf der Küchenbank. Es trieb ihr die Tränen in die Augen, wenn sie daran dachte, dass jetzt wieder diejenigen das Sagen an sich reißen wollten, die in schweren Zeiten feige den Ort im Stich gelassen hatten und Schuld am Tod ihres Vaters trugen. Kein Tag verging, an dem ihr das nicht durch den Kopf ging.

Sie schlurfte in ihren Hausschlappen zum Fenster und öffnete es. Die Vögel in der Allee hatten ihr Abendkonzert begonnen, und die Amselhähne setzten sich mit kräftigen Rufen in Szene. Aber die sangen nicht für sie. Helma fühlte sich allein. Wie lange war es her, dass sie den Arbeitern ihr Feierabendbier ausschenkte?

Anja parkte in der breiten Einfahrt vor dem Herrenhaus. Die hohen Kastanien der angrenzenden Allee warfen bereits ihre Schatten und ließen das große Gebäude kalt und leblos erscheinen. Anja hatte gehofft, den Bauleiter noch anzutreffen, Ronny, wie sie ihn nennen sollte. Aber auch in dieser Gegend war offenbar um vier Uhr nachmittags Schluss mit der Arbeit. Sie entschied sich, einen kleinen Spaziergang durch den noch sonnigen Garten zu machen, bevor sie einen Blick in das Haus werfen wollte.

Verwunschen wirkten die mit Moos überwachsenen, fast blattlosen Obstbäume jetzt auf sie, wie Wächter der Vergangenheit ragten sie aus dem kniehohen Gras heraus. Anjas Blick schweifte über die Koppeln, die sich am Horizont im graublauen Dunst verliefen, vermutlich grenzte ein weiterer See daran an. Sie folgte dem Trampelpfad und lauschte den Vögeln. Vom Dorf her war alles still, ab und zu gluckste es vom Grund des Sees. Als sie näher an das schilfbewachsene Ufer trat, erschraken sich ein paar Wasservögel und stießen mit gellenden Schreien in die Luft. Niemand begegnete ihr auf ihrem einsamen Rundgang, und doch fühlte sie sich beobachtet, als flüsterte es von überall her: »Wer ist das? Was will denn die hier?«

Nachdem sie den Pferdestall hinter sich gelassen hatte, stand sie wieder vor dem Säuleneingang des Hauses. Die Gerüste an der Frontfassade waren entfernt, der Anstrich der Stuckaturen in Creme setzte sich edel vom reinen Weiß der Wände ab. Auch die große schwere Haustür glänzte im Lackanstrich, der die schöne Maserung des Holzes betonte. Uralte Eiche, darauf war Hartwig besonders stolz. Auch von diesem Portal hatte er serienweise Fotos geschossen, wollte ein besonderes Album anlegen: das Herrenhaus, innen und außen, vor, während und nach der Sanierung. Die ersten Bilder aus der Sammlung hatten Anja abgestoßen. Wie eine hoffnungslose Bruchbude hatte es ausgesehen. Jetzt war es renoviert und restauriert, aber es sah sie nicht freundlich an, nein, dieses Haus warf ihr einen mürrischen Blick zu, der sie an eine Frau erinnerte: Margot.

Anja zog den Hausschlüssel aus der Jeans. Hartwig hatte ihn vor Wochen auf den Küchentisch in Wachtberg gelegt und gesagt: »Der ist für dich!« Sie hatte ihn nicht haben wollen, aber dann doch eingesteckt.

Das Schließgeräusch hallte durch den weiten, dunklen Flur. Sie drückte den Lichtschalter rechts neben der Eingangstür. Eine Glühbirne erhellte spärlich das Treppenhaus, es roch nach Kalkstaub, überall standen Farbeimer herum, Treppe und Geländer waren noch mit Plastikfolie überzogen. Der Bau sei nur zu retten gewesen, weil er eine grundsolide Substanz habe, die auch Jahre ohne Heizung und Einbruch von Nässe überstehen konnte, fielen ihr Ronny Schildknechts Worte ein.

Respekt, aber musste man es deshalb lieben, dieses Haus? Waren die Landjunker nicht üble Tyrannen gewesen, noch über die Kaiserzeit hinaus? Wer brauchte die Erinnerung an solche Zeiten? Drittes Reich? DDR, was immer das für die Menschen bedeutet haben musste? Für Anja hatte die DDR kein Gesicht, sie wusste nur, dass dieses andere Deutschland bei Olympia regelmäßig Goldmedaillen abgeräumt hatte und der Sozialismus irgendwie bedrohlich mit den Russen zusammenhing. Darüber hinaus war Sozialismus für sie nichts weiter als ein Wort wie Bruttosozialprodukt.

Sie ging weiter, um die gepriesenen neuen Bäder im ersten Stock zu begutachten, als plötzlich das Licht der Birne flackerte und kurz danach den Geist aufgab. Augenblicklich war schwarze Nacht um sie herum. Allein in dem großen, fremden Haus. Ein Gefühl von unendlicher Trostlosigkeit kroch in ihr hoch. Sie rührte sich nicht, begann zu frieren in ihrem kurzärmligen Shirt. Fast hätte sie um Hilfe geschrien. Doch von irgendwoher drang noch Tageslicht in den Flur. Sie erkannte die Umrisse der Treppe und der großen Haustür. Mit wenigen Schritten war sie wieder draußen, zog die schwere Tür hinter sich ins Schloss. Als die Rufe der Vögel wieder an ihr Ohr drangen, atmete sie erleichtert auf und rieb sich über die Oberarme, an denen sich die kleinen Härchen aufgestellt hatten.

Helma war kaum länger als eine Stunde in der Tränke geblieben. Pedro hatte sich an ihren Tisch gesetzt und ein Bier mit ihr getrunken, aber dann gab es plötzlich viel zu tun. Am Doppelkopfabend musste er den Stammtisch bedienen. Der kleine rote Flitzer war allerdings auch Pedro nicht entgangen. »Beim letzten Mal sind sie Hals über Kopf abgereist. Offenbar ein Todesfall«, hatte er erzählt und ein paar unschöne Worte hinterhergeschickt. Bald darauf war sie gegangen.

Gegen Viertel neun schaltete Helma den Fernseher ein und setzte sich in den Sessel in der guten Stube. Sie erinnerte sich an den Tag, als die Dörfler von heute auf morgen Westfernsehen empfangen konnten. Alle waren begeistert gewesen, aber nach einer Weile wurde es selbstverständlich. In letzter Zeit schaute Helma immer weniger in die Röhre. Oft verstand sie nur noch die Hälfte, und die Bilder rasten wie die Rennwagen der Formel 1 an ihren alten Augen vorüber.

Der muffige Geruch, der von dem großen Fleck an der Küchendecke herrührte, war jetzt in der guten Stube angekommen und bereitete ihr Kopfschmerzen. Die Mauern zögen Feuchtigkeit, meinte Paul, man könne es beheben, aber dazu müsse man die Außenmauern freilegen und brauche Leute, die sich damit auskannten. Und dass Helma kein Geld hatte, wussten sie beide. Der Schimmelfleck, der am Anfang ganz unscheinbar gewesen war, scherte sich allerdings nicht darum und breitete sich immer weiter aus. Sie öffnete das Fenster und lehnte sich hinaus, um frische Luft zu schnappen.

Die Vögel waren verstummt, um diese Zeit war es bereits still hier draußen, direkt unheimlich. Wie ein Schreckgespenst war ihr die Frau vorgekommen, die am späten Nachmittag plötzlich in ihrem roten Flitzer aufgetaucht war. Und diese Frau wollte neue Gutsherrin von Groß Bernow werden? Was für ein Hohn. Die letzte Gutsherrin von Groß Bernow war Berta gewesen, ja, Berta, ihre Großmutter, die alte Köchin. Sie war es, die das Haus mit dem Gewehr in der Hand verteidigt hatte. Kein Stein davon würde mehr stehen, wenn sie die Sprengung nicht mit Mut und List verhindert hätte. Und nach Großmutters Tod war Helma es gewesen, die darauf aufgepasst hatte. »Was würden wir nur ohne unsere Helma machen«, hatte es in der Tränke die Runde gemacht, und das war nicht nur dahingesagt.

Jetzt kamen sie zurück, die Nachfahren der sogenannten Herrschaften, pickten sich raus, was noch gut war, und machten den Rest nieder. Überall im Land ging es so. Von wegen die Einheit habe ihnen die Freiheit gebracht. Sie wurden ausgeplündert, und irgendeiner in Berlin versprach ihnen wieder goldene Zeiten, nicht zum ersten Mal in ihrem Leben. Immer hatte es diese Versprechen gegeben, ohne dass sich für die kleinen Leute etwas änderte. Jede Zeit hängt den Menschen ihre Ketten um.

Angeblich wartete ein neues Leben auf sie, und es sollte mit dem alten Denken aufgeräumt werden. Aufgeräumt wurde jedoch nur mit denen, die wussten, wo der Dreck in den Ritzen saß. Zu keiner Zeit waren diejenigen gefragt gewesen, die es ehrlich meinten. Auf irgendeine Art und Weise wurden die immer zum Schweigen gebracht.

Die Bernows wollten sie aus ihrem Haus vertreiben, weil Helma unbequem war; sie war schließlich die einzige noch lebende Zeugin, die wusste, was damals wirklich passiert war. Aber diese Leute sollten sie besser nicht unterschätzen. Auch eine Frau über siebzig konnte noch kämpfen, wenn es darum ging, die Wahrheit ans Licht zu bringen.

2

Der Besuch im Herrenhaus hatte die Zuversicht, die Anja den Fiedlers verdankte, nahezu weggewischt. Nachdem sie in die Pension zurückgekehrt war, entlieh sie sich einen dieser heiteren Frauenromane aus der Hausbibliothek, von dem sie sich erhoffte, dass er ihre Gemütslage wieder aufhellen würde, und nahm ihn mit auf ihr Zimmer. Sie duschte, legte sich anschließend auf ihr Bett und begann zu lesen. Doch sie konnte sich nicht auf die Story konzentrieren, eine der Fragen ging ihr wieder und wieder durch den Kopf: Warum hatte Hartwig sie nicht vorher eingeweiht? Wenn es darum gegangen wäre, in dieser Gegend ein gemütliches Gästehaus mit überschaubarem Risiko zu erstehen, hätte sie bestimmt nicht Nein gesagt.

Durch das gekippte Fenster wehte der Abendwind Stimmen aus dem Garten herein. Sie klappte das Buch zu, legte es auf den Nachtschrank und lauschte dem Geplauder, das beruhigend auf sie wirkte. Besonders dem sonoren, aber unaufdringlichen Bariton hätte sie stundenlang zuhören können.

»Sagen Sie bloß, Sie haben keinen Appetit, wo ich Sie doch verwöhnen wollte«, raunte ihr dieselbe tiefe Stimme am nächsten Morgen zu. Anja lächelte schuldbewusst. Der Tisch war ausgesprochen liebevoll gedeckt, und sie hatte es kaum zur Kenntnis genommen. »Die Melone und der Lachs sind ganz frisch vom Großmarkt.«

»Doch, doch, bitte entschuldigen Sie«, stammelte sie, »aber ich war noch ganz in Gedanken.«

»Wo haben Sie denn gestern Abend gesteckt?«, fragte Arne Fiedler, und es klang nach echtem Bedauern. »Ich hätte so gerne ein Glas Rotwein mit Ihnen getrunken, auf gute Nachbarschaft. Das müssen wir unbedingt nachholen. Ich habe mir Sorgen gemacht. Als Sie von Groß Bernow zurückkamen, machten Sie den Eindruck, als wäre Ihnen ein Monster begegnet.«

Sie lachte laut. »Vielleicht war es auch so.« Es sollte nicht melancholisch klingen, aber genau das tat es wohl, denn im nächsten Moment forschte er in ihrem Gesicht. War es nur dahingesagt oder sorgte er sich wirklich? Die Vorstellung machte sie verlegen, aber es tat ungemein gut. Als sie seinen Blick erwiderte, überzog ein rötlicher Schimmer sein Gesicht. Sie konnte sich nicht erinnern, wann ein Mann das letzte Mal ihretwegen errötet war.

»Oje, schon so spät«, riss er sich los, noch bevor er auf seine Armbanduhr geschaut hatte. »Die Arbeit ruft.«

»Woran arbeiten Sie denn?« Sie ahnte, dass diesen sensiblen Mann die Pferdepflege und der Gästeservice nicht ausfüllen konnten.

»Besuchen Sie mich doch einmal in meinem Reich«, sagte er, erhob sich und strich an den Stühlen vorbei in Richtung Tür. »Es ist hinter dem Pferdestall, leicht zu finden.«

Fast wäre er mit anderen Gästen zusammengestoßen, die mit einem »Moin« verrieten, dass ihnen offenbar der BMW mit dem Hamburger Kennzeichen gehörte, der neben ihrer Giulietta im Hof stand.

Nach dem Frühstück entschied sich Anja, wieder zum Gut zu fahren. Sie musste sich endlich die neuen Bäder im ersten Stock ansehen, allein, um Hartwig gegenüber eine Meinung zu haben.

Wolkenlos prangte der blaue Himmel über Groß Bernow. Die Sonne bestrahlte die Auffahrt, und das Herrenhaus in seinem neuen Kleid schien beinahe gut gelaunt, ganz anders als am Vortag. Anja stieg aus dem Wagen, als sich die große Eichentür des Herrenhauses von innen öffnete. Sie kannte den Mann, der ihr mit schnellen Schritten entgegenkam. Offensichtlich war er freudig überrascht, sie zu sehen.

»Anja!« Ronny Schildknechts Augen glänzten, während er ihre Hand etwas zu stark schüttelte. »Allein?«

Sie fühlte sich von der Vertrautheit etwas überrumpelt, versuchte aber, locker zu wirken. »Hallo, Ronny«, begrüßte sie ihn und spürte, dass es so richtig war. »Hartwig hat im Rheinland einiges zu tun, er wickelt den Verkauf unseres Hauses ab.«

Ronny hatte offenbar bemerkt, dass ihr Lächeln nicht echt war. »Ich kann mir vorstellen, dass die Trennung von der alten Heimat nicht ganz leichtfällt«, erwiderte er.

Sie nickte nur, für Erklärungen war ihr die Geschichte einfach zu lang, außerdem kannten sie sich erst ein paar Tage, und Ronny verstand sich auch mit Hartwig gut. Aber ihr fiel auf, dass er plötzlich nervös wirkte. »Stimmt etwas nicht?«

»Genau das frage ich mich auch«, antwortete er und fuhr sich mit der Hand durch die Stoppelfrisur. »Nach mir muss gestern noch jemand im Haus gewesen sein, die Haustür war nicht abgeschlossen, und ich bin hundertprozentig sicher, dass ich am Nachmittag abgeschlossen habe, als ich ging.«

»Ach, das«, sagte sie und lächelte. »Wahrscheinlich war

ich es, ich wollte die neuen Bäder in den Gästezimmern besichtigen, aber als die Glühbirne im Hausflur schon am Anfang der Runde den Geist aufgab, habe ich darauf verzichtet und dann offenbar vergessen ...«

Ihm schien ein Stein vom Herzen zu fallen. »Also ist mit meinem Gedächtnis noch alles in Ordnung. Warum hast du nicht kurz angerufen, dass du kommst?«

»Es war ein spontaner Entschluss.«

Bei ihrem letzten Besuch hatte er sie im Blaumann begrüßt. Diesmal trug er Jeans und ein Hemd mit buntem Design, das zu seinem Typ passte. Und noch etwas fiel ihr auf: Er war ein durchaus gut aussehender Mann.

»Ich kann dir gar nicht sagen, wie sehr ich mich freue, dass hier bald wieder Leben einkehrt«, erwiderte Ronny mit einem unüberhörbaren Seufzer. »Ich kann es wirklich kaum erwarten.« Er reichte ihr den Arm und führte sie durch die große Eichentür ins Haus.

Eigentlich hatte Hartwig eine kleine Grillparty zu dritt geplant. Aber da Anja jetzt allein im Norden unterwegs war, blieben nur noch Jani und er. Das hinderte ihn allerdings nicht daran, seinem Sohn und sich selbst ein Mittagessen erster Klasse zu gönnen: Angus Rinderfilets vom Feinsten, Nudelsalat Hawaii, dazu frisches Zwiebelbaguette, Wein war noch genug unten im Keller. Er musste die Herrlichkeiten nur noch in den Garten schaffen und die Holzkohle vorglühen.

Eine gute Gelegenheit, mit Jani ins Gespräch zu kommen. Sie verloren sich immer mehr aus den Augen. Ihm war es nie leichtgefallen, einen Einblick in die Gedankenwelt seines Sohnes zu gewinnen, auch wenn man Jan nicht direkt als verschlossen bezeichnen konnte. Er war eben wie sein Vater. Dagegen gab es nichts zu sagen, denn eins hatte Hartwig als Manager gleich gelernt: Wer das, was er fühlte und dachte, unvorsichtig nach außen trug, war für jeden Gegner eine leichte Beute. Allerdings fragte er sich in letzter Zeit, ob derjenige, der alles mit sich selbst ausmachte, nicht Gefahr lief, sich im Kreis zu drehen. War er wirklich der ignorante sture Hund geworden, wie Anja ihm neuerdings vorwarf?

Das Handy klingelte. Hartwig warf einen verzweifelten Blick auf den Küchentisch. Wer sollte das alles essen, wenn Jani jetzt absagen würde?

»Bernow.«

»Scheller hier, Kanzlei Scheller und Pratsch, Neustrelitz. Herr von Bernow, ich …«

Hartwig seufzte. Sollte die Gemeinde doch endlich die Arbeiten an der Allee beenden, anstatt ihm mit immer neuen Gebühren und Verordnungen auf die Nerven zu gehen.

»Ich hatte vor zwei Tagen eine Begegnung der dritten Art«, fuhr der Anwalt fort.

»So?«

»Frau Wagenseil, die Dame, die wir schon vor einiger Zeit zum Gespräch eingeladen hatten, ist plötzlich und unerwartet …«

»Gestorben?«

Hartwig wünschte niemandem das Schlimmste, aber in dem Fall – diese Dame war sozusagen der dickste Stein auf seinem Acker.

»Zugegebenermaßen würde das unsere Position vereinfachen«, kam von Scheller, »aber dem ist nicht so. Sie tauchte ohne Termin in der Kanzlei auf. Anfangs hatte ich die Hoffnung, dass wir uns einig werden könnten, und behandelte sie wie Meissener Porzellan.«

»Vielleicht war gerade das falsch«, raunzte Hartwig. Allmählich verlor er die Geduld mit den Provinzlern.

»Ich habe wieder versucht, ihr den Platz im Altenstift schmackhaft zu machen, und angedeutet, Sie würden bestimmt mit sich reden lassen und auch den Umzug auf Ihre Kappe nehmen, aber …«

Ein echtes Problem, diese »Dame«, wie der Anwalt sie bezeichnete, dachte Hartwig. Nicht nur sie, sondern viele im Dorf – oder zumindest die, mit denen er versuchte, ins Geschäft zu kommen – schienen Blut geleckt zu haben und nutzten seinen Zugzwang aus.

»Wie viel hat sie verlangt?«

»Zuerst sagte sie, sie würde es sich überlegen, aber sie ließe sich nicht drängen, und es sei allein ihre Sache, wann sie aus dem Haus ausziehen würde. Und ob sie dann in das Altenstift einzöge, sei auch noch nicht entschieden.«

»Also, wie viel hat sie verlangt?«

»Als ich merkte, dass sie keine Absicht zeigte, sich zu bewegen, habe ich sie gefragt, ob sie mit einem finanziellen Ausgleich einverstanden sei. Von Ihrer Seite, also meines Mandanten, sei ein Betrag in vierstelliger Höhe vorstellbar.«

»Scheller, wie viel?«

»Zuerst starrte sie mich fassungslos an, dann wurde sie ganz blass, ich befürchtete schon, dass sie kollabierte. Doch sie ging hoch wie eine Silvesterrakete. Ob ich sie allen Ernstes für bestechlich hielt, sie, die Groß Bernow immer die Stange gehalten habe. Jetzt würde man sie wohl nicht mehr brauchen und sie wie Müll entsorgen, und so weiter und so weiter. Eine Tirade, kann ich Ihnen sagen. Allerdings kam sie mit einer Angelegenheit heraus, die mir Kopfzerbrechen macht. Deshalb habe ich auch kurz danach das Gespräch beendet, es drohte restlos zu entgleisen.«

»Welche Angelegenheit?« Hartwig vermisste seinen Pfeifenstiel, auf dem er herumkauen konnte.

»Es hängt offenbar mit Ihrer Familiengeschichte zusammen, keine sehr angenehme Sache. Die Dame hat anfangs indirekt und später massiv damit gedroht, sie gegen Sie zu verwenden.«

»Ich habe keine Ahnung, wovon Sie sprechen.«

»Frau Wagenseil hat behauptet, die Bernows, wie sie immer sagte, seien schuld am Tod ihres Vaters Hans Wagenseil kurz vor Kriegsende, und wenn Sie sie nicht in Ruhe ließen, würde sie mit der Geschichte nicht mehr hinterm Berg halten. Sie könne es beweisen, hat sie behauptet. Von den anderen Anschuldigungen will ich nicht reden, Bagatellen und in Anbetracht der vergangenen Zeit und der Ermangelung von Zeugen vor Gericht wohl kaum gegen Sie verwendbar. Ich habe zwar den Eindruck, dass es sich insgesamt nur um Gerüchte handelt, aber die Dame könnte Ihnen damit auf Jahre die Tour vermasseln, wenn ich das so salopp sagen darf. Bis wir sie aus dem Haus in der Allee geklagt haben, dauert es unter Umständen zwei Jahre, und der Erfolg ist nicht einmal sicher. Ich rate daher dringend, die Dame persönlich aufzusuchen, um die Sache aus der Welt zu schaffen.«

Hartwig hatte sich an die Schwierigkeiten in Groß Bernow gewöhnt, auch wenn sie teilweise nur schwer erträglich waren. Aber dass jemand so weit gehen und versuchen würde, seine Familie in den Schmutz zu ziehen, damit hatte er nicht gerechnet. Zumal die Anschuldigungen vollkommen absurd waren. Sie passten weder zum Charakter seiner Mutter noch zu dem, was sie ihm über seinen Vater erzählt hatte.

»Herr von Bernow, sind Sie noch dran?«

»Ja, danke, Scheller. Wir sprechen uns später.«

Er drückte den roten Knopf und steckte das Handy zurück in die Hosentasche. Dann tat er, was er sonst nie tat: Er schlug krachend mit der Faust auf den Tisch.

Helma kochte Linseneintopf nach dem Rezept von Großmutter Berta. Doch als sich wieder der rote Flitzer auf der Allee blicken ließ, verging ihr der Appetit. Sie war bereit gewesen, diesen Leuten entgegenzukommen, auch wenn es ihr schwergefallen wäre. Aber dieser Anwalt hatte ihr nicht zugehört, hatte sie erst gar nicht zu Wort kommen lassen. Es ging ihr nicht um dieses Altenheim mit Luxus, und dann fing er mit Geld an. Sie war nicht bestechlich, auch wenn sie jeden Pfennig umdrehen musste; es ging um mehr, das hatte dieser Trottel nicht begriffen. Es ging darum, dass endlich ans Licht kam, was damals passierte. Was mit ihrem Vater geschehen war, wer die Schuld an seinem Tod trug und warum die sogenannten Herrschaften plötzlich verschwunden waren.

Ja, sie war etwas erregt gewesen, und als dieser Scheller damit ankam, dass sie in der Wahl ihrer Worte besser vorsichtig sein solle, war sie erst recht wütend geworden. Denn nicht jede Rechnung konnten diese Bernows mit ihrem verdammten Geld bezahlen. Sie war dabei gewesen, damals, und sie war *nicht* abgehauen, *sie* war geblieben. Die Ketten des Panzers rasselten noch heute durch ihre

Träume, sie hatte Lisas Kopf in ihren Schoß gelegt und die Wangen der Sterbenden gestreichelt. Und wer hatte das Haus vor der Sprengung gerettet? Berta, die alte Köchin, war es gewesen, ihre Großmutter.

Wenn sie jetzt darüber nachdachte, was sie diesem Anwalt alles vorgehalten hatte, hätte sie sich das mit den »Feiglingen und Verrätern« vielleicht sparen können. »Ich möchte unser Gespräch lieber beenden!«, hatte dieser eingebildete Schnösel sie schließlich abgewimmelt. Bitte sehr, aber sie ließ sich nichts mehr gefallen, die Zeiten waren vorbei.

Wutentbrannt war sie aus dem Büro gelaufen. Nein, geweint hatte sie nicht, nur zweimal hatte sie das als erwachsener Mensch: als es Jutta nach Pauls Geburt nicht geschafft hatte und als Paul so plötzlich ausgezogen und nach Neustrelitz gegangen war. Zu oft war sie verlassen worden.

⁓

Während des Rundgangs im Herrenhaus hatte Ronny ihr keine Einzelheit erspart, auch die Details der neuen Bäder bis ins Kleinste erklärt. Aber Anja hatte es ja nicht anders gewollt. Anschließend bestand der Bauleiter darauf, ihr seine Heimatstadt Neustrelitz zu zeigen, und sie stieg zu ihm in den Pick-up. Während der Fahrt sprach er so hingerissen von dieser Stadt, dass es Anja fast peinlich war, dort noch keinen Fuß hineingesetzt zu haben.

Während sie durch die Straßen schlenderten, erzählte Ronny ihr von der einst prachtvollen barocken Residenz, die am Ende des Krieges niederbrannte und in den Fünfzigern bis auf den letzten Stein abgetragen worden war, weil man den Baustoff brauchte. Am Marktplatz, in der Mitte der Stadt, bestiegen sie den Kirchturm, von dem sich ein Rundblick über die sternenförmige Straßenanlage bot, die bereits seit dem 18. Jahrhundert existierte. Ob er nebenbei als Stadtführer jobbte, scherzte Anja, aber insgeheim imponierte ihr dieser Mann. Sie wusste nur nicht genau, warum. Weil er seine Heimatstadt so gut kannte? Oder lag es an der Art, wie er sie fast unmerklich dazu brachte, sich Stück für Stück von ihren Vorurteilen zu verabschieden?

Nachdem sie auch dem Schlosspark und der alten Orangerie einen Besuch abgestattet hatten, retteten sie sich am Hafen vor der stechenden Sonne unter die Markise einer der Gaststätten, bestellten kühle Getränke und einheimischen Fisch.

»Der Zierker See ist durch den Kammerkanal mit der Havel-Wasserstraße verbunden, und von da aus kannst du nach Berlin, nach Hamburg und von Hamburg in die ganze Welt schippern, wenn du willst«, sagte Ronny nach einem Schluck Weißbier. »Nur damit du weißt, dass du hier nicht versauern musst.«

»Wie kommst du darauf? So etwas habe ich nie gesagt.« Sie fragte sich, ob er ihre Gedanken lesen konnte. Dieser Mann aus dem Osten, den sie gerade zweimal getroffen hatte, schien sie zu verstehen, als hätte er sie immer schon gekannt.

»Gesagt nicht, aber …«, erwiderte er und schmunzelte. »Vielleicht hilft es, wenn man es ausspricht, um mit ein paar falschen Bildern aufzuräumen. Oder was meinst du?«

Sie nickte nur. Zu diesen falschen Bildern gehörte, dass sie einem Mann vom Bau bislang einfach nicht zugestanden hatte, Charme und Geist zu besitzen, geschweige denn unterhaltsam zu sein. Sie kam sich plötzlich spießig vor, wo war ihre sogenannte westliche Aufgeklärtheit und Toleranz geblieben? Gab es die überhaupt?

»Du bist also hier geboren. Wolltest du nie irgendwo anders hin?«, wechselte sie das Thema.

»Ich verstehe, was du meinst. Seit der Wende stehen die Türen offen, und viele sind ab in den Westen, auch ins Ausland nach Österreich, in die Schweiz. Aber für mich gab es keinen vernünftigen Grund zu gehen. Ich habe meine kleine Firma hier, und die Auftragsbücher sind voll, wir renovieren, bauen Häuser nach neuestem Standard. Besser kann es doch nicht sein. Ich glaube an meine Zukunft hier in diesem Land.« Wieder lächelte er sie an, und sie lächelte zurück.

Seit dem frühen Nachmittag verdeckte ein milchiger Schleier die Sonne, und eine fast unerträgliche Schwüle breitete sich aus. Vielleicht sprachen sie deshalb auf der Rückfahrt kaum ein Wort. Anja kühlte ihr Gesicht bei offenem Fenster im Fahrtwind und hing in Gedanken dem Tag nach. Auch Ronny schwieg. Als sie über die letzten Meter Kopfsteinpflaster dem Herrenhaus entgegenholperten und er seinen Pick-up neben ihrer Giulietta parkte, sagte er etwas kleinlaut: »Ich hoffe, dass ich dich mit dem Gerede über meine Heimat nicht gelangweilt habe.«

Anja war erstaunt, er musste doch spüren, dass sie ihm dankbar war. »Ganz im Gegenteil, es war ein wunderschöner Tag, Ronny«, erwiderte sie und reichte ihm die Hand. Der Druck seiner Rechten vermittelte Zuversicht, und als ihre Blicke sich trafen, spürte sie eine gewisse Verlegenheit auf seiner Seite.

Nachdem Anja ausgestiegen war, startete Ronny den Motor und verschwand in dem grünen Tunnel der Allee.

Wie bei ihrer ersten Begegnung hatte er es verstanden, ihr Hoffnung zu machen.

Noch zögerte sie, die Tür ihres Wagens zu öffnen, als sie ein Geräusch in den Baumkronen aufhorchen ließ. Die von der Hitze schlappen Kastanienblätter gerieten in Bewegung, aber erst als Anja das Rauschen deutlich vernahm, trafen auch sie die ersten schweren Regentropfen im Gesicht.

Sie setzte sich in ihren Wagen und fuhr los. Durch die Windschutzscheibe konnte sie noch vor dem Dorfausgang beobachten, wie die Heiterkeit des Tages innerhalb von Augenblicken in ein düsteres Drama kippte. Der Himmel wurde schwarz, böiger Wind riss an den Baumkronen. Ihr Herz klopfte wie verrückt. Sie hatte kaum die Ausfallstraße erreicht, als Massen von Regen die Wischer lähmten und ihr vollkommen die Sicht nahmen. Sie schaffte es gerade noch, rechts heranzufahren und den Motor auszustellen. Auf einmal überwältigte sie das Gefühl, der Boden gäbe unter ihren Füßen nach. Eine unendliche Erschöpfung zog sie hinab, und mit dem Regen, der in Strömen über die Scheiben rann, verschwammen ihre Gedanken. Ihr Kopf sank auf das Lenkrad, mit offenen Augen ließ sie sich von dem Rauschen des Unwetters mitreißen. Hilflos kam sie sich vor, wie eine Suchende, die nicht wusste, was, eine, die sich festhalten wollte, aber nicht wusste, an wem.

War da nicht ein Motorengeräusch, das Scheinwerferlicht eines Autos? Sie wollte schreien, konnte sich aber nicht bewegen. Jemand öffnete ihre Fahrertür. Der Wind fuhr in ihr Haar.

»Frau von Bernow?« Sie erkannte die Männerstimme. »Geht es Ihnen gut?«, schrie Arne Fiedler gegen den Sturm und den ohrenbetäubenden Donner an.

Sie war unfähig zu antworten, als habe sie der Schlag getroffen. Er beugte sich in ihren Wagen, legte ihre Arme um seine Schulter und versuchte, ihre Taille zu umfassen. Sein triefend nasses Gesicht kam ihrem dabei ganz nah und seine Lippen ihren Lippen. Plötzlich überfiel sie diese Sehnsucht, das Gefühl, das einem Kuss vorausging, ein Sog. Sie schloss die Augen und wusste nur, dass allein ein Kuss sie vor dem Untergang bewahren würde.

In Anjas Ohren dröhnten noch der Donner und das Trommeln des Regens auf das Wagendach, als sie die Augen aufschlug und sich in einem Bett wiederfand, gegenüber einer weißen Wand, an der ein geflochtener Strohkranz mit rotkarierten Schleifen hing. Über ihr tauchte ein forschendes Augenpaar auf.

»Gott sei Dank«, sagte die Frauenstimme. »Wir haben uns ernsthafte Sorgen um Sie gemacht.« Es war Corni Fiedler.

»Was ist nur passiert?«, fragte Anja.

»Die Hitze hat Ihnen vermutlich einen Schlag versetzt, oder sind Sie krank?«

»Nein, nicht, dass ich wüsste.«

»Ich habe einen Tee für Sie gekocht.« Ihre Gastgeberin wies auf den kleinen, geschnitzten Bauerntisch, auf dem ein beladenes Tablett stand. Das kräftige Aroma von Schwarztee stieg Anja in die Nase.

»Sagen Sie bitte, wenn Sie einen Arzt brauchen.«

»Nein, nein, danke«, erwiderte sie und setzte sich auf. »Es geht schon.«

»Mein Bruder war auf dem Nachhauseweg und hat Sie in Ihrem Auto gefunden, als das Unwetter losging. Sie saßen wie betäubt hinterm Steuer.«

Anja lächelte gequält, es war ihr unangenehm, vor ihren zukünftigen Nachbarn wie jemand dazustehen, der nicht auf sich selbst aufpassen konnte.

»Ruhen Sie sich aus«, sagte Corni Fiedler, »und machen Sie sich keine Gedanken. Wahrscheinlich haben Sie augenblicklich einfach zu viel um die Ohren. Ich lasse Sie jetzt in Ruhe, bis später.« Sie nickte ihr aufmunternd zu.

Ob er es ihr erzählt hatte?, fragte sich Anja, als Corni Fiedler das Zimmer verlassen hatte. Sie würde deren Bruder nicht mehr unter die Augen treten können. Wie eine Diva in einem amerikanischen Melodram aus den Vierzigern musste sie gewirkt haben. Die hilflose Geliebte, die vom Helden mit seinen starken Armen aus dem Auto gehoben wird, da es in den Fluten zu versinken droht. Sie schlägt ihre großen sehnsuchtsvollen Augen auf, ihre Lippen wachsen ihm entgegen, das Verlangen überwältigt beide und …

Sie hatte sich unsterblich blamiert. Wenn sie darüber nachdachte, konnte sie sich selbst nicht begreifen. Es war so untypisch, so plump, so direkt, nie hatte sie sich einem Mann an den Hals geworfen, so offen gezeigt, dass sie ihn wollte. Nicht einmal Hartwig gegenüber, obwohl sie damals bis über beide Ohren in ihn verliebt gewesen war. Ein richtiges Versteckspiel, das sie mit ihren Gefühlen getrieben hatte. Oh Gott, Hartwig …

Nicht auszudenken, wenn es sich herumsprechen würde. Es blieb ihr nur übrig, Arne Fiedler gegenüber klarzustellen, dass sie nicht zurechnungsfähig gewesen war. In jedem Fall musste sie mit ihm reden. So früh wie möglich, um Missverständnisse erst gar nicht aufkommen zu lassen.

Nachdem Anja ein paar Schlucke Tee getrunken hatte, duschte sie und versuchte, ihr Selbstbewusstsein in Ordnung zu bringen. Der Gedanke, dass Arne Fiedler sie auf seinen Armen in ihr Zimmer getragen und seine Schwester sie ausgezogen hatte, ließ ihre Wangen glühen. Es gab keine Alternative, als möglichst schnell zu den Lebenden zurückzukehren und eine Entschuldigung vorzubringen, um die peinliche Situation zu entschärfen. Corni Fiedler hatte ihr ja bereits eine Vorlage gegeben. Sie wählte das T-Shirt in Pink mit den Pailletten und die weiße Jeans und hoffte, in diesem Outfit dynamischer zu erscheinen, nötig hatte sie es allemal, im Spiegel fand sie sich gruselig.

Draußen hatte sich die Lage beruhigt. Die Vögel sangen, als hätte sich das Unwetter nie ereignet. Der Himmel zeigte wieder klare Konturen, es roch nach nasser Wiese und Pferdeschweiß. Unter dem Stalldach tanzten die Mücken, dort hatte sich ein Rest der Schwüle gehalten, insgesamt fühlte die Luft sich aber kühler an.

Sein Reich sei hinter dem Stall zu finden, so Arne Fiedlers Wegbeschreibung.

Eines der Pferde ließ ein mürrisches Wiehern hören, als Anja vorbeiging. »Ruhig, ruhig, gleich haben wir es, mein Schatz.« Offenbar kratzte Corni Fiedler seine Hufe aus. Aber Anja wollte sie jetzt lieber nicht ansprechen. Neben der Scheune erstreckte sich ein weiteres Gebäude mit kleinen verschmierten Fenstern, das wie ein Schaf- oder Ziegenstall aussah. An der Tür stand: *Zutritt nur mit Eintrittskarte!* Musik drang gedämpft nach draußen.

Sie öffnete die knarrende Holztür und trat ein. Ein Atelier oder etwas Ähnliches hatte sie erwartet. Doch sie fand eine einfache Werkstatt vor, mit Spinnweben an den unverputzten Wänden. Das Licht kam von einer Glühbirne und erhellte die Mitte des Raumes. Es roch nach modrigem Holz, vor allem aber verbrannt. Überall stand und lag Schrott herum, Fahrradteile, angelaufene Metallplatten und halb verrostete Eisenstangen. Als sich Anja an die trübe Beleuchtung gewöhnt hatte, erkannte sie, dass einige der Schrottgegenstände zusammengeschweißt waren und etwas darstellen sollten.

»Wenn man lange genug darauf schaut, nehmen die Teile Gestalt an. Das behaupte ich jedenfalls«, sagte Arne Fiedler und lächelte.

Sie hatte sich also nicht getäuscht. Eine kleine Pferdepension konnte diesen Mann unmöglich ausfüllen. »Es sind also Skulpturen, und Sie erschaffen sie. Ich bin beeindruckt.«

»Geht es Ihnen wieder besser?« Er steckte das Metallstück, dem vorher seine Aufmerksamkeit gegolten hatte, in den Schraubstock an der Werkbank und drehte die Musik leiser.

»Ich wollte …« Sie trat zwei Schritte näher, blieb aber dann in einigem Abstand von ihm stehen.

»Sie müssen einen Schock erlitten haben«, nahm er Anja die Erklärung ab. »Zuerst diese Hitze, dann das Unwetter. Reiner Zufall, dass ich vorbeigekommen bin.«

»Ja, genau im richtigen Moment, ich hatte völlig die Besinnung verloren.« Sie war dankbar, dass er ihr über die Peinlichkeit hinweggeholfen hatte, und dachte, den Grund zu kennen. Sein Blick verriet weiter nichts, als wäre nie etwas zwischen ihnen vorgefallen. Vielleicht war es das auch nicht. Ja, vielleicht war der Kuss pure Einbildung gewesen.

»Kein Problem, es ist vorbei«, sagte er. »Sie sind ohnmächtig geworden, und ich brachte Sie in meinem Wagen hierher. Corni und ich fragten uns, ob wir nicht besser den Arzt holen sollten, aber dann beruhigte sich Ihr Puls, und wir ließen Sie schlafen.«

Er klang wie ein Sanitäter, der den Bericht über seine Arbeit abgab.

»Bin ich gleich ohnmächtig geworden?«

»Das kann ich nicht mehr genau sagen …« Er wandte sich ab, ging zum anderen Ende der Werkstatt, offenbar um eine Schiebetür zu öffnen, die nach hinten hinausging. »Haben Sie etwas Zeit? Ich würde Ihnen gerne einige meiner Objekte zeigen.«

Sie traten aus der Werkstatt auf ein gemähtes Wiesenstück, wo sich mehrere seiner Skulpturen wie in einer Ausstellung präsentierten: ein graziles Mobile aus unzähligen kleinen Metallplättchen, die leise im Luftzug des Abendwindes klimperten, ein anderes Objekt erinnerte Anja an die Ziege von Picasso.

»Sie sind alle meine Kinder.« Arne Fiedlers Blick verriet unschwer, dass er stolz auf sie war. »Ich habe mich aufs Land zurückgezogen, um hier friedlich mit ihnen zu leben, verstehen Sie?«

»Ich möchte mich noch einmal bei Ihnen bedanken. Für die Gastfreundschaft und für die Rettung«, erwiderte Anja, schaffte es aber nicht, ihm in die Augen zu sehen.

»Wir sind doch Nachbarn«, spielte er es herunter. Gerade diese Bescheidenheit wirkte so anziehend auf sie, ob er es darauf anlegte oder nicht.

»Übrigens, das mit der Pferdekoppel werde ich mit meinem Mann besprechen, da findet sich bestimmt eine Lösung.« Sie streckte ihm die Hand mit einem Lächeln entgegen.

»Das würden wir sehr begrüßen«, erwiderte er, und sein Händedruck war mehr als eine Geste der Verbundenheit. Als Anja ihm den Rücken zukehrte, war sie sicher, dass sie sich geküsst hatten, leidenschaftlich geküsst.

3

Eigentlich hatte Anja vor, auch das Wochenende in Groß Bernow zu verbringen, aber nach dem Zwischenfall wollte sie vermeiden, dass die Fiedlers sie wie eine Kranke umsorgten. Am nächsten Morgen genoss sie noch einmal das reichhaltige Frühstück und verabschiedete sich dann mit dem Versprechen, in der Angelegenheit der Pferdekoppel eine Lösung zu finden.

Die Rückfahrt kam ihr diesmal kürzer vor und Osten und Westen waren auf einmal nicht mehr zwei getrennte Kontinente. Doch als sie die Autobahn hinter sich ließ, schien es ihr, als hätte sich die Gegend in den zwei Tagen völlig verändert: Der Rhein war breiter geworden, der Drachenfels so hoch wie der Kilimandscharo, der Stadtverkehr ein chaotisches Gewusel, und auf ihrer Garagenauffahrt stand ein neuer Wagen. Beinahe wäre sie vorbeigefahren, hätte ihr eigenes Haus nicht wiedererkannt.

Ein Pick-up in Grün-Metallic strahlte sie an. Unglaublich, dass sich Hartwig ernsthaft von seiner feudalen Karosse getrennt hatte, ohne für ebenbürtigen Ersatz zu sorgen. Es fiel Anja schwer, sich ihn hinter dem Steuer dieses Wagens vorzustellen, hatte sie überhaupt noch eine Vorstellung von diesem Mann? Wieder umnebelte sie dieses Gefühl, keinen Boden unter den Füßen zu finden. Ihre gemeinsame Vergangenheit kam ihr nur noch schattenhaft vor. Wo war die Sicherheit, die sie früher getragen hatte, auch wenn sie gerade lernte, dass sie sich die in ihrer naiven Vertrauensseligkeit nur eingebildet hatte?

Sie parkte ihre Giulietta am Straßenrand. Als sie die Reisetasche aus dem Kofferraum hob, zögerte sie noch einen Moment und warf einen Blick auf Haus und Garten. Sie waren ihr Stolz, ihre Burg gewesen. Nur noch ein paar Wochen blieben bis zum Umzug, nach wie vor schmerzte der Gedanke, das alles verlassen zu müssen.

Hartwig stand im Eingang zum Wohnzimmer, in Bermudas und einem seiner Big Apple T-Shirts aus New York mit Schweißringen unter den Achseln, und lächelte sie durch seinen Dreitagebart an. »Schön, dass du wieder da bist«, sagte er mit warmer Stimme und breitete die Arme aus.

∼

Sie hatte sich umarmen lassen, was Hartwig zunächst für ein gutes Zeichen hielt nach ihrem abweisenden Verhalten in letzter Zeit. Sogar einen Kuss auf die Wange hatte sie sich von ihm gefallen lassen. Aber sie wirkte kalt, distanziert. Die zwei Tage oben an der Seenplatte, die ihm wie eine Woche vorgekommen waren, hatten sie offenbar noch weiter voneinander entfernt. Jedenfalls war sie wieder hier. Damit musste er sich begnügen. Nie war Hartwig so bewusst geworden wie in diesen zwei Tagen, dass er sie brauchte wie die Luft zum Atmen. Hatte er ihr eigentlich jemals gesagt, dass sie die einzige Frau war, mit der er Sex hatte, außer ersten stümperhaften Versuchen kurz vor dem Abitur? War das nicht ein unzweifelhaftes Indiz seiner Liebe? In puncto Treue konnte sie ihm nichts vorwerfen. Gelegenheiten hätte er jedenfalls genug gehabt.

Allerdings hatte ihm Anja bei der Begrüßung trotz der Umarmung nicht in die Augen gesehen, ihm allenfalls ein »Hallo« gegönnt, das so wenig begeistert klang, dass er sich genötigt sah, mit »Ich dachte, du bleibst noch über das Wochenende« zu kontern. Doch da hatte sie ihm bereits den Rücken zugekehrt und sich auf den Weg in ihr selbst gewähltes Exil im Untergeschoss gemacht. So einsilbig, wie sie sich gab, könnte man auf den Gedanken kommen, dass sie hinter seinem Rücken … Aber das wäre blödsinnig. Anja würde niemals diese Helma Wagenseil gegen ihn aufhetzen, das würde schließlich nicht nur ihm, sondern auch ihr schaden. Doch seit Anja wie ein störrisches Pferd nach links und rechts austrat, wusste er kaum noch, was ihn als Nächstes erwartete.

Es zog ihn in die Küche, zurück zu seiner Pfeife und der Flasche Rotwein, die er geköpft hatte, kurz bevor sie angekommen war. Unten lief die Dusche. Es war an ihm, wieder Einklang zwischen ihnen herzustellen, er wusste das. Mühsam kramte er nach Worten, doch plötzlich stand Anja in der Küche.

»Entschuldige, ich weiß …«, stammelte er. »Ich soll hier nicht rauchen. Ich hätte …«

Aber der erwartete Vorwurf blieb aus, sie lächelte sogar. Frisch geduscht in einem sonnenblumengelben T-Shirt und grünen Shorts stand sie vor ihm, und er fand sie zum Anbeißen. Kaum zu glauben, dass diese Frau die vierzig längst überschritten hatte. »Die Umzugskisten sind gekommen.« Er wusste selbst nicht, warum er das ausgerechnet jetzt sagte. »Ich habe in meinem Büro bereits angefangen zu packen.«

Sie setzte sich an das andere Ende des Küchentischs. »Ich will mit dir reden. Heute Abend«, sagte sie und gönnte ihm einen milden Blick. Er brauchte ihren milden Blick, ihr Verständnis. Endlich, dachte er.

⁓

Paul war gekommen, ohne sich vorher anzumelden. »Ich wollte nur nachsehen, ob du auch nichts anstellst«, hatte er gesagt und dabei schelmisch geschmunzelt, der Bengel. Natürlich freute sich Helma, dass er sie besuchte, er brauchte auch nicht vorher Bescheid geben. Aber ihr war der Schreck in die Glieder gefahren, er könnte etwas von ihrem Besuch bei den Anwälten in Neustrelitz erfahren haben, denn davon hatte sie ihm nichts erzählt.

Sie sah ein, dass sie sich nicht gerade mit Ruhm bekleckert hatte, und es war ihr peinlich, das Paul gegenüber zugeben zu müssen. Schließlich wollte sie nicht wie eine widerspenstige Alte dastehen, doch jetzt fragte sie sich, wo diese Geheimniskrämerei noch hinführen sollte. Paul und sie redeten immer weniger miteinander, und daran trug allein sie die Schuld. Wie konnte sie erwarten, dass ihr Enkel offen gegenüber ihr war, wenn sie immer mehr Geheimnisse vor ihm hatte? Eines Tages würden seine Besuche weniger werden und vielleicht ganz aufhören. Es war längst überfällig, ihm die Vergangenheit zu erklären: warum sie mit den Bernows in Streit lag, wer sein Urgroßvater wirklich gewesen war und was es mit seinem Verschwinden auf sich hatte. Sie musste ihm auch über Juttas Vater berichten und über seinen eigenen, so wenig sie auch von diesem wusste. Es wurde Zeit, sich ehrlich zu machen, niemand lebte ewig.

Diesmal hatte Paul einen blauen Sonnenschirm mitgebracht, passend zu den Polstern der beiden Klappstühle, die um den runden Tisch im Garten hinter dem Haus standen. Seit er sich die kleine Knatterkiste zugelegt hatte, konnte er den Einkauf besser transportieren.

»Damit du es gemütlich hast«, hatte er gesagt und keinen Pfennig dafür verlangt. Er war ein guter Junge, ihr Paul. Am liebsten aber saß sie auf der Bank in der Küche, sommers wie winters. Im Sommer war es dort schattig und kühl durch die hohen Kastanien vor dem Haus, und im Winter heizte sie den alten Herd, und es war gemütlich warm.

Jetzt saßen sie unter dem neuen Sonnenschirm bei Kaffee und Rührkuchen mit roten Johannisbeeren und blickten zu den blühenden Wiesen hinüber, auf denen schon seit Jahren kein Vieh mehr stand. Ein friedlicher Freitagnachmittag.

»Ist heute Abend wieder Sitzung in der Tränke?«, fragte Paul.

»Kann schon sein«, antwortete sie. »Willst du hingehen?«

»Warum nicht? Es kann nicht schaden zu wissen, was läuft.«

Vielleicht hatte Paul sie deshalb besucht. In jedem Fall würde er Junghans dort antreffen. Der Ortsbürgermeister und seine Clique tagten jeden letzten Freitag im Monat in der Tränke. Wenn Junghans durch irgendwelche Kanäle von ihrem Besuch in Neustrelitz erfahren hätte, würden sie über sie herziehen und neue Pläne schmieden, um sie endlich loszuwerden. Damit musste sie rechnen, und ihr wurde bewusst, dass sie in keinem Fall riskieren durfte, Pauls Vertrauen zu verlieren. Sie hatte nur ihn und sie brauchte ihn. Denn wenn es mit dem Dorf weitergehen sollte, dann nicht ohne sie und nicht ohne ihren Paul.

»Paul, ich ...«, begann sie zaghaft, doch ihr Enkel war

bereits aufgestanden, um ins Haus zu gehen. Als er mit einer geöffneten Flasche Bier herauskam, standen ihre Augen voll Tränen.

Als sich Paul wieder an den Tisch setzte, wirkte seine Großmutter plötzlich aufgelöst. So kannte er sie nicht. Aber als sie zu erzählen begann, wurde ihm schnell klar, dass sie sich entschlossen hatte, endlich mit ihm zu teilen, worum es im Streit mit den Bernows ging, und er staunte nicht schlecht, dass sie die Bernows für den Tod ihres Vaters, seines Urgroßvaters, verantwortlich machte. Angeblich hatte der alte Gutsherr den Sozialdemokraten selbst umgebracht oder kurz vor Kriegsende noch an die Nazis verraten. Eine Leiche war allerdings nie gefunden worden.

Paul hatte keine Ahnung vom Krieg; er wusste nur, dass das Leben immer vorwärts-, nie rückwärtsging. »Du darfst nicht vergessen, dass die neuen Gutsherren noch nicht geboren waren, als das alles hier passierte, sie können genauso wenig dafür wie du und ich.«

Sie starrte ihn entsetzt an, als hätte er nichts verstanden. Aber offenbar wollte sie unbedingt loswerden, was sie so lange vor ihm zurückgehalten hatte. Das nächste Kapitel handelte von seinem Großvater. Es machte ihn betroffen zu erfahren, dass dieser ein Stasi-Mann gewesen war, einer, der andere bespitzelt und fertiggemacht hatte, wenn sie nicht so funktionierten, wie die Partei es wollte. In dem Zusammenhang erwähnte Helma auch einen Dörfler namens Himmelmann und dass sie einen großen Fehler gemacht habe. Aber als Paul genauer nachfragte, wechselte sie das Thema und erzählte ihm lieber von seiner Mutter.

Immer hatte sie abgewiegelt, wenn er als Kind etwas über seine Mutter wissen wollte. Jetzt verstand er, warum.

»Dass sie die Tochter eines Stasi-Mannes war, hat mich immer belastet. Dabei trug sie daran natürlich nicht die geringste Schuld. Aber ich konnte sie nicht so lieben, wie sie es verdiente. Das muss ich mir zum Vorwurf machen. Erst in den letzten Monaten vor deiner Geburt haben wir zueinandergefunden, deine Mutter und ich.«

Paul hatte seine Großmutter noch nie so verzweifelt gesehen wie in diesem Augenblick.

»Ich mache mir noch heute Vorwürfe«, schluchzte sie. Er würde sicher jetzt schlecht von ihr denken, aber die Vergangenheit ließe sich nicht mehr ändern, und er sei jetzt alt genug, sich seine eigene Meinung zu bilden.

Paul streichelte ihre Hand. Endlich sah sie es ein, ja, er war alt genug, und er verstand sie wahrscheinlich besser, als sie dachte.

»Und was ist mit meinem Vater?« Ihm klang noch in den Ohren, was sie früher auf solche Fragen geantwortet hatte: »Er ist auf einer langen Reise und kommt zurück, wenn du die Schule beendet hast. Also streng dich an, damit er stolz auf dich sein kann.«

»Ich weiß nicht viel über ihn«, gab sie zu. »Ich weiß nur, dass er Hochschuldozent war, aus dem Westen kam und nach kurzer Zeit wieder rübermusste. Deine Mutter wollte ihn schützen und behielt seinen Namen für sich. Bis heute kenne ich ihn nicht. Angeblich wusste er nicht, dass Jutta schwanger war. Man kann ihm also keine Vorwürfe machen, dass er sich nie meldete, vielleicht nur, dass er nicht aufgepasst hat, damals …«

»Na, hör mal«, schmollte Paul. Sie grinste zwischen den Tränen hindurch. Früher hätte sie versöhnlich seinen Kopf gestreichelt. Doch das tat sie schon länger nicht mehr, vielleicht weil er zwei Köpfe größer war als sie.

Die Erzählung nahm Großmutter sichtlich mit. Aber auch ihm ging das alles unter die Haut. In diesem Moment fehlten Paul seine Eltern, die er nie kennengelernt hatte. Er war sicher, dass er sie geliebt hätte. Er hätte sie auch respektieren können, eine angehende Ärztin und einen Dozenten von der Uni. Stolz wäre er auf sie gewesen. Fragte sich, ob sie *ihn* respektiert hätten, den Mann vom Baumarkt, der bisher keine Ambitionen zeigte, irgendetwas aus seinem Leben zu machen.

Abrupt, fast wütend stand er auf, griff nach der leeren Bierflasche, nahm sie mit in die Küche und holte sich eine volle aus dem Kühlschrank.

»Paul?«, rief Großmutter hinter ihm her. »Stimmt etwas nicht, Paul? Bist du böse auf mich?«

Paul verstand sie jetzt besser. Sie warf sich vor, bei ihrer Tochter versagt zu haben, und jetzt befürchtete sie, auch ihn zu verlieren. Manchmal nervte sie ganz schön, aber bestimmt würde er sie nie im Stich lassen.

Als er wieder an den Tisch im Garten zurückkehrte, verdunkelte sich der Himmel. »Komm, wir gehen ins Haus«, sagte er, und sie räumten gemeinsam den Kaffeetisch ab. Kurz darauf rollte der erste Donner, und Regen platschte auf das schadhafte Pflaster der Allee.

Während sie anschließend in der Küche das Geschirr abspülten, spürte Paul, dass ihr noch etwas auf der Seele lag. »Heraus damit!«, forderte er sie auf.

Zuerst zögerte sie, doch dann überwand sie sich: »Ich bin bei den Anwälten gewesen.«

Na endlich, dachte er. »Und?«

»Sie haben mir Geld geboten, wollten mich bestechen,

damit ich mich verziehe, damit das alles unter dem Teppich bleibt und niemand erfährt, was damals passierte, dass die Bernows Verräter sind ...« Sie räusperte sich. »Ich hab eben Nein gesagt.«

»Einfach nur Nein?« Er ahnte, dass es nur die halbe Wahrheit war.

»Ja, einfach Nein.«

Er wartete geduldig.

»Nun ja, vielleicht war ich etwas aufgeregt und habe nicht ganz den richtigen Ton getroffen«, schob sie zögerlich nach. In dem Moment ging draußen ein krachender Donner nieder. »Mach du erst deine eigenen Fehler, dann kannst du mitreden«, beendete sie das Gespräch, als wollte der Himmel, dass sie darüber schwieg.

Der Tränke hatte Paul lange keinen Besuch mehr abgestattet. Er kannte den Wirt, seit er denken konnte. Pedro war mit Helma per Du, weil sie auf ihn aufgepasst hatte, als er noch ein Kind war, und immer da gewesen war, wenn Harry, sein Vater, und er sie gebraucht hatten.

»Sieh mal an, der Paul«, begrüßte ihn Pedro und hielt ein frisches Glas unter den Zapfhahn. Außer dem Wirt waren nur zwei Männer und eine Frau im Raum, die in der Nähe der weit geöffneten Fenster saßen und ihre Unterhaltung kurz unterbrachen, als er hereinkam.

»Ahoi«, erwiderte Paul. »Ein großes Bier, bitte!« Weiter sagte er nichts, er wollte lieber in Ruhe nachdenken. Der Wirt sah ihm offenbar an, dass er einen seiner schweigsamen Tage hatte und stellte nach einer Weile wortlos das frisch Gezapfte vor ihn auf den Tresen. Paul trug das Glas nach draußen und setzte sich auf die alte Holzbank hinter dem Haus.

Ihm ging durch den Kopf, was Großmutter zu ihm gesagt hatte: »Mach du erst deine eigenen Fehler.« Wenn er sein bisheriges Leben betrachtete, musste er sich eingestehen, dass es nicht einmal dazu gereicht hatte. Immerhin war er zweiundzwanzig. Es war längst Zeit, sich klar darüber zu werden, welchen Weg er einschlagen wollte. Die meisten jungen Leute waren in den Westen gegangen, ins Ausland, in die Schweiz, nach England, Amerika. Angeblich blieben nur die, die nichts auf dem Kasten hatten. Stimmte es vielleicht? Das Letzte, was Isa zu ihm gesagt hatte, bevor sie Schluss machte, lag Paul wieder in den Ohren: »Mit dir ist nichts los, und für Langweiler ist mein Leben zu kurz!«

Paul war einige Male mit Ingo, seinem Kollegen vom Baumarkt, losgezogen, aber in den einschlägigen Kneipen abzuhängen und den Aufreißer zu spielen, wie Ingo es jeden Samstag machte, war nicht sein Ding. Er war auch nicht der Typ für eine Nacht. Er war eben anders.

Aber war er wirklich ein Langweiler? Vielleicht verwechselte Isa da etwas. Er war ein Suchender und hatte noch nicht gefunden, was zu ihm passte. Sie war nicht die richtige Frau für ihn und die Arbeit im Baumarkt nicht sein Ziel, aber die beste, die er bislang finden konnte.

Großmutter hatte einmal gesagt, er stamme aus einer Pferdefamilie. Die Wagenseils würden nun einmal Pferde besser verstehen als Menschen. Vielleicht stimmte es, aber die Höfe in der Gegend waren Familienbetriebe und keiner konnte sich einen Pferdeknecht leisten. Es sei denn … Aber auf die Idee zu setzen, die ihm in diesem Augenblick einfiel, wäre idiotisch, das wäre wie an Wunder zu glauben.

Die ersten Männer der Freitagsversammlung stellten sich ein. Paul sah sie nicht, er hörte nur ihre Stimmen durch das offene Fenster, lachend, laut diskutierend. Er musste warten, bis sie angetrunken klangen, dann erst kamen die Wahrheiten auf den Tisch.

Einige im Dorf, die Großmutter schon als Kinder gekannt hatte, waren jetzt angeblich gegen sie und würden sie am liebsten von hinten sehen. Deshalb war er hier. Auch wenn er selbst nicht mehr hier wohnte, Helma und er gehörten zu Groß Bernow. Und wenn es etwas zu reden gab, dann sollte man mit ihnen und nicht über sie reden. Nur so konnte geregelt werden, was geregelt werden musste.

Sabrina war nur zwei Stunden geblieben. Sie müsse noch lernen und ein Kapitel ihrer Magisterarbeit überarbeiten. Dennoch hatte seine Tochter in der kurzen Zeit etwas fertiggebracht, was Hartwig nicht gelungen war: Sie hatte ihre Mutter aus ihrem Kellerloch gelockt und mit ihr während der Arbeit wie eh und je ganz unbeschwert geplappert.

Doch als Sabrina gegangen war, verzog sich Anja wieder ins Souterrain, dabei wartete Hartwig seit dem Mittag, mit ihr reden zu können. Zuerst hatte es doch ausgesehen, als würden sich die Missverständnisse ausräumen lassen. Er wollte ihr sogar eingestehen, dass sein Verhalten verbesserungswürdig sei und dass es ihm leidtäte. Dass ihn dieser Nervenkrieg allmählich zermürbte, würde er natürlich nicht zugeben. Als er das Wohnzimmer betrat, standen dort fünf der großen Umzugskisten vor den Regalen, wohl eine Aufforderung an ihn, mit dem Verpacken der Bücher zu beginnen. Aber das hatte Zeit bis morgen.

Er verzog sich in den Garten, dort war es angenehm, auch wenn sich die Wolken am Himmel gerade bedrohlich zusammenballten und das sanfte Lüftchen vermutlich einen heftigen Schauer ankündigte. Er köpfte noch eine Flasche von seinem Roten. Die dritte heute. Wenn es sich um seinen trockenen Franzosen handelte, vertrug Hartwig beachtliche Mengen, ohne den Alkohol zu spüren, aber diesmal war es anders. Wenn Anja nicht gleich auftauchte, würde es fraglich, ob er seine kleine Rede noch wie geplant über die Bühne brachte. Vor allem musste er vermeiden, die Geschichte mit dieser Helma Wagenseil zur Sprache zu bringen, die sich zu einem echten Problemfall entwickelte. Das würde noch mehr Ärger bedeuten.

»Ein Schluck Rotwein könnte auch mir jetzt nicht schaden.« Anja hatte ihre Unterredung also nicht vergessen und schien friedfertig aufgelegt zu sein. Mit einem Lächeln hielt sie ihm eines der geschliffenen Gläser hin, die ihr Vater ihnen zur Hochzeit geschenkt hatte und die sie seitdem nicht mehr als ein- oder zweimal benutzt hatten. Blieb nur zu hoffen, dass ihre Stimmung hielt. Er griff nach der Flasche, goss ihr ein und fragte, ob noch alles stehen würde, da oben im Land der tausend Seen.

Sie erzählte von ihrer Fahrt und klang zufrieden, fast begeistert darüber, wie sich im Herrenhaus alles entwickelte. Besonders die Gästezimmer und die neuen Bäder schienen ihr zu gefallen. Sie kannte sich sogar in Einzelheiten aus. Wie verwandelt kam sie ihm vor. Woher auf einmal dieses Interesse? Der plötzliche Sinneswandel erschien ihm direkt verdächtig, aber er spielte mit, aus purer Angst, dass im nächsten Augenblick wieder der Krieg zwischen ihnen ausbrechen könnte. So weit war es also gekommen, dass sie sich nicht mehr über den Weg trauten.

»Ronny Schildknecht hat mir Neustrelitz gezeigt und die Geschichte der Stadt erklärt. Ein Mann mit Fähigkeiten. Von der Sorte Freunde können wir mehr gebrauchen«, sagte sie.

»Ja, Ronny ist in Ordnung, und wo hast du übernachtet, wieder in dem alten Gasthof?«

»Nein, bei Fiedlers am Dorfeingang.«

Er kannte den Namen, wusste aber nicht so recht, ihn einzuordnen.

»Sie besitzen einen kleinen Hof mit Pferden, nennt sich Fiedlers Reich, nette Leute.«

»Hör mal, Anja, ich …«

»Ich habe nachgedacht: Wenn wir da oben leben wollen, brauchen wir Freunde, auf die Verlass ist und mit denen man reden kann, wie die Fiedlers zum Beispiel.«

»Ja, schon …«

»Auf so einem Gut kann mal Not am Mann sein, dann braucht man hilfsbereite Nachbarn wie die Fiedlers.«

»Anja, ich … Was hast du immer mit diesen Fiedlers?« Warum ließ sie ihn denn nicht zu Wort kommen?

»Du kennst sie.«

»Nicht, dass ich wüsste.«

»Es geht um eine kleine Koppel am Dorfeingang.«

»Anja, ich wollte dir sagen, dass es …«

»Erinnerst du dich?«

»Ja, ich habe den Grundstückskauf mit der Gemeinde geregelt. Alle Grundstücke oder keins war der Deal.«

»Aber jetzt gehören die Grundstücke uns, und wir können damit machen, was uns gefällt, oder?«

Worauf wollte sie hinaus? Er hatte auf diesen Deal bestanden, um sicherzustellen, dass ihnen ausreichend Koppeln und Wiesen zum Heumachen zur Verfügung standen.

»Verstehst du nicht? Wir brauchen Freunde, und die Fiedlers brauchen eine Weide!«

»Was soll das heißen?«

Er nahm ihr nicht übel, dass sie offenbar vorhatte, das hart erkämpfte Land neu zu verteilen, er nahm ihr auch nicht übel, dass sie sich nicht für seine Meinung interessierte, auch wenn es sinnvoll gewesen wäre, vorher seine Gründe anzuhören. Aber dass sie offensichtlich seine Bemühungen ignorierte, zwischen ihnen wieder alles in Ordnung zu bringen …

»Ich habe den Fiedlers versprochen, mich für die Wiese bei dir einzusetzen.«

Ach, deshalb diese schmeichelnde Einleitung, es ging ihr darum, ihm die Koppel abzuschwatzen. Ihren fordernden Blick empfand er jetzt als pure Unverschämtheit, mehr noch, er löste ein Gefühl von Aggression bei ihm aus, das er so noch nie empfunden hatte. Er sprang von seinem Stuhl auf.

»Ich bin die gleichberechtigte Gutsherrin, vergiss das nicht! Ich kann den Fiedlers die Wiese auch schenken!«, rief sie hinter ihm her, als er sich vor Wut kochend aus der Gefahrenzone begab.

⁓

»Der Lauscher an der Wand?« Es war Steffen Junghans selbst, der Paul ein Glas frisches Bier wie einen Friedenspokal überreichte. Offenbar hatte Pedro ihm einen Fingerzeig gegeben, dass er draußen auf der Bank saß. »Warum kommst du nicht rein?«

»Ich kann den Zigarettenrauch nicht ausstehen«, antwortete Paul. Und das war keine Ausrede. Schon als Kind hatte er deswegen immer Hustenanfälle bekommen. Aber durch das geöffnete Fenster war ihm von den Diskussionen nichts entgangen. Und in den nächsten Minuten hätte er sich bemerkbar gemacht.

»Wir sollten uns einmal unterhalten«, erwiderte Junghans mit diesem vertrauensseligen Unterton, den die Leute an sich hatten, wenn sie etwas von einem wollten.

»Dagegen ist nichts einzuwenden. Fragt sich, wohin die Unterhaltung führen soll.«

Junghans ließ sich neben ihm auf der Bank nieder. Er war ein echter nordischer Typ, strohblond und nicht unsympathisch, Mitte vierzig, hochgewachsen, einer, der zupacken konnte und nicht auf den Mund gefallen war. Er musterte Paul mit seinen erwartungsvollen Augen, die immer auf das neugierig waren, was andere dachten, und sie dazu drängten, ihre Meinung zu verraten. »Das kann ich dir sagen, Paul. Hast du mit Helma gesprochen?«

»Ja, sie hat mir von früher erzählt. Es geht darum, dass die Bernows ihren Vater ...«

»Ich kenne die alte Geschichte, Paul«, unterbrach ihn Junghans sofort. »Davon ist nichts bewiesen, ein Toter ist nie gefunden worden, und es gibt nicht ein einziges Dokument, das den Verdacht erhärtet, Helmas Vater sei ... Weißt du, wie viele Leute in den letzten Kriegstagen verschwunden sind? Manche sind auch ohne ihre Familien geflohen, ohne ein Wort des Abschieds, ohne jemals wieder von sich hören zu lassen. Das tut weh, verdammt weh. Glaub mir, da haben wir alle Verständnis.«

Junghans wollte mit ihm anstoßen, aber so einfach war das nicht. »Der neue Gutsherr nimmt Oma offenbar nicht ernst«, sagte Paul.

»Im Gegenteil, alles dreht sich um sie, Paul. Aber Helma stiftet nur Unfrieden. Wem nützt es, alte Geschichten auszugraben, selbst wenn sie wahr sein sollten? Es ist alles längst vorbei. Sie sind alle tot, Paul! Wir brauchen jetzt Investitionen im Dorf, Touristen, damit hier das neue Leben einkehrt.«

»Du hörst ja auch nicht zu.«

»Natürlich tue ich das, Paul. Ich höre auch zu, wenn Helma von früher erzählt, und ich verstehe sie. Es gibt da noch Ungeklärtes in der Vergangenheit, das sehe ich auch so. Vielleicht können wir gemeinsam mit den Bernows herausfinden, was damals vorgefallen ist. Unhaltbare Anschuldigungen und Vorwürfe helfen jedenfalls nicht weiter. Deshalb darf man doch kein Projekt blockieren, das einem ganzen Dorf helfen könnte.«

Steffen war gut im Reden, er war nicht umsonst der Ortsbürgermeister. Es stimmte, was er sagte, aber er klammerte etwas aus. »Nicht alle hier sind der Meinung, dass dieses Projekt gut für unser Dorf ist.«

»Wir können unsere Zukunft nicht von ein paar Gestrigen abhängig machen, das ist dir doch so klar wie mir, oder?« Anscheinend war das ein Reizthema für Junghans. Er stellte sein Bierglas auf der Fensterbank ab. »Du kennst mich, Paul, ich will alle mitnehmen, ich will niemanden benachteiligen oder im Stich lassen. Wir werden für Helma eine Wohnung renovieren, das ist mein Versprechen in die Hand. Ich habe mit ein paar Leuten gesprochen, die es ihr zuliebe machen würden, ohne Geld dafür zu verlangen, was will sie mehr? In der Kirchstraße ist so viel frei, und sie bleibt im Dorf. Wir wollen sie im Dorf haben, Paul, das ist uns allen wichtig, glaub mir.«

Jetzt und hier schien Junghans die Angelegenheit am Herzen zu liegen, aber wer garantierte, dass es später auch noch so sein würde, er war Politiker. Wenn die erreicht hatten, was sie wollten, erinnerten sie sich nicht mehr an ihre

Versprechen, schon gar nicht an eine alte Frau und ihre Vergangenheit, von der außer ihr offenbar niemand mehr etwas wissen wollte. Paul konnte Großmutter immer besser verstehen, sie hatte Angst, fallen gelassen zu werden.

»Denk drüber nach, Paul.« Steffen Junghans klopfte ihm auf die Schulter und nahm anschließend einen Schluck aus seinem Bierglas. Offenbar hatte er begriffen, dass er ihn nicht so einfach überrumpeln konnte, doch dann wurde er noch einmal ernst: »Ich habe Geduld bewiesen.« In seiner Stimme lag jetzt etwas Bedrohliches, das Paul aufhorchen ließ. »Aber die Zeit wird knapp, das Jahr geht zu Ende, und die neuen Gutsherren haben Fristen für die Umbauten der Häuser an der Allee zu wahren, sonst kostet es richtig Geld. Deine Großmutter erzählt dir immer von der Schuld der Bernows, aber was ist mit ihr? Hat sie dir auch von *ihrer* Schuld erzählt?«

4

Anja hatte die Arbeit unterschätzt, ein ganzes Haus auszuräumen. Das Sortieren und Ausmustern nahm kein
Ende. Endlich kam Land in Sicht, und sie war erleichtert,
auch wenn es sich anfühlte, als hätte sie dem Haus die Seele
genommen. Oder war es das schlechte Gewissen, den Verkauf nicht doch noch verhindert zu haben?

Der Morgen des Abschieds war angenehm frisch, die gut
gelaunten Vogelstimmen schienen von dem ablenken zu
wollen, was unausweichlich folgen würde. Vor dem letzten
Rundgang durch die leeren Räume gedachte Anja, in aller
Ruhe eine Tasse Kaffee im Garten zu trinken, ohne Bitterkeit, ohne Selbstmitleid. Aber stattdessen packte sie eine
bohrende Unruhe, die Ereignisse der letzten Tage drängten
sich auf.

Das gequälte Lächeln ihres Vaters, sein erfolgloses Be-
mühen, alles normal erscheinen zu lassen. Vor zwei Tagen
hatte sie sich von ihm verabschiedet. Es sei kindisch, alles
ohne Not zu dramatisieren, es handele sich um einen nor-
malen Umzug, versuchte er sich und ihr Sand in die Augen zu streuen. Selbstredend würde er sie besuchen, sich
aber bestimmt nicht auf ein Pferd setzen, das könne sie
sich gleich aus dem Kopf schlagen. Er hatte sie wieder zum
Lachen gebracht, und sie war ohne viele Tränen von ihm
losgekommen. Aber als sie vor dem Haus stand und nach
oben blickte, sah sie sein versteinertes Gesicht am Fenster.

Sabrina und Jani hatten sich natürlich auch eingefunden. »Ein komisches Gefühl«, äußerte Sabrina, als sie ihr beim Packen half, »dass in meinem Zimmer jetzt jemand anderes schlafen soll. Zuhause bleibt doch Zuhause, jedenfalls für die Seele ändert sich das nie, glaube ich.«

»Es sei denn, man transplantiert die Seele, und sie wächst anderswo wieder an«, hatte Anja darauf erwidert. Augenblicklich stand die Prognose für ihre Seele allerdings nicht besonders gut.

Mit Jan hatte sie kaum gesprochen. Als er vom Bund zu Besuch kam, setzten sich die beiden Männer schnell ab, worauf sich Jan ihr gegenüber merkwürdig reserviert verhielt. Ob Hartwig ihn etwa auf seine Seite gezogen hatte?

Auch von ihren Freundinnen hätte sie mehr erwartet. Aus Evis großspuriger Ankündigung »Ohne rauschende Abschiedsfeier lassen wir dich nicht ziehen« war nichts geworden.

Gerade einmal zu einem Kaffee im Stehen bei Tchibo hatte es gereicht, angeblich zu viel Stress, oder hatten die beiden sie schon abgehakt? Evi hatte nicht einmal versucht, sich selbst einzuladen. Der Osten war eben nach wie vor Dunkeldeutschland für sie, und daran würde sich so schnell nichts ändern.

Hartwig hatte für diesen Morgen ein gemeinsames Frühstück am Rhein vorgeschlagen, auf der Terrasse vom Dreesen, ein letztes, standesgemäßes Frühstück, wie er sich ausdrückte. Ausgerechnet dort, wo die ganze Misere ihren Anfang genommen hatte. Sie wolle einen stillen Abschied mit einer Tasse Kaffee im Garten, hatte sie darauf erwidert. Er war dann allein gefahren. Jetzt nahte das Ende. Nach ihrem Kontrollgang würden die Männer von der Spedition kommen und ihr bisheriges Leben verfrachten.

⁓

»Reiß dich zusammen, Junge!« Hartwig erinnerte sich an die mahnende Stimme seiner Mutter. Sie hätte ihn jetzt aufgebaut. Durchhalten war eine der Tugenden, auf die sie Wert gelegt hatte neben der Treue. Später waren ihre Meinungen an der Stelle auseinandergegangen. Für ihn gab es Grenzen der Loyalität, da, wo der Verstand aus gutem Grund die Gefolgschaft verweigerte. Deshalb hatte er sich auch von der CONTAC getrennt.

Es war kurz vor halb neun, und er saß allein auf einer Bank an der Rüngsdorfer Uferpromenade. Vom Rhein her wehte eine leicht faulig riechende Luft zu ihm herüber. Nachdem Anja wieder einmal einen Versuch seinerseits, ihr Verhältnis zu normalisieren, im Keim erstickt hatte, war auch ihm die Lust an einem Abschiedsfrühstück vergangen. Er hatte sich beim erstbesten Bäckerladen zwei belegte Brötchen und einen Kaffee auf den Weg geben lassen. Mittlerweile konnte man es nur noch als Sabotage bezeichnen, was Anja mit ihm trieb. Als ob es ihn kaltließe, dass sie ihr Haus nun räumen mussten.

In ein paar Stunden wechselte ihre Villa im begehrten Wachtberg den Besitzer. Am Nachmittag würde er dem Jungmanager aus München die Schlüssel in die Hand drücken und sich von ihm mit einer Unterschrift bestätigen lassen, dass die Übergabe ordnungsgemäß über die Bühne gegangen war. Ein paar verbindliche Worte, gute Wünsche und dann tschau. Ja, auch ihm tat es weh.

Vor allem aber schmerzte, dass zwischen Anja und ihm

auf einmal nichts mehr passte. Dazu die Anschuldigungen dieser alten Intrigantin in Groß Bernow, die ihm mit Lügengeschichten über seine Familie am Zeug flicken wollte und vermutlich so lange sein Bauvorhaben in der Allee blockierte, bis er gezwungen war, die Räumungsklage zu vollstrecken und sie von der Polizei vor die Tür setzen zu lassen.

Um Anja entgegenzukommen, hatte Hartwig sich sogar vorgenommen zu prüfen, auf die Außenweide zu verzichten und sie den Fiedlers abzutreten. Sie hatte ja recht, da oben brauchten sie hilfsbereite Nachbarn und treue Freunde. Aber wenn seine eigene Frau keine Gelegenheit ausließ, Front gegen ihn zu machen, warum sollte er sich dann bewegen?

Ein Lichtblick war Jani. Wenn sie zusammenkamen, erinnerte sich Hartwig an seine eigene Studentenzeit. Diese unbeirrbare Zuversicht, die sein Sohn in sich trug, so wie er damals. Doch eine Enttäuschung war nicht ausgeblieben. Jan interessierte sich nicht für das Gut. In zwei Sätzen hatte er ihm klargemacht, dass sich an dem Punkt ihre Wege trennten. »Das ist dein Ding, Papa, bitte zähl nicht auf mich. Du hast deine Projekte und ich habe meine.«

Eine klare und sachliche Ansage, wie Hartwig sie schätzte, weil er dann wusste, woran er war. Diesmal hatte sie allerdings einen bitteren Nachgeschmack.

Ein Schlepper mit starkem Tiefgang zog mühsam rheinaufwärts. Der Blick auf die andere Seite des Flusses ließ Hartwig an seinen alten Freund Linus denken. Wie es ihm wohl in den nächsten fünf Jahren ergehen würde? Ein gebeugter Sechziger mit rasselndem Raucherhusten, täglich in der Gefahr, vom karrieregeilen Nachwuchs ausgebootet zu werden? Diese Perspektive hatte Hartwig zum Aussteiger gemacht, aber jetzt wünschte er seinem alten Weggefährten nur noch alles Gute. Goodbye, Linus.

Offenbar waren die Renovierungen fast fertig. Matschoss, der Briefträger, hatte Helma erzählt, es dauerte bestimmt nicht mehr lange, bis die Neuen dort oben einziehen würden. Es war also jeden Tag damit zu rechnen. Von der Küchenbank aus starrte sie in das dunkelgrüne Blätterwerk der alten Riesen in der Allee. Ob es die Kastanien in ein paar Jahren wohl noch geben würde, fragte sie sich.

Seit der Versammlung in der Tränke war Paul wie ausgewechselt. Offenbar hatte er nicht verstanden, was sie ihm vorher am Kaffeetisch erzählt hatte, oder er war auf Junghans und seine Lügen hereingefallen.

Eigentlich wollte sie Paul auch die Geschichte von Himmelmann erzählen, hatte es aber nicht fertiggebracht. Würde er sie überhaupt verstehen? Sie hatte Himmelmann gewarnt, und das nicht nur einmal, aber dann musste sie ihn melden, weil ihr nichts anderes übrig blieb. Schließlich stand sie bei Werner im Wort. Sie hatte nur getan, was sie damals für ihre Pflicht hielt, außerdem war es eine andere Zeit. Wer hatte ein Recht, darüber zu urteilen, wenn er sie nicht erlebt hatte? Damals gab es andere Gründe, etwas zu tun oder zu lassen, als heute.

Seit dem Abend nach der Versammlung sah Paul sie manchmal an, als erwarte er Erklärungen von ihr, die sie ihm nicht geben konnte. Er hatte einfach nicht erlebt, was sie erlebt hatte. Die Szene war unauslöschlich in ihr Gedächtnis eingebrannt, als damals die Männer von der Bezirksregierung kamen, um das Herrenhaus zu sprengen. Gab es denn außer ihr wirklich niemanden in Groß Bernow, der noch wusste, wer es gerettet hatte? Nicht einmal ein Haufen Steine wäre davon übrig geblieben, nicht einmal das …

Helma spürte, wie ihr Herzschlag plötzlich aus der Bahn geriet, ein schweres warnendes Klopfen, das in ihrem Hinterkopf widerhallte. Wenn sie sich aufregte, schade es dem Blutdruck, hatte der Arzt gesagt. Er hatte recht, sie musste auf sich aufpassen, sie musste durchhalten, bis sich der neue Gutsherr persönlich bei ihr entschuldigte für das, was die Bernows den Wagenseils angetan hatten. Das war ihr Kampf und den würde sie durchstehen, wenn es sein musste auch ohne Paul.

꠸

Im Vorbeifahren warf Anja einen Blick auf den Hof der Fiedlers, doch selbst für einen kurzen Besuch blieb keine Zeit. Nachdem die Reinigungstruppe ihre Arbeit erledigt hatte, wollte sie sich unbedingt selbst einen Eindruck vom Zustand des Hauses verschaffen, bevor die Möbelwagen eintrafen. Außerdem brauchte sie ausreichend Zeit, um für einzelne Stücke, besonders für die beiden massigen Barockschränke, den idealen Platz zu finden.

Am Dorfeingang begegnete ihr wieder die trostlose Kriegsruine. Nach einer derartigen Begrüßung würde vermutlich nicht wenigen Touristen die Lust vergehen, mehr von diesem Ort zu sehen. Doch keine hundert Meter weiter folgte eine Überraschung. Ihr Wagen rollte plötzlich auf neu verlegtem Pflaster, und das Bauloch inmitten der Straße war verschwunden; bis hinter die Dorfschenke verlief der Weg auf ebener Strecke. Eine klare Verbesserung, dachte Anja, aber das konnte nur der Anfang sein.

Auf der linken Seite der Allee tauchte jetzt die ehemalige Arbeitersiedlung mit ihren verwilderten Vorgärten und den Einschüssen in den Fassaden auf. Sie drosselte das Tempo. Als sie sich den Häusern näherte, stand eine alte Frau, breitbeinig und die Hände in die Hüften gestemmt, mitten auf der Straße. Sie starrte sie feindselig an, und offenbar dachte sie nicht daran, den Weg freizugeben. Anja bremste und blieb stehen. Wie ein unversöhnlicher Racheengel versperrte ihr die alte Frau die Durchfahrt. Aber wofür wollte sie sich rächen? Selbst auf die Gefahr hin, beschimpft zu werden, entschied sich Anja, auszusteigen und mit ihr zu reden.

In dem Augenblick jedoch, als sie den Motor abstellte und den Sicherheitsgurt ausklinkte, gab die alte Frau ihren Posten auf, zog sich, wenn auch ohne jede Eile, in den Vorgarten ihres Hauses zurück. Bevor sie die Haustür erreichte, drehte sie sich noch einmal um und sandte Anja einen Blick zu, der einer Kriegserklärung gleichkam.

Hatte sie es geahnt oder erhofft? Jedenfalls empfand Anja Erleichterung, als sie den Wagen, der vor dem Eingang parkte, erkannte. Sie war nicht allein, Ronny Schildknecht war da. Die große Eichentür zum Herrenhaus stand offen. Wenn ein Problem auftauchte, würde Ronny helfen, denn Hartwig käme nicht vor dem Abend.

Es war jetzt ein anderes Gefühl, dem alten Haus gegenüberzustehen, es gab keinen Weg zurück. Sie mussten Freunde werden. »Hallo, ist da jemand?«

Ihre Stimme hallte durch die hohen Flure. Die Strahlen der Nachmittagssonne drangen durch die Seitenfenster und spielten an den Wänden, auch das laute Geschwätz der Vögel war bis hierhin zu hören. Die Reinigungstruppe hatte ganze Arbeit geleistet, auch wenn immer noch ein leichter Baustaubgeruch in der Luft lag. Die schöne Aderung des Marmorbodens trat jetzt hervor, die Wände strahlten in reinem Weiß, ein Zierband aus Stuck fasste die Decke ein, und das schmiedeeiserne, glänzend lackierte Geländer im Treppenhaus ließ in seinem Prunk den früheren Rang des Gutes erkennen.

Schnelle Schritte kamen aus dem großen Salon auf sie zu. »Ist es nicht phantastisch geworden?« Ronny Schildknecht strahlte. »Jetzt fehlt nur noch eine Küche vom Feinsten.« Ein Moment der Verlegenheit zwischen ihnen entstand, dann umarmte er sie, wie sich gute Freunde umarmten. Seine Begeisterung steckte sie wie immer an, doch das grimmige Gesicht der alten Frau in der Allee wirkte in ihr noch nach.

»Ja, das ist es, und trotzdem bleibt es ein beängstigendes Gefühl, zu wissen, dass es keinen Weg zurück gibt«, erwiderte sie mit gedämpfter Stimme.

»Glaub mir, das Haus wird dir und Hartwig Glück bringen!«

Aber was, wenn die Leute im Dorf sie ablehnten und ihnen nichts als Schwierigkeiten machten? Sie kannte jetzt wenigstens eine Person, auf die das voll und ganz zutraf…

Gemeinsam schritten sie die Räume ab, und es gab nichts zu beanstanden. Anja hatte gehofft, dass Ronny ihr noch bis zur Ankunft der Möbelwagen Gesellschaft leisten würde, doch so lange konnte er nicht bleiben. Auf ihn wartete eine Bauabnahme in Neustrelitz. Noch bevor er abfuhr, versicherte er ihr, dass überall, wo es sollte, warmes und kaltes Wasser lief und die Elektrizität, Telefon- und Fernsehanschlüsse funktionierten. Für alle Fälle gab er ihr seine Handynummer.

Ein altes Haus in neuem Gewand; es stand ihm gut, dieses neue Gewand. In Anjas Gedanken schlich sich jedoch ein verblasstes Foto ein: Margot und ihr Mann, Hartwigs Vater, der letzte Landjunker vor der prächtigen Fassade ihres Hauses. Sie erinnerte sich an den ungefähren Wortlaut des Briefs, den er seiner Frau vor seinem Selbstmord geschrieben hatte. Diese Räume waren keine friedliche Idylle, sie waren Zeugen, und die dunklen Geheimnisse der Vergangenheit rumorten in ihnen. Würden die Ereignisse, die Margot vor ihrem Sohn verborgen gehalten hatte und in diesen Mauern weiterlebten, jemals Ruhe geben?

Plötzlich vibrierte der Boden unter ihren Füßen und das Glas klirrte in den Fensterrahmen. Helma fuhr von der Küchenbank hoch. Zwei riesige Transportwagen mit Anhängern rollten dröhnend am Haus vorbei. Eine unerträgliche Spannung lag in der Luft, die Helma den Atem verschlug und sich erst löste, als die beiden Ungeheuer vor dem Herrenhaus ausschnauften.

Eine Viertelstunde später tauschte sie sich mit dem Wirt der Tränke darüber aus. Die Ankunft der Umzugswagen hatte sie zu sehr aufgewühlt. Pedro brachte ihr zur Beruhigung ein großes Bier an ihren Tisch am Fenster.

»Sie greifen an«, murmelte sie und blickte an Pedro hoch, der neben ihr stand und die Straße ins Visier nahm, »wie der Panzer damals. Es gab dich noch nicht, als die Russen in Groß Bernow einrollten. Ich war dabei, und zuerst haben sie den Theo Breitner an seinem Platz am Fenster erschossen.« Unvergessen seine toten Augen, durch Mark und Bein ging einem dieser Blick. »Die Russen haben nicht lange gefackelt und ihn einfach weggepustet. Er hatte eben an der Front zu viel Schlimmes gesehen, der Theo, deshalb hatte er diesen irren Blick.«

Pedros vom Spülwasser aufgequollenen Hände berührten zärtlich ihre Schulter. »Reg dich nicht auf, Helma.«

Sie wandte ihr Gesicht ab, doch Pedro blieb stehen wie eine Leibwache. Er war kein schlechter Kerl, dachte Helma, er hatte nur zu viel Pech gehabt, angefangen bei der Sache mit dem Knie, die seinen Traum von der Offizierskarriere zerstörte. Bislang war auch der Aufschwung an ihm vorübergegangen. Blieb für ihn nur zu hoffen, dass es mit der Tränke wieder bergauf ging. Sie trank einen Schluck Bier aus dem Glas und seufzte.

»Ich habe Himmelmann gewarnt, immer wieder habe ich ihn gewarnt«, rutschte es Helma auf einmal heraus. Und da konnte sie ihm auch gleich erzählen, was ihr auf der Seele lag. »Glaubst du, dass man mir jetzt einen Strick daraus drehen wird? Wenn sich die Zeiten ändern, suchen sie immer Leute, denen sie die Verantwortung für die schäbige Vergangenheit zuschieben können, und da sind es auch wieder die Wehrlosen, die es erwischt.«

Sie hatte nie mit Pedro darüber gesprochen, mit niemandem außer mit Werner hatte sie über Himmelmann gesprochen. Viele waren gestorben oder weggezogen aus dem Dorf, und Helma hatte gehofft, dass der Fall endlich in Vergessenheit geraten würde. Aber Pedro verstand offenbar sofort. »Da liegst du nicht falsch. Es gibt Leute hier, die die Geschichte kennen und sie gerade jetzt nicht vergessen wollen«, antwortete er.

»Du meinst, weil sie dann einen Grund haben, mich aus dem Dorf zu jagen?«

»Es wird nichts so heiß gegessen, wie es gekocht wird, Helma. Verlass dich auf mich.« Er klopfte ihr noch einmal beruhigend auf die Schulter, bevor er sich hinter den Tresen begab. Helma nahm einen Schluck aus ihrem Glas, aber das Bier schmeckte plötzlich bitter.

In dem Augenblick öffnete sich die Tür zur Gaststube und die drei Glatzen aus dem Dorf erschienen. Sie waren ungefähr gleich groß, gleich alt und steckten immer zusammen, die meiste Zeit des Tages schraubten sie an den Motoren ihrer Knatterkisten. Helma kannte ihre Namen nicht und wusste nicht genau, wessen Söhne es waren, nur, dass sie zu den Verlierern zählten, weil sie arbeitslos waren. Vor neunundachtzig hatten alle jungen Burschen Arbeit, in ihrer Jugend sowieso, damals wurde in der Landwirtschaft jede Hand gebraucht. Jetzt aber herrschte Arbeitslosigkeit in den blühenden Landschaften, viele der Jungen lungerten nutzlos herum, wussten nicht, wie sie ihre Zeit totschlagen sollten, und gaben ihr bisschen Geld für dieses idiotische Flippern aus.

Helma erinnerte sich daran, als das Herrenhaus noch »Haus der Jugend« hieß, an die Feste, an das Lachen der Kinder. Einfach dichtgemacht hatten sie es. Waren sie deshalb auf die Straße gegangen und hatten »Wir sind das Volk!« geschrien? Jetzt hatten sie weniger als vorher und durften zusehen, wie sich die aus dem Westen bedienten und sich das Beste unter den Nagel rissen.

Pedro stellte vor jeden der Burschen ein Glas Bier auf die Theke. »Na, Jungs, wie sieht's aus?« Einer von ihnen brummte unverständliches Zeug. »Schon gut«, erwiderte Pedro darauf. Helma wusste, dass die Kerle kaum Geld hatten, aber Pedro nahm es nicht so genau, er spendierte ihnen ihr Bier, wenn sie wieder klamm waren, und gab ihnen kleine Aufträge, denn sie hatten ziemlich große Knatterkisten und konnten für ihn Besorgungen erledigen.

Erst am späten Nachmittag war Hartwig von Wachtberg losgekommen. Der Jungmanager hatte ihm bei der Schlüsselübergabe seine Familie vorgestellt, eine schweigsame Frau, im Arm eine kleine Tochter mit Kulleraugen, und den ziemlich lebhaften Jungen, der seinen Fußball mitgebracht hatte und mit einem einzigen Schuss die Köpfe von Anjas geliebtem Margeritenstrauch abrasierte. Gut, dass sie es nicht mehr mitansehen musste.

Die Dämmerung war fortgeschritten, als Hartwig am Hof der Fiedlers vorbeifuhr. Hier wohnten also die Leute, denen er eine Weide abtreten sollte. Er brauchte sich keine Illusionen zu machen, was Nachbarschaft oder Freundschaft in diesem Dorf betraf, und da schloss er den Bürgermeister mit ein. Wenn er sich auf etwas verlassen konnte, dann darauf, dass alle versuchten, ihn auszunehmen, wo sie nur konnten.

Im Dorf bewegte sich nichts, der kleine Kläffer, den er bereits kannte, saß am Straßenrand mit aufgestellten Ohren und glotzte ihn abschätzend an, hielt aber seine Schnauze. Entweder hatte er ihn hinter dem Steuer erkannt, oder er fand einen Pick-up weniger bedrohlich als einen Mercedes.

Gleich würde er am Haus seiner einzigen Mieterin vorbeikommen, bislang hatte er es nie betreten. Immer hatte sie einen Grund gefunden, es nicht so weit kommen zu lassen.

Anfangs hatte Hartwig sie noch bemitleidet, eine verwirrte alte Frau, die die Wende nicht verkraftete und sich mit Händen und Füßen gegen alles Neue wehrte. Ronny Schildknecht hatte ihm irgendwann erzählt, dass sie auf dem Gut bereits Küchenmädchen zur Zeit seines Vaters gewesen sei. Hatte seine Mutter nicht immer die Harmonie im Hause Bernow beschworen? Wie wichtig es ihr und seinem Vater gewesen sei, auch die Dienstmädchen gut und gerecht zu behandeln, nicht wie Rechtlose, ja, Rechtlose hatte sie gesagt. Und jetzt stellte sich diese Person so kompromisslos gegen ihn, einen aus der Familie Bernow, den sie zumindest respektieren sollte. Was wollte diese Person wirklich von ihm?

Ohne auch nur einen Seitenblick auf das kleine Reihenhaus zu werfen, fuhr Hartwig an der Arbeitersiedlung vorbei und parkte den Pick-up, den er letztlich noch bei seinem Händler in Bonn mit überschaubarem Verlust gegen den Mercedes eingetauscht hatte, neben Anjas Giulietta vor dem Säuleneingang. Wahrscheinlich würde er gleich wieder Vorwürfe kassieren, weil er sie angeblich mit dem ganzen Kram allein ließ. Aber sie hatte ja darauf bestanden, dass er die Schlüsselübergabe machte, weil sie damit nichts zu tun haben wollte.

Die Wagen von der Umzugsspedition waren fort, aber im Haus brannte kein Licht. Alles wirkte so verlassen. Als er aus dem Auto stieg, durchfuhr ihn plötzlich ein Schreck. Der Gedanke hielt ihn in Bann, Anja könnte ihn mit Haus und Hof sitzen gelassen haben. Obwohl es absolut nicht zu ihr passte, außerdem stand ihre Giulietta vor dem Haus.

Bis jetzt hatte er sich nicht beirren lassen, hatte an seinen Plänen festgehalten, wie immer, wenn er ein Projekt durchzog. Es gehörte nun einmal Konsequenz dazu, seine Ziele zu erreichen, das war sein unverrückbarer Standpunkt. Aber in diesem Augenblick fragte er sich, ob er nicht einen gigantischen Fehler gemacht hatte, indem er sie beide hierhin verpflanzt hatte, in eine beschränkte Dorfwelt, in der man das Leben wie durch einen Trichter betrachtete.

»Anja?«, rief er. Die Eichentür war nur angelehnt. Er knipste das Licht im Hausflur an. Einer der Barockschränke hatte offenbar schon seinen Platz gefunden, überall standen Kisten herum. Aber wo war seine Frau? Er durchsuchte die Salons, die sperrigen Möbel und die Schränke waren aufgebaut und warteten darauf, eingeräumt zu werden. In seinem Büro herrschte noch komplettes Chaos. »Anja?«

In der Küche fand er sie. Sie saß auf einem der Holzstühle, und ihr Oberkörper lag reglos über den langen Küchentisch ausgestreckt. Was war nur passiert? Vor Angst raste sein Herzschlag. Er ging auf sie zu, berührte ihre Schultern. »Anja, Schatz, was ist mit dir?«

In dem Moment zuckte sie zusammen. »Da bist du ja endlich«, sagte sie verschlafen und strich sich eine verschwitzte Haarsträhne aus dem Gesicht.

5

Hartwig hatte eine unruhige Nacht hinter sich. In welchem der neu eingerichteten Gästezimmer Anja geschlafen hatte, wusste er nicht. Sein Überredungsversuch, gemeinsam das dafür vorgesehene Eheschlafzimmer zu beziehen, war jedenfalls kläglich gescheitert. Heute würde die Küche geliefert. Eigentlich wollte er Anja die ganze Angelegenheit überlassen, aber dagegen hatte sie sich gewehrt, es könne ihm so passen, sie zur Küchenmamsell zu stempeln. Als er sich am Ende selbst um die Gestaltung gekümmert hatte, war es ihr auch nicht recht gewesen.

Nach einem kurzen Frühstück mit Instantkaffee, Wurstschnitten und einem hart gekochten Ei zog er sich seine Jacke über, griff nach den Wagenschlüsseln und machte sich auf. »Ich bin weg, vergiss den Termin mit Feininger nicht!«, ließ er durch das Treppenhaus hallen und rief zur Sicherheit »Küchenstudio!« hinterher.

Freitagmorgens kümmere er sich um den Papierkram und halte gleichzeitig die Bürgersprechstunde ab, hatte Junghans ihn wissen lassen, der von Beruf selbstständiger Elektriker war. Die ernsten Worte von Scheller, Hartwigs Anwalt, der ihm geraten hatte, die Anschuldigungen der alten Frau nicht auf die leichte Schulter zu nehmen, waren für ihn Grund genug, Junghans aufzusuchen. Es galt jetzt, besonnen zu reagieren. Hartwig konnte sich und den Ruf der Familie nur schützen, wenn er wusste, was damals wirklich vorgefallen war, und dazu brauchte er eine einigermaßen neutrale Quelle. Es blieb Steffen Junghans. Als Ortsbürgermeister vertrat er zwar die Interessen aller im Dorf, hatte aber den Verkauf des Guts gemanagt und trug somit ihm gegenüber eine besondere Verantwortung. Anja brauchte von diesen alten Geschichten nichts zu wissen, jedenfalls nicht, solange nicht klar war, ob mehr Legende als Wahrheit hinter den Gerüchten steckte.

Das Haus von Junghans stach wie eine Perle aus der Reihe der tristen Häuser an der Dorfkirche heraus. Neue Isolierfenster, die Fassade frisch verputzt, davor stand ein Opel-Van neuester Bauart mit Firmenlogo. Verheißungsvoller Aufbau, während daneben immer noch der schiere Verfall lauerte.

»Kaum hier und schon Probleme?«, begrüßte ihn Junghans mit Handschlag. Er führte Hartwig in ein kleines helles Wohnzimmer und bot ihm einen Platz auf der Couch an. Seine Frau sei nach Neustrelitz gefahren, um fürs Wochenende einzukaufen. Für ein Frühstück würde es nicht reichen, aber einen Kaffee könne er ihm gern anbieten. »Eigentlich sollten wir ein paar Bier zum Einzug trinken. Das werden wir unbedingt bei Gelegenheit nachholen«, versprach Junghans mit jovialem Lächeln.

»Es geht um meine einzige Mieterin«, kam Hartwig gleich auf den Punkt.

Junghans' gute Laune war wie weggeblasen. »Oh, nicht schon wieder Helma …«

»Sie ist bei meinen Anwälten erschienen und hat von irgendwelchen Vorfällen erzählt, die sich noch vor der DDR zugetragen haben sollen.«

Junghans warf einen tiefen Blick in die Tasse und schlürfte geräuschvoll seinen Kaffee. »Wer interessiert sich schon dafür?«, erwiderte er dann fast missmutig. »Wir können es uns nicht leisten, ständig zurückzuschauen.« Er wusste also, worum es ging.

»Sie stammen aus dem Dorf, was ist damals passiert?«

»Müssten *Sie* das nicht am besten wissen?«

In diesem Augenblick wurde Hartwig bewusst, dass er seinen Vater nie als Mensch aus Fleisch und Blut gesehen hatte. Er war lediglich eine Legende für ihn, die in einigen vergilbten Fotos und den Bemerkungen seiner Mutter lebte. »Dein Vater wäre stolz auf dich« oder »Das hätte dein Vater nicht geduldet«, hörte er sie noch immer sagen.

»Es muss in der Vergangenheit etwas passiert sein, was diese Frau Wagenseil nach wie vor gegen den Namen von Bernow aufbringt«, ließ er nicht locker.

»Also gut, wie Sie wollen«, der Bürgermeister seufzte. »Ich mache es kurz. Helmas Vater ist nur wenige Tage vor Ende des Kriegs unter zweifelhaften Umständen verschwunden, angeblich an dem Abend, bevor Ihre Eltern Hals über Kopf in den Westen geflohen sind. Weder tot noch lebendig ist Hans Wagenseil je wieder aufgetaucht.«

»Und?«

»Helma macht Ihren Vater dafür verantwortlich.«

»Meinen Vater? Aber warum?«

Junghans verlor fast die Geduld: »Ihr Vater war Nazi und Helmas Vater war Sozialdemokrat, und das passte nicht zusammen. Viele Nazis haben sich noch in letzter Minute an ihren Gegnern gerächt.«

»Mein Vater ein Nazi?«

Es fühlte sich an wie ein K.-o.-Schlag. Das konnte nicht sein. Sein Vater war ein Menschenfreund, ein gerechter, ehrenhafter … ein Vorbild.

Junghans sah Hartwig fest in die Augen, offenbar um

sich zu vergewissern, dass er wirklich ahnungslos war. »Es tut mir leid«, brummte er verlegen, »wenn es Ihnen zu nahegegangen sein sollte. Ich war davon ausgegangen, dass Sie die Geschichte kennen würden.«

»Meine Mutter, wissen Sie, sie hat …« Doch dann packte Hartwig die Wut. »Warum haben Sie nicht von Anfang an reinen Tisch gemacht?«

Junghans' hellhäutiges Gesicht lief rot an. »Machen Sie mich bitte nicht für Ihre Familienangelegenheiten verantwortlich. Natürlich wollte ich Komplikationen beim Verkauf vermeiden.«

»Für mich sieht das eher wie ein Täuschungsversuch aus!«

»Blödsinn! Kaum mehr als Gerüchte«, wurde jetzt auch Junghans laut. »Wir leben hier und jetzt, es muss weitergehen, dafür arbeite ich, und ich dachte, Sie wollen das auch!«

Sprachlos ließ Hartwig den Bürgermeister sitzen und rannte aus dem Haus. Wie ein dummer Junge kam er sich vor, und er verfluchte den Tag, an dem er dieses Kaff betreten hatte.

❧

Anja hatte die Küche mit der kürzesten Lieferfrist durchgesetzt: Sahara matt mit viel Edelstahl und der neuesten Herdtechnik. Als sie Hartwigs Stimme im Hausflur hörte, drehte sie sich noch einmal im Bett um, stand dann aber auf, weil sie keine Ruhe mehr fand, duschte und begann mit der ersten Tasse Kaffee, die Kisten im großen Salon auszuräumen, um Platz für den Bidjar Perser zu schaffen. Sie saugte, wischte und polierte, trotzdem sah man die Arbeit in diesem riesigen Haus nicht. Sisyphus ließ grüßen. Gegen halb zwölf wurde die Küche geliefert und eingebaut. Nachdem alle Elektrogeräte angeschlossen waren, brauchte Anja eine Pause. Außerdem musste sie einkaufen. Hartwig war wieder unterwegs, er hatte ihr weder verraten, wie sein Plan für heute aussehen würde, noch, wann er zurück sein wollte. Gut so, dann blieb ihr freie Hand.

Sie setzte sich in ihre Giulietta und fuhr durch das menschenleere Dorf. Der Himmel war verhangen, es sah nach Regen aus. Hoffentlich nicht wieder eine Sintflut. Der Kuss. Nie würde sie diese Szene vergessen können. Fiedlers Reich lag auch auf der Strecke nach Neustrelitz. Hatte sie nicht versprochen, sich zu melden, sobald der Umzug erledigt sei? Davon war noch nicht die Rede, aber die beiden Fiedlers waren die einzigen Menschen in der Nähe, die sie kannte und mit denen sie reden konnte. Sie bog in die Seitenstraße ein.

Als Anja in den Innenhof einfuhr, konnte sie nachvollziehen, warum die Geschwister das Anwesen als ihr Reich bezeichneten. Hier lebten sie wie in einem Reservat, durch hohe Backsteinmauern abgeschirmt von allem Unangenehmen dieser Welt.

Corni Fiedler freute sich offenbar, sie wiederzusehen. Sie stand vor dem Stall und striegelte einen Koloss von Pferd. »Darf ich Ihnen Samson vorstellen, unseren Altmärker?« Als das Pferd seinen Namen hörte, hob es den Kopf und sah Anja mit einem tiefgründigen Blick an, wie nur Pferde es können. Corni Fiedler gab ihm stolz einen Klaps auf die Flanke.

Bald würden sie selbst einen Pferdehof führen, dachte Anja. Hartwig und sie liebten Pferde, jahrelang waren sie regelmäßig geritten. Damals brauchte er einen Ausgleich zu seinem stressigen Job, und sie hatte ihn dabei begleitet, aber einen Pferdehof zu führen, war eine ganz andere Nummer.

»Warten Sie einen Moment«, sagte Corni Fiedler. »Ich bringe Samson nur auf die Weide hinter dem Haus, dann können wir einen Kaffee trinken, wenn Sie Zeit haben.« Sie band den Zügel los und führte das Pferd durch die hintere Tür.

Kurz darauf saßen sie wieder in dem Frühstücksraum mit den Strohkränzen an den Wänden. Auf zwei Tischen stand noch das benutzte Geschirr. »Es gibt Tage, da weiß man nicht, was man zuerst machen soll«, begann Corni Fiedler und schenkte Anja eine Tasse Kaffee ein. »Aber da erzähle ich Ihnen sicher nichts Neues.«

Trotz aller Freundlichkeit wirkte Corni Fiedler angestrengt und bedrückt, auf Anja machte es den Eindruck, als steckte mehr dahinter als zu viel Arbeit. »Bisher hatte ich zwei Kinder, einen Mann und ein Haus zu versorgen«, erwiderte sie. »Seit dem Kauf des Guts scheint mir allerdings, dass das die leichtere Episode in meinem Leben war.«

Corni Fiedler lachte.

»Wo ist eigentlich Ihr Bruder?« In dem Moment hätte Anja sich ohrfeigen können. Aber so war sie bereits als Kind gewesen, sie konnte immer schon schlecht hinterm Berg halten. Vielleicht wäre das nicht passiert, wenn sie sich vorher eingestanden hätte, dass sie nicht gekommen war, um mit Corni Fiedler über Alltagskram zu sprechen, sondern …

»Sie mögen meinen Bruder, nicht wahr?«

Anjas Wangen brannten. Während sie nach einer unverfänglichen Antwort suchte, wurde Corni Fiedler plötzlich ernst.

»Stimmt etwas nicht?«, fragte Anja.

Corni Fiedler hob den Kopf, und in ihrem Blick lag plötzlich etwas Schmerzvolles.

»Was ist passiert?«

»Ich will Ihnen die Wahrheit sagen. Arne ist krank«, erwiderte Corni Fiedler und ihre Augen wurden feucht. »Er leidet an seiner Vergangenheit. Wenn sie ihn überfällt, weiß man nicht, wann und ob er es schaffen wird, daraus wieder aufzutauchen.«

Paul bremste und brachte sein Krad vor dem Haus in der Kastanienallee zum Stehen. Großmutter schien ihn nicht gehört zu haben.

»Ich habe dir Mineralwasser mitgebracht, es ist gut und kostet fast nichts«, sagte er, als er sie in der Wohnstube vorfand. Dort war sie offenbar in dem alten verstaubten Sessel eingeschlafen. Er wunderte sich, weil sie den Raum doch immer schonte, als wollte sie ihn für einen besonderen Moment bereithalten. Schon als er ein Kind war, hatte sie ihn nur selten geöffnet, nur zu Weihnachten, zu Ostern oder wenn einer von ihnen Geburtstag hatte.

»Das ist lieb von dir«, erwiderte sie. »Aber wenn ich Wasser brauche, nehme ich es mir aus dem Wasserhahn, das ist allemal gut genug.«

»Bleib noch sitzen«, sagte Paul, als sie Anstalten machte aufzustehen. Er wollte es jetzt wissen. Es würde ihnen beiden helfen, wenn sie sich ihrer Vergangenheit endlich stellen würde. Er ging auf die Knie: »Bitte, Oma, was war mit Himmelmann?«

In ihrem Blick ließ sich eine Spur von Angst verfolgen.

Sie musste mit der Frage gerechnet haben, und dennoch schien sie überrascht zu sein.

»Sag bitte nicht: ›Das verstehst du nicht.‹ Damit kann und will ich mich nicht mehr zufriedengeben«.

»Sie haben dich gegen mich aufgehetzt ...« Es klang so, als versuchte sie, sich wieder herauszuwinden.

»Nein, haben sie nicht.«

»Wer hat dir davon erzählt?«

»Spielt das eine Rolle? Das ist eine Sache zwischen uns beiden. Ich möchte, dass *du* mir die Geschichte erzählst.«

Es war besser für sie einzusehen, dass es sinnlos war, ihm die Geschichte noch weiter vorzuenthalten, dieses Mal würde er nicht loslassen.

»Es waren andere Zeiten, in denen andere Gesetze galten«, begann sie. Auch diesen Satz kannte er bereits zur Genüge. »Ich habe es getan, weil es meine Pflicht war«, folgte mit fester Stimme.

»Das ist nur der eine Teil der Wahrheit, und du weißt das.« Die ganze Wahrheit musste heraus. »Gibt es eine Verpflichtung, andere zu verraten?« Ihm war bewusst, dass es wie eine Anklage klang. Doch sie brauste nicht auf, womit er gerechnet hatte.

»Das fragt sich leicht«, antwortete sie nachdenklich, allerdings ohne ihm in die Augen zu schauen. »Und es ist gut so, dass du es nicht verstehst. Wie ich sagte, es war eine andere Zeit. Ich hatte Angst, dass ... Ich musste meine Pflicht tun. Ich hatte Himmelmann gewarnt, und wie oft ich ihn gewarnt hatte. Es war meine Pflicht. Damals war es die Pflicht eines jeden Bürgers, den Staat vor Feinden zu schützen.«

Ihre Worte drehten sich wieder im Kreis, aber Paul begriff, dass zweierlei Wahrheiten für sie existierten. Die eine handelte von dem Unrecht, das ihr Vater erlitten hatte, die unbedingt ans Tageslicht gebracht werden sollte, die andere drehte sich um das Verschwinden eines Arbeiters, den sie an die Stasi verraten hatte. Ihre eigene Schuld wollte sie aber nicht anerkennen. »Du bist dir also keiner Schuld bewusst?«

Die Frage fiel ihm schwer, er fühlte, dass er kein Recht hatte, sie zu stellen. Seine Großmutter war keine Angeklagte und er nicht ihr Richter. Sie antwortete nicht, aber er spürte, dass er ihr sehr wehtat, und er sah ein, dass sie selbst am besten wusste, wenn sie ein Unrecht begangen hatte. Doch ihr Schweigen bedeutete auch, dass sie ihm nicht vertraute. Er erhob sich, Tränen standen in seinen Augen. Er wandte sich ab, denn sie sollte sie nicht sehen.

~⟡~

Paul war ihr Enkel, Helma liebte ihn wie einen Sohn, und doch brachte sie nicht die Kraft auf, ihm die Wahrheit zu sagen. Immerzu überfiel sie diese Lähmung, wenn sie sich an die Ereignisse von damals erinnerte. Ja, sie schämte sich, weil sie Himmelmann ausgeliefert hatte, um einen Mann an sich zu binden, den sie blind geliebt und maßlos überschätzt hatte.

Eines Tages würde sie dafür bezahlen, das war ihr immer bewusst gewesen. Und sie war damit einverstanden, aber es würde ein anderes Gericht sein, das sie verurteilte, und die Richter nicht diejenigen, die einst ihren Vater an Hitlers Schergen ausgeliefert hatten und jetzt wieder versuchten, die Herren zu spielen. Nein, so durfte es nicht kommen. Und Paul musste sie heraushalten.

Schon seit dem Morgen saß sie in dem Sessel in der

Wohnstube und starrte aus dem Fenster. Es war wieder einer dieser Tage, an denen ihre sinnlose Hoffnung aufflammte. Vielleicht war ihr Vater doch nicht von der SS ermordet worden, vielleicht in Gefangenschaft geraten und am Leben geblieben. Wieder stellte sie sich vor, wie ein Wagen vorfuhr und anhielt. Bei laufendem Motor stieg ein Mann aus, groß, mit abgezehrtem Gesicht, aber in seinen Augen war immer noch Glanz. Er trug ein Bündel in der Hand, schlug die Wagentür hinter sich zu, sein Blick richtete sich auf das Haus, auf das Fenster, hinter dem sie auf ihn wartete, schon seit vielen Jahren. Der Fahrer gab Gas und fuhr ab, aber der Mann mit dem hageren Gesicht und dem Bündel kam nie bis zu ihrer Tür.

Dieser Traum hinterließ immer nur einen tiefen Schmerz. Doch gerade jetzt in diesem Augenblick sprang ein Motor vor dem Haus an, sie stemmte sich aus dem Sessel, beeilte sich ans Fenster zu kommen. War er es? Nein, es war Paul, er fuhr ab. Paul ...

∽

Corni Fiedler hatte Anja nichts Genaueres über die Krankheit ihres Bruders erzählt, nur dass es für sie nicht leicht sei, wenn er ausfiel, weil ihre Einkünfte für eine zusätzliche Arbeitskraft nicht reichten. Aber sie klagte nicht, im Gegenteil, es sei die beste aller Welten für sie und Arne, versicherte sie. Anja hatte darauf bestanden, ihr helfen zu dürfen, und sich ihre Einkaufsliste geben lassen, um in Neustrelitz auch für sie Besorgungen zu machen.

Als sie zurück war und im schattigen Innenhof von Fiedlers Reich den Kofferraum ihres Wagens öffnete, fühlte sie sich plötzlich beobachtet. Sie hob den Kopf. In dem Fenster über ihr im Dachgeschoss spiegelten sich die verzerrten Umrisse eines Gesichts. War das Arne Fiedler, der zu ihr herabsah? Doch als sie ein zweites Mal nach oben schaute, war das Gesicht verschwunden.

»Darf ich Ihnen ein Glas Rotwein anbieten?«, fragte Corni Fiedler, nachdem sie gemeinsam die Vorräte verstaut hatten. Die Küche der Fiedlers war kaum halb so groß wie die Gutsküche von Groß Bernow, aber es gab Platz genug für eine gemütliche Ecke mit einer Holzbank zum Ausruhen. Anja hatte immer noch das verängstigte Gesicht hinter dem Dachfenster vor Augen.

»Haben Sie ihn gesehen?«, fragte Corni Fiedler, als könnte sie Gedanken lesen, worauf sie eine Flasche spanischen Roten entkorkte und zwei bauchige Gläser befüllte. »Er steht oft oben am Fenster, wenn es wieder so weit ist, und schaut hinunter, starrt stundenlang vor sich hin.«

»Was ist los mit ihm?«

Corni Fiedler zögerte, wirkte auf einmal unsicher und ängstlich.

»Sie mögen ihn doch, oder? Übrigens, ich heiße Corni.«

»Anja. Warum?«

»Mein Bruder und ich erzählen unsere Geschichte nicht jedem, nur Freunden, und wir sind jetzt Freunde, oder?« Ihre Stimme klang auf einmal bittend wie die eines verlorenen kleinen Mädchens.

Anja antwortete mit Ja, auch wenn sie sich allmählich vor dem fürchtete, was folgen könnte. Corni Fiedlers Pupillen zuckten nervös hin und her. Das auszusprechen, was sie sagen wollte, fiel ihr offensichtlich schwer. »Wir sind Heimkinder.« Wie sie es sagte, schien sie ein Tor in eine andere Welt zu öffnen. Anja wusste, dass es Heimkinder schwerer hatten, aber wenigstens kümmerte sich jemand um sie, und es wurde für sie gesorgt. Der Schrecken in Cornis Augen allerdings ließ ahnen, dass das nicht alles war, was es über das Leben im Heim zu sagen gab.

»Unsere Eltern sind bei einem Verkehrsunfall umgekommen, Arne war zehn und ich zwölf«, begann Corni zu erzählen. »Da der eine Großvater einen missglückten Fluchtversuch hinter sich hatte und der andere ein unzuverlässiger Säufer war, kamen wir beide in verschiedene Heime.«

»Habt ihr sehr unter der Trennung gelitten?«

»Ja«, sagte Corni, »aber nicht nur das. Wir mussten arbeiten, viele Stunden am Tag, und wurden oft ohne Grund geschlagen. Wir waren schutzlos ausgeliefert, Tag und Nacht.« Sie stockte, fand anscheinend nicht so leicht Worte für die Bilder in ihrem Kopf, »Verstehst du, was ich meine?«

Anja nickte, auch wenn ihre Vorstellung streikte.

»Besonders Arne hat darunter gelitten, aber er hat mir nie erzählt, was sie mit ihm gemacht haben. Er hat es *niemandem* erzählt, bis heute. Er kann nicht darüber sprechen, und wenn es wieder so weit ist, wenn ihn die Vergangenheit wieder überfällt, dann schließt er sich in sein Zimmer unter dem Dach ein.«

»Gibt es keinen Arzt, der ihm helfen kann?«

»Es gibt einen, der ihm Tabletten verschreibt, aber keinen, der ihm bislang helfen konnte.«

Ihre Verbitterung war nicht zu überhören. »Depressives Syndrom nennt man die Krankheit. Helfen würde zunächst die Wahrheit, die Wahrheit über das, was sie mit uns Kindern gemacht haben hinter den Mauern dieser Heime. Ein Bekenntnis zu dieser Wahrheit wäre die beste Therapie, aber die wird wohl nie ans Tageslicht gelangen.

Niemand ist interessiert, sie auszugraben. Es hängt zu viel daran.«

»Aber wenn es Opfer gibt, muss es auch Anwälte geben, die sich für sie einsetzen.«

Corni lächelte nachsichtig. »Ja, vielleicht, aber die Opfer und Zeugen haben entweder Angst oder sie schämen sich für das, was man ihnen angetan hat. Ist das nicht absurd?« Auf ihrer Stirn hatten sich Schweißperlen gebildet.

Anja griff nach Cornis Hand. Es machte sie noch betroffener, wenn sie an ihre behütete und glückliche Kindheit dachte.

Corni schenkte sich Rotwein nach und trank das Glas in einem Zug aus. »Wir hatten Glück«, erzählte sie weiter. »Eine entfernte Tante aus dem Westen starb und vermachte uns ihr Sparbuch. Die Summe reichte aus, unseren Kindheitstraum von einem kleinen Pferdehof zu erfüllen. Zum Glück gab es diesen Traum. Er hat uns geholfen, diese Erlebnisse zu verdrängen. Deshalb ist alles gut so, wie es ist.« Doch dann wurde sie noch einmal ernst. »Wir haben schlechte Erfahrungen gemacht mit sogenannten Freunden. Zuerst will man unsere Geschichte hören, und wenn man sie kennt, lässt man uns fallen. Ich hoffe, du bist nicht so ...«

»Nein«, erwiderte Anja, und sie fühlte sich von einem Druck befreit, der auf ihr gelastet hatte. »Wir werden ganz sicher Freunde bleiben.«

⁓

Nach der unerfreulichen Aussprache mit Junghans war Hartwig drauf und dran gewesen, den Besuch bei dem Pferdewirt in der Nähe von Schwerin abzusagen, fuhr dann aber doch in der Hoffnung, dass ihm die Besichtigung eines erfolgreichen Gestüts mit Hotel wieder Auftrieb geben würde.

»Am Anfang war es nicht leicht«, berichtete der Senior des Hofes, mit dem er schnell ins Gespräch kam. »Wir brauchten jahrelang für den Aufbau, allein die Renovierung des alten Gemäuers hat fünf Jahre gedauert. Aber meine Frau und mein Sohn stehen voll hinter mir, wir schaffen es gemeinsam.«

Der Mann hatte Glück. Darauf konnte Hartwig nicht zurückgreifen. Jan hatte ihm eine klare Absage erteilt. Und Anja? Seit über einer Stunde wartete er jetzt auf sie. Sie hätte wenigstens eine Nachricht hinterlassen können. Was war nur los mit dieser Frau? Wie lange wollte sie ihn noch abstrafen? Dieses Spießrutenlaufen musste endlich ein Ende haben.

Er hatte begonnen, sein Büro aufzuräumen, den Schreibtisch in die Nähe des Fensters gerückt, um den kleinen Parkplatz vor dem Haus im Blick zu haben und ein Stück der Allee. Hinter den Schreibtisch platzierte er den alten Ledersessel aus seiner Studentenzeit, auf den er auch in Groß Bernow nicht verzichten wollte. Es war der Kapitänsplatz, aber was war ein Kapitän ohne Crew?

Auf der Suche nach seinem Pfeifenbesteck war er auf die Kiste mit den Rotweinschätzen gestoßen, die Sammlung edler Tropfen, die sich im Laufe der Jahre bei diversen Gelegenheiten angesammelt hatten, Trophäen seines Erfolges. Aber die Zeiten waren vorbei. Nachdem er die erste Flasche entkorkt hatte, wäre er beinahe sentimental geworden, die zweite trank er bereits wie ein Beruhigungsmittel, das seine Wut betäuben sollte.

Alle erwarteten etwas von ihm. An erster Stelle Anja, obwohl er allmählich aus dem Blick verloren hatte, was genau sie von ihm erwartete. Dann Junghans, der ihn drängte, seine Vergangenheit aufzuräumen. Mutter, die ihm aus dem Jenseits zusetzte, es niemals zuzulassen, dass jemand den Namen seines Vaters und der Familie in den Schmutz zog, nicht zuletzt seine eigenen Erwartungen an sich selbst. Noch nie hatte er ein Projekt aufgegeben, für das er sich einmal entschieden hatte.

Und da gab es die alte Frau in der Allee, die erzwingen wollte, dass er Abbitte leistete für die angeblichen Taten seines Vaters, von denen er keine Ahnung hatte und für die er keine Verantwortung trug. Auf seiner Pfeifenspitze aus Bernstein kauend, dachte er darüber nach, was ein kluger Feldherr tat, wenn er einen Kampf zu verlieren drohte. Er zog sich ins sichere Hinterland zurück. Aber dafür war es zu spät. Sein Hinterland am Rhein hatte er verkauft. Ihm blieb also nur der Kampf bis zum letzten Mann.

Ein Geräusch ließ ihn hochfahren. Er legte die Pfeife in den Ascher auf dem Schreibtisch. Durch die Fensterscheibe schimmerte es rot. Anja war zurück. Draußen kündigte sich bereits die Dämmerung an. Er spürte den Alkohol, doch er erhob sich und ging ihr mit langsamen Schritten entgegen. Im Flur blieb er stehen und sah zu, wie sie die Einkaufstaschen an ihm vorbei in die Küche schleppte.

»Wo bist du gewesen?«

»Bei Freunden«, antwortete sie, ohne ihn anzusehen.

Dann kehrte sie zurück und ging an ihm vorbei nach draußen. Er hörte, wie der Kies unter ihren Füßen knirschte, die Autotür klappte zu, wieder knirschte der Kies, sie schloss die Haustür hinter sich und trug die letzte Tasche in die Küche.

»Welche Freunde?«

»Freunde eben, die Fiedlers.«

»Und was hast du da gemacht?«

»Corni in der Pension geholfen, ihrem Bruder geht es schlecht.«

Er folgte ihr in die Küche, wo sie begann, den Kühlschrank einzuräumen. »Meinst du nicht, wir hätten im Augenblick genug damit zu tun, uns selbst zu helfen?«

Sie antwortete nicht. Er machte ein paar Schritte auf sie zu. Plötzlich spürte er eine unbezähmbare Wut in sich. Es war genug, es war verdammt noch mal genug ...

Am Ende steht man immer allein da, dachte Helma. Eben noch hatte Pedro sie getröstet, doch es war Freitagabend. Allmählich trudelten die Dörfler in der Tränke ein, um ihren Stammtisch abzuhalten. Helma war aufgestanden und hatte sich verabschiedet. Sie fühlte sich ihnen nicht mehr gewachsen. Früher war sie nie verlegen gewesen. Als sie noch die Wirtin war, hätte sie jedem Vorwurf standgehalten, hätte ihnen mitten ins Gesicht gesagt, dass schließlich jede Zeit ihre eigenen Gesetze habe. Dass jeder von ihnen irgendwann an den Sozialismus geglaubt und ihn schöngeredet habe, vielleicht auch nur, um sich einen Vorteil zu verschaffen.

Als Helma die Allee betrat, schlugen die Kronen der Kastanien über ihr zusammen, und für einen Moment kam sie sich vor wie in einer dunklen alten Kirche, in der die Zeit stehen geblieben war. Ein Wagen rollte an ihr vorbei. Sie erinnerte sich, was die Dörfler damals in der Tränke erzählt hatten. Ein grauer Wagen sei am Straßenrand stehen geblieben, direkt neben Himmelmann, einer kurbelte die

Scheibe herunter, und ein paar Worte später stieg Himmelmann ein und verschwand für immer. Vielleicht war es so weit, und sie holten sie jetzt auch, sie passte nicht mehr ins Bild, wie damals Himmelmann. Sie würden sie ausradieren, damit alles so verlief, wie es sich die Neuen wünschten oder die neue Zeit es verlangte. Sie wären sicher nicht verlegen, die passenden Gründe für ihr Verschwinden zu finden.

Wahrscheinlich wussten die Bernows längst von ihrer Geschichte: Helma Wagenseil, die Stasi-Braut. Natürlich wussten sie davon, schließlich konnten sie sich Anwälte leisten, und Anwälte bekamen alles heraus. Auch wenn sie damals versucht hatte, Werner zu zwingen, ihre Akte zu löschen, einen echten Beweis dafür, dass es auch erfolgt war, hatte sie nie in Händen gehalten.

Ihr Herz schlug wieder Kapriolen. Sie hielt sich mit der linken Hand an einem der schrundigen Baumstämme fest. Der Boden unter ihren Füßen schwankte. Paul hatte sie nicht enttäuscht, er wollte ihr nur helfen. Aber er verstand den Unterschied nicht: Die Bernows hatten ein Verbrechen begangen oder es zugelassen. Sie wussten, was sie anrichteten, während sie sich damals mit bestem Gewissen für den sozialistischen Aufbau eingesetzt hatte.

Sie atmete ein paar Mal tief durch, und als das Schaukeln unter ihren Füßen aufhörte, setzte sie sich wieder in Bewegung. Es war nicht mehr weit, zu Hause würde sie sich zur Beruhigung einen Tee kochen, Lindenblüte oder Pfefferminze.

Sie erreichte die Siedlung, die letzten Strahlen der Sonne flackerten durch die Baumkronen. Wartete da etwa jemand an ihrer Haustür? Sie erkannte den Wagen, der eben an ihr vorbeigefahren war und am Straßenrand gegenüber parkte.

Ein freudiges Gefühl durchfuhr sie, sie ging schneller. Ein Mann groß und kräftig so wie er, dachte sie, obwohl sie wusste, dass es nicht ihr Vater sein konnte. Es war einfach viel zu lange her.

»Guten Abend, Helma«, sagte Junghans. »Lass uns noch einmal reden.«

6

»Warum hast du nicht gleich angerufen?«

Der vorwurfsvolle Unterton war berechtigt, und Anja versuchte, mit ihrer Ausrede der Wahrheit so nah wie möglich zu kommen. »Ich wusste nicht, wo mir der Kopf stand, Paps.« Der Umzug, die Arbeit im Haus, die traurige Geschichte der beiden Fiedlers und dann der Vorfall mit Hartwig, der sie fast aus der Bahn geworfen hatte. Darüber war ihr alter Vater in Vergessenheit geraten, der mutterseelenallein in seiner Wohnung saß und auf die Meldung wartete, dass es keinen Anlass zur Sorge gab. Sie war eine schlechte Tochter. »Es tut mir leid.«

»Du klingst so … Ist alles gut bei euch?«

»Ja, natürlich.« Ein Glück, dass er nicht in ihre Augen sehen konnte. Aber wem würde es helfen, wenn sie ihm eingestand, was vorgefallen war? Hartwig hatte sie nicht nur erschreckt, am Freitagabend war er ihr wie ein Fremder vorgekommen, als hätte sie ihn nie gekannt. Angestarrt hatte er sie wie jemanden, den er abgrundtief hasste. Er war betrunken gewesen, aber nicht so betrunken, dass er nicht mehr gewusst hätte, was er tat. Der blaugrüne Fleck an ihrem rechten Unterarm war Zeuge. »Genug ist genug!«, hatte er ihr wutentbrannt gedroht, sie dann aber losgelassen. Seitdem herrschte Schweigen zwischen ihnen. Über das Wochenende hatte er sich mit einer Kiste Rotwein und Tabak eingedeckt und sich in sein Büro verzogen.

Noch nie hatte er so viel getrunken, auch das machte ihr Angst.

»Hast du mit Hartwig darüber gesprochen?«, fragte Paps am anderen Ende der Leitung. Was er wohl meinte?

»Na, über den Brief!«

»Ach ja ... Nein. Es war zu viel los hier. Ich sag es ihm in ein paar ruhigen Minuten, ganz bestimmt.«

»Es ist besser, wenn du ihm den Brief gibst. Wer weiß, was alles daran hängt? Vielleicht hat er wirklich keine Ahnung und bringt unabsichtlich Leute gegen sich auf. Manche Menschen haben ein langes Gedächtnis.«

»Natürlich, Paps.«

Sie war etwas erstaunt, dass ihr Vater sich um Hartwig sorgte. In der Vergangenheit hatte es ihn herzlich wenig gekümmert, was andere von seinem Schwiegersohn hielten und ob sie ihm schaden könnten. Aber wahrscheinlich dachte er dabei mehr an sie.

»Ich werde ihm den Brief geben«, beruhigte sie ihn noch einmal.

Die Stimme ihres Vaters zu hören, bereitete ihr ein warmes Gefühl, und es wurde ihr wieder bewusst, dass sie jetzt in verschiedenen Welten lebten. Erst am Morgen war es ihr so gegangen, als der Mann von der Post eine Ansichtskarte vorbeigebracht hatte. Blaues Meer und blauer Himmel. Die geschwungene Unterschrift *Deine Freundin Evi* hatte sie zum Schmunzeln gebracht wie die Erinnerung an eine Jugendsünde. Freundin, ein großes Wort. Sie dachte an Corni und Arne Fiedler. Freunde sind nur Freunde, wenn sie dir in der Not helfen, alles andere sind nur Schwätzer.

»Paps, bist du noch dran?«

»Du bist nicht bei der Sache, Maus. Soll ich mich schnell in den Zug setzen und vorbeikommen?«

Sie lachte, er war süß, sie liebte ihn. »Mach dir um mich keine Sorgen, ich melde mich wieder«, sagte sie und blinzelte die Tränen weg.

Kaum hatte sie den Hörer aufgelegt, schrillte erneut das Telefon.

»Ja, von Bernow?«

Jemand war dran, meldete sich aber nicht. Ein paar Sekunden atemlose Stille.

»Hallo?«

Besetztzeichen. Vielleicht hatte sich jemand verwählt. Anja ließ sich auf einen der Sessel nieder, die im großen Salon herumstanden. Der Anruf ihres Vaters hatte ihr das Herz schwer gemacht. Sie spürte plötzlich, dass sie immer mehr den Boden unter den Füßen verlor. Aber war sie wirklich unschuldig daran? Hatte sie Hartwig nicht provoziert? Irgendwie musste sie ihm allerdings zu verstehen geben, dass sich auch für sie die Welt geändert hatte. Sie war jetzt eine andere, und es gab andere Männer außer ihm. Ronny zum Beispiel, der in wenigen Tagen mehr Verständnis für sie gezeigt hatte als er in den letzten zwei Jahren. Und dann Arne Fiedler. Wenn sie sich um jemanden Sorgen machte, dann um ihn.

⁓

Matschoss reichte ihr den Brief durchs Fenster mit einer Miene, dass Helma sich den Blick auf den Absender sparen konnte. Sie seufzte.

»Wann wird das endlich aufhören?«, fragte Matschoss, und es klang wie echtes Mitgefühl. Doch Helma kannte ihn, er versuchte, den Räumungstermin zu erfahren, um sich im Dorf mit einer Neuigkeit aufspielen zu können. Sie ließ ihn ohne Antwort weiterziehen, begab sich auf ihren Platz auf der Küchenbank und legte den Brief wie alle seine Vorgänger ungeöffnet in die Mitte des Tischs.

Junghans hatte also gelogen. Sie hätte ihn am Freitagabend vor der Tür stehen lassen sollen, aber der Bürgermeister war schlau. »Wenn wir nicht miteinander reden, gehen hier in Groß Bernow bald die Lichter aus«, so hatte er angefangen und ihr kurz darauf geschworen, dass der junge Bernow nicht einmal gewusst habe, dass sein Vater Nazi gewesen sei, bevor er es ihm selbst erzählt habe. »Es braucht nur ein paar Worte, Helma, glaub mir, vielleicht hilft er dir sogar, die Geschichte endlich aufzuklären. Aber dazu müssen beide Seiten bereit sein.«

Sie riss den Briefumschlag auf, glättete mit dem Handrücken das Papier auf der Tischplatte, um besser lesen zu können ... *ist die Räumung bis zum 15. September 1998 zu vollziehen oder sie wird als Zwangsmaßnahme in Gegenwart der Ortspolizei durchgeführt.*

Alles Lüge, alles Täuschung. Wenn der junge Bernow es ehrlich meinte, würden seine Anwälte ihr nicht die Pistole auf die Brust setzen. Er würde die wenigen Schritte vom Gut bis zu ihr gehen, sich ihr vorstellen und mit ihr reden. Jedenfalls hatte sie ihren Teil erledigt, war in der Kanzlei in Neustrelitz erschienen, immerhin ein Versuch.

Plötzlich spürte Helma wieder ihr Herz, sie bekam kaum Luft. Tee musste her, nach ein paar Schlucken würde ihr gleich besser werden. Doch als sie aufstehen wollte, bewegten sich ihre Beine nicht. Der Küchenschrank und das Fenster schmolzen vor ihren Augen wie Butter in der heißen Pfanne, sie verlor den Halt, ihr Körper sackte zusammen.

Als sie das Bewusstsein wiedererlangte, lag sie auf dem Rücken. Sie versuchte zu sprechen, aber kein Laut kam aus ihrem Mund. Ihre Umgebung sah sie wie durch ein milchiges Glas. Eine ihr bekannte Stimme raunte: »Mach dir keine Sorgen, Helma, es wird alles gut. Ich habe den Krankenwagen gerufen, sie werden dir helfen, sei ganz ruhig.«

Wenn Hartwig jetzt darüber nachdachte, kam es ihm beinahe lächerlich vor, dass er sich einmal für den Kauf des Guts entschieden hatte, um in einer besseren, einer ehrlicheren Welt zu leben. Er war tatsächlich so naiv gewesen anzunehmen, dass hier Menschen lebten, die froh darüber wären, wenn er mit seiner Kraft und seinem Geld ihre Ruinen aus vierzig Jahren Misswirtschaft wieder aufbaute. Stattdessen blockierten sie ihn, versuchten, ihn mit uralten Geschichten kleinzukriegen. Und das, obwohl er bereit war, mit sich reden zu lassen.

Einer allerdings schien auf ihn gewartet zu haben: Junghans. Der Bürgermeister des Provinzkaffs hatte seine Chance gewittert und die Entenfalle aufgestellt, in die er, der international erfahrene Manager, wie ein Anfänger hineingetappt war. »Dein tolles Projekt kann schnell zu einem Millionengrab werden.« Die Warnung von Linus klingelte noch in seinen Ohren. Er hätte auf seinen alten Freund hören sollen.

Hartwig wischte sich mit dem Unterarm über die Stirn. Schwitzte er, weil sein Körper Entzugserscheinungen nach dem Endlosbesäufnis am Wochenende zeigte, oder war es purer Angstschweiß? Er schraubte die Wasserflasche auf und schüttete sich so viel kohlensäurehaltiges Nass in den Hals, wie er konnte. Es war Montag, und es bewegte sich nichts. Wieder würden zwei Wochen ohne Fortschritte vergehen. Alles hing davon ab, ob die alte Frau den Weg freimachte. Es war zu befürchten, dass sie jetzt sogar Anwälte hinzuziehen würde, die sich eine Strategie ausdachten, wie sie der Räumung in letzter Minute entgehen könnte.

Die Bank machte keine Kompromisse, die Einnahmen der ganzen Ferienanlage, nicht nur die eines Teils, waren die Basis der Berechnungen. Sie stünden bereit, aber wenn er nicht bald konkrete Ergebnisse vorlegte, würden sie von einem Kreditvertrag Abstand nehmen. Hartwig hatte nicht vorgehabt, die Barreserven anzugreifen, aber wie lange sollte er noch warten?

Eine Bewegung lenkte seinen Blick zum Fenster. Ein blaues Licht zuckte zwischen den Blättern der alten Kastanien. Von seinem Platz im Büro aus konnte er jedoch nicht erkennen, was sich genau in der Allee abspielte. Oder waren es nur Reflexionen der Sonne? Plötzlich näherte sich das Blinklicht in rasender Geschwindigkeit dem Herrenhaus, ein ohrenbetäubendes Signal durchbrach die Stille. Aus dem Blätterwerk schoss ein Rettungswagen mit eingeschaltetem Martinshorn auf die Einfahrt und schien im Flug zu wenden, bevor er zurück ins Dorf raste. Das Signal war noch eine ganze Weile zu hören, bis es in der Ferne verhallte.

Hartwig war wie erstarrt. Hatte er wirklich geglaubt, dass die Polizei anrückte, um ihn abzuholen? Dass Anja ihn anzeigen würde?

Auch wenn er es verdient hätte ... Schließlich hatte er seine Frau fast geschlagen, besser gesagt, er hatte sie etwas zu derb angefasst, na schön, gepackt hatte er sie. Er wollte sie doch nur zur Vernunft bringen, so konnte es nicht weitergehen. Sie hatten noch so viel vor, sie mussten zusammenhalten, außerdem liebte er sie, sie war doch seine Frau.

Unbestreitbar war er es gewesen, der sie in dieses ehemalige Nazi-Nest gelockt und es als vielversprechende Zukunft angepriesen hatte. Ohne allerdings selbst davon zu ahnen. Wahrscheinlich würde Anja, wenn sie davon erführe, auf der Stelle ihre Koffer packen, und der Traum wäre endgültig ausgeträumt. Vielleicht erzählten es ihr gerade ihre Freunde, die Fiedlers, denen sie offenbar wieder aushalf.

Er beugte sich über die Pläne für die Pferdeboxen und notierte sich ein paar Fragen, die er abschließend mit der ausführenden Firma besprechen wollte, als ihm ein Gedanke durch den Kopf ging: Unter den Kastanien standen die Arbeiterhäuser, hatte der Rettungswagen nicht dort angehalten? Vielleicht spielte ihm der Zufall im letzten Augenblick in die Hände.

Hastig nahm er ein paar Schlucke aus der Flasche, als jemand den Türklopfer an der Haustür betätigte.

»Herr von Bernow?« Das Zyklopenauge eines Fotoapparats starrte ihn an und versperrte ihm den Weg nach draußen. »Mein Name ist Gerrit Feger vom ›Neustrelitzer Anzeiger‹«, ließ ihn eine Männerstimme wissen. »Wir wollen Ihnen Gelegenheit geben, Stellung zu beziehen. Darf ich ein Foto von Ihnen machen?« Ohne Erlaubnis klickte der Auslöser mehrfach hintereinander.

»Worum handelt es sich?«, fragte Hartwig und versuchte sein Gesicht mit dem rechten Arm zu schützen.

»Vielleicht können wir drinnen ein paar Worte sprechen?«

»Nicht, bevor ich weiß, worum es geht.«

»Um eine Mitbürgerin, die aus ihrem Haus getrieben werden soll.«

Das hieß übersetzt: Es ging darum, gegen ihn Stimmung zu machen, wer auch immer dahintersteckte. Die alte Frau hatte offenbar genug Freunde im Dorf, und der Inhalt des Zeitungsartikels stand vermutlich längst fest. Mit jedem Wort würde er sich selbst schaden. »Wer hat Sie geschickt?«

Feger machte einen letzten Versuch, ins Haus zu gelangen, aber Hartwig zeigte nicht die geringste Absicht, beiseitezutreten.

»Sie werden verstehen, dass wir der Sache nachgehen müssen. Im Interesse der Öffentlichkeit.«

»Nein, ich verstehe nicht! War es die alte Frau selbst, die Sie dazu angestiftet hat?«

»Nein! So viel kann ich Ihnen sagen, damit Sie nicht denken …«

Er glaubte diesem Mann kein Wort. »Damit ich nicht denke, dass Sie versuchen, Hetze gegen mich und meine Familie zu betreiben?«

»Ich darf doch sehr bitten. Wir sind eine unabhängige Zeitung.«

»Verlassen Sie auf der Stelle mein Grundstück.«

»Wie Sie wünschen, Herr von Bernow. Wir wollten Ihnen nur eine Chance geben, die Angelegenheit klarzustellen.«

Wer's glaubt, dachte Hartwig. Der Kampf war also eröffnet, und es ging jetzt um weit mehr als um diese alte Frau.

⁂

Ein Meer von weißen Blüten, so weit sie schauen konnte, und über allem schwebte das betörende Lied einer Tenorstimme, jeder einzelne Ton ein Trost. Sie sah sich selbst, die straffen Wangen gesund gerötet, ihr dichtes braunes Haar zu einem breiten Zopf geflochten, der auf ihrer Schulter lag. Sie trug ein Lächeln als Schmuck und ein

silbernes Kreuz um den Hals. »Es soll dich beschützen«, sagte die
Gnädige und strich sanft über ihren Kopf. Wenn der weiße Flieder
wieder blüht.

»Da sind Sie ja wieder.«

Um Helma herum war alles weiß, aber es waren keine
Blüten.

»Keine Angst, es ist alles gut«, beruhigte sie eine Frauenstimme. Der obere Teil des Bettes bewegte sich und brachte
sie mit einem leisen Brummen in Sitzhaltung. Ihre Augen
waren noch vernebelt, aber sie erkannte die Umrisse eines
hochgewachsenen jungen Mannes, der sich über sie beugte
und sie auf die rechte Wange küsste. Er weinte. »Paul?«

Ihr Enkel hielt ihre Hände in den seinen und versuchte
zu lächeln. Er hatte ein so warmes Lächeln, ihr Paul, wie
ihr Vater.

»Es tut mir leid«, sagte er, und seine Stimme erstickte
fast in Tränen. Was sollte ihm leidtun und warum? Die
Tür ging auf, ein Arzt kam herein. Stand es so ernst um
sie? Sie war doch noch nicht fertig mit ihrem Leben. Sie
hatte schließlich noch etwas Wichtiges zu klären. Paul ließ
ihre Hände los und wandte sich an den Arzt. Nicht alles,
was die beiden miteinander sprachen, konnte sie verstehen,
aber ein Satz genügte ihr: »Jede Aufregung ist Gift für Ihre
Großmutter.«

In ihrem Arm steckte eine Kanüle und in ihrer Nase ein
Schlauch, aus dem immer wieder eine leichte Brise Sauer-
stoff strömte. Sie fühlte sich damit viel leichter, und ihr
Herz erledigte anscheinend wieder brav seine Arbeit. Der
Arzt verabschiedete sich von Paul und lächelte ihr noch
einmal zu, bevor er aus dem Zimmer ging.

Paul nahm wieder ihre Hände, und auf sein Gesicht

trat eine schuldbewusste Miene. »Hast du heute keinen Dienst?«, fragte sie ihn. »Warum warst du in Groß Bernow?«

»Ich war nicht in Groß Bernow. Jemand aus dem Dorf hat offenbar durch das offene Küchenfenster gesehen, dass du bewusstlos auf dem Boden lagst, und den Rettungsdienst gerufen, ohne sich zu erkennen zu geben.«

Helma fragte sich, wer aus dem Dorf ihr Lebensretter gewesen sein könnte, schließlich musste sie sich dafür bedanken. Doch eigentlich kam ihr da nur einer in den Sinn …

Ihrem Bruder gehe es wieder besser, hatte Corni Fiedler am Telefon gesagt und Anja zu einem Kaffee eingeladen. Und es gab eine Menge zu reden, Corni und sie waren ja jetzt Freundinnen, echte Freundinnen.

Eigentlich hatten sie eine friedliche Ehe geführt, Hartwig und sie. Bei den wenigen Streitereien, an die sie sich erinnern konnte, hatte Hartwig es geradezu genossen, den Überlegenen zu spielen, den nichts aus der Ruhe brachte. Undenkbar, dass er die Kontrolle verlor. Wenn jemand übergeschäumt war, dann immer sie. Aber für sie beide wäre es unter ihrer Würde gewesen, eine Situation bis zur Handgreiflichkeit eskalieren zu lassen.

Sie glaubte auch nicht, dass er trank, nur weil er den Druck ihrerseits nicht aushielt. Er musste einfach einsehen, dass die Zeiten vorbei waren, in denen er den unumschränkten Herrn des Hauses spielen konnte. Wer hatte sie gefragt, ob sie den Druck, den seine angeblich so wohlmeinende Mutter ständig auf sie ausgeübt hatte, ertragen konnte? Hatte es jemals eine Rolle gespielt, ob ihr etwas gefiel oder nicht? Sie hatte doch in der ständigen Angst gelebt, dass sie ihrem Karrieremann nicht genügte. Und jetzt betrank er sich hemmungslos und verlor die Fassung, nur weil sie nicht mehr alles hinnahm, was er ihr zumutete?

Sie zupfte an dem halblangen Ärmel ihrer Bluse, der immer wieder hochrutschte und den blauen Fleck an ihrem rechten Arm freilegte. Wie würde Hartwig wohl reagieren, wenn sie ihm den Brief zeigte, das eindeutige Beweisstück dafür, dass sein Vater alles gewesen war, nur kein Vorbild? Sie hatte ihrem Vater am Telefon versprochen, es zu tun, aber Hartwig würde vermutlich ausrasten, und wie das aussehen konnte, hatte sie Freitagabend erlebt.

Sie sehnte sich nach einer Freundin an ihrer Seite. Aber würde die unverheiratete Corni ihre Lage überhaupt verstehen? Als sie ihre Giulietta unter dem Torbogen hindurch in den schattigen Hof der Fiedlers lenkte, war sie sich nicht mehr so sicher.

Direkt über ihr befand sich das Dachfenster. Arne Fiedlers angstvoll verstörter Blick war ihr noch gegenwärtig, als flehte er sie an, ihm zu helfen. Umso erleichterter war sie jetzt, dass er es offenbar überstanden hatte.

Im Hof hielt sich niemand auf. Vermutlich arbeitete Arne im Atelier an seinen Plastiken. Sie stieg aus dem Wagen und war noch unschlüssig, ob sie ihn dort besuchen sollte, als er plötzlich hinter ihr stand. »Herzlich willkommen«, sagte er und wirkte so gelassen, als wäre nichts geschehen.

»Freut mich, Sie zu sehen«, umschiffte er ihr verlegenes Schweigen. »Meine Schwester ist noch unterwegs, aber die Einladung zum Kaffee gilt natürlich. Gilt übrigens immer, wann Sie nur wollen.« Er lächelte mit dieser Sanftheit und Zärtlichkeit im Blick.

»Ich will Sie nicht aufhalten«, sagte sie. »Sicher wartet eines Ihrer Objekte auf Sie.«

»Soll es warten.«

Er führte sie ins Haus in eines der hinteren Zimmer, das auf den Garten hinausging, ein kleines, ebenfalls im Bauernstil eingerichtetes Wohnzimmer mit Fernsehgerät und einer Schrankwand voller Bücher und Schallplatten, in der Mitte stand ein ovaler Tisch mit Polsterstühlen, an dem er ihr Platz anbot. Der Raum lag halb im Schatten, die Sonne war bereits auf dem Weg in den Westen. Er entschuldigte sich und ließ sie allein, um den Kaffee zu holen.

Jede Sekunde, die sie wartete, spannte ihre Nerven mehr an. Es gab ein Band zwischen diesem Mann und ihr, angefangen mit dem Kuss während des Wolkenbruchs, von dem sie immer noch nicht wusste, ob er Wirklichkeit oder die Einbildung einer schwachen Minute gewesen war, gefolgt von dem Anruf im Herrenhaus nach dem Gespräch mit ihrem Vater, der nur aus einem Schweigen bestand. Für sie war es ein stummer Hilfeschrei, den er ihr gesendet hatte.

Sie betrachtete das große Bild links neben der Tür, eine Montage aus alten Fotos, die ihre Neugierde erweckt hatte, als Arne Fiedler mit beladenem Tablett zurückkkam. »Es sind Bilder aus der Zeit, als unsere Eltern noch lebten, wir hatten eine schöne Kindheit.«

»Ihre Schwester hat mir erzählt ...«

Er goss Kaffee ein und stellte dann die Kanne ab.

»Ich heiße Arne«, sagte er. »Ich würde mich freuen, wenn wir ...«

Seine blassen Wangen erröteten. Ihr schien, als wollte er noch etwas anderes sagen. Sie wünschte es sich, und auch, dass er ihre Hände nehmen würde, die auf dem Tisch lagen und darauf warteten, von seinen berührt zu werden. Sie zupfte an ihrem Ärmel, denn er sollte nicht … Doch zu spät, er hatte es bereits bemerkt.

»Anja«, sagte sie. »Ich heiße Anja.«

»Hast du dich verletzt?«, fragte er besorgt.

»Ja«, antwortete sie und senkte den Blick.

»Ich möchte, dass wir Freunde sind«, sagte er.

»Geht es dir wieder besser?«, fragte sie.

»Ja.« Er griff nach ihren Händen und streichelte die blaugrüne Stelle an ihrem Arm. »Freunde helfen sich gegenseitig.«

»Ja«, sagte sie.

Pauls Kollege hatte die Arbeit mit dem Gabelstapler kurzfristig übernommen, damit er seiner Großmutter das Nötigste ins Krankenhaus bringen konnte. Auch wenn ihr Kreislauf wieder unter Kontrolle war, sollte sie mindestens drei, vier Tage, wenn nicht eine ganze Woche, zur Beobachtung dortbleiben. Das hatte der Arzt angeordnet, einen Schlaganfall wolle er auf keinen Fall riskieren. Im Stillen hatte Paul sich amüsiert. Der Mann kannte Helma Wagenseil nicht. Sie würde selbst entscheiden, wie lange sie im Krankenhaus blieb.

Paul stellte sein Krad vor dem Haus ab. Das Küchenfenster zur Allee war jetzt geschlossen. Ein Glück, dass sie es am Morgen wie immer geöffnet hatte, um die Vögel zu füttern, vielleicht hätte man sie sonst nicht mehr rechtzeitig gefunden.

Irgendetwas musste sie am Morgen besonders aufgeregt haben, aber was? Als er die Küche betrat, hatte er die Antwort auf seine Frage. Vor ihm lag der Brief der Anwälte auf dem Tisch. Ein Blick darauf und er wusste, dass keine Zeit mehr blieb. Es musste etwas geschehen, auch der Schimmel hatte sich bereits durch die halbe Zimmerdecke gefressen. Der ganze Streit kam ihm auf einmal unfassbar vor, alles wegen dieser feuchten, nach Moder stinkenden alten Bude. Am Ende würde Großmutter die Verliererin sein und mit nichts dastehen. Jetzt konnte sie sich nicht mehr wehren. Es lag also in seiner Verantwortung, es nicht bis zum Äußersten kommen zu lassen.

Im Kühlschrank stand noch ein Bier. Er knackte den Kronkorken, nahm einen Schluck und setzte sich zum Nachdenken wieder an den Tisch. Mehrfach hatte er ihr geraten, mit den Bernows zu reden, aber dann waren ihr wieder einmal die Pferde durchgegangen. Es blieb nur eine Möglichkeit. Bislang hatte er diese nicht ernsthaft in Erwägung gezogen, weil er glaubte, dass ihn der Herr von Bernow nicht ernst nehmen würde. Außerdem hatte er keine Erfahrung im Verhandeln und kein Talent zum Reden so wie Junghans. Er hatte befürchtet, eher Schaden anzurichten, als zu helfen. Aber jetzt, wo Großmutter gesundheitlich stark angeschlagen war, musste er das Risiko eingehen und selbst mit den Bernows reden.

Fragte sich nur, wie er es anfangen sollte. Einen Termin vereinbaren wie beim Zahnarzt? Er fuhr sich mit der Hand durch die Kurzhaarfrisur. Womöglich sollte er einen Anzug tragen, aber woher nehmen?

Alles Blödsinn, dachte er und wusste plötzlich, was zu tun war. Es blieb keine Zeit mehr, er musste jetzt mit ihm reden, mit dem gnädigen Herrn von Bernow.

Offensichtlich passten sein Traum vom friedlichen Landleben und die Vergangenheit dieser Mauern nicht zusammen, die so schmutzig war, dass ihn sogar seine Mutter darüber belogen hatte. Entsprechend groß war Hartwigs Enttäuschung, als Junghans mit den Ereignissen von damals herauskam. Erst nach und nach begriff er, was es für ihn bedeutete, dass sein Vater Nazi gewesen war, vielleicht sogar ein Mörder. Nur ein schwacher Trost war es, dass es viele Söhne mit solchen Vätern gab, die damit leben mussten. Aber es durfte nicht das Aus bedeuten.

Eine Frage trieb ihn weiter um: Angeblich war sein Vater ein Mann mit Gewissen und Verantwortungsgefühl gewesen. Hatte Mutter denn wirklich alles verdreht? Seit dem Gespräch mit Junghans hatte er sich tausendmal gewünscht, noch einmal Margot gegenüberzusitzen, um sie fragen zu können: »Warum hast du mir nur all diese Märchen erzählt?«

Hartwig hatte wieder den Pferdestall erreicht. Fast eine Stunde hatte er gebraucht, den See zu umrunden. Er war gekommen, um den Rest seines Lebens an diesem Ort zu verbringen, und jetzt war alles nur noch fremd. Er sollte für die Taten eines Mannes, der sein Vater war, den er aber nie gekannt hatte, die Verantwortung übernehmen, obwohl er selbst daran unschuldig war. Als Sohn von Flüchtlingen aus dem Osten hatte ihm immer die Vergangenheit gefehlt. Jetzt hatte er eine, auf die er gerne verzichtet hätte.

Der große rote Pferdestall ragte vor ihm auf. »Ein Prachtexemplar von einem Stall, damals hat man mit dem Raum nicht gespart, ideal für die Pferdehaltung.« Er könne mühelos fünfundzwanzig bis dreißig Innenboxen unterbringen, hatte der Fachmann nach der ersten Besichtigung gesagt. Wieder schwebte Hartwig das Bild eines florierenden

Betriebs vor, in das er sich so verliebt hatte: Das Haus voller Pensionsgäste aus Hamburg bis Berlin, die in seinen Zimmern und Wohnungen übernachteten, die ihre Rassepferde seinem Personal anvertrauten, tagsüber ausritten und abends seinen Wein tranken, den er sich vom Rhein und der Mosel liefern ließ.

»Herr von Bernow?«

Den jungen Mann in Jeans und kariertem Baumwollhemd hatte er nicht kommen hören. Im ersten Moment dachte er, einen Termin vergessen zu haben.

»Ja?«

»Mein Name ist Paul Wagenseil.«

Wagenseil? Den Namen kannte er mittlerweile. Offenbar war er der Enkel der alten Frau, dachte Hartwig, eine Überraschung. »Guten Tag.«

Der kräftige junge Mann wirkte entschlossen, fast zu entschlossen. Aber Junghans hatte Hartwig erzählt, dass der junge Wagenseil ganz vernünftig sei, ein ruhiger Zeitgenosse, im Gegensatz zu seiner temperamentvollen Großmutter. Das hinderte die beiden offenbar nicht, zusammenzuhalten und sogar die Zeitung gegen ihn aufzuwiegeln. »Was kann ich für Sie tun?«

Es stellte sich heraus, dass Paul Wagenseil eher verlegen als angriffslustig war und nach den richtigen Worten suchte. »Mein Urgroßvater war Stallmeister hier«, begann er schließlich. »Meine Großmutter hat mir erzählt, dass sich niemand besser mit Pferden auskannte als er, nicht einmal der Gnädige Herr.« Er warf Hartwig einen unsicheren Blick zu, offenbar bemüht, nichts Falsches zu sagen.

»Es gibt keine Gnädigen Herren mehr, schon lange nicht mehr«, erwiderte Hartwig und erkannte im gleichen Moment, dass es vernünftig war, den Jungen nicht vor den

Kopf zu stoßen. »Ich wollte mir den Stall vor dem Umbau noch einmal ansehen, haben Sie Lust mitzukommen?«

Er ging durch das kniehohe Gras, und Paul Wagenseil folgte ihm schweigend zum großen Schiebetor. Als Hartwig es öffnete, ließ sie das Kreischen in den Laufschienen zusammenzucken. Dann durchmaßen sie den weiten Innenraum des Stalls, den Schildknechts Männer erst vor zwei Monaten von Zentnern Schutt und Abfall befreit hatten, um ihn betretbar zu machen. »Wie in einem Schweinestall hat es hier ausgesehen«, schilderte Hartwig. Er fragte den jungen Mann, was er beruflich so treibe, versuchte, das eigentliche Thema so lange wie möglich hinauszuzögern. Denn dann würde es mit dem Frieden vermutlich zu Ende sein.

»Ich arbeite in dem neuen Baumarkt von Neustrelitz.«

»Füllt Sie die Arbeit aus?«

Der Junge sah ihn an, als käme er von einem anderen Stern. Offenbar hatte ihm noch niemand diese Frage gestellt.

»Es hat sich eben angeboten«, war die nüchterne Antwort.

»Machen Sie nur das, was in Ihnen Leidenschaft weckt, denn nur dann machen Sie es gut.« Hartwig wusste selbst nicht, warum er so gespreizt daherredete. Jani, sein eigener Sohn, hätte ihn nicht für voll genommen, aber diesem Jungen schienen seine Worte zu imponieren, zumindest schien er sie ernst zu nehmen. Er taute auf, erzählte, dass er gern mit Pferden arbeiten würde so wie seine Vorfahren, und offenbar verstand er einiges davon. Hartwigs eigene Begeisterung flammte wieder auf. »Ich bin ehrgeizig«, ging er aus sich heraus. »Es soll das größte und schönste Pferdehotel weit und breit werden.« Und als er ihm seine Vision mit blumigen Worten beschrieb, glänzten auch die Augen des jungen Wagenseil.

Doch dann folgte die Frage, die Hartwig gefürchtet hatte: »Und was wird aus Großmutter?«

Er bedauerte es, aber es gab nun einmal Zwänge, denen er nicht ausweichen konnte. »Die Häuser in der Allee müssen umgebaut werden, um Geld zu verdienen«, begann Hartwig in der Hoffnung, dass der junge Mann ein Einsehen hatte. »Ich kann auf keins verzichten. Das Gut ist auch ein Geschäft, ein Betrieb, der Gewinn abwerfen muss, sonst bricht alles zusammen, verstehen Sie?«

»Und warum reden Sie nicht mit ihr? Vielleicht wird sie es verstehen, wenn Sie es ihr persönlich erklären.«

Es klang einfach, aber das war es nicht. Es war sogar kompliziert, es bedeutete nämlich, dass er …

»Sie wartet darauf.« Der junge Mann sah ihm fest in die Augen.

Verantwortung zu tragen, war für Hartwig nicht neu, aber jetzt spürte er zum ersten Mal seine Verantwortung als Gutsherr. Ja, er trug sie auch für die Menschen auf dem Gut, und dabei handelte es sich um Schicksale.

»Also gut, ich werde sehen, was sich machen lässt«, erwiderte er, »Aber in diesem Haus kann sie nicht bleiben.«

✲

Paul hatte ihre Zahnbürste, etwas Wechselwäsche und andere Kleinigkeiten ins Krankenhaus gebracht. Was blieb Helma in der Situation anderes übrig, als sich helfen zu lassen? Das Alter sei grausam, hatte schon ihre Großmutter gesagt. Und die gute Berta hatte wieder einmal recht behalten, das Alter zerstörte noch das letzte bisschen Würde, das man sich über die Jahre gerettet hatte. Den Tag im Sessel zu verbringen wie sie, kam für Helma allerdings nicht infrage. Sich rühren, so lange es ging, und dann sollte sie der Schlag treffen.

Ob sich in Groß Bernow bereits herumgesprochen hatte, dass sie zusammengeklappt war und sich das Problem Helma Wagenseil wohl in Kürze von selbst erledigen würde? Gleich nach den Bernows atmeten wohl Steffen Junghans und seine Freunde auf, die sich Hoffnung auf die Wertsteigerung ihrer Grundstücke machten, wenn es mit dem Dorf erst wieder aufwärtsging. Investoren, so hießen diejenigen heute, die einer Region vorschrieben, wo es langgehen sollte. Wo war der Unterschied zu früher, als es noch Junker gab? Nur die Namen hatten sich geändert, aber dahinter lauerten immer noch dieselben Halsabschneider.

Sie hatte nicht genau zugehört, was Paul gesagt hatte, aber er klang plötzlich so begeistert. Vielleicht sei der neue Gutsherr gar nicht so verbohrt, wie sie es ihn immer glauben machen wollte. Sie hatten verschiedene Meinungen zu dem Thema, eigentlich war das Helma nicht mehr so wichtig. Aber Paul hatte nicht davon abgelassen. Es sei blödsinnig, sich gegen ein gutes Konzept zu stellen, nur weil es von den Bernows stamme.

»Man könnte fast glauben, der neue Gutsherr hätte dich persönlich beschwatzt«, hatte sie gestichelt. Aber anscheinend meinte er es ernst.

»Hast du dir die Zimmerdecke in der Küche einmal genauer angesehen? Schimmel, überall Schimmel, es geht so nicht mehr, Oma, sieh das doch ein!«

»Es wird Zeit, dass ich hier herauskomme«, hatte sie erwidert und ihm damit offenbar einen Schrecken eingejagt.

»Dann werde ich den Schimmel mit dem Spachtel von der Decke kratzen und alles ist gut.« Was bedeutete schon das bisschen Schimmel, sie hatte ganz andere Zeiten überlebt.

»Bitte tu mir einen Gefallen und bleib hier«, hatte er versucht, sie zu besänftigen. »Du bist krank. Es sind ja nur ein paar Tage.«

Paul war ein guter Junge, er war sanft und verstand es, mit Pferden umzugehen. Bereits als er klein war, hatte es ihn auf die Koppeln gezogen. Warum musste er nur diese Arbeit mit Maschinen machen? Mit Tieren soll der Mensch leben und arbeiten, nicht mit Maschinen. Leise rieselte der Sauerstoff durch den Schlauch und kitzelte in ihrer Nase. Es war erst früher Abend, aber sie war müde, und die Augen fielen ihr zu.

Arne Fiedler war ein außergewöhnlicher Mann. Vielleicht erschien es Anja so, weil sie sich in seiner Gegenwart weder behaupten noch verteidigen musste. Sie konnte sich vorstellen, in seinen Armen zu liegen und sich stundenlang von seinen sanften Händen streicheln zu lassen, himmlischen Sex konnte sie sich auch mit ihm vorstellen. Oder einfach nur reden über ihre jämmerliche Rolle in ihrer Ehe, ohne zu verschweigen, dass sie daran nicht unschuldig war, und auch über seelische Wunden, die man nur mit Trost und Verständnis heilen konnte. Arne schien sich ebenso danach zu sehnen. Eines Tages würde er über seine Erlebnisse im Kinderheim sprechen, davon war sie überzeugt.

Als sie gegen sechs zurück nach Groß Bernow kam, stand Hartwig am Fenster seines Büros wie ein Burgwächter und fixierte sie mit unbewegter Miene. Sie hasste es, ihm die entwürdigenden Fragen zu beantworten, die er ihr gleich stellen würde. Sie war verheiratet, aber sie war niemandem Rechenschaft schuldig, es gab auch nichts, was sie hätte rechtfertigen müssen. Doch seit letztem Freitag war alles anders, zum ersten Mal hatte sie Angst vor ihm. Er war unberechenbar geworden.

»Ich bin mit Corni Fiedler ausgeritten, und wir haben nicht auf die Uhr geschaut, schlimm?«, begegnete sie ihm eine Spur zu provozierend. Als Corni zurückgekehrt war, hatte sich Arne von ihr verabschiedet und in sein Atelier verzogen. Corni und sie hatten anschließend noch die Rösser bewegt. Die Unterhaltung mit Arne verschwieg sie Hartwig. Sie versuchte, möglichst schnell an ihm vorbeizukommen, denn er verdarb ihr die gute Stimmung, der Nachmittag war so wunderbar harmonisch gewesen.

»Ist schon in Ordnung, freut mich, dass du dich für Pferde und die Umgebung interessierst«, begann er, und zuerst glaubte sie, dass er versuchte, sich zusammenzureißen. »Ich dachte schon, dass der arme Herr Fiedler wieder krank ist und du deinen Freunden wieder helfen musstest.« Sein Tonfall verriet allerdings das Gegenteil. Sie war nicht mehr bereit, seine Frechheiten einfach so hinzunehmen. Auf dem Weg zur Treppe fiel ihr ein, was sie am Nachmittag entdeckt hatte.

Auf der Anhöhe, von der aus man einen herrlichen Blick auf das Gut hatte, waren sie abgestiegen. Einige der alten Buchenstämme waren übersät mit Initialen. »Angeblich haben alle Paare, die in den letzten hundertfünfzig Jahren in der Gegend geheiratet haben, ihre Namen in die Rinden geritzt«, hatte Corni ihr erzählt.

Und zwei Namen waren Anja ins Auge gefallen: *Karl Friedrich* und *Margot*, umrahmt von einem geschnitzten

Herz. Margot war also auch einmal verliebt gewesen, die vergrämte, besserwisserische Margot war eine ganz normale junge Frau gewesen, die sich den Armen eines Mannes überlassen hatte und übel reingefallen war. Wenigstens das einte Anja mit ihrer Schwiegermutter.

Sie blieb auf der Treppe stehen und drehte sich zu Hartwig um. »Ich soll dich übrigens schön grüßen«, und sie versuchte den gleichen höhnischen Tonfall, wie es seine Spezialität war.

»Von wem?«

»Von deiner Mutter.«

Sieben Uhr am nächsten Morgen. Ein kühler Windzug machte Anja Gänsehaut, als sie die Küchentür zum Garten hinaus öffnete und gleich wieder schloss. Der Sommer war vorbei, die Blätter der alten Obstbäume schimmerten bereits gelb und rot, und dass sich ihr Leben komplett verändert hatte, zeigte sich allein beim Frühstück. Sie befüllte die Kaffeemaschine mit Wasser, zählte zwei gehäufte Löffel schwarzbraunes Pulver in den Filter. Für alles Weitere genügte ein Griff in den Kühlschrank. Seit sie eingezogen waren, stellte sie morgens lediglich den Teller mit verpacktem Aufschnitt auf den Tisch, Butter und Brot. Wehmut packte sie, wenn sie an das liebevoll zubereitete Frühstück in Wachtberg dachte. Es hatte ihr Spaß gemacht, die Familie für den Tag in gute Laune zu versetzen.

Allmählich stieg der Druck auf Hartwig und sie wie in einem Dampfkessel. Die Pensionszimmer waren noch nicht alle bezugsfertig. Wenn es so weit wäre, könnten sie wenigstens Feriengäste unterbringen und erste Einnahmen erzielen. Die restlichen Möbel sollten in der kommenden Woche geliefert werden, aber die Firma hatte noch keinen genauen Termin genannt. Die hatten ja keine Ahnung, dass der Stillstand an ihrer Existenz nagte, weil die Bank ihnen weitere Kredite versagte. Wahrscheinlich war es das, was Hartwig so aus der Fassung brachte.

Sie setzte sich an den langen Holztisch und schlürfte ihren Kaffee, nebenbei warf sie einen Blick in den »Neustrelitzer Anzeiger«, den Hartwig abonniert hatte, um über die lokalen Ereignisse auf dem Laufenden zu sein. Doch die aufsteigende Sonne warf bewegte Schatten an die Wände. Was wohl früher um diese Zeit in der Küche vor sich ging? Wie viele Leute hatten hier gearbeitet, um der Gutsherrschaft das Frühstück zu bereiten?, fragte sie sich. Nicht einmal eine Kaffeemaschine gab es damals, die Bohnen mahlte man in diesen altmodischen Handmühlen aus Holz, die heutzutage bunt lackiert als Deko auf den Fensterbänken zwischen den Zimmerpflanzen standen.

Sie nahm noch einen Schluck Kaffee, blätterte in der Zeitung, als ihr Blick an einem Foto haften blieb. Aber das war doch ... unverwechselbar Hartwig, den der Reporter anscheinend überrascht hatte.

Gutsherr Gnadenlos stand fett über dem Artikel. *Wie das alte Gut in Groß Bernow hat Helma Wagenseil (72) wechselvolle Zeiten erlebt und sie alle überstanden, den Kaiser, das Dritte Reich ... Was sich jedoch derzeit dort abspielt, gleicht einem Drama in mehreren Akten, und im letzten Akt scheint die Heldin am Boden zu liegen: Helma soll ihr kleines Haus an der Kastanienallee nun endgültig räumen, weil es der Neue so will. Es gibt alte Geschichten im Dorf, nach denen der letzte Junker Karl-Friedrich von Bernow, ein Nazi, noch vor Ende des Krieges Helma Wagenseils Vater, einem unbequemen Sozialdemokraten, übel mitgespielt habe. Aber Hartwig von Bernow, der jetzige Gutsherr, wollte sich den klärenden Fragen unserer Zeitung nicht stellen. Wie soll es weitergehen, Herr von Bernow?*

Anja hatte dieses Gut nie gewollt, sie hatte sich dagegen gesträubt, aber jetzt war alles noch schlimmer als befürchtet. Die Leute haben ein langes Gedächtnis, hatte ihr Vater

sie gewarnt. Warum, verflucht, hatte sie nicht auf ihn gehört und Hartwig den Brief gezeigt, bevor alles ans Licht
gezerrt worden war? Sie hätte wissen müssen, dass die alten
Geschichten irgendwann herauskommen und sich nicht
nur gegen ihn, sondern gegen sie beide wenden würden.
Es wäre auch ihre Aufgabe gewesen, die alte Frau aufzusuchen. Kaum mehr als fünfhundert Meter lagen zwischen
dem Herrenhaus und der ehemaligen Arbeitersiedlung.
Jetzt waren sie als Nazis verschrien. Wer wollte schon bei
Geächteten seine Ferien verbringen, geschweige denn ihnen sein geliebtes Pferd anvertrauen?

In dem Moment erschien Hartwig in der Küche. »Mor-
gen«, brummte er verschlafen, während er auf seinen
Wollsocken zum Kühlschrank rutschte. Anja stockte der
Atem.

»Gibt es etwas Neues?«, fragte er.

Nicht einmal ein »Guten Morgen« brachte Anja über die
Lippen. Seit seinem Wutausbruch floh sie ihn wie das Reh
den Wolf, gab ihm auch nicht die geringste Chance, sich zu
entschuldigen. Vielmehr lauerte sie auf jeden kleinen Fehler von seiner Seite, um den Graben zwischen ihnen noch
zu vertiefen. Er öffnete den Kühlschrank und nahm die
Milch heraus. Auch der Versuch, ein harmloses Gespräch
anzufangen, würde zweifellos schiefgehen. Er setzte sich zu
ihr an den Tisch und beabsichtigte geduldig zu warten, bis
sie fertig mit dem Lesen der Zeitung war.

Doch er hatte sich kaum Kaffee eingeschenkt, als sie ihm
ohne Kommentar das Blatt zuschob. Ihm fiel ihr rot ge-
sprenkelter Hals auf, was nur vorkam, wenn sie sich auf-

regte. Er warf einen Blick auf die Seite. Zweifellos ein Foto von ihm, darunter: *Gutsherr Gnadenlos.*

Anja ließ ihn nicht aus den Augen. Offensichtlich hatte sie die Hetze ins Mark getroffen.

Er hatte es kommen sehen, und wieder war es seine Schuld. Er hätte diplomatischer sein müssen und diesen Schmierfink, dem es offenbar nur um eine reißerische Story ging, nicht von seinem Grundstück verweisen sollen. Jetzt bedeutete es das Aus. Auch wenn er versuchte, sich zu verteidigen, Anja würde mit Recht annehmen, dass er alles bereits vorher gewusst und ihr die Geschichte seiner Familie absichtlich verschwiegen hätte, ganz abgesehen von den Märchen, die seine Mutter über seinen Vater verbreitet hatte.

»Hast du davon gewusst?«, fragte sie.

Warum nicht endlich das Versteckspiel beenden? »Ja.«

Wie erwartet war sie fassungslos.

»Aber ich habe alles erst hier erfahren, das musst du mir glauben. Junghans hat es mir erzählt. Für die ganze Geschichte gibt es allerdings keine Beweise. Nicht einmal die alte Frau hat etwas Konkretes in der Hand, sonst hätte sie es längst ausgenutzt. Es könnte pure Verleumdung sein.«

»Und warum hast du mir nichts gesagt?«

»Ich wollte dich nicht beunruhigen, Anja.« Er hielt ihren Blick nicht aus. »Außerdem hatte ich Angst, dass du glaubst, ich hätte es schon immer gewusst …«

Sie sprang auf und rannte davon. Er verstand sie sogar, von Anfang an hatte sie dieses Gut nicht gewollt, er hatte ihr seinen Willen aufgezwungen, ihre glückliche Ehe ruiniert. Er trat ans Fenster, blickte hinaus in den verwilderten Garten. Durch seine Ignoranz hatte er alles zerstört.

Plötzlich spürte er eine Hand auf seiner Schulter. Anja war zurückgekommen.

»Lies!«, sagte sie nur und legte einen handgeschriebenen Brief in seine Hände. Er konnte die altmodischen Schriftzeichen nur schwer entziffern, aber der Inhalt war eindeutig: Von nun an gab es keine Ausflüchte mehr.

»Die Gerüchte sind also wahr, und du hast es gewusst«, sagte er.

»Ja«, erwiderte sie.

Schlimmer konnte es nicht kommen. Sein Vater war nicht nur ein Nazi, er war auch ein Feigling gewesen, der sich aus der Verantwortung gestohlen hatte. »Wer hat dir den Brief gegeben?«

»Ich habe ihn im Nachlass deiner Mutter gefunden«, erwiderte sie und schlug die Augen nieder.

»Und warum zeigst du ihn mir erst jetzt?«

Es fiel ihr nicht leicht, darauf zu antworten. »Ich habe nicht gewusst, wie ich mich verhalten sollte, mein Vater hat mir geraten, nicht unbedacht damit umzugehen. Am Ende habe ich mich nicht mehr getraut …«

Hartwig kannte Anja, sie war bestimmt in heller Aufregung gewesen über diese Hiobsbotschaft und natürlich gekränkt, schließlich hatte seine Mutter sie oft hart behandelt, besonders als die Kinder noch klein waren. Seine Mutter war ihm mittlerweile selbst zum Rätsel geworden. Er verstand Anjas Enttäuschung; sie hatte sich betrogen gefühlt, weil er ihr eine Idylle vorgegaukelt hatte, die es nie gab und, wie es aussah, nie geben würde.

»Mutter erzählte mir nur das, was sie auch dir erzählt hat«, sagte er. »Vielleicht konnte sie nur so mit der Enttäuschung ihres Lebens fertig werden. Als alleinerziehende Mutter konnte sie schließlich nicht nur Trübsal blasen.«

Und Anja wollte ihn vor der bitteren Wahrheit bewahren, deshalb hatte sie ihm nichts von dem Brief erzählt.

Aber jetzt gab es keine andere Lösung, sie mussten wieder zusammenhalten. Anja stand vor ihm und hatte Tränen in den Augen. Diesmal lief sie nicht fort, sie wartete darauf, dass er sie umarmte.

⁓

Eine Scheibe blasser Käse, Salami so dünn wie Papier und eine winzige Leberwurst im Plastikdarm. Aber das war halb so schlimm, es war dieser lauwarme durchsichtige Kaffee, der Helma aufregte, und sie durfte sich nicht aufregen. Blühende Landschaften hatten sie versprochen, wohin das Auge reichte. Überall sollte es besser werden ... und dann Blümchenkaffee.

Sie fuhr die Rückenstütze hoch und saß aufrecht in ihrem Bett, das Tablett mit dem Frühstück im Schoß. Halb neun zeigte der alte Wecker an, der sonst auf dem Nachtkasten in ihrem Schlafzimmer stand und den Paul ihr zusammen mit der Wäsche von zu Hause mitgebracht hatte. Also war es erst zwanzig nach, denn er ging zehn Minuten vor. Es störte sie nicht, im Gegenteil, dann drängte die Zeit nicht. Ohnehin trieb sie niemand dazu aufzustehen, nur ausruhen sollte sie sich. Aber allmählich machte sie das Ausruhen ziemlich nervös.

Der Himmel war so blass wie der Käse auf dem Frühstückstablett, das Fenster geschlossen, wahrscheinlich befürchtete die Schwester, dass sie sich erkälten könnte, dabei brauchte sie die frische Luft wie die Vögel. Helma vermisste die gefiederten Krachmacher und die rauschenden Kastanien. Es war wieder Herbst, und die Allee trug ihre schönsten Kleider, bevor der frostige Winter kam. Der Herbst war für sie mehr als eine Jahreszeit, er war eine Aufforderung. Früher, wenn ihr über das Jahr die Arbeit schwergefallen war, hatte sie sich bis zum Herbst ein Ziel gesetzt und sich dann zusammengerissen, um es zu erreichen.

Das Bett neben ihr war leer, nicht einmal ein Schwätzchen mit einer Leidensgenossin konnte man halten. Sie fühlte sich einsam und wollte nach Hause, auch wenn hier alles blitzblank war und es besser roch. Als Erstes würde sie sich in ihrer Küche einen richtigen Kaffee brühen.

Sie stellte das Tablett ab und ließ die Beine aus dem Bett baumeln. Ihre Füße fühlten sich heute nicht so taub an. Sie konnte ihre Zehen fast ohne Schmerzen bewegen und in die neuen Pantoffeln schlüpfen, die Paul ihr besorgt hatte. Dann erhob sie sich, noch etwas zittrig, um das Bad aufzusuchen. Als sie den Schalter an der Tür drückte, flackerte das Licht kurz auf, das Bad war hell erleuchtet. Und sie staunte. Diese neuen Bäder waren beeindruckend, das musste sie zugeben. Geräumig und bis zur Decke weiß gefliest. Alles glänzte vor Sauberkeit. Wenn man den Hahn aus blankem Chrom aufdrehte, floss das Wasser, ohne zu stottern, in ein Becken aus Keramik, und mit einem Dreh konnte man es warm stellen, sogar heiß, bis man sich die Finger verbrannte. Sie hätte sich wohl auch so ein Bad gewünscht. Der Spiegel war dreimal größer als der runde, den sie zu Hause hatte. Er fing ihren Blick, und sie begegnete ihrem Gesicht.

Die einstige Schönheit hatte sich daraus verabschiedet, verwittert sah es aus, müde. Doch die Arbeit war noch nicht getan. Es war Herbst, Helma blieb nicht mehr viel Zeit. Einmal hatte sie es bereits vermasselt, sie musste es auf eine andere Weise angehen. Um sein Ziel zu erreichen, konnte man sich die Mittel nicht immer aussuchen, manchmal musste man hart gegen sich und andere sein.

❧

Anja saß zum ersten Mal in Hartwigs Pick-up, der sich so neu anfühlte wie ihre Ehe. Es war so schnell gegangen, dass sie wieder zueinandergefunden hatten, so verblüffend schnell. Allerdings musste das verloren gegangene Vertrauen erst wieder wachsen. Erst nach und nach würde sich zeigen, ob auch Hartwig den Neuanfang ehrlich meinte. Sie hoffte, dass die Erleichterung, die sie jetzt empfand, länger als bis zum Mittag hielt.

Ihr Ziel war der Schweriner See. Hartwig hatte vorgeschlagen, den Tag zu nutzen, um ein anderes Pferdegut zu besuchen. »Wir brauchen Perspektiven, Schatz«, sagte er und platzte fast vor guter Laune. »Später werden uns die Gäste den ganzen Tag auf Trab halten.« Seine Rechte löste sich vom Lenkrad, und wie selbstverständlich ließ er sie auf ihrem Oberschenkel ruhen. Auch wenn er damit nur zeigen wollte, dass sie wieder zusammengefunden hatten, fragte sie sich, ob sie es noch einmal zulassen wollte, dass ein Mann sie so ganz in Besitz nahm. Ihre alte Ehe gab es nicht mehr.

»Hoffentlich wird es so sein«, erwiderte sie, und es klang wie ein Seufzer.

»Ich darf doch um etwas mehr Zuversicht bitten, Frau von Bernow!«

Er begann wieder zu erzählen, wie er sich die Zukunft vorstellte, und sie ließ ihn reden, auch wenn sie das meiste davon bereits kannte. Sie beide wussten, dass dieser Traum längst seine Keuschheit verloren hatte. Aber obwohl die Schwierigkeiten gewachsen waren, nahm er mehr und mehr Gestalt an.

»Ich habe den Startschuss für den Boxenbau gegeben, auch wenn die Bank den Kredit noch nicht bewilligt hat. Wir können nicht mehr warten. Wenn die Zimmer vollständig eingerichtet sind, muss es losgehen.«

Sie warf ihm einen wenig erfreuten Blick zu.

»Das war gestern, Anja, heute hätte ich dich natürlich gefragt. Du brauchst es nur zu sagen, wenn du anderer Meinung bist, ich mache es sofort rückgängig, nur ...«

»Schon gut«, unterbrach sie ihn. Anscheinend hatte er verstanden, es erschwerte ihr Leben nur, jetzt kleinlich zu werden. »Und was ist mit der alten Frau?«

»Ich weiß nicht, ob sie hinter dem Zeitungsartikel steckt. Wenn ja, wird es nicht leicht, mit ihr zu sprechen. Aber ich werde es versuchen, gleich morgen, Schatz. Ich hoffe nur, dass ich den richtigen Ton treffe.«

War das nicht ihr Auftritt? »Du kannst es auch mir überlassen«, bot sie an, und ihm fiel sichtlich ein Stein vom Herzen.

Der Reiterhof am Ufer des Schweriner Sees war ein Juwel, sie genossen die Besichtigung, und Anja ließ sich von Hartwigs Euphorie anstecken. Sie schmiedeten weitere Pläne und entschlossen sich, zunächst nur drei oder vier robuste Reitpferde im roten Stall zu halten, die anderen Boxen sollten für die Pensionspferde frei bleiben. »Bis der Laden richtig läuft«, sagte Hartwig und schwärmte von einer eigenen Zucht mit Rassen aus der Region.

Gegen Abend kehrten sie nach Groß Bernow zurück. Den Himmel verdunkelten schwere Wolken, dennoch wirkte die Kastanienallee heller als im Sommer. Die meisten Blätter hatten bereits die goldgelbe Herbstfärbung angenommen. Im Haus der alten Frau brannte Licht. »Sie ist wieder zurück«, sagte Hartwig, »Es sah zunächst aus, als wäre es vorbei mit ihr. Ich gebe zu, für einen Moment habe ich es vielleicht sogar gehofft …« Er erzählte Anja von dem Krankenwagen und dem Sirenengeheul.

In der Schweriner Altstadt hatten sie sich mit Räucherfisch, Ziegenkäse, Wildschweinsalami und Zwiebelbrot eingedeckt, um die »Wiedervereinigung der Bernows gebührend zu feiern«, wie sich Hartwig ausdrückte. Den Abend verbrachten sie in der Gutsküche an dem langen Holztisch bei Kerzenlicht und Leckereien. Sie redeten und lachten; seine Eltern, besonders sein Vater, waren allerdings kein Thema. Sie hätten bereits zu viel in ihrem Leben angerichtet, meinte Hartwig. Da erinnerten sie sich lieber an ihre gemeinsamen Erlebnisse mit Sabrina und Jani, als sie noch klein waren. Seit langer Zeit die ersten entspannten Stunden.

Gegen halb zwölf stand er auf, räumte vor ihren Augen den Tisch ab und gab ihr, als er damit fertig war und sogar das Geschirr gespült und abgetrocknet hatte, einen Kuss auf die Stirn. Daraufhin wünschte er ihr eine gute Nacht, verschwand und ließ sie erstaunt zurück. Was war das? Eigentlich hatte sie sich den Ausgang des Abends anders vorgestellt. Erst jetzt fiel ihr auf, dass er nicht einmal versucht hatte, sich bei ihr mit Komplimenten einzuschmeicheln, wie er es sonst bei solchen Gelegenheiten gehalten hatte. Jedenfalls ließ er sich immer etwas einfallen, um sie in Stimmung zu bringen.

Sie wartete. Als er sich nicht mehr blicken ließ, löschte sie das Licht in der Küche, ging nach oben in ihr Zimmer, zog sich aus und stellte sich unter die Dusche. Am Ende des Tages blieb festzustellen, dass sich einiges in ihrer Ehe geändert hatte. Offenbar auch das. Sie drehte das Wasser ab, frottierte sich, tappte anschließend nackt auf Zehenspitzen über den Teppichboden aus dem Raum über den kalten Marmorboden im Flur zu seinem Schlafzimmer – die Tür war nur angelehnt – und schlüpfte ohne ein Wort in sein Bett.

Sein Atem ging wieder ruhig und gleichmäßig. Immer noch hielt Hartwig ihre Hand. Er war besonders zärtlich gewesen und es war ihr bewusst geworden, wie verzweifelt sie sich danach gesehnt hatte und wie verblendet es gewesen war, sich einzubilden, dass sie auf ihre Zweisamkeit und Intimität würde verzichten können. Und doch schwelte die Frage in ihr, ob sie es ihm zu leicht gemacht hatte.

In der Luft lag ihr Geruch, ihr Liebesgeruch, er war schwerer geworden, reifer. Sie hatten eine zweite Chance bekommen, die mussten sie nutzen. Sie löste ihre Hand aus seiner und stand auf, um das Fenster zu schließen, denn der Regen wurde immer stärker, und der Wind warf sich jetzt in Böen gegen die Scheiben.

»Ich dachte schon, du hättest etwas mit ihm«, hörte sie Hartwigs Stimme in der Dunkelheit.

Anja schwieg. Vielleicht war es auch so, dachte sie. Sie hatte Arne Fiedler geküsst – ob in Wirklichkeit oder in ihrer Vorstellung, machte das einen Unterschied? –, und sie hätte sich ihm hingegeben, ja, das hätte sie. Mit seinen Blicken und seinem Verhalten hatte er ihr den Respekt entgegengebracht, den sie brauchte, den sie eigentlich von ihrem Ehemann erwartete. Aber solange nur die Wirklichkeit zählte, war nichts weiter passiert. Arne Fiedler war ihr

Freund, und er und seine Schwester würden es bleiben, auch damit müsste sich Hartwig abfinden.

Das schwache Licht der Straßenlaterne in der Allee zerrann auf der Scheibe, Blitze zuckten über dem Gutsdorf, worauf der Donner über den Kastanien bedrohlich röhrte.

»Komm ins Bett«, sagte Hartwig. Sie kroch zu ihm unter die Decke, legte ihr rechtes Bein zwischen seine haarigen Schenkel, er küsste sie. »Ich bin froh, dass es dich gibt«, sagte er leise, und sie spürte seine Tränen auf ihren Wangen.

Als Anja erwachte, war es immer noch dunkle Nacht. Hartwig hatte sich zur anderen Seite gedreht, es regnete nicht mehr so stark. Von draußen kamen immer noch Geräusche, doch die klangen plötzlich ganz anders. Das war kein dumpfes Donnergrollen, das waren harte Schläge und jetzt ein Klirren, als würde Glas zerspringen.

»Der Lärm kommt vom Parkplatz«, rief Hartwig und saß plötzlich kerzengerade im Bett. »Da macht sich jemand an unseren Autos zu schaffen!«

Auf einmal war es wieder still, nichts rührte sich, nur das leise Klopfen der Regentropfen an die Scheiben war zu hören. Er knipste das kleine Licht über seinem Kopf an, rannte ans Fenster, obwohl man vom Schlafzimmer aus den Parkplatz nicht sehen konnte. Dann setzte er sich neben sie auf die Bettkante und ergriff ihre Hand.

»Vielleicht täuschen wir uns«, flüsterte sie. Es war auch möglich, dass bei dem Sturm ein Ast heruntergebrochen war und einen der Wagen oder beide getroffen hatte. Jedenfalls war es zu gefährlich, bei dem Wetter jetzt draußen nachzusehen. Wozu gab es Versicherungen? Morgen würde sich eine Lösung finden. Anja nahm tröstend seinen Arm und legte ihn um ihre Schulter. Sie konnte sich vorstellen, wie sehr es Hartwig zu schaffen machte, der Pick-up war schließlich nagelneu.

In dem Augenblick hallten zwei schwere Schläge durch das Haus, als versuchte jemand, die Eichentür aufzubrechen. Offenbar mit Erfolg. Kurz darauf tobte es im Parterre, Glas splitterte, Holz barst. Jemand wollte sie zerstören.

»Ruf die Polizei!«, überschlug sich Anjas Stimme.

»Ich kann nicht«, sagte er. »Mein Handy ist im Büro.«

»Bitte geh nicht!«

Doch er riss sich los. »Denkst du, ich sehe tatenlos zu, wie sie uns ruinieren? Dieses Haus ist alles, was wir haben!« So schnell er konnte, zog er seine Hose an, während die Zerstörung im Erdgeschoss weiterging. Dem Getrampel nach waren es mindestens zwei. Es konnte nicht mehr lange dauern, und die Vandalen würden sich die Schlafzimmer im ersten Stock vornehmen.

»Warte hier!«

Was blieb ihr übrig, als seinen Befehl zu befolgen? Bevor er die Tür vorsichtig öffnete und hinausschlich, drehte Hartwig sich noch einmal zu ihr um. Er wirkte fest entschlossen. Nur wenig später schallte seine scharfe Stimme durch den Flur: »Wer ist da? Verschwinden Sie, oder ich hole die Polizei!«

Augenblickliche Stille.

Er musste die Treppe weiter hinuntergegangen sein. Anja meinte, seine Stimme noch einmal zu hören, aber entfernter. Dann war wieder Schweigen. Ein Zittern erfasste ihren ganzen Körper, das sie nicht abstellen konnte. Sie war außerstande, sich von der Stelle zu bewegen, wie festgeschraubt saß sie auf dem Bett. Es war Irrsinn, was sich gerade abspielte, sie wollte schreien, ganz laut. Aber jetzt hörte sie Schritte auf dem Kies, schnelle Schritte, als würde jemand weglaufen. Offenbar hatte Hartwig die Einbrecher in die Flucht geschlagen. Manchmal reichte geballtes Selbstbewusstsein aus, um Diebe und Vandalen zu vertreiben. Das hatte sie jedenfalls irgendwo einmal gelesen. Aber wo blieb Hartwig nur?

Sie horchte ängstlich auf Geräusche, ohne die Umrisse der Tür aus den Augen zu lassen. Dann hielt sie es nicht mehr aus, sie musste diese lähmende Stille durchbrechen, auch wenn ihre Knie zitterten und sie eine Ewigkeit benötigte, um bis zur Tür zu gelangen. Ihre Finger umklammerten die kalte Klinke aus Messing, drückten sie lautlos herunter, während ihr Herz wie wild schlug.

Aus dem Flur drang Licht in den Gang. Sie traute sich nicht zu rufen und ging Schritt für Schritt die Treppen hinunter. Jetzt spürte sie den kalten Windzug vom Hauseingang her, der an ihre unbedeckten Beine zog, aber sie musste weiter. Der Kronleuchter im großen Salon schaukelte noch, nur drei der Birnen brannten, als sie ein stechender Schmerz in ihrem rechten Fuß durchfuhr: Scherben, der Boden war übersät mit Scherben.

»Hartwig?« Sie blieb stehen und horchte, fasste sich an den schmerzenden Fußballen, der feucht von Blut war. Hartwig war doch nicht so verrückt, die Einbrecher zu verfolgen? Die Tür zu seinem Büro stand offen, das Licht einer Neonröhre zuckte.

Der Raum war verwüstet, Regale und der Schrank in Stücke geschlagen, wild durcheinandergeworfene Akten bedeckten den Boden. Doch das war es nicht, was ihr den Atem nahm und sie die Hände vor die Augen schlagen ließ. Es waren die schwarzen Hakenkreuze an den Wänden und das Wort in riesigen Buchstaben, das die große Wand im Salon bedeckte: *VERRÄTER*.

»Hartwig, sag doch was!«, schrie sie, um diese grausame Stille zu durchbrechen. Sie wollte bei ihm sein, ungeachtet, in welche Gefahr sie sich begab. Ein Lebenszeichen von ihm würde ihr genügen.

Sie fand ihn hinter dem alten Drehsessel, seinem Kapitänssessel, liegend, den Körper in unnatürlicher Verrenkung, mit blutverschmiertem Gesicht und erstarrtem Blick.

Gespenster

1

So musste es sich anfühlen, irrsinnig zu werden, oder war sie es bereits?

Wieder befiel sie dieses Zittern, sie ging in die Knie und beugte sich über den leblosen Körper.

»Hartwig?«, flüsterte sie und streichelte seine linke Wange. Keine Antwort, er rührte sich nicht. Sie wollte schreien, stattdessen entwich ihr nur ein elendes Wimmern. Nicht weit entfernt von seiner rechten Hand lag das Handy, unversehrt, ohne den geringsten Kratzer. Sie drückte den Notruf, worauf sich eine Frauenstimme meldete.

»Er ist tot«, sagte Anja. »Ich glaube, er ist tot.« Dann sank sie wieder neben ihn auf den Boden. Ein Rauschen erfüllte ihren Kopf, als hätte sie zu viel getrunken, und sie verspürte das unwiderstehliche Bedürfnis zu lachen. Das alles konnte doch nur ein schlechter Scherz sein!

Hartwigs rechte Hand haltend wartete sie, bis sich Stimmen näherten. Ein Scheinwerfer blendete sie, kurze Kommandos erfolgten, jemand zog sie vom Boden und richtete sie auf. »Können Sie gehen?«, fragte der Sanitäter.

»Ja«, antwortete sie. Ihre Zunge war schwer, nur mühsam brachte sie hervor: »Ich will bei ihm bleiben.« Sie kroch in den Krankenwagen und setzte sich dorthin, wo Platz war. Hinter ihr warf jemand die Tür zu.

»Sein Herzschlag ist noch da, aber sehr schwach«, sagte der junge Arzt, während der Fahrer den Motor startete und sie in halsbrecherischem Tempo um die Kurven rasten. »Nach der Ankunft müssen wir sofort operieren.«

Irgendwann stoppte der Wagen, die hintere Tür wurde aufgerissen, die Trage herausgezogen, mitsamt den Schläuchen und dem Tropf in den erleuchteten Eingang eines mehrstöckigen Gebäudes gezerrt. Intensivstation. Anja musste auf dem Gang warten.

Wie lange sie auf dem Stuhl gesessen hatte, wusste sie nicht mehr, als sie ein Arzt mit grauen Schläfen ansprach. »Wir haben alles getan«, sagte er, »aber ob wir erfolgreich waren, wird sich erst zeigen. Es hat ihn schwer getroffen.«

»Darf ich ihn sehen?«

Das Szenario kam ihr unwirklich vor. Hartwig, der nie krank gewesen war, jedenfalls nie ernsthaft, lebte nur noch, weil sein Körper über Schläuche mit diesen Apparaten verbunden war. Sein Atem ging flach, die Arme lagen schlaff neben seinem Körper, und er sah so beängstigend friedlich aus. Nur ein elektronisches Ticken war zu hören. Sein Herzschlag.

»Ich möchte bei ihm bleiben«, bat sie nur, mehr gab es nicht zu sagen.

Der Arzt nickte. Er rückte einen Stuhl in die Nähe des Bettes. »Ihr Mann ist noch nicht außer Lebensgefahr«, erwiderte er. »Wenn etwas sein sollte, drücken Sie bitte diesen Knopf.« Daraufhin ließ er sie mit Hartwig allein.

Das Herzgeräusch war nicht gleichmäßig, verzögerte sich oder stolperte, aber es setzte sich fort. Nur ein durchdringend langer Ton gäbe an, wenn es vorbei war, das wusste Anja. Eine Szene aus ihrer Kindheit spielte sich in ihrem Kopf ab. Sie waren in der St. Josef Kirche in Beuel. Paps hatte sie zu einem Orgelkonzert mitgenommen, und sie fand es furchtbar. Sie hatte gefragt, wann die Musik zu Ende sei. Er hatte geantwortet: »Wenn der lange Ton kommt, Maus, dann ist es zu Ende.«

Sie musste eingeschlafen sein. Auf einmal Stimmengewirr, jemand riss an ihrer Schulter. Immer noch hatte sie diesen Ton im Ohr. »Kommen Sie! Schnell!«, sagte eine Krankenschwester und brachte sie wieder hinaus auf den Gang. »Sein Herz hat ausgesetzt. Wir müssen wiederbeleben.«

Anja saß und wartete, gleichzeitig geschah etwas mit ihr, worauf sie nicht den geringsten Einfluss hatte: Sie war Zeugin, wie ihr Leben aus dem Ruder lief. Und während durch die große Schwingtür immer wieder Ärzte hin und her eilten, fühlte sie eine tiefe Verzweiflung in sich aufsteigen.

Als Anja später die Augen aufschlug, lag ihre linke Gesichtshälfte auf seiner Hand. Das fahle Morgenlicht, das durch das Fenster drang, verwandelte den Raum in eine stahlgraue Mondlandschaft. Ein Diagramm am Kopfende des Bettes zuckte, das Herzgeräusch war noch da. *Er* war noch da.

Die Erinnerung kam wie ein scharfer Schmerz, während die Szene, wie sie ihn gefunden hatte, wieder und wieder vor ihr ablief. Das Splittern von Holz, das Klirren von Fensterglas, die Hakenkreuze an den Wänden, die ihr den Atem genommen hatten. *VERRÄTER!* Immer noch konnte sie nicht glauben, was geschehen war.

Der Arzt mit den grauen Schläfen, der offenbar der Chefarzt war, kam herein im Gefolge eines jüngeren und einer Schwester, die ihr einen Kaffee brachte, das Fenster kippte und darauf den Raum verließ.

»Ihr Mann hat ein schweres Schädel-Hirn-Trauma erlitten«, erfolgte die Diagnose des Chefarztes. »Vermutlich durch einen harten Schlag auf den Kopf. Wir mussten operieren, weil sich eine lebensbedrohliche Blutung im Gehirn daraus ergeben hatte. Die Operation ist gut verlaufen, aber er ist noch nicht außer Lebensgefahr. Vor allem sein Herz macht uns Sorgen. Es war bereits vorher stark angegriffen, wussten Sie davon?«

»Nein.« Für Anja gab es nur die eine Frage: »Wird er wieder gesund?«

»Unsere erste Aufgabe ist es, ihn über die nächsten vierundzwanzig Stunden zu bringen, dann werden wir sehen«, sagte der Arzt. »Im Augenblick kann ich leider nicht mehr sagen.« Sein Interesse galt jetzt ausschließlich dem operierten männlichen Schädel auf dem Bett und den Untersuchungsergebnissen. »Sie können hier nicht viel für Ihren Mann tun, Frau von Bernow. Er liegt im künstlichen Koma, und wir müssen noch einiges mit ihm anstellen«, wandte er sich noch einmal an Anja. »Sie sollten nach Hause gehen und sich ausruhen. Sie müssen jetzt stark sein. Wir benachrichtigen Sie, sobald sich eine Veränderung ergibt.«

Sie nickte, aber sie wusste, dass sie sich keinen Schritt aus diesem Zimmer bewegen würde. Nachdem die Ärzte gegangen waren, dauerte es nicht lange und die Schwester kam zurück, diesmal von einem Mann um die fünfzig in dunklem Jackett und Jeans begleitet, der an der Tür stehen blieb.

»Möchten Sie noch Kaffee?«, fragte die Schwester.

»Nein, danke«, antwortete Anja.

»Hier ist ein Kommissar aus Neubrandenburg. Er hat ein paar Fragen an Sie. Fühlen Sie sich in der Lage, sie zu beantworten?«

Sie konnte beim besten Willen nicht sagen, wozu sie sich in der Lage fühlte. Der Kommissar nahm ihr allerdings die

Entscheidung ab. Er zögerte nicht lange, kam herein und stellte sich vor: »Wenzke mein Name, Kriminalhauptkommissar von der Polizeiinspektion Neubrandenburg.« Bevor er fortfuhr, drückte er ihr kurz die Hand. »Ich habe ein paar Fragen zu dem Anschlag auf Ihr Haus. Auch in Ihrem Interesse wollen wir so schnell wie möglich die Verantwortlichen ermitteln.«

Er fragte sie, wie der gestrige Tag bis zum Überfall verlaufen war und wie sie und Hartwig den Abend verbracht hatten. Es fiel ihr schwer, ganze Sätze zu formulieren, aber sie sah ein, dass dieser Mann nur seine Pflicht tat. Sie erwähnte den Besuch am Schweriner See und den harmonischen Ausklang des Tages. Ob sie sich in der Umgebung Feinde gemacht hätten, wollte der Kommissar wissen. Ost-West-Auseinandersetzungen seien keinesfalls eine Seltenheit und würden schnell eskalieren. In Anjas Ohren klang es beinahe wie ein Vorwurf.

»Wir sind nach Groß Bernow gekommen, um dort ein friedliches Leben zu führen, wir wollten uns eine zweite Zukunft aufbauen und dem Dorf helfen, wieder auf die Beine zu kommen.« Sie war selbst erstaunt über ihre feste Stimme. Doch der Kommissar warf ihr einen abschätzigen Blick zu. Kam es ihr nur so vor, oder hatte der Mann auch Vorurteile?

Er blieb jedenfalls höflich im Ton. »Bitte entschuldigen Sie, wenn ich das sage. Aber wie man in der Zeitung lesen konnte, ist Ihr Mann nicht gerade zimperlich.«

Der Kommissar schien sein Urteil bereits gefällt zu haben. Und das an Hartwigs Krankenbett, in dem er um sein Leben kämpfte und sich nicht verteidigen konnte. Aber vielleicht hatte sie auch etwas missverstanden, und bevor sie das Falsche darauf erwiderte, schwieg sie lieber. War es nicht so, dass man jedes unbedachte Wort gegen sie verwenden konnte? Außerdem war sie im Osten. Hier hatte man eine Phobie gegen alles aus dem Westen. Am Ende würden sie es so drehen, dass sie und Hartwig selbst die Schuld an dem Anschlag trügen. Gerade war sie bereit gewesen, dieses Gutshaus anzunehmen, das man ihnen als ihre neue Zukunft verkauft hatte, und jetzt …

Sie schlug die Hände vor das Gesicht.

»Ich kann Sie verstehen. Es muss sehr hart für Sie sein«, sagte der Kommissar. »Leider können Sie heute noch nicht in Ihr Haus zurück, wir sind noch voll und ganz damit beschäftigt, alle verfügbaren Spuren zu sichern. Haben Sie Freunde oder Verwandte in der Umgebung, die sich um Sie kümmern können?«

»Ich habe meinen Mann«, wollte sie antworten, doch ihre Stimme versagte.

Helma hatte Lisas Kopf in ihren Schoß gebettet. Lisa war bewusstlos und stöhnte, und ihre Stirn war von Schweiß bedeckt.

»Pscht!« Besänftigend strich Helma über die braunen Locken des Hausmädchens. Die Russen durften sie doch nicht entdecken, ansonsten würden sie kurzen Prozess mit ihnen machen. Sie waren im Kohlenschuppen versteckt, kaum mehr als dreißig Schritte von den Roten und dem Gutshaus entfernt, und bei jedem noch so leisen Geräusch zuckte Helma zusammen.

In der letzten Nacht hatte sie wieder davon geträumt, als wäre es gestern geschehen, als lägen nicht über fünfzig Jahre dazwischen. Helma war mit starkem Herzklopfen aufgewacht und hatte sich auf nackten Füßen die Treppe hinunter in die Küche begeben, um einen Schluck Wasser zu trinken. Auf einmal hallten vom Gut her schwere Schläge, und das Splittern von Glas war zu hören. Sie traute sich nicht, den Lichtschalter zu betätigen, setzte sich auf ihren Platz auf der Holzbank und ließ das Treiben geschehen, voller Angst wie damals im Kohlenschuppen. Dann war es plötzlich still. Nach einer Zeit glaubte sie, Schatten zu sehen, zwei oder drei Gestalten, die sich entlang der Kastanien bewegten. Immer noch saß sie regungslos auf ihrem Platz. Ein Rettungswagen fuhr am Haus vorbei, nach einer Viertelstunde kam er zurück und raste mit Sirenengeheul und zuckendem Blaulicht durch das Dorf. Kein Zweifel, da oben im Herrenhaus musste etwas passiert sein.

Sie war anschließend ins Bett gegangen, hatte aber nicht mehr schlafen können und sich schon um halb sechs einen Kaffee gemacht. Jetzt war es halb neun. Sie öffnete das Küchenfenster und verstreute Brotkrümel auf der äußeren Fensterbank. Die gefiederte Horde hatte nur darauf gewartet und stürzte sich darauf.

»Ja, ich bin noch da, habt ihr mich vermisst?«, fragte Helma. Aber kurz darauf schloss sie das Fenster wieder, denn es war bereits zu kalt. Wenn Paul auftauchte, würde sie ihn bitten, ihr zu helfen, das Vogelhaus aufzustellen. Sicher würde er zuerst mit ihr schimpfen, weil sie das Krankenhaus gegen den Rat des Arztes verlassen hatte. Doch jeder Mensch trug schließlich Verantwortung für sich selbst, und die ließ sie sich von niemandem nehmen. Nicht von dem Arzt und auch nicht von Paul.

Ein Polizeiwagen hielt auf der gegenüberliegenden Straßenseite, ein nagelneuer glänzender Polizeiwagen. Was wollte der hier? Sie beobachtete den Mann, der hinter dem Steuer noch eine rauchte und dabei ihr Haus ins Visier nahm. Helma hatte schon einmal jemanden gekannt, der im Auftrag der Staatsmacht in einem schneidigen Auto gekommen war. Die Erinnerung schmerzte. Dieser Mann hatte sie getäuscht und zum Spitzel gemacht. Und jetzt kam wieder einer daher, natürlich ein anderer, es waren immer andere, aber alle versuchten sie, die Menschen hereinzulegen.

Ja, da oben musste etwas passiert sein, mitten in der Nacht, und sie war sozusagen Zeugin, auch wenn sie nur Geräusche gehört hatte. Aber vielleicht reichte das schon aus, um sie festzunageln. Wer konnte schon sagen, auf welcher Seite die Polizei heutzutage stand? Die VoPo hatte Hand in Hand mit der Stasi gearbeitet, vielleicht waren sie jetzt alle zum Westen übergelaufen. Das Recht war immer auf der Seite des Stärkeren, das war nicht nur einfach ein Spruch, das hatte sie erlebt, mehr als einmal. Aber jetzt war sie im Vorteil, sie war alt und hatte nichts mehr zu verlieren.

Es klingelte an der Tür.

»Wenzke, Kripo Neubrandenburg«, stellte sich der Mann vor.

»Na und?«, hätte sie am liebsten erwidert, aber sie sah ihn nur schweigend an und verstellte die Haustür.

»Ich habe nur ein paar Fragen, Frau Wagenseil.«

»Worum geht es?«

»Es geht um den Anschlag von letzter Nacht auf das Gutshaus. Dabei ist alles kurz und klein geschlagen und der Gutsherr lebensgefährlich verletzt worden.«

Anschlag? Das Wort klang wie ein Vorwurf.

»Und was habe ich damit zu tun?«

»Vielleicht nichts«, sagte der Mann von der Kripo.

Sie ließ ihn herein, dirigierte ihn in die Küche und bot ihm einen Stuhl an.

»Ist Ihnen in der Nacht auf heute etwas Verdächtiges aufgefallen, oder haben Sie etwas gesehen oder gehört?«

Sie musterte ihn von oben bis unten. Er war ihr nicht sympathisch. »Nachts schlafe ich.«

Ein Anschlag also. Irgendjemand hatte es ihnen zurückgezahlt, den Bernows. Na und? Hatten sie es etwa nicht verdient? Allerdings brachte das keine Gerechtigkeit, das wusste auch Helma.

»Sie waren mit den Bernows über Kreuz, stimmt das?«

Aha, darauf wollte er hinaus, sie hatte es gleich gewusst. Schuldige wurden gesucht, und wer kam da als Erste infrage? Natürlich die alte Helma, die angeblich der Zukunft des Dorfes im Weg stand.

»Meinen Sie wirklich, ich hätte da oben alles kurz und klein geschlagen? Ich mit meinen zweiundsiebzig?« Sie lachte hart.

»Nein, nicht Sie, aber vielleicht kennen Sie die, die es getan haben.«

Allmählich schob sich der Tag zwischen die Ereignisse der Nacht, dem lähmenden Entsetzen der vergangenen Stunden folgte quälende Unruhe. Hartwig lag im künstlichen Koma und schwebte in Lebensgefahr. Anja konnte es einfach nicht fassen. Sie hatten sich versöhnt, alles war wieder gut gewesen, sie wollten wieder zusammenhalten und den Betrieb aufbauen.

Jemand klopfte an die Tür. Corni Fiedler.

»Danke, dass du gekommen bist«, sagte Anja unter Tränen.

»Hast du vergessen, wir sind doch Freundinnen?«

Corni schlug Anja vor, so lange in ihrer Pension zu bleiben, bis die Spurensuche im Gutshaus beendet sei. Anja
nahm an, aber nicht ohne darauf zu bestehen, die Kosten
dafür selbst zu übernehmen.

In Fiedlers Reich tranken sie gemeinsam Kaffee. Auch
Arne sprach ihr Mut zu. Später ging Anja auf ihr Zimmer, duschte und zog den Trainingsanzug an, den Corni
ihr geliehen hatte. Dann setzte sie sich auf ihr Bett und
nahm den Telefonhörer in die Hand. Es wurde Zeit, allen
Mut zusammenzunehmen für den unvermeidlichen Anruf.
Diesmal konnte sie ihren Vater nicht schonen.

Natürlich reagierte auch er schockiert, bot ihr seine Hilfe
an. Aber wie? Er konnte sich ja selbst kaum helfen. Dafür
überhäufte er sie mit Ratschlägen. »Du solltest so schnell
wie möglich die Versicherung benachrichtigen! Sind die
Wasserleitungen heil geblieben? Wenn nicht, kann das riesige Schäden verursachen. Du musst retten, was zu retten
ist, verstehst du, Maus?«

Ja, sie verstand, aber er schien nicht zu begreifen, dass
Hartwig in Lebensgefahr schwebte und alles jede Minute
vorbei sein konnte. Es ging um weit mehr als um dieses
verdammte Haus.

Sabrina traf die Nachricht in ihrer WG, Jani in der Um-
kleidekabine des Volleyballvereins. Beide waren wie vor
den Kopf gestoßen. Sabrina versuchte sie zu trösten, Jani
fing vor Schreck an zu stottern. Sie wollten so schnell wie
möglich kommen. Anja war beruhigt, die Kinder waren an
ihrer Seite, wenn ihre Mutter sie brauchte.

Am späteren Nachmittag hielt es Anja nicht mehr aus.

Ihre Unruhe war zur Panik angewachsen, unmöglich, nur dazusitzen und auf einen Anruf aus dem Krankenhaus zu warten. Sie verspürte das Bedürfnis zu laufen. Sie zog sich nicht um, lief in Cornis Jogginganzug über die Feldwege, vorbei an weiten Koppeln, bis sie ins Schwitzen geriet. Mitten auf einer gemähten Wiese hielt sie an, stützte die Hände auf die Knie und schrie und schrie, bis ein Hustenreiz den Anfall beendete. Sie lief weiter, und obwohl sie Angst hatte vor dem Anblick des Herrenhauses, zog es sie in Richtung Dorf.

Als sie dort ankam, war die Hauptstraße plötzlich belebt, und die Einwohner steckten ihre Köpfe zusammen. Das Ereignis der letzten Nacht hatte anscheinend Furore gemacht. Unter diesen Menschen befanden sich vermutlich auch die Täter, die sie jetzt mit stiller Schadenfreude angafften. Anja konnte ihnen nicht ausweichen, nur die eine Straße führte zum Gut. Für einen Augenblick dachte sie daran umzukehren, doch ihre Beine liefen weiter, mitten auf der Straße über den neuen Asphalt, zwischen den Gaffern hindurch, die jetzt verstummten.

Oben am Ende der Allee, kurz vor der rot-weißen Absperrung, kam Anja zum Stehen, vor sich die Wracks ihrer Giulietta und des neuen Pick-ups: die Karosserie völlig verbeult, zerstochene Reifen, überall verstreut die Glassplitter der zertrümmerten Scheiben und Scheinwerfer. Auch im Erdgeschoss des Hauses war kein Fenster unversehrt geblieben. Die große Eichentür war nicht so schwer beschädigt, wie sie angenommen hatte. Die Hakenkreuze, die auch außen auf der Fassade aufgesprüht waren, schockierten sie am meisten. Sie würden sie immer erschüttern, und ihr wurde zutiefst bewusst, dass sie untrennbar mit dieser Schande verbunden war.

Plötzlich eine Männerstimme: »Guten Tag, Sie müssen Frau von Bernow sein. Mein Name ist Gerrit Feger vom ›Neustrelitzer Anzeiger‹. Bitte glauben Sie mir, es tut mir leid, was hier geschehen ist.«

Das musste der Reporter sein, der den Artikel geschrieben hatte, dachte Anja. »Ja«, erwiderte sie nur.

»Wir sind bemüht, die Leser über die Vorgänge in Groß Bernow auf dem Laufenden zu halten. Darf ich Ihnen ein paar Fragen stellen?«

Sie sah ihn verständnislos an. Es war doch *ihre* Existenz und das Leben ihres Mannes, welcher Leser hatte ein Recht auf die Geschichte ihres Lebens?

Hartwig hatte diesen Kerl vom Grundstück gejagt. Sie konnte ihn jetzt verstehen, sie verstand ihn sogar sehr gut. Doch etwas hielt sie zurück, es ein zweites Mal zu tun.

»Nicht jetzt«, sagte sie. »Vielleicht später, aber nicht jetzt.«

⁓

Das ganze Dorf war in Aufruhr. Aber wen sollte es wundern, wenn ein Kommissar herumschnüffelte und die Leute aufscheuchte? Dem Mann mit dem Fotoapparat, der vom Gut kam, hatte Helma erst gar nicht die Tür geöffnet. Vorher war sie bei Pedro gewesen, wollte sich bedanken, denn sie war jetzt sicher, dass es seine Stimme gewesen war, die sie gehört hatte, als sie in ihrer Küche halb ohnmächtig auf dem Boden gelegen hatte. Er war es gewesen, der sie gerettet hatte. Doch sie war nicht dazu gekommen, ein paar Worte mit ihm zu sprechen. Pedro hatte alle Hände voll zu tun, die Tränke platzte aus allen Nähten. Endlich war seine

Gaststätte wieder einmal Dorfmittelpunkt wie zu Zeiten des guten alten Harry.

Es wurde viel spekuliert, aber es gab keine einhellige Meinung, wer die Täter sein könnten, vielleicht kämen sie ja von auswärts. Man könne nur hoffen, dass der Gutsherr es überlebe, sagte einer, um sich als besonders mitfühlend hervorzutun. Helma war nach zwei Schlucken Bier gegangen, sie käme wieder, wenn es ruhiger geworden sei, hatte sie zu Pedro gesagt.

Vor einer Viertelstunde war dann die Frau im Trainingsanzug durch die Allee gelaufen. Es war die junge Frau von Bernow. Offenbar war sie unbeschadet davongekommen. In der Tränke hatte Helma gehört, dass fast alles zerstört worden sei. Einige der Dörfler waren offenbar nach oben gelaufen und hatten sich einen Eindruck verschafft. Das Grundstück sei abgesperrt, kein Zutritt wegen der Spurensicherung, die Autos nur noch Schrott, überall Glasscherben verstreut und erst die Fassade, das müsse man gesehen haben!

Es war früher Abend und schon empfindlich kalt. Zuerst zögerte Helma, sich selbst vor Ort umzuschauen, vielleicht auch weil sie sich schämte, nicht besser zu sein als die anderen. Aber dann zog sie ihre Strickjacke über und machte sich auf.

Die Dörfler hatten recht behalten. Als sie oben angekommen war, hielt sie sich die Hand vor den Mund, so erschrocken war sie über den Anblick. Das Schlimmste waren die Hakenkreuze, quer über die alte Eichentür gesprüht, über den größten Teil der Vorderseite des Hauses bis hin zum ersten Stock. Ihre Großmutter hatte damals geweint, als die Russen das Haus so zugerichtet hatten. Und jetzt?

Wieder Zerstörung.

Sie wollte umkehren, als die alte Eichentür von innen aufging. Zwischen Helma und der jungen Frau von Bernow lag der Parkplatz, und doch konnten sie sich in die Augen sehen. Helma las die Fassungslosigkeit und die Enttäuschung in dem Gesicht der anderen. Tief getroffen war diese Frau, stand vor den Trümmern ihrer Existenz. Helma konnte es mitfühlen, sie hatte das alles selbst durchgemacht. Aber sie durfte nicht vergessen: Diese Frau war ihre Feindin, sie wollte sie aus ihrem Zuhause vertreiben, und es war das Schlimmste, einem Menschen sein Zuhause zu nehmen. Sie durfte mit dieser Frau kein Mitleid haben.

⁓

Anja war durch eines der zerbrochenen Fenster ins Haus geklettert. Vielleicht war es die Hoffnung gewesen, dass dieses Gefühl der Bedrohung, das sie nicht abschütteln konnte, durch den Anblick der Wirklichkeit erträglicher würde. Aber während sie in Hartwigs altem Ledersessel saß und auf die schwarzen Haken an den Wänden starrte, zitterte sie am ganzen Körper.

Endlich riss sie sich los, setzte den Rundgang fort und betrachtete jeden einzelnen zerstörten Gegenstand, die tiefen Kerben in den Wänden, die anscheinend durch wilde, unkontrollierte Schläge gegen den Putz entstanden waren. Einer dieser Schläge hatte auch Hartwig getroffen. Wut und Hass mussten groß gewesen sein. Morgen würde sie dem Kommissar beichten müssen, dass sie seine Anweisung missachtet hatte, dass sie sich noch einmal der Situation stellen musste, um zu begreifen, was vorgefallen war.

Plötzlich zerriss ein Handyklingeln die Stille der hohen

Räume, es war Hartwigs Handy, das sie in der Hosentasche mit sich herumtrug. Sie scheute davor, den grünen Knopf zu drücken, denn eine bestimmte Nachricht würde sie jetzt nicht ertragen.

»Ja?«

»Fricke hier, Herr von Bernow?«

»Nein, Frau von Bernow.«

»Die noch fehlenden Möbel für die Gästezimmer sind jetzt da und können am Freitag ab neun Uhr aufgestellt werden, wenn es recht ist.«

Was sollte sie sagen? Dass alles kaputt war, das Haus, der Traum vom Pferdehotel und dem friedlichen Landleben?

»Frau von Bernow?«

»Ja!«, antwortete sie nur und drückte den roten Knopf. Vielleicht war doch nicht alles vorbei. Sie dachte an den hoffnungsvollen Abend, an die neue Euphorie, die sie gemeinsam gespürt hatten. Sie rief die Nummer des Krankenhauses an. Leider gebe es Grund zur Sorge, sagte die Krankenschwester, ihrem Mann gehe es schlechter, sein Herzschlag setze öfter aus. Die Ärzte wüssten nicht, wie lange es noch durchhielt, es müsse damit gerechnet werden, dass ...

Ihre Tränen liefen, aber es waren stolze Tränen. Anja steckte das Handy weg. Sie war nicht mehr bereit, durch eines der leeren Fenster wieder hinauszukriechen. Sie machte ihren Abgang durch die große Tür.

Nicht weit von ihr entfernt stand plötzlich diese alte Frau an der Absperrung, die mit all dem zusammenhing, was ihnen hier zugestoßen war. Sie stand da und starrte auf das Haus. Anja hatte nicht übel Lust, zu ihr zu gehen und ihr ins Gesicht zu schreien: »Bist du nun zufrieden?« Doch ihr fiel auf, dass die Miene der Frau keine Genugtuung oder Schadenfreude verriet, sie schien genauso entsetzt zu sein wie sie. Ihre Blicke trafen sich. Anja zog die alte Tür, die wieder in den Angeln knirschte, hinter sich zu und begann zu laufen. Es waren immerhin fast vier Kilometer bis zu Fiedlers Reich.

Um auf die Allee zu gelangen, musste sie an der alten Frau vorbei. Zum ersten Mal sahen sie sich aus der Nähe. Es war nicht das Gesicht einer bösen Alten. Doch der Artikel in der Zeitung sagte etwas anderes. Wer sonst außer ihr und ihrem Enkel sollten hinter all der Zerstörung stecken?

2

Eine weitere Nacht hatte Anja auf dem Stuhl neben seinem Bett in der Intensivstation verbracht. Doch wo war Hartwig? Warum hatte sie keiner geweckt? Sie hatte doch darauf bestanden, über alle Schritte sofort informiert zu werden.

Gerade wollte sie per Knopfdruck nach der Schwester rufen, als die Tür aufging und ein Rollbett hineingeschoben wurde. Sie erkannte Hartwigs Gesicht nicht einmal sofort, leichenblass und zusammengefallen, wie es aussah. »Wir kommen von der Kardiologie«, sagte die Schwester gut gelaunt. »Fürs Erste können Sie aufatmen. Herz und Kreislauf sind stabil.« Sie machte sich an den Apparaturen zu schaffen, worauf wieder das Herzsignal ertönte.

Das gleichmäßige Geräusch seines Pulsschlags beruhigte Anja, sie griff nach seiner Hand. Vielleicht spürte er ganz tief innen drin, dass sie stolz auf ihn war. Sie hätte ihn nicht gehen lassen dürfen an dem Abend. Sie hätte sich an ihn klammern oder sonst etwas anstellen müssen, um es unter allen Umständen zu verhindern.

»Die erste Hürde hat er genommen«, ließ der Chefarzt seine sonore Stimme vernehmen. »Sie hat über Leben und Tod entschieden. Aber wir wissen noch nicht, was die schwere Erschütterung mit seinem Gehirn gemacht hat.«

Vor diesem Moment hatte sich Anja gefürchtet.

»Ich will die Wahrheit nicht beschönigen«, fuhr der Arzt fort. »Der Schlag hat wichtige Zentren im Gehirn getroffen. Möglicherweise wird Ihr Mann nie mehr sprechen können und starke Erinnerungslücken haben. Es ist auch zu befürchten, dass weitere Körperfunktionen gestört bleiben und er ein Pflegefall wird. Das Wichtigste ist, nicht die Hoffnung zu verlieren und alle Geduld aufzubringen, um ihm wieder ins Leben zurückzuhelfen.«

Sie nickte, weil ihre Stimme versagte. Innerhalb eines Augenblicks waren ihre Existenz und ihr Traum von einer Zukunft zerstört worden, lediglich ein bitterer Aufguss davon war geblieben, gerade einmal das Leben.

»Kopf hoch, ich habe Ihnen jemanden mitgebracht, Frau von Bernow«, sagte der Arzt und berührte sanft ihre Schulter, bevor er den Raum verließ. Hinter ihm erschien eine junge Frau. Sabrina, endlich. Anja war nicht mehr allein, ihre Tochter war da und schloss sie in die Arme. Natürlich war Sabrina schockiert, sie war von allem völlig überrascht worden, sie und Jani hatten ja keine Ahnung von den Zusammenhängen.

»Wie konnte das passieren?«, war deshalb auch ihre erste Frage, und in Anjas Ohren klang sie zu Recht wie ein Vorwurf. Schließlich war sie mitschuldig, sie hätte die Katastrophe verhindern können, wenn sie Hartwig den Brief rechtzeitig gezeigt hätte. Aber sie hatte jetzt nicht die Geduld für lange Erklärungen und vertröstete Sabrina auf später. In dem Moment erreichte sie ein Anruf. Der Kommissar teilte ihr mit, dass die Spurensuche beendet sei, sie könne alle nötigen Aufräumarbeiten durchführen und das Haus wieder beziehen. Er würde sich melden, sobald Ergebnisse vorlägen. Wenigstens hatten sie jetzt eine Bleibe. Keine fünf Minuten später meldete sich der Versicherungsagent. Er habe aus der Zeitung von dem Vorfall erfahren und wolle so schnell wie möglich die Schäden aufnehmen, um keine Fristen zu verpassen.

»Ich bin so froh, dass du da bist«, sagte Anja mit Tränen in den Augen. Sabrina verbrachte noch einige Minuten am Bett ihres Vaters, dann verließen sie das Krankenhaus und fuhren mit dem Taxi nach Groß Bernow. Vor dem Herrenhaus wurden sie bereits erwartet.

»Wegen der Wagen brauchen Sie sich nicht zu sorgen, das kommt in Ordnung«, sagte der Mann von der Versicherung. »Ich organisiere Ihnen noch heute einen Mietwagen, auch wenn es keine Giulietta sein wird.« Als spielte das eine Rolle.

Er ließ sich im Haus herumführen und besichtigte alle Schäden. Hier und da schüttelte er entrüstet den Kopf, machte sich unablässig Notizen in seinen Unterlagen. »Ist etwas gestohlen worden?«, fragte er.

»Nein, nicht, dass ich wüsste«, antwortete Anja, die Frage hatte ihr bereits der Kommissar gestellt. »Den Tätern ging es offensichtlich nur um Zerstörung.«

»Die Summe der Schäden am Haus liegt nach erster Schätzung im sechsstelligen Bereich«, stellte er am Ende der Besichtigung fest und seufzte. »Leider muss ich Ihnen etwas mitteilen ...«

Was sollte das sein, Hartwig hatte doch eine ausreichend hohe Police abgeschlossen, schon wegen der Kredite?

»Ich fürchte, in diesem Fall haben Sie keine Deckung.«

»Wie bitte?«

»Es handelt sich um Vandalismusschäden, die in Ihrer Police nicht eingeschlossen sind. Ich habe Ihren Mann beim Abschluss noch darauf aufmerksam gemacht, aber aus Kostengründen hat er ...«

»Das darf doch nicht wahr sein?«

»Natürlich werde ich so kulant wie möglich verfahren, da können Sie sich auf mich verlassen. Aber ohne jede Verpflichtung und jeden Rechtsanspruch. Wenn Sie hier kurz unterschreiben wollen.«

Sie spürte, wie ihr das Blut ins Gesicht schoss, aber es fehlte ihr schlichtweg die Kraft, sich aufzuregen.

»Ich makele auch im Immobilienbereich«, erwähnte der Mann von der Versicherung wie nebenbei, als er ihr zum Abschied die Hand schüttelte. »Zufällig interessiert sich gerade ein solventer Kunde für ein ländliches Objekt, das sich für einen Pferdehof eignet. Er ist bereit zu investieren. Wenn Sie lieber verkaufen wollen, lassen Sie es mich wissen.«

Ob die Gebäudeversicherung überhaupt etwas leisten würde, stand also in den Sternen.

Im Haus sah es grauenhaft aus. Erschöpft sank Anja in Hartwigs alten Ledersessel am Fenster seines Büros. Von hier aus wollte er alles im Überblick haben. Aber der Kapitän hatte schwere Fehler gemacht, und jetzt kreisten die Geier über seinem Schiff. Es war alles so unerträglich.

Wieder meldete sich das Handy. »Mutti, wie geht es Papa?«

Jani. Wahrscheinlich war er auf dem Weg zu ihnen.

»Es geht ihm besser, die Ärzte sagen, er ist so gut wie über den Berg. Wo bist du?«

Er atmete auf, sie konnte es durch das Telefon hören. »Ich freue mich darüber, sehr sogar«, erwiderte er, »aber leider ist mein Urlaub gestrichen, wir wurden für eine Truppenübung abkommandiert. Jeder Mann wird gebraucht.«

Anja ließ sich die Enttäuschung nicht anmerken. Schließlich ging das Leben bei allen weiter. Jani versprach, nach dem Manöver so schnell wie möglich zu kommen. Sie solle Papa von ihm grüßen, wenn er aufwache. Papa würde noch nicht aufwachen, hätte sie beinahe erwidert, noch lange nicht, aber sie wollte ihm nicht die Hoffnung nehmen.

Paul wunderte sich nicht darüber, dass sie sich bei der erstbesten Gelegenheit aus dem Krankenhaus verabschiedet hatte.

»Unverbesserlich, Ihre Großmutter«, hatte der Arzt mit vorwurfsvollem Unterton zu ihm gesagt, aber Paul war sein Schmunzeln nicht entgangen. »Bitte sorgen Sie dafür, dass sie sich nicht übernimmt und Aufregung möglichst meidet. Sie wirkt robust, aber ihr Herz ist nicht mehr das stärkste.«

Pauls Antwort war lediglich ein Schulterzucken gewesen. Großmutter hatte eben ihren eigenen Kopf. Aber das, was ein paar hundert Meter von ihrem Haus entfernt vorgefallen war, hatte sie offenbar verändert, sie schien betroffen zu sein, als wäre es ihr selbst passiert. Keine Schadenfreude, kein böses Wort darüber, obwohl sie diese Leute oft genug verdammt hatte.

Ihnen brachte der Anschlag auf das Gutshaus keinen Vorteil. Der Räumungsbefehl war deshalb nicht aufgehoben, und der Gutsherr, mit dem er ein gutes Gespräch geführt hatte, lag jetzt im Koma auf der Intensivstation. Ausgerechnet jetzt, wo Paul ihm ein Angebot machen wollte, das man nicht so einfach von der Hand weisen konnte.

»Ein Kommissar aus Neubrandenburg war hier«, sagte Großmutter und stellte ein Glas vor ihn auf den Küchentisch. »Sie denken, dass wir es gewesen sind.«

»Aber wir wissen, dass wir es *nicht* gewesen sind«, erwiderte er ungeduldig. »Zu der Zeit hast du in deinem Bett geschlafen und ich in meinem.«

»Ich würde mit dem Gutsherrn über Kreuz liegen und gehöre deshalb zu dem Kreis der Verdächtigen, hat er gesagt.«

»Womit er nicht ganz unrecht hat, oder?«

»Schon, aber ich würde doch nie …«

Mitten im Satz stockte sie, ihr Gesicht wurde plötzlich kalkweiß und sie schwankte. Paul sprang auf, um sie aufzufangen. Aber sie blieb stehen, schüttelte den Kopf wie ein Pferd, das die Fliegen vertrieb. »Schon gut, es ist nichts. Willst du ein Bier?« Sie selbst trank einen Schluck Wasser aus der Leitung, und ihre Wangen bekamen wieder Farbe.

»Nicht vor dem Mittagessen«, erwiderte er und erhob sich. »Ich will mir das Desaster da oben selbst anschauen.« Er vergewisserte sich noch einmal, dass es ihr gut ging, und versprach, bald zurück zu sein.

Der Tag war etwas kühl, aber die Sonne schimmerte freundlich zwischen den verfärbten Blättern der Kastanien hindurch. Auf dem Parkplatz vor dem Gutshaus stand ein Abschleppwagen. Eine Frau um die vierzig war im Gespräch mit einem Mann, der sich ständig Notizen machte. Offenbar die Gutsherrin und ein Versicherungsvertreter. Sie gingen ins Haus, während die Leute vom Abschleppdienst begannen, die schrottreifen Autowracks aufzuladen. Das Herrenhaus sah kaum besser aus. Besonders krass waren die Hakenkreuze. Wenn *er* die Kerle erwischt hätte, dann wären sie nicht ungestraft davongekommen, dachte Paul.

Anscheinend war es nicht der richtige Zeitpunkt, mit der Frau zu sprechen. Sie hatte zu viel um die Ohren und könnte gereizt reagieren. Er wollte es sich nicht verderben, schließlich kannte Paul bisher nur ihren Mann. Großmutter sollte natürlich nichts von seinem Plan wissen. Er wollte dem Gutsherrn seine Dienste als Pferdeknecht anbieten für so wenig Geld, dass er es nie im Leben hätte ablehnen können. Nur eine Wohnung hätte er ihm auf dem Gut anbieten müssen, und da wäre dann Großmutter eingezogen. Aber jetzt ...

Paul schlug den Weg zum alten Pferdestall ein. Als er dort ankam, versuchte eine junge Frau das Schiebetor zu öffnen. »Das Schloss klemmt ein bisschen, darf ich Ihnen helfen?«

Erschrocken drehte sie sich um, aber sie lächelte. Sie hatte ein sehr schönes Gesicht und langes dunkelblondes Haar.

»Ich heiße Paul«, stellte er sich vor. »Paul Wagenseil.«

»Sabrina von Bernow«, erwiderte sie.

⚬

Wo der Junge nur blieb?, fragte sich Helma. Der Hühnereintopf mit frischem Gemüse war längst fertig, und sein Aroma zog durch das ganze Haus. Sie machte sich ernsthafte Sorgen. Womöglich hatte ihn die Polizei festgenommen. Vielleicht hatten sie es auf ihn abgesehen, weil er ihr Enkel war und jung und kräftig. Die jungen Leute heutzutage ließen sich schnell mit Hass und Gewalt anstecken und zu Sachen hinreißen, die sie hinterher bereuten. Aber doch nicht Paul ...

Die Haustür ging auf und wieder zu. Sie nahm den Topf von der heißen Platte, stellte ihn auf den runden Untersatz aus geflochtenem Stroh in die Mitte des Tischs und hob den Deckel ab.

»Und?«, fragte sie Paul, als er an ihr vorbei in das kleine Badezimmer ging.

»Ich frage mich, wer dahintersteckt«, rief er laut zurück, um das Wasser zu übertönen, das in das blecherne Waschbecken trommelte. »Wer kann die Bernows nur so hassen?«

Helma schwieg. Ihr war bewusst, dass sie wieder eine Gelegenheit verpasst hatte. Als die Gutsfrau an ihr vorbeigelaufen war, hätte sie nur vortreten und ihr die Hand hinstrecken müssen. Selbst wenn sich nur ein kurzes Gespräch ergeben hätte, es wäre ein Anfang gewesen. Aber es war ohnehin zu spät, es käme nie zu einer Einigung, wenn sich ihre Vermutung bestätigte.

Paul trat in die Küche. Sie warf ihm einen Blick zu und wunderte sich. Sie konnte nicht sagen, warum, aber er kam ihr plötzlich verändert vor. Er wirkte entschlossen, nicht mehr wie ein großer, gelangweilter Junge. Er wirkte auf einmal wie ein Mann.

Während des Essens schwiegen sie. Pauls Gedanken kreisten unablässig um die schöne junge Frau. Sie hatte sich ihm als Tochter der neuen Gutsbesitzer vorgestellt, selbstbewusst, aber nicht arrogant. Sie erzählte ihm, dass sie im Rheinland Kunstgeschichte studiere, und anscheinend interessierte sie, dass sein Urgroßvater Stallmeister auf dem Gut gewesen war. Sie würde Pferde lieben, erwiderte sie, und als sie den Stall besichtigten, verriet er ihr, dass er mit ihrem Vater ein Gespräch über seine großen Pläne geführt hatte. Doch als er ihren Vater erwähnte, fing sie an zu weinen und hörte nicht mehr auf. Er wusste nicht, was er tun sollte, und um sie zu trösten, hatte er ihre Hand ergriffen.

»Ich werde bis Sonntagabend bleiben«, sagte Paul, ohne von seinem Teller aufzublicken. »Auf dem Gut gibt es einiges zu tun.«

⁓

»Irgendwo muss man schließlich anfangen«, hatte Sabrina gesagt und damit begonnen, die zerfledderten Ordner, die überall im Büro verstreut lagen, in einer Ecke des Raumes zu stapeln, denn der Aktenschrank aus Metall war hinüber, und der Schreibtisch hatte gebrochene Beine. Anja holte den Besen aus der Küche und fegte die Kleinteile zusammen. Die Küche hatten die Einbrecher wie durch ein Wunder verschont. Aber die Wände mussten wahrscheinlich neu gestrichen werden. Sie würde Ronny Schildknecht anrufen müssen. Erst jetzt fiel ihr auf, dass er sich noch nicht gemeldet hatte.

»Ich mache uns Kaffee«, sagte Anja. Sie war Sabrina immer noch eine ausführliche Erklärung schuldig, bei einer Tasse Kaffee würde es ihr leichter fallen. Doch als sie einen Blick durch das Fenster warf, sah sie einen jungen Mann, der sich am Parkplatz zu schaffen machte. So etwas wie ein großes Sieb stellte er auf, genau dort, wo die Autos gestanden hatten.

»Wer ist das?«, fragte sie erstaunt.

»Ich dachte, du kennst ihn«, erwiderte Sabrina verwundert. »Er heißt Paul Wagenseil, ist euer Nachbar und wohnt auf der Allee. Er sprach mit Papa, hat er mir erzählt.«

»Paul Wagenseil, sagst du?«

Anja starrte sie entgeistert an. Der Enkel der alten Frau. Vielleicht gehörte er zu denen, die ... Aber was suchte er dann hier? Es gab nicht viele Möglichkeiten. Vielleicht tat

ihm das Geschehene leid und er glaubte, es wiedergutma-
chen zu können, indem er ihnen beim Aufräumen half.
Aber es war zu spät, er konnte nichts gutmachen, die Schäden am Haus waren das Kleinste. »Sabrina, ich ...«

»Ich finde es absolut nett, dass er helfen will, alles wieder
in Ordnung zu bringen. Er macht es als Nachbarschafts-
hilfe sozusagen.«

»Setz dich bitte!« Anja wies ihr den Ledersessel, und als
Sabrina saß, begann sie zu erklären, was sie schon längst
hätte tun sollen. Sie sprach von ihrem Ehekrieg seit dem
Kauf des Gutes, der Nazivergangenheit der alten Bernows
und dem Dilemma, in das Hartwig und sie geraten waren,
ohne vorher das Geringste geahnt zu haben.

Sabrina hörte geduldig zu, kam aber zu einem anderen
Schluss. »Ich glaube nicht, dass Paul Wagenseil etwas damit zu tun hat, immerhin wollte er mit Papa arbeiten. Die
Nazigeschichte wird sich im ganzen Dorf herumgesprochen haben. Auch in dieser Gegend gibt es Idioten, die nur
auf irgendeinen Grund warten, um losschlagen und Schaden anrichten zu können.«

Sie sagte es so selbstverständlich, dass Anja kaum noch
wusste, was sie glauben sollte. Ihr Blick wanderte auf den
Parkettboden, der mit Kerben von brutalen Hieben übersät war, und auf dem Parkplatz siebte Paul Wagenseil mit
der Schaufel die Glassplitter der Autoscheinwerfer aus dem
Schotter.

»Er arbeitet vorübergehend in einem Baumarkt, hat er
mir erzählt. Er kann alles besorgen, um die Schmierereien
zu beseitigen, und er würde die Arbeiten machen, ohne
Geld dafür zu verlangen. Dagegen kann man doch nichts
sagen, oder?«

Nein, es war ein großzügiges Angebot, und sie brauchten

es dringend. Aber was kam danach? Wenn Hartwig nicht mehr aufwachte, stand sie allein da mit einem Pferdehof ohne Pferde und ohne Gäste und in ständiger Angst vor einem neuen Anschlag.

Am Wochenende besuchten sie Hartwig jeden Tag im Krankenhaus, aber sein Zustand blieb unverändert. Steffen Junghans, der Bürgermeister, erschien persönlich im Gutshaus. Er beteuerte, wie leid ihm alles täte, und bot Anja jede Hilfe an. Am Montagmorgen dann gab es einen Abschied mit Tränen. Anja fiel es schwer, Sabrina gehen zu lassen. In der kurzen Zeit hatte sie sich unentbehrlich gemacht. Am Freitag waren die restlichen Möbel für die Gästezimmer geliefert worden, und danach hatten sie gemeinsam die Betten bezogen und die Räume gereinigt. Jetzt saß Anja wieder allein an Hartwigs Bett und hielt seine Hand. »Die Zimmer sind großartig geworden, mein Schatz. Sie werden dir gefallen«, erzählte sie ihm und suchte währenddessen sehnsüchtig nach der kleinsten Reaktion in seinem Gesicht. »Du hättest Sabrina sehen sollen, sie war begeistert. Sie hat gesagt, dass du dich anstrengen sollst, damit wir bald loslegen können.« Sie fing an zu schluchzen und wandte den Blick ab. Was war das alles wert, solange er leblos dalag und niemand sagen konnte, ob er jemals wieder der Alte sein würde? Ohne ihn war alles nichts.

Warum wohl hatte er ihr verschwiegen, dass ihn der junge Wagenseil aufgesucht hatte? »Ich weiß nicht, was ich denken soll«, sagte sie laut, als könnte Hartwig sie hören. »Er arbeitet wie besessen, um alles ungeschehen zu machen. Am Samstag hat er die Hakenkreuze so gut wie beseitigt und in deinem Büro die ›Verräter‹-Schmiererei. Ich bin mir nicht mehr sicher, ob er mit dem Überfall zu tun hat. Vielleicht stellt er sich auch einfach nur auf unsere Seite.«

Die Schwester kam herein, um nach dem Patienten zu sehen. Sie ahnte offenbar die Frage, die Anja ihr stellen würde, und antwortete nach einem kurzen Blick auf die medizinischen Geräte: »Er ist stabil, so weit sind auch die Ärzte zufrieden.«

»Wann wird er aufwachen?«

Die Schwester zuckte mit den Schultern. »Vielleicht nächste Woche, vielleicht auch erst an Silvester.« Sie stellte den mitgebrachten Kaffee auf den Nachtkasten am Bett.

Bis Silvester sollte sie warten? »Bitte, streng dich an«, sagte Anja zu ihm, als die Schwester wieder draußen war.

Plötzlich klingelte das Handy in ihrer Hosentasche. Vielleicht war es Ronny oder Jan?

Es war der Kommissar. Er teilte ihr mit, dass sie kaum verwertbare Spuren gefunden hätten, lediglich ein paar verwischte Schuhabdrücke im Flur, keine Fasern und keine fremden Fingerabdrücke. Draußen hätten Regen und Sturm das Übrige getan. Man könne lediglich davon ausgehen, dass die Zerstörungen von so etwas wie Baseballschlägern herrührten. »Wenn wir die Tatwerkzeuge finden, führen sie uns auch zu den Tätern. Wir werden alles tun, um sie zu fassen. Das versichere ich Ihnen.«

»Natürlich«, erwiderte Anja. Ohne ein weiteres Wort drückte sie die rote Taste und steckte das Handy zurück in ihre Hosentasche.

3

Am Wochenende bekam Helma ihn kaum zu Gesicht, sogar am Sonntag war Paul bis in den späten Nachmittag auf dem Gut beschäftigt. »Schließlich muss jemand die Schmierereien entfernen und die Fenster abkleben«, antwortete er auf ihre Frage, was er denn dort zu arbeiten habe. Und sie gab sich mit der Auskunft zufrieden. Was die Bernows betraf, hatte jeder von ihnen seine eigene Meinung, sie wollte sich nicht mit ihm streiten.

Vielleicht wollte Paul die Bernows davon überzeugen, dass er und sie nichts mit dem Anschlag zu tun hatten. Möglich auch, dass er durch seine Hilfe versuchte, ihnen beiden Vorteile zu verschaffen. Der passende Zeitpunkt dafür war jedenfalls gekommen. Aber Paul war noch jung und ahnte nicht, dass immer nur die anderen Vorteile hatten, aber nie die Wagenseils. Ein halbes Leben lang hatte Helma auf dem Gut gearbeitet, zuerst in der Küche, dann im Pferdestall, und als es keine Pferde mehr gab, im Kuhstall. Die Hände hatte sie sich steif gemolken, bis endlich die Melkmaschinen kamen. Immer stand sie treu zu dem Gut, aber war es ihr jemals gedankt worden?

Es war bereits Montag. In neun Tagen kämen die vom Amt, würden die Polizei gleich mitbringen, ihr einen Bescheid vor die Nase halten und sie anschließend mit ihrer lächerlichen Habe auf die Straße setzen. Erst am Sonntagabend hatte Paul wieder angeboten, ihr zu helfen. »Du kannst gerne bei mir wohnen, bis du etwas gefunden hast, das dir gefällt, aber erspar dir und mir doch bitte diesen Frust, hinausgeworfen zu werden.« *Frust* hatte er gesagt, das klang so belanglos, jeder war mal frustriert, wie die jungen Leute heute sagten. Aber hier ging es um mehr, hier ging es um ihre Heimat. Sie gehörte nun mal in dieses kleine schäbige Arbeiterhaus an der Kastanienallee. Und niemand würde sie hinauswerfen, es sei denn mit den Füßen zuerst.

Draußen auf der Allee spazierte ein älterer Mann in dunkelgrauem Mantel und Hut vorbei, die schwarzen Lederschuhe glänzten, die Hose mit Bügelfalte. Der Hut, der schräg auf seinem Kopf saß, verdeckte die rechte Gesichtshälfte. Diese Borsalinos mit den breiten Krempen waren früher einmal modern gewesen, Helma wusste nur nicht mehr wann. Für einen Polizisten in Zivil war er zu gepflegt gekleidet, außerdem hatte er keinen Wagen und blieb nicht stehen, sondern ging weiter in Richtung Herrenhaus. Vielleicht war er einer dieser Gaffer, wie das Pärchen am Wochenende, das von ihr wissen wollte, wo der Anschlag stattgefunden habe.

Helma erhob sich von der Küchenbank, um den Tisch abzuräumen. Mit dem Frühstück hatte sie sich Zeit gelassen. Es waren ihre letzten Tage in ihrem Haus.

Jemand klingelte an der Tür. Sie hatte kein Motorengeräusch gehört, die Post konnte es also nicht sein. Mit einem Blick aus dem Küchenfenster vergewisserte sie sich: Es war der Mann mit dem Borsalino. Er hatte es sich wohl anders überlegt und war umgekehrt. Aber was wollte er von ihr?

Nach dem dritten Klingeln öffnete sie dem Unbekannten und verstand jetzt, warum er die Hutkrempe so weit in die Stirn zog. Die rechte Hälfte seines Gesichts war von Narben entstellt, das Auge starr, und der Mundwinkel hing schlaff herunter wie die Lefze eines Boxerhundes. Nur die linke Seite lebte, das zugehörige Auge sah sie erfreut, wenn auch etwas unsicher, an.

»Sind Sie Frau Helma Wagenseil?«, fragte er.

Auch seine Stimme, die rauchig klang wie viele Männerstimmen, konnte Helma nicht einordnen. Nein, diesen Herrn hatte sie noch nie gesehen.

»Wie wäre es, wenn Sie mir zuerst *Ihren* Namen verrieten? Schließlich stellt man sich vor, wenn man an einer fremden Haustür klingelt, oder?«

Er lachte schallend. Ein befreites Lachen, das einen neidisch machen konnte, dachte Helma. Dieser Mann musste trotz allem mit sich zufrieden sein.

»Nennen Sie mich Felix.«

»Und was will dieser Felix von mir?« Seine gute Laune war ansteckend, und sie war bereit, dieses kleine Spiel mitzuspielen, solange er nicht plötzlich einen Stift und einen Vertrag für eine Versicherung, ein Zeitungsabo oder etwas Ähnliches hervorzog und von ihr eine Unterschrift verlangte. Heutzutage arbeiteten sie ja mit allen Tricks.

»Ich habe früher einmal in Groß Bernow gewohnt, ist schon lange her. Wenn Sie mir einen Kaffee anbieten, erzähle ich Ihnen gerne mehr.« Er zwinkerte ihr mit dem gesunden Auge zu.

»Wenn Sie versprechen, dass Sie mir nichts verkaufen wollen, dann könnte ich es mir überlegen.«

»Versprochen«, kam prompt zurück.

Sie schalt sich eine dumme alte Wachtel, aber ihre Neugier war stärker. Sie öffnete sogar die Wohnstube und bot ihm den guten Sessel an.

»Aber nein«, zierte er sich, »auf diesem Sessel dürfen nur Leute sitzen, die es sich verdient haben. Der ist den hart arbeitenden Frauen der Wagenseils vorbehalten.«

Woher wusste er das? Dieser Mann schien ihre Familie zu kennen, doch sosehr sie auch nachdachte, konnte sie sich nicht an ein solches Gesicht erinnern.

»Ich begleite Sie lieber in die Küche, dort gibt es bestimmt eine Holzbank, wie es sie früher in jedem dieser Häuser gab. Auch wenn man es mir vielleicht nicht mehr ansieht, ich habe mehr Zeit meines Lebens auf Holzbänken verbracht als auf gepolsterten Sesseln.«

Sie nickte. »Aber in der Küche ist der Schimmel«, sagte sie. »Und ich habe noch nicht gespült.«

Seine lebende Gesichtshälfte lächelte verständnisvoll, und er setzte sich auf den Platz, auf dem auch Werner immer gesessen hatte. Allmählich wurde ihr der Mann unheimlich, und ihre Frage, was er eigentlich von ihr wolle, hatte er immer noch nicht beantwortet. Sie befüllte den Wasserkocher, wechselte die Tüte im Filter und gab zwei gehäufte Löffel Kaffeepulver hinein. »Möchten Sie weiter Felix sein, oder sollen wir mit dem Versteckspiel aufhören?«

Er schwieg, sie drehte sich um, sah ihn noch einmal eindringlich an. Aber es half ihrem Gedächtnis nicht.

»Ich bin ein Felix, ein Glücklicher, geworden«, begann er endlich, sein Geheimnis zu lüften. »Und du, Helma, hast mir dazu verholfen, auch wenn es vielleicht nicht deine Absicht gewesen war, doch ohne dich hätte ich es nicht geschafft.«

Dieser Mann duzte sie, und sie erinnerte sich nicht? Mit langsam kreisenden Bewegungen goss sie das kochend heiße Wasser über das Pulver im Filter, um Zeit zu gewinnen. Plötzlich begann ihre Hand zu zittern, und sie setzte den Wassertopf ab. Dann drehte sie sich zu ihm um und wollte vor Scham die Hände vor das Gesicht schlagen. Aber sie musste ihm in die Augen sehen, das war das Mindeste.

»Ich wollte dich nicht erschrecken«, sagte er. »Und ich bin nicht gekommen, um dir Vorwürfe zu machen. Es war eine schwere Zeit damals, und du hast getan, was sie von dir verlangte. Ich auch.«

»Ich dachte …«, sagte sie leise und hielt sich an der greifbaren Stuhllehne fest. »Ich dachte, sie hätten dich abgeholt, damals. In der Tränke haben sie davon erzählt.«

»Ja, sie haben mich abgeholt.«

Und dich für dein Leben gezeichnet, dachte sie. Jeder trug die Narben der Vergangenheit mit sich herum, die einen offen als zerstörtes Gesicht, die anderen tief in sich drin als Pestbeule auf ihrer Seele für einen schäbigen Verrat.

»Doch es waren Freunde, die mich abgeholt haben, gute Freunde. Die Stasi hat mich nicht erwischt.«

»Und wer hat dich gewarnt?«

»Harry. Er hat mir zugesteckt, dass dein Werner nur darauf warte, mich einzukassieren, wenn ich nicht sofort verschwände. Und einmal in meinem Leben habe ich auf jemanden gehört.«

Wie oft hatte sie ihn damals versucht abzuhalten, sein Maul so weit aufzureißen?

»Und dein Gesicht?«

»Wir waren damals vier Männer, die in den Westen wollten, um neu anzufangen. Autos waren schon immer meine Leidenschaft gewesen, richtig heiße Schlitten. Als arme Schlucker vom Land konnten wir davon nur träumen. In einer Werkstatt bei Lübeck habe ich mich vom kleinen Schrauber hochgearbeitet und den Betrieb schließlich übernommen. Heute gehören mir ein paar gut laufende Autohäuser, und ich will in den Osten expandieren.«

Er deutete auf sein Gesicht. »Das ist der Preis, den ich dafür zahlen musste.« Und wieder lachte er ohne Bitterkeit. »Meine erste Probefahrt in einem Porsche Carrera, ich war für wenige Minuten der Gott auf dem Asphalt und habe für den Leichtsinn gebüßt.«

Die Stasi hatte Himmelmann nicht erwischt, und er saß lebend vor ihr. Aber es änderte nichts daran, dass es hätte anders ausgehen können und dass sie sich schuldig gemacht hatte. Nannte man das Schicksal? Gab es überhaupt so etwas wie Schicksal oder war dieses Wort nur ein Alibi für jede Menge Dummheit und Gemeinheit, mit der sich die Leute gegenseitig das Leben schwer machten?

Himmelmann fragte, wie es ihr in den Jahren ergangen war, und sie erzählte ihm vor allem von Paul, wie stolz sie auf ihn sei und dass er eine vielversprechende Zukunft vor sich habe. Über die Bernows verlor sie kaum ein Wort. Dann fiel ihr ein, dass sie völlig vergessen hatte, den Kaffee auf den Tisch zu stellen. »Bitte entschuldige«, sagte sie, aber er winkte ab.

»Lass gut sein, Helma«, erwiderte er. »Ich wollte nur mit dir sprechen. Mir ist erst viel zu spät eingefallen, dass du dir hättest Vorwürfe machen können, weil ich plötzlich verschwunden war. Jetzt, wo mich mein Weg wieder in die Gegend führte, war es meine Pflicht, dich von dem Zweifel zu befreien.«

Er hatte seinen Wagen an der Tränke geparkt. Zum Abschied bot er ihr an, sich jederzeit an ihn zu wenden, wenn sie Hilfe brauche, und drückte ihr seine Visitenkarte in die Hand. Helma lehnte an der Tür, während sie ihm nachschaute, und jedes Mal, wenn er sich umdrehte, winkte sie ihm zu, bis er den Dorfrand erreichte.

~~~

»Wir bedauern sehr, was vorgefallen ist«, schnurrte der Filialleiter ihrer Bank seinen Text herunter, »aber angesichts der Lage können wir unser Kreditangebot leider nicht aufrechterhalten. Und daran wird sich nichts ändern, bis die Liegenschaft überzeugende Erträge erwirtschaftet.«

Aber wie sollte das gehen ohne Kredit? »Die Ferienhäuser sollten doch Bestandteil des Betriebs werden«, erwiderte Anja. »Wir haben auch Barkapital als Sicherheit, wie Sie wissen.«

»Natürlich, doch nach den unvorhergesehenen Ereignissen werden Sie das Geld zum Leben brauchen. Da muss man realistisch kalkulieren.« Die Stimme des Bankers klang jetzt fast scharf. »Ich will ehrlich sein. Es stellt sich uns aktuell die Frage, ob der Betrieb aufgrund der Umstände überhaupt gewinnbringend arbeiten kann. Ich rate Ihnen ganz persönlich, sich von dem Anwesen zu trennen, solange Sie noch einen gewissen Spielraum haben. Es könnte schnell zu spät sein und der Wert des Objekts ins Bodenlose fallen.«

Unglaublich, wie dieser Mann so abgebrüht daherreden konnte. Schließlich ging es um ihre Existenz. Am liebsten hätte sie ihm ins Gesicht geschrien, ob er überhaupt wisse, was alles in diesem »Objekt« stecke außer Geld, außer diesem elenden Geld.

»Ich verstehe, wenn Ihnen das schwerfällt, aber ich halte es in jedem Fall für unverantwortlich, sich in dieser Situation noch ein größeres Bauprojekt aufzuhalsen.«

Ihr schwirrte der Kopf. Das Vorhaben, die Arbeiterhäuser auf der Allee zu einer Feriensiedlung umzubauen, war immer Hartwigs Angelegenheit gewesen, nur ein einziges Mal hatte sie die Pläne eingesehen. Was sollte sie entgegnen? Hatte dieser gefühllose Bankmensch sogar recht, und es war wirklich Wahnsinn, weiteres Geld ins Ungewisse zu investieren?

Nach dem Gespräch stand fest, dass die Bank ihr nicht helfen würde. Anja fuhr zurück nach Groß Bernow. Ihre Hoffnung schwand von Tag zu Tag. Als sie aus dem Mietwagen stieg, lag vor ihr das geschundene alte Herrenhaus. Zum ersten Mal fühlte sie sich mit ihm verbunden.

Der junge Wagenseil hatte die leeren Fensterrahmen sorgfältig mit Plastikbahnen ausgefüllt, die jetzt der Wind bauschte, und die Hakenkreuze auf der Fassade waren nur noch als Schatten erkennbar. Er würde sie in den nächsten Tagen überstreichen und unsichtbar machen, hatte er versprochen. Aber selbst wenn Paul Wagenseil und seine Großmutter nichts mit dem Anschlag zu tun hätten, konnte Anja das kaum beruhigen, denn der Krieg gegen einen unbekannten Gegner war nicht zu gewinnen, auch wenn die Polizei ihr verstärkten Schutz zusicherte und Hartwig wieder genesen würde.

Der Schotter knirschte unter ihren Füßen, und sie wollte gerade die alte Eichentür aufschließen, als sich das Handy meldete. »Es ist wieder so weit«, erkannte sie Corni Fiedlers tonlose Stimme.

Nie würde sie vergessen, dass sie und Arne sich in der kleinen Wohnstube Freundschaft geschworen hatten. Er hatte sie nicht nur getröstet, er hatte ihr verlorenen Halt zurückgegeben.

Kaum mehr als zehn Minuten später öffnete ihr Corni die Tür zu Fiedlers Reich. »Was ist passiert?«, fragte Anja.

»Heute Morgen hat er einen Brief erhalten, und nachdem er ihn gelesen hatte, verfiel er wieder in diesen Zustand, tauchte einfach ab und war nicht ansprechbar.«

»Und du bist sicher, dass er keinen Arzt braucht?«

Ihr Blick war die halbe Antwort. »Ich habe ihm versprochen, dass er nie mehr in ein Heim oder eine Anstalt muss, egal, was passiert. Nie mehr, verstehst du?«

Nur durch das kleine Fenster drang Licht in die Dachkammer, die Dielen knarrten unter jedem von Anjas Schritten. Seitlich unter der mit rohen Brettern verkleideten Schräge befand sich ein offensichtlich vor Kurzem noch benutztes Bett, der Raum war angefüllt mit Gerümpel und alten Möbeln. Es roch nach Moder, Staubteilchen tanzten vor Anjas Augen.

»Arne?«

Er saß an einem runden Tisch in der Nähe des Fensters. Ihr fiel auf, wie schmal sein Körper war, in dem blassen Licht wirkte der hochgewachsene Mann fast zerbrechlich. Er trug seine Arbeitskleidung mit den rotbraunen Rostspuren, in den Händen hielt er ein Foto, auf das er völlig fixiert war. Obwohl er sie gehört haben musste, blieb er unbewegt in seiner Haltung wie ein Insekt, das sich seiner Umgebung anpasste, um nicht erkannt zu werden.

Vorsichtig näherte sich Anja, versuchte, die Geräusche der Dielen zu vermeiden. Ein alter Polsterstuhl, grau vor Staub, stand in Arnes Nähe. Auf dessen Kante setzte sie sich und wartete, dass er auf ihre Anwesenheit reagierte.

Sein Blick haftete weiterhin unbeirrbar an dem alten Foto in seiner Hand, soweit sie erkennen konnte, ein

Gruppenbild. Am linken oberen Rand zog sich ein schwarzer Balken. Offenbar handelte es sich um einen Todesfall, der ihm naheging. Sie vermutete, dass er mit seiner Zeit als Heimkind zusammenhing.

Von Corni wusste Anja, dass sich Arne über die Jahre immer mehr in sich zurückgezogen hatte. Offenbar war er in eine verhängnisvolle Einbahnstraße geraten, aus der er sich selbst nicht befreien konnte. Aber konnte sie ihm helfen?

Versuchen musste sie es, schließlich war sie ihm etwas schuldig.

Anja erhob sich und näherte sich ihm. Sie empfand ein starkes Bedürfnis, ihn zu umarmen, ihm das Gefühl zu geben, dass er nicht haltlos war. So wie er sie damals in ihrem Wagen in den Arm genommen hatte, als sie drohte in ein Nichts abzurutschen.

Doch plötzlich wandte er ihr sein Gesicht zu und sah in ihre Augen. Sie meinte, Wut in den seinen zu erkennen, glaubte, zu weit gegangen zu sein, und wich zurück, aber er hielt ihr das Foto entgegen. Sie nahm es ihm aus der Hand und setzte sich an den Tisch. Eine Gruppe von Jungen war zu erkennen, am rechten Bildrand eine Frau, aufgestellt wie ein Klassenfoto mit Lehrerin. Wahrscheinlich aus den Siebzigern. Zwei Gesichter waren markiert mit schwarzen Punkten. Das von Arne und das eines Jungen rechts neben ihm.

»Dein Freund ist tot?«, fragte sie leise.

»Nein«, antwortete er mit harter Stimme. »*Sie* ist tot.«

Seine Augen füllten sich mit Tränen, aber er antwortete nicht auf die unausgesprochenen Fragen, die im Raum schwebten.

Anja spürte, dass sie ihn nicht drängen durfte. »Sie hat uns bestraft«, machte er einen Versuch, den Bann zu bre-

530

chen. »Bei der kleinsten Verfehlung hat sie uns bestraft, und das war nicht alles ...«

Weiter kam er nicht, offenbar überwältigten ihn seine Gefühle. Anja nahm seine Hand und sie schwiegen gemeinsam. Nach einer Weile sagte sie: »Sie ist tot. Es ist vorbei.«

Doch er sah sie nur verständnislos an. »Vergangenheit ist nie vorbei.«

»Ja, ich bin davon aufgewacht«, antwortete Helma auf die Frage des Kommissars, »aber ich konnte den Lärm zuerst nicht von Donner und Blitz unterscheiden. Ich hatte Durst und bin runter in die Küche, um ein Glas Wasser zu trinken. Erst da fiel mir auf, dass auf dem Gut etwas nicht stimmte, und als ich mich entschloss, die Polizei zu rufen, kam bereits der Krankenwagen. Dann kümmerte ich mich nicht weiter darum. Daraus können Sie mir doch keinen Vorwurf machen!«

Der Kommissar stöhnte, offenbar kam er mit seinen Ermittlungen nicht weiter. »Ich frage mich, wer außer Ihnen hier im Dorf noch etwas gegen die neuen Gutsherren haben könnte.«

Helma zuckte mit den Achseln. »Ich konnte nicht erkennen, wer es gewesen ist.«

Das war nicht gelogen. In der Nacht hatte sie nur den Lärm gehört und undeutliche Schatten gesehen. Endlich gab der Kommissar auf. Sie solle als Zeugin ein Protokoll unterschreiben, verlangte er noch von ihr, damit sei es für sie ausgestanden.

Von Anfang an hatte sie sich gefragt, wozu man diesen Kommissar wohl brauchte. Um die Täter zu finden?

Wo doch die wirklichen Täter selten gefasst wurden. Und wenn die sogenannte Gerechtigkeit gesiegt hatte, gab es tiefe Gräben und bald darauf neue Täter und neue Opfer. Sie hatte gelernt, dass es nicht ausreichte, die Täter zu bestrafen. Man musste etwas ändern. Und nachdem der Kommissar gegangen war, traf sie eine Entscheidung.

Als Helma vor der Tränke angekommen war, drangen durch die geschlossenen Fenster leise Klänge an ihre Ohren, Schlagermusik aus DDR-Zeiten. Vom »Zonen-Elvis« hatte sie lange nichts mehr gehört, sie wusste nur, dass es den Schöbel noch gab und er irgendwo in Berlin lebte. Seine Stimme weckte wehmütige Gefühle in ihr. Viele hatten die alten Zeiten verflucht, und jetzt schillerten sie wieder verführerisch. Helma drückte die Klinke der Eingangstür, noch hörte sie keine Stimmen. Es brannte auch kein Licht im Schankraum, aber von der Küche her roch es nach angeschmortem Fleisch.

»Wen haben wir denn da?«, wurde sie von Pedro begrüßt, der hinter der Theke im Halbdunkel Gläser polierte. Sie waren allein im Lokal.

An dem Tisch in der Mitte des Raumes blieb sie stehen. Hier musste es gewesen sein, hier hatte Himmelmann immer gesessen und sich nach zwei, drei Glas Bier heiß geredet, sich über die Ungerechtigkeiten beschwert, besonders als die Bauern in die LPG gedrängt wurden. Eiskalte Enteignung hatte er das genannt, Helma hörte ihn noch schimpfen. Doch jetzt konnte sie sicher sein: Sie hatte ihn nicht auf dem Gewissen. Himmelmann lebte, er war sich treu geblieben, hatte diesen Ort verlassen und war ein erfolgreicher Geschäftsmann geworden. Und dort hinter dem Tresen, wo jetzt sein Sohn Pedro ihr ein frisches Bier zapfte, hatte einst Harry gestanden, wenn im Schankraum viel zu tun war und sie an den Tischen bediente.

Sie setzte sich auf Himmelmanns Platz. Ihr fiel auf, dass sie vergessen hatte zu grüßen, aber warum sollte sie grüßen, wo sie doch zu diesen Wänden gehörte wie der säuerliche Geruch nach verschüttetem Bier, der sich nicht mehr wegputzen ließ? Sie hatte Harry unrecht getan, ihn sogar verachtet, hatte sich bespitzelt gefühlt, als er ihr in seinen letzten Minuten gestand, dass er Werner die ganzen Jahre nach ihrer Trennung über sie und Jutta auf dem Laufenden gehalten hatte. Erst durch Himmelmann war ihr klar geworden, dass Harry sich nur darauf eingelassen hatte, um sie vor der Stasi zu beschützen. Und er wollte sie nur vor sich selbst schützen, als er Himmelmann in letzter Minute vor ihr gewarnt hatte. Der gute alte Harry, er hatte sie wirklich geliebt.

Pedro brachte ihr das Bier und blieb wie immer an ihrem Tisch stehen. Sie nahm einen kräftigen Schluck. Es sollte das Abschiedsbier auf Himmelmann sein, auf Harry und die vielen Jahre, die sie in diesem Lokal gearbeitet hatte. Aber vorher gab es noch etwas klarzustellen. »Wo sind die Jungs?«, fragte sie und sah Pedro scharf an.

Er schwieg, kehrte ihr den Rücken zu und ging langsam zurück zum Tresen. Aber sie konnte warten, und er wusste, dass sie so lange warten würde, bis er mit der Antwort herausrückte. Sie hatte sich von ihm nie an der Nase herumführen lassen, schon damals nicht, als er ein Kind war. Manchmal hatte es auch eins hinter die Ohren gegeben, wenn er sich stur stellte.

»Sie sind weg aus Groß Bernow, wie alle jungen Leute, die was werden wollen. Einer ist nach Rostock, einer nach Berlin und einer in den Westen.«

»Und du hast ihnen natürlich großzügig dabei geholfen.«

Diesmal brauchte sie keine Antwort. Er hatte längst verstanden. »Du hast mir das Leben gerettet, als ich in der Küche zusammengeklappt bin«, fuhr sie fort. »Dafür bin ich dir dankbar. Ich bin auch deinem Vater dankbar für seine Hilfe und dass er Himmelmann vor mir gerettet hat.« Sie nahm noch einen Schluck, dann drückte sie sich von der Tischplatte ab und erhob sich. »Aber du hast nichts verstanden, Pedro. Du hast es grundfalsch gemacht. Mir geht es um Anerkennung, nicht um Sabotage oder Rache. Ich bin deinem Vater und dir etwas schuldig, deshalb werde ich dich nicht verraten, aber es muss für immer ein Ende haben.«

Darauf erwiderte er kein Wort. Helma nahm sein Schweigen für ein Einverständnis, und als die Tür hinter ihr ins Schloss fiel, wusste sie, dass sie die Tränke nie mehr betreten würde.

Ein strenger Septemberwind wehte ihr ins Gesicht, doch sie wollte noch nicht nach Hause. Sie schlug den Weg zur Kirche ein. Seit über zehn Jahren war sie geschlossen. Steffen Junghans wollte eine Lösung für die Sanierung finden, aber es ging nicht weiter. Neben der Kirche lag der Friedhof, den sie durch das quietschende Eisentörchen betrat. Hier waren die Ahnen der Bernows beerdigt und Generationen von Landarbeitern und ihre Familien, die Helma teilweise noch gekannt hatte. Auch die alte Gnädige hatte hier ihre letzte Ruhe gefunden. Helma hatte immer Angst vor ihr gehabt, das ganze Gut hatte Angst vor ihr gehabt, sogar der eigene Mann.

Ein schmerzlicher Gedanke durchfuhr sie. Was würde sie dafür geben, wenn ihr eigener Vater hier liegen könnte, ganz in der Nähe der Kastanienallee? Jetzt konnte sie allerdings ihr Recht nicht mehr einfordern, nicht mehr das Unrecht anklagen, das der ehemalige Gutsherr ihrem Vater angetan hatte. Pedro hatte versucht, das alte mit neuem Unrecht auszulöschen. Und sie hatte sich entschieden, seine Schuld auf sich zu nehmen, indem sie schwieg. Sie wusste nicht, ob es richtig oder falsch war, aber darüber würde bald ein anderer richten.

4

Arne wirkte erleichtert, als sich Anja aus der Dachstube ver-
abschiedete. Der Tod seiner Peinigerin, selbst wenn er ihn
aufwühlte, war der erste Schritt auf dem Weg zur Heilung.
Anja war auch davon überzeugt, dass er den Weg in die
Therapie finden würde, und fest entschlossen, ihm dabei
zu helfen. Das Angebot, den Abend und die Nacht in der
Pension der Fiedlers zu verbringen, schlug Anja allerdings
dankend aus. Sie wollte zurück nach Groß Bernow, um das
Gut drehte sich ihr Leben und dort würde sie die wichtigen
Entscheidungen treffen, soweit sie es noch konnte.

Sie hatte sich gerade umgezogen, als jemand anrief, mit
dem sie nicht mehr gerechnet hatte. »Entschuldige, Anja,
dass ich mich erst jetzt melde.« Ronny Schildknechts
Stimme klang fast überzogen mitfühlend. »Aber ich hatte
so viel zu tun. Jede Menge Aufträge und Ausfälle in der
Mannschaft. Ich musste mich um alles selbst kümmern,
und immer wieder kam etwas dazwischen. Wie geht es
Hartwig? Kann ich dir helfen?«

Sie wusste nicht, was sie erwidern sollte. Ausgerechnet
er, der als Erster von Freundschaft geredet hatte, war nicht
da gewesen, als sie ihn so dringend gebraucht hätte.

»Danke für deinen Anruf, Ronny. Hartwig liegt immer
noch im Koma, aber uns wird bereits geholfen.«

»Das tut mir leid. Hoffentlich geht es ihm bald besser.
Du weißt doch, dass du auf mich zählen kannst. Wie ich

gehört habe, ist einiges in die Brüche gegangen. Ich stehe natürlich für Arbeiten am Haus zur Verfügung. Wenn ihr euch nach allem von dem Gut trennen wollt, mache ich euch auch gern ein gutes Angebot.«

Ihr klang noch der Versicherungsvertreter im Ohr. Die Geier kreisten über ihrem Kopf. »Danke dir, Ronny«, erwiderte sie nur und hatte Mühe, die Fassung zu bewahren. »Ich melde mich wieder.«

Auf dem Weg ins Parterre drückte sie jeden erreichbaren Lichtschalter. So fühlte sie sich nicht so allein. Der Traum vom Gästehaus schien ausgeträumt. Allein der Gedanke, dass die neue Küche schon bald den Besitzer wechseln könnte, gab ihr einen Stich. Einer von Hartwigs Plänen war, für die Gäste Cocktails zu mixen, er hatte auch einen Namen für seine Spezialität. *Bernows Bester* sollte sie heißen, und das Rezept hatte er bereits ausgeklügelt, irgendetwas mit Karamell und Limette. Darüber konnte sie nur noch wehmütig lächeln.

Sie öffnete den Kühlschrank und goss sich ein Glas Orangensaft ein, nach dem Telefonat mit Ronny war ihr der Appetit vergangen. Sie wählte die Nummer vom Krankenhaus. »Unverändert«, erwiderte die Krankenschwester auf ihre immer gleiche Frage. »Nehmen Sie es als gutes Zeichen.«

Gutes Zeichen, gutes Zeichen – sie brauchte Hartwig jetzt!

Etwas später meldete sich Jani, er wollte ihr nur sagen, dass er in Gedanken bei ihr sei und er würde so bald wie möglich kommen. Süß, ihr Jani. Sie vermisste ihn, aber er konnte ihr nicht helfen. Ausgerechnet die Bank, auf die sie gebaut hatte, kündigte ihr die Gefolgschaft. Sie sah wieder diesen eiskalten Banker vor sich. »Trennen Sie sich von

dem Anwesen, bevor es zu spät ist.« Und was würde Hartwig davon halten, wenn er nach einem halben Jahr aufwachte und sich in einer Dreizimmerwohnung wieder-
fände?

Draußen war es längst dunkel, vom Dorf her wehte der
Wind Hundegebell herüber. Sie setzte sich in Hartwigs
Sessel im Büro und versuchte, klare Gedanken zu fassen.
Plötzlich stachen zwei Scheinwerfer durch die milchigen
Plastikfolien, die die Fensterscheiben ersetzten. Sie hatte
den Wagen nicht kommen hören. Er hielt in der Einfahrt,
jemand stieg bei laufendem Motor aus.

Die Angst war wieder da, Anja zitterte am ganzen Körper. Bitte nicht, nicht wieder!

»Frau von Bernow?« Die Männerstimme drang unge-
dämpft durch das Fenster ohne Glas. Doch sie klang nicht
feindselig.

»Ja?«

»Ist alles in Ordnung?«

Sie atmete auf. »Ja, ich danke Ihnen.«

»Dann wünsche ich einen guten Abend!« Die Polizei
nahm ihr Versprechen ernst, sie fuhren tatsächlich Streife
und behielten sie und das Haus im Auge. Das Handy lag
noch in ihrer Hand und da sollte es auch bleiben. Wieder
flackerten Szenen von dem Abend auf, an dem sich in wenigen Minuten alles für sie geändert hatte.

Sie beschloss, sich in ihr Schlafzimmer zurückzuziehen, und versuchte zu lesen, aber der Wind spielte mit den
Plastikfolien an den Fenstern, und das Knistern und Rascheln ließ Anja nicht zur Ruhe kommen. Sie setzte sich
vor den Fernseher im großen Salon und stellte eine dieser Talkshows ein, die hoffentlich die Kerle mit den Baseballschlägern davon abhielt, ihr einen weiteren Besuch ab-

zustatten. Gegen Mitternacht vernahm sie noch einmal das Knirschen von Reifen auf dem Kies in der Einfahrt und sah die Kegel der Scheinwerfer kreisen. Darauf schloss sie sich im Schlafzimmer ein und legte das Handy griffbereit neben sich auf den Nachtkasten. Im Licht der Nachttischlampe lag sie wach und dachte über Arne und Corni nach. Sie waren ihre Freunde, aber wenn wirklich einmal Not am Mann auf dem Gut sein würde, könnten die beiden sie kaum unterstützen. Sie hatten genug mit sich selbst und ihrer Pension zu tun.

Gegen zwei Uhr brühte sich Anja in der Küche einen Tee auf und kaute auf einer Scheibe Knäckebrot herum. Doch es beruhigte sie kaum, ihre Nerven waren zum Zerreißen gespannt. Nicht nur wegen der Sorgen und der Angst, wieder überfallen zu werden, es lag vor allem an diesem Gespenst, das ihr Schritt für Schritt durch die Räume folgte und ihr zuraunte: »Du darfst das Gut nicht verkaufen!« Manchmal spürte Anja sogar eine Hand auf ihrer Schulter, und sie traute sich nicht, sich umzudrehen.

»Lass dir bloß nicht einfallen, mir kluge Ratschläge zu geben!«, rief sie in das Treppenhaus hinein, dass es von den Wänden widerhallte. Und sie bildete sich ein, als Echo ein Gelächter zu hören, ein spöttisches Kichern. »Du hast es eben falsch gemacht! Du hättest deinem Mann helfen müssen, anstatt die Beleidigte zu spielen. Dann wäre es nicht so weit gekommen«, konterte das Gespenst.

»Du hast es nötig! Hast dich selbst mit Lügen davongemacht, und ich muss es jetzt ausbaden.«

Das Gespenst schwieg, doch es ließ sich nicht abschütteln. Einmal stand es in der Tür zum kleinen Salon in einem altmodischen Reitkostüm, eine kurze Peitsche in der Hand. Einmal drehte es sich in rauschendem Ballkleid im Tanz über das Parkett. Einmal ging es mit federndem Schritt die Treppe hinauf und betrachtete Bilder, die längst nicht mehr dort hingen. Anja beschloss, das Gespenst zu ignorieren. Aber das ließ es nicht zu. »Der Brief wird dir helfen«, flüsterte es.

Also gut, dachte Anja und machte sich im Büro auf die Suche. Die zertrümmerten Einzelteile der Möbel und Regale hatte der junge Wagenseil auf einen Haufen geworfen, auch ein Großteil der zerstörten Bücher war vor der Haustür gelandet. Womöglich war das, was sie suchte, durch den Regen schon längst unbrauchbar geworden. Doch sie erinnerte sich, dass sie den Brief, nachdem sie ihn Hartwig gezeigt hatte, zurück in die »Die Sturmhöhe« gesteckt hatte. Sie durchleuchtete den Müllberg mit der Taschenlampe und fand beides unversehrt. »Zeig *ihr* den Brief!«, flüsterte das Gespenst und war auf einmal verschwunden.

⁓

Der Morgen schwamm in einem bläulichen Licht, Nebel lag über den Feldern. Noch war der Frost nicht über die Landschaft hergefallen, der Herbst hatte gerade einmal angefangen, aber das Jahresende kam schon in Sicht. Helma hatte wieder die Schritte in der Nacht gehört, das Knacken auf der Treppe, sie war davon aufgewacht und konnte danach nicht wieder einschlafen. Vielleicht lag es auch am schlechten Gewissen. Erst um halb neun war sie aufgestanden, weil sie sich so schlapp gefühlt hatte, und selbst nach der Tasse Kaffee ging es ihr kaum besser. Jetzt war es beinahe halb zehn.

»Ich kann dir nicht mehr zu deinem Recht verhelfen«, sagte sie und warf von der Küchenbank aus einen schuldbewussten Blick in den kleinen dunklen Flur, als würde ihr Vater dort stehen. »Ich habe alles verdorben.«

War sie es nicht gewesen, die Pedro in den Ohren gelegen und auf seinem Feld ihren Hass gesät hatte? War sie nicht am Ende die Anstifterin? Und wenn der Gutsherr sterben musste, würde sie dann eine Mörderin sein?

Die herbstliche Kälte schlug ihr durch das weit geöffnete Fenster entgegen. »Ja, bedient euch nur«, sagte sie zu den kleinen Gierschlunden, die diesmal bis auf den Küchentisch flatterten, wo süße Krümel von einem Stück Marmorkuchen auf sie warteten.

Dieses eigenartige bläuliche Licht. Wem es wohl leuchtete? Helma spürte wieder ihr Herz, die ganze Nacht über hatte es rumort, vielleicht stand ihm der Sinn nach etwas anderem, als immer nur zu schlagen. Vielleicht wollte es die Arbeit für immer einstellen.

Sie erinnerte sich an ihre Großmutter Berta, am Ende hatte sie ihre Kräfte ausgeschöpft, und als Helma sie tot in ihrem Sessel fand, wirkte sie erlöst, als hätte sie ihren lästigen Körper abgeworfen und schwebte als befreite Seele über ihm. Damals hatte sich Helma gesagt, wenn es für sie selbst so weit wäre, dann setzte sie sich wie ihre Großmutter in den Sessel und würde geduldig warten, bis der Augenblick der Befreiung käme. Er musste schön sein, dieser Augenblick, es wurde Zeit, dass er auch für sie kam.

Sie erhob sich und scheuchte mit einer fahrigen Geste die Vögel nach draußen, dann schloss sie das Küchenfenster. Die Schmerzen in der Brust wurden stärker. Es konnte nicht mehr lange dauern. Aber sie sollten sie finden, und sie sollten nicht zu viel Mühe mit ihr haben. Sie öffnete die Haustür einen Spalt, damit er hineinkonnte, der Erste, der zu ihr wollte, heute oder morgen. Armer Paul, aber er war stark. Vielleicht würde es auch der Postbote sein. Sie setzte sich in den Sessel, zog die dicke Decke aus Rosshaar bis über die Brust. Dann schloss sie die Augen und hörte dem unruhigen Schlag ihres Herzens zu.

⁓

Als Anja an der Haustür klingeln wollte, bemerkte sie, dass sie einen Spalt offen stand. »Frau Wagenseil?«

Keine Antwort. Sie wartete einen Moment, doch es bewegte sich nichts. Nur eine kleine Schar Vögel, die sich auf der Fensterbank niedergelassen hatte, fuhr erschrocken auseinander. Auch auf den zweiten Ruf erfolgte kein Echo. Ob die alte Frau ausgegangen war und vergessen hatte, die Tür abzuschließen?

Bisher hatte Anja keines der alten Arbeiterhäuser betreten, und der üble Geruch, der durch den Türspalt drang, machte sie auch nicht sonderlich neugierig darauf. Aber es gab keinen Weg zurück.

Sie öffnete die Tür und warf einen Blick in den dunklen Gang. Im Hintergrund führte eine steile Holzstiege ins Dachgeschoss, davor, links und rechts, jeweils eine Tür in seitliche Zimmer. Der Gestank kam aus dem Raum auf der linken Seite.

Hatte die alte Frau nicht erst vor kurzer Zeit einen Zusammenbruch erlitten, war gerade noch rechtzeitig ins Krankenhaus gebracht worden? Anja grauste es, sie wollte auf der Stelle umkehren und davonlaufen. Sie sah bereits die Schlagzeile vor Augen, die im »Neustrelitzer Anzeiger« stehen würde: *Gutsherr Gnadenlos treibt arme alte Frau in den Tod.*

Doch sie war auf ihrem Grund und Boden, auch dieses

Haus gehörte zu ihrem Gut. Sie steckte den Kopf durch den Türrahmen. Es war die Küche, in der sich niemand befand. Das Frühstücksgeschirr stand noch auf dem Tisch. Der unangenehme Geruch schien von der Decke zu kommen, die feucht und von Schimmel überzogen war. Draußen hatten sich wieder die Vögel vor dem Fenster versammelt, als warteten sie darauf, dass man ihnen öffnete.

»Frau Wagenseil?«

Anja wandte sich dem anderen Raum zu, der noch ganz im Dunkeln lag. Auf den ersten Blick konnte sie nur Umrisse erkennen. Es schien eine kleine Wohnstube zu sein, doch … Sie wagte es nicht, auch nur einen Schritt weiterzugehen. In dem Ohrensessel vor ihr saß jemand mit geschlossenen Augen, eingewickelt in eine Decke wie jemand, der sich zum Sterben gebettet hatte.

Diese Frau hatte nur wenige hundert Meter von ihrem Haus entfernt gewohnt, und sie waren nicht in der Lage gewesen, ein einziges vernünftiges Gespräch mit ihr zu führen. Schlimmer konnte man nicht versagen.

»Sie sind zu früh!«, schnarrte plötzlich eine Stimme. »Noch ist nicht Räumungstag!«

Sie lebte. Helma Wagenseil lebte.

»Ich komme nicht, um Sie aus Ihrem Haus zu werfen«, erwiderte Anja, als sie den ersten Schreck überwunden hatte. »Brauchen Sie einen Arzt?«

»Nicht nötig«, antwortete Helma Wagenseil, und für eine, die erst vor einer Minute von den Toten auferstanden war, wirkte sie erstaunlich munter. Mit einem Ruck zog sie die Decke von ihrem Körper, rutschte an den Rand des Sessels und erhob sich. »Der letzte Augenblick kommt, wann *er* will, mit Arzt und ohne Arzt«, entfuhr es ihr wie ein Seufzer. »Wie geht es Ihrem Mann?«

Immerhin verhielt sie sich umgänglich, es fragte sich nur, wie lange. Aber Anja hatte sich geschworen, alle Angriffe auszuhalten, sie konnte mit dieser Frau nur einig werden, wenn sie versuchte, sie zu verstehen.

»Er liegt im Koma«, antwortete sie, worauf Helma Wagenseil kurz innehielt, dann aber die Decke zusammenfaltete und auf das Sofa legte, vermutlich auf ihren angestammten Platz.

»Möchten Sie einen Kaffee?«

»Danke gern, doch ich bin vor allem gekommen, um mit Ihnen zu reden«, antwortete Anja auf dem Weg in die Küche.

Die alte Frau lachte kurz und hart auf. »Dafür dürfte es zu spät sein«, erwiderte sie, ohne ihre Erbitterung zu verbergen, blieb aber gefasst und begann, das Geschirr vom Tisch zu räumen. »An der Vergangenheit lässt sich nichts ändern, und jetzt ringt Ihr Mann mit dem Tod. Wir haben beide verloren.«

Diese Worte durften nicht die letzten zwischen ihnen sein, dachte Anja. »Ich habe Ihnen etwas mitgebracht.«

Helma Wagenseil hielt inne, offenbar hatte sie das Interesse an ihr noch nicht verloren.

»Es ist der Brief meines Schwiegervaters an meine Schwiegermutter, den er schrieb, kurz bevor er sich selbst tötete.«

Helma Wagenseil schien zunächst betroffen, doch sie wollte das Stück Papier nicht annehmen, das Anja ihr entgegenstreckte. »Und?«, kam es nur harsch aus ihrem Mund. »Was habe ich damit zu tun?«

Anja setzte sich auf die alte Holzbank. »Es steht drin, dass er die Schuld nicht mehr tragen konnte, das Gut und seine Leute im Stich gelassen zu haben ...«

»Stimmte es also doch, was meine Großmutter, die alte Berta, sagte. Hat sich aus dem Staub gemacht, der Gnädige Herr, war nichts als ein Feigling und ein Verräter.« Jedes Wort eine Beleidigung, aber Anja war darauf vorbereitet, schließlich sagte diese Frau nur das, was sie selbst bereits hundertmal gedacht hatte. Nur bei dem Wort *Verräter* zuckte sie zusammen, und plötzlich war sie nicht mehr sicher, ob Helma Wagenseil wirklich unschuldig an dem Anschlag war.

»Ich kann Ihnen nur versichern, dass mein Mann und ich nichts davon wussten bis zum Tod meiner Schwiegermutter. Sie nahm die ganze Wahrheit mit ins Grab. Wir wissen bis heute nicht genau, was damals vorfiel.«

»Das kann ich Ihnen sagen: Ein Nazi-Nest ist aus dem stolzen Gut geworden. Jeder, der nicht das Spiel der SS spielen wollte, war schon bald nicht mehr da. Und Ihr Schwiegervater selbst hat es zugelassen, dass sich diese Verbrecher in seinem Haus wie die Herren aufführten, sich bedienen ließen und den Weinkeller leer soffen. Am Ende hatten sie vor, das Gut von allen zu säubern, die nicht nach ihrer Pfeife tanzten. Und der werte Herr von Bernow hat ihnen noch in der letzten Minute Menschen ausgeliefert, die ihm viele Jahre treu gedient hatten, darunter auch meinen Vater!« Sie schrie fast, und ihr Gesicht war vor Wut rot angelaufen.

»Ich wusste nichts davon, das müssen Sie mir glauben. Meine Schwiegermutter erwähnte die Ereignisse kurz vor Kriegsende nicht einmal Hartwig gegenüber, ihrem eigenen Sohn.«

Hatte es einen Sinn, mit dieser verbitterten alten Frau über Margot zu reden? Die eine hatte die Vergangenheit verklärt, um darüber hinwegzukommen, die andere sperrte sich dagegen mit unversöhnlichem Hass.

Doch Helma Wagenseil beruhigte sich und setzte sich zu Anja, die Wut in ihrem Gesicht wich einem wehmütigen Lächeln. »Ich habe noch ein klares Bild von ihr: Margot von Bernow, die junge Gnädige, so nannten sie alle, und sie blieb es auch über den Tod der alten Gnädigen hinaus. Sie hatte es von Anfang an schwer auf dem Gut, kam aus kleinen Verhältnissen, der Vater war Kaufmann in Rostock, aber das wissen Sie besser als ich. Die alte Gnädige hat sie vor dem Personal blamiert, wo sie nur konnte, aus Rache, weil sie ihr ihren Sohn weggenommen hatte. Und das Personal verachtete sie, weil sie angeblich nicht einmal Kinder kriegen konnte – was offenbar falsch war. Aber sie hatte ein gutes Herz, die junge Gnädige.«

Anja meinte, Tränen in den Augen der alten Frau zu erkennen.

»Sie hat den Gnädigen Herrn immer vor der SS gewarnt. Eines Abends haben sie im kleinen Salon darüber gestritten, ich weiß es, denn ich habe an der Tür gelauscht. ›Ich verstehe nicht, warum du diesem Gesindel‹ – ja, Gesindel hat sie gesagt – ›nicht das Haus verbietest. Es ist doch *dein* Haus.‹ Sie konnte es nicht verstehen, dass er vor ihnen den Kopf einzog. Aber wer konnte schon genau sagen, was richtig und was falsch war in dieser Zeit? Ich weiß nur, dass wir alle Angst hatten. Dann, als die Russen vor der Tür standen, hat er sie in den Mercedes gesetzt und ist losgefahren, um ihre erbärmlichen Leben zu retten. Und mein Vater hat dran glauben müssen.«

Helma Wagenseils Stimme war kraftlos geworden: »Es sind immer Leute wie mein Vater, die sich für andere einsetzen und am Ende ihr Leben verlieren. Das war damals schon so und so wird es wohl immer bleiben.«

Anja schwieg, sie fühlte, dass sie längst nicht mehr zu

zweit waren in der modrigen Küche. *Drei* Frauen saßen an diesem wackligen Tisch. Margot, das Gespenst, hatte sich zu ihnen gesellt. Margot, für die Groß Bernow die Hölle gewesen war, die ihr Leben lang darunter gelitten und den Schmerz darüber in Märchen gegossen hatte. Die vielleicht ebenso unschuldig war wie sie, ihre Schwiegertochter.

Anja hatte die Zeit nicht erlebt, wer konnte sie ernsthaft verantwortlich machen? Sie hatte auch nur eingeheiratet in diese Familie. Und wer sollte sich entschuldigen? Die, die das Unheil angerichtet hatten, waren nicht mehr da. Nur sie war da.

»*Ich* entschuldige mich bei Ihnen«, sagte Anja und sah der alten Frau entschlossen in die Augen, »und ich verspreche, dass wir alles versuchen werden …«

In dem Augenblick schrillte das Handy in Anjas Hosentasche. »Von Bernow?«

»Ihr Mann ist aufgewacht«, erwiderte der Chefarzt.

5

Fast ein Jahr später,
14. August 1999 am Abend

Der Tag war wie immer arbeitsreich und auch nicht ohne
Aufregung verlaufen. Eines der Pensionspferde hatte sich
scheinbar eine Infektion zugezogen und das Gut in Alarm-
bereitschaft versetzt, denn natürlich machten sich alle
Gäste Sorgen um ihre Lieblinge. Aber der Tierarzt gab
schnell Entwarnung, eine Fuchsstute hatte nur empfindlich auf ein Wiesenkraut reagiert, und die Lage beruhigte
sich.

Das Abendbrot war vorbei, Anja hatte die Tische bereits
für das Frühstück eingedeckt und in der Küche für Ordnung gesorgt. Ihr blieb noch die tägliche Abrechnung, die
sie am Schreibtisch in dem alten Ledersessel verrichtete.
Es entspannte sie, vor aufgeschlagenem Kassenbuch die
Belege zu sortieren, während durch das geöffnete Fenster
angenehm kühle Luft in das Büro hereinwehte. Den ganzen heißen Tag lang hatte sie diesen Moment ersehnt. Vom
Parkplatz drangen Stimmen zu ihr herüber, und sie hielt
inne. Soeben waren Gäste von ihrem Tagesausflug nach
Schwerin zurückgekehrt und plauderten mit Freunden.

Der Betrieb lief noch nicht ganz rund, aber im vergangenen Jahr hatte sie gelernt, sich nicht aus der Ruhe bringen
zu lassen. Mal lief es gut und mal weniger, so war das eben.
Kein Grund, in Panik zu geraten. Immerhin war der Parkplatz voll besetzt und die Zimmer waren ausgebucht.

Anja füllte ihr Glas zur Hälfte mit einem roten Bordeaux, den sie für den Ausschank testen wollte, und genoss den Augenblick der Ruhe, der Zufriedenheit. Als das unbeschwerte Gelächter der Gäste vom Parkplatz herüberschallte, dachte sie an das vergangene Jahr zurück. Da hatte es kaum Grund zum Lachen gegeben.

Seit ihrem Gespräch in dem kleinen Haus in der Kastanienallee galt eine stille Vereinbarung zwischen Anja und Helma Wagenseil: Die alte Frau durfte weiter in ihrem Haus wohnen, solange Anja das Sagen auf dem Gut haben würde. Anja verstand zwar nicht, wie man es dort freiwillig aushalten konnte, aber noch am gleichen Tag annullierte sie den Räumungstermin.

Als sie eine halbe Stunde später an Hartwigs Bett stand und er sie aus seinen braunen Augen ansah, war sie überglücklich. Er war wieder Mensch, war wieder da. Vor Freude liefen ihr die Tränen. Sie küsste ihn auf den Mund und streichelte seine Wangen, doch dann fiel ihr auf: Sein Blick war starr, nach wie vor bewegte sich nichts an ihm.

»Ich kann Ihnen nicht sagen, was er wahrnimmt, ich kann Ihnen auch nicht sagen, ob er Sie erkennt. Ich kann nur sagen, dass er aufgewacht ist. Das bestätigen auch die medizinischen Geräte«, sagte der Chefarzt.

»Wird es so bleiben?«

»Ehrlich gesagt, ich weiß es nicht.« Die Antwort klang beinahe wie eine Entschuldigung. »Alles ist möglich, aber nichts lässt sich mit Bestimmtheit prognostizieren.«

Was er überhaupt wisse, hätte sie ihm am liebsten an den Kopf geworfen, und musste sich zusammenreißen. Der Arzt war nicht der Schuldige.

»Ihr Mann ist aufgewacht, und das ist ein gutes Zeichen, auf das wir bauen können.«

Sie wusste, dass er es nur sagte, um ihr wenigstens etwas anzubieten, an das sich ihre Hoffnung klammern konnte.

Länger als eine Woche blieb Hartwigs Zustand unverändert. Wenn er nicht schlief, starrte er meistens an die Decke. An einem späten Mittwochnachmittag – Anja wollte gerade gehen – brachen plötzlich durchdringende Laute aus seinem Mund. Sie ähnelten tierischen Rufen, gefolgt von einem ungeduldigen, fast bedrohlichen Brummen, während Schleim aus seinen Mundwinkeln rann und in Fäden auf die Bettdecke tropfte. Es war nicht das erste Mal, dass Anja Hoffnung schöpfte, aber auch diesmal folgte nicht viel später eine Depression. Es war schwer, sich damit abzufinden, dass er auf unabsehbare Zeit ein Pflegefall bleiben würde.

Ihr Leben war zum Stillstand gekommen, doch sie konnte sich nicht entschließen, das Gut zu verkaufen. Der Versicherungsagent bedrängte sie weiter, auch die Bank präsentierte eine Liste von Investoren. Es schmerzte sie zu erfahren, dass Ronny Schildknecht darunter war.

Die Situation wurde immer bedrückender. Die Geldreserven schwanden, und Anja wagte sich nicht vorzustellen, wann der Erste der Letzte sein würde. Helma Wagenseil kam wieder ins Krankenhaus. Sie war erneut zusammengebrochen und hatte Glück, dass Paul noch rechtzeitig den Rettungswagen rufen konnte.

Paul machte sich auch nach den Renovierungen auf dem Gut unentbehrlich. Er arbeitete mit so viel Hingabe, dass Anja zu ihm sagte: »Bitte verlieben Sie sich nicht zu sehr in die Arbeit. Ich werde das Gut wohl verkaufen müssen.«

Die Enttäuschung war ihm anzusehen. »Glauben Sie wirklich, dass es keine andere Lösung gibt?«

»Zumindest behaupten es alle: die Bank, die Versicherung und die Vernunft. Mein Mann kann nicht einmal Ja oder Nein dazu sagen.«

»Er würde sich nie von dem Gut trennen, da bin ich ganz sicher.«

Natürlich war sie der gleichen Meinung, aber wie sollte sie einen Pflegefall und ein Pferdehotel unter einen Hut bringen?

Bereits nach ein paar Tagen im Krankenhaus hatte sich der Zustand von Helma Wagenseil gebessert. Sie fühlte sich angeblich wie neu. Dem Arzt sei das seltsam vorgekommen und er habe weiter nach möglichen Ursachen für die plötzlichen Schwächeanfälle gesucht, erzählte Paul. »Er ließ neue Laboruntersuchungen machen und stellte ihr Fragen zu ihrem täglichen Leben. Dann kam allerdings eine Diagnose, die ihr überhaupt nicht passte.«

»Nämlich?«, fragte Anja.

»Schimmel. Der Schimmel verpestet von der Küche aus das ganze Haus und hat ihr Herz und ihren Kreislauf schwer belastet. Wie lange liege ich ihr bereits in den Ohren, endlich auszuziehen? Jetzt *darf* sie nicht mehr zurück. Fragt sich nur, wo sie wohnen soll.«

Doch sie beide wussten, dass es für das Problem nur eine bezahlbare Lösung gab. Und noch am selben Nachmittag karrte Paul die wenigen Habseligkeiten seiner Großmutter, einige alte Möbel und den alten Ohrensessel mit dem Leiterwagen bis zum Herrenhaus. Anja half Paul, und sie richteten einen Raum im ersten Stock ein, der hell und geräumig war mit Blick auf den See.

»Leider kann alles sehr schnell vorbei sein, wenn ich verkaufen muss«, sagte Anja zu Paul. »Das muss Ihnen klar sein.« Aber diese Möglichkeit schien es für ihn nicht zu geben. »Bitte sagen Sie Paul zu mir«, erwiderte er.

Fragte sich, wie Helma Wagenseil auf die vollendeten Tatsachen reagieren würde, dachte Anja, während sie vor der großen Eichentür auf das Taxi wartete. Als es endlich vorfuhr und die alte Frau ausstieg, wusste sie offenbar nicht so recht, wie ihr geschah. Aber der Fahrer nahm schnell das Geld aus Pauls Händen und gab Gas, bevor sie protestieren konnte.

»Herzlich willkommen zurück in Groß Bernow«, begrüßte Anja sie und spielte ihren Part wie verabredet. »Ich wollte Ihnen einmal das Haus vorstellen, nachdem Paul es wieder in Ordnung gebracht hat. Aber zuerst trinken wir eine gute Tasse Kaffee.«

Wie ein Fuchs, der eine Falle wittert, zögerte Helma, aber Paul hakte seine Großmutter unter, und sie betrat das Haus, wenn auch mit sichtlichem Unbehagen. Anja servierte den Kaffee in einem der unteren Zimmer mit dem Blick in den Obstgarten. Es war eingerichtet mit den Antiquitäten, die den Anschlag überlebt hatten: einem Biedermeiertisch samt Stühlen, einer Kommode und einer Vitrine. »Hier sieht es fast aus wie im Morgenzimmer«, staunte Helma Wagenseil. »Immer standen frische Blumen auf dem Tisch und auf der Anrichte. Und es duftete!« Doch anscheinend besann sie sich, der Glanz aus ihren Augen verschwand. »Diese Zeiten sind Gott sei Dank vorbei und werden hoffentlich nie wiederkommen.«

»Du sollst dich nicht aufregen, Oma«, beruhigte sie Paul. Es sah nicht gut aus für ihr Vorhaben. Wie konnte sie nur annehmen, dass die alte Frau auf diesen Vorschlag eingehen würde?, dachte Anja, wahrscheinlich wehrte sie sich mit Händen und Füßen.

Beim Rundgang durch das Haus erzählte Helma dann einiges aus ihrer Jugend. Sie kamen zu dem Zimmer im ersten Stock.

Anja öffnete die Tür. Der Raum duftete, die weiß gestrichenen Wände reflektierten das Sonnenlicht, und auf dem kleinen Tisch leuchtete ein Strauß bunter Blumen. Helma Wagenseil trat unbeschwert ein, bis sie plötzlich stocksteif vor ihrem Ohrensessel stehen blieb und Paul voller Entsetzen anstarrte. »Wie konntest du das nur tun?«, sagte dieser Blick.

Anja bereute, dass sie Paul dieses Angebot gemacht hatte, die alte Frau musste sich vorgeführt und gedemütigt vorkommen. Doch Paul schien unbeeindruckt. »Komm, Oma, ich will dir etwas zeigen«, sagte er und machte es spannend wie ein Geschichtenerzähler. »So was hast du noch nicht gesehen.«

Auch Anja wusste nicht, was er vorhatte. Paul nahm seine Großmutter an der Hand und führte sie ins Bad. »Sieh dich nur um! Alles neu. So wie du dir es immer gewünscht hast: fließend warmes und kaltes Wasser, eine Heizung und weiße glänzende Fliesen bis unter die Decke!«

Helma Wagenseil blieb mitten im Bad stehen und schwieg. Sie sprach noch eine ganze Weile kein Wort. Dann wandte sie sich an Anja und sagte: »Das Haus ist groß, hier gibt es viel zu tun. Ich bleibe nur, wenn ich gebraucht werde.«

Noch am gleichen Tag bestand Helma darauf, sich in der Küche nützlich zu machen. Anscheinend verstand sie sich als Nachfolgerin ihrer Großmutter Berta. Anja fühlte sich anfangs unwohl in ihrer Rolle als Gutsherrin, denn sie verstand sich keinesfalls als eine vom alten Schlag, aber schließlich war sie dankbar für die Hilfe.

Janis Besuch in Groß Bernow dauerte nicht länger als einen Tag, wovon er den größten Teil bei seinem Vater im Krankenhaus verbrachte. Hartwig hatte Fortschritte gemacht, sprach jetzt einige Worte, ohne zu stocken, wenn auch das meiste unverständliches Gemurmel blieb. Mittlerweile schaffte er es sogar, seine rechte Hand zu heben und ein Taschentuch zu halten, mit dem er sich beim Sprechen den Mund abwischte. Jani war erschüttert, machte Anja aber in nur wenigen Worten klar, dass er seine Zukunft nicht hier oben auf dem Land sehe, und auch er riet ihr, das Gut zu verkaufen. Abends brachte Anja ihn zum Bahnhof. Als sie ihn zum Abschied umarmte, spürte sie, dass er ihrer Welt entwachsen war.

»Warum versuchen Sie nicht, die Zimmer zu vermieten?«, schlug Paul vor. »Sie sind eingerichtet und warten darauf, auch wenn die Ställe noch nicht fertig sind.«

Es war bereits spät im Jahr, und Anja fragte sich, ob es noch sinnvoll war, Gäste zu empfangen. Sabrina, mit der sie die Lage am Telefon besprach, war mit Paul einer Meinung und bot ihr an, eine Anzeige im Internet zu verbreiten und eine eigene Homepage zu erstellen.

Hartwig hatte noch kurz vor dem Anschlag den Auftrag vergeben, den Stall mit Boxen auszustatten. Ende Oktober standen die Männer vor der Tür, um mit der Arbeit zu beginnen. Die Heizung war zum Teil schon verlegt, so dass die Witterung keine große Rolle spielte. Währenddessen gingen die Geldreserven zur Neige. Anja schlitterte offenen Auges einer Katastrophe entgegen. Sie schlief keine Nacht mehr, aber das Gespenst lag ihr in den Ohren, und sie stimmte einem Verkauf nicht zu. Manchmal konnte sie auch nicht schlafen, weil ihr fehlte, einen geliebten Mann neben sich zu spüren.

Dann, überraschend und doch wie selbstverständlich, stellten sich die ersten Gäste ein. Ausgerechnet im nebligen und ungemütlichen Monat November fuhr ein Wagen mit Hamburger Kennzeichen vor. Das ältere Ehepaar aus Blankenese suchte einen Pflegeplatz für ihre Stute Karla. Eine erste Aufgabe für Paul als Pferdeknecht, auch wenn Anja sich ihn eigentlich nicht leisten konnte. Die Gäste jedenfalls waren überaus zufrieden mit dem neuen Stall und der Umgebung und zahlten die Pensionskosten für ein Jahr im Voraus. Erste Einnahmen, wenn auch nur ein Tropfen auf den heißen Stein. Über Weihnachten kam Sabrina für drei Wochen zu Besuch nach Groß Bernow. Jetzt standen fünf Pferde im Stall, und sie half Paul bei der Pflege, denn er arbeitete halbtags noch im Baumarkt.

Die Fahndung nach den Tätern des Anschlags war ohne Ergebnis geblieben, der Kommissar aus Neubrandenburg meldete sich telefonisch bei Anja mit einem »Leider« und »Wir geben natürlich nicht auf«. Anjas Wunsch, den Schuldigen von Angesicht zu Angesicht gegenüberzustehen, verblasste allmählich. Es würde ihre Situation nicht verbessern, vielleicht den Hass nur vertiefen. Aber sie entschloss sich, einen oder zwei Hunde anzuschaffen, dann würde sie sich sicherer fühlen. Helma verhielt sich merkwürdig ruhig, wenn die Sprache auf die Täter kam. Sie sagte dann nur: »An diesem Ort gab es zu viel Gewalt. Es liegt an uns, dafür zu sorgen, dass es nie mehr so weit kommt.«

Von Zeit zu Zeit telefonierte Anja mit ihrem Vater. Er schwankte zwischen väterlichem Stolz und Sorge, und sie versprach, ihn im Rheinland zu besuchen, auch wenn sie nicht wusste, wann es dazu kommen würde.

An Weihnachten kam Hartwig nach Hause. Er konnte jetzt ohne Hilfe vom Krankenbett aufstehen und ein paar Schritte durch das Zimmer wandern. Er brachte sogar eine Art Lächeln zustande, das trotz der noch nicht überwundenen Gesichtslähmung erkennbar war. Wenn Anja ihm von ihren geschäftlichen Entscheidungen berichtete, hörte er aufmerksam zu, nahm ihre rechte Hand und drückte sie als Zeichen, dass er einverstanden war.

Silvester feierten sie zusammen mit Gästen. Auch Steffen Junghans, der Ortsbürgermeister, war darunter. Helma brachte ein Festtagsmenü nach einem der alten Rezepte aus dem Kochbuch ihrer Großmutter auf den Tisch und löste bei allen Begeisterung aus.

Nach den Feiertagen wurde es winterlich still auf Groß Bernow, aber als im März fünfzehn Pferde im Stall standen, bot Anja Paul einen festen Vertrag an. Sie konnte nicht viel zahlen, aber das störte ihn nicht. Er kündigte im Baumarkt und seine Wohnung in Neustrelitz und zog ins Dachgeschoss des Herrenhauses ein.

Die Dämmerung hatte längst eingesetzt. Das Gespenst hatte recht behalten, es war die richtige Entscheidung gewesen, das Gut zu behalten, dachte Anja und klappte das Kassenbuch zu. Nach einem letzten Schluck Rotwein entschied sie sich, dem Bordeaux eine Chance zu geben und ein paar Kisten davon zu bestellen. Es musste bereits nach neun sein. Die Augustsonne hatte dem Tag den Rücken gekehrt, nur ihre Schleppe in Pink war noch am Horizont zu sehen. Allmählich verwandelten sich die alten Kastanien in riesige Schattengestalten.

Anjas Gedanken richteten sich auf den nächsten Morgen. Großes stand bevor. Sie hatte Helma nicht nur den

heutigen Abend, sondern den ganzen morgigen Tag freigegeben. Sie sollte Zeit für sich haben. Doch Helma wollte
zuerst nichts davon wissen. »Warum Zeit verschwenden?«,
hatte sie erwidert. Die beste Zeit im Leben sei immer noch
die, die man mit ehrlicher Arbeit verbringe. Diesmal hatte
Anja nicht auf sie gehört und war hart geblieben. Hartwig
und sie teilten sich die Arbeit in der Küche und die Bedie-
nung der Gäste beim Frühstück und Abendbrot.

Anja schloss das Fenster und wollte gerade das Licht der
Leselampe auf dem Schreibtisch ausknipsen, als sich die
Tür zum Flur öffnete. Hartwig war von seinem Spaziergang mit den Hunden zurück. »Feierabend!«, sagte er mit
ernstem Gesicht. »Das gilt übrigens auch für die Gutsherrin.« Sie gab ihm einen Kuss auf den Mund und freute sich
auf die Dusche.

Am nächsten Morgen riss Anja der erste Hahnenschrei aus
dem Schlaf. Die ganze Nacht über waren Bilder der Vergangenheit an ihr vorbeigezogen, auch Szenen mit Margot waren wieder lebendig geworden und die Schreckens-
momente in der Nacht des Anschlags.

Hartwigs Stöhnen holte sie endgültig in den Tag, er lag
bereits ausgestreckt vor dem Bett und machte seine Rü-
ckenübungen.

Helma ließ sich beim Frühstück nicht blicken. Ihr ging
dieser Tag vermutlich sehr nahe, aber das war seine Bestim-
mung. Er sollte allen nahegehen, Erinnerungen wecken,
auch wenn sie schmerzten. Wie in einer Prozession wollten
sie die Allee hinunterschreiten, Helma, Paul und Sabrina,
Hartwig und sie.

Als Helma unten in der Eingangshalle erschien, war sie
schwarz gekleidet. Anja umarmte sie, und Helma lächelte

sie an. In diesem Lächeln lag eine Milde, die sie das erste Mal an ihr bemerkte. Etwas verband sie jetzt mit diesem Ort, beide waren sie durch ein Nadelöhr gekrochen.

Fast ohne Worte schritten sie anschließend die Allee entlang. Nur vor ihrem kleinen Haus, in dem sie fast ihr ganzes Leben verbracht hatte, blieb Helma kurz stehen. Auf dem Fensterbrett zur Küche saß eine Handvoll Vögel und zwitscherte laut durcheinander. »Meine kleinen Gierschlunde«, sagte sie zärtlich und setzte dann ihren Weg fort.

An der Kirche hatten sich bereits einige Dörfler versammelt. Steffen Junghans trat an Helma heran und begrüßte sie mit ein paar wohlgesetzten Worten, denn auch der Reporter von den »Neustrelitzer Nachrichten« war anwesend. Anschließend zog die Gemeinde durch das quietschende Eisentörchen, das auf den Friedhof führte, den schmalen Pfad entlang, an den verwitterten Grabsteinen vorbei, bis der Bürgermeister stehen blieb. Unter seinen strohblonden Haaren zog er eine bedeutungsvolle Miene, begrüßte alle Anwesenden mit »Leute von Groß Bernow« und hielt eine Rede über Vergangenheit, Gegenwart und Zukunft, über Zusammenhalt und gute Nachbarschaft. Am Ende brandete Beifall auf, und Steffen Junghans lüftete das weiße Tuch über einem lackierten Holzkreuz.

Den Opfern des Nationalsozialismus in Groß Bernow stand in goldener Schrift darauf.

»Im Besonderen gedenken wir heute unseres Mitbürgers Hans Wagenseil, der in den letzten Tagen des Krieges unter ungeklärten Umständen verschwunden und nicht zurückgekommen ist«, sagte er. Betroffenheit breitete sich aus. Alle drückten Helma mitfühlend die Hand. Aber besonderen Wert legte sie auf ein Zeichen der Bernows, und als sie Hartwig gegenüberstand und er ihr seine Hand reichte, applaudierten die Dörfler erneut.

Im Hintergrund gewahrte Anja einen Mann, der seinen Tränen freien Lauf ließ. Es war der Wirt der Tränke, der neben dem Kommissar stand. Sie wusste durch ein Telefonat mit Wenzke am Tag zuvor, dass sich der Anstifter des Anschlags freiwillig gestellt hatte. Offenbar hatte man ihm gestattet, trotz seiner Festnahme an dem Gedenktag teilzunehmen.

Die Fiedlers waren auch gekommen. Nachdem Arne in Therapie gegangen war, hatte er Anfang des Jahres eine Interessengemeinschaft für jugendliche Missbrauchsopfer in Heimen gegründet, und seit Mai waren die Geschwister Pächter der kleinen Weide am Ortseingang. Anjas Blick lag jetzt auf Sabrina. Es entging ihr nicht der Glanz in den Augen ihrer Tochter, die Hand in Hand mit Paul neben seiner Großmutter stand.

Es war ein trauriger, aber auch ein schöner Tag.

Auf dem Weg zurück zum Gut legte Hartwig den Arm um ihre Schulter. »Vor dem Mittagessen ist noch etwas Zeit«, meinte er.

»Meinen der Gnädige Herr etwa Zeit für eine Wiedervereinigung?«

»Genau das meine ich«, sagte er und zwinkerte ihr zu.

Von Herzen danksagen möchte ich:

~~ dem ganzen Aufbau-Team für die geniale Realisie-
rung dieses Buchtraumes

~~ Anna und Esther für die intensive Unterstützung
meiner Arbeit von Anfang an

~~ Christina für ein feinsinniges und engagiertes Lek-
torat

~~ Sonja für die Hilfe, als das Manuskript noch laufen
lernte

~~ Margarete für die lebendigen Erinnerungen an ihre
Zeit als Hauslehrerin auf einem alten Gutshof, die
Kriegs- und Nachkriegsjahre und später die DDR.